李松青◎著

天河

黄河出版社

责任编辑◎ 武景生　张宪峰　葛　玮
特邀编辑◎ 李承民
书名题字◎ 陈国桢
装帧设计◎ 张宪峰

图书在版编目(CIP)数据

天河/李松青著. —济南：黄河出版社，2014.1
ISBN 978-7-5460-0493-8

Ⅰ.①天… Ⅱ.①李… Ⅲ.①回忆录—中国—当代
Ⅳ.①I251

中国版本图书馆 CIP 数据核字(2014)第 002409 号

书　名　天　河
著　者　李松青
出　版　黄河出版社
发　行　黄河出版社发行部
社　址　济南市英雄山路 21 号　250002
发行部　(0531)82058166　82904707
印　刷　山东新华印务有限责任公司
规　格　787×1092(毫米)　1/16
　　　　29.75 印张　　　400 千字
版　次　2014 年 1 月第 1 版
印　次　2014 年 1 月第 1 次印刷
印　数　1—20000 册
书　号　ISBN 978-7-5460-0493-8
定　价　39.00 元

祝贺您很幸运地翻开了这本书。读了此书，您会对自己多年来的诸多重大历史疑问恍然大悟，会了解到许多闻所未闻的重大历史事件的鲜为人知的来龙去脉，会从黄河岸边一个普通家庭近百年来真实而离奇的故事中，了解到您所不熟悉的父辈、祖辈、曾祖辈厚重泣血的历史，您会从中感受到，中国的每个家庭、每个人与国家和民族的命运联系得是多么紧密。

谨将此书献给中华民族的伟大母亲——黄河！

名家荐书寄语

中国作家协会副主席、军事文学委员会主任、《高山下的花环》作者李存葆——

黄河横向流淌于北方的大野，纵向雕刻了中华民族的性格。《天河》的作者，以抗日战争、解放战争中诸多战役和重大历史事件为经，以其祖辈与父辈亲闻、亲睇、亲历的真实生活为纬，编织出了中原百姓与命运抗争并获得新生的画图。在《天河》中，黄河是历史的河、文化的河，更是作者心灵的河。

茅盾文学奖获得者、《湖光山色》作者周大新——

这是一部回眸家族历史的作品，也是一部回眸开封城市历史的作品，还是一部回眸黄河历史的作品。愿读者从中读出对故土的挚爱、对家国的深情。

著名军事理论家、《超限战》作者乔良——

作者用他独特的表达方式，记录并再现了已经消失在我们身后大半个世纪的那个时代、那段历史，使我们感动，使我们唏嘘，也使我们沉思。

八一电影制片厂《血战台儿庄》等著名影视导演翟俊杰——

《天河》里那长长的一串串珍珠似的“干货”，当是一部颇有分量、颇有特色的大电影、电视连续剧的素材啊！

读此书前写给您的话——

在当前快节奏的生活中，年轻朋友压力最大，很难有时间坐下来轻松地读书。为让朋友们通过阅读有趣的小说放松身心，寓史于乐，寓史于获，我写了这本集家史、国史、党史、军史于一体的纪实性传奇小说。

写这本书的重要起因是“尽孝”，一方面是为了献给伟大的黄河母亲，另一方面也是献给饱经沧桑、历尽苦难、至亲至爱的老父亲。记得在10年前的一个秋天，我的老父亲忽然给我打了一个电话，希望我能尽快回家一趟。我问他干什么，他说想和我“说说话”。当时我的父亲已经82岁，年迈多病，极恋亲情。身为军人的我那时正在执行一项重要的军事任务，实在分身无术。我给一位老首长说起此事，那位老首长告诉我：“你要重视，你父亲可能有重要的话对你讲。”我最后决定，待任务完成后立即请假回家。然而，就在一个月后的一天晚上，我正在参加行动总结会议，忽然接到家中电话，说我的父亲已经撒手西去——。我当时急不可耐地赶回家乡，看到的却是父亲那冰冷的遗体。我当时真的是悲痛万分，揪心欲绝，深感对不起至亲至爱的老父亲。更为重要的是，我最后始终不知道老父亲临终前究竟要对我说些什么话。作为军人，我当为国尽忠在先；而身为儿子，我应当舍身报答生我养我的慈祥老父！真是忠孝难以两全哪！回队之后，我在巨大的悲痛之中想起一件事。早些年回乡探亲时，参加过“二野”的老父亲曾彻夜不眠地给我讲过很多真实泣血的战斗故事，讲过我们家的苦难家史，讲过他战争年代九死一生的传奇经历，而且一讲就是几个通宵。当时他拉着我的手对我说：“我今年80多岁了。你不要怪我‘唠叨’。人的一生谁也逃不过这个‘唠叨’年龄段。”听他讲得多了，我深深地被这些故事所打动，同时也多了个心眼，用录音机把这些苦难离奇的故事录了下来，而且录了20多盘磁带。后来，我把这些故事讲给身边的战友听。他们听后也都深受触动。八一电影制片厂的著名导演翟俊杰老先生听后对我说："松青，这些故事我们听了都极为感动，也一定能够打动大家，因为人心是相通的，有血有肉的故事会感动大众的。"翟老动员我把这些故事写出来，因为这不仅是我的家史，更是黄河的历史，是我们民族的历史，也是我们国家的历史。抱着尽孝尽忠的心态，我用一年业余时间，写出了这部纪实性的长篇小说。

此书基本上是真人真事，真实的时间地点真实的历史背景，是我家几代人真实离奇的泣血家史。书中主要人物李金生和潘美玉是我的父亲母亲，李恒德和李发旺是我的祖父、曾祖父，潘振海是我的外祖父，张江村是我的故乡。小说从 1938 年写到 1955 年，跨越了抗日战争、解放战争、建国初期三个历史阶段，从毛泽东、蒋介石和日本首相近卫文麿到普通士兵、平凡百姓均有描述，对重大历史事件的发生及决策过程有细致介绍，比如：日本为何要发动侵华战争？从哪几个方向攻入中国纵深？正面战场 70 余次"会战"为何一再溃败？蒋介石为何扒开黄河花园口致近 90 万百姓溺亡？中日两国打了 7 年仗为何都没有公开宣战？日本为何最终没能对中国进行战争赔偿？在美国一再请求下中国为何最后没能在战败的日本驻军？等等。书中对诸多重大历史事件进行了刨根问底，溯本探源，会使您读后对多年的疑问恍然大悟。

习近平主席说，革命历史是最好的营养剂。他说，要讲中国好故事，讲好中国故事，事半功倍。我写这本书就是要告诉大家，是历史选择了共产党，选择了新中国，选择了社会主义。读了此书后您会强烈地感受到，中国的每个家庭、每个人与国家和民族的命运联系得是多么紧密，家与国是多么的血脉相连和相辅相成！

此书参考引用了《黄河大决口》、《大崩溃》、《围绕黄河的较量》、《一寸山河一寸血》等书中的一些史料内容，在此对邢军纪、都梁、杨明清、关河五十州等文学大家一并表示衷心的感谢！

历史比艺术更有力

空军少将　乔　良

刚打开此书的时候我感到，从专业角度看，松青似乎不会写小说。虽说文无定法，但小说之所以谓之小说，终究还是有它自己的规矩的，否则它何以区别于诗歌、散文，区别于其他文学门类？这是我在翻开厚厚四大本的《天河》（打印稿）时，心头泛起的第一感觉。

但很快，松青就以他看似不合读者（包括我）传统阅读习惯的叙述方式，尤其是在这种叙述下缓缓呈现出来的毛茸茸的历史、活生生的人物和常常出人意料的真实细节，击碎了你原本打算读一部小说的念头。

这时你会发现，你必须放弃你的第一感觉，必须丢掉你想读一部小说的打算。你恍然觉得，自己是在听一位世纪老人朗读他的人生回忆录，或在翻看一摞旧报纸，在那些尘封发黄的文字间寻找曾经让人惊心动魄的新闻，抑或是在光线昏暗的放映室里，重看一部道道划痕像雨丝飞悬的16毫米纪录片……

不，松青带给我们的，比回忆、比新闻、比纪录片所能带给我们的要多得多。它充满色彩，从黄河的浑黄，到饥民的面色，再到战死者凝固的黑血；它充满味道，从羊肉汤泡烧饼的香气，到黄泛区经久弥漫的尸臭，再到刺刀尖上令人颤抖的血腥；它充满形状，从天河蜿蜒九曲的河道，到被决堤洪水扭曲的铁轨，再到丧生者佝偻的身躯和一根根伸向苍天的径直手指……

这一切拽着你，推着你，吸引着你，使你身不由己，下意识地跟随松青原本不像小说也不必像小说的讲述，向历史的暗河深处漂去。于是你从李发旺到李恒德到李金生，从潘美兰到潘美玉到张婉丹，从战时统帅蒋介石到战区长官卫立煌到新四军战将粟裕，了解到不同的人物命运，不同的人生轨迹，而所有这些又因那个波澜起伏又波诡云谲的时代而交叠重合在一起，构成了一部沉甸甸的“天河”交响曲，也构成了我们民族命运的交响曲。

这时的你，既被“蒋介石为何下令扒开黄河大堤”、“哪一支部队扒开的黄河花园口大堤”这些宏大问题所牵动，又被“中共地下党是怎样与国民党军统特务联手行刺日本华北五省特务机关长吉川贞佐少将”、“虎口拔牙的行刺最后成功了吗”这种离奇的故事所诱惑，亦被“李金生和潘美玉的婚礼为什么要在黄委会大食堂内举行”这类小人物的小际遇所吸引，使你只能跟着松青的指点，一章章地读下去，欲罢不能。

读罢掩卷，五味杂陈。这是一部什么书？我说不清。是家史？国史？民族史？或是那段历史亲历者们的心路史？

都是，又都不是。而此刻，我才意识到，如何定位它是什么已不重要。重要的是，作者用他独特的表达方式，记录并再现了已经消失在我们身后大半个世纪的那个时代、那段历史。所有这些，使我们感动，使我们唏嘘，也使我们沉思。对一个涉足文学不久的人来说，第一部长篇小说能有如此效果，还不够吗？夫复何求！

写到这里，我想起自己初读这部作品时的第一感觉，不禁觉出了自己的好笑。当一部作品能打动你时，它合不合乎小说规范，还算个问题么？要知道，历史本来就有比艺术更加动人心魄的力量。

所以，我愿意向每个捧起这部书或尚未捧起这部书的读者，诚挚地推荐它——《天河》。

2013 年 9 月 1 日凌晨于北京广渠门内隆安寺南

读《天河》说松青

八一电影制片厂导演　翟俊杰

我和松青都是军人、战友，我和松青又都是河南人、同乡。

几年前，听松青说他有一种强烈的创作冲动，打算写一部长篇小说，写河南的事儿。我初惊讶，心想一位大校军官，跟文学创作八竿子打不着，写什么小说？继而听他激动地一遍又一遍给我述说的一个个故事，我被感染了，不但报以赞同，还将我了解的一些写小说的常识介绍给他。何以如此“怂恿”、鼓动松青，原因有二：

其一，他对我不厌其烦地叙述的那些故事，那些人物，那些细节，乃至那浓郁而独特的河南风情，深深地打动了我，使我产生了共鸣！我比松青年长，对他说的有些情节我太熟悉了，比如1942年河南大饥荒，我娘对我说过就不知多少遍，她是怎么把连牲口都不吃的花生壳放到自己嘴里咀嚼，一直嚼成糊糊“抿”到我的小嘴里……当下时兴娱乐。娱乐，本没有错，人们辛勤劳作了一天，娱乐娱乐，搞笑搞笑，刺激刺激，无可厚非。然而，倘若一个国家，一个民族，其最终目的就是娱乐至上，娱乐至死，那么这个国家和民族还有希望吗？中华民族——当然包括河南的黄河儿女们，其漫长的历史绝不是一部娱乐史，而是苦难、抗争、进步史，每一个脚步，每一个回声都充满了鲜血、泪水和豪迈的回声！

我的纯朴、善良、勤劳、坚韧、不屈、有种甚至“行侠仗义”成性的河南父老兄弟姐妹们，把咱们往昔漫长的苦难和抗争说给56个民族的老少亲人们听，相信心会连着心的！

其二，现今又时兴“休闲”，这自是生活水平提高了，注重养生，可喜。而松青忙活了一天下了班，待在家里埋头写作，实在令人感佩。松青图个啥？

为赚钱？说来有点凄然，在阳光与浮躁并存的当下，除了那些可尊敬的甘于清贫、坚守中华民族文学苑地的作家们，还有谁会指望“爬格子”致富！为出名？一个为了部队建设辛辛苦苦奉献了大半辈子的军人，还要什么名?!

“铁肩担道义，妙手著文章。”我肃然起敬。

由松青的《天河》，我不禁想起了我的忘年交——八一电影制片厂老一辈艺术家黄宗江先生。宗江老师乃著名影剧作家，他创作的《柳堡的故事》、《海魂》、《农奴》，堪称中国电影的经典之作。我们俩当年就是在西藏平叛战役中相识的。宗江老师学贯中西，是一位大学问家。在美国加利福尼亚圣地亚哥大学讲学时，英语流利得连“老美”都惊讶。他对朋友们说，若谈写作，顶不喜欢“酸不溜秋儿”地讲些故作深沉的大道理。他对我说过这样一段话，我至今记忆犹新：“文学创作好比炒菜，为了色、香、味，就要勾点儿‘芡’（淀粉），但‘芡’勾得太多不咸，就成面疙瘩了，没法吃。要紧的是，得有真材实料，鸡鱼蛋黄花木耳，这是干货!”

松青的《天河》里似乎没有勾多少“芡”，但可贵的是，他的这部处女作里有大量实实在在的“干货”，那是他自幼从前辈那里听来的，如今已是遥远岁月的关于家族、国家的苦难史和奋斗史，更是他对一群河南人的命运、遭遇发自心灵的思考与感悟。这一优势反倒使作品洋溢出别样的艺术魅力!

我是从事影视创作的，不由得“突发非奇想”，《天河》里那长长的一串串珍珠似的“干货”，当是一部颇有分量、颇有特色的大电影、电视连续剧的素材啊!

我是不是又在鼓动松青了？

2013 年 9 月 7 日凌晨于电影《一号目标》后期制作中

目录

第一章 (1)

黄河为什么叫"天河"？为什么叫"母亲河"？她的源头在哪里？为什么黄河流经开封时会出现"百里悬河"？古城开封地下为什么会有"城摞城"？

第二章 (23)

慈禧西安回銮为什么要绕远道途经河南开封？中国实行了一千多年的封建科举制度为何最终在开封废除？日军是如何攻入河南的？中国军队第一战区司令长官程潜为何对抗战局势极度担忧？

第三章 (33)

日本为什么要发动对中国的大规模侵略战争？日本近卫内阁侵华战略是如何形成的？日军是从哪几个方向、哪几条路线打入中国纵深的？"徐州会战"时中国60万大军被日军反包围后李宗仁为何吓出一身冷汗？

第四章 (45)

中国军队在"兰封战役"中围歼土肥原第14师团时为什么会功败垂成？第一战区第141师在开封保卫战中怎样血流成河？日军在开封如何连续三天大屠城？

第五章 (55)

日军为什么会有“快速挺进队”？中岛今朝吾第16师团为何能快速插向河南纵深？尉氏县张江村农民怎样拼死抵抗日寇进村掠杀？日军重兵为什么竟然攻不下豫东一个小村庄？

第六章 (77)

蒋介石为什么下令扒开黄河？哪一支部队扒开的黄河花园口大堤？黄河大决口后究竟起到了什么作用？一共淹死了多少日军？为什么会淹死豫皖苏3省44县89万老百姓？

第七章 (89)

中国老百姓在日本沦陷区受到怎样的欺压？为什么潘振海要到开封大相国寺祭祀亡灵？日伪“开封维持会”都干了些什么？日本人是怎样在沦陷区内推行殖民统治的？

第八章 (101)

黄河大洪水给尉氏县张江村带来了怎样的灭顶之灾？村民们被洪水围困后是什么人救了他们？李发旺一家“一分为三”外出逃难去了什么地方？

第九章 (113)

共产党为什么要谴责蒋介石贸然扒开黄河？工农红军和南方游击队是如何改编成八路军和新四军的？毛泽东如何把古老的游击战术提升到战略地位？

第十章 (123)

日军打入河南后中国战场上出现了怎样的严峻局面？为什么第一战区司令长官部作战参谋赵国保对抗战前景充满忧虑？毛泽东《论持久战》如何为全国抗战点亮了一盏明灯？

第十一章 (135)

中国军队为什么突然对沦陷区内日军发起大规模进攻？1938年召开的“南岳衡山会议”对全国抗战有什么重要影响？第一战区部队攻打开封城负有什么特殊使命？“开封维持会”是如何被捣毁的？

第十二章 (147)

黄河决口后大洪水在尉氏县造成了怎样的惨境？李发旺老人是如何在病饿交加中死去的？孤苦伶仃的李金生在朱仙镇岳飞庙里遇到了什么贵人？

第十三章 (155)

李恒德一家人是如何在开封城内团圆的？回到洪水过后的家乡他们看到了什么惨景？李金生为何要到洛阳投奔“战区中学”？他在禹县慈幼院内怎样见到了“鬼”？遇到了什么惊心动魄的奇事？

第十四章 (173)

中共地下党是怎样与国民党军统特务联手行刺日本华北五省特务机关长吉川贞佐少将的？巧妙的圈套是怎么设计的？虎口拔牙的行刺最后成功了吗？

第十五章 (185)

李金生为什么乐意到国民革命军第29军当兵？日本大本营为何策划发动“豫南战役”？李金生如何随部队攻打淮阳县城？打淮阳和“豫南战役”有什么关系？激烈的战斗中他是怎样负的伤？

第十六章 (207)

李金生伤愈后为什么会被分配到第一战区后方军械仓库？在偶遇仇匪晁十一时李金生为何没能把他杀掉？李金生脱离国民党军队后去了哪里？

第十七章 (221)

李恒德如何在张江村头巧遇同去捡粪的河南省督军冯玉祥的？1942年河南遇到了怎样的罕见旱灾？大灾中农村饿殍遍野、人吃人的惨景是怎样的？

第十八章 (237)

蒋介石面对国内外舆论压力对河南救灾赈灾采取了什么措施？披露河南灾情的《大公报》记者章先锋受到了怎样的迫害？富有正义感的中国军人是如何营救章先锋的？

第十九章 (249)

日本大本营为什么要发动旨在打通大陆交通线的“一号作战计划”？中日

两国为何会有长达7年“不宣而战”的奇怪局面？冈村宁次在“一号作战”中为何要发誓消灭汤恩伯这个“天字号”劲敌？日军是如何攻克许昌并打通平汉线的？李金生和郑州难童学校的师生在什么情况下开始了九死一生的“千里大逃难”？

第二十章 (265)

李金生和难童学校师生是如何闯过密县“三岔口”封锁线的？为什么在穿越第二道防线时能夜宿登封中岳庙？师生们逃难到白沙镇和阎沟村是如何遭受兵匪纵火抢劫的？一路上险境迭出的师生们最后生死如何？

第二十一章 (279)

冈村宁次在指挥“一号作战”行动中究竟使用了什么“秘密武器”？日军是如何包抄中国军队后路并攻陷了洛阳城？汤恩伯兵败如山倒后部队怎样遭到河南民众的追杀？日军即将打进潼关、攻入陕西时苍天怎样降福于中国军队？

第二十二章 (293)

难童学校师生在卢氏县冷水镇怎样突遇特大水灾？李金生历尽艰辛到达陕西后得了什么绝症？小迷糊被什么“鬼”缠身后竟怪事连连？李金生为何要到黄龙山千里寻亲？

第二十三章 (319)

李金生怎样从黄龙山回到凤翔难童学校？冯玉祥在重庆给吴惠民校长提供了怎样的帮助？李金生在凤翔张家大院怎样发现了神秘的“黑匣子”？国民党青年军到难童学校招兵时李金生为什么没有从军？

第二十四章 (331)

毛泽东在抗战胜利后与蒋介石开始了怎样的新较量？蒋介石在“重庆谈判”和“争夺沦陷区”中如何陷入被动？在日本战败赔偿和中国驻军日本问题上，蒋介石如何错失良机促成千古遗恨？

第二十五章 (345)

抗战后国共两党围绕封堵黄河花园口开展了怎样的激烈斗争？为什么堵黄河花园口要先“复堤”后“堵口”？蒋介石利用黄河回归故道制定了怎样的

"黄河战略"？毛泽东如何从容应付，妙招迭出？

第二十六章 (355)

李金生随难童学校重返河南后得了什么不治之症？他采取什么"绝招"与死神抗争？潘美玉如何与李金生共度难关？

第二十七章 (367)

毛泽东是如何打破蒋介石精心策划的"黄河战略"，又如何走出刘邓大军"千里跃进大别山"的妙棋？赵国保怎样配合中共地下党做通了开封绥靖区国民党将领刘氏兄弟的统战工作？

第二十八章 (377)

李金生怎样报考河南大学并成为全省高考"状元"？他的不治之症是如何在"自疗"中痊愈的？李金生和潘美玉怎样参加共产党领导的学生运动？两个人在运动中发挥了什么作用？

第二十九章 (387)

粟裕为什么向中央提出"大军不过江"的战略性建议？赵国保如何协助粟裕指挥"豫东战役"？某部突击营营长艾顺怎样率部攻打开封、血战龙亭？毛泽东如何高度评价粟裕？林彪为何称粟裕打了个"神仙仗"？

第三十章 (399)

解放军为什么要在河南乡村开展大规模的剿匪？晁十一悍匪是怎样在尉氏水台村覆灭的？尉氏县委和政府为何匆忙搬进县城？全县是怎样开展清匪反霸与土地改革运动的？

第三十一章 (411)

李金生和潘美玉如何带领南下师生在南京"大闹总统府"？潘美玉怎样在武汉参加了人民解放军？潘振海千里南下寻女是否把潘美玉追回了家乡？

第三十二章 (427)

毛泽东建国后外出视察为何首选黄河？他在兰考县徐公庄如何巧遇李恒德夫妇？毛泽东在什么情况下发出"要把黄河的事情办好"的号召？全国人大什么时候通过了中国历史上第一部开发治理黄河的法规性文件？

第三十三章 (443)

李金生和潘美玉的婚礼为什么在黄委会大食堂内举行？婚礼上意外重逢了哪些战友、乡友、学友和朋友？黄委会主任王化云在婚礼上给众人带来什么特大喜讯？

第一章

黄河为什么叫『天河』？为什么叫『母亲河』？她的源头在哪里？为什么黄河流经开封时会出现『百里悬河』？古城开封地下为什么会有『城摞城』？

（一）

黄河之水天上来，自天而降的黄河是“天河”！

自古以来，远上白云端的黄河，就被一代又一代中华儿女尊为天河，敬为神河，奉为母亲河。黄河，雄踞于华夏之巅，绵延于神州大地，奔走于云海高原，九曲十八弯，上下五千年，奔腾万里拥抱大海，流淌千年造福人间。黄河孕育了中华文明，养育了华夏子孙，黄河——黄水——黄土地——黄河儿女——炎黄子孙。黄河，成为中华民族的摇篮，成为全民族的象征。亿万华夏儿女与伟大的黄河血肉相连，血脉相通，血缘相承。伟人毛泽东曾说过一段著名的话——

“你们可以藐视一切，但是不能藐视黄河。藐视黄河，就是藐视我们这个民族，因为黄河不仅是中华民族的母亲河，更是我们民族的伟大象征！”

黄河是一条令人敬畏的“天河”。她自天而降，从昂首挺立的青藏高原飞流直下，聚集了无限能量，蕴含着无穷威力，掀起惊天动地的万丈狂澜，气吞山河，震撼大地，金涛澎湃，巨流骇浪，以排山倒海之势，雷霆万钧之力，势不可当地一往无前，摧枯拉朽地奔向东方，横扫一切险阻，推开无尽危障，向着下游辽阔的大地和广袤的平原，向着苍茫无垠的蓝色大海，奔涌而去。

黄河是一条威严而又温柔的母亲河。她心怀无限宽广，胸襟无比辽阔，张开双臂把黄河两岸华夏儿女拥入怀中，精心呵护，悉心哺育，慈祥温柔。她在华夏大地蜿蜒盘旋，千流百转，九曲连环，如诗如歌。黄河母亲在温柔敦厚之中又秉威严刚毅，慈祥和蔼之中也蓄坚韧果敢，喜怒悲哀行色于形，七情六欲聚集一身。温柔之时，她和风细浪，水缓涓流，河如平镜；发怒之时，她狂飙巨浪，神惊鬼泣，气吞九州。黄河母亲天赋良知，浩然坦荡，秉持正义，刚正不阿，善恶分明，驱邪扫恶。她是中华儿女敬畏的守护神，是华夏子孙依赖的慈母娘亲。

黄河儿女敬畏天河，热爱母亲河。一代代人赞誉着黄河母亲的伟大和雄壮，祖祖辈辈传颂着天河的慈祥和恩泽。

在黄河中下游的豫东平原上，有一个叫张江村的小村庄。村民们世代都饮着黄河水，耕着黄土地，收获着金黄色的麦谷，养育着黄皮肤的子孙。他们敬畏黄河，热爱黄河，迷恋黄河，把黄河奉为至高无上的神灵。

小金生的家就在张江村。从他懂事的那天起，爷爷李发旺就给他讲了许多关于黄河的神秘故事，讲了很多关于天河的惊奇传说。小金生的爷爷李发旺，是张江村所在的河南省尉氏县出了名的"黄河迷"，是学富五车的晚清秀才，也是德高望重的乡村绅士。爷爷曾反复对小金生说，黄河之水是从天上下来的，她的源头远在白云之间。黄河俯瞰着大地，掌控着乾坤，主宰着两岸的亿万生灵。爷爷还说，黄河是一条神秘的天河，河水是天龙吐出来的神水，是给两岸人民送来的甘泉。更让小金生不可思议的是，爷爷说，黄河浩大无比，宽阔得一眼都望不到边儿，长得没有尽头。她的水是浊黄色的，水中含有巨量泥沙。她一路走，一路撒，走过万里长路，在神州大地营造出辽阔的平原和万亩良田，带来了丰盛的水源和茂密的水网，灌溉滋润了黄河两岸，造就了中国人的祖先，养育了一代又一代华夏儿女。

小金生太想亲眼看一看朝思暮想的黄河了。张江村距黄河虽然只有几十里路，但爷爷就是不带他去，他为此整整期盼了八年。小金生是李氏家族中第三代独苗，独子长孙。按家乡风俗，小孩子年幼命软，命又被水克，只有等过了12岁本命年，命才能"硬"起来，才不被"河神"所惊吓。所以，爷爷坚持要等小金生过了"本命年"才带他看黄河。小金生等啊等，好不容易等到了年满13岁，等到了自己"命硬"体壮。

这天是1938年农历四月初一，爷爷李发旺终于发话了，要兑现带小金生去看黄河的诺言。

爷爷说，看黄河最好的位置是开封城北的柳园口。那里是黄河南岸的一个渡口，离开封城不到10里路，是黄河下游河段中最为险峻、风光最美的地方。

这天早晨，天还没亮，小金生就早早起了床，催促爷爷李发旺和父亲李恒德快点上路。早饭以后，爷孙三人拉着架子车就从张江村出发了。小金生坐在架子车上，一路按捺不住激动的心情，不停地催爷爷和父亲走得快一点，快一点赶到黄河边。不知不觉中，他们三人走过了离张江村15里路的尉氏县城，一直向北走到了水城朱仙镇。朱仙镇是豫东名镇，规模很大，位于尉氏和开封正中间，两边都是45里路。到了朱仙镇，天色已临近晌午。三人在此歇了歇脚，吃了点东西，又在小金生一再催促下上了路，直奔开封而去。从朱仙镇到开封的路是一条有几百年历史的古道，也是"官道"，又宽又平。这天又刚好赶上顺风，一路走得很快，下午3点就到了开封城北门附近。从北门到黄河柳园口只剩下不

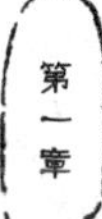

到10里路了,爷孙三人在此分了手。父亲李恒德要去给开封城里的饭店送煤土,爷爷和小金生则从这里直奔柳园口。

小金生由于心情激动,使劲儿拽着爷爷向前走,步伐一再加快,不一会儿工夫就来到了开封城北的黄河柳园口大堤前。

柳园口的黄河大堤真是太高了。小金生觉得它简直像一座横立在眼前的小山脉,比尉氏县城最高的兴国寺塔还要高。最让小金生感到惊奇的是,已经到了黄河的岸边,但还是看不到黄河的一丝踪影,因为大堤上那高大茂密的树丛遮挡住了黄河。小金生已分明听到了头顶上黄河浪涛那惊天动地的隆隆轰鸣声,感受到了黄河巨大水流给岸边带来的氲氤空气和浸入肺腑的湿润。小金生按捺不住急迫的心情,用力拽着爷爷的手,急不可耐地往黄河大堤上攀爬。他一边爬还一边喘着气对爷爷说:

"爷爷,这黄河大堤实在是太高了,我可从来没有想到哇!"

爷爷苦笑着被他牵着手,跌跌撞撞地往黄河大堤上爬。从地面到大堤顶上只有一条陡峭的小道相通,道窄径曲,坑洼不平,两旁树枝漫路,稍不留神树刺就会挂住衣襟,划破手臂。小金生毫不在意,只是一个劲儿地往上爬。爬了一会儿,他看到年迈的爷爷实在步履维艰,就索性甩开了爷爷的手,一个人冲在前面,双脚不停一直往上爬。最后,小金生终于爬到了黄河大堤上,喘着粗气站了下来。他急切地抬起头向前面望去,立刻被黄河那震撼人心的巨大气势惊呆了——

眼前的一切全都变成了黄色的世界,黄天、黄地、黄水、黄雾,黄气朦胧,无边无际,水天一色。站在柳园口高高的大堤上往远处看,就像站在高山之巅俯瞰辽阔大地。小金生觉得自己一下子变得那么得渺小,那么得孱弱,渺小孱弱得就像蚂蚁一样微不足道,而眼前的黄河则无限宽广,无比辽阔。小金生惊讶中看到,黄河和自己梦中的情景一样,气势磅礴,惊天动地,激荡的河水在一马平川的平原上奔腾咆哮,翻滚流淌,一泻千里。小金生此刻才懂得什么叫惊涛骇浪,什么叫排山倒海,什么叫气吞山河。小金生万分激动地看到,在浊浪滔天的河水中,一排排大浪似万马奔腾,一阵阵惊涛似巨兽怒吼,一片片漩涡似蛟龙滚动。黄水、黄浪、黄漩涡,在翻腾中搅卷着厚重的泥沙嘶叫轰鸣,浪卷、水跳、沙扬,席卷起一股股浊浪狂飙,彰扬着黄河那桀骜不驯的惊人野性和摄人魂魄的粗犷暴躁,真是金涛震天,鬼泣神惊。

小金生再往黄河对岸那浩渺宽阔的远处眺望,只见河面上的雾障与浊黄的天空混为一色，天水一体，水流混沌，物景空蒙。他看不到河中的渡船帆影，看不到水中的渔民和岸边的纤夫，只是偶尔有鸥影掠过时，才能隐约听到几声似有非有的低鸣。小金生感叹：黄河是条“天河”果然名不虚传，在柳园口看黄河真的是世上奇观，人间仙境！

小金生心里充满了对中华民族的伟大母亲——黄河的无限敬畏和无比惊叹。

“黄河真是一条名副其实的‘天河’吧？”

不知什么时候，爷爷李发旺来到了小金生身边，望着眼前的黄河也由衷地感叹。

“是啊爷爷，我真没想到黄河竟有这般大的气魄！”小金生心情仍难以平静下来。

爷爷此刻十分理解小金生的心绪。他看着眼前一浪高过一浪的黄河激流，低下头对仍有些痴呆的小金生说：

“本来，这个季节的黄河水势没有这么大，因为最近上游下了一场暴雨，水流陡涨，正好让我们赶上了，你也真是好时运，不枉此行。”

“爷爷，那这么说我此生一定是和黄河有缘啦！”小金生兴奋地拍起手来。虽然是第一次到黄河来，但小金生始终觉得自己与黄河有着不解之缘。看到爷爷一直在望着他，李金生想起一个问题，于是问爷爷：

“可是我不明白，这巨大的黄河水究竟是从哪里来的呢？”

爷爷亲热地抚摸着小金生的头，对他说：

“是从天上来的！”

“是李白诗中说的‘黄河之水天上来’吗？”小金生记起早年在村里上私塾时，多次听爷爷讲到过李白的这首诗。

爷爷捋着下巴上那一绺灰白色的山羊胡子笑了笑：

“黄河发源地是在青海省巴颜喀拉山的雅拉达泽山东麓，山顶上的雪水融化后顺山流下，汇流成河，后来又在沿途汇集了 9 个省内无数大小河流，百流聚合，千水集成，最后，就形成了眼前这巨大的沧浪之水。”

爷爷李发旺 60 余岁，身材偏瘦，脸庞偏黑，性格温和，读书识礼，自幼饱读四书五经，是晚清最后一批秀才。他的运气不好，虽考中了秀才，恰逢清朝废除科举制度，没有续考取仕。晚清的科举考试共分为四级，第一级为各县州的“院试”，考中者为“秀才”；第二级为省里的“乡试”，考中者为“举人”；第三级

为中央的“会试”,考中者为“进士”;最高级别的考试是皇帝的殿试,考试第一名为“状元”。李发旺考中“秀才”后未能取得功名,后来见清朝废八股,改学堂,就在尉氏县城上了新学堂,充实了新知识,然后在村里设私塾,教书解惑。由于李发旺是张江村里有名望的文化人,村民们都敬重他,称他为“老秀才”,孩子们叫他“秀才爷爷”。

“老秀才”李发旺是一个名副其实的“黄河迷”,与黄河有着不解之缘。清朝末年,他考取秀才时正值光绪“百日维新”,清廷下令科场废时文试帖,改策论经义。李发旺在“府试”中应试的文题就是“识黄与治黄”。真是天道酬勤,因为应试文题正中他长期研考的内容。李发旺看到试题后,顿感胸有成竹,考场上引经据典,挥笔如流,文压群芳,榜上题名。“李秀才”从此名扬尉氏城乡,光宗耀祖,风光一时。此后,李发旺对黄河的研考更加痴迷,曾徒步从黄河的入海口逆流而上,一个人从山东步行到陕西。要不是儿子李恒德怕出意外一路追了过去,李发旺还准备到甘肃、宁夏和青海高原溯河追源。

小金生很小就听父亲李恒德讲过爷爷的这段历史,对年迈的爷爷十分敬佩。看着眼前的黄河,小金生又记起爷爷提到过的黄河“两大奇观”,就拉着爷爷的手问:

“爷爷,你说过黄河有‘两大奇观’,指的是什么啊?”

李发旺指着小金生的脑门笑着说:

“你这个小脑袋瓜记事情可真准,还记得我说过的黄河‘两大奇观’哪?好吧,我现在就告诉你,先说第一大奇观——‘百里悬河’,就是眼前这条悬在我们头顶上的黄河。你知道开封城内最高的建筑是什么吗?”

“当然是铁塔了。”小金生不假思索地回答。铁塔在开封太有名了。铁塔、龙亭、禹王台是开封的“三大古建筑”,其中铁塔最高,伫立在开封城东北角。铁塔其实不是铁铸的,而是用黑色的琉璃砖垒起来的,因为颜色似铁,人们都叫它“铁塔”。

“你说得对。但你知道吗,铁塔尖与柳园口的黄河底是平齐的,两边一样高。因此,黄河是横在开封民众头顶的一条悬河。因这一段悬河有100多里长,大家叫它‘百里悬河’。”

“怎么会出现这么高的‘悬河’呢?”小金生十分不理解。

爷爷没有马上回答他的问题,转身指着黄河反问他:“你知道黄河的水为什么会这样黄吗?”

"当然因为河水里有大量泥沙啊!"

"对,这就是黄河在这一段形成'百里悬河'的真正原因。黄河每年都从上游黄土高原冲刷下来大量的泥沙,在开封这一段特殊的地貌上沉淀淤积,日积月累就形成了这'百里悬河'的奇观。"

爷爷看小金生还在思索,索性拉开了他"黄河迷"的话匣子:

"黄河的含沙量世界第一。一般的大江大河每立方米含沙量都不会超过3公斤,而黄河的含沙量最高达到了37公斤,每年从上游冲下来的泥沙有16亿吨,并且有四分之一都沉淀到了河底。开封柳园口这一带的黄河流向弯曲,河道宽阔,是有名的'豆腐腰'。黄河的泥沙在这里大量淤积后,柳园口的河床就逐年抬升,现在已高出开封城十多米。由于河高城低,人们为了防汛,只能不断修高黄河的河堤,久而久之,这里的大堤就比开封铁塔还要高,成为世界上独一无二的'百里悬河'。"

"哦,怪不得柳园口的黄河大堤要修得这么高呢! 不过这样一来,这悬河真的是太壮观了!"小金生看着眼前浩瀚的黄河,想着一代代先辈们修起来的"百里悬河",更感受了黄河的博大与深邃。

想起爷爷常讲黄河是中华民族的母亲河,小金生就接着问爷爷:"你讲过黄河是我们的母亲河,为什么要这样说呢?"

爷爷讲得有些累了,看到小金生这么执着地提问,心里还是很高兴。他拉着小金生的手,来到大堤上一棵绿荫匝地的大柳树前坐下,乘着荫凉,擦了擦脸上的汗后,对小金生说:

"在远古时期,黄河流域气候温和,雨量多,土质松,十分宜于先民们挖洞聚居,屯垦种植,所以黄河两岸很早就有了人类生息。我给你讲过的洛阳渑池'仰韶文化',就是远古人在黄河流域的早期遗迹。"

爷爷喘了口气,从腰里掏出一个烟袋,装了一锅烟,点火后深深地吸了一口,一边吐着浓烟,一边又接着说:

"在四千多年前,黄河流域诞生了炎帝和黄帝两个大氏族。后来通过争斗,黄帝取得了盟主地位,联合其他部落建立了华夏族。咱尉氏西边的新郑县,就是当年黄帝出生和打仗的地方。陕西也有一个黄帝陵。现在中华儿女把自己称作'炎黄子孙',把黄河当作'四渎之宗',所以也就把黄河比作母亲河,比作中华民族的摇篮。"

"爷爷,我有一个问题,我国历史上有多少古都建在黄河流域?"小金生想

起身后的开封，那里曾是北宋都城。

“那可就多了。小的国都不说，历史上的‘七大古都’有四个建在黄河流域。”说到这里，爷爷掰着指头给小金生算起来：

“开封、安阳、洛阳和西安四大古城都建在黄河流域，封建王朝在黄河流域建都长达三千多年。前些年，在安阳殷墟又发现了甲骨文，证明在黄河流域最先有文字记载。再说西安城，那里有 13 个朝代建都，称作‘八水帝王都’。到了北宋，国都建在了开封，历时 200 多年，是当时世界上最繁华的大都市。另外，古代的造纸、火药、指南针、活字印刷‘四大发明’都出自黄河流域。黄河留下的历史遗产，是我们全民族的骄傲。”

爷爷停顿了一下，接着对小金生说：

“黄河养育了中华民族的祖先，是我们的根。中华儿女一定要正本清源，敬重黄河，敬仰黄河，敬畏黄河。”

小金生看着爷爷越说越激动的脸色，使劲儿地点了点头。爷爷在这黄河边给他上的这一堂课，使他对黄河厚重的历史文化有了更加深入的了解。

不知不觉中，太阳已经挪到了柳园口大堤西面的树梢上。夕阳斜照，薄雾似纱。晚霞放射出一道道耀眼的光芒，把黄河两岸映照成了一片金黄色，给大堤上的树丛也披上了一层迷人的霞光。看着眼前这金色的河流，蓝色的天空，绿色的大堤，看着这风光旖旎的美景，小金生不由得感叹家乡的美丽，黄河的伟大，生活的美好。

“金生，金生——”远处传来一阵急促的高喊。小金生抬头一看，原来是父亲李恒德找来了。

（二）

“哎呀，你们俩咋还在这儿啊？天都到后晌了，咱们还要赶回开封，不能再耽搁了，赶快走吧！”李恒德火急火燎地向他俩大声说。父亲是个急脾气，语气中带着明显的不满。

李恒德正值壮年，是个典型的黄河汉子。他面色黝黑，浓眉大眼，身材高大,膀宽腰细。人们都说“膀宽腰细必有力”,李恒德就有一身蛮力气,加上他还会武术,又血气方刚爱打抱不平,在家乡三乡五里很有一些名气。李恒德自幼生性好动怕静,读不进书。父亲李发旺曾希望他读书成材,延续书香门第。但是,无论怎么说,李恒德只上了两年私塾就再也坐不住、读不下去了。最后,他坚决跟着本家伯父下田种地,并很快学会了耧耙锄犁,干起农活样样拿手,早早接过了耕田持家的重担。

按说到了农历五月芒种季节,马上要收麦子了,地里的农活正多,李恒德不该随父亲和儿子一起出来,但最近开封第一楼饭店的马老板让人给李恒德捎话,叫他给饭店送一些上好的煤土去。开封城内的饭店对烧煤很讲究,煤和得好,火才烧得旺,做出的饭菜可口,才能吸引顾客。所谓“煤土”,实际上就是黄泥土,把它与黑煤掺和在一起做成的煤饼放入炉中,火就烧得很旺。煤土中最忌掺入石块杂土等杂质,如果杂质多了,和煤时不凝煤,易散水,即便有再好的煤,烧起来炉火也不旺,热劲儿上不来。第一楼饭店的传统特色是“开封小笼包子”,是开封城内第一大名吃,“提起来像灯笼,放下去像菊花”,皮薄馅大,肉多汤足,色香味俱全,一口吃下去热得烫嘴,满口溢香,闻名全国。当年慈禧太后吃了也赞不绝口。蒸小笼包子对火候十分讲究,火候不到,包子味道不纯不香,对烧煤要求特别高。

李恒德为人厚道,干活不惜力,肯吃苦,不怕吃亏。每次给饭店送的煤土,都是他到很远的黄河滩上挖来的。那里的黄泥土色泽好,泥块软,土纯厚,和煤时又黏又厚,省时省力,烧起来炉火通红。天长日久,开封的许多酒店饭庄都知道李恒德送的煤土好烧,就专门要他的煤土。相互熟稔了,大家看李恒德面孔黑,人憨厚,肯出力,就叫他“李老黑”。李恒德牢记着祖训——愿意吃亏的人,终究吃不了大亏,亏吃多了,总会有厚报;爱占小便宜,终究会赢了微利,失去大贵。由于在城里的饭店中有了信誉,李恒德在农活不忙时常拉着架子车到城里卖煤土,换些钱补贴家用。干卖煤土这个活儿主要靠卖力气,从城郊的河滩上挖一些黄泥土拉到饭店就行。

李恒德这次进城,给哑巴弟弟李恒浩交代好了,由他招呼自家地里的农活儿。哑巴弟弟也是个干农活的好把式,加上本家大伯也能帮衬他,李恒德放心。父亲李发旺在家里基本不干农活,碍于自己“秀才”的脸面,整天只在私塾教圣贤书。这次进城送煤土前,儿子金生一再吵着要到开封柳园口看黄河。父亲李发旺也答应过他,李恒德只好和他爷儿俩一起来到了开封。

当天下午，李恒德就给第一楼饭店送了两车煤土，由于心里惦记着他们爷儿俩，便早早来到约定的开封北门等候，可是左等右等就是不见爷儿俩的面儿，情急中他干脆直接找到了柳园口大堤。

李恒德走上前拉住儿子的手就要往大堤下面走，不料小金生使劲儿挣脱了他，躲在爷爷身后就是不肯走。

"你弄啥？小祖宗！咱还要赶回开封城里吃晚饭哩！"李恒德气鼓鼓地对儿子说。

"爷爷答应过俺要去看'镇河铁牛'，看过之后咱们再走。"小金生想起爷爷说过柳园口东面还有一个镇河铁牛，很稀罕，来一趟不容易，一定要去看看。

看到父子俩僵持着，李发旺就对儿子李恒德说："反正铁牛村离这儿不远，就去看看吧，晚点吃饭。"

李恒德嗔怪地瞪了父亲一眼："你就这么惯他啊？"

小金生使劲挣脱着父亲的手，坚决不走。李恒德想了想，儿子出来一趟也确实不容易，看黄河盼了多少年，而且父亲又发话了，去就去吧！于是他对小金生说：

"那就看了以后快点走，不能耽搁太长时间。"

"好，谢谢叔了。"小金生看到父亲答应了，非常高兴。而小金生为何将李恒德不叫爹而叫叔呢？原来这是尉氏老家一带的习俗。小金生是家中的独子长孙。按迷信说法，贱养的孩子好活，在家里不叫爹而叫叔，显出这个孩子在家是个"多余的人"，不主贵，阎王爷"点名"时容易忽略，不会从阴间的花名册上把他勾走，便于孩子长大，所以小金生自幼就把李恒德叫叔不叫爹。

看到父亲答应了，小金生兴奋得连连点头，马上答应父亲到铁牛村快看快走。在父亲和爷爷的陪伴下，小金生一蹦一跳地顺着黄河大堤向东边的铁牛村走去。

（三）

祖孙三人顺着大堤向东走了两三里地，就来到了柳园口东面的铁牛村。

铁牛村，因村北有个"镇河铁犀"而闻名。到开封柳园口看黄河的人一般都要到铁牛村去看看镇河铁犀。李发旺祖孙三人走到铁牛村边,远远看到了矗立在村外河滩上的那尊高大的铁牛像。小金生一下子激动起来,甩开爷爷和父亲的手,快步跑到铁牛前。他看到,这个五六米高的铁牛是一个怪兽,浑身乌黑,头有独角,前撑后卧,面朝黄河,怒目圆睁。小金生端详了半天,觉得这个怪兽似牛非牛,似虎非虎,似狗非狗,实在认不出是个什么东西,就回头问爷爷:"这是个什么怪兽啊?"

爷爷捋着山羊胡子笑而不答。

"是犀牛。"李恒德上前替父亲回答。他常来铁牛村,知道这个铁牛叫镇河铁犀,好像是神话中的一种动物。

小金生围着铁犀转了一圈,十分好奇。后来他干脆爬到铁牛背上,冲着父亲和爷爷高兴得直晃脑袋。无意中小金生发现,牛背上刻着密密麻麻的文字,就仔细辨认起来,但看了半天也没看出个究竟,对上面的文字似懂非懂。

爷爷李发旺问小金生:"你看得懂铁牛背上写的是什么吗?"

"一定是治河的事情吧!"小金生心想,这个铁牛挺立在黄河边,一定记载的是这方面的事。

李发旺上前摸着铁牛背上的铭文,对小金生说:

"这上面铸的是明朝于谦大人在开封治理黄河水患时写的一首诗。"说完,他摸着字念了起来——

镇河铁犀铭

百炼玄金,溶为真液。
变幻灵犀,雄伟赫奕。
填御堤防,波涛永息。
安若泰山,固如磐石。
水怪潜形,冯夷敛迹。
城府坚完,民无垫溺。
雨顺风调,男耕女织。
四时循序,百神効职。
亿万闾阎,措之枕席。
惟天之休,惟帝之力。
尔亦有庸,传之无极。

正统十一年岁在丙庚五月吉日浙人于谦

“爷爷,这个于大人是明朝那个‘清风两袖’的于谦大人吗?”

“正是他。那你还记得于谦大人的故事吗?”爷爷在考问小金生。

“当然记得。”小金生在学堂里不仅读过于谦大人的诗,而且听爷爷讲过许多关于他的故事。

于谦是明朝有名的民族英雄,官至巡抚和兵部尚书。当时朝政腐败,贿赂成风,地方官员进京觐见时,都要带财宝特产敬献权贵。于谦为官廉洁,进京时从不带任何礼品。同僚劝他:“你不献金宝,至少也应带些线香、蘑菇、手帕之类的特产啊!”于谦笑着举起两个空空的袖子说:“我只带了两袖清风。”他还专门作了一首《入京诗》:

绢帕蘑菇与线香,
本资民用反为殃。
清风两袖朝天去,
免得闾阎话短长。

这首诗表现了于谦不与贪官同流合污的铮铮铁骨。

爷爷对小金生的回答很满意,对孙子说:

“于谦不仅是一个诗人,还是一位民族英雄。英宗皇帝一次贸然率军与入侵的蒙古瓦剌军作战,土木堡一战大败,50万人马全军覆没,英宗被俘。于谦临危受命,率领大军与瓦剌军激战5昼夜,大获全胜,救出英宗。但英宗后来却听信谗言杀害了于谦。在抄家时,发现于谦家中仅有大量书籍,没有任何珍宝,抄家的人甚至于谦的政敌都对他的廉洁品格素然起敬。”

小金生听得入了迷。看着眼前的铁犀他又想,这个铁牛一定也和于大人有着不寻常的关系,就问爷爷:

“这个铁牛是咋回事?于谦大人真在开封治过黄河水患吗?”

爷爷说:“于大人可是咱河南的大恩人哪!当年他为了开封不被水淹,曾跳下黄河,用身体填堵决口。”

听到这些话,不仅小金生吃惊,连李恒德也感到意外——他从没听过这段历史。

爷爷指着身后的开封城,对李恒德父子说:

“说到这里,我要先讲讲黄河的另一个奇观——开封‘城摞城’的故事。”

李发旺正要开口,发现周围不知什么时候已经围了不少铁牛村的村民。原来大家听说尉氏县的“老秀才”在这里讲故事,都纷纷跑了过来。李恒德与村里的王二旦是好朋友。王二旦看到老秀才讲得有些累了，就回家搬了个凳子，让李发旺坐在凳子上讲。

李发旺谢过王二旦，对大家讲起了开封“城摞城”的由来：

“从咱们站的黄河大堤往南看，整个开封城的外形酷似一头卧着的牛。开封西北高，好似牛头俯视黄河，东南低，就像牛尾轻扫绿野。开封最大的弱点是背靠黄河，河高城低，黄河犹如一盆悬在开封民众头顶上的巨水，水势一大随时可能决口，十分危险。宋朝以来，黄河在柳园口就决堤 100 多次，开封城受到的灭顶之灾就有 7 次。

众人听后都吸了一口冷气。连铁牛村的人都不知道黄河曾决口这么多次，灾难这么严重。

看着众人吃惊的目光，李发旺接着往下说：

“现在开封地下一共压着 6 座城池，有 3 座古代都城、6 座皇宫，一座摞着一座。最上面的一层是清代开封城，最下面的一层是战国大梁城，规模最大的是北宋东京城。北宋在开封建都达 168 年，人口上百万，富丽甲天下。所以，开封是个名副其实的‘城摞城’。”

李恒德听到这里也点了点头。他在开封曾听到一首民谣：“开封城，城摞城，地下还有好几层。”

李发旺接着对众人说：

“自古天下九九八十一分，赤县神州居中。大禹在划分赤县时，分为冀、幽、并、兖、青、扬、荆、雍、豫九州，豫州居中。豫州分东西南北，咱们河南开封又居正中。春秋时期郑庄公在开封修筑启封城，战国时魏惠王迁都开封称为大梁城，唐代在开封建汴州，宋太祖赵匡胤发动‘陈桥兵变’后定国都于开封。到了明朝末年，朝廷为抵抗李自成起义军，曾人为地扒开黄河大堤水淹开封，淹死了全城 37 万人中的 34 万，使开封元气大伤。后来开封又屡遭水患，屡建屡毁，屡毁屡建。真是成也黄河，败也黄河。”

听了开封悠久的历史，特别是听说在明末曾淹死了开封城内那么多人，大家都低头不语。小金生看着身边的镇河铁牛，想起明朝于大人治黄的事，就追问爷爷：

“于谦大人那次治黄，大水淹没了开封城吗？”

“你看我都扯远了，现在我就说说于大人当年治堵黄河和铸造镇河铁犀的故事吧！”李发旺看着小金生和身边的众人，接着讲起了于谦当年在开封治黄

的故事。

于谦33岁任河南巡抚,在开封前后共19年时间。明朝时,黄河在开封三年两决口,整整决口10次,朝廷上下谈水色变。于谦督豫后正赶上黄河决口,开封城三面受水,民众惶惶不可终日。于谦当即赶到柳园口,看到黄河水高浪急堤坝塌陷时,就立刻脱掉官服跳入黄河,用自己的身体封堵决口。随行人员见状,也纷纷跳入河中,用石块、沙袋和树根堵塞决口,最后终于保住了柳园口大堤,并一直坚持到洪水退走。

为根治黄河水患,于谦专门上奏朝廷固坝修堤。他先是率人在开封城西、北、东三面筑起长达85里的护城防洪大堤,又对柳园口堤坝加高筑厚,确保堤高于水,坝固于堤,垛密于岸,并在大堤上每隔几里设立一个河亭,由河兵专司河防事务。最后他又找来铁匠,在柳园口黄河岸边生火开炉,铸造了这个能捉拿水怪的铁犀镇压黄河,并亲笔撰写了犀牛背上的《镇河铁犀铭》。

众人听到这里,纷纷上前抚摸铁牛的铭文。他们真不知道这个镇河铁犀还有这么多历史故事。

李发旺看到大家都在摸铁犀上的铭文,又问众人:“你们知道于大人为什么要用铁犀来‘镇河’吗?”

大家都摇起了头。他们都知道铁犀是镇河用的,但不知道为什么要用它来镇河。

李发旺又点起一锅烟,抽了几口,歇了一会儿后,继续讲了起来:

“开封不是有‘卧牛城’之称吗?铸造了这个铁犀,就可以凭借神牛的威力镇服黄河水患。古人认为,黄河屡屡泛滥是因河妖在作怪,只有铸造一尊铁犀,才能镇服河妖。同时,‘铁’在阴阳五行之中属‘金’,金为水之母,故金能制水。而‘犀’为牛科,是神牛,牛性耕田属坤畜,坤在五行之中为‘土’,而土则能克水。开封的‘铁塔’之所以也用‘铁’来命名,均有‘镇压’黄河水妖之义。这就是当年于谦大人铸铁犀的真正原因。”

大家这才恍然大悟。对于铁犀代表的这些深刻含义,众人都是第一次听说。在场的人都十分佩服李发旺老秀才丰厚的历史知识,对曾造福于开封的于谦大人更是肃然起敬。

当年于大人临危不惧,励精图治,使黄河下游在很长时间内免受河灾。洪水平息之后,于大人还坐着小船从中牟县顺流而下勘察水情。他看到整治后的黄河堤固坝坚、水疏流稳时十分高兴,当即作了一首诗《黄河舟中》:“顺风吹浪片帆轻,顷刻奔驰十数程。舵尾炊烟犹未熟,船头已见汴梁城!”

众人看到李发旺老人把这首诗一字一句地背了下来,对他的学识和他超人的记忆力都佩服得五体投地,纷纷鼓起掌来。

正当大家兴高采烈地听李发旺老人讲述镇河铁犀故事的时候,忽然从铁牛村方向急匆匆地跑来一群持枪的军人,一边跑还一边高喊:

“前面的人马上散开,赶快离开这里——”

众人都惊愕地抬起头,看到快步跑过来的这一群军人,是一队荷枪实弹的国民党兵。他们头戴钢盔,杀气腾腾。大家不知道发生了什么事情,气氛一下子紧张起来。

(四)

当众人惊讶不已的时候,持枪的国民党兵中有一个军官走了过来。他瞪着眼看了看在场的众人,然后口气极为严厉地说:

“日本鬼子快打过来了。上级命令,这一带是军事禁区,各位马上从这里离开,否则我们可要用武力驱散。”

众人听后一哄而散。铁牛村的王二旦请李发旺三个人先到自己家中避一避。李发旺看到天色已经擦黑儿,这里的情况又这样紧张,就向王二旦摆了摆手,谢绝了他的好意。李发旺拉起小金生和儿子李恒德一起,快步走下了黄河柳园口大堤,顺大路向南边的开封城走去。

李恒德他们在路上听人说,柳园口大堤的四周都被国民党兵戒严了,好像开过来了很多部队,正忙着修工事,筑阵地,摆战场,还有一批大骡马拉来了很多大口径火炮,炮口都对准了黄河北岸,看样子是要打大仗了。李发旺刚才路过柳园口渡口时,也隐约看到有几个军官模样的人,手持望远镜对黄河北岸观察,旁边有持枪的哨兵,看样子都是一些大官。

遇到了这种情况,李发旺有一种不祥之感,看来这里真的要打仗了,而且这仗还不小。其实李发旺这次到开封来,除了陪孙子看黄河以外还有一个重要目的,就是想到开封来打探一下风声,探听一下当前的战况。自从日本人今年初

攻入黄河以北之后,现在河南省北部已大多被日本兵占领,有可能继续往开封这边打。前些时候,他听本村在国民党军队当参谋官的赵国保说,目前的战局很是紧张,"七七事变"后日军攻势凌厉,目前北边已经打到了河南安阳,东边也快打到商丘了。商丘离开封只有不到200里路,日本人再往这边打可就要打到家门口了,这可怎么得了?太可怕了!李发旺在张江村是乡亲们的主心骨,大家听到风声后都来找他讨主意。在这种情形下,李发旺决定来开封找赵国保问问情况,看下一步该怎么办。想到这里,李发旺不由得加快了步伐。祖孙三人紧赶慢赶,赶到开封城内时天已黑透,沿街的住户都掌上了灯,燃起了阵阵炊烟。城内的路灯若明若暗,泛黄的光线穿透了夜空,辉映着城内川流不息的人群。三个人都感到体乏腹空,困倦不已。

祖孙三人的投宿地点是城北的刘家胡同。每次到开封来,他们都是住在这里。三人从开封北门顺着马路一直往南走,拐过铁塔西大街,很快来到了位于北土街南段的刘家胡同。刘家胡同里客栈很多,也很热闹,来这里投宿的多是从乡下进城办事的人。这条胡同里住的尉氏老乡很多,因为几乎整条街都是尉氏大财主刘耀德的房产。刘家在尉氏县号称"刘半县",家产万贯,富甲中原,在开封、南京和北京城内有大量钱庄商铺。刘耀德的夫人刘青霞名气更大,晚清时被光绪皇帝授为"一品诰命夫人"。刘青霞曾留洋日本,见过大世面,两度面会孙中山、宋庆龄夫妇,捐巨资助革命。孙中山亲笔为她题写了"天下为公"的墨宝。辛亥革命时,刘青霞又资助河南革命军总司令张钟瑞,帮助他在开封发动反清起义。刘青霞在尉氏家乡也办了很多好事,散巨资扶危济困,兴办教育,成为名噪一时的"民国女侠"。当时曾有"南有秋瑾,北有青霞"之说。

李发旺祖孙三人在刘家胡同一个名叫"喜客来"的客栈里住了下来。客栈内住了很多从尉氏进城办事的老乡。李恒德已事先在这个客栈预订了铺位,下午送完煤土就把自家的架子车放在这里。三个人在店里住下以后,李恒德马上去找店里的伙计要开水,准备就着从家里带来的烙馍吃晚饭。不料,小金生又嚷了起来,非要去附近喝羊肉汤不可。李发旺知道,离刘家胡同不远的地方有个"潘记羊肉汤馆",老板潘振海也是尉氏老乡,而且是同村赵国保的岳丈。李发旺心想,去那里喝羊肉汤也行,可顺便从潘老板那里了解当前的战局,于是就答应了孙子的要求。李恒德看父亲都同意了,只好随着爷孙俩向"潘记羊肉汤馆"走去。

"潘记羊肉汤馆"就在北土街的马路边上,门面邻街,坐西朝东,门上挂着

“潘记羊肉汤馆”的匾额，两边对联写着：货真价实取薄利，童叟无欺待宾朋。李发旺每当看到这副对联，就像看到了潘老板那诚实忠厚的人品。三个人进店后，首先看到临门处支着一口大铁锅，铁锅内热气腾腾，乳白色的羊肉汤在锅里“咕嘟咕嘟”地翻滚，浓厚的羊肉香气扑鼻而来。三个人找到座位刚坐下，一个腰系围裙的店堂伙计立刻迎了上来：

“秀才大叔您来了，多会儿进城的？祖孙三人一齐来喝羊肉汤啊！”

李发旺与店里的几个伙计都很熟悉，知道这个跑堂的小伙子名叫艾顺。艾顺的长相有些与众不同，鹰钩鼻子，深眼窝儿，脸庞有点像“洋鬼子”。其实，艾顺的祖上是从以色列迁徙到开封来的犹太人，确有欧洲人的血统体貌，现在家住城里的顺河回民区。店里还有个伙计叫小锁柱，身材瘦小，人很机灵，干活麻利。小锁柱看到李发旺祖孙三人来了，也和他们热情打招呼。

“秀才大叔，今儿个还是每人一碗羊汤，汤里放白肉？”艾顺一边抹着桌子一边殷勤地问。

李恒德接过话头回答：“对，三碗羊肉汤都放白肉，两碗汤里多加些辣椒油。”

“来几个烧饼？”艾顺又问。在开封喝羊肉汤一般都配着烧饼吃。开封的吊炉烧饼很有名，烧饼当场烤制，出锅后热得烫手，皮焦内软，非常好吃，尤其是把烧饼撕成小块泡在羊肉汤里，喝起来更痛快。

李发旺接上话茬说：“那就来一个烧饼给孩子吃吧！俺们两人吃自带的烙馍。”

李恒德瞥了爹一眼，不满地说：“咱们三个人都吃烧饼吧！烙馍还是留着明天回家路上吃。”

小金生也噘起嘴：“爷爷，咱好不容易才来开封喝一次羊肉汤，还是一起吃烧饼吧！”

李发旺看他们父子都坚持吃烧饼，就笑着说：“好好好，那就要三个烧饼。”

“好嘞，三碗羊肉汤，三个烧饼，马上来喽——”艾顺一边高喊着，一边把抹布甩到肩上，快步向门口的大铁锅走去。

小金生从凳子上跳下来，跟着艾顺跑到了铁锅旁边。他看到，艾顺麻利地从桌上取过三只大海碗，逐个放进一撮撮切好的碎羊肉，再掺入一点羊杂，伸手取过大汤勺，将铁锅里沸腾着的乳白色羊肉汤满满舀上一大勺，把三个大海碗逐个盛满，又撒上翠绿的碎香菜，并将其中的两个碗内浇上鲜红的辣椒油。不

一会儿，三碗热气腾腾的羊肉汤就端上了桌。

小金生回到桌前，兴奋地跳到凳子上，把自己那碗羊汤拉到跟前。他看到，大碗中的羊肉汤热气扑面，肉杂翻动，香气喷鼻，漂浮在汤上面的碎香菜化开后溢满了碗面，白肉红肉掺杂着嫩绿香菜的点缀，真让他垂涎欲滴，胃口大开。小金生用筷子搅了搅滚烫的羊肉汤，迫不及待地顺着碗边轻轻喝了一口。

一口热汤下去，小金生顿时感到一股热流直入胸腔，肉香菜香浸入肺腑，浑身通畅舒坦。他觉得，这是人间最美妙的饮食了。

“金生，慢点喝，别烫着嘴。你先把桌子上的烧饼掰碎放到碗里，羊肉汤就不会那么烫了。”爷爷说着给小金生递过来一个烧饼。

小金生学着爷爷的样子，把吊炉烧饼掰成一个个小块，泡进羊肉汤里。那烧饼蘸着羊肉和香菜味，带着被羊汤汁泡透的酥脆，味道更好。他连吃带喝，恨不能一口一碗。

李恒德一边喝着汤一边对小金生说：“不要那么着急，慢点喝，不够还可以去再添汤的，不加钱。”

在开封喝羊肉汤有个老规矩，哪怕你只买一碗羊肉汤，喝完后可以随意添汤，免费，而且添几碗都行。“潘记羊肉汤馆”大铁锅内的汤非常地道，因为它不是每天都重新煮新汤，而是将长年累月熬煮的老汤存下来，反复熬，反复煮，每天凌晨就点火热锅，老汤已连续熬煮了数十年之久。熬羊肉汤的大铁锅内，每天除了添加碎骨头以外，还要放进一只整羊加熬，一直到这只整羊骨碎化，这样，日积月累沉淀下来的老汤无比醇香，吸引留住了一批批老顾客。

小金生此时尽情地享受那碗羊肉汤带来的美妙和愉悦，不知不觉中已有半碗热汤下肚，很快喝得满脸通红，全身大汗淋漓，痛快至极。

李恒德也很快喝完了大半碗汤，随后抬起头一声吆喝：“伙计，添汤！”艾顺立即跑过来，给他们三人分别续添了热汤。

小金生抹了抹脸上的热汗，看了一眼爷爷，发现他正低着头喝着汤，但喝得很慢，好像在想着什么心事。

“爷爷，您也快点喝呀！”小金生催促李发旺。

李发旺一边应着，一边又轻轻地喝了几口汤。他此刻心事很重。从柳园口黄河大堤下来以后，他心里一直在担忧着目前的战况。他担心中国军队抵挡不住日本人的猛烈进攻，战火会燃烧到自己家乡来。他这次来喝羊肉汤的主要目的，是想向同乡潘老板打听一下情况。潘老板的女婿赵国保在第一战区司令长官部任职,一定知道更多更准确的消息。

李发旺放下筷子,叫来店中的伙计小锁柱问:“潘老板不在店里吗?”

他话音刚落,一个高亢浑厚的嗓音从店门口传了过来:

“哎呀,李老秀才,您来了,好久不见了,欢迎啊!”随着话音,一个身着深灰色长衫的中年人,穿过小店内拥挤的顾客,快步来到了李发旺桌子前,双手作揖行礼。

“潘老板,见到你可太高兴了。”李发旺连忙站了起来,举起双手对潘老板作揖还礼。

“这是小金生吧?”潘老板摸着小金生的头,问李发旺。

“潘伯伯好!”小金生知道潘老板名叫潘振海,老家也在张江村,曾多次回村里去,小金生还常与他的小女儿潘美玉一起玩耍。

“是啊,小金生今年都 13 岁了,带他来柳园口看黄河。”李发旺说着,从旁边拉过一个方凳请潘老板坐下,关切地问他:“最近见到国保了吗?他回家来过吧?”

潘老板说:“见到了,他现在就在北边的河南大学住着呢!”

李发旺扭头看了看旁边的人,轻声问潘老板:“不知道当前的战事如何,乡亲们都担心日本人真的会打过来。”

潘老板听后没有马上回答,警惕地向桌两边瞅了瞅,然后把头凑到李发旺耳边说:

“听说战局不太好。国保他这些天也是匆匆回过两次家,形势好像非常紧张。现在开封周围已开来了大批部队,听说东边商丘的国军已经和日本人接上火了,打得很厉害。眼下开封城内人心惶惶,不少有钱人都带着家眷跑到洛阳和西安去了。”

李发旺听后,直愣愣地瞪着眼睛好一会儿没有说话。他没想到局势会这么紧张,这么严峻。李发旺想了想,又接着问:“照你这么说,开封城也难保了?”

“谁知道啊!也不知这鬼仗是咋打的。前些时广播里还说国军取得了‘台儿庄大捷’,中国军队马上要大反攻了,好像很快就要把小日本打败了。也不知咋地,这战局一下子又变得这样紧张,小日本不仅打到了河南,而且快打到咱开封来了。从‘七七事变’到现在还不到一年时间,这小日本说打哪儿就打哪儿。咱都快丢掉半个中国了。”潘老板说起战局,情绪变得激动起来。

“刚才,俺们在柳园口看到很多国军官兵在那里修工事,还拉来了好多大

炮，周围都戒严了。”李恒德想起刚才在黄河边的见闻，也插了一句话。

“谁知道这开封城能不能守得住啊？不管咋说，这打起仗来最先遭殃的是咱老百姓。你们听说没有？去年底，日本人打下南京后，满城烧杀抢掠，一下子杀了好几十万人。你说，这日本鬼子真要是打到咱开封来，城里这么多人，这么多老百姓，这么多男女老少，可往哪里跑哇？小日本可是一群杀人不眨眼的野兽啊！”潘老板脸上布满了乌云，一边说着一边叹气。

李发旺听后一阵恐慌。这小日本要是真的打过来，那可不比国内的军阀混战，这一次可是外族入侵，是倭寇犯到家门口来了，他们给开封带来的可是刀光剑影的血腥屠杀啊！

李发旺和潘老板面面相觑，在这紧张而难以预测的战局面前都不知该怎么办，内心无比忧虑。

“爹，您要账回来了？”潘老板转身一看，是大女儿美兰拉着小妹美玉从门外走了进来。潘美兰在开封城内邮电所上班，休班时常到店里来搭手帮忙。小妹美玉在开封南关的一所小学里上学。看样子，是妹妹放学后跟姐姐一起来到了店里。

潘振海指着李发旺三人：“美兰，快来见过李老秀才，这是他的儿子恒德和孙子小金生。”

“认识，认识。秀才爷爷，我爹和国保常说起您，国保还说李大爷是他的恩师呢！”

潘美兰常随着父亲和丈夫赵国保回老家张江村，知道李发旺是村里有名的“老秀才”。

“美兰，见到国保你告诉他，他家老人身体很扎壮，让他尽管放心。”李发旺说完，又对着美兰身边的小美玉微笑着问：“美玉，在学堂里学习咋样啊？”

“还行。不过秀才爷爷，我们学校明天就要放假了，我可以常到店里来帮忙干活啦。”小美玉落落大方地回答。她穿着上白下黑的学生裙服，整洁利落，显得十分乖巧，惹人怜爱。看到旁边的小金生，小美玉走到他身边，问他：

“金生哥哥，你们学校也放假了吗？”她和小金生十分熟悉，每次回张江村时常在一起玩耍。

小金生对她说：“俺们学校已放假好多天了，放的是麦假。”

“金生哥哥，什么是麦假啊？”小美玉扑闪着长着美丽睫毛的大眼睛，有些好奇地问。

“就是农村到了收麦子的时候，学校的孩子都提前放假，回家里帮忙收割麦子。”潘老板对自幼在城里长大的女儿解释。

正当他们在店中亲热地叙述乡情的时候，忽然，大街上传来“呜——呜——”的刺耳警笛声。他们不知发生了什么事情，都赶快趴在窗户上往外瞅，美玉和小金生还跑到大街上观看。他们看到，在警笛声中，几辆汽车向这边快速驶来，前边的黑色警车闪着警灯鸣笛开道，后边跟着两辆小卧车，最后是一辆大卡车，上面站满了全副武装的国民党士兵。此时大街上气氛紧张，交警来回奔跑着维持秩序。这个车队在呼啸中从店门前快速驶过，朝北面的铁塔方向开去。

车队开过去后，围观的客人回到店里坐了下来。小美玉气喘吁吁地跑到父亲跟前说：

“爹，汽车向河南大学那边开去了。我姐夫不是也在那里吗？”

潘老板对她摇摇头，示意她不要再说下去。

潘美兰上前拉过小美玉，对李发旺他们说：

“秀才爷爷，你们吃着，俺们先忙去了。”说完，拉着小美玉走了。

李发旺起身向潘振海告别：

“潘老板您多保重。如果形势真紧张了，实在不行就回咱村里避避。俺们明天一早就回张江村去，和村里的乡亲们合计一下该咋办。”

“等一等。”潘老板让伙计包了些羊肉烧饼交给李发旺：“让家里人也都开个荤。”他同时对一再推让的李发旺说：“老秀才，我看咱们都要做最坏的打算。”

李发旺和李恒德再三向潘老板致谢后，拉着小金生出了“潘记羊肉汤馆”，向刘家胡同客栈走去。一路上，李发旺一再回头往北面的河南大学张望。他对那里太熟悉了，晚清时他就是在那所大学的贡院里考取的秀才。李发旺觉得，这次到开封城里来，最大的遗憾是没能见上赵国保一面。刚才他听潘老板说，赵国保正随着国军的部队驻在河南大学里，估计是在筹划准备当下的战事。也不知道国保他现在怎么样了，这会儿在干什么。

第二章

慈禧西安回銮为什么要绕远道途经河南开封？中国实行了一千多年的封建科举制度为何最终在开封废除？日军是如何攻入河南的？中国军队第一战区司令长官程潜为何对抗战局势极度担忧？

（一）

赵国保此刻确实在河南大学内忙碌着。他是半月前随第一战区司令长官程潜上将专程来开封城的。由于战事势趋紧，第一战区“前进指挥所”前移到了地处豫东的河南省城开封，设在河南大学校内。程潜长官的作战指挥室，就设在学校西南角的一所清代贡院执事房两层小楼上。战区长官部的参谋人员住在一层，程潜司令官在二层办公并居住。

赵国保是第一战区司令长官部的作战参谋，今年 26 岁，中等身材，脸庞消瘦，目光如炬，配上一身笔挺的挂着上尉军衔的军服，显得十分干练精明。他虽然年轻，但性格刚毅，阅历丰富，业务娴熟，深得上司器重。

赵国保是土生土长的河南人，家乡就在尉氏县张江村，父亲赵老栓是个粗通文墨的老实农民。赵国保从小在村里上私塾，后来又上了县城学堂。在恩师李发旺老秀才的熏陶下，他也逐渐成为一个“黄河迷”，并在 1931 年考入了河南省立水利工程专科学校。“九一八事变”时，全国掀起了抗日热潮。赵国保作为一个热血青年，和十多名同学一起投笔从戎，考上了洛阳黄埔军官学校第一分校，在军官训练班受训。翌年冬，赵国保以优异成绩毕业，被分配到国民革命军基层部队参加对日作战。作战中，他历经战火，冲锋陷阵，不怕牺牲，先后担任过排长和副连长。1937 年“七七事变”后，日军大举进攻华北。中国军队虽顽强抵抗，但战火还是烧到了河南省境内。程潜临危受命，担任了第一战区司令长官。为充实战区长官部的指挥力量，程潜专门从部队挑选了一批熟悉河南民情地要的年轻军官。赵国保此时在部队中担任作战参谋，业务精通，又是河南籍军官，被抽调到第一战区长官部任职，深得程长官赏识。

“赵参谋，快把这几个部队的具体方位标绘在地图上。”赵国保抬头一看，是长官部参谋处魏汝霖处长手拿几份文件，从二楼程长官的办公室走了下来。

“是！”赵国保面向魏处长立正，从他手中接过文件，趴在桌子上，目不转睛地在“河南战场敌我态势图”上快速标绘起来。

魏汝霖处长在一旁坐下，一边喝茶，一边看着赵国保用红蓝铅笔标图。魏处长年约40岁，戴着一副金丝边眼镜，稳健持重，身穿整洁的黄呢军服，肩扛少将军衔，十分威严。魏处长点起一支香烟，蓝色烟雾在室内上空袅袅飘散。赵国保是他亲自选调到参谋处来的。他对赵国保的情况了如指掌，十分器重这个纯朴正直、勤奋严谨的年轻人。

看到赵国保标绘完地图，忙完了手头的工作，魏汝霖就关切地问他：

"赵参谋，你的家不是在开封吗？离这里不远吧？有时间可以回家看看，你的妻子和赵老先生都好吧？"

赵国保听后立即回答："谢谢处长关心！我家中一切都好。"

魏汝霖处长笑了笑，往烟缸里弹了弹白色的烟灰，又指了指身边的这所房子问赵国保：

"你是本地人，一定对我们住的这所清代贡院很了解吧？听说这里发生过不少历史故事，我国最后一次科举考试也在这里举行，一千多年的封建科举制度也是在开封废除的。"

赵国保对这些情况十分熟悉，略微想了一下，尽其所能向魏处长作了介绍。

这所位于河南大学的贡院，规模很大，确实是清朝全国科举最后两届乡试、会试的举办地，承载了一段十分厚重的历史。

1900年八国联军入侵北京后，慈禧在匆忙中带着光绪皇帝逃到西安。稳住神后，她立即命令李鸿章等人与西方列强谈判，并要求他"量中华之物力，结与国之欢心"。在西方列强的逼迫下，清政府被迫签订了中国历史上最不平等和最屈辱的《辛丑条约》，仅赔款白银就达四亿五千万两。该《条约》中甚至还明文规定：全中国"人均一两，以示侮辱"。《辛丑条约》签订后，八国联军陆续开始撤兵。慈禧觉得局面已经能够掌控，就在奕劻、李鸿章和各省官员"恭请两宫回銮"的奏请中，从西安起驾回京。

1901年10月6日，慈禧从西安出发，出陕西，入河南，沿着黄河一路向东走到开封。在开封停顿了数月后又向北经安阳进河北，最终返回北京，1500公里的路一共走了三个多月。慈禧的"回銮"之路为何不选择从陕西经山西到河北至北京的近道，反而舍近求远途经开封呢？其中有特殊原因：一是清末"庚子之乱"中，山西、河北波及最为严重，两省经济凋敝，人口流失，民众愤懑哀伤，慈禧走此路返京有诸多风险；二是清廷虽与列强签订了《辛丑条约》，但八国联军并未全部撤走，京城尚不安宁，需要等待；三是河南境内较为安全，"庚子之乱"未受涂炭，身为满族的河南巡抚松寿是慈禧的心腹，接待十分周到。

还有一个原因是，慈禧十分迷信，回銮不走回头路，希望讨个吉利，以利满清复元。

慈禧到达开封后，在河南巡抚松寿专为她修建的金碧辉煌的行宫内，召见了从北京赶来的庆亲王奕劻。当她得知李鸿章因签订《辛丑条约》心力交瘁、吐血而死时，受到了极大刺激，悲伤怆恸。李鸿章的死，让慈禧已放下来的心再度沉重起来。在这种情形下，慈禧没有急于返京，而是在开封城内停顿了下来，而且一住就是33天，还度过了她的65岁大寿。慈禧在开封等待观望的同时，也在深刻地反醒着自己。因为这次"庚子西狩"给她带来了很大的精神刺激，她一贯唯我独尊、目空一切的气焰大大降低了。慈禧自感治国的把握小了，她要反省自己给大清国带来巨大灾难的真正原因。

在日复一日的深思之后，慈禧不得不承认，大清国在当今世界落伍了，大刀长矛抵挡不过西方列强的洋枪洋炮，西方"工业革命"所带来的时代变革，已使大清与西方产生了巨大的时代差，康有为和梁启超提出的"变法"确有一定道理，确是大清的治本之策，"闭关锁国"的政策必须从根本上改革。痛定思痛后，慈禧在开封下了"罪己诏"，昭示天下力推变革。她命全国督抚以上大臣议奏朝章国政，并成立了以奕劻为首的"督办政务处"，总揽"新政"事宜。两年前还残酷镇压"戊戌变法"的慈禧，此时则频频颁发"新政"，推行改革。

（二）

"你们在说什么，这么热闹？"

魏处长和赵国保抬头一看，是第一战区司令长官程潜从贡院二楼走了下来。他们赶忙起立立正，行注目礼。

程潜对他们摆了摆手，示意他们坐下。但是，两个人都没敢坐，仍站在那里，只是改变了立正姿势。

"报告程长官，赵参谋正在介绍这所清代贡院的历史。"魏处长赶忙向程潜解释。

"小赵，你继续说下去，我也来听一听。"程潜和蔼地对赵国保说。

赵国保还站在原地，不知该如何办才好。他看了看魏处长，投去探询的目光。

“赵参谋不要紧张，你就尽己所知向程长官汇报吧!”魏处长说着，用目光鼓励他。

赵国保壮了壮胆子，向程长官认真介绍起了这所清代贡院的历史渊源。

赵国保对这所贡院太熟悉了。在黄河水利学校读书时，他就专门找过资料，对贡院进行了深入的研究。赵国保的母校距河南大学不远，当年他常和同学到贡院里来玩，有时甚至躲在贡生考房里温习功课。让赵国保印象深刻的是，这所贡院规模很大、很气派，仅贡生试间就有一千多个，全用青砖垒成，每个有两三平方米大，内有一张石桌，一个石凳。贡生考试时，门前挂一个竹帘，四面密不透风，清静安宁。赵国保的恩师李发旺，当年就是在这里考取的秀才。

赵国保如数家珍地向程长官和魏处长介绍了当年慈禧将全国的“顺天乡试”改在河南贡院的由来，并介绍了中国实行了一千多年的科举制度为何在开封废止。

慈禧在开封滞留的时候，特别“恩准”了两广总督陶模提出的“以学堂代替科举”的议奏，批准了湖广总督张之洞和两江总督刘坤一合奏的“兴学育才”的主张，同意了山东巡抚袁世凯上疏的关于“山东学堂事宜及试办章程”。1901年10月24日，慈禧在开封批准“兴建学堂新政”，决定从此在全国停止“武科取仕”和“文科取仕”，废除八股文，改为“试策论”，并将全国各省书院改为“大学堂”，各府及直隶州改设“中学堂”，各县改设“小学堂”。慈禧下旨时还明确，在全国的乡试、会试中，第一场试中国政治和史事论，第二场试各国政治和艺学策，第三场试《四书》《五经》。这样一来，科举制度就在清末发生了重大变化，也标志着中国实行了一千多年的“八股科举制”正式废除！慈禧在开封还下旨，因“庚子之乱”耽误的1900年全国“乡试”延至1902年补行，1901年的“会试”延至1903年进行。由于八国联军焚毁了北京城内的顺天贡院，原定在京城举行的“顺天乡试”改在河南贡院举行，并从1902年一直进行到1904年，连续举行两届。全国省级“乡试”和中央级“会试”不在京师举办而改在外地，这在清朝科举史上是绝无仅有的两次。在此之后，中国的科举制度彻底退出了历史舞台，古都开封也在中华文明史上再次留名。

（三）

程潜与魏汝霖处长和赵国保参谋聊了很久才回到二楼休息。时值子夜，幽静的河南大学校园内皓月当空，繁星闪烁，柔和的月光洒抹在贡院执事房二楼的窗棂上。

程潜此时毫无睡意，在紧张地思考着当前令人揪心的战局。程潜今年 56 岁，早年追随孙中山参加同盟会。武昌爆发辛亥起义时，他专程到武汉和黄兴一起协助黎元洪指挥起义军坚守武昌城。后来，他又在护国讨袁、东征讨逆、北伐鏖战等诸多战斗中，一次次率队冲锋陷阵，屡建殊勋。1935 年底，他接替蒋介石出任参谋总长，在军中名望甚高。程潜目前身为第一战区司令长官并兼任河南省主席，肩负着河南战场与日军作战的重任，深感压力巨大。

桌子上放着赵国保参谋刚绘制出来的最新"河南敌我双方态势图"。程潜手拿放大镜，深研了一遍又一遍，思考着如何抗御日军凌厉的进攻。他感到了一丝凉意，随手披上肩章上缀有三颗将星的黄呢军服，站起身来，在房间来回踱步，深思着第一战区下一步的作战行动。

今天下午，他和战区副司令长官鹿钟麟、参谋长晏勋甫、豫东兵团总司令薛岳及第 20 集团军总司令商震等人一起开作战会议，深入分析了当前的战局，研究了具体作战计划。众人都对当前的局势充满忧虑。

1937 年"七七事变"以后，日军以北平和天津为据点，集结了 30 万重兵向华北纵深大举进攻。南下的进攻路线分为三路，一路沿"平绥线"进攻山西，一路沿"平汉线"剑指河北、河南，一路沿"津浦线"攻向山东。为抗击日军的南下攻势，蒋介石调动了全国 60% 以上的兵力予以抗击，节节抵抗，顽强阻击，在平汉线正面上部署重兵抗阻日军，同时力保山东、山西两翼。在日军南下进攻的三条路线中，平汉线左翼的平绥线极具风险，因为日军从这里攻入山西，可打开中国的西部门户，进入陕西再南下川、云、贵，会占据中国的整个西部，后果不堪设想。津浦线上的山东，则是南京和上海的北部屏障。日军由此南下，可直逼首都南京，攻占全国的政治中心。平汉线居于三条路线的正中，是日军南下进攻最具威胁的一条路线。日军沿平汉线南下,可夺取中国的腹地重镇武汉,从战略上切断首都南京与中国西南、西北地区的战略联系,从纵深分割包围中国,使整个抗日战场一分为二。平汉线是日军的主攻方向,也是最具风险、作战任务最为繁重复杂的一条路线。目前这条路线的阻击任务由第一战区担负,程潜担任战区指挥官。

面对日军的大举进攻,全国掀起了一浪高过一浪的抗战热潮。国共两党自"西安事变"后建立了统一战线,联手抗战,枪口一致对外,全国万众一心,众志成城。蒋介石作为抗战领袖,为抗击日军进攻,在全国范围内调集重兵,对日军组织了一次次的大规模"会战"。东北军不说,冯玉祥的西北军,李宗仁和白崇禧的桂系部队,善打恶仗的川军甚至连胡宗南、陈诚和汤恩伯等黄埔系中央军,都一同参加了历次"会战"。令人意外的是,几乎所有的"会战"都以中国军队的失败退却告终。疯狂的日军几乎攻无不克,战无不胜,所向披靡,长驱直入,由平津而河北,由河北而河南,不久就插入中国内陆纵深。在一次次大溃败面前,最先冷静下来的,是程潜这些久经沙场的老一代职业军人。他们从一次次失败中意识到,仅凭热情和激愤难以取胜,抗击日寇还是要凭实力,要拼钢铁,还是要靠现代化武器装备。在与日军的反复较量后他们不得不承认,日军是这个战场上的新对手,异常强悍,异常凶猛,远非内战时期军阀混战的老式作战可比。

程潜总结了日军作战方面的"四大优势":第一,日军的武器装备大大超越了中国军队。据测算,日军的机械化水平高于中国军队 4 至 5 倍,精良的武器装备优势明显,作战效能倍增,能迅速抢占先机,先发制人,特别是强大的机动能力和打击能力使中国军队难以抵御。第二,日军作战已经实现了诸兵种合成,步坦协同、步炮协同、地空协同等全新作战样式运用熟练。对此,不仅中国的老式军人对此陌生,连留过洋的黄埔系现代军人也感到十分惊讶。第三,日军牢牢控制了制空权。日军的飞机在双方作战中超低空飞行,一再对中国军队实施铺天盖地的狂轰滥炸,使战场出现"一边倒"的局面,使中国军队白天难以组织起有效的作战。第四,日本士兵凶猛强悍,训练有素,单兵拼刺和射击技能娴熟,"武士道精神"使其在疆场亡命悍战,至死不降;另外日军的战术运用极为熟练,中队以下战术分队善于独立作战。中国军队往往在动用了成营、成团规模的兵力,对日军固守的阵地轮番进攻并付出惨重代价后发现,他们夺取的阵地上常常只有日军的一个中队甚至一个小队士兵的尸体。据有关部门测算,

从综合战力上看,1 个日本兵相当于 8 个中国士兵。

程潜意识到,目前中日两国国力悬殊,一个处在落后的农业时代,一个处在发达的工业时代,好比两个不同级别的拳击手在较量,轻量级的拳击手无论怎么灵巧敏捷,都难以招架重拳手的致命打击,因而一次次"会战"中,中国军队三四个齐装满员的集团军,往往抵挡不住日军的一个普通机械化师团,10 倍于敌而不能胜之。

程潜在思考着以劣胜强之道,思考着当前的御敌之策。日军大举进攻华北后,蒋介石将全国转入了战时体制,划分出六大战区,并亲自兼任第一战区司令长官。程潜作为参谋总长,一直协助蒋介石在抗战前方指挥作战。第一战区的辖区是河北、河南两省。这里也是日军沿平汉线南下的正面,重兵云集,有 4 个师团 10 万余人。平汉线处在宽阔的华北平原,一马平川,无险可守,非常适于日军机械化部队大规模的立体化作战。在日军的强大攻势下,第一战区部队被迫一退再退,数月内就从河北保定、石家庄等地撤退到了冀南、豫北地区,第一战区司令长官部也被迫转移到了河南郑州。

1937 年 9 月上旬,左翼平绥线上的日军逼近晋北忻口,山西告急。为保山西,蒋介石下令平汉线上的第一战区主力卫立煌第 14 集团军赴山西参战。这样一来,平汉线正面的防御部队实力大减,防线漏洞频出,担任正面狙击的刘峙第 2 集团军虽顽强抵抗,但还是连续丢失了阵地。日军在 10 月 10 日攻陷石家庄后,以 3 个师团的兵力继续南下,攻势凶猛。程潜协助蒋介石指挥第一战区部队与日军浴血奋战。由于平汉线上的中国军队仅有 3 个半步兵师和 1 个骑兵师,与日军相比实力悬殊,前线频频告急。程潜急调汤恩伯第 20 军团和吴克仁第 67 军北上驰援,并将战区主力撤至河南安阳、漳河南岸等险要地势布防,将南下日军顽强地阻挡在了冀南、豫北地区。在激烈的战斗中,程潜亲临前线指挥作战,并立下遗嘱,抱定拼死疆场的决心。程潜在阵地上鼓励官兵:"大敌当前,有进无退。中国虽大,也没有多少地方可退了,战死在阵地无上光荣。"

程潜率领第一战区部队,在冀南、豫北地区与日军对抗相持长达 3 个月之久。1938 年 1 月 17 日,程潜接替蒋介石担任了第一战区司令长官并卸任参谋总长。1938 年 2 月,日军又在河南北部发动了"豫北战役"。凶悍的土肥原第 14 师团兵分三路,由安阳沿平汉线南下,攻势凌厉。第一战区守军虽与其血战了一个又一个昼夜,但土肥原师团还是占领了河南北部的淇县、长垣、封丘、新乡等诸多城镇,直接威胁到第一战区司令长官部所在地郑州。1938 年 2 月 17

日，蒋介石下令炸毁郑州北面的黄河铁路大桥，利用“黄河天险”阻断日军，迫使日军的疯狂攻势受阻，才使河南的战局逐渐稳定下来。

平汉线上的河南战事刚刚平稳，左翼沿津浦线南下的日军又发起猛烈的攻势。虽然以冯玉祥为司令长官的第六战区部队奋力抗击，但仍难以抵御日军凶猛的进攻势头。日军精锐的矶谷、坂垣两个师团，沿津浦线向南齐头并进，一时间势不可当。就在这万分危急时刻，第 3 集团军总司令韩复榘畏敌如虎，坐拥 10 万大军不战而退，擅自放弃济南，并一再弃守津浦线上的泰安、曲阜、济宁等重镇，向鲁西南仓皇撤退，使津浦线两翼正面大门洞开，运河防线几不可守。日军矶谷师团在占领济宁、邹县后继续向南突进，坂垣师团也从山东潍县南下，剑指鲁南重镇临沂。津浦线上大批日军乘虚而入，向南北通衢的战略要地徐州蜂拥而至。

值得庆幸的是，第五战区司令李宗仁不负众望，成功地组织了“临沂会战”，一举歼敌 1.19 万人，将不可一世的矶谷师团大部歼灭，取得了举国欢庆的“台儿庄大捷”，粉碎了北路日军矶谷、坂垣两师团南下会师的进攻计划，极大振奋了全国人民。“临沂会战”中，程潜不计与李宗仁的历史恩怨，急调在河南尚未完成补训的汤恩伯第 20 军团和孙连仲集团星夜驰援，并做通了与李宗仁同样有历史宿怨的抗战名将张自忠将军的工作，将刚编入第一战区战斗序列不久的张自忠第 59 军增调第五战区，为李宗仁雪中送炭，使其在危急中得以指挥重兵与日军决战，解救了被日军包围在临沂城内的庞炳勋军团。

“台儿庄大捷”使南下日军挨了当头一棒，也使那些曾经在华北不可一世、骄横狂妄的日军将领头脑渐渐冷静了下来。他们知道，中国重兵集结在了华北，徐州地区已成为两国决战的主战场，作战规模远远超出预期。日本人同时也在徐州捕捉到了一个重大战机。他们认为，当前在中国，他们正需要“徐州”这样一个决战的主战场。徐州是中国东部的南北通衢和东西交会的枢纽，地处淮海平原，十分有利于日军机械化部队进行宽大正面的作战，便于坦克和装甲战车的集团式冲锋，便于飞机以超低空形式对中国军队实施毁灭性打击。中国军队基本是单一的地面部队，在这种没有山地依托、缺少坚固工事的大平原上，根本无法阻止日军在徐州战场上取得决定性的胜利。日本大本营决定，在徐州周围大举增兵，与中国军队展开一场大规模决战，一举歼灭中国军队赖以抗战的主力部队，打垮中国人民的抵抗意志。

第三章

日本为什么要发动对中国的大规模侵略战争？日本近卫内阁侵华战略是如何形成的？日军是从哪几个方向、哪几条路线打入中国纵深的？『徐州会战』时中国60万大军被日军反包围后李宗仁为何吓出一身冷汗？

（一）

苍茫的大海上掀起一阵阵巨浪，夹杂着咸涩气味的海风呼啸着从日本首都东京上空掠过。日本首相近卫文麿在家中松软的榻榻米上伸了个懒腰，慢慢地站了起来。他看着窗外阴暗的天空，感到空气氲氤，远处景色一片灰蒙，一场暴风雨即将来临。

近卫文麿年近50，出身于日本贵族，父亲是日本贵族院院长。14岁那年，近卫文麿就从父辈那里承袭了公爵封号，可谓年少气盛。目前近卫文麿的事业如日中天。他组建了日本历史上最年轻的"近卫内阁"，成为日本政坛的新星。近卫文麿还以青年领袖形象入选美国《时代周刊》，连日本政坛元老西圆寺都将他热捧为日本杰出的青年政治家。近卫文麿担任日本首相后踌躇满志，励志要为日本帝国的强盛找出一条全新道路。近卫文麿为此颇为自负地提出了一个在日本影响深远的"资源决定论"，其主要论点是：纵观世界，日本自明治维新后综合国力已在亚洲首屈一指，不仅经济强盛，国力雄厚，而且军力强大，在亚洲无人能敌。日本当前面临的最大问题是资源稀缺，作为岛国发展受限。要想全面振兴日本，必须实行对外侵略，掠夺邻国资源，推行日本的国际主义。邻近的中国资源丰富，经济落后，国力孱弱，中国的资源理应由日本单独享受，中国这个"东亚病夫"理应由日本来统治，这是日本国民应奉行的"爱国主义"。在这种理论指导下，近卫文麿竭力主张对中国出兵，武力占领积弱积贫的中国，用中国的丰富资源弥补日本的物资短缺，为日本的腾飞与称霸世界奠定基础。

其实，"欲征服世界，必先征服中国"，是日本一以贯之的大陆政策。早在丰臣秀吉统一日本后，就于1592年和1597年两度发动侵略朝鲜的战争，德川幕府还推出了"海外雄飞论"，矛头直指朝鲜和中国。"明治维新"后，作为岛国的日本，明确提出了"大陆经略政策"，主张向外武力扩张，实施称霸亚洲、征服全世界的战略总方针。这个总方针共分6步：一是吞并台湾，二是吞并朝鲜，三是吞并中国东北，四是吞并整个中国，五是称霸亚洲，六是称霸世界。1927年7月25日，田中义一又提出了明目张胆的侵略计划——《田中奏折》，其中提出，日本“应开拓富源，以培养帝国恒久的繁荣”，必须千方百计首先获取中国东北的土地商租权、铁路建筑权、矿权、林权、对外贸易、金融权，设置日本政治、财政、军事顾问和教官，奖励朝鲜移民，派遣军人潜入蒙古，控制旧王公。为管理东北的事务，日本政府要设置拓殖省即殖民部等等……

作为“后起之秀”，近卫文麿在侵华政策上不断“继承发展”先辈的传统，把战火烧向了中国纵深。“七七事变”以后，侵华战争的发展也确如日本政府所料。面对国力孱弱的中国，日军迅速攻下了北平和天津，并随即向中国纵深河北、山西及河南诸省推进。与此同时，日军又在华东上海、江浙开辟新战场，迅速向长江上中游发展。而中国军队也确实不堪一击，“东亚病夫”一盘散沙，在诸多“会战”中一触即溃。近卫内阁因此信心倍增。但是，随着战争向纵深发展，情况也出现了一些意外。最让近卫内阁始料不及的，是中国的抗战救亡意志竟越来越坚定，“一盘散沙”的中国人民居然在大敌当前时又紧密地团结在了一起。面对日军的大举进攻，不仅长期对抗的中国共产党和国民党实现了合作，而且举国上下众志成城，男女老少一齐上阵，誓死抗战到底。参加抗战的中国军队中包括国民党的正规军，共产党的八路军、新四军，还有东北义勇军，抗日救国军，童子军，甚至还成立了“老子军”。中国举国抗战的民众意志远远超出了近卫内阁的想象。

本来，日本政府制定的现阶段对华政策是“有限用兵”。“七七事变”后，随着战事的扩大，日本用兵规模有了较大扩展。目前日本政府已将陆军总兵力的三分之二投到了中国战场。近卫内阁期望的是“速战速决”，深恐陷入中国这个大泥潭中不能自拔。为从根本上征服灭亡中国，近卫内阁在军事进攻的同时，还同时采用了“和平交涉”的政策，通过德国驻华大使陶德曼向蒋介石提出“调停”，并提出7项“议和条件”，包括“共同反共，停止反日政策，降低日本关税，在华北和上海建立大的非军事区，承认满洲国和在内蒙与外蒙自治政府等”。蒋介石明确拒绝了和谈条件，声称：“日本不先退出中国，就没有和平可谈。”为进一步威逼诱降国民政府，近卫内阁多次发表声明称，如果蒋介石不接受日本的议和条件，日本将“不以国民政府为对手”，而另建“与日本提携之新政府”，实现“日满一体，日、满、华共建东亚新秩序”。在后来的声明中，近卫内阁对议和条件新增了三项内容：一、正式承认满洲国；二、凡日军所到地区均属于非武装地带；三、中国对日本进行战争赔款。近卫内阁还在声明中指出，如果国民政府“坚持抗日容共政策，则帝国决不收兵，一直打到它崩溃为止”。近卫

文磨深知，在当前中国日益高涨的抗日怒潮面前，日本的这些霸王条款难以被接受，那么，就只能在中国持续不断地加大用兵规模。另外，近卫文磨还感到，日本目前在对华政策上已是“开弓没有回头箭”，因为此时的近卫内阁在很大程度上被那些狂热的日本军人牵着鼻子一直向前走了。

内阁中的陆军省对近卫文磨有着极大的影响力和牵引力。数年前举世震惊的“九一八事变”，就是在少数关东军下级军官煽动下发动起来的。“事变”没得到当时的日本槻礼次郎内阁的批准，甚至连日本天皇都不了解整个计划。“事变”是由日军关东军高级参谋石原、坂垣和河本等人具体策划实施的。1921 年华盛顿九国会议后，日本开始大规模裁军，1930 年军费裁减到五亿日元以下，裁减比例达 40%。大规模的裁军引起了日本职业军人的强烈不满，他们千方百计制造事端，力主对外侵略。“九一八事变”主谋之一石原此时又提出了“满蒙生命线”理论，引发了日本军人的强烈共鸣。当日本外相探知关东军在东北有异动时，曾力促陆相南次郎制止，天皇也谕令南次郎整肃关东军军纪。然而，让日本政府想不到的是，事变后少量关东军竟然能轻而易举地攻占东北军北大营，而且在一夜间拿下了整个沈阳城。面对仅有 1.5 万人的关东军，那些貌似强大的 20 万东北军不仅不抵抗，而且一触即溃，一败涂地。日军很快占领了东三省。这些令人不可思议的巨大胜利，让日本内阁的大臣们极度兴奋，也头脑发昏。他们认定，目前整个中国都是些“东亚病夫”，一盘散沙，日军大举出兵一定能速战速决。日本政府后来改变了“不扩大事态”的方针，定下了大规模入侵中国的决心。

然而，近期中国战场上出现了一些异常情况。中国军队在鲁南地区取得了“台儿庄大捷”，日军南下受挫。近卫文磨为此多次召开内阁会议，专题研究对华用兵问题。让近卫内阁十分纠结的是，现在的中国政府在日本的大举进攻面前究竟落到了什么地步，或者说攻占了中国的哪些大城市、占领了哪些地区，中国政府才会向日本摇旗投降。沿海经济重镇上海被否定了，中国首都南京也被否定了，那么只有徐州了。打下了徐州，歼灭了中国赖以支撑抗战的有生力量，使南北战场连成一片，可能会一劳永逸地解决“中国事变”，解决“支那问题”。在内阁会议上，陆相、陆军参谋长和海军军令部长等人都竭力主张尽快对中国增兵，彻底打垮中国抗战主力。陆相杉山元甚至乐观地保证，增兵后日军能在“一个月内结束对华战争”。经奏请裕仁天皇批准，近卫内阁最后决定，扩大对华的“有限战争”，加大对华用兵规模，抓住“徐州会战”这个良机，调集华北、华中日军主力,在徐州与中国军队决战,一举击溃中国军队精锐,贯通华北、华东地区,打垮蒋介石的抗战意志,实现"逼蒋投降"的目的。

近卫文麿对此次"徐州会战"信心十足。日本军力已今非昔比,陆军达到了330万人,海军舰船120万吨,空军飞机3000余架,成为世界上屈指可数的军事强国,增兵不成问题。1938年2月,日本大本营将华中方面军、上海派遣军和第10军番号取消,合并为"华中派遣军",任命畑俊六上将为司令官,并决定华中派遣军与华北方面军实施"南北对进",夺取徐州,打通津浦线,将南北战场连成一片。为确保"徐州会战"胜利,陆相杉山元还专门调整了大本营的作战指挥班子,将陆军省内好战的福田正纯提升为作战课长,撤换了对华作战消极的原课长河边。福田正纯课长上任后,在很短时间内拿出了在徐州增兵、组织大规模会战的作战方案,计划对中国军队实施大迂回、大包围,歼灭聚集在徐海地区的中国精锐部队。

近卫文麿还认真审阅了参加此次"会战"的日军部队,他们是:华北方面军第16、第14、第10、第5和第104师团,华中派遣军第9、第13、第3师团,以上共8个师团、3个旅团约25万人。大本营给参战部队下达的任务是:华北方面军和华中派遣军实行"南北对进",从北、南、西三个方向对徐州实施合围,一举歼灭集结在徐州地区的60万中国军队。1938年4月7日,日本大本营向各参战日军部队下达了"徐州会战"第84号作战命令……

一场大规模的中日军队战略决战即将在徐州发生。

(二)

蒋介石此刻还沉浸在"台儿庄大捷"的喜庆之中,对日本最高决策层发生的重大变化并不知情。他企图乘大捷之威,在徐州地区取得更大的胜利。蒋介石不遗余力地从全国各战区调兵遣将,在徐州地区集结精锐。至1938年3月底,徐州周围已聚集了中国军队7个集团军、4个军团、67个师旅总计60余万兵力。第五战区司令长官李宗仁,也沉醉在"台儿庄大捷"抗日名将的巨大荣誉中,根本没有料到战场局势已发生了骤变,"徐州会战"的日军兵力已经剧增

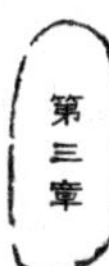

到了 25 万人，并对中国军队形成了“反包围”的严峻态势。

华北和华中日军不动声色地调遣兵力，逐步缩小了战略包围圈。中国军队几乎逐渐面临绝境。在徐州北、南两面，日军华北方面军和华中派遣军大兵压境，包围圈如同铁桶一般；在徐州东面，是茫茫大海，中国军队毫无退路；而在徐州西面，唯一撤向豫东、皖西的退路，正在被日军华北方面军“快速挺进队”迅速封堵。60 万中国大军危在旦夕。

值得安慰的是，此时蒋介石身边的幕僚、军令部第一厅厅长刘斐及时发现了徐州面临的这种极度危险的局面。他立即将自己的发现和判断报告给了蒋介石。蒋介石听后大吃一惊，确认险情后马上派刘斐直飞第五战区，向李宗仁当面传达他迅速组织大军撤离的命令，并要求刘斐现场敦促李宗仁撤出战场。李宗仁清醒后也吓出了一身冷汗。他立刻组织作战班子研究退兵之策，要在日军的密集包围圈中找出一条退路。最后，参谋班子经过苦苦寻找，终于找出了河南永城这个紧急后撤的唯一出口。在纵观了整个战场局势后，李宗仁从内心深深地感激蒋介石，感激他在无意中给徐州的 60 万大军留出了一个生命通道。在前一段“台儿庄战役”方酣之际，蒋介石为巩固第五战区左翼后方安全，调集了第 8、第 27、第 74、第 71 和第 64 军五个军，布防在徐州西南的河南商丘、兰封一线，从而确保了河南“永城”这个战略要地没有被日军抢占，给徐州 60 万大军留下了一条万分宝贵的生命通道。

撤离方案确定后，李宗仁指挥 60 万大军开始撤离徐州。组织部队大规模后撤也是一门极高的指挥艺术，从某种意义上讲比组织一次大规模的进攻作战更加困难。稍不留神，后撤部队就可能变成溃兵，出现“兵败如山倒”的混乱局面，可能被对方聚而歼之。三国时期，诸葛亮“五出祁山”，累死在军营。他的得意门生姜维就采用妙计，确保了数十万大军从容地撤回蜀中，为后人津津乐道。李宗仁此次组织 60 万大军撤离，难度极大，困难诸多，必须周密筹划，严密组织，因为此时徐州的 60 万大军隶属关系极为复杂，从全国调集来的部队分属 5 个兵团、21 个军、64 个师，后撤通道又极为狭窄，稍有不慎，后果不堪设想。李宗仁最后决定，由战斗力较强的中央军和桂军在前面实施突击，战斗力较弱的滇军等部队居中，善打硬仗的孙连仲西北军断后。

撤退命令下达以后，在徐州的各部队陆续向西南方向的河南永城逐次撤退。让李宗仁深感意外的是，在撤退的关键时刻，忽然从鲁西方向闯入一股日军前来堵截，一下子打乱了整个后撤计划。在突然而至的日军面前，原来有序后撤的大军被打乱了建制，部队官兵惊慌失措，四处乱窜，混乱不堪，形势非常危急。就在这紧要时刻，张自忠第59军临危不乱，独当一面，主动冲上前迎战这股日军，顽强地顶住了日军的攻击。第59军不愧是一支善打硬仗的部队，他们自动替代了孙连仲部队的“殿后”角色，关键时刻浴血奋战，为全军后撤打开了生命通道。

实际上第59军此时能参战的部队已经不多。该军仅有的主力独立师，已从“台儿庄战役”前的1.5万人锐减到不足3000人。部队的武器装备更是破旧，士兵使用的枪械大多是“汉阳造”和“老套筒”，轻重机枪更是数量有限。但是，张自忠还是毅然主动承担了掩护全军后撤的重任。在撤退途中，其他部队已溃不成军，而第59军却始终秩序井然。张自忠在撤退时，要求部队将军帽一律反戴，这样不管部队处在多么混乱的状态，第59军的官兵只要认准了反戴的军帽，就能很快在溃兵中彼此找到对方，确保了部队建制整齐如一。友邻部队在后撤中都将大炮辎重一路抛散，而第59军每一门炮都保存完好，并始终随队前进，保证了部队完好的战斗力。在抗击了从鲁西方向赶来的日军以后，第59军又主动出击，打掉了沿途遇到的日军一个辎重部队，缴获了上百匹战马和百余箱弹药。正是因为张自忠第59军在后撤中的前突后顶，与尾追的日军黏在一起拼死苦战，才保证了如潮水般后撤的60万大军从河南永城方向安全撤离。最后，连李宗仁的嫡系桂军也在撤退中出现了溃乱，白崇禧连续奔波七天七夜才到达安全区域。由于极度的惊慌疲惫，白崇禧多次从战马上摔下，摔得鼻青脸肿，异常狼狈。

最值得敬佩的张自忠第59军，在大军全部撤离之后，才借助夜色掩护逐次脱离战场。当时第五战区派往一线督战的一个联络参谋，亲眼目睹了这场大撤退的场面，连连赞叹：张自忠予人以安，自处危境，真乃名将典范！

大军撤离后，国民党统帅部了解到相关情况，专门向第五战区发出了蒋介石签发的嘉奖令，通令嘉奖第59军，并表彰张自忠为“抗战模范”，优先补充第59军在此战中损失的武器装备，择优补足缺失的部队兵员。

第五战区云集的60万大军撤离徐州不久，日军的包围圈就迅速收缩。“北路”华北方面军很快逼近了徐州城区，并以重炮猛烈轰击城内，炮弹直接命中了李宗仁第五战区司令长官部。“南路”华中派遣军也进展迅速，从徐州东面攻入徐州城内。南北两路实施对进的日军最终在徐州实现了会师。此时的中国军队已经成功跳出了日军包围圈，日军最终占领的徐州只是一座空城。

但是,日军的作战计划还是异常诡谲和出人意料。就在华北方面军和华中派遣军对徐州实施"南北对进"之时,日军居然还派出了一支"奇兵"深入到了第一战区纵深。

这支奇兵,就是华北方面军第1军第14师团,师团长是土肥原贤二。这个毕业于日本士官学校的老牌特务,在指挥作战上同样非常狡诈。1938年5月12日,就在"徐州会战"激烈进行的时候,土肥原率第14师团从鲁西南忽然突破了第一战区商震部队的黄河防线,于5月14日攻占山东菏泽,17日攻陷内黄集。随后,孤军深入的第14师团马不停蹄,在土肥原的率领下又杀气腾腾冲向豫东兰封县城。

土肥原第14师团是华北方面军的精锐,此次担负着一项特殊的战役穿插任务,兵力编成超乎寻常,总兵力达到3万余人。除师团所属的第27、第28两个旅团以外,又特别加强了1个重炮旅团,配署了装甲、骑兵、野炮、高炮、工兵、渡河架桥和辎重兵联队等一系列特种部队,作战力量异常强大,甚至超过了日军第2军凶悍的矶谷师团和坂垣师团。

土肥原师团进攻到河南兰封县城之后,狡猾地避开了驻守该城的中国守军桂永清第27军。第14师团第27、第28两个旅团,施展"小双头蛇"分进合击战术,绕城而过,只在兰封城外留下步兵第2联队作正面牵制,师团主力绕过兰封城,抢占了城北的黄河滩头,与早已占据黄河对岸的日军沟通了联络,并在黄河中架起浮桥,获取了这支机械化师团急需补充的油料、装备和后勤物资。土肥原第14师团在黄河岸边补充完毕并建立了新的后方补给线之后,立即像一只喝足了鸡血的野兽,更加凶猛和残暴,随即攻陷了兰封县城,切断了河南境内横贯东西的陇海铁路,使中国军队第一战区和第五战区彻底中断了联系,也使从徐州后撤的大批军用物资滞留在了商丘一带。土肥原师团切断了陇海铁路后,又将矛头指向河南省府开封。在很短时间内,第14师团"快速挺进队"就推进到了距开封仅40里的地方,形势一下子变得万分危急!

就在这万分危急时刻,多亏了胡宗南率部及时赶到。

在蒋介石的严令下,胡宗南率领第17军团从西北紧急驰援,与土肥原第14师团的"快速挺进队"短兵相接,猛烈对抗,终于将日军挡在了开封城外。在此之后,从徐州撤围后在豫东陇海线上集结的中国军队也陆续投入战斗,战局开始向对中国军队有利的方向发展。此时,集结在豫东一带的中国军队达到了15万人,而土肥原第14师团孤军冒进,总兵力只有3万余人。此时的中国军队不仅在数量上占据压倒优势，而且在天时、地利、人和等诸多方面尽优于敌。此时在徐州会师的日军主力正忙于庆贺“会战”的胜利，忙于邀功请赏，顾不上孤军深入的第14师团。土肥原一下子陷入了孤立无援的绝境。

（三）

夜深了，乌云遮蔽了月亮和繁星，四周万籁俱寂。程潜此刻正在河南大学指挥所内，和众多将领研究“兰封战役”的作战方案。由于战局紧张，连日熬夜，会场上的将领们都双眼通红，脸色灰白，不停地大口抽烟，以抵挡极度的倦意。当众将领正紧张商议作战计划时，一个机要人员走到程潜跟前，送来一份特急电报。程潜得知，蒋介石已飞到了郑州，指示程潜和第一战区指挥官迅速赶往郑州商讨新的作战计划。程潜匆忙结束了会议，率领部下乘车赶往郑州。

一路上将领们都在议论，近一个时期，蒋介石刚愎自用的毛病有所改变，在诸多方面能较大程度地听取他人的意见，决策上减少了不少失误。首先，在“台儿庄战役”上，他不仅放手让李宗仁独立自主地指挥作战，而且及时从全国各地抽调重兵参战，其中还包括大量的黄埔嫡系中央军部队，这对取得战役的胜利起到了至关重要的作用。其次，他果断地惩办了擅自放弃济南城的战区副司令长官韩复榘。在前不久召开的“开封军事会议”上，蒋介石历数了韩复榘的罪责，将其押至武汉处决，并通电全国，警告各级将领“今后如有不奉命令，无故放弃领土，不尽抗战为能事者，法无二例，决不宽待”。一个上将战区指挥官因丢失阵地而身死名裂，从无前例，给中国军队树立了一个反面样板，极大震慑了众多将领。同时蒋介石还赏罚分明，褒奖和厚待了在徐州撤围中立下汗马功劳的张自忠第59军。李宗仁在评价蒋介石此举时说：“此事确使抗战阵营中精神为之一振。”不少地方军将领包括蒋氏嫡系部队将领，在日后的战斗中死命抗敌，不能说与此事无关。第三，是万分惊险的徐州撤围。蒋介石及时听取并采纳了军令部刘斐厅长的建议，当机立断作出了60万大军紧急撤离徐州的决定，及时钻出了日军的包围圈，避免了中国的抗战有生力量出现重大伤亡，保留了与日军决战的本钱。虽然蒋介石在政治上狡诈阴险，但作为全国的抗战领

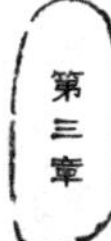

袖，他的这些转变，还是让大家倍感欣慰。

蒋介石此时也在为全国的抗战局势而深深焦虑。“七七事变”后，日军从华北、华东、华南三个方向向中国纵深大举进攻，特别是华北方向的日军推进极快，防不胜防。

华北方向的日军分三路南下。沿“平汉线”推进的华北方面军4个师团，1937年10月攻陷河北石家庄后，又以3个师团继续南下，11月占领了河南安阳，1938年2月占领了新乡，进而占领了豫北25县，兵临郑州。直到黄河铁桥炸毁以后，平汉线的战事才算稳定下来，中日双方隔河相峙。沿“津浦线”推进的日军，先后占领了河北沧州、山东德州、济南、泰安、曲阜等重镇，之后又与华中派遣军“南北对进”，5月19日占领了徐州，打通了津浦线，使日军南北战场连成一片。沿“平绥线”南下的日军，兵分两路进攻山西，坂垣第5师团于1937年9月沿同蒲线南下，川岸文三郎第20师团及第108、第109师团沿正太线西进。两路日军于9月份就攻占了山西省朔县，突破了阳方口等中国的内长城防线，10月攻占山西崞县、原平等诸多县城并占领忻口。1937年11月，日军第5、第20两个师团攻占了山西省城太原。

华中方向的日军，在“上海派遣军”松井石根司令官的指挥下，其第3、第11、第9、第13、第101五个师团，先后向上海的中国守军发起进攻，展开了历时3个月的“淞沪会战”。在会战中，双方投入的兵力之多、作战程度之激烈，为抗战史上所罕见。中国军队的参战兵力达到了70个师70余万人，蒋介石亲任战区司令。双方激战至11月5日，日军第10军主力突然从杭州湾北侧登陆。中国军队腹背受敌，被迫全线撤退。上海城于11月12日沦陷。“淞沪战役”后，日军又调动8个师团、两个旅团20余万兵力，沿长江逆流而上会攻南京，于1937年12月13日攻占了中国首都南京，屠城30万。国民政府被迫迁都重庆。华中方向的日军又随后向九江、南昌发起新的攻势，矛头直指华中重镇武汉。

华南方向的日军，在广东省大亚湾一带海面部署了大批海军船艇，集结了3个师团的兵力，矛头直指华南重镇广州。日军计划占领广州后沿粤汉铁路北上，与华北和华东方向的日军会师武汉。

华北、华东和华南的三路日军部队，都把进攻的矛头指向了武汉。在平汉线上，日军对郑州虎视眈眈。日军如果攻占郑州，南下可直取武汉，西进可攻入陕西。武汉和陕西一旦丢失，中国不仅会彻底失去战略纵深和后方依托，而且会形成日军从东、北两面对重庆和四川实施大迂回、大包围的态势。到了那个时候，中国的抗战局面真到了不可收拾的地步！

蒋介石作为全国的抗战统帅，身边还是聚集了一群极有见地的高级幕僚，能够站在更高的层次上俯瞰全局，运筹帷幄，捕捉稍纵即逝的战机。就在中国60万大军从徐州撤围后，他们捕捉到了一个万分珍贵的战机：孤军深入的土肥原第14师团在豫东突出冒进，已经陷入了中国军队的重兵包围之中。此时，远在徐州的大批日军正忙着庆功邀奖，无力西顾，给中国军队创造了一个难得的歼灭第14师团的战机。蒋介石决心紧紧抓住这次机会，集中第一战区以及从徐州撤围集结在豫东的10余万部队，组织一次较大规模的“兰封会战”，力求全歼土肥原第14师团。

1938年5月16日，蒋介石从武汉专程飞临郑州，亲自部署和指挥这次意义重大的“兰封会战”。在“台儿庄战役”时，考虑到与李宗仁的历史宿怨，蒋介石没有过多地插手作战指挥。这一次情况不同，第一战区司令长官程潜算是自己“线上”的人，参战部队又多为黄埔嫡系中央军。蒋介石决定亲自指挥这次战役，挫败日军占领郑州、合围武汉的企图。

作战会议在郑州陇海路铁路局大院内召开。会议开始时，蒋介石目光阴沉地看着桌子两旁正襟危坐的众将领，半天没有说话。徐州撤围后，中国军队的精锐总算是保留了下来。这些力量是抗战的本钱，也是当前围歼土肥原师团的主力。如果此次能够歼灭土肥原第14师团，不啻是一个新的“台儿庄大捷”，对鼓舞全国民众的士气意义重大。蒋介石面色冷峻地向与会将领阐明了全国抗战的危机，介绍了此次“兰封会战”的重大意义，要求参战将领要敢打必胜，与日寇血拼到底，务求全歼孤军冒进的土肥原第14师团。蒋介石在会上直接下达了“三路围歼日军”的作战命令：

“东路军”由李汉魂指挥，下辖第74军、第64军第155师等部队，自河南商丘向西进攻；“西路军”由桂永清指挥，下辖第27、第71军等部队，由河南兰封向东攻击；“北路军”由孙桐萱第3集团军和商震第20集团军等部队组成，配置在山东定陶、菏泽、东明附近，任务是切断日军逃向黄河北岸的退路。蒋介石还命令第8军、第64军第187师和第24师等部队，坚守商丘、砀山等城镇，坚决阻击从徐州方向增援的日军，防止其沿陇海路西进。以上部署意在从东、西、北三个方向合力夹击土肥原师团，将其一举歼灭。

下达作战命令后，蒋介石目光极为严厉地扫视了一下在座的各位将领，高声申饬：

“这次‘兰封会战’事关重大，务求必胜。对那些在战场上贪生怕死、擅自退却者，无论是谁，无论职务多高，都将严惩不贷，押送军事法庭，随时准备处决第二个韩复榘！”

蒋介石稍微停顿之后，又口气略有缓和地说：

“这次聚歼土肥原第14师团，可谓是中原逐鹿，群雄擒敌，志在必得。我们千万不能小看了土肥原这只‘鹿’，因为他不是一只普通的鹿，而是日军部队中战斗力极强的机械化师团，是一只钢铁之鹿，是一块硬骨头。但是，不管这块骨头多硬，我们也要把它撕碎、啃碎，把它彻底砸烂！现在国家到了生死存亡的关头，这一仗一定要打胜，要争取第二个‘台儿庄大捷’！”

蒋介石话音刚落，全体将领齐刷刷地起立宣誓——决不辜负委员长的重托，誓死杀敌报国！

第四章

中国军队在『兰封战役』中围歼土肥原第14师团时为什么会功败垂成？第一战区第141师在开封保卫战中怎样血流成河？日军在开封如何连续三天大屠城？

（一）

黄河愤怒地掀起了狂暴的浪涛，向着下游的堤坝猛烈摔打，发泄着一种强烈的震怒和不满情绪。她仿佛看到中原大地突然闯入的凶残倭寇，仿佛看到日本鬼子正在黄河两岸燃起熊熊战火，仿佛看到黄河儿女正被日本兵疯狂地杀戮，无情地蹂躏，仿佛听到了中原百姓那可怜的悲泣和无助的呻吟。黄河震怒了，发威了。她卷起一排排狂飙巨浪，在怒吼中翻卷激荡，仿佛要把那些从遥远海岛爬上来的日本鬼子通通卷回老家去。

"兰封会战"在黄河的巨浪狂飙中展开了。1938 年 5 月 21 日，围歼土肥原第 14 师团的战役正式打响。薛岳将军指挥组建不久的"薛岳兵团"，对土肥原师团发起了全线进攻。由于蒋介石坐镇郑州督战，参战部队都奋力拼杀，舍生忘死，前赴后继，用劣势装备顽强地与日军的飞机大炮和坦克战车苦战恶战，在付出了惨重代价之后，终于对土肥原师团予以重大杀伤，将土肥原师团压缩在了兰封县城、三义寨、曲兴集和罗王寨四个孤立据点之内，使这支骄横狂妄的日军精锐部队遭受到了毁灭性打击。

东路军总指挥李汉魂，率领由广东子弟兵组成的第 64 军，强攻土肥原重点防守的核心据点——罗王寨，与躲避在坚固工事内的日军血战三天三夜，双方都伤亡枕藉，横尸遍野。5 月 28 日，第 64 军终于攻克了罗王寨这个核心据点，使日军死伤惨烈。土肥原被迫率残部退往另一个据点三义寨。在慌忙中，土肥原连心爱的指挥刀都遗忘在了指挥所内，成为李汉魂部队的战利品。

给土肥原师团造成致命打击的，还有胡宗南第 17 军团和邱清泉第 200 师。战斗开始后，胡宗南和邱清泉率部对日军发起猛烈进攻，直取第 14 师团在曲兴集北面的黄河渡口。第 200 师是中国军队中为数不多的几个德国装备机械化部队之一，配备了大量的坦克战车。在铁甲战车的掩护下，两支部队一举夺取了黄河渡口，卡断了土肥原师团与黄河北岸日军的联系，切断了第 14 师团的油料补给，使日军大批坦克失去油料后成为一堆堆废铁，成为中国军队的"活靶子"。在夺取黄河渡口后，胡宗南第 17 军团又力战曲兴集，拔掉了这个日军拼命坚守的重要据点。宋希濂也率领第71军收复了兰封县城。至此,土肥原赖以依托的4个坚固据点,被中国军队连续拔掉了3个,残余日军全部被压缩到最后一个据点——三义寨之内。

中国军队在收复了罗王寨、曲兴集和兰封县城之后,一度中断的陇海铁路恢复了畅通。被日军阻隔在商丘以东的40余列军用物资,驶过兰封、开封和郑州等地,顺利运往豫西南、陕南等战略后方。蒋介石制定的“兰封会战”的第一个目标——打通豫东陇海铁路线,已经达成。

龟缩在三义寨的土肥原师团,此时已经元气大伤,兵力折损了四分之三,原来3万余人的部队仅剩下5000余人。他们盘踞的最后一个据点三义寨,也被中国军队团团包围,岌岌可危。土肥原第14师团这支骄横冒进的孤军,只好万分焦急地等待援兵,在三义寨内苟延残喘,龟缩坚守。

中国军队胜利在望。程潜决定,集中主力向日军发起最后总攻。考虑到“西路军”总指挥桂永清正“戴罪立功”,程潜特意安排他率领第27军担负三义寨主攻任务。桂永清毕业于黄埔一期,东征时因在作战中机智勇猛而被誉为“黄埔军人之楷模”。1937年南京保卫战时,他率领教导总队与日军血战数昼夜,3万人的总队打到不足2000人,立下了殊勋。在这次“兰封会战”中,桂永清第27军担负固守兰封城的任务,确保陇海线畅通。但是,桂永清犯了一个严重错误,在日军重兵围攻兰封县城时擅自撤退,使中国军队陷入极大被动。当时,土肥原师团突然闯入豫东,扑向兰封城,而兰封城内正聚集着大量从徐州撤围的部队,日军一枚炮弹就能轰倒一大片。桂永清在焦虑中不顾一切率队撤离,丢失了兰封这个战役要地,给“兰封会战”带来严重危机。

蒋介石闻讯后震怒,严厉斥责了桂永清,并决定将他押送军事法庭治罪。后因战事紧张,又令其在战场上戴罪立功。目前“兰封会战”到了最后关头,围攻三义寨是桂永清将功补过的最后机会。桂永清咬牙切齿地要全力收复三义寨。总攻开始后,穷途末路的土肥原垂死挣扎,抵抗异常激烈。日军大批飞机也前来助战,对进攻的第27军狂轰滥炸。日军阵地前出现了一道难以逾越的火海巨焰。情急中,桂永清组织起一支支敢死队轮番冲锋,官兵血流成河,踏尸前进,曾一度突入三义寨主阵地。在日军惨烈的空地炮火中,第27军伤痕累累,尸骨成堆,最后未能攻入三义寨。

此时,坐镇指挥的蒋介石心急火燎,异常恼怒。他不可理解,中国军队以10个师的兵力轮番冲锋,就是吃不掉土肥原这最后的5000余人。在战场的胶

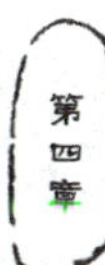

着中，蒋介石渐渐有了一种不祥预感，担心“商丘”这个“兰封会战”的东大门出问题。如果商丘一丢，大门敞开，云集在徐州的20万日军重兵扑来，很可能吃掉“兰封会战”中的全部中国军队。不幸的是，蒋介石的担心最终变成了现实，日军很快攻克了商丘。1938年5月下旬，日本大本营下达命令：“消灭开封、郑州附近之敌，以粉碎敌之抗战意志”，同时命令日军第2军，以更多兵力不失时机地逐次向开封东南地区进攻。第2军随即下令，“第16师团配署第3旅团确保商丘及其要点，主要从杞县方面击败当面之敌；第10师团在继续执行现在任务的同时，以有力一部紧急派往杞县方面。混成第13旅团占领涡阳后，即转隶于第16师团。”5月30日，日军又将第10师团的濑谷支队配属给第16师团，加强其进攻能力。坚守商丘城的黄杰第8军，最终没能顶住凶猛进攻的日军中岛第16师团，在遭受了重大伤亡后，被迫弃守商丘。商丘一失，豫东形势急转直下。

在攻克了商丘以后，已完成“徐州会战”庆功的大批日军迅速向豫东挺进，全力救援被围困在三义寨的土肥原第14师团，同时对参加“兰封会战”的中国军队展开了战役合围，企图全歼豫东一带的中国军队，夺取开封和郑州。日军华北方面军第16、第10两个师团，自西向东分别扑向兰封方向。配置在黄河北岸的混成第4旅团，也奉命强渡黄河南下，救援困在三义寨内行将被歼的土肥原。

在日军大兵压境之下，“兰封会战”大势已去，中国军队丧失了短暂的制胜时机。此时，如果撤离行动稍有迟缓，15万中国军队可能陷入日军重围。1938年5月31日，蒋介石被迫命令所有参战部队全部紧急撤离，他本人也万分遗憾地乘飞机飞回武汉。

蒋介石走后，程潜也率部从开封西撤。此时，仍与土肥原师团血战的桂永清第27军，只好含泪撤离了战场。“兰封会战”后，桂永清被免除第27军军长职务，并在整个抗战时期未被任用。第71军第8师师长龙慕韩，因丢失兰封城而被判处死刑。龙慕韩是蒋介石嫡系部队中第一个因作战不力被处决的中将师长。

（二）

程潜从开封撤离前，专门把担负开封城防任务的第一战区第 32 军第 141 师中将师长童刚找来，下达了固守开封城的命令，并增调第 74 军机炮团、警卫团和 1 个税警旅配署守城，限 6 月 2 日拂晓前布防完毕。此时的程潜十分清楚，开封的失陷只是个时间问题，坚守开封是为了掩护大部队后撤。守卫开封的部队还不足 6000 人，根本守不住。面对 3 万余人的土肥原师团，15 万中国军队尚奈何不得，现在日军第 10、第 16 两个师团一拥而上，一个师的兵力怎能守得住开封孤城？但开封不能轻言放弃，哪怕战斗到最后一个人，也必须恪尽中国军人守土抗战的神圣职责。这不仅是一个军事问题，更涉及中华民族的气节大义。

八朝古都开封，是个易攻难守的城市。城的四周虽有明、清两代修建的坚固城墙，但也有一个致命弱点，就是在城北、城西和城东的城墙边上，有一座座高大的沙丘。这些沙丘，是黄河水淹开封城后淤积的黄沙，大多高度与城墙平齐，给日军攻城带来极大便利。另外，开封城内紧挨城墙处民房密布，堵塞了守城部队的机动通道。

受领任务后，第 141 师童刚师长立即组织人员勘察地形，部署作战任务，争分夺秒地修筑防御工事。此时第 141 师建制并不完整，主战兵力只有 1 个唐永良旅，加上其他配署部队，兵力也不足 6000 人。奉命守城的官兵们并不怯战，他们冒着连日的大雨加紧构筑阵地，在开封城墙上开凿枪眼，开挖散兵坑，用沙袋堆积掩体，打通城墙下的机动通道。童刚师长下令，除在开封西门留下一条通往城外的道路外，其余城门全部封死。城内的主要通道全用沙袋堵塞，筑起街战巷战掩体。在城内的高大楼房上，架起了一挺挺轻重机枪，构建立体交叉火力网，准备对攻入城内的日军节节抵抗。童师长在构筑工事中发现，开封城防的最大威胁是城北和城西城墙下面的一座座高大沙丘，这些沙丘便于攻城的日军攀爬。童师长决定，在城墙和沙丘之间开挖出一段开阔地带，阻断沙丘与城墙的连接，防止日军利用这些高大沙丘攻城，同时也便于

守军在开阔地带大量杀伤日军。由于修筑工事的时间十分紧张，挖掘开阔地带的工程量太大，第141师征集了大量民工日夜挖掘，但最后还是未能按计划挖出较大的开阔地。

当第141师等守城部队日夜紧张地修筑工事的时候，6月2日上午，10余架日军飞机飞临开封城上空。这些日本陆军航空兵的飞机疯狂至极，在开封上空超低空盘旋，并对城区进行了猛烈的轮番轰炸。随着一阵阵震耳欲聋的巨响，一束束重磅炸弹在人口稠密的城区爆炸。开封城内到处火光冲天，浓烟叠起，大片房屋化为灰烬，满街都是断壁残垣。在日军飞机的狂轰滥炸中，成群的老百姓死伤惨重，哭天号地，有的被炸断胳膊大腿，有的身体被炸成两截，更多的人血肉模糊，惨不忍睹……

6月5日，日军在重兵集结完毕后，立即从开封城东、北、南三个方向同时发起猛攻。进攻的急先锋，是穷凶极恶的土肥原第14师团。在兰封三义集解围之后，第14师团犹如一只出笼的困兽，瞪着血红的双眼，杀气腾腾地扑向开封。土肥原满怀复仇之恨，把4000余人的主力全部压向了城东外围防线，集中重炮猛轰曹门、宋门，炮击城内各个防御要点。助战的日军飞机也展开对守军的密集轰炸。城内外炮声隆隆，碎石翻滚。曹门、宋门浓烟四起，烈焰染红了大半个开封城。

第141师是临时调防而来，既无重炮压制日军，又非常缺乏反坦克武器，只好在日军火炮停歇时，登上已被炸得残缺不全的城墙，用轻武器向日军还击，以劣势装备抵御日军机械化部队的凶猛攻击。土肥原集中了数十辆坦克装甲车，从开封东面对曹门、宋门发起集团式进攻。在坦克战车的引导下，大批日军步兵快速跟进，很快越过护城河，冲击到了城墙下面。此时在曹门、宋门两处的守卫部队，是第141师722团官兵。他们用迫击炮瞄准日军战车猛烈轰击，用机枪、步枪射击尾随的日军步兵。但是，日军的炮火异常凶猛，很快压制了守军的火力。步兵冲到了城墙下，架起云梯，成群结队地开始攀爬城墙。看到情势危急，722团的官兵随即甩出了大量集束手榴弹，直炸得日本兵鬼哭狼嚎、到处乱窜。由于722团事先对日军攀爬城墙有充分准备，备足了手榴弹，使城墙下的日军伤亡惨重，连坦克、装甲车也接连起火，日军尸横遍地。

土肥原师团的部队十分凶悍，前面的士兵被炸倒了，后面的日本兵又踏着同伴的尸体继续往前冲，连受伤的日军也号叫着拼死向前。最后，大批攻城日军穿过硝烟，从曹门、宋门附近的城墙缺口处攻入城内。守城官兵见情况危急，立刻端起刺刀与日军展开肉搏。杀声、吼声和刺刀的金属碰撞声响成一片，双方不时有人惨叫着倒在地上。由于城墙上的守军加强了火力封锁，日军的后续部队没能跟进城内，进城的少数日军在守军的猛烈冲杀中难以招架，被迫向城外溃逃。722 团集中火力，用轻重机枪猛烈扫射追击。向外溃逃的日军士兵成片成堆地倒下，城外的坦克、装甲车也接连不断地起火燃烧，失去进攻能力。在守军的顽强抗击下，进攻的日军被迫全部回撤。

首次攻城失败以后，日军又很快增调了大批部队前来支援，飞机也再次飞临开封上空，对城内外进行大面积轰炸，并在宋门外升起载人系留气球，指挥日军重炮对城内外重要目标进行疯狂轰击，连高耸的铁塔也被凶猛的炮火击中。第 722 团的阵地上更是火光冲天，弹片横飞，防御工事大多被炮火摧毁，官兵伤亡累累。炮火准备之后，狡猾的日军首先从开封南面发起了新的进攻。他们出动了 1000 余人的兵力猛攻南关大南门一带，致使实力单薄的第 141 师不得不多处分兵，左拼右杀。城南、城东守军两面受敌，防线不时出现漏洞，形势异常紧张。

6 月 5 日下午，土肥原师团在调整部署之后，在开封东、北两个方向又同时发起大规模的进攻。守城部队拼死抵抗，但兵力已明显不足，防守力量在日军的集团式冲锋面前显得十分薄弱。大批日军在炮火掩护下，很快冲到了北城墙外的沙丘附近，使守军防线很快出现了危情。由于时间仓促，第 141 师在修筑此段防线时，仅在城墙与沙丘之间挖出 10 多米宽的隔离带，距离短，视线差，便于日军隐蔽。攻城的日军很快越过狭窄的开阔地带，攀爬到了高大的沙丘之上。令守军无奈的是，高大的沙丘几乎与城墙平齐，有的甚至高出城墙。日军在这些高大的沙丘上居高临下，架起机枪向城墙上的守军疯狂射击。守军暴露在日军视线之内，无处隐蔽，在敌人的扫射中纷纷中弹倒下。攻城的日军乘机从防卫薄弱处拥上城头，并迅速向城墙两翼展开。在这万分危急时刻，童刚师长率第 141 师预备队赶到。预备队均由敢死队员组成。他们手持寒光闪闪的大刀，与城墙上的日军短兵相接，贴身肉搏，刀起头落，直杀得日本兵头颅滚地，污血四溅，在刀光剑影中纷纷向城外逃窜。在守军机枪的猛烈扫射之下，日军不顾一切地掉头撤退。

看到进攻屡遭挫败，日本指挥官气急败坏，又很快调集了 3000 多兵力重新攻城。这一次，他们采取了“波浪式冲锋”的新战术。第一波攻击的日军刚被城头的守军打退，第二波随后就冲到了城下；第二波日军还未被守军杀尽，第三

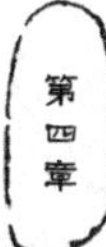

波日本兵又跟进到了阵地前面。在日军这种不停歇的“波浪式冲锋”面前，守军虽然顽强血战，但防线还是不时被日军突破。前面的日军被打退了，后面的日军又蜂拥而至。阵地数易其手。守军寡不敌众，部队死伤过半，弹药也逐渐用尽，实在难以阻挡潮水一般拥来的大量日军。最后，残存的守军官兵只好拔出刺刀与凶残的日军血拼。敌我双方都热血喷涌，尸体在搏斗中不时地从城墙上翻滚下来，有的被刺刀穿透了胸膛，有的被大刀砍掉头颅，还有的被刺得满是血窟窿。双方死伤惨烈，尸体成堆。残阳抹在西方的天际，鲜血浸透了城外的护城河水。但是，第141师的血旗依然在开封城头上飘扬，官兵仍在作最后的拼杀。双方一直激战到黄昏天暗，开封城垣最终还是被敌人突破。大批日军涌进开封城内，曹门、小南门均被敌人攻占。

土肥原第14师团攻进开封城后，立即分两路追杀中国守军。一路日军从开封东大街向西追击，一路向城中心的繁华街区包抄。第141师城内守卫各街区的部队，依托街巷堡垒和高大建筑物上的掩体，与日军展开激烈的巷战，顽强拼杀，逐街逐巷逐屋地争夺，寸步不让。土肥原见此情景，下令日军在城墙上架起大炮，居高临下地轰击城内守军。在猛烈的炮火轰击中，守军的堡垒和掩体接连不断地被摧毁，官兵被炸得血肉横飞，大片民房起火，满城都是浓烟火海。在激烈的巷战中，日军的包围圈越缩越小，最后进攻到了第141师指挥所附近。童师长亲率师部的警卫、后勤人员与敌人血战，一直拼杀到与下属部队全部中断联络，无法继续指挥战斗，才杀出一条血路，于6月6日凌晨从开封西门撤出城外。

（三）

1938年6月6日上午，河南省会开封失陷！

土肥原第14师团占领开封之后，随即展开了连续三天的灭绝人性的大屠杀！

日军进入开封后，见人就杀，无论男女老幼一律射杀，对街头卧地的受伤百姓全部用刺刀捅死，把从城内搜出的大批青壮年用尖尖的铁丝穿透手心，再捆绑起来，用刺刀挖去鼻子，割下耳朵，严刑拷打。潘振海店里的伙计小锁柱，在日军沿街搜索中不幸被抓。日本兵将他捆绑在电线杆上，放出口吐长长血红舌头的狼狗扑咬，从他身上撕下一条条血淋淋的肉块，大口吞食。小锁柱实在难以忍受，大声叫骂："小日本鬼子不是人！"凶残的日本兵随即用刺刀戳穿他的胸膛，并挑出还在跳动的心脏抛在地上，用皮靴猛踩。面对这种惨状，旁边的日本兵还高兴得哈哈大笑。

开封城的妇女也在大屠杀中惨遭蹂躏，不论是花甲老妪还是稚童幼女，几无幸免。日本兵在密集的居民区搜出妇女之后，光天化日之下就野蛮地对她们进行强奸、轮奸，对稍有不从者，就用刺刀割烂她们的裤子，再猛戳腹部，将她们活活扎死。艾顺的家住在顺河回民区，被日本兵搜查时，家中只有婆媳两人。媳妇因怕受辱，早早把炭灰涂在脸上，使面目灰黑一团。但是，七八个日本兽兵还是将她按在床上，用枕头压住脸，进行疯狂地轮奸，一直将艾顺的媳妇奸死、闷死。艾顺的老母亲在强烈的悲愤中拼死上前保护，被日本兵按到水缸里活活憋死。在开封寺后街，有个妇女已怀孕 5 个多月。日本兵在奸淫后，又扒剥她的衣服，用刺刀从她的脖颈下横切一刀，向下剖开她的腹腔，在喷涌的热血中，从肚子里挑出可怜的胎儿，活生生地钉在山墙上……

在 6 月 6 日至 8 日的三天屠城之中，开封城内无数妇女被日本兵强奸、轮奸，剖腹掏心杀害。可怜那些凄惨无助的妇女，在狠如蛇蝎的强盗蹂躏下，哭号痛泣，面对毫无人性的日本禽兽，悲恸哀鸣。人性泯灭的日本强盗，却疯狂地狂笑、狞笑、淫笑，惨无人道地为非作歹！

土肥原第 14 师团在开封大肆杀戮奸淫的同时，还对全城进行了大洗劫。在繁华的马道街、鼓楼街、寺后街等商家云集地区，日本兵持枪挥刀逐户挨门进行疯狂抢劫。他们砸破门窗进入商铺，见东西就抢，见财物就劫，拿不走的敲烂砸毁，砸不完的搬到大街上焚烧，把一切东西都抢光、砸光、烧光，片物不留。日本兵闯入徐府街老中医陈松坪宅院后，先是翻箱倒柜把他家中的财物哄抢殆尽，之后又燃起一把大火，焚烧了他毕生积攒的医书药方，并将年逾古稀的老人毒打致死。屠城中，日军横冲直撞，满街鸣枪。开封全城到处是疯狂掠抢的凶恶日寇，到处是横七竖八的百姓尸体，到处是残垣断壁和焚毁的民房，到处是洗劫后散落的家具、烧毁的物品……

开封铁塔、繁塔在痛哭，钟楼、鼓楼在悲号，包公湖、潘杨湖在呜咽，惠济河、大清河在恸泣。手无寸铁的开封老百姓，面对着挥舞着血淋淋屠刀的日本兽

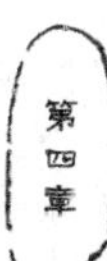

兵,痛哭连天,惨叫悲泣,在血腥屠杀之下家破人亡,妻离子散。全城宛若鬼蜮,数十万开封民众饱尝了亡国丧家的巨大悲痛。

丧心病狂的土肥原第 14 师团连续三天的大屠杀、大掠城,在七朝古都开封的历史上,永远留下了一笔令人彻入骨髓的仇恨,永远记下了日本鬼子的滔天罪行!

第五章

日军为什么会有『快速挺进队』？中岛今朝吾第16师团为何能快速插向河南纵深？尉氏县张江村农民怎样拼死抵抗日寇进村掠杀？日军重兵为什么竟然攻不下豫东一个小村庄？

（一）

黄河进入了仲夏大汛期。今年的汛期似乎与往年不同，从上游席卷而来的汹涌洪水，用混浊的浪花发出一阵阵巨大的涛声，奔涌的河水似乎在急切地对两岸民众诉说着什么，告诫着什么，提醒大家要发生什么事情。但是，沿岸的黄河儿女对此异常并没有特别的上心，因为此时一年中最重要的夏收季节就要来到了。农民更关心的是地里的麦子黄了，终于迎来了企盼已久的夏粮收获时节。

豫东大地仿佛在一夜之间披上了一层金色的盛装，变成了一个童话般的世界。在温暖的夏风中，金色的小麦挺起高高的胸脯，头上顶着饱满的麦穗，排着整齐的队伍，昂首而立，迎风摇曳。一望无际的麦浪恰似浩瀚的海洋，波涛起伏，翻水弄浪，美景醉人。

今年是个丰收年。李恒德看着自家田里那一颗颗沉甸甸的麦穗，心中充满了喜悦。他盘算着，再过几天就要开镰收割了。家人早把收割的镰刀磨得锃光发亮，自家院内的场地也打扫得干干净净，用来装新麦子的麻袋都已缝补整齐，只等着择日开镰了。一年之中最为忙碌、最为辛苦也是最为快乐的“双夏”就要来临了。收割打场，犁地种秋，抢收抢种，不分昼夜的劳累，汗水心血的付出，最终将迎来喜悦和回报。麦满囤，谷满仓，是对农民一年辛苦劳作的最大安慰。

李恒德也有一些担忧，因为近些日子天气一直不太好，乌云整天翻卷不停，空气中弥漫着潮湿的水汽，有可能来一场暴风雨。“双夏”季节最怕连雨天。连雨天不仅会使麦收难以进行，而且没有了阳光的照射，新麦子无法晒干凉透，捂得时间久了会潮湿发霉。张江村里的人们都盼着能有一个晴空万里、风和日丽的好天气。

“叔，你看咱这一亩地能打多少麦子？会有 300 斤吗？”小金生站在哑巴叔的后面，仰起头问父亲。

“我看 400 斤都打不住。”李恒德一边回答，一边用眼光征询哑巴弟弟李恒浩的意见。只见哑巴弟弟笑眯眯地伸出一个巴掌，意思是 500 斤也没有问题。

哑巴弟弟李恒浩出生的时候,因为突发高烧日久不退,险些丧命,后经乡村医生全力救治才活了下来。烧退之后,也不知道是怎么回事,李恒浩慢慢地说不出话来,变成了一个哑巴。李恒浩人虽然哑了,身体却很强壮,也十分聪明,农活儿一学就会,垒墙修屋、编筐修锁甚至连木匠活儿也拿得起来,是李恒德离不开的一个好帮手。

李恒德所在的张江村在尉氏县东南方向,是个比较大的村庄,有几百户人家。这里的土地,经过一代代人的精耕细作,土肥地沃,墒厚田壮,每年打出的粮食基本能保住村民们的温饱。张江村尤其得天独厚的是,贾鲁河从村边流过,非常便于引水灌田,养鹅放鸭,捉虾捕鱼。张江村成为一个远近闻名、旱涝保收、物产丰富的鱼米之乡。

发源于上游密县的贾鲁河,紧靠黄河,古称"小黄河",是河南境内除黄河以外最大最长的一条河,也是流域面积最广的一条河。相传,这条河就是中国历史上有名的楚汉相争时的"鸿沟"。秦朝末年,楚霸王项羽与汉王刘邦在中原争霸,相互征战,最后才言和盟约,双方商定,"以鸿沟为界,中分天下,割鸿沟以西者为汉,以东者为楚"。

贾鲁河自西北向东南流过,从密县先后流经郑州、中牟、开封、尉氏,过了周口以后又流入沙颍河,流进淮河,全长300余公里。贾鲁河得名于治水名人"贾鲁"。元朝至正十一年(1351),黄河在山东曹县白茅堤决口。大水淹没了河南、山东、安徽和江苏境内的十多个州县。受灾百姓背井离乡,苦不堪言。当时的元朝工部尚书贾鲁受命于危难之中,出任了治河总防使,采取疏浚与堵塞并举的治黄方略,进行大规模治河。贾鲁在疏通黄河故道与开凿新河道的同时,大力修筑堤坝,堵塞豁口,并创造了"沉船法",把数十艘装满石头的大船捆绑在一起,凿沉船体堵决口,将决口的河水重新逼入黄河故道,平息了黄河水患。"贾鲁"的名字从此载入史册。到了明朝弘治年间,后人采用贾鲁的治黄方略,治理河南境内的黄河决口,同时疏浚了已经淤塞的贾鲁河,使贾鲁河水流充沛,宽可行舟,河运大畅。上游的朱仙镇每天泊船达到数百艘,出现了舟楫相继、商贾毕至的繁华景象。为纪念贾鲁的治河功德,河南巡抚上奏朝廷,将"鸿沟"改名为"贾鲁河"。

贾鲁河把尉氏县一分为二,紧靠河东岸的张江村也成了一个不大不小的水旱码头。到了19世纪末期,黄河再次决口泛滥,贾鲁河又被淤塞。由于战乱年月疏于治埋,河水逐渐变小变弱,最后无法全域通航。现在张江村这个水旱码头已经没有了昔日的车水马龙和商贾云集，但却在贾鲁河中形成了一个四面环水的“水中村”地貌。张江村的村民虽然常年生活在贾鲁河边，可由于河中没有了丰富的水产资源，每年只是在农闲时才下河打鱼捉虾，大部分时间还是踏踏实实地坚守着自己的田地耕作操劳，以土地为本，以种地为生，面朝黄土背朝天，依靠土地养家糊口。李恒德一家多少代都是拨弄黄土块的农民，全家人一年到头都把汗水和心血投到了自家的3亩多田地上，每年眼巴巴盼的，就是夏粮秋粮能有个好收成，多打一些粮食，过上衣暖食足的温饱日子。

李恒德觉得，今年以来总体上风调雨顺，自家的麦子收成会比往年要好一些。他此时企盼的是，老天爷近几天千万不要再下雨了，尤其不要送来大的雨水，能让村民们稳稳当当地把地里的麦子收割回家。

李恒德和哑巴弟弟、小金生三个人在自家地里忙碌着。李恒浩挥动着铁锨，细心地修补田间松散的土埂。小金生用镰刀一把把割去麦田中杂乱的野草。

“哎，你这是咋回事儿啊？铁锨都铲到俺家的麦地上啦！”一声粗吼从他们背后传来。

李恒德转身一看，吼叫的人是本村邻居张守仁的儿子张大贵。只见他手持一把长长的锄头，瞪着一双蛮横的大眼，怒气冲冲地对哑巴弟弟吼叫。张大贵的斜眼弟弟张二贵也站在他身后，手中攥着一把明晃晃的镰刀，一副挑衅的模样。

张大贵在冯玉祥的西北军部队里当过兵，后来开小差跑回了村子。这个人身高马大，一身横肉，常常倚仗着自己身体强壮，在张江村里惹是生非。

“咋啦？咋呼啥？想打架吗？”李恒德挺身挡护在哑巴弟弟前面。

李恒德家中的麦田和张大贵家的地紧挨着，多少年来一直因为土地的划分纠纷不断。李恒德家田地的东南角，有一处正好与张大贵家的田地交界，交界处长了三棵大柳树，中间一棵是张家的，两头的树是李家的，三棵树交叉分布，很难区分出双方的所属地权。多年来，两家就因为这块难分地权的边角地争执不休，还打了数十年的官司，结下了世仇。每年的耕种和收获季节，两家人都非常敏感，互不相让，针锋相对，矛盾尖锐时家族之间还屡发械斗。

两家争斗的高峰是清朝末年。当时，李恒德家在张江村里还是较为富裕的大户，有30多亩地，牛马成群，宅院高大。张江村内一半以上的人家都姓张，一小部分姓江。李家在村中只是个“小姓”，所以常受欺负。张家倚仗着人多势众，蛮不讲理，欺压小姓人家。由于“三棵树”的缘故，张家常借春秋两季犁地收割的时机，老是越界往李家的田地这边犁，屡占李家土地。有一年，李、张两家因此矛盾激化，发生了械斗，双方都伤了人，流了血。官司打到尉氏县衙，李家最终赢得了官司。张家对县衙的断案极不服气。张家媳妇是个认死理的人，而且性格刚烈，在自家输了官司后的第二天晚上，用一根绳索吊死在了李家门楼下面。出了命案，事情就闹大了。张家纠集家族中数十人到尉氏县衙递状“申冤”，一再闹事。最后应了“死有理”一说，张家在县衙告状时，硬说李家财大欺人，把张家媳妇气死了。张家还蛮横无理地提出，要在李家的30亩土地中划出一分地，将张家媳妇埋在田地的正中间，否则绝不罢休。尉氏县衙为息事宁人，和起了稀泥，竟然答应了张家的无理要求。

让别人家的死者埋葬在自家田地的正中央，这在农村是犯大忌的，是一件极伤风水的事情。李家因此在村中抬不起头来，非常丢人现眼。李恒德的祖父连羞带恨，竟然气疯了。打那以后，老人常在自己意识不清的情况下，一个人跑到水城朱仙镇，在码头上给素不相识的过往人群发钱，发光了手中的钱后，又悄悄地变卖家产继续发。家人发现后马上阻拦，但拦了这次，拦不住下一次。李家就是钱再多、再富，也经不起这种无休止的折腾。慢慢地，李家入不敷出，坐吃山空，最后只有不断地出房卖地，家道日渐败落。到了李恒德这一代，李家已经没有办法维持原来的大家庭日子了，被迫分了家，走向衰落。李恒德的父亲李发旺，亲眼目睹了自家的衰败过程。他感到，只有读书识字长学问，出人头地，才能讨回李家的公道，重振家业。在李家与张家打官司的时候，由于李家姓小人才少，同族中的人大多不识字，不会写状子，在官府论理时，老说不到点子上去，结果让张家钻了空子，被迫受到极大的诬陷和屈辱。李发旺在此事之后，发奋读书，废寝忘食，最终考取了晚清秀才。但是，他生不逢时，正赶上清朝取消了延续了一千多年的科举制度，没能续考谋得官位报仇雪恨。李发旺心有不甘，把全部希望寄托到了自己的儿孙身上。看儿子李恒德不是块读书的料，他就悉心培养孙子李金生，希望这个李家的独子长孙将来能担当起振兴李家基业的重任。

这一块承载了李、张两家一言难尽恩恩怨怨的田地，相继延续了两个家族之间的血泪纠纷。每到有了争执，都有可能引发一场难以控制的对抗或械斗。今年麦子长势好，是个好年景，各家每天都有人在自己的田头转悠，看护劳动果实，同时也进行一些田间管理，所以两家人又在田间碰上了头。

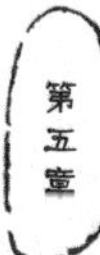

其实,李恒德今天一早就在田间看到了张家两兄弟,但没有打招呼,因为两家平时就不怎么说话。李恒德感到这一次是张家主动找茬儿,他绝不能服软。李恒德自幼练过拳脚,会使棍棒,打起架来几个人近不到他身边。李恒德对张氏兄弟怒目而视,也攥紧了手中的锄头。只要张大贵再敢挑衅,李恒德一定会给他弄个“头顶开花”。就在两家人对峙的工夫,各自身后已聚集了不少同族亲友,双方都手持棍棒、铁锹和铁耙,互不示弱。这些同族的亲友,本来都在自家地头干活,看到李、张两家要打架,都怕本家兄弟吃亏,围上前来拔刀相助。一场群殴械斗即将发生。

就在械斗一触即发的时刻,头顶忽然传来一阵巨大的轰鸣声。大家抬头一看,只见几架银灰色的飞机呼啸着朝这边飞来。飞机伸着两只长长的翅膀,尾巴上冒着一股浓烟,巨大的轰鸣声震耳欲聋。飞机飞得极低,肚子几乎贴到了树梢上,紧压着人们的头顶匆匆掠过,让人心惊胆战。大家从飞机的肚子上隐约看到,上面有一个红红的膏药一样的“太阳”符号。

“那是日本人的飞机!”有人惊呼起来。

李恒德也吃惊不小。他早就听说最近中国军队一直在兰封一带和日本人打仗,日本飞机还在开封城里撂了炸弹,炸死了很多人,烧毁了很多房子。前些日子,他到开封时也听潘老板说,日本人可能要攻打开封了,开封城内人心惶惶。近一段时间日本飞机已多次飞临尉氏上空,只是没撂炸弹,听人说,那是日军在进行空中侦察,看来日本人快要打到尉氏来了。张江村的人都为此惶恐不安,担心中国军队在兰封抗不住小日本的进攻,担心日本鬼子真的打到自己家乡来。

“恒德,大贵,都快住手,日本人打过来了——”

远处传来了喊叫声。围在田头正准备械斗的人群顺着声音一看,只见张江村方向跑来两个人,边跑还边高举双手,示意这边的人赶快停下来。

大家都惊愕地望着越跑越近的两个人,很快就看清了,是李恒德的父亲李发旺和张大贵的父亲张守仁。

“都别打啦,赶快回家去。刚才在尉氏县城开饭铺的刘老贵回村说,日本的马队已经攻进尉氏城关了,快打到咱张江村来了——”

李发旺和张守仁都跑出了一身汗,顾不得多说,分别拽起李恒德和张大贵就往张江村快跑。

众人一哄而散,不顾一切地往家跑去。

（二）

李发旺和张守仁说得没有错，日军第16师团快速挺进队，已于1938年6月3日攻进了尉氏县城关。在土肥原第14师团对开封城发起猛攻的时候，第16师团越过了平汉铁路线，快速插进了豫东、豫中的纵深地带，对参加“兰封会战”的中国军队实施迂回包围，并攻占了郑州、开封侧翼的许多城镇。

日军此次围追“兰封会战”的中国军队，采取了一种超常战术，就是在大部队向前推进时，首先派出数支由战车和骑兵组成的小型“快速挺进队”先行一步，占据中国军队的纵深要地。这些小规模的快速部队，机动快，装备精，往往神不知鬼不觉突然插入到对手背后，攻占要地，打击要害，抢占先机，打乱对方的防御部署和进攻节奏，往往收到意想不到的奇效。“长城抗战”时，日本关东军就以“128骑进承德”，创造了中日战争史上以快制胜的奇闻。日军在后来的作战中，常用这种超常规战术对中国军队发起突然袭击，釜底抽薪，屡试不爽。

日军此次围追行动一共出动了3个师团，分别从东、南、北三个方向对集结在郑州和开封一带的中国军队实施反包围。“东路”日军第14师团沿陇海线自东向西直接夺取开封，之后又向郑州发起进攻；“南路”日军第16师团，自皖西向河南尉氏、扶沟一线迂回，从南面和西南方向北上围攻郑州；“北路”日军混成第4旅团，由黄河北岸的封丘县渡河南下，自北而南压向郑州。另外，日军第10师团主力也从徐州南下，攻占了安徽涡阳、亳县和河南柘城、太康，封堵中国军队撤向东南的退路。几路日军计划最后会师郑州，歼灭集结在豫东的15万中国军队。

6月3日出现在尉氏城关、引起张江村民恐慌的日军部队，就是执行南线迂回包围任务的第16师团30旅团长筱原次郎率领的快速挺进队。他们的任务是，穿插至平汉路左翼纵深，占领通许、尉氏和新郑等县城，关闭中国军队撤往豫西和豫南山区的大门，将中国军队围歼于郑州、开封一线。日军这个快速挺进队日夜兼程，一路攻城略地，只用了两天时间，就穿越了平汉线，攻占了通许、尉氏等地，先头部队甚至挺进到了尉氏县城北面的朱仙镇附近。进入尉氏

城关的日军这支快速挺进队，由1000多名骑兵组成，占据尉氏城关之后，奉命固守要点，没有侵占附近的村庄，也没有对周围进行扫荡。

张江村的村民在惊恐中度过了两个漫长的昼夜。在得知日军占据了尉氏县城后，村民们都做好了外出逃“老日”的准备。究竟往哪里逃，逃多远，大家心里都没底儿，不知道该怎么办。村里几个老人合计，往西走吧，西边的尉氏县城已被日军占领；往南走吧，听说南边的扶沟县也来了日本鬼子；往北走，那里是郑州，现在战事正紧；而往东走，那一带是日军占领区，往那里去是往火坑里钻。此外，还有一件事情让张江村的村民们十分纠结，那就是地里的麦子还未收割，多数人家中旧麦已经吃完，眼等着新麦下来糊口。大伙都舍不得离开故土，舍不得眼看着就要到手的新麦子就这样白白丢掉。

穷家难舍，故土难离。大家商量来商量去，最后决定，还是先派人到尉氏县城探探风声，看到底来了多少鬼子，为何来了两天还没有动静，会不会打到张江村这边来。派出打探消息的人走后，村民们继续抓紧做好逃难的准备，同时争分夺秒地抢收地里的麦子，并对张江村的寨墙进行加固，集中村里的刀枪棍棒，做好与小日本拼命的准备。为防万一，村民们还计划拆掉村里与外界连接的唯一一座小石桥，真到了万不得已的时候，要利用张江村“水中村”的特殊地貌与鬼子拼死一搏。

张江村四面环水，是贾鲁河上的一个孤岛，易守难攻。在上世纪末的一次黄河决口后，张江村被洪水冲刷成了一片凹地，出现了大片的水泊沼泽，成了名副其实的“水中村”。张江村东西宽，南北窄，纵向呈“枣核”形状。村子东、西两面各有四五百米宽的水面，水深达数丈，河岸还有茂密的芦苇荡。村民平时外出，都是通过村东的那座小石桥。这种特殊的“水中村”地貌，给张江村增添了一道天然的护村屏障，使村子多次免受匪患。为确保村子安全，张江村也和附近的其它村庄一样，在村周围修筑了一圈高大的寨墙。寨墙用砖石砌成，宽度相当于并排无间隔站四五个人，非常坚固。民国初年，流窜于尉氏、扶沟一带的惯匪曹十一曾三次攻打张江村，都因寨墙坚固而久攻不克，后来派人悄悄混进村子，深夜打开寨门，才洗劫了村庄。

李发旺让媳妇李葛氏带着哑巴儿子和两个孙女去自家地里收麦子，自己和大儿子李恒德与村里的青壮年一起加固寨墙，做好迎战日本鬼子的准备。当李恒德在寨墙东门忙活时，看到了前两天差点打起架来的邻居张大贵。张大贵也在人群中干活，干得很卖力。李恒德用复杂的眼神看了看他，感到在大难临头时他们同病相怜，都在为抗击共同的敌人——日本鬼子做准备，家仇私怨只能暂放一边。

村里的寨墙是抵御日军的主要屏障，也是村民的生命屏障。为加固近年失修的破旧寨墙，村民们用架子车从贾鲁河滩上拉来一车车黄土，充填寨墙上的通道，用粗大的树木替换已经倾斜的寨墙木桩，用砖石加固寨门，同时还整理擦拭各家破旧的鸟铳、长矛、大刀和棍棒等简陋的防御武器。

村民们在擦拭手中简陋的武器时，都感到这些长矛大刀难与日军的机枪大炮抗衡，心中不禁充满了忧虑。这时，张江村卖豆腐的江二楞和张大贵的斜眼弟弟二贵，兴冲冲地抬着一个沉重的"大抬杆"来到了寨墙前。很多年轻人从没见过"大抬杆"，都围上来观看。"大抬杆"实际上是张江村村民原来在贾鲁河上打野鸭大雁用的一种火器。贾鲁河淤塞后，河滩上鸭雁少了，这种"大抬杆"已很少再用，要么生锈拆除，要么损毁废弃。李恒德对"大抬杆"的性能非常了解，也知道怎么用。小时候他常跟爷爷用"大抬杆"在贾鲁河上打野鸭。使用时，把它平放在船头上，盖些蓬草，对准藏匿在芦苇荡中的野鸭雁群，点火后一排枪放去，喷出的铁砂能打倒一大片，杀伤力十分了得。李恒德早年用过它，而且打得很准。

李发旺和村里几个老人看到"大抬杆"时眼睛一亮。这东西火力猛，杀伤面大，能打贾鲁河上的鸭雁，也能打小日本。如果把村里的"大抬杆"集中起来，不等于部队上的机枪和迫击炮嘛！当年闹义和团、捻军和红枪会的时候，张江村好多人都参加了起义队伍，用这东西打过清军和西洋鬼子，一打一大片。李发旺也觉得用"大抬杆"打鬼子非常好，能发挥很大的作用，但看到这支"大抬杆"是张二贵与人一起抬过来的，碍于面子，没有围上前去。

赵老栓走上前，用手掂了掂"大抬杆"，感觉到枪身冰凉，枪体很重。他知道，这种"大抬杆"要两三个人才抬得起来，所以才叫"大抬杆"。张二贵和江二楞抬来的这支"大抬杆"，枪管有3米多长，口径2厘米，前半截装铁砂，后半截装火药，尾部是发射的药捻，几十米内弹无虚发。张江村的人习惯把它叫作"扫帚炮"。赵老栓记起来，他还在其它村民家中看到有更大的"大抬杆"，口径比这个大一倍。赵老栓看了看"大抬杆"，又看了看身边的张守仁和李发旺，顿时有了一个主意。他向不远处的李恒德等人招了招手，把他们叫到跟前，并对围观的众人说：

"这可是件好东西，打小鬼子能发挥大作用咧！我看咱把村里的'大抬杆'

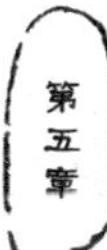

都集中起来,组成一个'大抬杆'火力队,统一架在寨墙上,一定能大大提高咱村的自卫火力。"

赵老栓看了看蹲在地上仔细观察"大抬杆"的李恒德和站在一旁的张大贵,又说:

"大抬杆火力队,就由当过兵的大贵和会使唤它的恒德担任指挥,组织村民们搞好训练。这东西一打一大片,咱让小鬼子好好尝尝它的厉害!"

看到李发旺和张守仁都没有说话,赵老栓心里明白,他们还在为两家的冲突耿耿于怀,一时抹不开面子,就拉过李发旺和张守仁的手,恳切地对他们说:

"大敌当前,打日本鬼子要紧。咱都把自家的私怨放一放。现在连不共戴天的共产党和国民党都搞统一战线了,咱还有什么私仇放不下呀? 眼下尉氏县城里管事的官员都跑光了。我听儿子国保说,连省政府都撤到了豫西洛阳了。村里就咱们几个老人,是全村的主心骨。咱可要分轻重,顾大局,也要学一学国共合作,枪口一致对外,全村人的身家性命当紧啊!"

李发旺是个知书达理的人,深明大义。他看了看旁边低头不语的张守仁,迎着赵老栓期望的目光说:

"老栓哥,你说得对,咱全村人应当抱成一团对付小鬼子。我看就让恒德和大贵一起组织起这个'大抬杆队'吧!咱们一齐打日寇,保村庄,决不让小日本打进咱村祸害乡亲们。"

张守仁听了李发旺的表态后也马上对着赵老栓说:

"是啊,到了这个时候咱小命儿都快没了,不讲其他的啦,大伙儿一起干。我提议,大家马上回去找'大抬杆',坏了的赶快修,都集中起来使用。按老栓哥说的,大贵当过兵,恒德也会使'大抬杆',就让他俩领个头,队员由他们选。不会使的要抓紧学,抓紧练。咱全村人齐心协力一同对付日本鬼子。如果小鬼子真的来了,咱一定要守住寨墙,保护好全村的父老乡亲。"

在场众人齐声叫好。卖豆腐的江二楞听后,走到赵老栓等几个老人面前,有些不满地说:

"使用'大抬杆'是俺最先想起来的,而且俺也会打,咋说也给俺个官儿当当吧?"

江二楞家中祖传磨豆腐,用贾鲁河的清水做出来的豆腐又软又白,又细又嫩,非常好吃,加上他的家就住在张江村街中间,买卖方便,价钱公道。村里的人大多吃过他家的豆腐,对他家的祖传手艺赞不绝口。

众人听了江二楞“伸手要官儿”的要求后，都哈哈大笑。赵老栓看了看其他几个老人，对江二楞说：

“好，就让二楞当个‘大抬杆’队的副队长。你和大贵、恒德一起训练这支队伍好不好？”

李发旺和张守仁都笑着点头同意。江二楞眼看自己当上了“官儿”，反而有些不好意思，摸着自己的头，也嘿嘿地笑了起来。

按着几个老人商量的办法，村民们立即回家寻找“大抬杆”，寻找各种守寨御敌的武器，做好迎战准备。还有的年轻人围着张大贵、李恒德和江二楞，要求参加“大抬杆”火力队，决心和来犯的日本鬼子拼到底。

张江村的村民们在李发旺等几个老人的组织下，按照分工陆续修好了寨墙，成立了“大抬杆”火力队，搜集了大量鸟铳、土枪、梭镖和大刀，有的村民还找出了防范匪患时家中私存的快枪。张大贵取出了他当逃兵时偷偷从部队带回的“汉阳造”制式步枪。“大抬杆”火力队的力量非常强。村民们先后找出了10多支“大抬杆”，其中口径最大的有5厘米，好似一门小炮。张大贵和李恒德组织训练十分认真，还在村口实弹射击。“大抬杆”枪口一响，滚烫的铁砂喷射而出，横扫一片，威力巨大，极大地振奋了村民们的斗志和信心。以数十人“大抬杆”队员为核心的青壮年们，整天手持土枪、梭镖、大刀，不分昼夜地在寨墙上巡逻。张江村做好了迎战日本鬼子的各种准备。同时，经过几天的连续抢收，张江村田地里的麦子也都基本收完，村里的老人和妇女儿童日夜不停地忙着碾麦脱粒，各家很快吃上了新麦。

让村民们感到奇怪的是，日本鬼子一直没到张江村来。但是，也有不好的消息。在国民党军中当官的赵国保给家里捎信儿说，开封城已经失陷，日本兵正往郑州东面的中牟县进攻，第一战区司令长官部已西迁到了洛阳。还有一个不幸的消息，占据尉氏城关的日本鬼子这些天并没闲着，前些天血洗了张江村北面的芦家庄。张守仁大舅子芦继福是芦家庄人，昨天半夜从村里逃了出来。听芦继福说，日本人在进攻芦家庄时，遭到了村民们依靠高大的寨墙进行的激烈抵抗，打了好几次都没打下来。后来鬼子调来了快马队，还调来小钢炮，猛轰芦家庄的寨墙。双方一直打了两天，最后鬼子还是攻进了村庄。鬼子进村后，像野兽一样见人就杀，见东西就抢，见房子就烧。他们将数十名青壮年带到村西打麦场，捆在大树上，又在四周堆上麦秸，浇上汽油放火焚烧。当时被害村民的惨叫和哀鸣声，几里之外都能听到。芦继福一家8口人，竟被杀死烧死了6

口。两个年幼的儿子被日本兵当靶子活活扎死,还被拽出五脏六腑投入火堆。芦继福家的邻居芦常友的媳妇被日本兵抓住时,死死抱着不满周岁的婴儿不放手。日本兵先是用刺刀扎死了大人,又把婴儿高高挑起活活摔死。鬼子最后把全村人都集中到麦场上,用机关枪一排排地扫射,一共杀害了芦家村200多口人。很多家都灭了门,绝了户。

日本兵在血洗了芦家村后,又放大火焚烧了全村的房子。芦继福在日军机枪扫射中受了伤,强忍剧痛躺在死人堆里装死,才没被鬼子发现,天黑后侥幸逃了出来。浑身是血的芦继福在张守仁家中泣不成声。张江村的乡亲们听后又悲伤又惊恐。大伙担心,不知道那些残暴的日本兵什么时候也会祸害到张江村来。

正当张江村的村民们都惊恐不安、夜不能眠的时候,一天半夜,村前忽然来了一支好几十人的队伍。开始,大家以为他们是来张江村避难的外村人,因为近段日子,附近村庄的村民看到张江村四面环水,寨墙坚固,相对安全,都纷纷来这里投亲避难,一下子聚集了几百名外来人。当这支队伍到了村门前之后,守卫在寨墙上的"大抬杆"队员们仔细一看,发现这批人不是附近的村民,因为他们身穿军服,携枪带炮,好像是国民党的正规军。张大贵一问,果然是国民党的部队,是第一战区81师的一个机枪排。

原来,日军第16师团的快速挺进部队攻占了尉氏、扶沟等县城后,由于兵力有限,没有四处出击。这样一来,日军的这些先头部队就与原驻扎在这里的中国军队形成了犬牙交错的局面。中国军队纷纷撤退,十分忙乱,顾此失彼,没能及时将撤退的命令送达那些驻地较远的部队。这个第81师机枪排,原单独驻防在扶沟北边,当发现驻地周围来了不少日军时,没有接到上级的撤退命令,一时不知所措。最后排长周大宁决定,一边派人与上级联络,一边先将部队拉到北边的尉氏县张江村去,在那里躲避日军,并等候上级指令。周排长知道,张江村是个四面环水的村庄,寨墙高厚,易于防守。

当李发旺、赵老栓等人得知村外来的是国民党军正规部队时非常高兴,立即让张大贵和李恒德打开寨门,把机枪排一行30多人热情地迎进了村内。一下来了这么多的正规军,村民们心里踏实了很多,当看到这些官兵肩扛机枪,还带着乌黑锃亮的迫击炮时,情绪都好了起来,胆子也壮了许多。村民们纷纷上前,给机枪排送来鸡鸭鱼肉,在村里摆上酒席饭菜,慰劳这些自天而降、雪中送炭的"贵人"。

正规部队的作战准备就是和村民不一样。机枪排进入张江村后，马上对村内的设防工事进行了调整，对村东寨门附近的阵地进行了加固，对寨墙上的重点防御部位进行了整修。尤为重要的是，周大宁排长与村中几位老人协商后，连夜拆掉了村民们一直舍不得全部拆掉的村东那座小石桥。后来异常激烈的张江村保卫战证明，这是一个非常英明的决定，也是一个关系到战斗胜负的关键因素。

（三）

该躲的躲不掉，该来的还是要来。6 月 7 日清晨，五六十个日本兵骑着高头大马，耀武扬威地来到了张江村。日本兵显然不熟悉张江村的地形地貌，在村外贾鲁河边反复地转来转去，才发现张江村是一个四面环水的村庄，进村的唯一一座小石桥已被拆毁，只有从村东面渡口坐船才能到达村内。日军的马队在村外停下后，先是派几个日本兵在贾鲁河边探试水情，侦察情况，大概发现河水太深，根本无法徒涉，才又四处寻船。一直到了中午，他们才找到了 5 只小木船，运载着 20 多个日本兵向张江村寨墙东门划了过来。

20 多个日本兵下船后，站在村头观察了半天。他们发现，张江村的寨门前有一片方圆数百米的开阔地，到处不见人，村内外静悄悄的，只有寨门前几棵大柳树上的知了在灼热的骄阳下发出一阵阵扰耳躁人的蝉鸣。看到周围没有动静，日本兵便端着枪，小心翼翼地向寨门走了过来。正当他们对异常安静的村庄感到狐疑不定时，忽然，张江村高大的寨门上传来一声高喊：

“弟兄们给我打，打死这些小鬼子！”刹那间，机枪、步枪子弹，喷着火焰的“大抬杆”铁砂，在空中翻飞的手榴弹，像暴雨一样劈头盖脸地朝着日本兵砸了下来。

原来，张江村的村民们在机枪排周排长的带领下，早已埋伏在村子东门和两边的寨墙上，一直观察着这些日本兵的一举一动。直到日本兵走到了寨门前，进入火力射程之后，周排长才一声令下，所有机枪、步枪、“大抬杆”、鸟铳等武器一齐开火，打得日本兵措手不及，晕头转向。日本鬼子在张江村军民密集

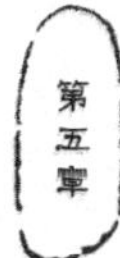

的枪林弹雨中，血肉横飞，高声惨叫，横七竖八地倒下了一大堆尸体。李恒德和张大贵指挥的10多支“大抬杆”，威力巨大，齐声怒吼，一团团火焰喷出大片的滚烫铁砂。枣粒大的铁砂射入日本兵体内后，令他们灼热无比，剧痛难忍，生不如死。他们倒在地上拼命号叫，捂着伤口翻滚乱爬，场面十分热闹。李恒德和张大贵在寨墙上看到后哈哈大笑。副队长江二楞一边向“大抬杆”中继续充填火药铁砂，一边向日本兵高喊：

“操你奶奶个小鬼子！‘大红枣’好吃吧？今天叫你吃个够！”

对岸的日军看到同伙突遭猛烈袭击，一时惊愕万分。等回过神后，他们立即架起机枪，对准张江村疯狂扫射，还架起10多门掷弹筒，向张江村射出一串串呼啸的炮弹。刹那间，张江村的寨门、寨墙和村内外很快被如注的枪弹和滚滚硝烟所覆盖，守村军民被日军的密集火力压得抬不起头来。趁此机会，寨门前残余的日本兵急忙丢下10多具尸体，匆忙向河边退去，登上木船仓惶逃向对岸。

一直到了傍晚，日军的枪炮声才渐渐稀疏。周大宁排长站在寨墙上向对岸观察，发现对岸的日本兵没有撤走，在对岸修起了工事，在村子周围布了兵，将整个村子封锁了起来。日军还派马队向尉氏县城方向驰去。看来日本鬼子没有预料到在张江村会遇到这么激烈的抵抗，遭受这么猛烈的打击。不用说，日本人肯定猜出村里有中国的正规部队，明天会派来更多的部队增援。张江村必定会有一场规模更大的战斗。

“周排长，吃点东西吧！”周大宁回头一看，是张江村的几个老人带着乡亲们给机枪排的兄弟送饭来了。村民们抬来了热腾腾的包子和绿豆汤，李发旺老人还掂来了两大坛子豫东名酒“张弓大曲”。周大宁赶快招呼兄弟们向各位乡亲表示感谢。紧张战斗了一天，大家这会儿也确实饿了。

村里的几个老人给每个士兵都满上了一大碗白酒。李发旺亲手将一碗酒端到周排长跟前，十分动情地说：

“周排长，危难之处见英雄。你们的到来，让张江村的乡亲们看到了咱中国军队的力量，看到了中华民族不畏强暴的铮铮铁骨。张江村是个小地方，可它再小，也是咱中国的地盘，绝不能让日本鬼子轻易糟蹋。咱们要和小日本死拼到底。就是张江村的人全战死了，那也值得，也光荣。就是让小日本知道，咱中国人不好惹，咱中国人是有血性的！周排长，只要张江村的乡亲们不死绝，一定会至死记住机枪排几十个弟兄的恩情，子孙后代会牢记兄弟们的英名。”

周排长热泪盈眶。多么纯朴善良的同胞，多么有血性的百姓！是亿万农民养育了中国军队。吃粮当兵，为国捐躯，是军人的本分，是军人的神圣职责。周大宁看着身边的几十个弟兄，命令大家站成一排，自己把手中的一大碗白酒高举过头，对着张江村的父老乡亲们说：

"李大爷，各位乡亲，现在我们的国家到了危急时刻，民族也遇到空前的磨难。我们身为军人，保家卫国、流血捐躯是理所当然的。既然来到了张江村，这里就是我们的阵地，是我们的防线。我们一定和张江村的父老乡亲生死在一起，战斗在一起。我们西北军的冯玉祥老将军曾说过：'国家有难，匹夫有责，进则俱生，退则俱死，为国而死，其死也荣，忍辱偷生，虽生实死。'现在日本鬼子既然出现在了我们面前，我们全体弟兄一定血战到底，战死无憾！"周排长说完，高声喊道：

"弟兄们，誓死杀敌，为国尽忠，不负乡亲，干！"

周排长话声刚落，几十个弟兄一起高吼：

"誓死杀敌，为国尽忠！"他们纷纷扬起脖子，将大碗白酒一饮而尽。

周大宁是云南楚雄人，身材挺拔，面容俊逸。和张江村的赵国保一样，他也是一名投笔从戎的大学生，身上还保留着书生的儒雅、学生的气质，也同时有着云南人"犟驴子"的倔强秉性。"七七事变"前，周大宁还是云南大学地理系的一名大学生。日军大举进攻华北时，他和几个同学一起辗转到洛阳，经过3个月的短训后随即奔赴前线，参加了一场场对日作战。他所在的部队调防河南后，周大宁看到日军在豫东耀武扬威、烧杀掠抢时，十分愤慨，多次向上级请战，要求主动出击，但一直未能如愿。周大宁参军参战时间虽然不长，但在一次次战斗中出生入死，历经磨难，也摸熟了日军的战术特点，积累了较为丰富的实战经验。周大宁毫不惧怕眼前的这股日本鬼子。

"周排长，俺们发洋财了！"

众人回头一看，是张大贵、江二楞等"大抬杆"火力队员们肩背满身的战利品兴高采烈地回到了村内。刚才他们趁着夜色去打扫战场，搜缴了日军的许多武器装备，包括"三八大盖"、步枪子弹、日式手雷和钢盔、刺刀等战利品。

周排长上前鼓励了"大抬杆"火力队的队员，点验了战利品，又组织士兵和村民连夜抢修损毁的防御工事，加固村头火力点，修补了寨墙上的缺口，补充了枪支弹药，做好新的战斗准备。周排长还把机枪排的轻重机枪和张江村的10多杆"大抬杆"重新调整了射击位置，重点加强寨门两边的防御火力，并筹划着

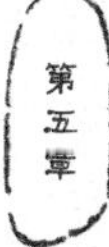

明天采用新战术对付日本鬼子。周大宁还特意嘱咐大家，在完成了各自的任务后要抓紧休息，养足精神。他知道，报复心极强的日本鬼子明天一定会从尉氏县城搬来援兵，张江村必有一场新的恶战。

（四）

5 月的豫东平原，天气变幻莫测。张江村前半夜还在酷热之中，热得让人喘不过气来，而到了后半夜，天上突然乌云翻滚，刮来一股股凉风，还下起了淅淅沥沥的雨。天色微亮时，雨又停歇了下来。雨后的清晨空气湿润，田野里风清树绿，草碧花鲜，四处清新。

天亮后，周大宁发现果然有大批日军聚集在张江村周围。看来，这一次日本鬼子是铁了心要报复张江村了，要用重兵血洗张江村了。周大宁从对岸日军的人数判断，他们这次至少来了两个中队的兵力，不仅有大量的轻重机枪和掷弹筒，而且在贾鲁河对岸还筑起了迫击炮阵地。

周大宁此时面临着一个艰难的抉择，心情十分复杂。昨天半夜，派去寻找上级的一班长陶明回来了。陶班长是借助夜幕和雨天的掩护进入张江村的。陶班长告诉周大宁，第 81 师王师长命令，机枪排必须马上撤离张江村，脱离与日军的接触，向周口一带转移。王师长还明确指出，机枪排目前与日军的接触和纠缠，有可能引发日军第 16 师团对第 81 师的报复，致使全师部队陷入日军包围。

一边是不可违抗的军令，一边是两千多名张江村百姓的生命安危，到底怎么办？周大宁十分为难。作为一名军人，他深知军令如山，必须不折不扣地执行，违抗者轻则送交军事法庭，重则执行战场纪律，断送个人性命。如果就自己一人还好，难办的是，还有机枪排的几十个生死弟兄。但是，如果机枪排此刻撤离，张江村的百姓仅凭一些简陋的原始兵器，怎能与武装到牙齿的日军抗衡？等待他们的只有刀光剑影和全村毁灭！

到底怎么办？周大宁在寨墙上来回踱步，苦苦思索。他无意中走到挤在墙边休息的机枪排弟兄跟前。士兵们看到他走过来，都站起身，用探询的眼光看着他。弟兄们已从陶班长那里得知了王师长的命令,不知道此时周排长会怎么办。周大宁迎着兄弟们的目光,想对他们笑,张了半天嘴却没能笑出来。看到这种情景,陶班长走来,递给周大宁一支烟,点燃后问他:

“排长,我们还撤退吗?你准备怎样回复王师长?”

周大宁慢慢抬起头,看了看对岸的日本兵,又看看身后的张江村,从嘴里吐出一股浓烟,很神秘地趴在陶班长耳朵上说:

“你就对王师长说,我会服从他的命令,但你还要告诉他,我操他奶奶!”

士兵们听后一愣,随即仰头大笑。

“扑通扑通”,忽然官兵们身后传来一阵响声。周大宁回头一看,是李发旺、赵老栓和张守仁等老人带着张江村的众多乡亲,在寨墙上黑压压地跪了一大片。他们用这种中国原始礼仪,向机枪排的弟兄们,对这些有血性、舍生保民的中国军人的义举,表达着无限的崇敬和感激……

日军的进攻开始了。这一次进攻的规模很大。

他们显然吸取了上次的教训,再不敢低估张江村的抵抗力量,日军不仅增调了大批部队,而且带来了10多艘军用冲锋舟。在猛烈的炮火准备后,100多名日本兵乘着冲锋舟,气势汹汹地向张江村杀来。

日军对这次进攻充满了信心。在进攻前的炮火准备中,他们不仅用机枪、掷弹筒对张江村进行了长时间的扫射轰炸,而且动用了重型迫击炮进行轰击,直打得张江村内外火光冲天,浓烟滚滚,寨门多处塌陷,围墙残缺不全。日军在冲锋舟前也架起了机枪,在前进途中对张江村猛烈扫射,使张江村几乎失去了还手能力。成群结队的日本兵,在冲锋舟的快速开进中再没有遭到张江村的火力阻拦。冲锋舟上的日本兵都松了一口气,并很快就得意忘形。明摆着,张江村的军民在猛烈的炮火中已经被彻底打垮,非死即伤,此次进攻不会再有激烈的战斗。

当10多艘冲锋舟靠近张江村岸边时,日军看到,张江村的寨墙上硝烟弥漫,寨墙周围到处是杂乱的残木碎石,寨门前十分平静。日军见此情景,都放心地站立起来,耀武扬威地对张江村叫骂。他们感到张江村已被炸成了废墟,没有了抵抗能力,他们上岸后会轻而易举地占领整个村庄。正当日军得意忘形之时,突然村子岸边的芦苇荡里响起了震耳欲聋的大炮声,迎面射来一团团耀眼的火焰。也不知是一种什么重型武器,在喷出巨大火焰的同时,还射出一片片滚烫的铁砂,直打得日本兵浑身着火,奇痛难忍。冲锋舟上的日军仔细一看才

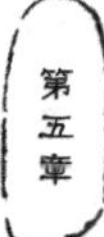

发现,原来张江村的军民早已在村外的芦苇荡中建起了一道新的工事,构筑了密集的火力网,给渡河的日军突然一击,予以重大杀伤。日本兵还看到,防御工事与张江村之间,还有一条条深沟相连,村内外可以相互策应,相互支援。

到了这个时候日军才弄明白,他们进攻前的猛烈炮火,只是轰毁了张江村的寨墙和村内的房屋,没有击到芦苇荡里的工事,也没有伤到在此埋伏的军民。当他们的冲锋舟靠近岸边时,工事里的军民迎面开火,抵近射击,打得他们措手不及,死伤惨重。

交战中进攻的日军明显居于下风。日本兵乘坐的冲锋舟目标大、转动慢,难以躲避密集的枪弹,而且10多个日军挤在一个冲锋舟里十分狭窄,连转身都困难,基本上成了张江村军民的"活靶子"。此时只要岸边工事射出一排子弹,立即就有一排日本兵中弹落水。河水深,漩涡多,掉到水里的士兵大多被溺死。一时间,贾鲁河里到处是漂流的日军尸体,到处是受伤落水后大声号叫的鬼子兵,血水染红了整个河面。

对岸的日军指挥官弄明情况后,立即传令日本兵后撤,冲锋舟纷纷掉头回窜。日军的炮火也开始对芦苇荡里的工事进行猛烈轰击。看到日军炮火十分凶猛,周大宁排长指挥军民从交通壕撤回到了村内。

此次战斗,进攻的日军不仅又死伤数十人,而且有三艘冲锋舟被打翻在河中。

日军对张江村的第二次进攻又被打退了。

对岸的日军气急败坏。第16师团进入河南以来,无论在哪个村镇,从未遇到过如此激烈的抵抗,也很少遭受这么严重的损失。更让他们不能接受的是,日军的兵力占绝对优势,武器装备也远超对方,但在整整两天时间里,大日本皇军竟然没能攻下豫东的一个小村庄,居然败在了一小股中国军队和一群毫无实战经验的中国农民手里,真是丢尽了脸面。

日军简直气疯了。他们很快又从尉氏县城调来更多的援兵,使进攻张江村的兵力一下增加到了近千人,同时,他们又运来大批冲锋舟和木船。

面对鬼子又一次增兵添将,张江村的百姓们也全部动员了起来。仗打到现在,村民们都决心破釜沉舟,与日军决一死战。看到被日军炮火炸毁的寨墙,村中几个老人带头拆掉了自己家院内的房子,把拆掉的房子大梁、檩条和砖瓦运到寨墙上修补工事。众人也都回家拆房备料,纷纷到村头和寨墙上帮助守军修工事,补掩体,堵缺口。男女老少一齐上阵,全体村民共同备战。妇女们照顾伤员，烧水做饭，青壮年男性搬砖抬木运石头。还有的村民重新搜集家中的猎枪火铳，大刀长矛，飞镖、三节鞭等器械，把凡是能上手的家伙全都找了出来。整个张江村全民皆兵，誓死抗击进犯的日寇。

6月9日上午，日军在完成了兵力集结后，向张江村发起了第三次进攻。日军变幻了花样，想出一个毒招，把附近村庄的大批百姓用刺刀逼过来，让百姓们站在日军前面挡子弹。被日本兵逼来的近千人，被迫面朝张江村方向站成一排，挡在准备进攻的日军前面。这些百姓，多是张江村三乡五里的乡亲，有的人还与张江村的村民沾亲带故。他们像一群羔羊那样，站在日本兵前面悲戚地望着张江村，有的孩子还高喊起张江村亲戚的名字，在日军殴打中惨叫哭泣。

进攻前，日本兵捆绑起众多百姓，让他们并排站立在船头。百姓在惊恐哀号中成为日军的"挡箭牌"。在一阵凶猛的炮火准备后，大批冲锋舟和木船向张江村气势汹汹地冲来。

此时的张江村虽然经过了紧张的抢修，但仍是破损不堪，刚才猛烈的炮火又将已修复的寨门、寨墙大多炸塌，严重损毁防御工事。村内村外烈焰冲天，烟雾障目。

天空布满了乌云，阴下了脸，微风在颤抖，仿佛空气也在燃烧。在日军新的进攻面前，张江村又一次出现了沉寂。无论日军炮火多么猛烈，冲锋舟行进得多快，村内村外始终没有还击，即使日军的冲锋舟到了村前的芦苇荡附近，也没有出现密集的枪弹拦截，到处都静悄悄的，四下不见一个人影。当日军的冲锋舟和木船靠近对岸后，炮火开始对张江村内延伸射击，寨门和寨墙附近不时有炮弹落下。大批的日本兵靠岸后，用刺刀押着百姓下了船，开始向张江村内搜索前进。百姓们仍然走在前列，日本兵在后面跟进。当日军驱赶着邻村百姓就要接近张江村寨门的时候，突然"咣当"一声，寨门大开，从里面蜂拥冲出了黑压压一大群人！这些人是手持长矛大刀、锄头棍棒的张江村百姓，是手持机枪、步枪的机枪排官兵。在震天的喊声杀声中，他们快速地扑向立足未稳的日本兵。

双方短兵相接，刀光剑影，你死我活地厮杀成一团，拼杀成一片。由于双方混战在一起，拥挤成一团，对岸日军的火炮无法发挥威力。同时，张江村前的开阔地十分有限，冲锋舟和木船上的日军难以全部上岸。张江村的军民反而在人数上占据了优势。在贴身肉搏中，村民们挥动大刀长矛、锄头棍棒，三四个人对付一个日本鬼子。日本兵要么被大刀砍掉头颅，要么被长矛捅穿肚子，要么在

号叫中被刺刀戳翻在地。最后,上了岸的日本兵终于抵挡不住军民们的猛烈追杀,丢下捆绑着的邻村百姓,拼命逃向岸边的冲锋舟和木船。有的日本兵来不及登上舟船,干脆跳入水中挣扎求生,但很快被赶来的张江村军民开枪击毙。

日军的第三次进攻,又被英勇顽强、宁死不屈的张江村军民打退了!

日军撤回对岸后,立即集中起所有迫击炮和轻重机枪,向张江村狂轰滥炸。张江村内外到处是隆隆的爆炸声,到处是冲天的烈焰,弹片飞溅。那些来不及躲避的村民,在枪炮中成群成片地倒在血泊里。

等到日军的炮火间歇后,周大宁排长和村中的几个老人从防弹洞里钻了出来。他们登上寨墙观察,发现对岸的日军正在重新集结队伍,准备发动新一轮进攻。在日军的炮兵阵地上,汽车又运来了大量炮弹,很快要展开新一轮猛烈炮击。张江村的寨墙和工事,已被日军炸得四处塌陷,残缺不全。守寨军民武器损毁大半,弹药所剩无几,村内到处是坐卧的伤员和横躺的尸体,仅张江村就死亡300余人。看到这里,周大宁和村里几个老人充满了忧虑,心情异常沉重。他们知道,照这样下去,村里的弹药会很快用尽,最后的结果可想而知。

此时张江村前有敌兵,后无退路,既没有增援部队,也没有弹药补充,已经到了最后关头。周大宁心中明白,在目前情况下,他只能带领机枪排的弟兄为国捐躯了。让他倍感安慰的是,弟兄们死得其所,死有所值。看着张江村的寨墙下、河岸边、贾鲁河中漂浮着的大量日军尸体,周大宁感到出了一口长期压在心中的恶气,报了一直憋在心底的深仇。他要让日本鬼子明白一个道理,中国人是有骨气的,要想侵占中国的一寸土地,是要付出鲜血和生命的代价的!

周大宁慢慢地转过身来,看着张江村几个老人那已被战火硝烟熏得漆黑一团的脸庞,默默无语地与他们握手。他们都知道,宁死不屈的张江村剩下的时间不多了,等待着张江村的最后结果只能是——寨破、村陷、人亡、户绝!

“轰隆隆!”天空中响起一阵炸雷。这炸雷刺人耳膜,感人肺腑。雷声滚过之后,天空中刮起了一股罕见的黄风,随即下起瓢泼大雨。整个张江村都在风雨中飘摇哭泣,贾鲁河水也在大雨中陡然上涨,河水剧烈奔腾翻滚。突然间,站在寨墙上的李发旺老人瞪大了眼睛,紧盯着下面的贾鲁河水,目不转睛地一个劲儿地看。他看到,河水异常混浊,翻卷的浪花和激荡的漩涡中夹带着厚厚的泥沙,就像从火山深处喷出来的岩浆那样,缓缓地向前涌动。贾鲁河似乎变成了一条泥河。看到这里，李发旺突然万分惊讶地高喊起来——

“不对，不对啊，贾鲁河水的颜色咋不对呀？”

李发旺说完，在众人的惊愕目光中，猛地转身冲下了寨墙。他不顾头顶上的倾盆大雨，不顾雨水淋透全身，发疯似的向寨墙下面的贾鲁河边跑去。他一边跑，一边高举双手对着天空大喊：

“黄河决口了，黄河决口了！天河的大水下来了，老天发怒了！”……

第六章

蒋介石为什么下令扒开黄河？哪一支部队扒开的黄河花园口大堤？黄河大决口后究竟起到了什么作用？一共淹死了多少日军？为什么会淹死豫皖苏3省44县89万老百姓？

（一）

黄河真的决口了！

是中国人扒开的！

是蒋介石下的命令！

1938年6月9日上午8点，在郑州东边的黄河花园口，中国军队第一战区第20集团军新8师师长蒋在珍，奉命扒开了黄河大堤。

为什么要扒黄河？为什么要扒这条主宰着中国千百万人生命的黄河——天河呢?!

中国人历来都知道，黄河是天河，是天险，动了她，可是人命关天的大事，是伤天害理、后患无穷的天大事情。

几千年来，中国人对黄河无比敬畏，历朝历代都顶礼膜拜。这是因为，黄河是一条天河，是一条天龙，是一条神龙，是一条威力巨大无比的水龙。黄河蕴含着惊天骇人的无限能量，能掀起滔天的浊浪，能毫不留情地淹没毁灭一切城镇乡村，能肆无忌惮地吞噬撕碎辽阔的森林原野，能轻而易举地夺走几万、几十万甚至几百万的无辜生灵，能带来遍地白骨、四野哀鸿！

谁扒开了黄河，谁将是中华民族的千古罪人。翻开中国的历代史书可以看到，历史上一次次以“人祸”形式扒开黄河所带来的天大灾难，都使人触目惊心。以开封两次人为的黄河决口为例：南宋时期，督豫的开封城留守杜充，曾为阻挡南下的金兵，扒开过柳园口大堤。黄河决口后，滔滔黄水汹涌而下，给沿岸和下游的百姓带来了灭顶之灾。仅河南、山东、江苏三省就淹亡了20余万人，上千万灾民无家可归。明朝末年，河南巡抚为阻止李自成40万起义军攻占开封，擅自掘开了黄河。开封城内37万人被淹亡34万，几乎全城覆没！那一座曾经繁锦天下、民众百万的北宋古都，一时竟变成了白骨累累、哀号遍地的鬼城。

熟知中国历史的第一战区司令长官程潜，深知扒开黄河的千钧分量和历史重责。他在下达扒开黄河命令的时候，也是万分纠结，万分痛苦。程潜的抉择异常艰难。一方面，中国的抗战到了万分危急的时刻，需要实施“以水代兵”；另一方面，黄河下游难以计数的百姓将面临灭顶之灾。怎么办？怎么下决心？孰大孰小，孰重孰轻，孰利孰弊？程潜在煎熬中难以作出这沉重的历史抉择。

目前，日军重兵已对郑州形成了战略包围的态势，郑州势如累卵。全国的抗战局势也面临着空前的危机。从河南战场看，日军正从东、南、北三个方向，以惊人的速度缩小对郑州的包围圈。“南路”日军中岛朝吾指挥的第16师团，连续攻陷了郑州以南的尉氏、扶沟等县，自南向北朝郑州快速推进；“北路”日军河村薰指挥的独立混成第4旅团，由黄河北岸的封丘等地架桥渡河，自北向南压向郑州；“东路”日军土肥原指挥的第14师团，在攻陷开封后又马不停蹄地沿陇海铁路向西进犯，已经攻打到了距郑州仅40公里的中牟县城，几乎兵临郑州城下。

郑州，这个逐鹿中原的腹地，当前在全国抗战大局中举足轻重。这里是中国横贯东西的陇海铁路、联通南北的平汉铁路唯一的交会枢纽。一旦拿下它，日军将利用这个交通大动脉大规模西进、南下。西进，可沿陇海铁路进入陕甘，得陇后望蜀，占领中国的战略大后方四川；南下，可沿平汉铁路直下武汉，攻陷中国的华中重镇，进而进攻陪都重庆。真的出现了那种局面，全国的抗战将陷入巨大的被动，甚至一发而不可收拾。到了那时，蒋介石会不会向日本屈服，中国人会不会真的沦为亡国奴？实在是不堪设想……

面对日军大兵压境的严酷形势，程潜自1938年5月底从开封西撤郑州后，就立即召开第一战区高级将领作战会议，研究新的对日防御计划，提出应对方案。在会上，众将领在日军的重围面前都心重如山，沉默寡言，提不出有效的应付办法。在程潜的一再催促下，最后还是第一战区参谋长晏勋甫打破僵局，提出了两个十分残酷的应战计划：一是大火焚烧郑州，实行“焦土抗战”。这个办法，实质上是将郑州城破坏殆尽，使陇海、平汉铁路全面瘫痪，使日军占领郑州后只得到一座空城，而中国军队能从容撤退并部署起新的防线。二是扒开黄河，实行“以水代兵”，即用黄河大水淹阻进攻的日军，将日军屏隔于黄河以南和平汉铁路以东，确保郑州的安全，保全这个中原交通大枢纽。第二个应战计划，在战略上对中国的抗战局势较为有利，能使目前溃退的中国军队争取到战略回旋的时间、空间，保持河南战场目前的战役态势，便于中国军队继续利用平汉、陇海铁路部分线路运载部队快速机动，同时也为下一步的“武汉会战”创造有利条件。显而易见，实施第二个计划时，也会给黄河两岸和下游百姓带来不

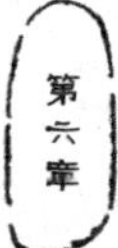

可估量的巨大损失。

与会将领听到晏参谋长提出的两个应战计划后，一片哗然。众将领都感到，此事极为重大，后果极其严重，难以作出决断。第20集团军商震总司令则当场表态，支持晏参谋长的第二个方案。他在分析了方案战略上的利弊关系后，动情地对众将领说：

“对黄河决堤放水，形同杀害自己的骨肉同胞，感情上无法接受。但是，为了全国的抗日大计和全民族的利益，我们只能放弃难以割舍的感情，像蒋委员长说的那样，‘切忌妇人之仁’。黄河，是我们中华民族的摇篮，自古以来养育了华夏儿女，被万人崇敬，已通灵神化，威力无限。面对日寇肆虐施暴，黄河母亲一定会愤然怒吼，以排山倒海之巨浪扑向入侵的倭贼，把这些强盗卷回东海荒岛老家去！”

商震总司令说完，众将领反响更加强烈。他们觉得，商震的话虽有一定道理，但很难表态支持。商震见此情况，平息了一下激动的心情，又对众人说：

“当然，黄河大水不认人。我们若决堤放水，应谨记沿河两岸和下游的黎民百姓，应当及早勘明黄水过往的河道，让地方上充分做好百姓的善后工作。”

商震发言后，众将领们的议论逐渐平息，与会的多数人都陷入了深深的思索。

望着默默无语的与会人员，程潜好久没有作声。晏参谋长提出的“焚城”和“决口”两个方案，都是破釜沉舟的泣血作战方案。其实在此次会议之前，程潜已经与晏参谋长进行了反复的沟通酝酿。程潜感到，“焚城”一案不可取，因为这个方案达不到阻挡日军的目的，而且焚城会给郑州百姓带来巨大灾难。那么只能考虑“决口黄河”这个方案了。这个方案，能在黄河改道后将日军阻止于郑州以东、平汉线以西，能保住陇海线西段和平汉线南段的铁路，能破坏日军向中原大举进攻的计划，打乱日军战略进攻布局。毫无疑问，“决口黄河”也将使两岸及下游的广大民众遭受空前的牺牲，付出惨重代价。居住在黄河下游那些星罗棋布的村庄里的数十万、数百万甚至上千万的同胞，将会在黄水巨浪中房倒屋塌，家毁人亡，流离失所，陷入绝境。程潜闭上双眼，想象着那些无辜的百姓在波涛汹涌的洪水席卷时是多么的无助可怜，多么的悲惨凄凉。真的到了那个时候，真的出现了那种惨景，他程潜会给中国人民带来千古遗恨，会成为中华民族的历史罪人！

这个决心太难下了。正当众说纷纭、莫衷一是的时候，作战参谋赵国保送

来一份急电。电报的内容是:据最新情报,南路日军第16师团正向郑州快速推进,炸毁了距郑州不足50公里的铁路桥梁;北路日军第4旅团渡过了黄河,推进到距郑州不足40公里处;东路日军第14师团占领了中牟县城,先头部队推进到了距郑州不足30公里的地方,而且该师团由1000余名骑兵和10多辆坦克组成的"快速挺进队",已经与第一战区的郑州外围部队接上了火。几路日军都近在咫尺,形势万分危急!

程潜现在必须做出"黄河决口"的重大决策。他放下手中的电报,把目光投向了会场上唯一身着便装的黄河水利委员会修防处主任成维儒。程潜此时还身兼河南省主席,集军政大权于一身,在这次会议上,特意召来了"黄委会"的水利专家。

成维儒此时已思维大乱。本来,他以为这次会议是研究黄河的修堤防护工作的,所以在匆忙中带来了一大堆修筑黄河堤坝的资料,准备在会上发言。前些时,黄河水利委员会委员长龚相荣告诉他,最近黄河中下游的堤坝修防费已筹措100多万元,备足了大量石料土方堆积在黄河各险段,急等第一战区司令长官批准开工。国民政府已下令"河防必须兼顾国防",将黄委会的管理职权移交给了第一战区河防委员会。

当前河南战事正紧,把黄河的河防交给战区领导管理没什么奇怪,历史上黄河的河防也基本由军队来承担。清朝时,黄河的河防一直由清兵管理,还专门设立了河督、巡抚与河道府,黄河的河官还被授予四品以上官位。光绪年间,袁世凯就担任过山东河道府。黄河河防素来有兵,历称"河兵"。清朝的河兵以营为单位,每营编制500人,分5个哨,防段60里。民国以后,黄河防务体制虽然发生了变更,但目前的"黄委会"仍编有数千个河兵性质的"河工",承担黄河堤坝的查险工作。另外,由于黄河每年的治河防汛需动用成千上万的劳工,所以必须依靠当地政府组织实施。成维儒在参加此次会议前,本以为是研究修筑黄河堤坝的事情,准备在会上请求程长官抽调部队和民工参加治理黄河险段,提防很快就要到来的夏季河汛。他万万没想到,这次会议不是修黄河,而是要"扒黄河",而且要将黄河来个"大决口"。

成维儒此时不知如何是好。如果黄委会龚相荣主任知道此事,还不知会怎样捶胸顿足、抱死抗命啊!黄委会的使命是修河、护河、保河,怎么能去帮助他人掘河、挖河、毁河啊?真要是这样,那可比杀了他一百次、一千次还要痛苦啊!

成维儒不敢迎视程潜长官的目光。他坐在那里如坐针毡,大汗淋漓,眼中

蓄满了泪水。

（二）

蒋介石此刻也在为是否扒开黄河而万分揪心。

利用黄河天险水淹日军，是统帅部早就有人提出来的一个作战预案。最早提出这个预案的，是蒋介石的德国顾问法肯豪森。“九一八事变”以后，法肯豪森认为，如果日军大举进攻中国，中国无奈之中在黄河流域“以水代兵”，不失为一个战略上的权宜之计。随着抗战局势的进一步恶化，建议决口黄河、水淹日军的建议电报，从四面八方飞向统帅部。向蒋介石提出此建议的，不仅有第一战区司令长官程潜，还有参谋总长陈诚、中统头子陈果夫、高级将领何成璞、黄新吾和罗仁卿等众多人员，甚至连民国以后两次督豫的军委会副委员长冯玉祥，也提出了决口黄河、“以水代兵”阻挡日军的建议。

蒋介石最近每天都徜徉在成堆的“决口黄河”的建议电报之中，却迟迟下不了决心。他深知，此事极为重大，关乎全局，责任如天，决策必须万分谨慎。但是，目前的战场局势甚为严峻，他不得不开始认真思考起此方案。攻入河南的日军正步步紧逼，就像一只紧跟在自己身后的恶狼，眼看就要咬到脚后跟上了。合围郑州的日军部队大多是机械化师团，进展神速。第一战区的官兵仅凭两条腿，无论如何是跑不过日军的汽车轮子的。那怎么才能延缓日军势不可当的进攻步伐呢？蒋介石思来想去，也没有找到更好的办法。看着眼前众多的决口黄河的建议电报，他考虑着“决口黄河”的利弊关系。从“利”的方面看，有三个无可替代的作用：一是黄河洪水能抵挡住日军的凶猛攻势。目前郑州危在旦夕，扒开黄河能造成“水淹七军”的效果，将日军精锐师团阻挡在平汉铁路以东，阻断河南境内的平汉线，使自华北而来的北路日军部队无法大举南下。二是能打乱日本的对华总体战略。日军的计划是攻克郑州后西进南下。当前保住郑州这个大枢纽是关键。否则，日军占领郑州后会将华东、中原、华南三大战场连成一片，直接威胁武汉。而目前在武汉城内云集着大量从沿海和长江下游转移来的工厂、政府机关和高等院校，亟待迁徙四川。如果挡不住这股南下的日军,怎么保留这些转移到西南大后方的国家基础?怎么在重庆设立陪都?怎么坚持长期抗战?而扒开了黄河,局面则大不相同,中国军队可以利用黄河天险形成一道天然“军事分界线”,使日军无法南下武汉。三是能保住中国军队赖以抗战的有生力量。集结在豫东的10多万中国军队,大多是精锐部队,是支撑抗战的生力军。扒开黄河后,可使这一批抗战力量脱离险境,同时也能水淹日军,改变双方的军力对比。但毋庸置疑,扒开黄河后会作出巨大的民族牺牲,会淹没黄河沿岸和下游数省几百万民众,有极为重大的历史责任,搞不好还会成为全民族的历史罪人。

到底该怎么办?蒋介石同样是万分纠结,很久很久拿不定主意。

近日来,第一战区司令长官程潜一天数个电话催问,催促他尽快下决心,请求十分急迫。蒋介石清楚,河南的战局已经到了刻不容缓的地步,决口黄河到了最后时刻。蒋介石在艰难的选择中脑海里忽然闪过一个词——断臂图存。

1938年6月3日,蒋介石终于下定了“断臂图存”的决心。他在第一战区司令长官程潜的请示电报上,写下了“同意”两个字。颇有心计的蒋介石考虑到黄河决口的重大历史责任,想到冯玉祥也提出过“水淹日军”的建议,就随后又给第一战区第39军刘和鼎军长发了一封密电,上面写了这样一段话:为了阻敌西犯,确保武汉,依据冯副委员长建议,决定于赵口和花园口两处施行黄河决口,构成平汉铁路东侧地区间的对东泛滥。该军担负“赵口”之决口,限两日内完成……

蒋介石在电报中提到的挖开黄河大堤的两个地点之一——赵口,位于郑州以东26公里处。这个决口地点,是由黄委会修防处成维儒处长、黄河南岸修防段宋冠军段长、郑州专员罗真等人共同选定的。他们认为,在赵口掘河有三个优势:一是此处水急浪猛流量大,能保证黄河决口后的足够流量。清朝道光年间,黄河曾在这里决口,先后流向河南中牟、尉氏、扶沟、西华及安徽阜阳、亳县等地。二是赵口距贾鲁河较近,洪水出堤后,可以顺着东南流向的贾鲁河、涡河、沙河的河道直泻东南,乘淮河进入安徽、江苏,流入大海,能够在一定程度上减少黄河洪水在豫东平原的无序漫流,减轻沿途的灾难。三是能够达到“以水代兵”的目的。这一带曾是三国时期的“官渡之战”发生地,当前入侵的日军部队大多盘踞在此流域内。黄河决口后,洪水能给这一带的日军造成较大淹亡。另外,洪水还会在豫东平原造成大片的黄泛区,迟滞日军机械化部队,使其陷入泥泞的水网沼泽之中。

（三）

蒋介石决口黄河的命令下达以后，第一战区把挖掘黄河“赵口”堤坝的任务下达给了第53军和第39军，其中第53军负责挖堤，第39军担任警戒。6月3日下午，第53军第1团开始了挖掘工作，第39军部队则在赵口周边部署了警戒线。

但赵口段的决堤工作并不顺利。执行挖掘任务的第53军第1团官兵对决口黄河十分抵触。他们深知，扒开黄河，会给沿岸和下游百姓带来巨大灾难，是一件伤天害理的大事，既害民又害己，决不能干。此时第1团已经在黄河边上驻扎了很久。士兵们早就听河工讲，黄河是一个有灵性的“神”，只能供奉保护，不能冒犯尊严，如果伤其筋骨，激怒了河神，会犯众怒，下地狱，甚至断子绝孙。因此，该团的官兵对挖掘黄河，都持极为消极的态度。

另外，赵口段的黄河大堤也异常坚硬，堤坝多用砖石砌成，土质为沙土和淤泥混合的“花淤”、“沙淤”，人称“金堤”，十分难挖。士兵们往往一铁锹下去，只能留下一个小小的白点，一铁镐下去，只能砸出一个浅浅的凹坑，加上对岸的日军不时打来冷枪，施工不得不一次次停下来，因而进度很慢。第一战区原定6月4日午夜破堤放水，但直到6月6日上午，仍然没能掘开赵口段黄河大堤。

此时东面的日军已经占领了开封，前哨部队开始向郑州挺进，战事越来越紧。程潜坐立不安，一再催促加快施工进度。当第1团的士兵被迫日夜不停地在赵口施工时，天突降大雨，工地上电闪雷鸣，雨线如织，大堤变成了一片泥浆，官兵变成了泥人，施工进度更加缓慢。

在蒋介石的连续催促下，程潜只好增调了掘堤兵力。他下令担负警戒任务的第39军直接参加赵口的决堤施工，并要求6月10拂晓前完成挖掘任务。程潜在下令后仍不放心，又派出战区作战参谋赵国保等人到赵口施工现场督促，随时报告施工进度。第39军受命后，立即将第56师潘必强团拉上了赵口大堤，并派工兵营执行炸堤任务。第39军刘和鼎军长有蒋介石的密令，干得十分卖力。他严令各级指挥官到一线监工，部队以“三班倒”的方式轮番作业，工兵营夜以继日地在大堤上打孔钻眼、装填炸药,很快完成了炸堤前的一切准备。

炸堤前,第20集团军总司令商震亲自到现场督阵。商震是力主用黄河洪水淹阻日军的将领,对赵口段的掘堤施工格外上心。当第56师工兵营点燃了炸药导火索后,几声巨响,赵口大堤固坝的石基就在浓烟中飞上了天。刹那间,大堤内的洪水喷涌而出,咆哮着奔向东南。正当商震准备返回指挥部向上级报功时,意外的情况发生了——

只见被炸开的黄河堤坝,忽然开口变得越来越小,两边的石块黄沙向决口处聚集起来,在很短时间内,居然把炸开的决口又堵了个严严实实。刚刚还在向东南喷泻的洪水,转眼间就被大堤外的地面吸尽,只剩下一道褐色的水流印痕。变幻莫测的黄河,竟然自己抚平了巨大的创伤。

目睹这一奇景,众人都惊讶得目瞪口呆!商震也凝固了笑容。大批河工见此情景立刻骚动起来,“扑通扑通”跪在地上,对着神奇的黄河叩头便拜……

然而,让人吃惊的事情又不断出现——

堤坝上已经挖好的放水坑道,随着一阵的迷眼风沙刮来,被填得平平整整,就像从未挖过一样。更奇怪的是,大堤其他地段都风平浪静,唯有掘堤处不时聚起呼呼的旋风,并且士兵们挖的时候大风不刮,等挖到数米深,旋风突然而至,转眼就将刚挖好的深坑填平,使人无所适从。

更不可思议的是,黄河的流向也发生奇怪的变化。当第39军炸堤失败后,刘和鼎又动用了大批士兵继续抢挖河堤。就在赵口堤坝又将被掘开的一刹那,众人发现,刚才掘堤处还澎湃汹涌的河水突然不见了踪影,再仔细一看,赵口段的黄河水竟然像活了一样,从原来靠近岸边的地方移到了河的北岸,掘开处忽然没了原来湍急的水流。再看那河水,竟然横向移动起来,成了一条向北方倒流的黄河!

奇异而又神秘的黄河,让现场人看得目瞪口呆。

百思不解的刘和鼎请教了水利专家后才得知,黄河的“自动愈合”,是因为赵口大堤决口处太窄,内面太陡,根基遇水一浸,两边同时塌坡,下塌的沙土就把决口处彻底堵严。而后来挖出的坑道被风沙填平,是因为赵口段的土壤多为沙砾,聚风吹过后被堆集起的沙砾填平。但是,水利专家们对后来出现的“黄河倒流”现象一时也难以解释,不知所以然。对这一再出现的奇怪现象,他们也不知该怎么办。

见赵口段的黄河堤坝一连三次挖掘不开,程潜急得团团直转。此时向郑州

急进的日军第14师团已开始用重炮猛烈轰击中牟县城和郑州的外围阵地，不少炮弹在赵口附近爆炸。眼看赵口掘堤坝计划难以实施，程潜只好下令第一战区司令长官部西撤洛阳。他把最后的希望寄托在了正在郑州以东实施"花园口"决堤的新8师蒋在珍师长身上……

(四)

蒋在珍的新8师，本来是第一战区的一支战役预备队，一直担负后方守备任务。该师从贵州远调而来，原计划参加"兰封会战"，到达河南后，先是驻扎在许昌，后来移防郑州，全师官兵目前还未对日军放过一枪一弹。1938年2月，为阻止黄河北岸快速南下的日军，新8师奉命炸毁了全国最大的铁路桥梁——黄河大桥。这座建于光绪年间的铁路大桥有100个桥孔，是世界上最大的桥梁之一。炸桥前，蒋在珍曾看到了这座铁桥的碑文："大清国铁路总公司建造，比利时助工，工部左侍郎盛宣怀、商部左丞唐绍仪参加告成典礼。"蒋在珍了解到该铁桥的历史后，心情十分沉重，专门写了一篇《爆破黄河铁桥记》，纪念这个历史悲剧。他为此深感内疚，多次向上级请求率领全师到一线抗战杀敌，但始终未能如愿。"兰封战役"发生突变之后，面对日军的疯狂进攻，蒋在珍也十分焦急，一直在思考着如何应对。新8师的驻地距黄河赵口和花园口都不远。蒋在珍时刻关注着友邻部队掘堤的进度。当他发现赵口段掘堤不够顺利时，就细心分析了失利的原因。他认为，郑州以东的花园口才是决口的最好地段，成功的可能性最大。当蒋在珍得知程潜乃至蒋介石都高度关注黄河决口之时，深知此事意义超乎寻常。在赵口掘堤又一次失败后，蒋在珍主动向商震总司令汇报了自己的想法，并再三请求，由新8师担负黄河花园口掘堤的任务。

由于赵口段的掘堤失败消耗了大量时间，已使战局变得十分危急，于是商震总司令在请示程潜长官后，立即命令蒋在珍，由新8师担负花园口段决堤任务。

新8师很快拉上了花园口大堤。蒋在珍为了对外封锁消息，命令把花园口周围5公里内的百姓全部隔离，并谎称要在花园口一带构筑工事，抗击日军。

他还专门从新8师挑选了800名身强力壮的士兵，编为5个组，每组分为挖土和运土两个班，两小时一轮换，通宵达旦地作业。蒋在珍还专门调来汽车，用汽车大灯为花园口掘堤照明。为防止出现赵口段掘堤时的坍塌问题，蒋在珍把花园口的掘堤宽度增加到了50米。为加快挖掘速度，他命令沿着黄河大堤内侧，从上到下挖了10个大台阶，每个台阶3米，让士兵们一层一层往上面扔土，每层都有人接应。当新8师的官兵紧张施工时，两架日军飞机忽然飞临花园口上空，投下一串串炸弹，炸死炸伤不少官兵。蒋在珍严令部队冒着敌机轰炸继续施工。武汉统帅部得知情况后，一面对新8师予以表扬，一面要求加快施工进度，并每隔一个小时打一次电话询问情况。当蒋在珍得知蒋介石在坐等黄河决口的消息后，心情更加急迫，昼夜蹲守在大堤上督阵，直熬得两眼通红。

经过新8师整整两昼夜的紧张施工，花园口段黄河大堤，终于被挖开了一道上宽50米、底宽10余米的大口子。

6月9日上午，蒋在珍接到了蒋介石亲自打到工地来的电话。蒋介石对蒋在珍进行了表扬鼓励，要求务必尽快完成挖掘任务。蒋在珍接听电话后极为激动，整个新8师官兵也为此欣喜若狂。上午8时，商震总司令和第一战区长官部魏汝霖处长、赵国保参谋等人来到花园口工地，现场监督挖堤炸坝工作。待全部挖掘完成后，蒋在珍用他那浓重的贵州方言下达了命令——炸堤！

"轰隆隆——"几声巨响之后，花园口大堤上的最后几块石块土方被彻底炸开。黄河洪水随着巨大的爆炸声，从河道里喷涌而出。开始喷出的水流并不凶猛，流量也不大，难以达到用黄河洪水巨浪淹阻日军的目的。蒋在珍十分焦急，马上调来新8师炮兵连，用大炮直接对准花园口决堤处猛烈轰击，连续打出了数十发炮弹，使决口处又塌陷了数丈之宽。花园口的水门终于被彻底炸开了。

在这历史性的时刻，花园口原本晴朗的天空忽然变得阴暗起来。大片的乌云翻卷着从黄河深处漂浮而出，在人们头顶上来回滚动。就在众人愣神的一刹那，汹涌的黄河发出了一种摄人魂魄、令人心悸的尖哨般狂啸。这种狂啸，好似千军万马的齐声怒吼，好似惊天动地的狂风骤雨即将迎面扑来。紧接着，数丈高的黄河巨浪从花园口水门处奔腾而出……

黄河真的大决口了！

第七章

中国老百姓在日本沦陷区受到怎样的欺压？为什么潘振海要到开封大相国寺祭祀亡灵？日伪『开封维持会』都干了些什么？日本人是怎样在沦陷区内推行殖民统治的？

（一）

潘振海早上醒来一睁眼，却怎么也睁不开。他又使劲儿揉了揉双眼，感到睫毛被厚厚的“眵目糊”紧紧地粘住了，好不容易才睁开了眼睛。潘振海觉得天已经大亮了，就慢慢从床上摸索着下来，拿起床边脸盆里的湿毛巾放在脸上，长时间润抚着自己浮肿的双眼。潘振海知道，自己的眼睛是患了急性结膜炎，也就是俗称的“红眼病”。他曾为此到城内一家私人诊所看过，从大夫那里得知敷上药后一周左右才能好。红眼病属于接触性传染，弄不好会感染全家人。

潘振海也不知道自己得“红眼病”是否与每天的“上火”有关系。最近一段时间里，他始终被一种巨大的痛苦折磨着，被一种刻骨铭心的仇恨和悲愤煎熬着。

现在，整个开封都沉浸在哀痛之中。潘振海万分仇恨那些禽兽不如、杀人不眨眼的日本鬼子。这些挨千刀遭万剐的东洋强盗，在 1938 年 6 月 6 日攻陷开封后，肆无忌惮地血腥屠杀了无数开封民众。最让潘振海义愤填膺的是，在这场巨大浩劫中，他那心心相印、相濡以沫的老伴潘桂芝，也被那些毒如蛇蝎的日本兵杀害了。

潘振海的家，在开封南关一个低矮的小胡同里。这条胡同叫“马号胡同”，因为在清朝时这里住的多是驻汴清兵和家属，主要为清兵饲养马匹，所以就得了这个名字。

潘振海与这个胡同感情深厚。这儿曾是他作为一个孤儿时的安身立命之地。自幼父母双亡的潘振海，12 岁就离开了故乡尉氏县张江村，独自一人来到开封，投奔在城里开饭店的本家远房姑表叔潘本禄。就在这个破旧的马号胡同里，潘振海搭建起一个低矮的茅屋栖身。白天，他在表叔的饭店里跑堂当伙计，晚上，一个人独自睡在小茅屋里。虽然小茅屋简陋破旧，但毕竟潘振海在开封城有了一个属于自己的家，有了一个能够避风遮雨的栖身之处。

随着时间的推移，潘振海逐渐长大成人。他为人忠厚朴实，干活踏实勤快，脑瓜也聪明，什么东西一学就会，一点就通，深得表叔潘本禄的喜爱。在表叔的安排下，潘振海迎娶了表叔的独生女儿潘桂芝。表叔去世前，还把自己一生辛辛苦苦积攒起来的“潘记羊肉汤馆”托付给潘振海。

“潘记羊肉汤馆”位于开封繁华的北土街，虽然只有三间门面，但地段不错，生意好做。结婚以后，潘振海把岳父家租用的房屋退掉，把家安在了位于南关的马号胡同内。在岳父的支持下，他在马号胡同建起了三间大瓦房，坐东朝西，宽敞明亮，并和邻居共建了一个小院儿。潘振海盖这栋房子费了大力气。他白天在店里忙活，晚上头顶月光，拉着沉重的架子车，从大南门的护城河滩上拉来一车车黄土，垫平了马号胡同内的一个大水坑，并在这个水坑上建起了房子。为建这栋房子，潘振海用尽了全部积蓄，岳父也尽其所能予以资助。潘振海建房子时还留了个心眼，在屋内挖了个“藏身洞”。老家张江村时常受土匪的袭扰，村民们都在家中挖了防身的暗洞，遇紧急情况时能发挥很大作用。潘振海在自家厨房里挖的藏身洞，与大屋子相连，能藏下五六个人。挖洞的时候，潘振海还细心地在洞上方开了通气孔，洞内放置了煤油灯，储备了水和粮食。房子盖好后，这个藏身洞一直没有启用，但没有想到在这次日本兵大屠城的时候发挥了重要作用，几乎挽救了全家人的性命。

6月3日，日军进攻开封外围时，马号胡同也受到了袭扰。马号胡同位于开封南关，是中国军队的防御重点，也就成了日军的主攻方向。双方在这一带反复争夺，战斗异常激烈。那些天，潘振海一家6口人就钻进了这个暗洞里藏身，躲过了一波又一波战火。在日军进攻开封前，潘振海匆忙关闭了城里的小店，交给他信赖的店员艾顺和锁柱照管。

令潘振海没想到的是，日军攻入开封后，立即进行了连续三天的大屠城。由于暗洞中储存的水、食物和灯油快要用尽，全家人在洞内异常饥渴憋闷，几个孩子一个劲儿地吵闹哭泣。老伴潘桂芝要冒险上到地面屋内去取物料。潘振海怎么劝也没劝住，连唯一的小儿子潘美乾也追着母亲上到了地面。潘桂芝和小儿子在家中取东西的时候，正碰上一群入院搜查的日本兵。鬼子发现了她娘俩儿，立即扑上前追杀。潘桂芝性情刚烈，为保护幼小的儿子冒死与七八个日本兵死拼，还挣扎着冲到院内大声呼叫。潘振海知道，老伴这是为了把日本兵引开，保护藏在暗洞内的其他家人。

那些可恨的日本鬼子禽兽不如，凶狠地开枪杀害了手无寸铁的潘桂芝和小儿子，并用刺刀戳得他们满身都是血窟窿。潘振海在暗洞里听得真真切切，急得满头大汗，恨得咬牙切齿，甚至用拳头在暗洞内的石凳上砸出了一片鲜血。

潘振海几次都想冲出去与日本兵血拼，但想到洞内还有三个亲生女儿，冲出去的结果只能是全部送命，全家绝户，就只好咬碎牙关和血吞，近在咫尺却只能任凭自己的骨肉妻儿遭受日本兽兵的残暴杀害。潘振海当时激愤欲绝，永远记下了这一笔血海深仇！

连续很多天，潘振海一闭上眼睛，就是老伴潘桂芝那熟悉的音容笑貌，就是老伴手牵幼子走向远方的身影，就是潘桂芝轻声呼唤他的难忘情景。潘振海深悔自己当时没能死死拉住老伴的手，没能挽救住她宝贵的生命。潘振海不知道自己该怎样向九泉之下的岳父交代，怎么叩求老人的谅解和宽容。表叔潘本禄当年把自己当做亲生儿子一样对待，临终前还拉着自己的手，一再托付自己好好照顾和善待他唯一的女儿。潘振海羞愧难言，后悔无比，将一生都愧对善良忠厚、对他恩重如山的潘本禄老人。

近些日子，开封城内局势稍显平稳。听说日本人正在张罗着成立什么“维持会”，要恢复城内的秩序。潘振海的小店在这次浩劫中也遭到日本兵的洗劫。店中伙计小锁柱死得极为凄惨，连个全尸都没留下。日本兵把小店的东西全部抢空，门窗毁坏殆尽，桌椅板凳也被焚毁。潘振海只好含泪重新收拾店面，一点点地恢复原貌。一场浩劫过去了，一家人的生活还要继续，日子还要维持，小店必须惨淡经营下去。这些天，潘振海不顾自己的“红眼病”，和店员艾顺一起忙里忙外，四处借债，总算是整理出了店面，重新开张营业。

想想已经驾鹤西去的亡妻，潘振海内心万分痛苦。这天他一大早就起了床，准备到开封“大相国寺”去焚香祈祷，安抚妻子潘桂芝和小儿子潘美乾的亡灵，同时也平慰自己备受煎熬的心。大女儿潘美兰得知他要去相国寺焚香，要陪他一起去，被他坚决拒绝了。潘振海一方面考虑开封城内还不安全，另一方面还要潘美兰照顾两个年幼的妹妹。

相国寺是一座著名的佛教寺院，在这次浩劫中倒没有遭受太大的损失。听店员艾顺说，日军进城后在相国寺门前张贴了海报，不准日本兵进入。这可能因为日本也是一个崇尚佛教的国度，大相国寺闻名海外，考虑到国际舆论和今后要在精神上奴役中国，日军就没有洗劫这所佛教古刹，反而别有用心地予以保护。

潘振海背上褡裢正准备出门，女儿潘美兰听到声响从里屋走了出来，对他说：

“爹，我给你做早饭，吃了再走。”

潘美兰身披一件灰色小褂，睡眼惺忪，刚起床不久。由于日本兵给她们家带来了巨大灾难，潘美兰也面临极大的压力。昨天晚上她几乎一夜没有合眼，一直在照顾两个彻夜哭闹着要找母亲的小妹妹。目前潘美兰不仅要照料家中的老小，心里面还挂念着远方浴血抗战的丈夫赵国保。

潘振海看着女儿潘美兰那熬得通红的眼睛，想安慰女儿几句，但又不知说什么好。停了一会儿，他对潘美兰说：

“你多歇息一会儿吧，我不饿。你在家好好照顾两个妹妹。”

潘振海说完，推开屋门，一个人向位于开封城内的大相国寺走去。

（二）

潘振海出门后，从南关的中山路一直往北走，走了三四里路，远远看到了高大的城墙。潘振海沿途看到，南关的店铺都陆续开了业，但顾客并不多，大街上一片冷清，行人稀少，只有一队队日本巡逻兵横眉竖眼地从马路上经过。到了大南门后，潘振海看到，城墙已是弹痕累累，不少垛口还残存着斑斑血迹。城门口有日本兵站岗，10 多名荷枪实弹的日本兵虎视眈眈地盯着每一个要进城的人。日本兵中还有一个翻译官，在人群中窜来窜去。这个翻译官上穿黑色绸褂，下穿日本军裤，脚蹬黑色皮靴，腰挎一把“王八盒子”，狐假虎威地对着进城的人高声盘问。看到这种情形，潘振海默默地挨着人群排起了长队，慢慢向前挨去。到了岗哨跟前，日本兵对他的全身都进行了仔细的检查。那个翻译官看到潘振海身着长衫，像个生意人，里里外外对他搜了个遍。潘振海虽然十分愤恨这些日本鬼子，但只能把怒火压在心中，像其他要进城的人一样，高举双手接受检查，好在没带什么值钱的东西。翻译官搜了半天一无所获，才放他进了城。

进城以后，潘振海顺着中山路一直向北走，不久就来到了自由路丁字路口。这个地方在日军进城前曾是个繁华街区。《水浒传》中“杨志卖刀”的故事就发生在这里，张择端《清明上河图》中北宋时期最热闹的“州桥”也在这个地方。潘振海以往进城每次经过这儿，都要停下来四处转一转，因为这里店铺云集，人群熙攘，商家小贩叫卖不停。此时，这里已冷冷清清，行人匆匆走过，不敢停留。

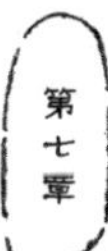

潘振海叹了口气,向东拐去,上了东西方向的自由路。前行不到一公里,就来到了远近闻名的开封大相国寺门前。

潘振海对相国寺非常熟悉。他听女婿赵国保讲过,开封相国寺是全国为数不多的位于大城市中心的寺庙,建于北齐天保年间。唐朝时,唐睿宗为纪念自己由相王登上皇位,特赐名“大相国寺”。到了北宋,由于相国寺深得皇家尊崇,一再扩建,最大时庙宇占地达500多亩,有64个禅宇律院,僧侣千余人,是宋代京城内最大的寺院,也是当时全国的佛教中心。后来相国寺历经战乱和水患,严重损毁。清朝时康熙又赐资重建相国寺,使其仍然保持了较大规模。

潘振海站在相国寺门前,抬头看到了那座用深棕色琉璃瓦垒起的高大牌坊。只见牌坊上有四个白底黑色的大字——大相国寺。潘振海听人说过,那是康熙皇帝的亲笔题字。

进入寺门迎面就是天王殿。殿里有一尊坐在莲花上的弥勒佛坐像,两侧站着“四大天王”。四大天王个个圆目怒睁,虎视眈眈,大有灭尽天下一切邪恶之势。潘振海一边上香,一边在心中祈祷:四大天王啊,你们救救开封老百姓吧,让那些丧尽天良的日本鬼子滚回老家去,早点灭亡吧!

出了天王殿往北走,潘振海看到了后面的大雄宝殿。宝殿内供奉着释迦牟尼、阿弥陀佛和药师佛三世佛,东西两壁是十八罗汉,后面是普度众生的海岛观音。潘振海走到这里,心中更加沉重。同样信佛的老伴潘桂芝,每次和他到相国寺来,在这里跪拜的时间最长,他的印象最为深刻。如今他和老伴已经阴阳两隔,夫妻无缘再见。想到这里,潘振海不禁潸然泪下。

过了大雄宝殿,是相国寺内最大的八角琉璃殿。这座殿宇别具一格,世所罕见。八角琉璃殿是一个圆形建筑,中间有一个小殿,里面有尊“千手千眼佛”,周围还有一圈八角式回廊。千手千眼佛是相国寺的镇寺之宝,在开封民众心中占有十分重要的位置。它是乾隆年间由一名工匠用整棵的白果树雕成的。这名工匠从28岁开始雕刻,一直到80岁才完成。千手千眼佛面似观音,每面有6只大手、200余只小手,手心各有一只眼睛,总共有手和眼睛1000只,故名“千手千眼佛”。千手千眼佛还有一段故事在开封民众中广为流传。古代一位皇帝,把三个花容月貌的女儿视为掌上明珠。一次皇帝问三个女儿,怎么样对父王好?大女儿说,她会把世上所有的金银财宝献给父亲,让父亲永享荣华富贵。二女儿说,她会到月亮上找吴刚、嫦娥,讨来仙女和桂花酒献给父亲,让父亲天天快乐。轮到三女儿,她却对父亲说,她会给父亲送来很多大块的咸盐，让父亲每天有足够的盐吃。皇帝听后十分生气，命令侍卫把三女儿送到遥远的盐山上，让她天天吃个够。几年之后，皇帝突患重病。敌国趁机入侵。举国不安，而众医又怎么也治不好皇帝的病症。就在这个时候，一个仙人从此路过，指点说，只有将自己亲人的双手双眼作“药引子”，才能使皇帝病愈。皇帝的大女儿和二女儿听后，都不愿献出自己的双手双眼。最后皇帝只好派人去找三女儿。三女儿深明大义，二话不说，毅然为父王献出了自己的双手和双眼。三女儿临死前，皇帝不解地问她：“当初你为何只给我那些毫不值钱的咸盐呢?”三女儿回答：“父皇，人吃了盐才有力气。我是看您喜甜，天天吃饭很少放盐，为您担心啊!”父亲听后悔恨不已。皇帝病愈之后，击退了敌国，使国家恢复了安宁与祥和。想起那可怜的三女儿，皇帝仰天垂泪：“我要为三女儿造一尊人间最大的雕像，要还给她一千只手和一千只眼。”佛祖得知此事后深为感动，特封三女儿为“千手千眼观音”，为万民除灾解难。开封百姓十分敬仰和怀念深明大义、救国救民的三公主，一代代人为她塑金净身，至今香火不断。

多少年来，大相国寺一直在开封民众心目中占有非常神圣的地位。每逢过年过节，男女老少都扶老携幼来相国寺上香祭拜三公主。新年伊始和金秋时节，相国寺都要举办元宵灯会和菊花展览。每到那时，寺内人流涌动，香客如织，鼓响灯炽，火树银花，菊花满院，四处芬芳。今年日本人占领开封之后，相国寺这个佛教寺院，却成了开封民众在日军铁蹄下祷告亡灵的伤心之地。

潘振海在八角琉璃殿内进完香，正要转身往外走，突然随着一阵尖厉的喝叱声，闯入了一群凶神恶煞般的日本士兵。这些日本兵用刺刀把游客胁逼到大殿墙边，要大家靠墙站立，不准走动，不准说话。不一会儿工夫，几个日本军官模样的人进入了大殿内。为首一人身穿黄呢军装、肩章上缀有两颗金星，潘振海一看就知道，这是个日军大官。一行人进入大殿后，在千手千眼佛像前站定，煞有介事地对着大佛上香参拜。这时潘振海身边有两个绅士模样的游客，其中一个人轻声细语地说，那个身穿黄呢军服的日本大官，是日军驻开封城最高指挥官土肥原贤二，另外两个身穿便衣、点头哈腰的中国人，一个是开封维持会长王旭初，一个是副会长姜炳昭。听到这里，潘振海仔细观察了这些人，并特意看了看那两个维持会汉奸。他听人说过，开封城内成立了日本“维持会”，但不知道什么叫“维持会”，更不知道这个维持会究竟是干什么的。

（三）

刚成立的开封维持会，是日军第14师团长土肥原一手成立起来的。土肥原不仅是一个杀人不眨眼的日军指挥官，还曾是一个有名的特务头子，是一个集特工、政客和浪人于一身的“中国通”。这个人表面儒雅，内心狠毒，笑里藏刀，老奸巨猾。早在东北时，土肥原就是“关东军三杰”之一，参与策划“九一八事变”和后来的“华北五省自治”、“七七事变”等一系列侵略中国的重大事件，并网罗了一批日本特工和大小汉奸。在经营东北时，土肥原作为关东军大佐和特务长，曾对“东北王”张作霖屡施奸计，软磨硬攻，在东北为日本谋取了诸多利益，先后攫取了“放宽日本移民限制”、“日商在东北的土地商租权”、日本人的“内地居住权”及日本在东北“增设领事馆”等一系列特权。后来，为除掉已深感头疼且无利用价值的张作霖，土肥原还参与策划了“皇姑屯事件”。当张作霖乘坐的火车从北平返回奉天时，虽然东北军派出10万大军护路，但日军还是在京奉铁路的三洞桥上埋下了炸药，炸死了张作霖。“三洞桥”是京奉铁路与南满铁路的交会点，也是京奉铁路上日军唯一可以合法驻兵的地方。最让国人痛恨的是，土肥原还密谋策划了中国末代皇帝溥仪从天津逃往奉天，促成了“伪满洲国”的成立。这些“功绩”使土肥原在日军高级将领中脱颖而出，数年之内就由大佐擢升为中将。“七七事变”后，土肥原进入日军部队统领精锐的第14师团，大举进攻华北，攻城略地，凶残无比。攻陷开封以后，日军将其他部队调离，唯独将第14师团留驻开封。土肥原实际上成为河南沦陷区内集军政大权于一身的土皇帝。

土肥原深知，要想彻底灭亡一个民族，只有从文化上入手，只有在思想上奴役。对中国这个幅员辽阔、人口众多的大国来说，从肉体上消灭几乎不可能，在文化同化上也异常困难，因为中华文明源远流长，厚重的文化已深深融入了华夏儿女的血液之中。即便如此，土肥原还是在这方面下了很大的功夫。他一方面下令保护开封城内的佛教寺院，宣扬所谓的“中日文化同源”，另一方面举起一块“遮羞布”，在开封成立所谓的“维持会”，通过维持会来推行殖民统治，达到分而治之的目的。6 月 6 日，就在日军进入开封的当天，土肥原就令人在开封寺后街河南大旅社门前，挂出了“大日本军河南招抚使署”的招牌，让随军行动的汉奸王道以“特派招抚使”的名义在城内张贴布告，着手建立伪政权，并抓紧制定殖民统治的政策措施。

王道祖籍山东，早年流浪东北时就追随土肥原成为一名特务。“七七事变”后，王道被土肥原派往济南，从事对中国军队的策反活动，破坏正面战场抗战。后来王道一直随土肥原第 14 师团行动，并主办了专为土肥原提供河南省军政情报的刊物《河南情报》。开封沦陷前，王道奉土肥原之命派遣了一批汉奸特务潜入城内，建立特务组织，搜集军事情报，组织暗杀活动，协助日军攻城。开封失陷后，王道指令城内汉奸特务戴上“招抚使署”袖章，为入城的日军指路引道，大肆掠杀百姓。

土肥原在组建“开封地方维持会”时，专门召开了“座谈会”。他在会上委任原北洋政府余孽王旭初任维持会会长，委任曾任北洋军阀吴佩孚副官的姜炳昭任副会长，委任国民党失意政客周秀庭为公安局长。不久之后，土肥原又授意成立了“开封市政公署”，委任姜炳昭为市长。伪政权成立之后，土肥原又委派他的秘书武田秀一为汉奸组织的最高领导，并派兵接管了开封城内的重要工商企业，从东北等地招来大批日商日侨，采取多种手段控制河南的经济命脉。土肥原还在开封城内广泛开展“大东亚共荣”等奴化宣传，力图使开封成为日军南下侵略的后方基地。

有了臭鸡蛋，必定招来成群的苍蝇。开封维持会和开封市政公署挂牌不久，一批汉奸流氓先后进入伪政权组织，为日本鬼子卖命当走狗。这些汉奸走狗死心塌地为日本人充当帮凶，帮助日本兵搜杀城内的爱国志士，和日军一同下乡扫荡掠抢，成为不折不扣的民族汉奸。

汉奸，是中国在特殊年代里出现的一种特有的历史现象。抗战时期中国曾出现了数百万形形色色的汉奸。“九一八事变”后，中国之所以能在很短时间内连续丧失近半国土，之所以能有长达 8 年之久的抗战，一个重要原因就是国内的汉奸太多，民族败类太多，卖身投靠日本人充当走狗帮凶的太多。以伪军为例，抗战 8 年中分布在华北、华中和华南地区的各类伪军多达 100 余万人，甚至超过了日军在华部队的总和。日本在沦陷区内，先后扶植了五个较大的伪政权——满洲国、冀东防共自治政府、华北临时政府、德王蒙疆政权和汪精卫南京政权。这些伪政权都有自己的军队，特别是在 1942 年重庆国民政府推出了“曲

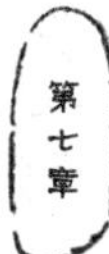

线救国”的政策之后,允许国民党军队在战局不利的情况下,“可为保存实力,暂时投降”,致使叛变投敌的伪军数量爆炸性增长,仅正规军投敌的就达50余万人,伪军中60%是原国民党的军队。到1945年9月日本投降时,缴械投降的伪军达到了118万人,加上伪满洲国、伪蒙古军的40万人和重新改编为国民党部队的伪军,总人数超过了200万人。对这些规模巨大的伪军,日本人只用不养,伪军供给全靠各伪政府自筹。因此,各地的伪军疯狂掠夺和压榨当地民众,沦陷区内百姓税负异常沉重,生活暗无天日……

土肥原在开封维持会成立不久,就给他们下达了两项任务:一是派款60万元,征壮丁2000余人,并协助日军对开封郊县进行“扫荡”;二是在开封城内建立“慰安所”,慰劳日军部队。

王旭初和姜炳昭接到土肥原的命令后,感到第一个命令好办,可逐级向下摊派,但建立“慰安所”却让他们十分为难。他们深知,昧着良心投靠日本人已受到国人唾骂,如再帮日本人开慰安所,让同胞姐妹遭受日军蹂躏,更加伤天害理,难以面对祖先。两人商量来商量去最后决定,先帮助日本人选定慰安所地址,慰安妇则由日本人从朝鲜、台湾等地征集。反复考察后他们把慰安所确定在城内三圣庙前街,因为那里有不少国民党高官逃跑后留下的公馆。维持会“太上皇”武田秀一看了现场后,同意在这里建立慰安所,并征调了一批日本、朝鲜籍的慰安妇,使慰安所很快在三圣庙前街开了业,并打出了芙蓉院、金水院等不同名号。从此之后,这里每天都有摇摇晃晃的日本兵出入。他们在慰安所找“花姑娘”时都喝得酩酊大醉,脚步踉跄,满身污物,嘴里叽里呱啦地叫骂不停。临街店铺和附近百姓看到这种情景,生怕惹出横祸,都把女眷送到远郊亲戚家中。很多商家店铺干脆关门停业,迁移他处。

潘振海的小店距三圣庙前街不远。他听在三圣庙前街开饭铺的梁万成老板说,在那里找“花姑娘”的日本兵经常祸害百姓,不仅吃喝不掏钱,还瞪眼骂人砸饭店,抢东西,急了抽出皮带打人,横行霸道。遇到日本特务和宪兵更惨,弄不好还被抓去坐大牢。不久前日军在朱仙镇“扫荡”时,又抓了几十名妇女送到这里充当慰安妇,使这条街成为让中国人深感屈辱的“血泪街”。

潘振海听后不住叹息。在日本鬼子的铁蹄之下,开封老百姓真的成了亡国奴了。这苦难的日子什么时候才能熬出头啊?在满腹压抑与悲愤之中,潘振海还惦记着一件十分痛苦的事情,那就是亲家赵老栓一家被黄河洪水吞没。听张江村的乡亲说,黄河决口时,洪水漫过了村子,赵老栓家房倒屋塌,全家落入水中无一生还。自从与赵老栓结亲之后，两个人十分投缘，情深义切，骨肉相连。现在女婿远在洛阳抗战，一定也为此伤心不已，夜不能寐。另外店员小锁柱被日军残害，也让潘振海痛哭了很久。小锁柱是个流浪儿，早先曾在店中要饭，露宿街头。潘振海看他可怜，人也忠厚，就把他留在店中当伙计，朝夕相处很多年。目前店里只剩下艾顺一个帮手了。艾顺里外操劳，日夜忙碌，很不容易，成了潘振海的依靠。艾顺家住城里顺河回民区，本性善良，干活卖力。平时店里大部分工作都由艾顺张罗。艾顺每天很早就起床熬制羊肉汤，负责店面的日常管理还兼跑堂。日本人攻陷开封前，潘振海回城外的马号胡同家中避难，特地把小店托付给了家在城里的艾顺。近段时间，小店在他们两人的操持下逐步走上了正轨，潘振海才慢慢松了口气。但潘振海最近发现了一个情况，艾顺经常告假外出，而且每次走得很匆忙，在外待的时间也很长。开头潘振海以为艾顺是回家照顾老人，因为自从他母亲和媳妇被日军杀害后家中只剩下一个老父亲，应该多回去照料一下。但让潘振海感到不踏实的是，近些时总有一些陌生人来店中找艾顺。这些人边喝羊汤边悄悄和艾顺嘀咕着什么事情。潘振海曾问过这些人的身份，艾顺说是外地来开封做生意的朋友。潘振海凭直觉感到，艾顺一定有事情瞒着他，而且不是一般的事儿，好像有什么大事要发生。

第八章

黄河大洪水给尉氏县张江村带来了怎样的灾顶之灾？村民们被洪水围困后是什么人救了他们？李发旺一家『一分为三』外出逃难去了什么地方？

（一）

黄河发怒了，狂怒了！这条让亿万人敬畏的天河，对于胆敢向她神圣尊严挑战的冒犯者，给予了毫不留情的狂烈报复。花园口决口之后，黄河愤怒地抖动起她那庞大的身躯，发出冲天的怒吼，扬起汹涌澎湃的巨大波涛，以惊天动地之势，横扫乾坤之力，向着中原广袤的大地，向着星罗棋布的城乡，铺天盖地地席卷而来。

黄河巨浪瞬间就冲垮了尉氏张江村那高大的寨墙，滚滚洪水很快漫卷了整个村庄。

李发旺是第一个发现贾鲁河水不对劲儿的人。他冲到贾鲁河跟前，看到陡涨的河水异常混沌，上下涌翻，黄中泛褐，褐中带黑，水中还裹携着厚重的泥沙，夹杂着大量的石头木块，漂浮着杂乱的衣物和大批淹死的牲畜及死狗、死猫。李发旺一看就知道，一定是贾鲁河上游的黄河大堤决口了！李发旺在贾鲁河边生活了几十年，与这条“小黄河”朝夕相处，对她太熟悉、太了解了。每天清晨，李发旺起床后的第一件事就是看看身边的贾鲁河，看看清澈的河水和两岸的风光。他对贾鲁河了如指掌。李发旺认定此次是黄河发了洪水，巨大的灾难就要来临。他十分清楚黄河决口后给两岸和下游带来的巨大浩劫，十分清楚洪水会在很短时间内给张江村带来灭顶之灾。在确认黄河决口后，李发旺立即冒着倾盆大雨高声喊叫着跑回张江村，告诉乡亲们“黄河决口了——”这一惊人的消息。

村民闻讯后大惊失色，极度恐慌。他们早从祖辈那里了解到，黄河决口会给全村带来无尽的灾难。大伙儿像发疯一样跑回自己家中收拾财物粮食，匆匆忙忙地扶老携幼地往自家屋顶上攀爬。他们知道，当洪水到来后，屋顶是唯一的避难之处。村民们还把能够在洪水中漂浮的圆木、木盆、木箱等都搬到屋顶，准备在洪水来时应急避险。很短时间内，张江村的各家屋顶都聚满了避难的人群，村内的大树上也人头攒动。人们惊恐地等待洪水的到来。

黄河大水的上涨速度远远超出了村民的想象。洪水刚到张江村时，李恒德、张大贵和江二楞等青壮年还在村子周围用石块黄土填堵不断涌入的洪水，但他们很快发现，水势太猛、水流太急了，滚滚而来的洪水堵不胜堵，挡不胜挡，堵了这头堵不住那头，挡了这边那边又涌了进来，实在是无能为力。

此时机枪排的几十个兄弟已经在周排长率领下撤出了村子。他们接到了王师长的严厉命令，要求他们立刻从张江村突围出去，迅速赶往西南的叶县归建。周排长看到张江村的乡亲们都忙于躲避洪水，对岸日军也因惧怕洪水全部撤离，就挥泪告别了张江村的父老乡亲，带着弟兄们泅水出了张江村，向西南而去。

周大宁知道，回去后他将面临严厉的处分，甚至可能受到军事法庭的严判，或许会被枪决。但是，他毫不惧怕，毫不后悔，毫无遗憾，因为他率领弟兄们在张江村至少消灭了10倍于己的日军，保护了村内一千多个乡亲免遭涂炭，大灭了日本人的威风，大长了中国人的志气！大丈夫壮志已酬，马革裹尸又何惧之！周大宁觉得他对得起中原百姓，对得起云南家乡的列祖列宗，对得起苍天大地和天理良心！

张江村的乡亲们依依不舍地送别了周大宁和机枪排的弟兄。他们会世代铭记这些有血性、有担当的中国军人的天大恩情。几个老人商定，待洪水过后联名上书第一战区，为周大宁和机枪排的弟兄陈情邀功，不能让流血的英雄再流泪，再受委曲，再受非难。送走了机枪排的弟兄后，村民们全力以赴地应对即将到来的洪水。眼看村外的水势越涨越高，水流越来越急，李恒德和张大贵等人被迫放弃了无为的堵水行动，纷纷跑回家中，爬上屋顶，和家人一起躲避很快就要进村的大洪水。

没过多久，黄河的巨浪便席卷而入。洪水的凶猛程度令人甚为吃惊。村民们站在屋顶上，先是听到了一种令人毛骨悚然的“呼呼”怪叫着的刮大风的声音，随后村子四周一下子变得天昏地暗，紧接着黄水大浪就像数十万匹烈马一样咆哮着向张江村铺天盖地地压了过来。几乎就在一瞬之间，汹涌的巨浪就像撕破一张薄薄的纸张那样冲垮了村子高大的寨墙，将整个村庄灌得满满的，并很快向各家屋顶漫卷而来。随着水势的快速上升，村内到处是“轰隆隆”的房倒屋塌声。一户又一户村民的房屋被洪水冲塌，大批村民落入洪水大浪之中，转眼间被冲得人影全无。村里那些用土坯垒起来的茅草屋一冲即垮，眨眼就淹没在波涛里面，连点痕迹都没有留下。还有更可怕的景象，一些土坯房在洪水到来时，屋前地面突然张开一条大缝，就像一张咧开的大嘴，“呼”的一下连人

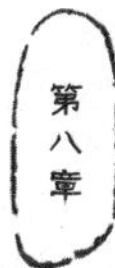

带房一起“吸”进地下。村子西头有一棵高大的槐树，洪水到后一个浪头就将整棵树连根拔起，树上避难的众多村民瞬间就被洪水卷走，树冠在水中打了个滚儿就漂向远方。村中有个用砖石砌起来的戏台，那是村民们平时看戏的地方。洪水袭来时轻轻一卷，整个戏台就被冲得无影无踪。在狂涛巨浪之下，张江村很快变成了一片黄色汪洋。洪水漫流漩涡泛滥，黄色的水面上漂浮起一层层麦秆、柴火，漂浮起一个个浮肿的死尸，大批的死牛、死羊、死狗、死猫。那些死尸面目狰狞，披头散发，龇牙咧嘴，如鬼似魔。整个张江村似乎在一瞬间人畜灭顶，鬼魔哀歌……

这次黄河大水之暴烈、之浩大、之残酷，远远超出了村民们的预料，也超出了李发旺的想象。为什么这次洪水如此猛烈强暴，原因是黄河决口时正赶上大汛期，正赶上大雨季，正赶上上游连降了三天暴雨。雨助河威，水助浪涛，上游的洪水下来后，又在掘开的花园口跳出河道，喷向东南，还将赵口大堤全部冲开，水势更加凶猛。暴烈的洪水从花园口、赵口两处决堤冲出后，在中牟附近汇合，威力更猛，水势更大，又连续冲垮了黄河大堤的多处河坝，撕开了更大、更长的决口，暴涨的河水居高临下，沿着贾鲁河道，向低洼的东南方向，向下游一马平川的广袤平原，汹涌澎湃、势不可当地喷涌而去……

（二）

连日的大雨终于停歇了下来。张江村的上空还始终阴沉着脸，一股股冷风带着尖哨般的声响从头顶上嗖嗖刮过，灰暗的乌云来回翻卷，让人捉摸不定。站立在房屋顶上的张江村村民们不由得感到了一阵阵寒意。

李发旺带着全家人在洪水中已经坚持了五天五夜。李发旺此时真是万分感激李家祖先留下的这栋坚固祖屋，感激祖上的阴德庇护了李家子孙。当洪水袭来之时，张江村内一半以上的房屋都被洪水冲垮泡塌了，李发旺眼睁睁地看着朝夕相处的邻居们在房倒屋塌的惨叫中葬身洪水，连他十分敬重的赵老栓一家也在洪水中遇难。赵老栓家的房子虽然不是土坯房，但处在洪水的正面，席卷的巨浪还是将赵家人全部冲走，未能留下一个生灵。李发旺家的房子盖在一个高坡上面，砖厚瓦硬，坚实牢固，至今仍然坚挺在漫漫的洪水之中。李发旺在庆幸在抗击日寇进村时只拆了家中的偏房，保留了这栋祖屋，保留了这栋让全家人安身立命的地方。李发旺同时也有着深深的担忧，因为已经过了五天五夜，洪水仍然没有一点降下去的迹象，他担心祖屋在洪水中浸泡得太久也会出现险情。尤其让他担心的是，祖屋顶上已经站立了20多个人，邻居张守仁一家也转移到了这里。

经过近段日子的生死患难，李发旺和张守仁两家已把家族私仇抛到了一边。在与日本兵殊死搏斗的风风雨雨中，两家人都把仇恨聚集到了万恶的日本鬼子头上，生死与共，结下了深厚情谊。前天半夜，邻居张守仁家的房屋由于洪水长时间浸泡也要垮塌，危急中李发旺主动让他们全家转移到了自家屋顶。张守仁对此感恩涕零。目前让李发旺着急的是，屋顶上避难的人太多，不知自家祖屋还能在洪水中支撑多久？同时屋顶所剩的口粮也不多了，大家很快要面临饥饿的威胁。李发旺在大水到来前准备了一些粮食，把家中的玉米饼子和高粱面窝头匆忙装进馍筐，吊在屋内的房梁上，还专门在屋顶拆掉了几片砖瓦，留出一个小洞，便于进入屋内取用。洪水到来后，李发旺每天钻进屋内取出干粮，分给大家充饥。后来屋顶上避难的乡亲越来越多，20多人分吃有限的干粮实在不够。虽然一再节省，但总归人多粮少坐吃山空，这点粮食早晚会被吃光。屋顶上的人虽带有一些细软钱财，但此时那些东西不顶吃，不当喝，更无处购粮充饥。眼看洪水一时降不下来，屋顶的人该怎么办？李发旺愁得不得了。

屋顶上的乡亲们都企盼着能有贵人前来救援。他们此时身临绝境，可怜无助。但是，大伙都知道，尉氏县城的官老爷早都跑光了，根本顾不上救助灾民，短时间内不可能有人前来救援。另外，这次黄河为何突然决口？为何洪水如此之大？为何没人去封堵，这漫天的洪水究竟什么时候才会降下来？这些问题都让众人疑惑不解。

五天五夜了，洪水丝毫没有降下去的征兆。屋顶上的人们越来越焦急。李恒德几次向李发旺提出，要泅水出去找木船来，把屋顶上的人转移到安全的地方。李发旺反复考虑后没有答应。他担心如果突然再降暴雨，洪水又会上涨泛滥，泅水外出实在风险太大。李发旺想再等一等，看看这洪水会不会在一两天内降下去。他每天都在计算着洪水的停留时间，观察着流速流量，企盼大水早点落下去，更盼着政府派人前来救援。

正当李发旺和众人万分焦急的时候，忽然有人在屋顶上大喊起来——在远

处茫茫的洪水中,有几条小木船正快速向这边驶来。

村民们看到有救命的船来了,都激动万分,纷纷站起来拍手欢呼,相互拥抱,并高举起双手向木船呼叫。看着越划越近的救命船,大伙儿眼中充满了对生的渴望,对救援的极大期待。

木船越划越近了,慢慢靠近了李发旺家的祖屋。村民们在屋顶清楚地看到,共驶来了四条木船,而且船上的人多是年轻汉子,似乎还都携带着武器。大家顾不上多想,只是一个劲儿地呼救,一个劲儿地招手,希望木船早点划到屋顶前。当木船接近屋子的时候,村民们听到船上的人高喊:

"屋顶的人听好了,晁大爷派船来救你们啦!"

村民们听到喊声仔细一看,最前面的那条船上站立着一个黑汉子。他年约40岁,满脸络腮胡,头戴一顶礼帽,穿一身黑绸对襟褂,一身的横肉。看到这个黑大汉,众人满脸惊愕。来的人竟然是尉氏、扶沟一带非常有名的大土匪晁十一。

晁十一是个杀人不眨眼的惯匪,尉氏县邢庄村人,土匪世家,兄弟五人有四个当土匪。晁十一年轻时曾卖过凉粉,后来在冯玉祥西北军中当兵。由于部队军纪太严,他又逃兵为匪,与尉氏匪首陈新银、师世英等11人结为把兄弟。由于晁十一在11个土匪中年龄最小,就改名为"晁十一"。晁十一为匪后在尉氏纠集了一百多名歹徒,在贾鲁河一带昼隐夜出,打家劫舍,绑票杀人,无恶不作,是一个恶贯满盈的惯匪强盗。

晁十一的身旁还站着一个20多岁的年轻女人。这个女人十分妖冶,身着绸缎,涂脂烫发,是晁十一的压寨夫人白妞。别看白妞是个女流,但在土匪窝里滚荡多年,与晁十一同样心狠手辣,诡计多端,是土匪中的"女军师"。晁十一当年两次攻打张江村不克。白妞给晁十一出主意,让土匪队伍主动撤退,后让散匪混进村内趁天黑摸了岗哨,为土匪打开寨门,才使晁十一率众匪洗劫了张江村。

"屋顶上的人都听好了,快把身上的财物全交出来孝敬晁大爷,否则俺的刀枪可不认人!"

喊话的人是另一条船上的土匪二当家"大粗脖"。这个土匪天生是个粗脖子,每次打打杀杀总冲在前面。张江村很多村民都见过他。

四条小船上共有20多名土匪。他们满脸杀气,手握刀枪,都是一些杀人如麻的惯匪。在这些凶残的强盗面前,屋顶上的乡亲们根本不是对手,明摆着只能任其摆布。

到这个时候大伙儿才明白，好不容易盼来的救命恩人原来是一伙夺财索命的土匪。大家十分清楚，面对这群凶狠的惯匪，抗拒只能丢命。一时间，众人在屋顶上惊恐地瞪大眼睛，不知该怎么办才好。

这时张守仁站了起来，冲着匪首晁十一可怜巴巴地说：

“晁大爷，您就行行好吧！俺们在这次洪灾中已经倾家荡产，连命都难保。求您给大伙儿留条活路。老天爷会记住您的大恩大德的。”

晁十一听后把脸一沉，举起驳壳枪晃了晃，厉声说：

“少废话！要财不要命，要命不要财。谁要是不交出财物，可别怪俺这帮弟兄手狠心辣。”

“做人要讲良心。现在村民们都走到了绝路上，你们还要再做缺德事吗？”张大贵看到父亲张守仁受到晁十一的叱喝，胸中燃起怒火，猛地站起来与晁十一论理。

“老子就不讲良心了，就干缺德事了。你小子敢怎么样？你小子又能怎么样？想找死吗？”“大粗脖”在另一条船上蛮横地吼叫，一副无赖嘴脸。

张守仁使劲儿拉着张大贵又在屋顶蹲下。张大贵横着眼睛，狠狠瞪着下面的晁十一众匪。他悄悄握紧了身边的那支步枪。当过兵的张大贵自从和日军开仗后，时刻都把这支心爱的步枪带在身边。大水进村时，父亲让他多带些粮食上屋顶，不要再带这支沉重的步枪了，但他不听，仍旧把步枪带着。

白妞似乎发现了异常，站起身来在晁十一耳边嘀咕了几句话。晁十一听后马上命令土匪停止喊叫，驾起木船围着李发旺家的祖屋转了起来。他们仔细观察了屋顶上的每一个人、每一个地方，似乎在观察房顶上的人是否有武器。都知道张江村刚与日本人打了一仗，连凶残的日本兵都没打进村子。晁十一和白妞深知，张江村民风强悍，村民多会舞枪弄棍，不少人家中藏有武器，不太好对付。

木船围着李发旺家的祖屋连转了几圈后，土匪没有发现房顶上的人带有武器，胆子壮了，说话的口气也更硬了。“大粗脖”又一次站在船头，对着屋顶众人高喊：

“上面的人通通给我站起来，举起手，站到房边上来，一个挨一个地交出财物。谁敢违抗命令，马上开枪要他的小命！”

“大粗脖”说完，小船上的土匪都举了枪。黑洞洞的枪口对准了屋顶上的

众人。

在土匪枪口的威逼下，村民们只好慢慢站起来，挪到房顶边沿，万分不舍地把自己的包袱财物等递交给船上的土匪。那些包袱中，都是各家最珍贵的财物，有的是媳妇陪嫁的首饰，有的是灾难中的保命钱。交出财物后，众人都在屋顶上悲声痛哭，痛惜万分。那些钱财可是他们最后的求生指望，也是全家人的性命啊！

当众匪用刀枪威逼到张守仁一家时，张守仁的媳妇死死抱着怀中的包袱不撒手。见此情景，两个土匪从木船边爬到房顶上来抢夺，并凶狠地举起枪托，狠砸张守仁的媳妇。张守仁的媳妇站立不稳，"扑通"一声，连人带包袱一头栽进屋下的洪水之中。众人见此高声呼救，张二贵也跳进洪水中营救母亲。正当大伙焦虑万分之际，晁十一抬手举枪，对准在水中挣扎的母子二人连开数枪。枪响之后，只见水面上立即翻滚起大片血花，两个人在惨叫中淹没在洪水漩涡里。血气方刚的李恒德"腾"地一下站了起来。他实在气愤不过，要与晁十一匪徒论理，实在不行就拼个你死我活。但李恒德被父亲死死按了下来。正当屋顶上的众人悲愤不已的时候，"啪——啪"两声枪响从身后传来。大伙一愣，转身看到，爬到屋顶上的两个土匪重重地摔倒，并横着身子滚到了洪水之中，眨眼就不见了踪影。

众人惊愕地回头一看，原来是张大贵开的枪。此时他手中那支步枪还冒着缕缕青烟。张大贵是在人群背后近距离对土匪开的枪，打得极准。两个土匪都被击中要害，必死无疑。在打死了屋顶的土匪后，张大贵随即调转枪口，又对准了木船上的晁十一。就在要开枪的一刹那，晁十一坐的那只小船突然猛烈摇动起来。晁十一站立不稳，一下子摔倒在船上。张大贵枪响后没能击中目标，晁十一躲过了这致命的一枪。原来，狡猾的白妞发现了情况，迅速晃动船帮，同时上前一把推倒了晁十一。

几条木船上的土匪很快反应过来。他们举起枪，对准房屋顶上的人群一阵猛射。子弹"噼哩啪啦"像雨点一样打到屋顶上。众人纷纷中弹倒下。张大贵也身中数枪，大叫一声滚入洪水之中。李恒德的哑巴弟弟李恒浩，也在混乱中被土匪乱枪打中。只见他用双手捂着喷血的胸口，怒目圆睁地"嗷嗷"大叫着滚入黄水漩涡里。好在李发旺反应快，乘乱让家人从屋脊取粮食的洞口钻进了屋内躲避灾难。

此时，李发旺祖屋四周的水流已被大片鲜血染红。经土匪一阵狂射，屋顶已不见人影。晁十一和白妞看到房顶没了人，准备派土匪上去仔细搜查。当土匪们正要攀爬到屋顶搜索的时候，远处忽然响起了密集的枪声。子弹嗖嗖地向土匪射了过来，土匪纷纷中弹落水。晁十一对这突然射来的一排排枪弹惊愕不已，不知道发生了什么事情。李发旺在屋内听到土匪的惨叫感到异常，悄悄爬上屋脊向外张望。他看到，在村东宽阔的水面上，远远地有十几条木船快速向这边驶来，是那些船上的人在不停地向这里放枪。李发旺还朦胧地看到，这些人大多穿着黄色军装，和周大宁他们机枪排的兄弟穿的一样。

看到土匪已经惊慌失措地向远处逃跑，李发旺索性站起来仔细向远处观察——他看清了，来的人，真的是周排长那样的中国军队，是中国的正规军来了！

（三）

李发旺看得没错，的确是中国的正规部队来了，来的是张自忠第 59 军和新四军游击支队睢杞大队。

花园口决口以后，张自忠发现不少日军部队被洪水淹没，就迅速捕捉战机，组织第 59 军围歼滞留在黄泛区内的日军部队。新四军睢杞游击大队也积极配合他们的围歼行动，一同对日军发起进攻。睢杞大队是活跃在豫东地区的一支抗日武装。他们按照中共长江局关于“武装保卫河南，发动河南游击战争”的指示，将当地民众中的抗日自卫队、救国军等力量组织起来，建立了抗日武装，配合国民党军队的正面抗战。新四军领导人彭雪枫还专门在豫南竹沟举办了教导大队，培训游击干部，极大地促进了河南省抗日武装的迅猛发展。新四军游击支队睢杞大队，就是其中一支由共产党领导的抗日力量。

此次黄河决口，也确实给毫无防备的日军造成一定伤亡。滔滔洪水在陇海、平汉铁路两翼冲刷出了一个宽大的黄泛区，淹没了较大数量的日军部队。在突发而至的洪水面前，日军西进的部队均停止了进攻。洪水使毫无防备的日军惊恐万状、东奔西跑，淹没了大批人马。土肥原第 14 师团不少兵力被洪水围困于中牟附近。处于黄泛区中心地带的第 16 师团损失惨重，大量车辆、火炮和

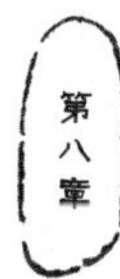

装甲战车沉于水中。被洪水困于新郑县以南的第30旅团5个大队陷入危难，孤立无援，被迫就地组织自救。黄泛区以东的日军也在洪水面前全线后撤。

第一战区所属部队抓住这个有利战机，向被困于洪水之中的疲惫日军发起猛攻，将其团团包围，歼灭了土肥原第14师团冒进至新郑的快速挺进队1000余人，缴获战马400余匹、重炮4门。日军在惊恐之中，急忙抽调大批飞机紧急支援，向被困在黄泛区内进退无路、补给中断的部队投送了60余吨食物、医药和救生设备，对进攻的中国军队狂轰滥炸，同时派出大量工兵、舟桥部队解救被困日军。经过激烈战斗，困阻于黄泛区内的日军第14、第16师团大批部队，才乘夜幕掩护撤回到了新黄河以东。

日军在后来的战报中这样描述其损失情况："在华北战场勇猛善战的土肥原兵团，顿时陷入一片汪洋之中，顾不得物资和马匹，纷纷逃向陇海铁路两旁路基上和中牟县城里避难，以图喘息。中国派遣军、关东军以至日本全国，为营救土肥原兵团，动员了所有的铁舟部队工兵队，与敌人和洪水搏斗一月，才救出了土肥原兵团。"6月29日，日军在徐州举行联合追悼大会。会上宣称，在此次洪水围困中，仅日军第2军死于洪水的人数就到达7452名。日军一直到"7月7日左右，才全部脱离浸水地带的难关"。

第一战区在向蒋介石呈送的战报中，提到此次决口黄河三方面的收获：一是洪水在豫皖苏三省形成了一个南北长400公里、东西宽数十公里的黄泛区，使日军机械化部队无法继续前进，合围郑州的作战计划破产。同时，宽大的黄泛区形成一道"军事分界线"，将日军阻止于新黄河以东，双方形成对峙局面。二是日军没能打通河南境内的铁路线，无法南下武汉、西进陕甘。这就使得中国军队为下一步的"武汉会战"争取了时间和空间。三是将进犯豫中的日军一分为二。平汉路以西的日军被洪水困于黄泛区内且被分割包围，部分被歼灭。土肥原第14师团损失惨重。

黄河决口，客观上阻挡住了日军的快速进攻，缓解了中国军队面临的危局，使日军不能迅速南下西进。尤其是新黄河所形成的宽大黄泛区，迫使日军大本营改变了原定的沿平汉路直下武汉的"主力线"进攻计划，只好将进攻路线改由合肥、安庆并沿长江对武汉实施仰攻，将"辅助攻击线"放在了大别山北侧，拉长了北方战线，牵制了大量兵力，使中国军队能够从容地筹划"武汉会战"，应对日军新的进攻。

张自忠第59军和新四军睢杞游击大队，就是在完成了对日军部队的围歼任务以后，迅速展开了对黄泛区内受灾百姓的救援工作。他们在营救中发现有不少土匪在洪灾中掠抢难民为非作歹，就立即组织兵力前往解救。晁十一众匪突然遇到的武装队伍，就是第一战区的第59军所属部队和新四军睢杞游击大队。晁十一土匪哪里是正规军的对手？他们在慌乱中放了几枪以后，就不顾一切地仓皇逃窜。

新四军睢杞大队的木船最先来到李发旺祖屋前。大队长吴少甫组织游击队员把屋顶上残留的村民扶上木船，送到了洪水东岸的一个高坡上，并对受伤村民进行了简单包扎，还给他们留下了一些干粮。吴大队长安慰大家，要勇敢面对眼前的困难，中国不会亡国，河南不会陷落，抗战一定会取得最后胜利，一定能打败日本鬼子，也最终会消灭晁十一这些土匪强盗。由于洪水中还有许多百姓需要救援，吴大队长在安置了李发旺等村民后又返回木船，带领游击队员继续营救其他乡亲。

留在高土坡上的村民万分感激共产党游击队的救命之恩，感谢他们不仅解救大家于洪灾之中，而且打跑了凶残的晁十一匪徒。吴大队长和游击队员们走后，高坡四周又归于平静。众人望着眼前茫茫一片的洪水，看着流血受伤、面黄肌瘦的同伴，不由得一阵阵凄凉和悲伤。在这个孤立的高坡上，三面临水，四处荒凉，左不见村，右无农庄，叫天不应，叫地不灵，根本不是长久之计。李发旺思绪良久，觉得必须尽快离开这里，外出寻找新的逃生之路。

李发旺把全家人叫到一起，心情沉痛地说：

"现在张江村已被洪水淹没了，看来洪水一时退不下去，这里是没法再待下去了，咱们全家只有逃荒要饭这一条路可走了。"

此时，媳妇李葛氏和儿子李恒德也都不知怎么办，看着李发旺无言以对。李发旺看他们都默默无语，又对他们说：

"刚才，我在船上听吴大队长讲，目前尉氏县城和兰考、开封城内还没有进水，灾民们都在往这几个地方逃。我看咱家也分三路，向这几个地方逃荒要饭吧！"

李葛氏和李恒德对视了一下，半天没有说话。在这罕见的洪灾面前，全家人如果再骨肉分离，那可真是雪上加霜、生死难测啊！但是，李葛氏不知道都淹了哪些地方，哪里还有活路。老伴儿的意思是，全家多分几个地方逃荒，说不定哪一路人会有个生路，兴许会保住一两条活命，为李家留下一条血脉。

李葛氏凄怆地点了点头，眼泪刷刷直流。

李恒德明白，在当前的灾情下也只能这么办了。他狠了狠心，拉住母亲李葛氏的手说：

“娘，为了全家人的活路，如今咱只有这一个办法了。”

看到媳妇和儿子都同意了，李发旺就对李葛氏说：

“我带着小金生到尉氏县城要饭，恒德带着媳妇和孙女秀兰、玉兰到开封城里去，你带着孙女儿仙兰到兰考投奔你娘家。咱家分三路逃荒，只要有一路活下来，也对得起李家祖宗了。”

李发旺说完，眼泪吧嗒吧嗒掉了下来，心中像刀剜一样疼痛难忍。想想全家人就要骨肉分离了，还不知今后还能不能再次相见，他悲伤万分，泣不成声。全家人看到李发旺落下了热泪，也都泪水横流，放声大哭。一家人抱成一团，哭成一团，一直哭得天昏地暗……

第九章

共产党为什么要谴责蒋介石贸然扒开黄河？工农红军和南方游击队是如何改编成八路军和新四军的？毛泽东如何把古老的游击战术提升到战略地位？

（一）

黄河震怒之后终于慢慢地平静了下来。平息后的黄河重新抬起头俯瞰大地，环视两岸，观察着满目疮痍的中原大地。她十分惊讶地看到，大灾后的沿岸没有了往昔的绿野碧树，没有了熟悉的村庄农舍，没有了男女老少的欢声笑语。四处是茫茫的洪水，遍地都是饿殍灾民，惨状惊人，凄凉无比。黄河惊呆了，伤心了，流泪了。在沉思之后，黄河收起了她的狂飙，收起了翻卷的泥沙，给下游送来了平缓的水流，在流淌中涌出了混沌的泪水。母亲黄河生怕再次惊扰了自己的儿女，生怕加重了儿女的痛苦和悲伤。

上游的水势减弱了，连日的暴雨也停歇了。在黄河水源与泥沙的策源地西北高原，出现了难得的平静与安详。现在，西北高原是全国抗战的大后方。战火没有燃烧到这里，陕北延安城就在这片土地上。这里土地贫瘠，沟壑纵横，塬高坡陡，目前是共产党中央和八路军总部所在地。

延安城屹立在黄河东岸，是一座有名的古城，始建于战国时期。城内的宝塔山、清凉山、凤凰山三山鼎峙，延河、汾川河两水交汇，有“塞上咽喉”、“三秦锁钥”、“五路襟喉”之称，历来是兵家必争之地。共产党领导的工农红军，在经过了两万五千里长征之后，把大本营和根据地建立在了延安这座偏远的黄土高原小城里。

毛泽东居住的窑洞就在延安城外的杨家岭。这里绿树环绕，依山背阴，环境幽静。1938 年 10 月的一天下午，毛泽东坐在杨家岭下一个窑洞前的石凳上，细心地阅读着一堆文件报刊。他一直在思考着蒋介石扒开黄河后河南战事的发展，思考着中国抗战的总体局势，也思考着刚刚建立起来的国共抗日民族统一战线中的一系列复杂问题。

在浏览报纸时，毛泽东的目光停留在了一条有关“黄河决口”的重要消息上。这份刚出版不久的《新华日报》记载，周恩来在重庆公开发表声明，坚决反对蒋介石不顾民众死活，贸然在花园口决堤放水的错误决定，并表达了共产党人对黄泛区灾民的极大同情。周恩来在讲话中明确表示，中国古代许多“水战”都不成功。三国时期的“赤壁之战”虽然阻拦住了曹操的80万南下大军，但是后来的晋灭吴之战就以失败告终。晋朝和宋朝，都没能用“以水代兵”的办法拦住进攻的敌军。这一次，蒋介石想用黄河决堤的办法拦日军，是他对历史的无知。

毛泽东不由得赞赏地点了点头。他觉得周恩来的话说得对，说得好，充分宣传了共产党对蒋介石不顾人民死活在花园口决堤放水的态度和正义主张。事实上，对蒋介石掘开黄河阻挡日军的轻率行为，共产党人早就表明了态度，不赞成国民党“以水代兵”的做法。无论如何也不能以黄泛区近90万民众的生命为代价，不顾及近千万灾民的流离失所和沉重灾难。中国的抗日战争，是为了保护亿万民众的根本利益。这个根本利益的核心，就是保护人民群众的生命财产。即使国民政府不得已实行“以水代兵”，也要进行周密的部署和精心的准备，决不能不计民众的死活一意孤行。蒋介石作为全国抗战的领袖，难道就不知道这种轻率的决策会给沿黄千百万民众带来多么巨大的惨重损失吗？不知道掘开黄河会带来多么严重的后果吗？历史一定会给中华民族的罪人戴上沉重的枷锁。

面对日军的大举入侵，共产党人早就制定出了相应的方针策略。1935年12月，中共中央在陕北瓦窑堡召开会议，分析了国内阶级关系的变化，制定了抗日民族统一战线，决定与国民党枪口一致对外。但是蒋介石阳奉阴违，在日军大兵压境下，仍然坚持“攘外必先安内”的政策，直到1936年底，还坐镇西安调动数十万大军围攻延安。令世人没有想到的是，东北军张学良和西北军杨虎城发动了震惊中外的“西安事变”，从根本上改变了中国的政治格局。

张、杨二人对蒋介石采取断然措施，实际上也在共产党的预料之中。从1936年上半年起，张学良就开始了与共产党的秘密接触。1936年4月，张学良还亲驾飞机飞抵延安，与周恩来进行了深入会谈。9月份，张学良与共产党签订了《抗日救国协定》，正式结束敌对状态。红军和东北军、西北军形成了拥护抗日民族统一战线的“铁三角”。在这种形势下，张学良向陕北红军提供了大量的军需物资，帮助红军解决了过冬棉衣、燃料等燃眉之急。张学良甚至还提出了加入中国共产党的申请。

蒋介石很快嗅到了异常。他到西安后准备解除张学良、杨虎城两人的职务，将他们调离别处。张、杨二人探知信息后，在“哭谏”蒋介石联共抗日不成的情况下，于1936年12月12日毅然发动了对蒋介石的“兵谏”，在临潼骊山活

捉了蒋介石。他们向蒋提出6项政治要求:一是停战,将进攻西安的国民党中央军撤至陕西潼关之外;二是改组南京政府,排逐亲日派,在政府中加入抗日分子;三是释放政治犯,保障国民的民主权利;四是停止剿共,联合红军抗日;五是召开各党派各界各军救国会议;六是与同情抗日的国家合作。“西安事变”发生后,张学良马上致电延安,力邀共产党参加“西安事变”的善后。

“西安事变”的发生,使全国形势变得复杂多变。何应钦在南京欲对蒋介石取而代之,别有用心地组织中央军大举进兵西安,双方形成了军事对峙的危局。在东北军内部,下级军官也就如何解决“西安事变”发生激烈争执。张学良一时内外交困。

远在苏联的斯大林得知“西安事变”的消息后,专门给中共发来电报,希望中国共产党力促张学良释放蒋介石。毛泽东和党中央经过深思熟虑,从全国抗日大局和民族利益出发,最后确定了释放蒋介石、联蒋抗日的政治主张,并派周恩来率团奔赴西安,积极促成了“西安事变”的和平解决,结束了全国的“十年内战”,促成了国共合作和抗日民族统一战线的建立,在全国范围内掀起了抗战高潮。

(二)

“西安事变”以后,共产党和红军原本面临的国民党大军围困的危局有了较大改观,围困延安的数十万国民党军队调往他处,全国抗战局面出现了前所未有的好形势。各界民众热切拥护国共携手抗战,希望两党齐心协力将日本强盗赶出中国。而毛泽东面对国共合作后的抗战局面则非常冷静,非常理智。这次与国民党的联合抗日,是共产党与国民党历史上的第二次合作。国民党的领袖蒋介石,是一个手上沾满共产党人鲜血的刽子手,是一个背信弃义、诡计多端的阴谋家。在国共第一次合作中,共产党经受的教训太深刻、太残酷了。从“中山舰事件”到“四一二大屠杀”,从“宁汉合流”到“十年内战”,每每都证明蒋介石是一个从骨头里时刻都在想着如何彻底消灭共产党的人。毛泽东在此次国共合作中清醒地认识到,与国民党的联合必须坚持独立自主,不能抱有任何幼稚的幻想，不能犯当年陈独秀那种书生式的低级错误。经过反复思考后，毛泽东正式在中央工作会议上提出，与国民党建立统一战线，要“始终坚持既联合，又保持独立性”的方针，并告诫全党，在关键问题上共产党决不能让步，决不能退步，决不能向国民党蒋介石低头，一定要坚决抵制党内的一切错误思想。

毛泽东是个意志和秉性异常坚定的人。他与国际共产代表王明就统一战线问题进行了坚决的斗争，彻底澄清了党内在此问题上的模糊认识，统一了全党的思想。

王明在统一战线问题上提出，“一切经过统一战线，一切服从统一战线”。这是他根据“共产国际”的意见提出来的，自认为具有权威性。毛泽东断然拒绝并坚决抵制了这个脱离中国国情的错误主张。国共两党实行抗日民族统一战线后，双方并没有成文的“共同纲领”，也没有共同的组织形式。两党实行统一战线后的最大问题是，蒋介石坚持“反共、限共、溶共”的政策，严防共产党在抗战中发展壮大，随时准备消灭共产党。“一切经过统一战线，一切服从统一战线”，只能把共产党自己的手脚束缚起来，最终导致共产党领导的抗日武装力量被消灭。毛泽东针锋相对地指出：共产党在统一战线中必须保持独立性，要独立自主地领导全国的抗日武装斗争。他严厉批评了“关门主义”和“投降主义”，并提出要把主要工作放在抗日各战区和敌人后方，坚持独立自主的武装斗争，广泛开展游击战，建设抗日民主根据地，按照“乡村包围城市”的道路坚定不移地走下去。

在红军和游击队改编八路军和新四军的问题上，毛泽东坚持了独立自主、以斗争求团结的方针，虽然在形式上进行一定妥协，但在原则问题上毫不让步。1937 年 7 月 14 日，共产党军事委员会发布命令：红军以“军”为单位改组为国民革命军，“十天准备完毕，待命抗日”。具体的改编工作十分艰难。红军战士对改编为国民党军很不理解，极不接受，特别是当听说要将头上的红五星军徽换成国民党的“青天白日”军徽时，群情激奋，很多人流下了眼泪，要求上级取消这种“投降”命令，甚至还出现了一些过激行为。红军战士的激烈情绪可以理解，因为他们与国民党打了几十年仗，有着不共戴天之仇。许多人之所参加红军，就是因为国民党的屠刀上沾满了自己亲人的鲜血，是为了讨还血债。红军战士认为，毛泽东决不会下这样的命令，决不会“叛变投降”，因此怀疑是自己的上级传达错了毛泽东的命令。有的战士甚至持枪逼迫上级收回成命，还有

的准备集体脱离部队，回家乡去打游击。

面对部队的激愤情绪，毛泽东感到稳定部队是头等大事。为做好红军战士的思想工作，党中央和八路军总部领导分赴各地，向部队讲述红军改编的意义，讲述当前民族矛盾高于阶级矛盾的道理，讲述为什么要与国民党建立抗日民族统一战线，最终才使改编工作顺利进行。

1937年9月2日，贺龙在第120师改编大会上对全体官兵深情地说："现在国难当头，为共同打击日本鬼子，我们要带头戴"青天白日"帽徽，穿国民党军装。看起来我们的外表是'白色'的，但心却永远是'红色'的！"在陕西省泾阳县石桥镇第129师改编誓师大会上，刘伯承带头将自己的红军帽摘下来。他抚摸着上面的红五星对战士说："红军永远是共产党领导的队伍，无论换什么名义，戴什么帽子，都将为共产主义事业奋斗到底！"说完后，刘伯承将缀有国民党"青天白日"徽章的军帽戴在头上。一声令下，全体红军战士戴上灰色的国民党军帽，穿上国民党军装，对着红色的军旗庄严宣誓："为了民族解放和国家富强，为了子孙后代，我们坚决抗战到底，彻底把日本侵略者从中国赶出去。"

1937年9月11日，国民政府军事委员会按全国陆海空军战斗序列，将八路军改称第十八集团军，朱德为总司令，彭德怀为副总司令。工农红军改编完成后，林彪率领115师、贺龙率领120师、刘伯承率领129师，分别从陕西泾阳县云阳镇、富平县庄里镇、泾阳县石桥镇开赴山西抗日前线。南方诸省红军游击队，也根据共产党中央指示，相应改编为国民革命军新编第四军，投入到了如火如荼的抗日战争之中。

（三）

在工农红军改编和国民党军装的穿着上，毛泽东作出了一定妥协，但对改编后的八路军领导权、指挥权则毫不让步，坚决保持共产党的绝对领导，保持党指挥枪的根本原则。在国共两党关于红军改编的早期谈判中，蒋介石曾提出"八路军只编3000人、总部从延安迁至外蒙古与绥远"的无理要求。毛泽东坚决与之斗争，最终确定八路军改编为3个师、4万余人，八路军总部继续留在陕北延安根据地。

八路军改编后执行什么样的战略方针，实行什么样的战役战术？毛泽东坚持弱小的八路军不与日军硬拼，要开展广泛的山地游击战，把游击战提升到战略地位。

把游击战提升到战略地位，是毛泽东军事理论的一大创新。这个方针的提出，是毛泽东潜心研究克劳塞维茨《战争论》、孙武《孙子兵法》等大量军事论著的精要，结合中国抗日战争的具体实践创立起来的。把游击战提升到战略地位刚一提出时，在八路军内部有过很大争论。八路军指挥员中也经历了一段艰难的统一认识过程。

八路军改编之后，紧接着面临的问题是怎样展开对日军作战，怎样使用兵力，八路军在作战中采用什么样的战略战术？改编后的八路军只有3个师4万余人，与数百万的国民党军队相比只是个零头，而且武器装备十分落后，从师到连基本没有像样的重武器。这么少的兵力，这样差的武器，怎么与装备精良的日军作战？究竟打什么样的仗？这些问题在八路军内部争论十分激烈。指挥员们看到部队士气高涨，都主张参加国民党军队的正面作战，打阵地战、歼灭战、运动战，打大仗，打硬仗，在战场上大显身手，扬八路军军威。毛泽东极为冷静，明确提出八路军对日作战的任务是——"独立自主的山地游击战，只宜作侧面钳制和打击，不宜参加正面作战，要根据自己的情况使用兵力。"

八路军众多指挥员开始对毛泽东提出的对日作战原则很不理解，很不接受。他们感到，红军时期的游击战已经过时，八路军对日军作战应以运动战为主，要打大仗，打恶仗，早出兵、快出兵，扩大政治影响。连有的八路军高级领导也对毛泽东的对日作战理论提出疑问："不打大仗，国民党会怎么说？全国人民会怎么说？外界舆论会怎么说？"

在这种情况下，林彪和聂荣臻于1937年9月率第115师抵达山西原平。9月25日全师冒雨出击，经6小时激战，一举取得了震惊中外的"平型关大捷"。但是在胜利之后，指挥员们发现了一些严重的问题：首先，在向日军猛烈攻击之时，平型关以北的国民党军不仅不主动配合，反而放走了部分逃跑的日军；其次，第115师在战斗中虽然歼敌1000余人并有较大缴获，但也付出了沉重代价，伤亡近800人，而且大多是经过两万五千里长征、能征善战的红军老战士。师长林彪原想在作战中抓些俘虏到太原游行，没想到的是，全师连一个俘虏也

没抓到。日军宁可自杀也决不投降。林彪和八路军众将领经此一战大彻大悟：依靠国民党军队抗战是没有前途的，集中八路军主力打"运动战"也根本行不通。在平型关战斗总结中林彪提出："我军在目前兵力和技术条件下，基本上应以在敌后袭击其后路为主。断敌退路是我们阻敌前进争取持久的最好办法。如经常集中大的兵力与敌作运动战，是不宜的。"

在血的教训面前，八路军指挥员们深切体会到了毛泽东对日作战原则的英明正确，很快统一了认识，都把开展独立自主的山地游击战自觉贯彻到了行动之中。八路军各部队按照毛泽东的指示深入敌后，迅速在山西等地实施战略展开，在晋察冀、晋西北、晋鲁豫创建了抗日根据地，机动灵活地打击日军。山西抗日根据地巩固以后，又进而发展到河北、山东等更多的敌后沦陷区，游击战争开展得如火如荼。

1937 年 10 月，毛泽东针对蒋介石对八路军"游而不击"的诋毁，在日军侵占河北保定、华北局势日趋严重的情况下，指示八路军主动出击，积极配合友军作战。贺龙率领第 120 师一度收复雁门关，伏击日军辎重部队，切断了大同至忻口的交通；林彪率领第 115 师一举夺回平型关，收复涞源、定县等 7 座县城，断绝了日军从张家口到忻口的地面运输线；刘伯承率领第 129 师，夜袭阳明堡机场，焚毁日军作战飞机 24 架，切断了日军的后方补给线，有力支援了忻口正面防守作战的友军，为国共两党抗战初期紧密合作共同抗战，树立了成功范例。

八路军在抗战中的供应保障也面临过诸多困难。抗战初期，国民政府曾拨付给八路军部分给养供应。随着蒋介石消极抗战、积极反共政策的逐步明朗，八路军的供给越来越少，最后几乎中断。在部队缺衣少食、缺枪少弹的情况下，毛泽东果断提出"自力更生、丰衣足食"的方针，号召解放区军民自己动手，生产自救，自力更生解决保障供给难题。在武器装备上，也不再依赖国民党的供应，主要通过对日伪军的频繁作战，缴获敌人的武器装备自己。同时，八路军还采取多种渠道解决保障上的困难。国民党中断了对八路军的供给后，不仅没使八路军消亡，反而使共产党领导的抗日武装更加独立自主，更加放手地发展壮大自己。八路军第 115 师、第 120 师和第 129 师实施战略展开后，各师部队在自我保障前提下迅速扩张。新成立的独立团、补充团等如雨后春笋般产生，不再顾及蒋介石对八路军处心积虑的限制阻碍。第 120 师第 3 支队在大清河北岸建立根据地后，"独臂刀王"贺炳炎司令员率领部队，几个月内就从原来的 300 余人扩充为 3 个团又 3 个独立营近 5000 人，扩大 10 余倍。八路军和新四军在战火中不断发展壮大，抗战结束时已发展到了100万多人。

抗战时期，是毛泽东思想形成和发展的重要阶段。毛泽东所创立的独立自主的山地游击战，在抗战中得到了成功运用。游击战提升到战略地位之后，八路军和新四军的作战目的不再是对强大敌人采取战术性骚扰，不再是打一下就跑的“敌驻我扰”游击战术，而是在更加广阔的地域上，开展更大规模的游击战与运动战相结合的战役战术行动，创立起了一块块抗日“游击区”，后将游击区发展为“根据地”，将分散的游击队提升为正规部队，进而在根据地建立“抗日民主政府”，成立基层政权，并逐步将各根据地连成一片，发展成为更大范围的“解放区”，建立起强大的正规军，最后实现由“农村包围城市、夺取全国胜利”的战略目的。

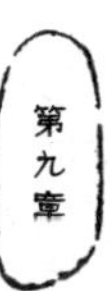

第十章

日军打入河南后中国战场上出现了怎样的严峻局面？为什么第一战区司令长官部作战参谋赵国保对抗战前景充满忧虑？毛泽东《论持久战》如何为全国抗战点亮了一盏明灯？

(一)

黄河从青海巴颜喀拉山的雅拉达泽山东麓出发,一路翻山越岭,盘旋九曲十八弯,走过崇山峻岭,跨越八千里路,终于来到了黄河的最后一道峡谷——小浪底。小浪底位于河南洛阳,是万里黄河跨越的最后一座山脉。再往前走,就是下游一马平川的大平原了。

小浪底地势险峻,是有名的"黄河三峡"。三峡中的第一座峡名叫八里峡,是整个黄河中游的最窄处,两岸断壁如削,中间河水奔涌,悬崖耸立,山高径曲;第二座峡叫孤山峡,山势险峻无比,岩石鬼斧神工,四周千仞壁立;第三座峡叫龙凤峡,形龙似凤,盘龙走蛇,曲折迂回,地形异常特殊。小浪底峡谷中的九蹬莲花栈更是景色奇特,有九蹬九级,依山形次第升高,望之若莲花盛开,好似出水芙蓉,人称"鲧山禹斧"。小浪底的北岸是华北著名的太行山和王屋山,也就是当年的"愚公移山"之处。南岸是高耸云端、绵延千里的崤山山脉。峡谷尽头,就是黄河的最后一道关隘出口——小浪底河口。

小浪底河口位于千年古都洛阳以北。在河的南岸孟津县白鹤镇铁榭村,有一座巍峨的"汉陵",是东汉开国皇帝——汉光武刘秀的陵墓。刘秀,曾被毛泽东盛赞为历史上"最会用人、最有学问、最会打仗"的一代君王,起兵时仅有千余人马。这位汉高祖九世孙文武双全,能征善战,纵横捭阖,叱咤风云,在不足三年内一举荡平了全国各地的割据势力,完成了中国历史上第三次大统一。在"昆阳之战"中,刘秀以不足 2 万的兵力,大败王莽 42 万大军,险中求胜,创造了史上罕见的以少胜多、以劣胜强的著名战例,并最终在洛阳建立了东汉王朝,开创了 196 年的东汉基业。东汉时期,刘秀励精图治,自谦自制,每旦视朝,日昃乃罢,开创了永彪青史的"东汉文昌"时代。我国"四大发明"之一的造纸术,张衡的地动仪、浑天仪,乃至流传于今的"算盘"等,均在东汉时期发明。刘秀一生修身齐家,文治武功,可与史上的汉武雄霸、太宗文韬、康熙明事、乾隆风流竞相媲美。

刘秀的陵墓南倚邙山,北临黄河,近山傍水,气势壮观,迄今已有 1900 多年的历史。这座巨大的陵墓有“四绝”、“两奇”:第一绝为“帝王选陵”。俗话说“生在苏杭,死葬北邙”。由于洛阳的邙山地处龙脉,气候干爽,风软土坚,历代帝王多在邙山修墓建陵。刘秀却一反常规,将自己的陵墓安放于邙山之阴的黄河岸边,呈“枕河蹬山”之势。第二绝为“一园千柏”。刘秀墓内有千余株高大苍劲的古柏。这些古柏拔地通天,密布陵园,肃穆弥漫,浓彰着凝重的历史,也形成了绝佳的怀古之境。第三绝为“柏树杏质”。陵内古柏均为罕见的乔木树种,色泽金黄,质坚性柔,人称“血柏”。第四绝为“汉陵晓烟”。每逢阴雨时节,园内晨曦初现,紫烟弥漫,天朗气清,恍若人间仙境。除“四绝”以外,陵中还有“两奇”:一奇为“听”。园内有一巨大石碑,上遗圆孔,耳附听之,可闻邻近黄河的巨大涛声,且绵绵不绝。二奇为“拍”。陵西有一古柏十分奇特,人称“鸟柏”。当人站立树下拊掌击打时,能听到清晰的鸟儿啁啾,神奇无比,世人难猜。晋人张载专门为刘秀的“汉陵”赋七绝哀诗一首:

北邙何垒垒,
高陵有四五。
借问谁人坟,
皆云汉世主。

从刘秀的陵墓向南走约40公里,就是中国历史上著名的十三朝古都洛阳。洛阳依山近水。九曲黄河所形成的天然屏障,牢牢拱卫着洛阳古城。

此时,洛阳仍由中国军队驻扎,是第一战区司令长官部所在地。小浪底河口北岸的山西省垣曲县,由日军盘踞。中日两军以河为界,隔河相望,凭险而峙。

1938年6月,第一战区司令长官部西迁洛阳。赵国保一直跟随长官部行动,仍然担任作战参谋。这天,他与参谋处同事周伟民和长官部副官白飞鹏一起,到战区直属队执行一项公务,返程途经洛阳南郊关林庙时三人顺道下车参观。周伟民是赵国保在黄河水利学校的同学,两个人当年一同报考洛阳黄埔军校,彼此十分投缘。毕业后,两个人又先后调入第一战区长官部,同在参谋处任职。白飞鹏身份有些特殊,名义上是长官部副官,实际是“军统”派驻战区的谍报人员,主要负责刺探日伪情报,暗杀日伪汉奸。他还有一项特殊使命,就是监视战区长官部的共党分子。赵国保深知,虽然目前国共联合抗日,但两党毕竟道不同不相为谋,难以长久为伍,蒋介石在防共、反共和灭共方面,是绝不会手软的。

第一战区司令长官部西撤洛阳不久,蒋介石鉴于全国抗战局势的变化,对各战区的职能进行了重新划分。第一战区目前的辖区,包括除南阳以外的河南全省及皖北部分地区。战区司令长官也作了调整,程潜被调往他处,卫立煌上将出任第一战区司令长官。

赵国保对卫立煌将军也十分敬佩,知道他早年追随孙中山参加过广州商团平叛和讨伐陈炯明的东征作战,北伐战争时就担任了国民革命军第 1 军第 14 师师长。对日全面开战后,卫立煌担任第一战区前敌总指挥和第 14 集团军总司令,先后率领 3 个兵团参加山西"忻口战役",抗击 5 万日军部队的进攻,毙伤敌 2 万余人,力挫了日军锐气。1939 年 1 月,卫立煌升任第一战区司令长官并晋升为陆军二级上将。赵国保听他的副官讲,卫立煌与共产党人有着良好合作,山西抗战时还到过陕北延安,与八路军关系密切。洛阳成立八路军办事处时,卫立煌给予了多方面的照顾。赵国保想,白飞鹏被派遣到第一战区长官部来,很可能与卫长官的"亲共嫌疑"有一定关系。

今天,本来是赵国保和周伟民到战区直属工兵营执行装备点验任务,出发前白飞鹏忽然提出一同前往。考虑到他的特殊身份,赵国保在请示了参谋处魏处长后,三人一同到了工兵营。在完成任务后路过关林庙,白飞鹏提出参观,三个人就一同下车瞻仰。

赵国保对这座"关林"十分熟悉。在洛阳黄埔军校受训时他就和同学们常来这里。赵国保自幼敬仰关羽,敬仰他为人诚信,忠义报国,敬仰他武艺高超,骁勇善战。关羽过五关、斩六将,诛文丑、斩颜良,单刀赴会、刮骨疗毒的故事早已妇幼熟知。历代皇家都将关羽尊为"武圣",百姓敬其为"关帝"。按照礼制,帝王的墓称"陵",王侯的墓称"冢",百姓的墓称"坟",圣人的墓才称作"林"。关羽被尊为"武圣",同中国的"文圣"孔子一起被尊为中国的文、武两大"圣人"。两个圣人的墓园,分别称为"孔林"和"关林"。

洛阳的"关林"中实际上只安放了关羽的头颅,没有身躯。当年关羽大意失荆州、败走麦城被杀之后,东吴孙权为嫁祸曹操,特将关羽的头颅盛入木匣,派人星夜送给远在洛阳的曹操。曹操识破了孙权的计谋,又从心里敬重关羽,就为关羽刻了木身,装上头颅,厚葬于洛阳南郊,以王侯之礼拜祭。关羽的真正身躯,被就近埋葬在湖北当阳。这样一来,中国就出现了两个"关林庙"。由于关羽头葬洛阳,身葬当阳,家在山西,也就有了关圣"头枕洛阳,身卧当阳,魂归山西"之说。

赵国保给首次来“关林”参观的白飞鹏讲了这段历史故事。白飞鹏听得饶有兴趣。三个人在关林庙内边走边看，依次通过了正门、正殿、寝殿和碑亭等处。他们在正门上看到，大门上镶有九九八十一个黄钉，那是帝王才享有的品级。再看整个关林庙，更是气宇轩昂，古柏参天，远山近水，景色伟丽。

在庙宇后面的关羽陵园前，三人一齐焚香祭拜，长时间肃立在墓冢前。看着关羽那高大的陵墓，看着坟茔上那凄凄艾艾的荒草，赵国保的心一下子沉重起来。他在闭目默哀中想了很多事情。目前全国的抗战局势异常严峻，中华民族付出的牺牲越来越大。处在抗战一线的河南的老百姓，遭受的损失更加惨重。赵国保想到了国家，想到了父母，也想到了爱妻。他感到，自己身为军人，真为当前的战局险境而担忧；身为公民，真为国家的未来而焦虑；身为儿女，真为黄河洪水淹亡的双亲而悲痛；身为人夫，真为身陷沦陷区的爱妻和岳父而牵挂。

白飞鹏似乎看出了赵国保的心事，抬起头对赵国保和周伟民说：

“关羽是个英雄，当年‘水淹七军’威震敌胆，为后人所景仰。在今天的抗战中，蒋委员长巧用黄河‘以水代兵’，胜过了古代关圣。国人虽然也付出了一些代价，但那是难免的，微不足道的。我们切忌妇人之见，要在蒋委员长统率下，精诚团结，忠于党国，打败倭寇，获得抗战全胜。”

白飞鹏一边说，一边仔细观察着赵国保和周伟民的反应，那窥测的目光含义深远。

赵国保与周伟民对视了一下，马上冲着白飞鹏点了点头。赵国保用十分肯定的口气回答说：

“您说得对。在蒋委员长的领导下，我们必定能取得抗战胜利，也一定坚决恪尽职守，忠于党国。”

赵国保与白飞鹏经过一段时间的接触，对他有了较多的了解：这个人虽然不足30岁，看起来涉世不深，气盛轻傲，但实质上是个颇有心计的人。对这样的人，是绝对不能掏真心话的，否则可能带来预料不到的祸端。

赵国保实际上从心里对蒋介石擅扒黄河的草率决策怀有极大的不满和义愤。虽然洪水在一定程度上阻挡了日军的攻势，但惨痛的代价难以估量。河南百姓为此付出了多么巨大的牺牲啊！赵国保事后从各种渠道得知，蒋介石此次下令决口黄河，给沿岸和下游百姓带来的灾难历史罕见，触目惊心。特大洪水淹没了豫、皖、苏三个省44个县，淹没土地800万亩，淹亡灾民89万人，390多

万难民流离失所。自己的家乡尉氏等县处于洪水的正面,受灾最重,损失最大,伤亡最多,惨状闻所未闻,令人悲愤欲绝。洪水暴发后,灾民有的全家灭门,有的全村男女老少无一幸免。一些侥幸者即使爬上屋顶,攀上树梢,也因无人救援,无粮无助,最后大多葬身洪水之中。赵国保的慈父老母都被洪水卷走,张江村的乡亲十室九空。还有一件事让赵国保极难接受,他黄河水利学校的女同学张云霓,也在洪水中失去了年轻而宝贵的生命。张云霓就像她的名字一样美丽,聪颖出众,品学兼优,是全校众多男生心仪的女神。张云霓家境丰裕,本来有一个美好的人生,但她毕业后不顾家人劝阻,毅然到扶沟县一个偏僻的乡村小学校任教,赢得了全校师生的尊敬。在这场突发的洪水中,她攀爬到校内一棵大树上避难,被洪水围困了七天七夜。她在饥饿困苦中把树上的叶子全吃光了,也没见水位下降,更没有得到救援,最后她和那棵大树一起被齐生生地淤进了地下,连个树梢都没剩下。张云霓一直到死,也不知道这突发的洪水因何而来……

本来,举国抗战是为了保家卫民,全国抵倭是为了黎民百姓,但蒋介石却不顾千百万民众的死活擅扒黄河。这样一来,所谓的"抗战"是不是已经本末倒置?这样背离民众的"以水代兵"是不是忘记了根本?难道这样空前的浩劫就是蒋介石所说的"小的牺牲"?难道这样惨重的代价就是他说的"切忌妇人之见"吗?蒋介石下令扒开黄河时,想到了这些严重的后果没有?他这样一意孤行,难道不是中华民族的历史罪人吗!?

(二)

赵国保回到战区长官部后躺在床上久久不能入眠。他与周伟民同住一个宿舍,两个人又深谈了很久。周伟民的老家在开封杞县,是成语"杞人忧天"故事的发生地。杞县和尉氏同属开封管辖,赵国保和周伟民是距离很近的同乡。在黄河水利学校念书时,他们两个人就成了无话不谈的好朋友,后来又一起投笔从戎,同在战区长官部成为朝夕相处的亲密战友。这次黄河决口,两家都遭受了洪灾,同样是家破人亡。两个人都对日寇有着刻骨铭心的仇恨,都对蒋介石的轻率决定怀有深深的怨恨。

夜深了，位于洛阳西郊的长官部营区内一片漆黑，除了流动哨兵的脚步声偶尔从屋外响过以外，四周一片沉静，万籁俱寂。两个人都辗转难眠，又轻声聊起了在关林庙与白飞鹏谈起的话题。赵国保对白飞鹏傲慢蛮横的态度憋足了一肚子气，索性坐起来，愤愤不平地对邻床的周伟民说：

“这次蒋介石不顾千夫万民所指轻率地扒开了黄河，难道真的达到了‘以水代兵’的目的了吗？这次一共才淹死了几个日本兵？又淹亡了多少无辜的老百姓？他蒋介石就不怕天打五雷轰？另外，洪水不是也没有阻止住日军大举南下吗？‘武汉会战’即使有近百万国军参战，最后还不是一败涂地？蒋介石还不是被迫偏居西南一隅吗？”

周伟民看着赵国保激愤的面孔，深深地点了点头。黄河决口后，被洪水淹亡和被中国军队乘机围歼的日军，满打满算也只有数千人。虽然说宽大的黄泛区形成了一道数百公里的“军事分界线”，将日军隔离于新黄河以东，暂时阻止了日军的攻势，但是日本大本营很快就调整了战略进攻计划，放弃了原定的沿平汉铁路南下的作战方案，调集 9 个师团、25 万兵力，沿长江两岸、沿大别山北麓，向武汉发起了新的大规模进攻。

蒋介石在豫南信阳鸡公山上全面部署了应对日军进攻的“武汉会战”计划。为保卫武汉，适应新的局势，蒋介石重新划分了各战区的作战任务，调集 14 个集团军、47 个军、120 个师约百万人部队参加武汉保卫战。蒋介石专门发布命令，由第五战区司令长官李宗仁指挥 50 个师，扼守平汉路南段及大别山方向；第九战区司令长官陈诚指挥 70 个师，防守鄱阳湖以西长江南岸各要点；第一、第二、第三战区所属部队迟滞向武汉快速机动的日军。

1938 年 8 月 22 日，在蒋在珍新 8 师掘开黄河大堤的两个多月后，日军就正式展开了对武汉的战略进攻。华中派遣军司令官畑俊六担任总指挥。“东路”日军第 1 军司令官冈村宁次率 5 个师团和 1 个重炮旅团，沿长江两岸向武汉西进；“北路”日军第 2 军司令官东久迩宫稔彦，率领 4 个师团和 1 个重炮旅团，由合肥经信阳、麻城向武汉进攻；日军第 2 军于 10 月 12 日从广东大亚湾登陆，很快击溃余汉谋守军，轻而易举地占领了广州城，并沿粤汉铁路北上，自华南威胁武汉。至 10 月 25 日，各路日军从北路、东路、南路三个方向对武汉形成战略合围态势。中国军队顽强抗击并付出了惨重牺牲，但仍抵挡不住日军的凌厉攻势。各路日军最终兵临武汉。为保存抗战的有生力量，依托大西南的险要地势

抵御日军,蒋介石于10月24日下令放弃武汉,迁都重庆。各参战部队陆续撤往西南各地。

1938年10月26日,武汉失陷。

历时4个半月的"武汉会战",最后还是以中国军队的失利而告终。虽然在武汉保卫战中,中国军队毙伤日军近4万人,大量消耗了日军部队,粉碎了日本对华"速战速决"的企图,但也损失惨重。为赢得"武汉会战"的时间、空间,蒋介石在花园口"决口黄河",使沿黄民众付出巨大代价。仅河南一省就有15个县遭受洪灾。洪水冲毁房屋140余万间,淹没土地数百万亩。黄河大决口,还使豫、皖、苏三省的广大城乡变成了黄泛区。黄泛区内洪水泛滥,沼泽遍地,黄沙弥漫,寸草不生。很多地方变成了无人区,并一直延续到10年以后、20年以后甚至30年以后……

(三)

赵国保想到这里气愤至极。他对旁边的周伟民说:

"黄河儿女作出了巨大的牺牲,但大武汉还是没能保住。蒋介石被迫将国民政府迁往四川,偏居重庆。他下一步还准备将首都往哪里迁呢?还有地方可迁吗?我们的国家和整个中华民族难道真的要亡在他的手里吗?"

周伟民冲赵国保使了个眼色,指指屋外:"你声音小一点,当心隔墙有耳。"

看着还在激动的赵国保,周伟民从床上下来,走到床边与他并排坐下,搂着他的肩膀说:"中国亡不了,我们也决不会当亡国奴!"

赵国保听后皱了皱眉头,仍然气愤地说:

"蒋介石真是指挥无能。你想想,中国军队在他的统领下,从东北退到平津,从山西退到河南,再从河南退到武汉,一退再退,一败再败。再这样下去,中国还能不亡国吗?"

周伟民没有回答他的问题,转身回到自己床边,从枕头下抽出一本书转身递给他说:

"你好好读一读这本书吧!这是延安那边的人捎过来的,是共产党领袖毛泽东刚刚写出来的。”

赵国保拿起书一看，是一本用粗糙发黄的纸张印制装订的小册子，书名是《论持久战》。他抬起头，有些疑惑地望着周伟民。

周伟民起身在屋内踱起步来。他身材魁梧，英俊挺拔，浑身上下尽显男子汉气魄。在学校读书时，周伟民就十分低调，严谨内敛，平常话语不多，善于独立思考，埋头做事，被同学们称为“骆驼”。近一个时期，赵国保发现周伟民与八路军洛阳办事处的人来往较多。他行动神秘，倍加小心，仍瞒不过赵国保的眼睛。赵国保还多次提醒他防范白飞鹏。周伟民则说，自己与友军往来，都是工作上的联系，受命而行。赵国保没想到的是，周伟民与八路军方面已经有了这么深的沟通。

周伟民坐下来对赵国保说：

“毛先生的这本书写得非常深刻，对中国当前的抗日局面有着深入透彻的分析，是一本难得的好书，是一本极有政治远见和雄才大略的书。你应当好好读一读。相信你一定会有意外收获。”

赵国保听后，一边好奇地翻着这本《论持久战》小册子，一边问周伟民：“毛先生在书中主要说了些什么？你怎么会有这么高的评价？”

周伟民笑着回到自己床上盘起双腿坐下来，神色庄重地对赵国保说：“毛先生对中国的抗战有个基本的论断：第一，中国必胜，第二，战争持久。”停顿了一下，他接着说：

“毛先生对中日之间这场战争的性质是这样看的：这是一场半殖民地半封建的中国和帝国主义的日本在20世纪30年代进行的一场决死战争。为什么抗战会持久，最后胜利一定属于中国呢？毛先生透彻地分析了这么几个原因：在日本方面，首先日本是个很强的帝国主义国家，军力、经济力和政治组织力在东方是一等的，在世界也排在前列。这是中国不能速胜的客观原因。其次，日本社会经济的帝国主义性质，决定了它不得不举行空前大规模的冒险战争，而这种具有军事封建主义特色的侵略战争，最终要激起日本国内的阶级对立、日本和中国民族的对立、日本和世界大多数国家的对立，所以它是野蛮退步的，逆历史潮流而动的。因此，日本会失道寡助，必将失败，这是历史的规律。再次，日本国小地狭，人力、军力、财力和物力都经不起长期战争的消耗。日本统治者想要通过这场战争来解决这个问题，反而会因战争而增加更多的困难，最后终将连它原有的东西也全部消耗掉。”

Tianhe

看赵国保听得十分入神,周伟民站起身来,从桌子上端起水杯喝了口水,润了润嗓子,接着说:

“毛先生对中国能取得战争胜利的原因也说了这么几点:第一,中国是一个半殖民地半封建的国家,是一个弱国,在军力、经济力和政治组织力等方面都不如日本,决定了这场战争的不可避免和中国不能速胜。第二,中国经历了近百年的解放运动,锻炼了全国人民,虽然在军事、经济等方面不如日本,但却比任何一个时期都更为进步。中国所进行的战争是进步的、正义的,而正义的战争能够唤起全国人民的团结,争取世界大多数国家的援助。这就有了坚持持久战争的可能。第三,中国是一个大国,地大物博,人众兵多,能够支持长期战争。这一点正好与日本相反。日本人力物力不足,资源短缺,战争又是非正义性的,国际环境于它也不利。这些就是中日战争互相矛盾的基本特点。这些基本点,决定了中日双方在政治上军事上的战略战术,决定了这场战争一定具有持久性,决定了这场战争最后的胜利一定属于中国而不是日本!”

“毛先生分析得真透彻,说的道理入木三分。中国有这样一位伟人,是全国人民的福气。我佩服!”赵国保听了周伟民的介绍之后由衷地感叹。

在认真思索了一会儿后,赵国保又抬头问周伟民:“我对共产党的政治主张比较熟悉,对他们的军事战略不太了解。他们有什么独到之处吗?”

“有啊,这正是共产党的英明之处。”周伟民说到这里,又警惕地站起来向外观察了一会儿,回身坐到赵国保床边,轻声对他说:

“毛泽东先生创造性地提出,要把游击战争提高到战略地位。他指示八路军和新四军在敌后坚持山地游击战,特别强调独立自主。八路军目前在敌后如鱼得水,机智灵活地打击日寇,不断发展壮大。尤其让人佩服的是,八路军和新四军每到一个地方,都注重建立游击区,实行主力部队地方化,将正规部队化军为民,化整为零,时而集中,时而分散,一边打仗,一边做群众工作,团结广大民众,成立民主政府。所以,他们很快就在敌后站稳了脚跟。”

赵国保听到这里插了一句:

“是啊,哪里像国民政府的各地官员,还没等日本人打到跟前,早跑到了数百公里之外躲避战火了,根本不顾辖区内老百姓的死活。”

“是啊,蒋介石统领的正规部队在日军进攻面前,只注重单纯的阵地防御作战,死守要点、死守城市,逐次阻击,结果还是顶不住日军的快速推进。一旦作战失利,部队就不顾一切地大规模后退,兵败如山倒,溃军似潮水。而一次次的‘会战’，致使中国的抗战力量越来越少，失去的地盘越来越多。更令人气愤的是，不少部队投降日军，成为日本人的走狗汉奸。”

周伟民情绪高昂起来，接着对赵国保说：

“国保，你听说了吗，八路军和新四军的部队已渗透到咱河南来了。八路军第 344 旅杨得志旅长，最近率冀鲁豫支队在豫北建立了游击区。新四军彭雪枫游击支队在豫南竹沟也建立了根据地，听说队伍发展到了数千人。共产党领导的豫东抗日游击支队，在杞县、睢县一带活动频繁，前不久在花和寨和长岗集袭击了日伪军，取得很大胜利。你们尉氏也有八路军洛阳办事处派去的周廷云在那里开展工作，听说已经和爱国军人冯宪章组织了数百人的抗日队伍，正在与日军作战。”

赵国保听到这里十分惊讶。他暗想，周伟民现在到底是什么人？他怎么会对共产党内部的事情了解得这么多、这么具体？难道他已加入了共产党吗？

赵国保不动声色地问周伟民：“伟民，你告诉我，你是不是已经参加了共产党？”

周伟民笑了一下，反问他：“你看我像个共产党吗？”

看到周伟民不正面回答，赵国保只好说：“我看你真的有点像共产党，不然你怎么会对共产党内部的消息知道这么多，甚至连周廷云到我们尉氏县的事都知道。”赵国保真的对周伟民的身份产生了怀疑。

“你说共产党会要我这样的人吗？我是在八路军办事处听到了周廷云的事情。现在国共两党合作了，抗日救国是大家的共同目标，何况冯宪章先生也是国民党的老将嘛！”周伟民也感到自己的话多了一些，赶忙向赵国保解释。但是赵国保还是觉得他是在掩饰自己。

不管周伟民是什么身份，赵国保感到他的话非常有道理。今晚听了周伟民的一席话，赵国保感到很受教育，也很振奋，觉得自己对抗日时局有了一个全新的认识，坚定了抗战胜利的信心，同时，更是对共产党人留下了一个非常好的印象。赵国保一边翻着《论持久战》小册子，一边想，看来自己今后要更多、更深入地了解共产党的政治主张，了解八路军的战略战术。今后中国的未来和希望，抗战的胜利乃至全民族的复兴，可能真的要寄托在共产党身上了。

第十一章

中国军队为什么突然对沦陷区内日军发起大规模进攻？1938年召开的『南岳衡山会议』对全国抗战有什么重要影响？第一战区部队攻打开封城负有什么特殊使命？『开封维持会』是如何被捣毁的？

（一）

黄河下游的豫东是一片辽阔大平原，从上海到甘肃的陇海铁路从这里经过。由于豫东平原平坦宽广，铁路到了这里是一条东西走向的直线，沿途城镇都设立了车站。开封火车站是陇海线上的一个中等车站，东邻商丘，西连郑州，是一个交通枢纽。自黄河决堤以后，开封与郑州之间被黄泛区隔断，陇海线上的火车从商丘到开封后无法继续西行，开封火车站就成了日本沦陷区内陇海线西端的终点站。

日军在侵占了河南以后，为打通豫东到豫北的铁路交通，开始修建一条从开封经原阳通往新乡小冀镇的“汴新铁路”，全长 103 公里。由于黄河改道后开封与新乡之间没有了黄河的阻隔，全线可由陆路抵达，所以铁路修得很快。如果此铁路修通，豫东豫北将连成一片，整个华北、华东地区也将全线贯通，两大沦陷区内日军的战略联系将更加紧密，大批兵员装备可通过这条铁路长距离输送，战略投送能力也将大大加强，对战略进攻将起到重要作用。

开封火车站位于城区南关，离潘振海居住的马号胡同不远。此刻，潘振海正在家中忙碌着。自从老伴潘桂芝被日本兵残杀之后，他基本上每天都从城里回到南关的家中居住，很少住店里。潘振海实在不放心家里的三个女儿，生怕她们再出点什么差错。如果那样，就更对不起长眠地下的妻子。

这天他回到家中已近傍晚，进屋后他看到两个小女儿美玉、美清已在北屋睡下，大女儿美兰在堂屋油灯下做着针线活儿。潘振海家的房子共有 3 间，分北屋、正屋和南屋，南屋边上接了一间厨房和堆放杂物的小偏房。平时潘振海住南屋，三个女儿住北屋，正中的堂屋是待客和家人吃饭的地方。大女儿美兰看到父亲回家后赶忙站起身来，从屋内的水缸中打了一盆洗脸水，放在堂屋的木凳上，给父亲递来了湿毛巾。她得知父亲已吃过饭，就没再进厨房。潘振海借着屋内暗淡的油灯看到，女儿美兰的脸色十分憔悴，愁容倦容堆满了脸庞，人显得十分瘦弱可怜，让他心酸不已。潘振海知道，女儿心事一直很重，除了逝母的忧伤和家务的繁重外，她心中还牵挂着一件大事，那就是日夜思念和担忧远方的恩爱丈夫赵国保。潘振海常看到女儿一个人在屋内暗自垂泪,轻声抽泣。在人前,坚强的女儿始终克制着自己的情绪,竭力为父亲分忧,让潘振海很受感动。

潘振海此时看着女儿红肿的眼睛,也不知该怎样安慰她,一时沉默无言。在擦了脸后,他催促女儿美兰早点休息,自己也到了南屋慢慢脱下衣服,上床后吹灭油灯,躺在床上想心事。

夜深了,四周逐渐沉寂了下来。马号胡同的居民们都已闭门熄灯,小院的各户人家也都进入了梦乡。也不知过了多久,寂静的夜空忽然响起一阵阵清脆的枪声,而且很快变得激烈起来。枪声像是从南边的火车站和西边的三里堡等方向传来。潘振海急忙从床上坐了起来。很快,他感到密集的枪声逐渐接近了马号胡同,还隐约听到自家院子附近有人在高声喊叫着什么。

潘振海紧张地站到屋门边细听外面的动静。女儿美兰也披上衣服,惊恐地站到他的身后。北屋的两个小女儿都赤脚从床上跳了下来,从后面紧紧抱着父亲和姐姐的腿,睁着大眼睛惶恐不安。

潘振海思索了一会儿,对大女儿潘美兰说:"你在家里看护妹妹,我到院子里看看。"

女儿美兰从后面拉着他的衣服:"爹,外面危险,你还是不要出去了。"

潘振海转身对她说:"你放心,我不到外面,就在院子里看看动静。"

说完,潘振海拉开屋门走到院内一棵槐树下站定,紧张地观察着周围的动静。

此时小院内一片漆黑。虽然四周枪声不断,但潘振海还是能听出邻家的门窗轻轻响动。看来邻居们都对半夜突如其来的枪响感到恐慌。

潘振海住的院子是马号胡同8号。这还是冯玉祥1928年督豫时编出的门牌号。日本人占领开封后,为推行"大东亚新秩序",让维持会清查了城内人口,给每家的人都办了"良民证"。城内的日伪宪兵常到各家查户口,核对居民身份,一再要求各家有外来人员必须上报户籍,生怕哪家窝藏抗日志士。开封的伪警察知道潘振海的女婿是国民党第一战区军官,每次对他家检查都格外仔细。

时值深秋,半圆的月亮钻出了灰色的云团,给潘振海家的小院内洒下了一片淡淡的月光,院内的槐树也裹上了一层浅白的银色。潘振海站在树下,心中十分焦虑,因为他听到马号胡同里传来了一片杂乱的脚步声,好像跑过来一群

人。不大会儿工夫，潘振海听到有人在轻叩小院大门，声音不大但很急促。他考虑了一下，慢慢走到院子门前，趴在门缝上往外瞅。但看了半天也没有看到一个人影。潘振海有些奇怪，轻轻拉开闩伸出头往外看。谁知“嘭”的一声，院门猛地被撞开了。潘振海立即被一群人拽着强行推进院内。

“不准说话！”随着一声威严的低吼，院内一下子拥进来一群人。潘振海借着月光看到，这些人身穿军装，手中持枪，枪上的刺刀闪着寒光。

潘振海紧张得一时说不出话来。就在这时，一把手枪紧紧顶住了他的腰。潘振海看到，用枪顶他的是一个军官，军帽上的徽章是圆圆的青天白日。

“爹，是我！”在随后进来的几个人中，有个人快步跑上前对他喊了一声。

潘振海抬起头定睛一看，竟然是女婿赵国保！

（二）

喊他的人真的是赵国保，真的是中国军队打进开封城来了。潘振海看到女婿后百感交集，一时间不知该说什么才好。就在他愣神的一瞬间，院中又进来一批人。这些人都是手持步枪、冲锋枪的士兵，很快把整个院子封锁了起来。赵国保在院中机警地左右察看。

这是怎么回事？女婿赵国保怎么突然回来了，而且一下子来了这么多人，四处还有这么激烈的枪声？潘振海疑惑不解。其实他根本想不到，这是中国军队发动的一次大规模的战役进攻行动。不仅在开封，甚至在整个河南省内的日本沦陷区，第一战区的部队都对日军发起了全面攻势。这是一次中国军队对华北地区日军开展的“冬季攻势”行动。

在日军占领南京城之后，日本近卫内阁对蒋介石展开了一系列新的诱降、逼降行动。国民政府内部的汪精卫、孔祥熙等一批人感到抗战胜利无望，都力主为减少无谓的牺牲尽早向日本屈服。连蒋介石的德国顾问法肯豪森也认为“中国打不过日本，不能再无谓地耗下去”。蒋介石在听取了多方意见特别是共产党“誓死抗战到底”的呼声之后，识破了日本人的诱降阴谋，决心抗战到底。蒋介石一方面做国民政府内部投降派的工作，一方面加紧部署对日军的全面防御作战。虽然目前中国已经丧失了近半国土，但中国军队用于抗战的主力还在，中央军、西北军、东北军、桂军、川军和粤军等众多部队建制尚且完整。侵华日军因战线过长，到处分兵驻守，已经出现了兵力枯竭、进攻乏力的势头。中日两军在河南、湖北、湖南等战场形成了对峙局面。日本陷入了对华速战不决、诱降不成、消耗巨大、进退两难的泥潭之中。

1938 年 11 月，蒋介石根据全国抗战形势的发展，在湖南衡阳举行了第一次“南岳军事会议”，对抗战进入相持阶段后的政治、军事策略进行了调整，决定整顿全国军队，征集 100 万新兵，对日军展开新的作战。参加会议的有第三、第九战区师长以上指挥官 100 余人，还有被专门邀请的中共方面的周恩来、叶剑英等人。在共产党人的积极影响下，蒋介石在会上提出了“向敌后退却，对敌实行游击战，化敌后方为前方，迫敌局限于点线之间，粉碎其以华制华、以战养战之企图”的战略方针，并对敌后游击战作出具体部署。会议决定：设立鲁苏冀察敌后游击战区，级别与各战区等同；在各战区内划分若干游击区，指派部队担负游击任务；实行敌后部队轮换制，将全国三分之一部队布置在前方，三分之一部队配备在游击区，三分之一部队到后方整训；举办游击干部训练班，培养敌后生存能力；在部队编制方面，撤销了兵团和军团建制，基本战略单位由师级变为军级，废除旅级，改为一师三团建制。

蒋介石还在会上指出，中国的抗战分为两个时期，第一个时期是从“七七事变”到武汉失守，中国在这个阶段进行了战略撤退；第二个时期已经到来，中国军队将由防守转为进攻，一定会转败为胜。蒋介石在会上强调，对日作战要改变过去一撤再撤的做法，实施先发制人的战术。一线战场要连续发动攻势作战，策应敌后游击部队，化敌后方为前方，并首次提出了“游击战重于正规战”，把游击战争提高到战略高度，使国共两党在对持久战的认识上趋于一致，对改变全国的抗战格局具有重要意义。

各战区遵照统帅部的命令，于 1939 年底至翌年初开展了大规模的“冬季攻势”。第一战区部队这次对开封日伪军展开的进攻，就是在这种大背景下实施的。战区司令卫立煌对这次进攻高度重视，精心组织，命令战区主力孙桐萱第 3 集团军第 20 师攻打河南省城开封，震慑日军和敌伪政权。为加强攻城部队的指挥力量，及时沟通与战区长官部的联络，卫立煌还专门抽调长官部的参谋人员下到各攻击部队协同行动。赵国保因熟悉开封地貌和民情、社情，被派遣到第 20 师参加这次进攻行动。

第20师这次任务主要有两项：一是突入开封城区，歼灭日伪军有生力量，捣毁军用设施，给省城的日伪军以沉重打击；二是破坏正在修建的“汴新铁路”，使这条具有战略意义的铁路难以通车，隔断日军华北和华东的这条战略通道。第20师受命后，选择防御相对薄弱的开封南关一带实施突击，重点打击集结在这里的日伪部队，捣毁其重要的军用设施。战斗打响后，第20师在夜幕中成功突破了敌人的防线，击溃了外围的日伪军，攻占了南关火车站、邮电大楼和三里堡等重点目标，拔掉了部分核心据点，焚烧了日军的弹药库、粮库等设施。赵国保随第20师前进指挥所进入开封南关后，又来到距火车站不远的马号胡同，要在这里策划一项重要行动。

潘振海回过神后二话不说，拉起女婿赵国保就快步回到家中。女儿潘美兰看到突然闯入的丈夫，一时惊呆得说不出话来。她简直不敢相信自己的眼睛，怎么会在这个时候见到她朝思暮想的丈夫。她认清了眼前的人真的是赵国保后，立刻不顾一切地扑上去，紧紧抱着丈夫，激动万分。两个妹妹看到姐夫从天而降，也飞一样跑了出来，抱着姐夫的腿，高兴得大喊大叫。全家人此时都感到像是做梦一样，在激动喜悦中泪流满面。赵国保看到几个军官进入屋内，才轻轻推开妻子，向他们介绍了家人，并向岳父和妻子介绍了进屋来的第20师副参谋长徐景波、团长刘二桂等军官。

潘振海家的堂屋变成了第20师的前进指挥所。随行的参谋在桌上摆开军用地图，赵国保和几名指挥官立即开展了紧张的工作。作为战区长官部派来的联络官，赵国保十分清楚此次作战的重大意义。他感到，目前的战况并不乐观。第20师是从几个方向攻打南关的。虽然作为主攻部队的第3团趁夜色突入了敌占区并占据了一些重要据点，但开封日伪军在短暂的惊慌之后，已初步判明南关是此次进攻的主要方向，正在调集大批日军向这里包抄，同时东面商丘的日军也在快速向这里机动增援。目前第3团还有一项重要任务没有完成，必须快打快撤，否则有可能陷入日军重围。这项任务就是破坏日军的“汴新铁路”，炸毁西郊的3座桥梁，捣毁交通设施。这项任务是这次奇袭行动的关键。

徐副参谋长仔细看着桌子上的地图，筹划着破坏“汴新铁路”的行动计划。经过短暂思索后，他对赵国保说：

“赵高参，南关火车站已经破坏，工兵连正在对铁路材料厂等运输设施实施爆破。现在要尽快派一支小分队，炸毁南关杏花营附近的那3座铁路桥梁。”

赵国保点了点头。他明白，这项任务非常艰巨。他在率领部队偷渡黄泛区时就发现一个新情况，开封西郊的地貌已发生很大变化，特别是杏花营正在修建的铁路桥附近已变成了一片水网沼泽，给奇袭和爆破行动带来很大困难。如果部队行动时陷入泥泞的沼泽之中，不仅难以完成任务，而且会有无谓的牺牲。现在已进入后半夜，时间十分紧迫，要在短时间内炸毁那几座桥梁，必须有一个熟知地形的人带路。在这深更半夜里，到哪儿去找这样一位向导呢？

刘团长似乎看出了赵国保的担忧，对他说：

“赵高参，我带小分队去执行这项任务，一定赶在天明前炸毁那几座桥梁。”

赵国保与徐副参谋长对视了一下，都没有作声。他们都知道，目前突破西郊日军的几道防线没问题，可一旦小分队陷入杏花营一带的沼泽泥潭之中，完不成任务怎么办？这可是卫立煌长官亲自交代的任务啊！

“国保，让我来带路吧！”不知什么时候，潘振海来到了他们身边，语气十分坚定。

赵国保看到岳父那坚毅的目光，知道刚才的谈话都被老人听到了，心中猛然一动。他为岳父的深明大义而感动，从内心里更加敬重岳父。但是，他决不能这样做，因为岳母和年幼的妻弟已被日本兵杀害，自己不能再给潘家带来新的痛苦。岳父是家里的“顶梁柱”，不能让老人承担这么大的风险。

这时妻子潘美兰走了过来，眼含热泪拉着赵国保的手说：“国保，就让咱爹去吧！他对那里的一草一木都很熟悉，不会误事的。”潘美兰知道爹爹对杏花营的地形了如指掌。

看到这种情景，徐副参谋长、刘团长等人也都十分感动。他们听赵高参说过潘家的遭遇，也觉得让老人去风险太大。

潘振海知道他们几个人都在担心自己，就加重语气对他们说：

“咱开封老百姓虽然懂得不多，但知道个人的事小，抗日的事大，国家和民族的事最关紧。万恶的日本鬼子杀害了那么多中国人，俺们也要报仇雪恨哪！”

赵国保心中滚起一股热流，眼睛不由得模糊起来，泪水止不住从脸上滑落了下来。作为老人的女婿，赵国保此时酸甜苦辣咸五味俱全，真是很难下决心。过了好一会儿，赵国保才咬了咬牙，握着岳父的手说：

“爹，您老人家就去吧！为了抗日救国，咱全家都豁出去了！这次您给部队带路，一定要注意安全，给小分队指明方向后就赶快回家。我们的部队也要

在天亮前全部撤离。相信您一定不辜负大家的期待。”

说完，他转过头对妻子潘美兰说：

“美兰，那就让咱爹去了。你看好家，无论发生什么情况都要勇敢面对！”

潘美兰使劲儿点了点头。

夜幕中，潘振海和刘团长带着一支轻便的爆破小分队，急匆匆地向开封西郊的杏花营方向跑去。

（三）

开封老百姓在听到城外一阵紧似一阵的枪声后，都赶快紧闭自家房门，熄灭灯火，抱着孩子躲在角落处不敢出声。他们不知道外面又发生了什么事情，是什么人在打仗。在这兵荒马乱的年月里，每个人都担心自己家再出什么祸端。整个开封都陷入了恐慌之中。

“潘记羊肉汤馆”店内一片漆黑。附近的店铺都早已关灯闭门。大街上除了一队队日伪军匆匆跑过以外，看不到任何行人。在远处又一阵密集的枪声响过以后，店门轻轻地打开了。艾顺伸出头左右看了看，快速从店中闪了出来。他顺着大街边沿，急促地向西面的鼓楼街跑去。跑了两三公里，来到了鼓楼街东南的一座清真寺前。他站在清真寺大门前稳了稳神，然后轻轻地敲了几下门。门开后，他立即闪入寺内。

这座名叫“善义堂”的清真寺，建于清代，在开封十分有名，是一座回教徒做礼拜的寺院。善义堂清真寺早年由在开封经商的山陕甘回民集资所建。建寺时曾几经周折，还险些酿出祸端。这座寺院建在开封大相国寺北面，因尽占了风水又规模浩大，引发了附近一些人的不满。有人偷偷向官府告密，说山陕甘回民马客聚众建寺，实意在对清廷图谋不轨。开封府衙立刻把筹备建寺的几个回民“社头”抓到衙门严刑过堂，并从一个大火盆中夹出烧得通红的铁链对几个“社头”说：

“口说无凭。如果你们真的仅是为了建寺，未对朝廷图谋不轨，就请一人跪在铁链上表明心迹。否则，府衙决不批准建寺。”

话音未落，甘肃回民“老社头”苏占杰就毫不犹豫地跪在了通红的铁链之上。刹那间，他的双腿被滚烫的铁链烧得“呲呲”作响，一股青烟直冲屋顶，四处弥漫着浓烈的皮肉焦煳气味。“老社头”苏占杰跪在铁链上面不改色，毫不畏惧。开封府吏见此情景，立刻让衙役搀扶起苏老社头，当即批准建寺。后来慈禧从西安回銮路经开封听说此事，亲笔为该寺题写了“善义堂清真寺”。

艾顺进入善义堂清真寺后，寺内的阿訇马上把他引到后院的一间厢房内。一进屋，艾顺猛然看到里面坐着几个身穿军装的日本兵，一下愣住了。就在艾顺愣神之际，有个身材粗壮的红脸大汉上前握住他的手：

“艾顺同志，你不认识我们了？”

艾顺仔细一看，他们都是睢杞游击大队的人，与他握手的人是大队长吴少甫，旁边微笑的两个人，一个是分队长宋继忠，一个是队员郑波。

原来艾顺已秘密参加了共产党，并在开封城内做地下抗日救亡工作。最近他按照上级指示，一直在城内为睢杞大队搜集日伪军情报。潘振海在店中看到的那几个做生意的人，就是睢杞大队的联络员宋继忠、郑波等人。国共联合抗战后，睢杞大队已并入了第一战区豫东抗日游击支队，吴少甫担任支队司令并兼任睢杞游击大队长。这支抗日武装，名义上隶属第一战区领导，实际上是中共河南省委直接掌握的一支抗日武装。

第一战区这次奇袭开封城，也赋予了睢杞游击大队协同作战的任务，具体是破坏开封至商丘的陇海铁路，在开封城东对日伪军实施佯攻牵制，同时还要在城内制造混乱，扰乱日军的作战行动。任务下达后，吴少甫经请示上级，决定由睢杞游击大队王海山副大队长率两个中队配合第 20 师在开封城东实施佯攻，自己则率领部分游击队员潜入城内，对日伪政权实施打击。经反复筹划，他们最后把打击目标锁定在河南省公署和开封维持会两处。昨天晚上，吴少甫和 20 多个游击队员混进了城内，隐蔽在善义堂清真寺里。

善义堂清真寺的阿訇马甫志是一名爱国宗教人士，深明大义，十分痛恨日本鬼子。他曾亲眼目睹了日军在开封野蛮屠杀同胞的血淋淋场景，对禽兽一般的日本兵恨之入骨。开封沦陷之前，阿訇就一再受到吴少甫等共产党人的抗日宣传教育，对抗日救亡工作十分热心。善义堂清真寺早就成为共产党游击队在开封城内的一个秘密联络点。

近一个时期，艾顺对河南省公署和开封维持会这两个目标进行了实地侦察。他发现，河南省公署围墙很高，戒备森严，警戒的日伪军也很多，而开封维

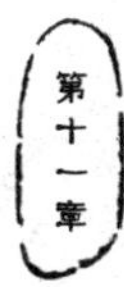

持会警备则相对较松，仅有一个班伪军站岗守卫。另外，开封维持会虽地处闹市的“四面钟”附近，但两旁都是狭窄的胡同，不仅便于袭击时接近目标，而且便于撤离时隐蔽转移。袭击开封维持会把握较大。

吴少甫听了艾顺的汇报，又和宋继民几个人进行了深入的研究，最后决定把打击目标锁定在防备薄弱的开封维持会。吴少甫让艾顺画了一张开封维持会的简易地形图。几个人坐下来对行动计划进行了认真的分析，制定了详细的行动方案，明确了各行动小组的具体任务。出发前，吴少甫特意让艾顺换上了一套日本兵服装。这些军服是睢杞大队偷袭日军兰封军需仓库时缴获的战利品。吴少甫准备伪装成日本兵，对开封维持会发起突然袭击。

队伍在寺内列好队后，清真寺阿訇派人先到寺外观察动静。此刻，城外的枪炮声还在持续。大街上路灯多已熄灭，没什么行人，也看不到日伪军巡逻队。吴少甫带领一小队“日本兵”很快从善义堂清真寺走了出来，向城区“四面钟”方向行进。艾顺紧挨宋继忠走在队伍中间。他除了身穿日军服装外，还专门化了妆，用墨汁在鼻子下面画了一个“仁丹胡”，脸上抹了些炭灰。艾顺是此次行动的向导，同时还要协助游击队处置突发情况。

队伍走了大约半个小时，就来到了位于市区中山路北段的“四面钟”附近。四面钟，是开封城内的一个标志性建筑，高10余米，用混凝土浇铸，呈雨伞形状，东西南北四面各有一个西洋大钟，是冯玉祥1928年督豫时所建。开封维持会就在它的北边不远处。

到了开封维持会的小灰楼前，游击队员迅速将小楼包围起来，同时控制了四周胡同内的所有通道。行动部署完成后，吴少甫带领几个“日本兵”大摇大摆地向维持会大门走去。

此时门前有三个伪军站岗，伪军班长冯德贵也在其中。他们此刻高度紧张，因为城外的枪声十分激烈，看样子是第一战区的部队在攻打开封。伪军们个个如惊弓之鸟。冯德贵刚才看到，维持会王旭初会长在午夜时分匆匆向河南公署方向赶去，大批日军也开向城东、南关一带。伪军们不知道城外的战斗到底打得怎么样，第一战区的部队是否攻入了城内。正当他们神魂不定的时候，突然看到对面有几个“皇军”向维持会走来，就赶快迎了上去。冯德贵走上前对着吴少甫一个立正，抬手敬礼：

“报告皇军，警卫班长冯德贵正在值守。”

肩扛日军中尉军衔的吴少甫，威风凛凛地冲着伪军班长冯德贵勾了勾手，示意他到自己身边来。

冯德贵看到吴少甫的手势后，赶忙走到他的跟前，向“皇军”点头哈腰，听候命令。在冯德贵刚刚站定的一刹那，宋继忠和几个队员闪电一般冲到冯德贵和另外两个伪军身后，将三把尖刀深深扎进了他们的胸口。几个伪军还没来得及呼喊，就瞪着大眼栽倒在地上。

吴少甫一挥手，游击队员们快速冲进了维持会院内，将大门右侧的伪军宿舍包围起来，解除了屋内十多个惊慌失措的伪军的武装。随后，游击队员冲进了维持会大楼内。

楼内值班的伪职人员听到外面的动静，早已四处逃窜躲藏，没来得及跑掉的成了游击队的俘虏。游击队员在占领了维持会大楼以后，立刻在办公楼内展开搜索，清理楼内的残余人员。吴少甫率领队员冲到二楼王旭初的办公室内，看到桌上茶杯里的水还有余热，烟灰缸内盛满了杂乱的烟头，可惜未能抓获刚离开不久的王旭初。吴少甫看到这种情况，从桌上拿起一支毛笔，泼墨挥毫，在白墙上写了一条勒令——

“王旭初，你给日本人当走狗。共产党人早晚要找你算账。弃暗投明才是你的唯一出路！”落款是“睢杞游击大队长吴少甫”。写完后，吴少甫和游击队员一起迅速在大楼内查找敌伪文件，搜集情报资料，并在楼内四处放火。在大火浓烟中，吴少甫率领队员跑出了维持会大楼，沿着旁边的小胡同快速向开封西郊撤去。

第十二章

黄河决口后大洪水在尉氏县造成了怎样的惨境？李发旺老人是如何在病饿交加中死去的？孤苦伶仃的李金生在朱仙镇岳飞庙里遇到了什么贵人？

（一）

黄河决口改道以后，汹涌的洪水把原本富饶辽阔的豫东平原冲刷成了一片片宽大的黄泛区。黄泛区内到处是弯曲的河汊水网，到处是纵横的沼泽泥潭，到处是荒芜的黄土沙滩。每到汛期，洪水就破堤而出，浊浪翻卷，四处漫流；每到枯水季节，河流枯竭，河床龟裂，四处堆满了厚厚的黄土沙丘。狂风袭来时，黄泛区立刻卷起漫天的沙暴，飞沙走石，遮天蔽日，摄人魂魄，几乎变成不见生灵的无人区……

昔日豫东平原那星罗密布的村庄不见了，冉冉升起的袅袅炊烟没有了，青草绿地上成群的牛羊消失了，肥沃的田野被冲走了，一代代农民千辛万苦建起的美好家园被彻底摧毁了！灾难深重的中原百姓们看着茫茫的黄泛区，悲痛欲绝，伤心至极，陷入巨大的怆苦之中。

在尉氏县城外一片荒凉的坟地上，面黄肌瘦的李金生跪在爷爷李发旺的坟茔前，已经哭干了眼泪。看着坟坑内爷爷那瘦骨嶙峋的尸体和暗灰色的面孔，李金生悲痛得一次次昏厥过去。就在这天上午，他用尽了所有气力才挖了一个深坑，将爷爷僵硬的尸体放入墓内。李金生极度疲惫虚弱，全身没有一点力气。无限慈爱的爷爷死去了。没有了爷爷的呵护，李金生一下子变得孤苦伶仃，好像整个天都塌下来一样。李金生在爷爷坟前哭了一整天，耗尽了力气。他头晕目眩，两眼发花，头重脚轻。突然，李金生眼前一黑，又一头栽倒在爷爷坟前。

李金生一家一分为三外出逃荒以后，他和爷爷李发旺逃到了尉氏县城。当时县城已被洪水包围，四周变成了泽国。由于县城地势较高且城墙较厚没有进水，但却成了洪水中的一座孤岛。在这种情况下，附近的上万名灾民拥进了县城。城内到处是避灾的人群，满街都是无家可归的百姓。当洪水涌向尉氏县城的时候，原来占据城关的日军匆忙撤走了，国民党军队又重占了县城。占领县城的国民党军忙于自保，根本顾不上救助灾民。大批灾民面临着饥饿和死亡的威胁，每天苦苦挣扎在生死线上。

爷爷带着小金生进入县城后，寻遍了城内的所有亲朋好友，向他们求助。

可是，亲友们有的远走他乡，有的躲避不见。所有的人都同样饥困交迫，自身难保，拿不出多余的粮食周济他们。后来爷爷只好带着小金生沿街乞讨，每天饿得头晕眼花，全身发软，一直在鬼门关前徘徊挣扎。在极度的饥饿中，爷爷总是把好不容易乞讨到的一点点东西留给小金生，自己则每天靠吃烂菜叶、喝凉水果腹。由于食物奇缺，营养匮乏，爷爷的身体日渐衰弱。在苦熬了两个多月之后，县城周围的洪水才略有减退，政府在城内开设了几个“粥场”。人多粥少，汤稀米疏，根本无法缓解灾民的严重饥饿。每当粥场施粥时，成群的灾民几近疯狂地争抢米粥。病重的李发旺和体弱的小金生根本挤不进去，很难抢到哪怕一小碗米粥，尽管这些粥只有可怜的几粒米。进入冬季后气温骤降，祖孙二人单薄的衣衫难以抵御严寒的侵袭。两个人每晚只好在刺骨的寒风中相互搂抱着取暖，冻得瑟瑟发抖，彻夜难眠。也不知从什么时候起，爷爷的病越来越重，不停地剧烈咳嗽，有时憋得连气都喘不上来，躺在冰冷的大街上起不了身。李金生实在没有办法，只好整天跪在大街上向好心人乞怜求助，希望有人救一救垂死的爷爷。此时城内到处都是卧地的病人，到处都是濒死的饥民，大家都自身难顾，又有谁能前来帮助他们呢？直到一天深夜，爷爷忽然清醒过来。他坐起身子，拉过小金生，眼含热泪有气无力地说：

“金生，爷爷怕是不行了，我死后。你要赶快离开这里，到开封城里去找你父亲。你告诉他，无论如何要挺过这场灾难，咱李家千万不能绝了后。”

说完，爷爷又使出最大的力气死死拉住小金生的手，久久不愿松开。最后，他怀着无限的眷恋和对小金生的万般不舍，闭上了双眼……

李金生哭哑了嗓子，流干了眼泪。埋葬了爷爷后，他倍感孤苦伶仃，凄凉无助。在熬过了爷爷去世后的巨大悲痛之后，李金生意识到，没有任何依靠了，要挺过眼前的难关，只能靠自己的力量，只能靠自己的努力了。李金生仿佛在一夜间长大了、成熟了，也变得坚强起来了。他牢记着爷爷的临终嘱托，感受到了自己肩头的责任。在爷爷坟前清醒过来后，李金生挺起虚弱的身体，在坟前跪下来重重地叩了三个响头，然后背上逃难离家时带的破包袱，向尉氏县北面的开封城方向跌跌撞撞地走去。

（二）

李金生忍饥挨饿，一路上咬紧牙关硬挺着走了几十里路，来到了北面的水城朱仙镇。从尉氏到朱仙镇45里路，李金生整整走了10天。洪水过后，尉氏到开封之间的公路已经大多被冲断，沿途都是纵横交错的河汊沼泽。李金生一路走走停停，艰难跋涉，不断前行。饿了，他就在沿途讨饭乞食，渴了，就在路边水沟中喝点凉水，一路昼行夜宿。到了朱仙镇之后，前面的路更加难走，因为开封是日军占领区，中间有数道防线，盘查得很严，难以通过。好在朱仙镇处在双方缓冲区，是个"两不管"的地方。进入朱仙镇时，国民党守军看他确实是一个逃难寻亲的灾民，才放他过了防线。

到了朱仙镇，李金生先是沿街讨饭，后来到镇东边的岳飞庙内歇下了脚。李金生对这座岳飞庙十分熟悉，小时候他曾多次随爷爷来过这里。听爷爷讲，朱仙镇历史悠久，在全国名气很大，曾是中国的四大名镇之一。明清时期，朱仙镇与广东佛山镇、江西景德镇、湖北汉口镇同为全国"四大商埠"，著名的"小黄河"——贾鲁河也从朱仙镇中穿过。从这里坐船走水路转过淮河，可以直达江苏扬州。朱仙镇一直是河南的水陆交通枢纽，是个繁华要道。爷爷还向他说起过朱仙镇名字的来历。战国名将朱亥的故乡就在该镇仙人庄内。朱亥在战国时曾帮助君主"退秦、救赵、存魏"，立过大功，名垂青史，所以这个镇被命名为"朱仙镇"。

岳飞庙位于朱仙镇东边，规模很大，有三进院落，是与杭州岳庙、汤阴岳庙、武昌岳庙齐名的全国"四大岳王庙"之一。朱仙镇地势较高，还修建了数道防洪堤坝，过洪水时这里没有被淹及，镇子相对平安。此时镇内聚集了很多避难的灾民，岳飞庙里难民尤其多。

李金生到了岳飞庙后，在第二进院子的寝殿东厢房前坐了下来。他打开随身的包袱，拿出刚从朱仙镇讨来的一个红薯面窝头，掰了一半，一边吃一边向四周打量。他看到，这个院落很宽敞，东西厢房边上坐了不少避难的灾民。在寝殿前面有一片空地，此时空地上围了一群人，有父女两个艺人正准备卖唱。父亲50多岁，坐在一个方凳上正要拉胡琴。女儿大约18岁，头扎一根粗辫子，手拿两根唱豫剧使用的硬木棒。场子拉开后，女子随着父亲“坠胡儿”的悠扬旋律，唱起了河南百姓十分熟悉的“河南邦子”——

尽忠报国岳武穆，
中原抗金战兀术。
朱仙镇大捷敌胆寒，
一鼓作气他要夺取开封府。

正当岳家军要起兵向北征，
忽接到皇帝十二道退兵的金符。
原来是那秦桧老贼把奸计出，
卖国求荣投靠金兀术。
莫须有罪名陷忠良，
风波亭前残害岳武穆。
千古奇冤多少恨，
壮志未酬、贺兰山未破举国痛哭。

多少代百姓铭记着岳飞爱国将，
多少代人怒咒奸臣要把贼诛。
朱仙镇庙会大火焚秦桧，
岳王庙里将败类们五花大绑来控诉。
看大家请前面——
让这五个千古罪人永跪在英雄脚下
把罪赎……

女子的唱音刚落，引来众人一片掌声。围观的灾民在叫好声中脸上都露出了难得的笑容。女子又唱了几段豫剧，开始向观众乞酬。在灾荒之年，难民们都很窘迫，实在拿不出钱来给这父女两人，只好将身上干硬的窝头和杂面煎饼递给他们。父女俩向众人连连鞠躬道谢。李金生看到这里，也把自己留下的另外半块红薯面窝头上前递给了父女俩。他看得出，这父女俩同样面黄肌瘦，衣衫破旧，一看就知道他们也是四处流浪的灾民，同样挣扎在死亡线上。

李金生顺着女子刚才唱戏时手指的方向，看到了岳飞像前秦桧、王氏、万俟

卨、张俊和王俊5个人的跪像。这5个残害英雄岳飞的歹人，正五花大绑地跪在岳飞高大的塑像下跪头谢罪。李金生听爷爷讲过，朱仙镇是南宋时期岳飞抗击金兀术、取得"朱仙镇大捷"的地方。每逢农历正月十四、二月十五和八月十五，岳飞庙都要举行大规模的祭祀活动。祭祀期间，庙内人山人海，香火极旺。祭祀活动的高潮是火烧秦桧。众人用土砖砌出一个上下留孔的秦桧泥像，用柴火烤烧。当大火燃烧、柴草"噼噼啪啪"作响时，旁边的戏班子同时唱起《火烧秦桧》的剧目，围观的众人同时也将自己手中扎好的更多的草人——"秦桧"点燃起来，一齐火烧秦桧，岳飞庙内外顿时一片欢腾。有一年庙会，爷爷还专门带李金生前来观看。他那时候还小，喜欢热闹，欢乐的场景至今历历在目。李金生沉浸在对往事的回忆之中，心里感概不已。这时他忽然听到那父女俩又唱起了"火烧秦桧"的唱段，就全神贯注地听了起来。正当他听得十分入迷的时候，忽然有人从背后猛拍了他一下，同时一个熟悉的声音传了过来：

"金生，你咋在这儿啊？"

李金生扭头一看，眼睛一下子亮了起来：

"咦，顺堂哥，咋会是你？"

（三）

从后面猛拍李金生的人，是张江村的本村乡亲江顺堂。江顺堂的家与李金生家挨得很近，两个人从小一起长大。虽然江顺堂比李金生大五六岁，但两个人同在村里私塾念过书，十分亲密。洪水漫过张江村的时候，江顺堂一家也都外出逃荒了，两家人相互不知音讯。李金生实在没有想到，竟然会在这里遇见了江顺堂。

"他乡遇故知"是人生的四大喜事之一，何况又是在大灾之年突然相遇，李金生和江顺堂都非常高兴。江顺堂拉过李金生的手，看着他憔悴的面孔和瘦弱的身体，转身从背后褡裢中取出一块玉米饼子递给他：

"饿了吧金生？快垫垫肚子。"

李金生感激地接过玉米饼子，一边吃一边问：

“顺堂哥，你们家咋样了？眼下都在哪里呀？”

江顺堂听后叹了一口气，伤心地对李金生说：

“洪水冲进咱村后，俺爹娘都没了。俺只好和媳妇一齐逃到开封，去投奔她的妗子。她妗子在城里一个老板家当佣人，也很不容易，顾不上俺们。后来俺就在城里四处打短工，媳妇给人家带小孩。这不，这次到朱仙镇来，就是帮人送货。刚送完，累得够呛，想到岳飞庙来歇歇脚，不想竟然在这里碰到了你。”

江顺堂说到这里，忽然想起什么，急切地问李金生：

“金生，咋就你一人呐？秀才爷爷在哪里？”

江顺堂在村里私塾念书时，李金生的爷爷李发旺是教书先生。江顺堂很敬重爷爷，结婚时还专门请爷爷主持婚礼。

李金生听到顺堂的问话后低下了头。他想起了爷爷惨死的情景，忍不住潸然泪下。他哽咽着对江顺堂说：

“爷爷病死在咱尉氏县城了。”

江顺堂惊讶地瞪大了眼睛，一时语塞，十分难过。秀才爷爷是一个多么好的人啊，怎么会有这样的结局？这场万恶的洪水灾难让多少人家痛不欲生，泪尽泣血啊！

江顺堂垂下头，不知说什么才好。过了一会儿，他又想起一件事儿来，立即惊喜地告诉李金生：

“金生，俺看到你叔了，他在开封城内卖煤土。俺还见到了你娘和你妹妹。”

李金生一听，急切地用双手拉着江顺堂：

“真的吗？他们在开封什么地方？”

“就在城内北土街刘家胡同附近。俺当时看到你叔正拉着一架子车煤土在街上走，满身都是黄泥巴，你娘和妹妹还在后面帮他推车。他见到俺后，还送给了俺几张煎饼呢！”江顺堂急切地告诉李金生。

李金生立刻站起身来，一边收拾摊在地上的包袱，一边对江顺堂说：

“顺堂哥，俺跟你到开封去找俺叔。”

江顺堂也把褡裢往自己肩头一背，说：

“好，咱现在就走！”

第十三章

李恒德一家人是如何在开封城内团圆的？回到洪水过后的家乡他们看到了什么惨景？李金生为何要到洛阳投奔『战区中学』？他在禹县慈幼院内怎样见到了『鬼』？遇到了什么惊心动魄的奇事？

(一)

黄泛区内的道路很不好走。黄河发大水时,汹涌的巨浪冲进了贾鲁河,很快漫出河道,吞噬了两岸的大片村庄农田,也把原本一条条平坦的公路全部冲毁。道路被撕裂得扭曲变形,路面被冲得坑坑洼洼,遍地水沟,满处河汊,有的地方还密布沼泽泥潭,通行十分困难。

李金生和江顺堂从朱仙镇出发后,在泥泞的道路上穿行了很长时间。这一段路河汊很多,泥潭较深。他们只好走走停停,停停走走,有时要卷起裤腿蹚水前行,有时要在沼泽中摸索着往前走。大约走了 20 里路,前面的路面才逐渐好了起来。再往北走,就要进入日军防线了。进入这段路程后,道路反而好走起来,因为这段路过洪水时没有受到太大破坏,比较平坦,同时日军出于防御需要,也对这段公路进行了修缮。李金生和江顺堂没有拿什么行李,李金生又见亲人心切,一个劲儿催江顺堂快走,所以只用不到半天时间,就进入了开封地界。在穿过日军防线时,日本兵也对他们进行了严格的搜查,好在江顺堂在这条路上走得较多,知道该怎么应付日本人,最终还是顺利通过。

进入开封城后,李金生终于在城内北土街找到了生死离别半年之久的父母和妹妹。父亲李恒德和母亲李徐氏忽然见到从天而降的儿子时,惊喜万分,立即扑上前抱住李金生号啕大哭,两个妹妹也跑上来抱着哥哥的腿久久不放。全家人抱成一团,哭成一团,泪如雨下。亲生骨肉终于团聚了,血脉亲人终于重逢了。在这世界上,还有什么比血浓于水的人间亲情更加珍贵呢?

李金生后来从父母的叙述中得知,父母和妹妹逃到开封城后,由于开封城内没进洪水,市区秩序相对安定,就白天在城里沿街乞讨,晚上寄宿在火车站或沿街屋檐下。后来,刘家胡同"喜客来"客栈的同乡刘老板看他们实在可怜,就腾出店内一个杂物间,让他们暂时落下了脚。李恒德看到客栈内有个破旧架子车,就和刘老板商量,用架子车给城里的饭店送煤土,挣来的钱与客栈平分,客栈每天给他们一些剩饭充饥。此后李恒德开始给城内的饭店送煤土,挣钱养家。由于开封城很多饭店老板都认识他,知道"李老黑"诚实可靠讲信用,干活卖力加之煤土又好，就对逃难来的李恒德多有照顾。这样一来，日子虽难，但总算是挺了过来。

李恒德把一家人安定下来后，就马上准备去寻找逃荒到尉氏和兰考两地的老人和孩子。由于从开封到尉氏和兰考之间要穿越好几道防线，当时军队封锁得很严，不少灾民因穿越防线而死于乱枪之下，十分危险，李恒德也就一时没有成行。后来李恒德听人说，政府在尉氏和兰考县城都设立了粥场，灾民每天都能喝上度荒的米粥，心里踏实多了，感到尉氏和兰考的老人孩子有米粥喝，能熬上一段日子，就准备等局势安稳一些后再去寻找亲人。

让李恒德万万没有想到的是，父亲李发旺虽然躲过了黄河大水，却因病饿交加惨死在了尉氏县城。李恒德深悔不已，为自己的行动迟缓而陷入深深的自责。痛定思痛后，李恒德擦干了眼泪，决定马上到兰考去找母亲和小女儿。亲生骨肉再也不能分离了，再也不能有个三长两短了。李恒德给客栈刘老板说明了情况，同时也拒绝了儿子金生要陪他一同前往的要求，独自一人踏上了到兰考的寻亲之路。

李金生想和父亲一起去，路上好有个伴儿，相互有个照应。但父亲考虑，自己这一去，还不知会有多大的风险，不知能不能回得来，而开封这边母女三人也需要有人照顾，不能让金生走。另外，金生还要代他给开封城内的几家饭店送煤土，一方面维持家人生计，另一方面不能在这些饭店中失了信用，这是他做人做事的基本准则。最后，父亲还是一个人去了兰考。父亲走后，李金生每天都在惊恐中度过，生怕父亲再出意外，再遇危险。爷爷已经死去了，可千万不能再失去父亲。李金生在担忧中承担起了养家的重担，也深深体会到父亲的不易。他白天拉车给饭店送煤土，晚上回客栈帮母亲干活儿，照顾年幼的妹妹，为母亲分忧。最让李金生担心的是，父亲走后一个多月没有一点消息，十分担心有噩耗传来。目前豫东乡下洪水泛滥，战乱不息，土匪到处流窜。父亲的安危让他万分牵挂。另外，开封和兰考之间邮政已断，沦陷区内无法传递亲人之间的信息。李金生真正体会到了唐诗中“烽火连三月，家书抵万金”的深刻含义。

然而让李金生意外的是，有一天父亲忽然带着奶奶李葛氏和妹妹仙兰回到了开封，回到了刘家胡同的“喜客来”客栈。李金生看到远道归来的亲人后，立刻跑上前抱着奶奶和小妹失声痛哭，泪水涟涟。父亲李恒德则站在一旁默默地微笑，一脸疲惫的倦容。

从奶奶的述说中李金生了解到，当奶奶带着小妹逃难到兰考后，本打算投

靠徐公庄的娘家，但到那里后发现，徐公庄整个村子都被泡在了洪水之中，娘家人早已不知去向。奶奶没有办法，只好带着小妹四处流浪，沿村要饭，最后流落到兰考一个观音寺内避难。洪水过后，这个观音寺恰好成了政府开设的一个粥场，而且娘家徐公庄里的本家表叔葛延中也在粥场里干活。葛大叔看她们祖孙二人流落此地无依无靠，就尽力帮助她们，每次施粥时对她们多有照顾，保证了她们每天有粥喝，没有在灾荒中饿死、病死。后来娘家哥哥一家也逃难到了这座观音寺，奶奶和小妹有了依靠。两家人相互照应体贴，共同渡过了难关。

父亲这次寻亲比较顺利，可能是老天爷发了怜悯之心，对他多有保佑。在父亲寻亲的这段日子里，兰考一带没有打仗，一路上也没遇到悍匪抢劫。李恒德发现徐公庄被洪水浸泡之后，就专门到兰考设有粥场的地方去寻找，最后终于在那座观音寺里找到了失散的母亲和小女儿。李葛氏听说丈夫李发旺去世的消息后，悲伤得当场晕厥了过去，之后又连续多天缓不过劲儿来。在度过了失去亲人的巨大悲痛以后，李葛氏立即带着儿子和孙女前来开封，与大灾之后幸存的另外两路家人相聚。

李葛氏在路上已和儿子商量好，全家人还是要回家乡张江村去。李葛氏在兰考时就听尉氏同乡说，尉氏县内的洪水已基本退去，县城里也没有了日本人。张江村处在新黄河以东，是抗战前沿。中国军队在那里修筑了一条长长的护岸大堤，并驻守在那里。张江村一带很安全，很多乡亲都回到了家乡。李恒德也觉得母亲说得有道理，一家人长期在外总归不是个办法。现在洪水退去了，战事也趋向平稳，全家人还是要回到自己的家乡去。农民靠种田吃饭，以土地为本，应该回到自己的家乡重建家园，坚守着土地，耕田求生。

主意打定之后，全家人立即整理行装，处理离开前的一切事务，告别“喜客来”客栈那个好心的同乡刘老板，离开了开封城。李恒德扶老携幼，慢慢向尉氏县城方向走去，向朝思暮想的故乡张江村走去。

（二）

沿着李金生来时的路线，一家人昼行夜宿，饥食渴饮，走了半个多月才走到尉氏县城。在县城东郊，全家人在李发旺坟前上了祭香，烧了纸钱，一再跪拜痛哭。李葛氏在坟前反复叮嘱儿子李恒德，等张江村的家安置好以后，一定要尽快把李发旺的坟迁回故土安葬。

尉氏县城的状况确实比以前好了许多。政府和美国教会在城内开设了好几个粥场，施出的粥也比较稠，街上已见不到卧地垂死的病人，也没有了成群的饥民。李恒德一家人在粥场喝粥时，碰巧遇到了表亲李木兰。李木兰今年18岁，是李金生的叔伯表姐，同住张江村，在尉氏美国基督教会开办的粥场里当义工。李木兰认出前来喝粥的李恒德一家时，眼泪吧嗒吧嗒地掉了下来。李木兰的父亲是李恒德的表兄弟，李恒德是她的表叔，她与李金生是“不出五服”的堂表姐弟。当洪水冲进张江村的时候，李木兰的母亲和弟弟都被大水冲走，至今生死不明。李木兰和父亲二人逃难到了尉氏南面的西华县。在一个没有进水的村庄里，他们又遭遇了晁十一匪徒的抢劫。父亲为保住妻子陪嫁的唯一银手镯，被土匪开枪打死。李木兰成了无家可归的孤女。在外面实在呆不下去了，李木兰听说尉氏城内有了美国教会开办的粥场，就返回了家乡。李木兰是个十分虔诚的基督教徒，发洪水前就常到县城教堂做礼拜，与教堂的美国女牧师柯兰芬很熟。柯兰芬牧师恰好管理着县城的粥场，就让李木兰住在教堂。李木兰每天在粥场干活，担水劈柴，烧火熬粥，洗碗刷锅，样样都干，忙得不亦乐乎，虽然辛苦，但总算有了一口饭吃。

李木兰比金生大5岁，两个人自幼如亲姐弟，整天形影不离。可能是在粥场呆了一段时间的缘故，她现在脸色红润，衣服整洁，已经没有了灾民模样。李木兰听了李金生家中的情况后，对奶奶李葛氏说：

“奶奶，张江村的好多乡亲都已回到家乡，有人正准备在村里修建房子，开垦土地，恢复家园，还要赶在开春之后开犁种地。”

李恒德听到这些情况，很想立即回张江村去看一看。他想到家中老小尚未安置，还没个吃住的地方，心中不免着急起来。

李木兰看到李恒德一家人刚逃难回来，困难重重，就对李葛氏说：

“这样吧奶奶，我去求求教会的柯兰芬牧师，让你们全家在教堂暂时住下来。以后家里人就在粥场里喝粥，恒德叔和金生弟弟可以每天赶回张江村修房子。待家里安置好以后，全家人再回村里住。”

李葛氏和李恒德商量了一下，觉得目前这是最好的办法了。在李木兰的帮助下，李恒德一家人终于在县城落下了脚。

尉氏县城离张江村只有10多里路。第二天一大早，李恒德和儿子金生喝了粥以后，就急匆匆地往张江村赶去。离开家乡已经半年多了，日夜牵挂的张江村在洪水过后也不知道变成了什么样。自家的房屋还在不在？田地被冲毁了没有？乡亲们都回去了吗？两个人一步紧似一步地匆匆赶向张江村。父子来到村头，停下脚步往前一看，全都愣住了——

整个张江村已经被洪水夷为平地！

平地上没有一栋房屋，没有一块砖瓦，没有一丝人烟，只有一大片荒芜的土地，只有一层层厚厚的黄沙，只有一丛丛在凄风中飘摇的荒凉野草，只有一群群在哀鸣中匆匆掠过的乌鸦！

昔日环绕张江村那一汪清澈的水面不见了，麦浪翻滚的田野没有了，郁郁葱葱的树丛消失了，错落有致的农舍绝迹了，人欢马叫的热闹村景已经通通化为乌有……

洪水过后的张江村面目全非。她让从远方归来寻踪认家的亲人无从寻找，无法辨认，无限心酸！看到张江村大灾后的凄惨景象，李恒德父子极度悲哀，极端忧伤。联想起在这场洪灾中逝去的骨肉亲人，联想起往日全家欢聚的团圆生活，李恒德父子泪流满面。

两个人在村头站了好大一会儿才慢慢缓过劲儿来。他们开始按记忆中的方位寻找自己的家院，费了好大劲儿才确定了自家旧址。他们看到，自家祖屋已经被厚厚的黄土深埋在地下，地面上没有留下半点痕迹，半块砖瓦。父子俩叹了叹气，挥起手中的铁锹向下挖掘，一直挖到五六米深，才找到了祖屋的顶檐。

父子二人正吃力地向深处挖掘的时候，忽听到身边传来说话的声音。他们转身一看，原来是张江村数十名乡亲也回来了。张守仁、江顺堂等人马上跑了过来，激动地打招呼，含着热泪叙述着逃荒后的各自苦难经历。大家感慨万千，叹息洪水的无情，咒骂土匪的凶残，倾诉灾难的悲痛。在这场洪灾中，各家各户都有一本苦难史，都是伤亡惨痛，有诉不尽的苦楚，说不完的磨难。村民们在相互倾诉之后，开始寻找自己的家院，向深埋在厚厚黄土下面的房屋挖去。

此时，中原大地已进入深秋。黄泛区内呼啸的北风不时卷起一阵阵黄色沙暴。大风铺天盖地，障眼迷目，直吹得人们难以站立，豆大的沙粒吹打得大伙脸上生疼。村民们顶着风沙，不顾寒冷，一锹一锹地向地下挖掘，硬是从厚厚的黄土中寻找到自家的房屋，十分艰难地从黄土中挖出一块块砖石瓦块，抽出一根根房梁檩条，抬出深埋的门窗家具，在洪水过后的荒芜土地上，开始顽强地重建家园。

一天又一天，一月又一月，到了 1939 年初，张江村终于迎来了春天。村民们怀着对美好生活的强烈期盼，在刺骨的寒风中，在寒冷的雨雪里，以坚韧不拔的毅力，以锲而不舍的精神，夜以继日地干活儿，硬是一砖一瓦地盖起了一座座新舍，开垦了一片片耕地，使家人有了避风遮雨的房屋，使老人和儿女有了赖以生存的田地。连在张江村东边驻守新黄河防线的国民党军官兵，都感叹张江村百姓的勤劳和坚韧，佩服他们的毅力和刚强，深为他们在巨大灾难中的含辛茹苦和毫不放弃的精神所感动。

1939 年清明节，李恒德家的房子终于盖起来了，李发旺的坟也迁回了故乡。有了立足之地后，全家人欣喜万分。乔迁故居，虽然重建的房屋十分简陋，但不失久违的温馨，一家人有了一个安身立命的地方，终于可以在大灾后重享天伦之乐了。但是，乔迁之喜的笑容还未落下，全家人又遇到了一个难题——吃饭。

此时，尉氏城内对灾民施舍的米粥已经吃不饱肚子了。听李木兰讲，主要因为粥场的经费供应出现了问题，米粥只能越熬越稀，施粥的次数越来越少。李木兰虽然对李恒德一家给予了最大照顾，但由于米粥总量有限，还是无法让全家人吃饱肚子。李恒德父子每天早出晚归，往返于县城与张江村之间，又干着沉重的体力活儿，更是整天饿得头晕眼花，难以支撑。自家的房子是盖好了，土地也开垦了，但眼下青黄不接，地里没收成，粥又吃不饱，怎么办？

李恒德和母亲李葛氏反复商量，感到全家人熬到这个时候不容易，绝对不能再饿死人、病死人了。他们决定，让年龄已到 14 周岁的李金生外出去找饭吃。

说来也巧，李金生的同学在报纸上看到，国民政府在豫西洛阳开办了一所“战区抗战中学”，主要招收黄泛区内的难民子女，目前正在招生。李金生和父亲商量后，决定和本家表哥李玉生一起到洛阳投考这所学校。李金生是家中的长孙，奶奶从内心里舍不得他走。李金生十分清楚家中的困难，意识到了自己肩头的责任，对奶奶说：

“奶奶，我已经长大了，也独自经历过逃难，会照顾好自己的。洛阳处在抗战后方，那里没有日本鬼子，这次又是十多个同学一起去，遇到困难大伙儿会相互照顾的，您就放心吧！我到了洛阳以后，会马上给家里捎信来。”

在奶奶和父亲的千叮咛万嘱咐之中，李金生和表哥李玉生会同前往洛阳投考的10个尉氏同乡，一起踏上了奔赴洛阳的征程，也迈出了他人生中十分重要的一步。

（三）

从尉氏出发后，李金生和11个风华正茂的年轻同乡，兴冲冲地向洛阳走去。洛阳位于黄泛区以西，沿途驻扎的都是中国军队，没有日本鬼子，不需要穿越防线，也不会受到驻军的阻拦，所以一路上他们没遇到什么风险。十多个小伙子年轻力壮，精神饱满，一路上边赶路边说笑，从尉氏到郑州的100多里路，天黑前就走完了。到了郑州后他们直奔位于城南的火车站，准备坐火车到豫西洛阳。李金生、李玉生和外号叫小迷糊的陈财宝，因为家中贫困，舍不得花钱买火车票。同行的高个子马万年家住县城，家境较好，也十分仗义，看到李金生三人为购票作难时，就大方地给他们垫钱购买了火车票。一行人坐上西行的火车，第二天天亮就到达了洛阳。

洛阳，是个千年帝都。从中国夏朝开始，先后经历了13个朝代，是我国建都最早、朝代最多、历史最为悠久的城市，建都达千年之久。洛阳北据邙山，南望伊阙，东据虎牢关，西控函谷关，四周群山环绕，洛水穿城而过，为历代诸侯群雄逐鹿中原的必争之地。东汉的光武中兴、明章之治，西晋的太康之治，北魏的孝文帝改制，武周遗风等，都发生在这里。大文学家、大历史学家司马光有“欲知古今兴废事，请君只看洛阳城”的著名诗句。

李金生和十多个同学都是第一次来洛阳。在车水马龙、人群熙攘的大街上，他们按照报纸上登出的招生地址，很快找到了位于西关的“战区抗战中学”招生处。一问，大家都傻了，招生在一个月前就结束了。另外，“战区抗战中学”招生地点虽在洛阳，但办学地点却远在数百公里外的南阳。这下十多个人可真着了急。大家都是头一次出远门，突然遇到这种情况都不知如何是好。最后他们只好围着招生处的人员好说歹说，请求他们补录，有的人还急出了泪水。招生人员表示此类情况很多，实在没有办法。事情陷入了僵局。大家商量来商量去，都不愿意再返回尉氏县，但又不知道该往哪里去。最后十几个人只好在洛阳街头漫无目的地乱转，考虑着下一步的出路。到了午饭时分，大家仨一群俩一伙儿地找地方吃饭。家中条件好的人，在饭店里吃一碗浆面条。家穷钱少的李金生、李玉生和小迷糊等人，在路边饭摊上寻一碗开水，就着自带的窝头蹲在路边吃。大家都相隔不远，相互照应。正当同学们忙着吃饭的时候，忽然大个子马万年手举报纸从一个饭店里跑了出来，一边跑一边高声对大伙儿喊道：

"好消息！同学们快来看，禹县有一所美国人办的学校在招生。"

在周围吃饭的十几人马上围了过来。大伙儿挤在一起急切地争看报纸上的消息。原来，马万年在饭店喝浆面条的时候，无意中向老板说了当前的窘境，话语中充满了焦急。饭店老板听说后，随手从桌上拿出一份报纸，告诉了马万年这条消息。马万年立刻放下还没吃完的浆面条，跑出来向大伙儿报信儿。同学们逐句逐字地读完这条消息后，都开始考虑自己的去向。有的不愿去禹县，感到"战区抗战中学"培养的是抗战干部，毕业后有前途，有出路，而美国人办的这所学校，是基督教会的一所救济性学校，没有高中部，教学不正规，毕业后也没有一个好的去向。更多的人愿意去禹县，特别像李金生、李玉生和小迷糊这种以外出谋生为目的的人。他们出来一方面是为了求学，更重要的是为了找口饭吃，为了减轻家中的负担。同学们商量后决定分道扬镳，一些人直接返回尉氏县，另一部分人结伴去投考禹县这所教会学校。李金生、李玉生和小迷糊等 9 个人决定到禹县去。让大家没有想到的是，家中条件比较好的大个子马万年也要到禹县。

李金生对到禹县教会学校去是很高兴的：一来可以解决自己的吃饭问题，二来能上学读书，同时禹县离尉氏只有 100 多里路，比较近，交通也方便，尤为重要的是，禹县在平汉铁路以西，属中国军队防区，距日军占领的新黄河以东较远，上学很安全。大家分手后，前往禹县的几个人往正东方向走。他们在洛阳火车站偷爬上了一列东行货车，一直坐到离禹县几十里路的荥阳县才下了车。下车后他们直奔禹县县城。他们在禹县意外地发现，县城内比较安定，逃荒要饭的人很少，市场供应也比尉氏好得多。看来，黄河决口时洪水没有冲到禹县来，这里没有太重的灾情。李金生一行人见后都很高兴，觉得到禹县来这条路算是走对了。

他们在县城一路打听，很快找到了位于城东南的那所教会学校。到了校门口他们看到，大门前挂的牌子是"禹县慈幼院"。几个人很疑惑：这里不就是报

纸上登的那所学校的地址吗？难道找错了地方？进入学校一问才知道，这里的确是那所教会学校，只不过是借用了禹县慈幼院的房子，同属于教会系统。这所学校是美国基督教会为赈济河南灾民开办的一所难童学校，主要招收黄泛区难童。

弄明情况后，李金生等 9 名同学马上到学校招生处报名。没想到的是，他们在这里又一次遇到了意外。招生的老师对他们说，学校的招生对象是黄泛区灾民子女，属于慈善性质，他们必须有黄泛区难民证明，验明身份后才能报名入学。这一下几个人又都傻眼了，他们哪里会有"难民证明"呢？从尉氏出来的时候，谁也没想到这个问题啊！招生处的老师原则性很强，没有证明绝不允许他们报名。老师解释说，由于这所学校是免费吃住，想进来的人很多，有人甚至冒名顶替想混进学校，这不符合美国教会开办这所学校的宗旨。

看着没有通融的余地，大家反复商量后，决定请李金生和李玉生返回尉氏开"难民证明"。李金生的表姐李木兰在尉氏基督教会粥场干活儿，与教会的人熟悉，便于办理。李金生也想乘机回家报个平安，免得家人挂念，就和表哥李玉生爽快地答应了下来。两个人连夜出发，向位于禹县东南的尉氏县赶去。

从禹县到尉氏县的路平坦好走，沿途也没有封锁线，交通比较方便。李金生和表哥一路走得很快，很顺利，三天后就到达了尉氏县城。两个人先是在县城找到了表姐李木兰，又一起向美国教会柯兰芬牧师说明了情况。柯兰芬牧师通情达理，听后没有多问，很快以美国基督教会的名义开出了证明。办完证明后，李金生又和表哥一起回到张江村，分别见到了自己的家人。奶奶李葛氏和父亲李恒德听李金生介绍了情况后，都非常高兴，觉得金生转考禹县教会学校做得对，吃饭问题总算有了着落，而且还能读书长本事，真是求之不得。他们一再叮嘱李金生，要抓住这个机会，一定要考进这所学校，在禹县安心念书，多学本领，将来担当起振兴李家的重任。李金生请奶奶和父亲放心，一定不辜负他们的期望。考虑到其他几个同学还在禹县焦急等待消息，李金生就和表哥匆匆赶回禹县。

回到禹县后，李金生和表哥在约定地点没有见到另外几个同学，后来找遍了整个县城也没见到他们的影子。李金生和表哥感到奇怪，就再次到那所教会学校去找。到了那里后才发现，另外 7 个同学已经进入学校念上书了。

李金生把马万年从教会学校找出来，有些生气地问：

"这是咋回事？你们几个人没有难民证明是咋进的学校？害得俺俩跑这

么远的路，专门回尉氏给大家开证明。”

马万年看李金生气呼呼的脸色，把他拉到一边，悄悄地对他说：

“金生你别着急，俺们也是实在没办法才想了个‘歪招’混进了学校。你们走后大伙剩的钱都不多了，后来连吃饭也成了问题，同时也怕你们回去办证明不顺利，在尉氏呆得太久，等不及了。后来小迷糊在大街上买了一大白萝卜，刻了个假章，俺们才用假证明混进了学校。嘿嘿，七个人都进来了。”

原来小迷糊家中祖传木刻手艺，他从小就跟父亲学会了木刻，没想到这一次发挥了作用。当几个人着急无奈的时候，小迷糊在禹县大街上看到一个卖白萝卜的小摊儿。他灵机一动，买了一根棒槌般粗的大白萝卜，用白萝卜根部刻出了一枚“公章”，重新到学校报名。招生老师本来就觉得他们不像是假冒的难民，只是缺少个手续，才没有让他们报考。有了这枚“公章”，证明了他们的身份，当即对他们进行了文化测试。看到几个人都有文化基础，就将他们收进了学校。

李金生听了马万年的介绍，哭笑不得，但后来一想也对，他们确实是黄泛区的灾民，并没有作假，而且现在都已经进入了学校，就没再多说。李金生和表哥在马万年的引领下找到招生老师。学校在验明两人的身份后，对他们进行了文化测试，看到两个人基础不错，也把他俩收进了学校。

禹县难童学校规模不小，有 400 多个少年儿童，下设三个分院。第一分院主要是小学生，多是年龄在十岁以下的孩子；第二分院是初中部，学生年龄相对大一些，一般在十二三岁；第三分院全是女生。李金生和表哥分在了第二分院，和小迷糊等人分在一起。教会学校的性质是半工半读，上午上课，下午和晚上做工。第二分院做工的任务是纺线。同学们每天下午和晚上都要蹲在地上摇车纺线。不久后学校老师发现，别看李金生身材高大，却是一个纺线好手。他纺起线来十分熟练，速度快，质量好，成了学校的“纺织教练”。

李金生此时已年满 14 岁，在学生队伍中一站十分显眼，高出其他学生一头，有点鹤立鸡群。李金生整天穿一条打满补丁的破裤子，还露着肉，又常光着双脚，常被同学们笑话，感到很不好意思，心里却很不服气。他想，虽然家里穷，衣破少鞋，但学习一点不比别人差。后来同学们也发现，李金生的学习确实比大家好，在课堂上对老师的提问总能迅速回答，而且每次考试都名列前茅。看到李金生学习好，人诚实，同学们都很尊敬他，学习上遇到难题，也常向他请教。学校看李金生学习负担轻，纺线速度快，就给他增加了不少纺织任务，并让他担

任全校的纺织“教练”。男同学都对纺线很头疼,因为纺线是个细活儿,蹲在地上摇纺车很累,很憋屈,而且稍不注意常常断线,很难将线纺均匀。男同学都怕被分到纺织班。李金生却二话没说,而且纺得很快很好,不断受到老师的表扬。

李金生自幼在家里跟奶奶学过纺线,十分熟练,线纺得又细又密,人见人夸。学校规定,纺织班的同学每天要上交四两纺线。很多人完不成任务,但李金生的上交数量却远远超出指标。老师在抽查他的纺线质量时发现,他纺的线细密均匀,又白又净。在得到学校的一再表扬后,李金生头脑有些发飘,“二杆子”劲儿上来了,每天越干越起劲儿,有一天竟然一下子纺出了两斤半线。圣·约翰校长也亲自接见了他,使他成为全校的“劳动明星”。吃饭时,饭堂的大师傅都特意给他多打一勺菜,让他享受众多学生羡慕的“明星”待遇。

(四)

学校的日子单调而机械。不知不觉中,1941 年的夏天来临了。在此期间,父亲李恒德到学校来看过李金生两次,给他带来了尉氏老家的花生和玉米棒子。李金生从父亲那里得知,家中的房子已经全部盖好,院子也垒起来了,还开出了三亩多田地,去年的秋粮收成不错,全家人能糊口,生活正在逐渐稳定。看到家人和自己在生活上都有了着落,李金生就在教会学校安心地读起书来。

但是,不久后发生的一件蹊跷的事儿彻底打乱了李金生平静的生活。这件事令人不可思议,甚至匪夷所思,让他很长时间心惊肉跳,彻夜难眠。

有天清晨,学校组织学生在相邻的基督教堂打扫卫生。李金生和几个同学负责清理教堂后面的一块乱坟地。那天早晨雾气笼罩,天色朦胧。同学们因头天晚上劳动时间较长睡得晚,早上有些迷迷糊糊,干起活儿来劲头不大,速度很慢。李金生是学校的“劳动明星”,昨晚纺线速度快,工作结束得早,睡眠较为充足,干起活来很有劲头,总抢在前面干重活儿。正当同学们埋头苦干的时候,李金生身旁的小迷糊忽然惊叫起来:

“快,快来呀！这里有一大窝儿‘长虫’!”

李金生和同学们到跟前一看,原来小迷糊用镰刀铲除坟包下面的荒草时,无意中触动了一个大蛇洞。真是应了“打草惊蛇”一说，蛇洞里立即窜出一群大大小小的黑色和黄色“长虫”。这群蛇大的有木棍粗，小的像麻绳，相互缠成一团，不停地在坟包周围滚动。

李金生个子高，力气大，是同学们的主心骨。他大着胆子走上前看了看到处滚动的蛇群，高举起手中的长柄铁锹，毫不犹豫地砸了下去。几个胆大的同学也跟着冲到前面，挥起铁锹、镰刀，一起追杀这群刚从蛇洞中窜出来的“长虫”。经过同学们一阵猛烈砍杀，这群大大小小的“长虫”被砍砸得血肉淋漓，非死即伤，满地狼藉。

李金生看着地上血迹斑斑的死蛇，脑中忽然闪出一个念头：这蛇肉可是“大补”啊！他马上从蛇群中掂起一条最大的黑蛇，学着过去在张江村见到的别人处理死蛇的样子，用小刀从蛇的咽喉部割开个小口子，将刀刃顺着蛇身往下一拉，只见一段白生生的蛇肉就裸露了出来。随后，他又扒下了蛇皮。李金生掂着已被剥开皮的黑蛇对同学们说：

“咱们把这群蛇都剥了皮，送到学校食堂改善伙食吧！”

同学们听后上前一起动手，三下五除二就将地上的蛇全部剥了皮，送到学校的食堂里。

圣·约翰校长得知此事后，坚决制止食堂大师傅将蛇肉做给师生们吃。他对同学们说，这样太不人道、太残忍了，而且蛇肉中含有多种病菌，千万不能食用。校长还监督着同学们把死蛇通通挖坑埋入地下。李金生当时虽觉得很可惜，但不能不听约翰校长的话，就和同学们一起将蛇埋掉了。

事后的一天晚上，小迷糊悄悄拉着他，满脸忧虑地说：

“金生哥，俺听爷爷说，蛇是鬼托生的，只能敬着，供着，千万不能惹，不能打。不然，它们死后一定会报复你。你可一定要当心啊！”

李金生听后付之一笑，拍着胸脯对小迷糊说：

“你放心，我李金生不相信这一套，不怕。”不过，说是这样说，李金生心里还是隐约有些不踏实。

大概在半个月后的一个深夜，李金生已经上床休息。这天晚上，月上中天，银白色的月光穿过窗棂，静静地洒在屋内的地上。同学们都劳累了一天，躺在床上酣睡，有人还发出重重的鼾声。不知为何，李金生这天躺在床上翻来覆去地睡不着觉。在这夜深人静之际，他又想起了前些天打死大黑蛇的事情来，想起了小迷糊对他说过的那些话，身上有些发凉，内心一阵抽紧。就在李金生胡

思乱想的时候,忽然发现从宿舍门口闪进一个黑黢黢的人影来。这个人脑袋尖尖,身材细长,身披一件黑袍,鬼鬼祟祟的如魔似魈。由于室内光线昏暗,李金生看不清这个人的脸。他心想,来人可能是约翰校长,因为校长常在半夜里到学生宿舍查房。想到这里,李金生闭上眼睛装睡。可忽然他又想起,这个人走路怎么没有一点声音啊?李金生悄悄睁开眼睛向那个人望去。这一看可把他吓坏了!这个人不仅个头比约翰校长高得多,而且细长的脖子只有棒槌一般粗,头顶还戴一个尖尖的黑色高帽。最可怕的是,这个人走起路来一蹦一跳,却丝毫没有一点脚步声响。

"是鬼!"李金生心里一惊,脑子里立刻闪过了这个可怕的念头。他赶紧用被子蒙住头,心里扑通扑通地狂跳不停。过了一会儿,李金生听没了动静,又偷偷掀开被子去看那个人。只见那个"鬼"挨着宿舍的床铺,正弯着腰一个个地查看熟睡中每个同学的脸,似乎在寻找什么人,而且很快就要来到李金生的铺前。

李金生的床铺紧挨着墙。这个穿黑袍的"鬼"挨到了李金生睡的铺位前站定,显然已经看到了李金生。只见他从黑袍领子中伸出细长的脖子,慢慢地把一张模糊不清的黑脸对着李金生直瞪瞪地看。李金生吓得心脏都要跳出来了,屏着气不敢喘,出了一身冷汗。当李金生紧张得几乎要停止呼吸的时候,忽然想起爷爷曾告诉他:当你遇到"鬼"的时候千万不要惊慌,你就睁开双眼紧紧地瞪着它看,不要眨眼睛。这样,"鬼"就不能伤害你,因为阴不克阳,鬼盯不过人。想到这里,李金生就使劲儿瞪大双眼,紧紧盯着那个"鬼"看。双方紧张地对视着,僵持着。四周静得怕人,仿佛空气都凝固了……

双方僵持了很长一段时间,李金生又想起爷爷教他的对付"鬼"的另一个办法。他悄悄用手去摸枕头下面,那里有一盒火柴,是他平时起夜上厕所时照亮用的。他记得爷爷还告诉他,遇见"鬼"的时候,要一边用双眼紧瞪着它,一边想办法点亮一束火光去照它,因为"鬼"最怕火。只要你点亮了火光,它就会掉头跑掉。李金生一边紧瞪着这个穿黑袍的"鬼",一边轻轻地摸出枕头下面的火柴盒,"呲"的一声猛地点燃了一根火柴。火光一亮,那个"鬼"一下子愣住了,立刻把头缩了回去,但仍在床边紧紧地盯着李金生看。李金生接着又从火柴盒里取出好几根火柴,连续点燃起来。那个"鬼"看到火柴不停地燃烧,只好慢慢地转过身,似乎十分不舍地一点点往宿舍门口挪去。李金生看到,那个"鬼"只闪了一下身子,一瞬间就轻轻越过前面的两张床铺,迅即消失在门外的黑幕之中。等了好一会儿,看到四周没了动静,李金生高度紧张的身子才一下子软了下来。整个人躺在床上全蔫了,吓出的满身汗水湿透了被子。

李金生坐起来,想把此事告诉宿舍里的同学,但又怕大家责怪他装神弄鬼。他想在宿舍内点起个火堆,防止那个"黑鬼"再次进来,但又怕引起火灾,招来新的祸端。李金生想了半天,还是干脆钻进被窝,战战兢兢地蒙上头,迷迷糊糊地睡着了。

(五)

也不知睡了多久,李金生感到天蒙蒙亮了起来,校园里也有了一些动静,就起了床,不知不觉地走到了学校外面的小河边。进入了雨季,雨水较多,河里水势较大,水位也比较高。如果人下到河里,水能没过头顶。小河上面有一座桥,过桥后可以到对岸一片绿草地上去。那片草地上长满了碧绿的青草和紫色的野花,环境十分幽雅。平时同学们只要有空闲,常走过小桥,到对岸的草地上玩耍散步。李金生常和同学们一起来。他很喜欢这片草地,有时还一个人躺在草地上对着天空数星星,看月亮。李金生跨过小桥以后,顺着河堤向前面的草地走去。

他一边走,还一边回想着半夜遇到的那件可怕的怪事,想着那个"鬼",心里不由得一阵阵发毛。他不知道这是不是因为惹杀了那一群蛇而招致的报复。小时候他常听说张江村有人碰到过"鬼",但从没有亲身经历过,一直似信非信。他不知道这次是不是真的碰到"鬼"了,是不是遭到了那群蛇的复仇。李金生越想越害怕,不经意中感到头顶飘来一片黑云,四周的天色也变得阴暗起来。没过多久,天全黑了下来,还下起了淅淅沥沥的小雨。李金生此时已经隐约地看到了不远处那一片绿草地,心想,天下雨了,看来今天是去不成草地了。他正在想着,忽然看到河堤远处有一团蓝幽幽的火球在翻滚跳动,忽明忽暗,忽大忽小,一直向他滚了过来。他心里一紧——"鬼火"!

李金生过去在张江村外面的坟地里见过这种东西。听爷爷讲,那是死尸骨头上发出的磷光,是死人的"鬼魂"从坟墓里跳了出来,在找仇人复仇,要把仇

人的命勾走。李金生想到这里，一下子害怕起来，扭头就拼命地往回跑。猛跑了一阵后回头一看，那团“鬼火”也上下跳动着向他快速追赶过来，同时还伴着一种让人毛骨悚然的女人般的尖叫。李金生立即加快步伐猛跑。但是，“鬼火”追赶的速度更快，转眼之间就追到了他身后，而且快要抓到他的衣襟了。

就在李金生万分焦急的时刻，忽然看到前面有一棵大柳树，就不顾一切抱住树身，“蹭蹭”几下爬到了树顶。李金生从小就是个爬树能手，无论多粗的树，都能一口气爬到树顶。李金生在柳树杈上站定，低头往树下一看，那团忽明忽暗的“鬼火”正急切地在树下左转右转，上蹦下跳，但就是爬不到树上来。李金生这才松了一口气。

这时天黑透了，四周还刮起了呼呼的大风。几声闷雷过后，雨下得急了起来。雨点很大，雨线很密，小河的水也“哗啦啦”地快速流淌起来，水位迅速上涨。李金生扒着树杈站在树上，感到全身都被雨水淋透了，十分狼狈。也不知过了多久，雨似乎小了一些，风也停歇了下来，但天空还是漆黑一团。李金生向下面看了看，那团忽明忽暗的蓝色“鬼火”不见了，树下什么都没有了。李金生抬起头看了看天空，心里好生奇怪：一早出来的时候天是蒙蒙亮的，怎么现在一下子黑了下来，而且还突然下起这么大的雨？尤其让他不能理解的是，那团莫名其妙的“鬼火”为什么紧追着自己不放，甚至还在大树下面上蹿下跳？他想了又想，怎么也想不明白。李金生在树上又停了一会儿，看到四周确实没有了异常动静，才慢慢从大树上下来，靠在柳树下避雨。他想，等雨再小一些，就赶快过桥回学校去。

等李金生回到学校，宿舍里的同学还都在睡觉，天也没有完全亮起来，更见不到大雨。李金生觉得真是奇怪，他记不起今天早晨自己是怎么神差鬼使地到了小河边，只是隐约觉得有一股力量在推着自己，懵懵懂懂地往小河方向走去。李金生觉得不可思议，后怕得不得了。一直到了上午课间休息时间，他才把表哥拉到一边，问他最近是否遇到过“鬼”的纠缠。李玉生也参与了打“黑蛇”的行动，当时也忧心忡忡地说：

“俺最近也是深更半夜老做噩梦，老觉得被一条黑蛇缠着，经常被吓出一身汗，心惊胆战睡不着觉。金生，咱们可千万要留神啊！”

表哥的话，让李金生万分惊讶，恐惧立刻占据了他的全身。李金生想了又想，还是没给表哥讲昨夜见“鬼”的遭遇。因为即使说了，表哥也不一定相信，反而会认为这是他编出的“天方夜谭”式的故事，另外如果这个消息在学校传开，同学们还可能认为他精神上出了毛病呢。

自从发生了遇见“鬼”的怪事之后，李金生整天担惊受怕，惶恐不安。不仅白天上课老是走神，闷头想心事，而且晚上纺线时也担心“鬼”再来纠缠，干起活来心惊胆战，纺线数量明显降低。夜里睡觉李金生更是紧张，总是早早用被子蒙上头，哪里也不敢乱看，不敢独自一人上厕所，听到一点异常声音都吓得浑身发抖。老师和同学们感到奇怪，怀疑李金生是不是得了什么病，或是家中出了什么事情，都关切地询问他，想帮他一把。但李金生始终把见“鬼”的事情憋在肚子里，没敢告诉任何人，因为他担心言语多了再招来什么新的意外，再次招来“鬼”的报复。

在很长一段时间内，李金生在学校里都是恍恍惚惚，心神不定，甚至草木皆兵，生怕哪天那个可怕的黑蛇“鬼”夺走他的性命，内心一直承受着难以言状的痛苦和煎熬。正当李金生整天惶惶不可终日的时候，难童学校又发生了一件惊动全院师生的大事，这件大事，改变了李金生度日如年的状况，改变了他在学校每天读书做工的命运，使他从此走上了一条宽阔而又坎坷的新的人生道路。

第十四章

中共地下党是怎样与国民党军统特务联手行刺日本华北五省特务机关长吉川贞佐少将的？巧妙的圈套是怎么设计的？虎口拔牙的行刺最后成功了吗？

（一）

紧靠黄河的河南省会开封是一座古城，历史上有七个朝代在这里建都。北宋赵匡胤在此建都时曾遇到过很大的争议。很多人提出，开封地处平原，无险可守，不利于京城的稳定，因此不主张在这里建都。宋太祖最后力排众议，还是把宋都建在了开封。他认为，开封虽然无险可守，但有一个难以替代的优势：它是一个水城，有大运河穿城而过，水旱两路四通八达，南方的巨额粮秣可通过水运抵达京城，能供养拱卫开封的数十万御林大军。

开封城内有众多的湖泊河流，形成了一个完整的水系。这些水流纵横交错，环绕全城，给汴京带来了湖光山色，营造了秀丽水景。潘振海的小店北面，就是开封有名的潘家湖和杨家湖。不远处的铁塔旁边，也有一个浩大的湖面。潘振海闲暇时常到这些湖边散步，一来放松自己紧张忙碌的心绪，二来可以和湖边的众多乡亲唠唠家常，交流一下各方面的信息。

这天，他从铁塔湖散步回到自己的小店，一进门就看到正在店中忙活的大女儿潘美兰。

"爹，这些天咱店里生意不错，真是难得！"潘美兰笑呵呵地对刚进门的父亲说。

的确，近一段时间开封城内局势相对稳定。潘振海在散步时听人说，城内的日军大多开到南方打仗去了，开封成了日本人的后方，少有战事，日本兵也少了很多。倒是共产党游击队经常对日伪军发动袭击，打得他们心惊胆战。艾顺也对潘振海说，抗战已打了三四年，进入了相持阶段，中国和日本出现了对峙局面，双方都没有组织发动大的攻势。由于近一个时期开封附近打仗少了，城内局势不像过去那样紧张，市面上的生意好做多了。

潘振海的心情也比过去好了很多，因为他觉得为国家、为民族做了一些有益的事情，有一种献身正义事业的成就感。他对去年那个惊心动魄的夜晚发生的事情，至今还记忆犹新。

那天晚上，他主动向女婿赵国保请战，倚仗着对开封西郊杏花营一带路熟道清,带领第 20 师的数十名官兵,顺利赶到了“汴新铁路”的几座铁路桥附近。一路上,小分队与沿途日伪军打了好几个遭遇仗。枪弹像下雨一样“嗖嗖”地从身边飞过,使他非常紧张。随队的刘团长专门派两个士兵保护他。每遇到危险,士兵都挺在他身前挡子弹。真是老天保佑,潘振海最后终于带领刘团长的小分队,绕过杏花营黄泛区的一个个河流沟汊,及时赶到了正在修建的“汴新铁路”铁路桥跟前,炸毁了桥梁,将新建的铁路设施破坏殆尽,顺利完成了破路任务。第二天上午,潘振海回到家中。他觉得,这一次不仅真正为抗战出了一把力,而且为老伴潘桂芝和小儿子潘美乾报了仇,雪了恨,心中十分痛快。

大女儿潘美兰在见过赵国保以后,心中一直压着的大石头落了地,情绪缓过了劲儿,每天乐呵呵的。近一个时期,开封城内局势平稳,小店的生意也多有好转,赵国保还常从洛阳捎一些钱来补贴家用。洛阳和开封之间虽然隔着一条新黄河,但两边部队一些军官在悄悄做走私生意,听说连“军统”和日伪特务也参与其中。这倒是给潘振海家与赵国保之间的联系提供了方便。

潘振海正想着心事,店员艾顺走过来说:

“老板,我到善义堂清真寺去做礼拜,可能要耽搁一会儿时间。”

潘振海想了想,快到了艾顺母亲和媳妇的忌日了。三年前日军攻陷开封时,艾顺家人遇了难,也到了祭奠的时候。大女儿潘美兰失业后最近常带着学校放假的妹妹美玉在店中帮忙,艾顺能走得开。于是,潘振海说:

“你去吧!今天我一天都在店里。”

艾顺解下身上的围裙,跟正在店中忙活着的潘美兰打了个招呼,出了店门。

(二)

今天是礼拜天。善义堂清真寺的回教徒很多,十分热闹。开封是一个回民聚集的城市,城内清真寺很多。大的寺院有 13 坊男寺和 7 坊女寺,较为有名的是顺河北大清真寺,南教经胡同清真寺,鼓楼三民胡同清真寺,龙亭家庙街清真寺,南关天地台清真寺等,其中善义堂清真寺最有名,教民最多。

艾顺是开封城内为数不多的犹太籍教民。潘振海曾听艾顺父亲说过,他们

的祖上是宋朝时从以色列迁徙来的犹太人。由于当时中国不搞宗教扩张，没有反犹太主义传统，北宋朝廷对远道而来的犹太人采取了较为宽容的政策。到了南宋，犹太人在开封土市子街建立了犹太会堂，保留了犹太人的宗教习俗。按照犹太教规定，宰杀牲畜时教民要将“肉筋”挑尽才食用。开封老百姓根据他们的这一特殊习俗，管他们叫“挑筋教”。后来迁徙开封的犹太人后代逐渐突破了犹太人“族内婚制”的教规，与中原民众和睦相处，日渐同化，成为中华民族大家庭的一员。开封犹太人做礼拜使用的教堂，也逐渐与回族寺院合为一体。目前善义堂清真寺也成为犹太教民做礼拜的一个主要去处。

艾顺戴上回民特有的小白帽，坐在清真寺大殿中认真听阿訇讲经，和教民们一起做祷告。礼拜活动结束后，艾顺没有随众教民出清真寺，而是拐进了寺后面的一间厢房中。

今天是艾顺和睢杞游击大队约定见面的日子。他们要策划一个重大行动，艾顺还在其中扮演重要角色。

在清真寺后面的厢房里，吴少甫大队长和宋继忠、郑波等人正在等候着他。吴少甫几个人也是一身回教民打扮，头戴小白帽子。他们是今天早晨秘密潜入清真寺的。艾顺进屋坐定以后，吴少甫面色严肃地对他们几个人说：

“根据河南省委指示，近期我们要对开封日本特务机关采取一次大行动，狠狠打击他们的嚣张气焰。”

吴少甫把头上的小白帽摘下来放在桌上，看了看几个人，继续说：

“日本特务头子吉川贞佐自从升任华北五省特务机关长以后，疯狂破坏华北抗日地下组织，杀害了众多爱国志士。据通报，仅半年多来他就抓捕了我党地下组织400余人，国民党方面100多人。最近他一次就杀害了120名地下党员和抗日爱国志士，手段极为残酷。省委决定，坚决镇压这个血债累累的特务头子。”

吴少甫说到这里缓了一口气，又接着对几个人说：

“这项任务十分艰巨，困难可想而知，因为要在开封城内动手，等于在虎口里拔牙，虎腹中掏心，危险性极大，而且吉川贞佐是个老牌特务，异常狡猾，防范十分严密，不易下手。为确保这次行动成功，上级决定联合国民党‘军统’一起行动，共同除掉吉川贞佐这个穷凶极恶的日寇祸首。”

吴少甫目前除担任睢杞游击大队大队长之外，还担任着中共豫西特委书记。根据河南省委指示，他已与开封地下党和打入军统内部的共产党员刘自龙等人制订了一个具体的行动计划，正在与国民党军统方面沟通。鉴于此次行动意义重大，任务艰巨，吴少甫决定再次动用艾顺这条线，因为艾顺的家就住开封山陕甘会馆附近，那里正好是日本华北五省特务机关所在地，也是吉川贞佐的住处。

艾顺听后深感压力巨大。这次行动不比上次捣开封维持会那么容易。刺杀异常狡猾的日本特务头子吉川贞佐，是在敌人心脏里动手，困难可想而知。但是，既然省委已经决定了，就必须全力以赴完成任务，就是抛头颅、洒热血也在所不惜。

吴少甫看出了艾顺几个人的担忧，对他们说：

“我们现在要把这个方案研究得细而又细，万无一失，确保刺杀行动成功，决不能让上级组织失望。”

说完，吴少甫摊开一张地图。几个人围坐在一起，对刺杀行动计划的细节深入地商讨起来。

（三）

开封城北有一个湖光山色的秀丽风景区，龙亭就处在这个风景区的中心。龙亭，是一座高大的古代建筑，传说是宋代皇帝赵匡胤“陈桥兵变”后登基的地方，也是开封城内最高的建筑之一。在龙亭前面有两个烟波浩渺的湖泊，东边的湖叫潘家湖，西边的湖叫杨家湖。令人称奇的是，虽然这两个湖相距不足百米，却一个湖水清澈，一个湖水混浊。开封百姓中有这样的传说，东边的潘家湖畔曾住过宋朝奸臣潘仁美，因他心黑手毒，陷害忠良，使精忠报国的杨家将冤死疆场，所以潘家湖水混浊不堪。西边的杨家湖是杨业大将军的天波杨府。杨家将刚正不阿，舍身抗敌，保国为民，所以杨家湖始终清波荡漾，碧透如镜。

在潘、杨二湖的南面，还有一座著名的古代建筑——山陕甘会馆。这个会馆坐落在徐府街上，而“徐府”是明代重臣徐达后代的府第。到了清代乾隆年间，旅居开封的山西、陕西和甘肃商人为便于在城内经商贸易，省亲聚会，集资修建了山陕甘会馆。这座会馆有二进院落，近百个房间，内有精美绝伦的砖雕、

石雕、木雕,珍禽异兽、亭台楼阁无不入画,堪称中国建筑史上的一绝。目前这座会馆是日本华北五省特务机关所在地,特务头子吉川贞佐就居住在这里。

1940 年 5 月一个天色阴霾的上午,吉川贞佐和几个心腹在山陕甘会馆开会,策划着一项新的阴谋。

吉川贞佐是一个老牌特务,“七七事变”后来到中国,主要负责搜集军政情报,破坏地下组织,谋杀抗日志士。1939 年初,吉川贞佐升任华北五省特务机关长,进驻开封。吉川贞佐到任后,深感河南民风强悍,抗日志士英勇不屈。虽然他采取了一系列强硬手段大开杀戒,但抵抗力量前赴后继,毫不低头。最近让他十分苦恼的是,地下组织竟敢在光天化日之下枪杀了开封警备司令刘兴周,进而又行刺了维持会长徐宝光。一时间,开封城内的日伪高官谈共色变,惶惶不可终日,甚至还惊动了日本华北方面军司令官寺内寿一。寺内司令官严令吉川贞佐采取行动,改变目前的被动局面。

吉川贞佐力图主动出击,扭转局面。让他高兴的是,刚才他的亲信权沈斋向他报告,经过策反,国民党军统特务刘自龙已下决心归顺皇军。

这个刘自龙,就是刺杀开封警备司令刘兴周和维持会长徐宝光的杀手,是国民党军统河南工作站行动组长。吉川贞佐曾下过很大功夫抓捕他,没想到现在这个人主动归降。吉川贞佐在高兴的同时又对此事将信将疑。

刘自龙是权沈斋亲自策反的,而权沈斋是吉川贞佐直接领导的特务行动组长。前些日子,权沈斋在吉川贞佐严督下为抓捕刘自龙急得焦头烂额。当他竭尽全力又一筹莫展的时候,没想到一个重要人物主动找上门来了。

前几天,开封公署财政局的“财神爷”许盘清科长约请权沈斋吃饭。许科长的舅舅担任省财政厅长,有背景,有实权,与权沈斋来往颇多,相互关系密切,知根知底。权沈斋在宴会上意外地发现,作陪人中有一个许盘清的同学叫伍秉跃,是军统方面的人,而且是专门向他投诚来的。

原来,伍秉跃和许盘清是华北财经大学的同学,并结为拜把兄弟。毕业后,伍秉跃参加了国民党军统,先在平津地区从事地下活动,后调入军统河南工作站。伍秉跃工作中利用职权走私做买卖,攫取暴利,被军统以“战时走私罪”投入监狱。他侥幸从狱中逃出,正被军统通缉,感到走投无路,决心归顺皇军,另谋出路。

权沈斋是一个颇有心计的特务,见多识广。在听了伍秉跃的自我介绍后,他半信半疑,未作任何答复。当时碍于许盘清的面子,他只是对伍秉跃说:

“此事关系重大，容我考虑后再答复你。”

临走前，伍秉跃私下递给权沈斋一个大大的笔筒。权沈斋用手一掂，感到分量很重，里面显然装着金条银元，而且笔筒也是件年代久远的古董。

权沈斋心里实际上有些高兴。他正愁着如何打进军统内部，如何通过军统方面的人寻找刘自龙。许盘清知根知底，不会轻易推荐这种人。近些日子，吉川贞佐特务长对他逼得很紧，让他想尽一切办法抓住刘自龙。真是“正想睡觉有人送来了枕头”，权沈斋对此求之不得，但不动声色。一方面，他对伍秉跃的底细不甚了解，还要进行全面调查；另一方面，他知道伍秉跃做过走私买卖一定赚了不少钱，想乘机敲上一笔。权沈斋立刻暗中布置人跟踪伍秉跃，并展开了调查。

过了五六天，伍秉跃又主动找到权沈斋家，送来了大量金条、银元和名贵药材，希望从这里打开归顺皇军的关节。此时权沈斋已初步完成了对伍秉跃的调查，掌握了他的情况，还将调查结果报告给了吉川贞佐特务长。吉川贞佐了解情况后，让权沈斋紧紧抓住这条线索，千方百计争取突破。

伍秉跃还给权沈斋带来了一份意想不到的重礼，带了一支队伍一同投靠皇军。权沈斋从伍秉跃那里得知，伍秉跃用这些年走私积累的巨额钱财，在豫南郏县小磨山拉起了一支数十人的武装，还装备了轻重机枪，并自任队长。现在他决心投靠皇军，并将这支队伍作为“见面礼”交给吉川贞佐收编。

权沈斋听后非常高兴，一边翻阅着伍秉跃递上来的小磨山武装人员花名册，一边装作漫不经心地问：

“你认识军统河南工作站的刘自龙吗？”

权沈斋琢磨着，伍秉跃在军统河南站工作过，应该知道刘自龙的一些信息。

伍秉跃随口回答：“当然认识，我俩交情还不错。刘自龙一直同情我的遭遇，还私下给过我不少帮助，只是我坐牢后才与他失去了联系。”

权沈斋此时已对伍秉跃有了较大信任，就告诉他：

“刘自龙现在是皇军高度关注的人物。他前不久亲手刺杀了开封警备司令和维持会会长。你要想办法与他取得联系，做通他的工作，让他一同归顺皇军。如果你联系上刘自龙可以告诉他，吉川贞佐少将已表态，只要他投靠皇军，可以对他既往不咎，而且保证他今后飞黄腾达。”

伍秉跃立即表示，愿意按权沈斋的要求办，尽力策反刘自龙。他还向权沈斋建议，如有必要他可以把刘自龙从国统区叫到开封来，策动其投靠皇军。伍

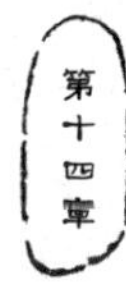

秉跃甚至提出，可以与权沈斋一起逼迫刘自龙就范。

权沈斋见最为关心的事情有了进展，立即和伍秉跃商讨起策反刘自龙的细节。

送走伍秉跃以后，权沈斋随即向山陕甘会馆赶去。他要当面向吉川贞佐汇报这个重大收获。权沈斋一路上十分激动，甚至有些喜不自禁。他深知，如果此事成功，将帮助吉川贞佐特务长一改当前的被动局面，自己也会立下大功，一定会升官发财。

（四）

让吉川贞佐和权沈斋没有料到的是，这一切都是共产党地下组织精心设下的圈套。

在决定刺杀吉川贞佐以后，吴少甫等人拿出了一个详细的行动方案，下决心派人诈降打入日特组织，接近吉川贞佐，实施近距离刺杀。为确保行动成功，地下党再次动用了打入军统河南工作站的刘自龙，让他直接参与筹划指挥这次行动。刘自龙的家乡在河南郏县，1930年加入共产党，一直从事地下活动。根据组织安排，刘自龙利用关系成功打入了军统河南工作站，并担任了行动组长。前些日子，刘自龙奉命处决了开封警备司令刘兴周和维持会会长徐宝光，成为开封日伪高官眼中的“杀星”。

刘自龙与吴少甫研究行动方案时大胆提出，可以利用吉川贞佐急于打入军统的迫切心情，将计就计派人反向打入日特内部，伺机刺杀吉川贞佐。刘自龙还建议，将这次行动通报军统，借助军统的力量共同完成此次任务。他还介绍说，目前军统头子戴笠正与上海汪伪“76号”特务斗得不可开交，压力极大。戴笠指示，最近河南工作站要加紧对日伪高官的刺杀行动，减轻上海方面的压力。鉴于以上情况，河南省委经过慎重研究，批准了刘自龙和吴少甫等人提出的行动计划，决定联手军统共同实施这次行动。刘自龙将“联手刺杀计划”婉转报告给军统河南工作站长沈经纬。沈立即表示赞同，并明确指令刘自龙，加强与中共方面的联系，尽快物色人员实施刺杀行动。

这次刺杀行动的执行人是整个计划的关键。必须派一名忠实可靠、大智大勇的人打入日特机关。在考虑人选时刘自龙忽然想到一个人，就是自己一手带出来的特工伍秉跃。伍秉跃枪法好，善应变，胆略过人，过去曾是刘自龙的助手，是十分合适的人选。吴少甫了解了情况后马上报告上级，将在郏县小磨山担任游击队长的伍秉跃调到开封，并安排同为地下党的许盘清和伍秉跃一同宴请权沈斋，设下了这个圈套。

伍秉跃按照预定计划很快告诉权沈斋，刘自龙愿意投奔皇军，与吉川贞佐真诚合作。

吉川贞佐听取了情况报告以后，大大夸奖了权沈斋，但对刘自龙的归降十分慎重。他是个老牌特务，总感到这件事来得突然，担心有诈。他一边命令权沈斋继续拉拢伍秉跃，一边严令密切监视伍秉跃的行动，并安排了一系列圈套考验伍。

几天后，权沈斋向伍秉跃传达了吉川贞佐的指令：军统河南工作站最近从重庆领取了一批美制武器装备，如刘自龙真心与皇军合作，就偷出几件送来表示诚意。没过几天，伍秉跃就给权沈斋送来了刘自龙从军统盗出的美制左轮手枪和爆破装置，但提出要亲手把这些东西交给吉川贞佐，还要与吉川贞佐面谈小磨山武装改编、补给和驻防问题。吉川贞佐得知伍秉跃的要求后，并没有立即召见他，只是让权沈斋答复，皇军要对小磨山武装进行点验，要求伍秉跃于5月15日把队伍拉到开封西郊董章镇听候改编。实质上这是在进一步考验伍秉跃，伍秉跃则当即答应了这些要求。

刺杀吉川贞佐的时机已经成熟，吴少甫决定迅速展开行动。他命令睢杞游击大队按计划将伪装成小磨山"投诚"的队伍拉到董章镇让日军改编，伍秉跃等人则随时准备对吉川贞佐实施刺杀行动。按照计划，刺杀行动由伍秉跃统一指挥，宋继忠、艾顺等人直接参加，军统河南工作站也派出三名特工配合。在刺杀行动实施阶段，吴少甫和刘自龙率睢杞大队集结于中牟附近，随时做好接应准备。

1940年5月15日，伍秉跃按照吉川贞佐的要求，带领一支队伍按时来到董章镇。吉川贞佐派权沈斋和几个日本军官率百余名日本兵乘车到达董章镇，对小磨山武装展开点验。点验无误后，权沈斋让伍秉跃带上刘自龙上缴的美制武器装备，只身随车前往山陕甘会馆面见吉川贞佐。

到了山陕甘会馆，伍秉跃随权沈斋来到后面的庭院里。在后院厢房内，伍

秉跃终于见到了吉川贞佐。吉川贞佐对伍秉跃归顺皇军表示欢迎,鼓励他今后要对“日中亲善”多作贡献。伍秉跃当场献出左轮手枪和爆破装置,并汇报了小磨山武装的投诚点验情况。此后,吉川贞佐又详细询问了刘自龙归顺皇军的态度,了解了军统河南工作站的内部情况,基本消除了对伍秉跃的怀疑。吉川贞佐感到,伍秉跃的归顺和这次对军统杀手刘自龙的成功策反,是他特工生涯中又一个重要的战果,对于破坏河南抗日地下组织有重大意义。吉川贞佐当即交代伍秉跃继续策反刘自龙,还特意发给伍秉跃三张进入山陕甘会馆的“特别通行证”。至此,国共两党联手刺杀日本华北五省特务长吉川贞佐的行动即将开始。

(五)

1940 年 5 月 20 日,是伍秉跃和吉川贞佐约定见面的日子。早上七点,伍秉跃和宋继忠、军统特工姚成林三个人赶到了山陕甘会馆。三人手持“特别通行证”顺利进入了会馆大门,穿过庭院来到吉川贞佐居住的后院。按照行动计划,伍秉跃负责行刺西屋的吉川贞佐,宋继忠负责刺杀南屋的翻译官陈凯,姚成林则在后院门前阻击可能增援的前院日本兵。伍秉跃悄悄接近吉川贞佐西屋的时候,忽然听到屋内好几个人正用日语高声谈话。伍秉跃心里一惊,情况有变!他没有想到一大早吉川贞佐屋内会有这么多人。此时他一人实施刺杀行动,可能会出现一对二、一对三的不利局面。怎么办?打还是不打?伍秉跃稍微犹豫了一下,很快下定了决心,还是要冲进去,决不能放过这个极为难得的好机会。当伍秉跃正要破门而入的时候,房门自己开了,一个日本勤务兵手端一盆水从里面走了出来。这个日本兵突然看到门外的伍秉跃也愣住了。伍秉跃不容他多想,抬手就是一枪,将这个日本兵打死在门边,紧接着冲进屋内,迎面将一个手持指挥刀的日本军官击毙,又转手向吉川贞佐连开数枪。没想到手枪突然卡了壳,关键时刻没能打响。狡猾的吉川贞佐见此情景,立即趁势滚地,欲夺门逃跑。伍秉跃没有多想,随手从腰中拔出另一支驳壳枪,对准吉川贞佐就是一阵猛扫,顷刻间将他打得满身都是血窟窿。此时,在南屋没找到翻译官的宋继忠和外面的姚成林也赶来支援，三个人将西屋内顽抗的另外几名日本军官全部击毙。刺杀行动完成后，三人转身撤离了山陕甘会馆。

由于山陕甘会馆前后院之间距离较远，中间的遮挡物很多，伍秉跃他们开枪又是抵近射击，同时艾顺又在会馆门外燃放了鞭炮做掩护，驻守前院的日本兵没有听到后院的枪声。伍秉跃三个人从山陕甘会馆顺利地撤了出来。按照预先安排，三个人快速来到会馆附近的一家山货店门前，登上接应的人力车，直奔开封西门。一路上，他们听到城内警笛大作，日军巡逻车和大批军警四处乱窜。伍秉跃趁敌人情况不明，满城混乱，从西门城墙翻出城外，向中牟方向迅速撤离，并很快和接应的睢杞大队会合，撤到了黄泛区以西。

事后得知，此次刺杀除了毙命的吉川贞佐和他的卫兵以外，一同被杀的还有日本开封驻军参谋长山本大佐，日军视察团团长瑞田中佐，宪兵队长藤井治少佐。而吉川贞佐则成为日军在中原战场上被中国抗日武装击毙的首位将官。刺杀行动先被《河南民报》披露，后被国内外各大报纸相继转载，成为轰动全国的一件大事。参加刺杀行动的铁血勇士被誉为“大无畏的民族英雄”。

第十五章

李金生为什么乐意到国民革命军第29军当兵？日本大本营为何策划发动『豫南战役』？李金生如何随部队攻打淮阳县城？打淮阳和『豫南战役』有什么关系？激烈的战斗中他是怎样负的伤？

（一）

黄河大决口震撼了世界，也触动了无数善良人那一颗颗慈悲柔软的心。各国都对这场罕见的人为特大灾难深感惊愕。各类慈善宗教组织纷纷伸出援手，慷慨解囊，捐资赠物，送药施粥，给黄泛区灾民送来了久违的温馨，使他们感受到了人世间的阳光雨露。在此次赈灾救民中，国际联合救济组织和宗教社团的贡献尤为突出。

李金生所在的禹县教会难童学校，就是国际联合救济组织和美国基督教会联合创办的一所慈善学校，旨在救助黄泛区内的失学孤儿。这所学校具有国际背景，受到国民政府的悉心保护，不为驻军和当地土匪袭扰，成为中原地区战乱中的一片净土。一年多来，李金生和数百名黄泛区难童少年在这里安心读书，辛勤劳动，度过了一段安宁祥和的日子。有一天情况突然发生了变化，学校闯进了数十名荷枪实弹的中国官兵。这些大兵关闭了学校大门，并四面包围了学校。

李金生和同学们正在教室上课，看到突然闯入的那些横眉竖眼的大兵后极为吃惊。学校的圣·约翰校长在惊愕中赶紧上前与他们交涉。约翰校长一问才知道，这些大兵是第一战区第29军的部队，此次来难童学校的目的，是要征招一批在校学生参军入伍。

约翰校长反复向带队军官解释教会学校的办学性质，希望他们到别处征兵。带队军官态度十分强硬，要求校内的大龄青年必须入伍，为国家尽义务，为抗日尽责任。他还强调，眼下部队急需有文化的青年人，急需充实特种兵，并加强抗战宣传工作。他要求约翰校长立即集合全校学生供他们挑选，否则要武力强制实施。面对这些蛮横不讲理的大兵，约翰校长知道，找禹县政府根本解决不了问题，找远在洛阳的第一战区长官部也来不及。无奈之中他只好把全校学生集合在操场上，供他们挑选。

李金生在弄清情况后，不仅没有害怕，反倒有一种解脱之感。在这段时间里，他一直在为“闹鬼”的事情发愁，一天到晚心神不定，忧心忡忡，正想找机会脱离此地。李金生听说来征兵的是第29军时，更坚定了参军的决心，因为自己年幼时曾被土匪晁十一绑票他乡，险些遇难，正是被第29军解救了。

难童学校的学生们在操场上排好队，供国民党兵挑选。带队军官见李金生个头大，鹤立鸡群，又从成绩册中得知他学习优秀，就第一个把他挑选出来。李金生随着从学校征集的其他20多名同学，告别了生活、学习和劳动一年多的难童学校，踏上了从军抗战的征程。

李金生和第29军确有一段难忘的生死情缘，这支部队对他有过救命之恩。在他6岁那年，有天深夜土匪晁十一突然闯进了张江村，在抢掠村子后又把数十名妇女儿童绑走当做“肉票”，继续敲诈村民。李金生当时也被土匪一起绑走。晁十一众匪连夜把他们带到了数十里外的扶沟县，关押在一个偏僻的村庄里。李金生被关在了村头的一个破庙中。在经过前一阵的惊慌之后，李金生渐渐稳下神来。他想起爷爷给他讲过的应对土匪绑票的办法，就是在土匪询问家中情况时，千万不能说自己家里有钱有财产。如果说家中富裕，土匪会重点看押，狠毒虐待，甚至会割下双耳双手向家人勒索钱财。如果土匪拿不到索要的钱财，就可能“撕票”，要人质的小命。当土匪询问李金生家中财产时，他一口咬定家里十分贫困，不仅没有大牲口，而且三天两头吃不饱饭。由于土匪绑架的肉票多，又连审了一整夜过于疲劳，就没有对人质进行逐一甄别，把李金生等人扔到了一边，把主要精力放在了那些承认家中有巨额钱财的肉票身上。

土匪把家中“油水”大的人质集中到一个院落里，派数十个人紧紧看守，不停地拷打审问，威逼他们详细说出家中的钱财，并让他们给家里写信，赶快拿钱财赎命。数天后，土匪对家里没及时送来钱财的人质，或剁掉左右手，或割掉血淋淋的耳朵，作为信物送回张江村催账。与李金生年龄差不多的一个本村孩童，因为向土匪招供家中有三头大犍子牛，就被土匪割掉了两只耳朵，连同逼账信一起送回村里。土匪将李金生等声称家中贫寒的肉票随便扔进了村头的破庙里不再过问，只是偶尔送去一些残汤剩饭让他们充饥。

李金生在破庙中苦熬了20多天。土匪既不放人，也很少送饭。里面的十几多个人饿得饥肠辘辘，头晕眼花，都觉得生还的希望渺茫。正当众人快要绝望的时候，一天夜里村子周围忽然响起了密集的枪声。众人扒在庙门前观察，听到外面的枪声中还夹杂着喊叫声和混乱的脚步声。一些年纪大的人说，这是土匪在和什么人开仗，打得很激烈。大家听说后，都赶快躲到破庙的角落里，生怕土匪狗急跳墙，对人质“撕票”。李金生当时也吓得瑟瑟发抖，躲在暗处不敢

发出一点声响。正当破庙里的人高度紧张的时候,“咣当”一声庙门被猛地砸开了,只见一伙儿端着明晃晃的刺刀的人闯入庙内。众人心惊胆战地借着月光一看,进来的人是一群身穿军装的国民党士兵,其中一个身材高大的军官举着手枪对他们大喊:

“庙里的人,通通站起来,举起手,靠墙站好。”

大家纷纷站立起来,高举双手在庙墙边站好。那个军官走到众人跟前,仔细扫视了庙内的每一个人。大概他猜出这些人都是土匪绑架的肉票,就把手枪收了起来,厉声问道:

“你们当中有没有晁十一的土匪?”

大伙儿相互看了看,都赶紧摇头。这时一个班长模样的人对军官说:

“高营长,我都挨个看了,全都是肉票,没有武器。”

那个“高营长”听后,对庙内的众人说:

“老乡们,我们是国民革命军第 29 军的部队,奉冯玉祥大帅的命令前来剿匪,现在已经打跑了晁十一匪徒。你们自由了,都赶快回家去吧!”

说完,他带领士兵急速离去。

众人听后“轰”的一下都从破庙中跑了出来。李金生跑到村外后,碰到了一直在村外等了他半个多月的父亲李恒德。两人见面后,抱在一起都流下了激动的泪水。经历了这件事,李金生牢牢地记住了“第 29 军”和“冯玉祥”这两个名字。他发誓,此生一定要报答他们的救命之恩。华北抗战时,一直关注“第 29 军”的李金生,听到了他们在长城喜峰口挥舞大刀勇杀日寇的动人事迹,对这支部队更加敬佩。从此,李金生经常唱起《大刀向鬼子们的头上砍去》这首歌,唱着唱着就想起了“高营长”,想起了第 29 军月夜打跑土匪晁十一救出自己的往事。没有想到的是,这次他在禹县难童学校真的遇到了第 29 军的队伍,真的有了报恩的这一天!

(二)

李金生与第 29 军招来的 20 余名新兵上了路。其他同学一路上都垂头丧气，唯有李金生昂首阔步地走在队伍中间，甚至还高兴地哼起豫剧来。带队军官感到奇怪，问他为什么这么高兴。他就把自己年幼时被第 29 军高营长救命的经历讲了一遍。带队军官听了他的故事后立即让队伍停下来，让同学们坐下围成一圈，自我介绍说：

“各位同学，我姓丁，叫丁建如。以后我就是你们的带队长官。”

此时的丁队长一改在难童学校时的威严态度，对同学们和蔼可亲，平易近人，没有一点当官长的架子，甚至还表露出了文化人所特有的优雅谦和秉性。

同学们从丁队长的介绍中了解到，他过去也是一名大学生，曾在河南大学历史系读书，一年前因敬仰第 29 军的威名而投笔从戎。他对同学们讲，第 29 军是冯玉祥西北军的老部队，能吃苦，善征战，是真正的抗日队伍，而且全军上下人手一把大刀。全国传唱的《大刀向鬼子们的头上砍去》这首歌，就是国内一个著名音乐家被第 29 军英勇杀敌的事迹所感动，专门为第 29 军谱写的。同学们听后，都感到在第 29 军当兵算是走对了路，走正了道。不少同学表示，一定跟着丁队长好好干，学习第 29 军的前辈，杀敌立功当英雄。

看同学们的情绪稳定了，也活跃了起来，丁队长就对同学们说：

“你们都是学生兵，是有文化有知识的青年，在第 29 军是要担负特殊任务的，都要受到重用。师里会给你们分配特殊任务。”

丁队长说完，看了看聚集在周围的同学，盘起双腿坐在一个土堆上，对大伙说：

“我现在给同学们出一道测验题，考一考大家的智力好不好？”

同学们听后，情绪高涨起来：

“好哇，请丁队长出题吧！我们一定能答得上来。”

丁队长想了一会儿，对同学们说：

“我举一个你们在今后战斗中可能遇到的情况，大家看怎么处理好。有一天部队正在行进，忽然前面遇到一个很大的水坑，挡住了去路。这个水坑呈圆形，半径很大，周边很长，坑中还有一棵大树。请问你们谁有办法隔着水面把一根长绳子绑在这棵大树上，然后攀着绳子到达水坑中间？有一点请同学们记住，绑绳子的时候不能划船过去，也不能游泳过去。你们谁有办法完成这个任务？”

同学们面面相觑，都没有想到丁队长会出这么一个怪题。大家静下来以后都在认真思考，但好半天也没一个人能回答出来。李金生也想了好久，实在是

想不出更好的办法来。正当同学们都感到无奈的时候，一同来的大个子马万年忽然一拍脑袋对丁队长说：

“我想起来了。”

同学们急忙围到马万年身边问：“你用什么办法呀？”

马万年站了起来，兴奋地对大伙儿连说带比划：

“刚才丁队长给出的条件是绳子很长，而水坑虽大但四周有边儿。这样一来，我们就可以在一边的岸上钉上一个木橛子，把长绳的一头紧绑在木橛上，然后用手牵着绳子的另一头，围着这个大水坑转圈儿，一圈绕回来后，不就绑住了水坑中的那棵大树了吗？绑上绳子之后，就可以顺着绳子攀到水坑的中央去。”

丁队长上前握着马万年的手，称赞他说：

“看来美国教会学校教出来的学生还真不简单。这次我们冒着风险到你们学校招兵，看来这个险是冒对了。你们这批学生兵是招对了，将来一定会成为第29军的人才。”

同学们兴奋地鼓起掌来，都有一种自豪感。马万年这次给学校争了光，也给同学们争了光。看着大伙的情绪高涨起来，丁队长心情也很好。他马上集合起队伍，向同学们讲了行军的注意事项，带领大家向预定的集结地域快速前进。

队伍在丁队长的率领下一直向正南走，先走到了豫中的襄城县，又拐向西南的叶县，之后又折向东南，走了很长一段路，最后来到了东南方向的舞阳县城。同学们听丁队长说，这里就是第29军独立师的师部所在地了，算是到了目的地。队伍在县城的一个营区内停了下来。这个营区，是一所临时征用的县城中学。李金生和同学们都住在一个大教室里。老兵们很快送来了一捆捆军装，让同学赶快更换衣服。大伙很快换上了半新半旧的浅灰色军装，戴上了缀有青天白日徽章的军帽，还扎上了牛皮带，显得十分精神。李金生从小没有穿过这样“展扬”而且没有补丁的衣服，心中十分高兴，感到整个人都面貌一新。由于时值冬季，天气寒冷，大伙还是在军装里留下了自己的棉衣、夹袄和一些厚布衫御寒。

第二天天刚亮，营区内响起了嘹亮的军号声。同学们在丁队长的催促下，立即起床洗漱，整理内务，列队吃饭。早饭后，丁队长带领同学们来到了师部的一个大会议室内，按编制序列整齐坐好。会议室的正墙上悬挂着孙中山和蒋介石的画像，两边是青天白日满地红旗帜。大家正襟危坐，会场气氛十分庄严。

不大一会儿，门口传来了脚步声。五六个军官簇拥着一个身穿笔挺黄呢军服的中年军人进入了会场。同学们看到，那个中年军官面色冷峻，不怒而威，腰间扎了一条宽宽的武装带，脚蹬一双长统皮靴，一瘸一拐地走到会议桌前。

丁队长一声高喊："全体起立！"

同学们"刷"地整齐站立起来。

丁队长跑上前，对中年军官立正敬礼后，一字一句地高声报告：

"报告李副师长：特务队新兵21人集合完毕，请您训示！报告人：特务队长丁建如。"

李副师长威严地看了看会场上的全体人员，抬手回了个军礼，然后用浑厚的声音回答："坐下！"

丁队长转身对着同学们喊："全体坐下！"

同学们赶快坐了下来，高度紧张地注视着这个被丁队长称为"李副师长"的中年军官。

这时旁边一个年轻军官站起来向同学们介绍说：

"各位新战友，这位长官是我们第29军独立师李应福副师长，也是你们特务队的大长官。下面，欢迎李副师长训话！"他说完带头鼓掌。

同学们马上热烈地鼓起掌来。

李副师长站起来，仔细扫视了一下整齐坐着的一排排学生兵，忽然指着个头较高的马万年说：

"你，那个大个子新兵，站起来。"

马万年赶忙站了起来，学着丁建如队长的姿势，尽量保持立正姿势。

"我问你，听说过第29军这支部队吗？"李副师长的口气依然十分严厉。

马万年一路上听丁队长讲了许多第29军的战斗故事，了解到不少情况。他学着丁队长的样子回答道：

"报告李副师长，第29军是一支在全国大名鼎鼎的抗日队伍，在华北抗战中勇杀日寇，用大刀砍杀了不少日本兵的脑袋，打退了敌人的多次进攻。"

"狗屁！你说得不对！不是砍了'不少'日本兵的脑袋，而是砍了数不清的日本兵脑袋。为什么说数不清呢？这是因为我们第29军在长城喜峰口砍下的日本兵脑袋，用麻袋都装不完，用大车都拉不完。哼！你小子说得是狗屁！"

李金生和同学们在见到李副师长之前，已听丁建如队长说过，这个李副师长说话时有个习惯，爱带话把儿——"狗屁"，独立帅的官兵私下叫他"李狗

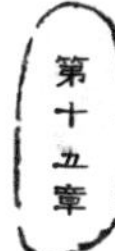

屁”。

“我们第29军为什么要用大刀来砍这些小鬼子的头呢?”李副师长又给大家提了问题。

李金生想了想,大着胆子站起来回答:

“报告李副师长,因为29军的武器差,比不了小日本的‘三八大盖’和飞机坦克,但第29军的兄弟们都是有勇气有血性的汉子,用大刀威震敌胆,表现了中华民族大无畏的气节。”

“狗屁!你说用大刀威震小日本?呸!谁想用大刀与日本人作战?谁不知道大刀抵不过日军的飞机坦克?谁不知道鸡蛋碰不过石头?这是因为我们29军是张自忠领导的老西北军的队伍,是杂牌部队。杂牌部队是他妈的后娘养的,没有好武器,只能用大刀砍。”

“李狗屁”副师长说完,紧紧盯着仍站立的李金生问:“你叫什么名字?”

“报告李副师长,我叫李金生。金子的‘金’,生命的‘生’。”

“李狗屁”副师长向李金生摆了摆手,示意他坐下,然后面对众人说:

“李金生说得也没有错。我们第29军当时只能用大刀砍小鬼子的头,因为我们中国军队的武器就是不如日本人。连蒋委员长手中的好武器也不多,仅有的一点德械装备都给了他黄埔嫡系的中央军,亲娘疼亲儿嘛!我们第29军过去是冯玉祥大帅的西北军,本来就是后娘养的部队,但是全军官兵人人都有一把大刀。我们的大刀柄长刃宽,刀光闪闪,劈杀起来非常顺手。冯玉祥大帅还专门设计了一套对付日军的刀法,只要与小鬼子肉搏,我们就能沾光。大刀是我们29军的特有武器,每次作战都杀得小日本屁滚尿流。”

同学们听得非常入迷,也觉得很带劲儿。大家没有想到,在第29军里还有这样性格颇具特色的指挥官。

“李狗屁”副师长看到同学们都在热烈议论,也来了情绪,又兴致勃勃地讲起了第29军的抗战史——

“我们第29军当年死守长城喜峰口,血战日军铃木和服部两个旅团,一举歼敌5000余人。连日本人自己都说,皇军名誉尽丧于喜峰口外。我告诉大家,当时我们29军一个连队,夜里摸进鬼子营区,一次就砍了他120个人头,有的人一下就砍了五六个小鬼子的头。砍了头后,弟兄们还要用麻袋把它背回来。背回来干啥?领赏啊!因为回来后要数人头,要按小鬼子的人头数领赏钱。现在小日本只要提起第29军就吓得发抖。他们是怕咱的大刀啊!别人都说皇军不可战胜,我们29军怕他个狗屁!"

同学们听到这里都高兴得欢呼起来。大家感到,"李狗屁"副师长讲得真带劲儿,真过瘾!

李副师长看到同学们都十分兴奋,也禁不住哈哈笑起来,接着对大伙儿说:

"你们投笔从戎到了第29军算是走上了正道,走上了大道。知道我们独立师老师长是谁吗?是抗战名将张自忠将军。知道为什么要把你们学生招来参军吗?因为抗战'地不分南北,人不分老幼,皆有守土之责'。我们需要有文化的士兵,需要加强特种兵力量和部队的宣传鼓动工作。大家新兵训练后不管分到哪里,都是副班长级待遇,'超级下士'军衔。至于以后的晋升,那就要靠你们在战场上提着脑袋去拼,去换。只要大家奋勇杀敌,一定会立功受奖,前途远大。如果贪生怕死,我日他奶奶,抓住后通通杀头!娘那个狗屁!老子要亲自用大刀砍了他的头!"

李副师长说完掏出腰中的手枪,"啪"的一声重重地拍在桌子上。

同学听后都愣住了。这时,丁建如队长高喊:"杀敌立功,不当孬种!"

大家也立刻高高地举起拳头,高声呼喊起来。

李应福副师长满意地点头,随后在众军官的陪同下离开了会场。

在"李狗屁"副师长动员之后,李金生和同学们转移到了离师部两三里外的一个村庄内驻扎,全体人员编入了独立师的"平定支队"。这个支队实际上就是师特务连,主要担负侦察敌情和特殊作战任务。李金生他们正式入伍以后,首先要进行两个多月的新兵训练。

在丁建如队长的具体组织下,新兵训练进行得紧张有序。由于今后要担负特殊任务,他们的训练内容除了队列训练、射击、投弹和习练大刀之外,还有侦察技术、测绘技术、通信技术、爆破技术和军事地形等课程。他们还专门学习了日语,掌握了日军部队的建制、武器装备和战术特点等内容。

丁建如队长还亲自给大家上课。他结合自己的战斗实践,分别讲了敌情侦察和标图等多门课程,重点讲了怎样在侦察中隐瞒身份潜入敌占区,了解和掌握日军的作战部署和火力配系,如何处置突发情况等。他还讲了地图测绘,并教会大家使用无线电台。

时光荏苒,转眼快要到1941年阳历年了。正当大家准备迎接阳历年到来的时候,一天深夜,营区突然响起紧急集合号声。李金生这些学生兵赶快整装列队集合,在丁队长的率领下,向舞阳县东南方向开拔而去。丁队长在出发前

告诉大家，独立师接到了上级命令，要执行一项重要作战任务。

这是李金生第一次随部队参加战斗，心情格外紧张。他不知道这次要往哪里开拔，也不知道去哪里打仗，更不知道与日军的哪支部队交战。但是，他知道，独立师这次一定是要打一个大仗，因为他在途中看到第29军的部队好像全部开拔了，连轻重机枪和小炮都随队携行。公路上行进的队伍规模很大，各部队出发时能带的东西都带上了。

在前一段的训练中，丁队长已反复告诫这批学生兵，部队的行动一定要严格保密，严守纪律，不该问的绝不能多问，不该说的绝不能多说，所以这次部队往哪里走谁都不知道，也都不去问。大家都坚决服从命令，打起精神随着部队快速行军。

（三）

李金生的判断没有错，第29军独立师的这次行动，确实是要参加一次重要战斗，因为日军刚刚发起了“豫南战役”。

1940年下半年以来，第二次世界大战进入十分艰难的时期。在欧洲战场上，德军席卷了整个欧洲，铁蹄还踏向东非和北非。日本也与德国、意大利缔结了《军事同盟条约》，彼此承认德、意在欧洲和非洲、日本在亚洲和太平洋地区建立“新秩序”的特权，更加助长了日本人对外侵略的嚣张气焰。1940年9月，日本近卫内阁在第三次会议上作出《实行帝国国策要领》的决议，提出“到10月上旬，如日本向美国提出的诸多要求仍得不到满足，就坚决对美开战”。在这种大背景下，日本大本营急于发动“太平洋战争”，急于南下菲律宾、泰国、马来西亚和南海诸岛，掠夺战略资源，维持旷日持久的侵略战争。所以，日本大本营期望早日结束在中国战场的大规模军事行动。此时日军刚刚结束了在鄂北发动的“枣宜会战”，占领了湖北宜昌。他们决心在河南境内发起新的攻势，通过对中国的全面进攻，加大对国民政府的武力压迫，促使蒋介石屈服投降。

日军发动此次进攻前，恰逢第一战区副司令长官汤恩伯兼任“鲁苏皖豫边区党政委员会”主任。1940年底，汤恩伯率第31集团军由豫西南东进，准备按蒋介石的指令制造“摩擦”，向新四军发动大规模进攻。日军截获了汤恩伯的行动计划，认为汤恩伯部队的大规模机动，是在豫南平原聚歼中国军队的好时机，决定迅速发起这次战役。日本大本营为此专门向第11军发布命令：“击败进入信阳以北豫南平原之敌，摧毁其抗战企图。”同时，日军还抽调了京沪地区第17师团主力、第15师团部分兵力协同支援第11军作战。

1941年1月9日，日军集结了3.7万兵力，由豫南信阳分三路向北推进。左路兵团由信阳向北面的泌阳、舞阳方向进攻，中央兵团由信阳明港沿平汉路向北部西平进攻，右路兵团由正阳向汝南、上蔡方向进攻，企图一举围歼中国军队于上蔡和西平地区。淮阳、鹿邑和亳县一带的日军，也分两路向沈丘和安徽太和南窜，与豫南北上日军呼应。

中国统帅部在判明了日军的企图后，命令第一、第五战区采取“避实击虚”的战术，让出正面，避免与日军主力决战，以一部于平汉路进行抵抗，另一部绕敌侧背，由外翼进行攻击。各战区随即决定，在平汉路正面以一个师的兵力牵制日军，诱敌向北进入我预定作战地域，主力则在日军向北分路进攻时，从侧背发起攻击，围歼敌军。同时，中国军队还抽调了一些部队侧袭北上的日军。

第29军独立师在此次战役中，就担负了侧袭北上日军的作战任务：从舞阳向东南的淮阳县机动，夺取日军占领的淮阳县城，解除中国军队的左翼威胁，骚扰从左路北上的日军部队。

从舞阳出发后，李金生随着队伍马不停蹄地向东南疾进。部队冒着凛冽的北风和漫天的雪花，很快跨过了平汉铁路，又一直开进到新黄河岸边。利用夜幕掩护，独立师渡过了黄河，急行军来到安徽太和县。李金生他们平安支队驻扎在太和县郊外的一个村庄里。由于一路连续行军，平安支队的新兵们都十分疲惫。急行军时，有的人走着走着就迷迷糊糊地睡着了，被后面的人使劲儿一推，才猛然惊醒过来。与李金生一起入伍的小迷糊，由于年龄小体质弱，一路上累得一个劲儿地掉眼泪。好在丁建如队长把自己骑的马让给他，并一再鼓励他加油，才使他勉强跟上了队伍。到了宿营地后，大家都累得东倒西歪，睁不开眼睛，身上的背包也冻得十分僵硬，一下子卸不下来。

到了宿营地，丁队长立即安排人架起大铁锅烧开水，并逐屋看望和照顾新兵，督促他们用热水烫脚后再睡觉。丁队长还细心地教新兵如何处理脚上的水泡，让他们在烫脚后，用缝衣针穿着长马尾挑破水泡，使水泡彻底消除，以保证今后行军顺利。李金生看着丁队长不顾自己的疲劳关心照顾新战士，深受触

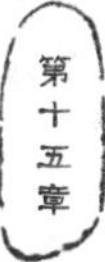

动,心里十分温暖。

平安支队的新兵们很快都入睡了。在李金生他们陆续进入梦乡的时候,外面的雪越下越大。中原大地银装素裹,村子周围都被厚厚的白雪覆盖。

天色蒙蒙亮了,屋外下了几天的鹅毛大雪终于停歇了下来,一阵阵寒风"嗖嗖"地带着哨音从屋顶上刮过。李金生和平安支队的队员们还躺在温暖的被窝里睡觉,只有哨兵巡逻时踏雪的沙沙脚步声偶尔从门前响过。正当大家睡得香甜之际,太和县城方向传来一阵阵"噼里啪啦"的枪炮响。

"有情况!"李金生和新兵们一下全坐了起来。大家迅速穿上军装,拿起竖立在墙角的步枪,观察着外面的动静,随时准备投入战斗。

正当大家不知出现了什么情况时,丁建如队长推门而入。当他看到大伙高度紧张的神情,不禁哈哈大笑。之后,丁队长轻松地对众人说:

"兄弟们,不要紧张,外面是太和县的老百姓正在放鞭炮。今天是 1941 年的阳历年啊!"

李金生一想,今天可不真的是阳历年嘛!紧张的行军打仗,让大家把这件事都忘记了。众人松了一口气,屋内的气氛一下子放松起来。

丁队长看着众人都穿戴整齐,满意地点了点头。他对大家说:"部队要在这里休整几天。过年了,各位准备一下,一会儿到太和县城洗个澡,买买东西,补充补充营养。"

李金生和大伙儿听后都兴奋起来。小迷糊一边拍手,一边跳到丁队长身边说:

"我这一身的泥水,也真该好好洗洗了。一会儿到了太和县城,我要买它个红烧猪蹄,好好饱一饱口福。"

丁队长和屋内的人一阵大笑。

(四)

部队在太和县休整了三天。清晨,全师官兵又忽然在军号声中紧急集合,拉起队伍向太和县北方急速开去。

一路上，各部队衔枚疾进，按要求不发出任何声响，马不停蹄地向西北一直走了六七十里路，来到了一条宽大的河边。李金生随部队坐在河边休息，看着师工兵连紧张地搭建渡河桥梁。工兵们在岸边砍伐了很多粗大的树木，在河中打起一个个木桩，然后用绳索把木桩横竖捆扎在一起，再在上面铺好木板，逐段架设着简易的木桥。当李金生正全神贯注地观看工兵架桥的时候，丁队长突然吹响了集合哨子，平安支队的队员们立即集合起来。

丁队长用严肃的目光扫视了一下队员，然后高声下达命令：

“战斗任务已经下达，我们独立师奉命攻打淮阳县城。这里距淮阳还有60多公里，平安支队派出三支侦察分队潜入县城侦察敌情，配合部队完成攻城任务。”

丁队长停顿了一下，看了一下眼前的队员，又接着说：

“下面我宣布各侦察分队的人员名单——

第一侦察分队张大鹏、刘勇征、叶洪志、齐德宝；

第二侦察分队赵小虎、秦介民、吴大勇、罗志刚；

第三侦察分队陈得彪、牛建宏、李东海、谢永华。

各分队马上到队里受领具体任务……”

李金生听了半天，没有听到自己的名字。正当他感到疑惑的时候，丁队长走上前对他和马万年说：

“李金生、马万年，你们两个马上到师部报到，给李应福副师长当传令兵。”

“是！”李金生和马万年一齐高声回答。

各侦察分队领受任务后，很快消失在远处的田野之中。

李金生和马万年迅速赶到独立师司令部，得知李副师长已经下到第3团指挥作战。两个人又赶到第3团向李应福副师长报到。报到后两个人下到了团通信班，随团部一起行动。

李金生和马万年安定下来以后，都对被抽调来当传令兵感到奇怪。班长胡建营对他俩解释说：“这次第3团担负的战斗任务十分艰巨，李副师长是专门到第3团来加强作战指挥的，你们俩是他直接点名要来的。”李金生听后想，看来这个“李狗屁”副师长在入伍动员时，对他和马万年印象挺深，不然不会专门点到他俩的名字。

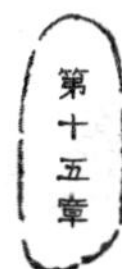

李金生随第3团的部队渡河后，一直向北边的淮阳县插去，连续穿过了好儿个村庄，一路上都是急行军，步履匆匆，毫不停顿。李金生留心观察沿途的景

物,发觉这一带地形很熟悉,感到有些不对头:这地方来过呀!现在怎么又折回来了?他不知道部队为什么要走回头路,但没有多问,只是一声不响地跟着快速行军。这时胡班长从前面跑过来,对李金生说:

“金生,跟我到李副师长那里去。从现在开始,要一步不离地跟着李副师长行动,随时听候命令。”

李金生立即回答道:“是,一步不离地跟着李副师长行动!”

由于通信班随团部走在部队中间,李金生刚才看到李副师长骑马从身边经过。受命之后,他立即和胡班长快步跑向队伍前列的李副师长。

李副师长正与另一个中年军官在交谈着,看到李金生和胡班长跑过来,朝他们点了点头,算是打了招呼。胡班长悄悄告诉李金生,那个中年军官是第3团刘民生团长,一会儿第3团要配置在淮阳县城的西北方向担负阻击任务,阻击从淮阳突围的日军,他们两个人要时刻紧跟这两个长官,听候命令,不能有任何失误。

李金生向胡班长点点头,知道自己的任务十分重要。

这时天色已经大亮,队伍的东南方向响起了一阵阵枪声和爆炸声,看来第29军的先头部队已经和淮阳日军接上了火。第3团立即加快了行军步伐并很快下了公路,拐入一个岔道,在路边的一个村庄内停了下来。

李金生了解到,这个村庄叫潘家坳。不知是何原因,这个平原上的村庄却起了个有“山坳”含义的名字。部队开到此地后,立即在周围修筑起野战工事来。李金生看到,各连队的士兵舞锹挥镐,挖沟掘壕,一刻不停地忙碌着,数小时内就构筑起了野战阵地的雏形。部队在公路上挖了七八条深沟,用于阻止日军乘汽车逃跑,同时还在公路上埋设了大量的地雷和炸药包,团迫击炮连还在村边树林旁构筑了炮兵阵地。村内的屋顶上也架起一挺挺机枪,整个潘家坳建成了一座大堡垒。

经过前一段的训练,李金生对防御作战中的战场建设已经有了较多了解。他看到,潘家坳村外的公路很宽、很平坦,向南通往淮阳县城,向北可通达省城开封,是一条重要的交通干道。也就是说,如果淮阳日军由此突围北撤,必然路经潘家坳;而开封方向的日军前来救援,也必须经过这条公路。这样一来,这条公路在攻打淮阳县城的战斗中,很可能成为敌我双方争夺的焦点地域。李副师长已严令第3团坚守潘家坳村这个据点,在南北两个方向构建完整的纵深防御体系,准备打大仗,打恶仗。

团指挥所设在村内。李金生此刻已明白，第3团此次要担负南北两个方向的阻击任务，必须死守潘家坳这个要点，随之而来的阻击战将会异常激烈。也正是这个原因，上级才派李副师长专程到第3团加强作战指挥。

潘家坳村周围的野战工事还在匆忙构建之中，士兵们都在连夜挥汗如雨地挖掘修筑阵地。为修筑工事，村内的大多农舍已被拆除。部队还砍伐了许多树木加固工事，将很快修建完毕野战防御阵地。

东方慢慢露出了鱼肚白，四处景物朦胧可见。黎明时分，淮阳方向传来了激烈的枪炮声，看样子友邻部队已经开始向县城外围发起了进攻。李副师长立即登上作战指挥所的农家小院的屋顶，手持望远镜和刘团长一起观察淮阳方向的动静。

李金生和胡班长在团指挥所院内待命，不时地观察着四周情况。胡班长个头矮小，皮肤黝黑，身体敦实强壮。李金生虽与他接触时间不长，但感到这个人憨厚实在，待人友善，心眼很好，就拉拉他的袖子问：

"胡班长，你对淮阳县熟悉吗？"

胡班长看着李金生一笑："俺就是淮阳人啊！怎么会不熟悉？"

"那你这是在自己的家乡打仗啊！"李金生感到有些意外。

"是的，不过俺家乡的老百姓早就盼着打这一仗了。小日本侵占了淮阳以后，可是祸害了不少人！"胡班长说着激动起来。

停了一会儿，胡班长问李金生："你到过俺淮阳吗？"

李金生随口回答："没有，但从小就听说你们淮阳县在河南很有名，人类始祖伏羲的墓就在这里。"

胡班长听后显得有些自豪："说的没错。淮阳可是个老城，里面的文物古迹多得很！"

胡班长上过几年学堂，有一些文化底子，说起家乡淮阳如数家珍。李金生从他的介绍中得知，淮阳因水而得名。按《易经》的阴阳理论，"山之北为阴，河之北为阳"。淮阳在淮水之北，故而得名"淮阳"。淮阳是当年包龙图大人"下陈州"放粮的地方，名气很大，古迹甚多，有"一陵一湖一古城"之说。一陵，是指人类始祖伏羲氏的陵墓；一湖，是指伏羲氏墓边水面浩大的龙湖；一古城，是指淮阳县城，是古代太昊和炎帝两代帝王的都城。

胡班长给李金生介绍伏羲庙时，还专门讲了一段故事：元朝时，朱元璋有一次打了败仗，孤身一人逃到淮阳伏羲庙内。当时追兵已近，朱元璋走投无路。

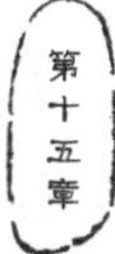

危急中，他对庙内的伏羲像祈祷："人祖爷若保我平安，将来得了天下，我一定照皇宫规格为您重修庙塑金身。"话音刚落，一只大蜘蛛就在伏羲庙的大门口织起一张蛛网。元兵到庙门前时，看到门上有一张大蛛网封门，认为蛛网都未撞破，说明这个庙里面一定没人进去，随即转向别处去追击。朱元璋绝处逢生。在夺取了天下以后，朱元璋牢记着伏羲的恩情，专派大臣徐达到伏羲庙修建了浩大的太昊陵。

听了胡班长的讲述，李金生感慨不已。中原大地真是历史沧桑，文化厚重，处处有古迹，处处有传说。他看着淮阳方向想，自不量力的小日本，这些从小小的荒岛上爬出来入侵中国的夷族，要想战胜中华民族，要想在文化思想上奴化同化中国人民，真是痴心妄想。中国有五千年的历史和灿烂的文明，有强大的凝聚力和传承力。这将使全中国人民坚强团结，众志成城，彻底打败入侵的强盗。

李金生和胡班长正在轻声交谈，忽然发现院门口有一个小孩儿探头探脑地向院里张望，神色显得很紧张。胡班长给李金生做了个手势，悄悄摸到门口，上去一把抓住了孩子的衣领，把他提溜着拽进了院内。这个小孩儿大约十二三岁，衣着破烂，那双滴溜溜乱转的小眼睛显示出与他的年龄不相称的成熟。

"小孩儿，你叫什么名字，想干什么？"胡班长声色俱厉地问他。

小孩儿神情漠然地用手指着自己的嘴巴"啊—啊—"地叫了几声，表示他是个哑巴，不会说话。

李金生也觉得奇怪，这里就要打仗了，村里的老百姓早跑光了，怎么会忽然冒出一个小孩儿来，还摸到了团指挥所？

胡班长觉得这孩子形迹可疑。过去他们抓到过类似的孩子，经审讯，发现竟然是日军探子。日军常利用中国士兵忽略小孩儿的弱点，通过暴力和利诱，找一些熟悉地形的孩子为他们充当奸细，侦察我方阵地，向日军通风报信。

胡班长让李金生看押着孩子，跑进团指挥所报告。

不一会儿，胡班长出来说，刘团长交代，把这个可疑的小孩儿交给团侦察排审讯，在暂时难查清其身份的情况下，先关押起来，给吃喝，不虐待，打完仗后再细察身份。

胡班长嘱咐李金生在院内继续待命，用一块黑布把孩子眼睛蒙上，推着这个形迹可疑的小孩儿向旁边的侦察排走去。

（五）

淮阳方向的枪炮声稀疏了，团指挥所反而紧张起来。眼下的防御重点是东南的淮阳方向。刘团长已经到一线阵地去了，李副师长和团参谋长徐晋年留在团部指挥全盘。李金生和胡班长也被召进指挥所内，随时听候命令。

李副师长聚精会神地看着桌上的军用地图，紧张地思考着什么。几个参谋人员在旁边忙碌着，屋内的电台不时地发出嘀嘀嗒嗒的响声。一个参谋收到一份电报，马上交给李副师长：

“长官，师指挥所来电。”

李应福副师长看了电报后，对徐参谋长说：

“淮阳城内的日军快支撑不住了，有可能向潘家坳突围。通知各营做好战斗准备！”

“是！”徐参谋长应答后，立刻转身拿起电话，向所属部队传达了李副师长的命令。

不一会儿，淮阳方向又传来了激烈的枪炮声，而且枪炮声向潘家坳延伸。可以判断，日军向潘家坳突围。李副师长拿起望远镜，和徐参谋长一起上到房顶，趴在屋檐向淮阳观望。李金生牢记着自己的职责，和警卫员一起跟上了屋顶。

李金生在屋顶看到，果然不出所料，淮阳日军开始向潘家坳方向突围。前哨部队大概有二三百人，已与第3团的前沿部队接上了火。这些刚突围出来的日军，犹如困兽一般垂死挣扎，不顾一切地拼命冲锋，进攻势头十分凶猛。第3团一线官兵顽强阻击。阵地前火光闪闪，浓烟阵阵，一排又一排的日本兵不断倒毙。进攻的日军欲进不能，欲退不得，只好卧地与第3团官兵对射。时隔不久，大批日军向潘家坳拥来，一波又一波的日本兵又拼命向第3团阵地冲来。迫击炮和掷弹筒炮弹持续在阵地前爆炸，团指挥所附近也出现了流弹。

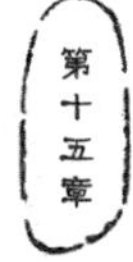

看到情势危险，大家要求李副师长退回屋内指挥作战。回到屋内后，李副师长立即给前沿阵地打电话，询问作战与伤亡情况。李副师长下令，团迫击炮

连对进攻的日军实施炮火突击，同时抽调兵力支援一线，稳固阵地。刘团长率部队在一线奋战，依托野战工事对日军进行顽强阻击，在团迫击炮连的炮火支援下，大量杀伤了当面的日军，将敌人牢牢挡在了阵地前。

看到防线稳定了，李副师长松了一口气。从淮阳县城突围出来的日军有七八百人，没有更多的重武器。因此，这次阻击战打得还算顺利。当李副师长正思考着如何加强前线阵地防御的时候，突然潘家坳北面也传来了密集的枪炮声。当大家都感到疑惑的时候，北线传来消息，北线阵地遭到了从开封方向开来的大批日军的进攻。李副师长立刻向师指挥所报告情况，并组织部队展开对北线日军的防御。看来从开封增援来的日军准备与淮阳县城的日军"南北对进"，对第3团实施两面夹击。虽然北线也构筑了野战阵地，工事坚固，但第3团腹背受敌，压力很大。从开封开来的这股日军十分强大，有大批坦克战车、重炮和骑兵部队。第3团在两线日军重兵面前，无论是人数还是装备，都明显处于劣势。团迫击炮连很快被日军重炮所压制，南北阻击战打得十分艰难。此时日军的飞机飞临潘家坳上空，对第3团实施疯狂轰炸。第3团雪上加霜。

李副师长从师指挥所得知，从开封开来的这股日军是一支1000多人的机械化部队，有数十辆坦克、装甲车和100多辆汽车，沿途突破了中国军队两个主力师的拦截，在飞机和重炮掩护下，最终推进到了第3团的北线阵地。

中国军队此次夺取淮阳县城的目的，是要对参加"豫南会战"的日军右翼兵团侧翼形成威胁，打乱其北上进攻的战役部署，迫使其分兵东进。当日军从开封抽调重兵向淮阳增援后，中国军队随即抽调两个师的兵力阻击这股日军，但由于这股日军战斗力十分强大，未能阻止住其增援。第29军看到潘家坳情况危急，分出1个团前来支援，但也遭到日军的拦截。整个豫东南地区一片战火，双方在激战中形成了"胶着"状态。此时第3团已成为整个"豫南战役"的焦点。在两路日军的疯狂进攻面前，他们必须牢牢坚守住潘家坳这个核心阵地，绝对不能丢失，否则后果不堪设想。

在这万分危急的时刻，李副师长反而哈哈大笑。他对身边的人高喊：

"好哇，老子天生就是喜欢这样的战斗，越猛烈越好！让日本鬼子来吧！咱要和他们血战到底，让小鬼子再尝尝大刀的厉害！娘那个狗屁！要用他们的血祭祭咱29军的大刀！"

李副师长一边脱掉上衣，一边对警卫员高喊：

"快把我的大刀拿来！这仗打到这个时候，老子要亲自上阵与小鬼子拼他个你死我活!”

李副师长说完,敞开裸露的胸脯,拿起警卫员递来的大刀,用手试着锋利的刀刃。这时天空又响起飞机的尖厉叫声。顷刻间,潘家坳周围落下了一枚枚重磅炸弹。在剧烈的轰炸声中,李副师长不顾众人劝阻,光着身子站到院内,抬起头向天空张望。他看到五六架飞机超低空从村子上空掠过,连驾驶舱内飞行员的面孔都看得一清二楚。随着飞机左右盘旋,炸弹铺天盖地地倾泻下来。潘家坳内外到处火光冲天,尘土飞扬。第 3 团南北阵地也被日军炮弹炸得弹坑累累。

日军的炮火停歇后,大批日军同时从北南两线发起进攻。坚守阵地的第 3 团官兵从硝烟弥漫的防弹坑内钻出来,进入残缺的工事中,向敌群射出一串串子弹,甩出一枚枚手榴弹。阵前出现了大片火光,大批日本兵倒地毙命。团迫击炮群也发出怒吼,将一发发炮弹射向敌军。工兵拉响阵地前的地雷、炸药包,直炸得鬼子血肉横飞,鬼哭狼嚎,尸体遍地。

北线日军的进攻尤为猛烈。大批坦克战车冲在前面,气势汹汹地扑向第 3 团阵地。第 29 军打坦克很有经验。他们首先集中部队的优等射手,在阵地两侧瞄准步兵猛烈射击。跟随在坦克后面的步兵躲闪不及,纷纷中弹倒地。消灭了步兵后,失去了步兵掩护的坦克战车冲击到阵地前的防坦克壕沟,无法前进,只好停在深沟边左转右转,进退不得。就在坦克战车迟疑不决的一刹那,埋伏在深沟内的中国士兵一跃而出,抱起炸药包冲向坦克。随着几声巨响,三辆坦克被炸起火,瘫痪在地。其他日军坦克见此情景,立即掉头回窜。就在此时,第 3 团阵地上响起一阵阵怒吼。中国士兵成群结队地跃出战壕,高举寒光闪闪的大刀,向日军砍杀过来。敌我双方很快纠缠在一起。随着第 3 团的官兵手起刀落,日本兵血肉模糊,头颅满地乱滚,纷纷向后撤退。

这种专门对付日军坦克的“阵前反击”战术,是第 29 军的特有战法。这种战法扬长避短,使日军难以发挥火力优势。第 29 军官兵刀法娴熟,英勇无畏,又有一套专门对付日军的刀法,在双方厮杀中往往占据上风,大量杀伤敌人。日本兵每每看到寒光闪闪的大刀都心惊胆战,难以招架,屡次惨败。

北线的日军溃退了,南线的日军却一直纠缠不休。从淮阳县城突围出来的日军涸辙穷途,困兽犹斗,以死相拼。虽然屡战屡败,阵前留下了一片片尸体,但他们仍然进攻不止。一直鏖战到太阳西下,残阳似血,南线日军才感到突围无望,丢下数百具血肉模糊的尸体,撤离了战场,退回到淮阳县城。

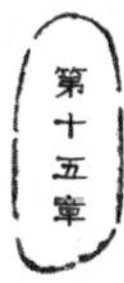

天，终于黑了下来。潘家坳周围出现了激战后的平静。在第3团的南北阵地上，官兵们忙着修补损毁的工事，整理炸坏的掩体，救护受伤的兵员，安葬牺牲的战友，补充弹药，送粮送水，在战壕中围坐在一起吃饭。不少人忙完后，在极度的疲劳中很快进入了梦乡。

在潘家坳团指挥所内，李副师长和刘团长又在一起研究下一步的作战方案。经过一天的激烈战斗，南路日军已被压回淮阳城内，北路日军则倚仗强大的兵力，突破了3团的第一道防线。第3团虽然经过"阵前反击"守住了第二道防线，但已被压缩到正面不足3公里、南北不足5公里的一个狭长地带，几乎没有了防御纵深。部队也有很大伤亡，团预备队只剩不足两个连的兵力，战斗力受到极大影响。如果明天增援部队再上不来，第3团将陷入绝境。

刚才从师指挥所得知，明天拂晓，战区将对淮阳县城发起总攻，最后围歼日军。增援部队最快也要到明天上午10点左右达到，第3团必须在潘家坳拖住敌人。如果增援部队不能按时到达，第3团官兵只能血战到底，与潘家坳共存亡了。

李副师长与刘团长商量后感到，目前的形势异常严峻，决不能坐等明天日军进攻，要反守为攻，主动出击，用超常的战术扭转被动局面。他们决定，今天夜里派奇袭小分队骚扰北线日军，对日军宿营地进行突然袭击，最大限度地疲惫敌人，打乱其战斗部署和指挥体系，延迟明天日军发动进攻的时间。李副师长和刘团长还决定，将第3团的主力配置在北线，并将剩余的全部地雷、炸药包连夜埋设在阵地前。

李副师长还特意指出，明天战斗出现危急时，团指挥所全体官兵都投入一线作战，包括团部警卫员、通信员，甚至卫生员、炊事员都要上阵参战，如有贪生怕死者、临战畏缩者，一律枪毙！

（六）

冬天的太阳终于钻出了厚厚的云层，像一轮银色的圆盘悬挂在雾霾中。没有耀眼的霞光，让人感觉不到温暖，但是，清晨的太阳毕竟给白雪覆盖的大地带来了清透和明亮，天色终于慢慢地亮了起来。

昨天夜里，南北两线日军都没发起新的进攻。这也符合日军作战特点。中国军队在与日军交战中发现，日军害怕夜战。日军担心夜战中地形不熟，容易迷路，机械化装备在机动中不便于保障，飞机也不具备夜航能力。另外，夜战时中日双方往往短兵相接，日军害怕肉搏。第29军则反其道而行之，经常组织夜战，突入其阵营打他个措手不及。昨天夜里，第3团就派出了数支夜袭分队，对北线日军实施奇袭。当夜袭分队在夜幕中神兵天降时，北线日军惊恐万状，草木皆兵，彻夜难眠。虽然奇袭没能端掉北线日军的指挥所，却使他们整夜东跑西颠，精疲力竭。一直到第二天天亮了很久，北线日军还没组织起新的攻势。第3团迟滞日军发起进攻时间的目的终于达到了。

一直到了中国军队攻打淮阳县城的战斗开始后，北线日军才仓促地发起新的攻势。他们集中所有重炮，对第3团实施了长时间的炮火覆盖，10多架飞机也在潘家坳上空投下大批的重磅炸弹，使第3团的阵地在日军狂轰滥炸中又一次变成了火海。躲避在防弹坑内的官兵，也被日军的炮火炸得血肉横飞。尤其危急的是，防御阵地被日军炮火严重摧毁，一些工事掩体甚至都被炮弹炸平。

日军的立体轰炸刚一停止，大批坦克、装甲车就向北线阵地猛扑过来，紧跟在战车后面的步兵也像潮水一般蜂拥而至。北线阵地的正面，很快出现了密密麻麻的日军进攻部队。

率部坚守在北线阵地的刘团长在战斗刚开始不久就给李副师长打来电话，说北线阵地已经出现了危机，一线兵员损失惨重，难以抵挡日军空前猛烈的进攻势头，如不增援兵力，北线阵地可能失守！

正在潘家坳一个残垣断壁下指挥战斗的李副师长听到刘团长的电话后一下子急红了眼，在电话中大声对刘团长喊：

“刘团长，你一定要顶住，要组织敢死队炸毁日军的坦克，让弟兄们做好最后肉搏的准备。”

北线日军破釜沉舟了。他们意识到了战场的危局，拚命冲锋。日军也采取了一种进攻新战术。他们先是用一辆坦克主动冲入反坦克壕沟内，沉入沟底当“桥梁”，然后组织后面的坦克直接从沟底的坦克上面碾过，越过壕沟冲向第3团的前沿阵地。这样一来，第3团预伏在反坦克壕沟内的士兵就失去了利用日军坦克在深沟前徘徊的间隙炸毁日军坦克的机会，同时也暴露在随后跟进的日军步兵枪弹面前，纷纷中弹牺牲。

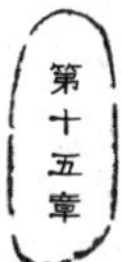

北线的战况万分危急。如果丢失北线阵地，第3团的防线会被日军全面突破！李副师长意识到了危机的极端严重性，给刘团长下达命令后，将团部所有勤杂人员都集中起来，准备拉上阵地参战。他甩掉军装，手持大刀，对众人高喊：

“弟兄们，现在到了最后时刻，老子要亲自上阵。我们第29军的官兵都不是孬种，要和小鬼子拼个你死我活。大伙儿拿好手中的家伙，跟我到阵地去。一定要坚决把这股小鬼子给我压下去！”

李副师长话音刚落，北线日军又打来一阵暴风骤雨般的炮火，将潘家坳村全部覆盖。突然间，李金生发现头顶有几个黑乎乎的东西向下落来。他顾不上多想，一下把李副师长扑倒在地，并快速趴在他的身上。只听“轰隆隆”几声巨响，一股巨大的气浪把李金生掀到了半空中，又重重地摔在地上。他眼前一黑，什么都不知道了……

第十六章

李金生伤愈后为什么会被分配到第一战区后方军械仓库？在偶遇仇匪晁十一时李金生为何没能把他杀掉？李金生脱离国民党军队后去了哪里？

(一)

李金生醒来时,已是半个月之后。他使劲儿挣开沉重的眼皮,用不太清晰的目光打量着周围的陌生环境。

他发现,自己躺在一个大教堂里,因为这种独特的欧式高大屋顶只有教堂里才有。在尉氏县基督教福音堂喝粥的时候,李金生就听表姐李木兰说过,教堂的这种房子叫"哥特式"建筑,宽大的屋顶是外国人专门为教堂而设计的。空旷高大的屋顶,便于宗教音乐在室内回荡传播,增加教民做礼拜的庄严感和神圣感。

这所教堂,现在是第一战区的一所野战医院。教堂大厅中摆放了几十张病床,一些穿白大褂的医生护士穿梭其中。李金生这才回忆起来,自己一定是在受伤后被转送到这所野战医院里。他忽然感到头部一阵阵剧痛,伸手一摸,原来头上缠着厚厚的绷带,再看看胸前,也被白纱布裹了一层又一层。他感到自己的胸口和腰部都有钻心的疼痛。

"老弟,你醒了?感觉怎么样?"旁边传来一个男人的声音。

李金生轻轻地转过头一看,旁边的病床上坐着一个肩扛中尉军衔的军官。这个军官两臂之间架着一副拐棍,左腿打着厚厚的石膏。一看就知道,他的腿部受了重伤。

李金生向他微微点点头,问这位中尉:"我们这是在哪里呀?"

"这是第一战区的野战医院,就在郑州二马路。"中尉军官站起身来,拄着双拐走到李金生床前对他说:

"小伙子,我也是咱29军的,是独立师3团9连连副张彦成。你的事情我都听说了。你救了李应福副师长,很勇敢啊!李副师长已经反复交代,一定要想办法把你救活,还说把你送到后方医院彻底疗伤。"

李金生想起了潘家坳那场激烈战斗,赶忙问:

"张连副,第3团最后完成阻击任务了吗?"

张连副立即兴奋地对李金生说:

“完成了。可真是悬哪！增援部队到底在那天上午10点前赶到了，战区的大部队也随后赶到了潘家坳。你猜来了多少部队？两个军哪！日本人发动这次‘豫南战役’，一共被我们歼灭了近万人，还被打掉了6架飞机，算是彻底失败了。日军向豫中北上进攻的三路人马也全撤了回去。我们独立师第3团是好样的，在淮阳县潘家坳的阻击战中坚持到了最后一刻，取得了胜利。听说咱第3团还受到了第一战区司令长官部的通令嘉奖，李副师长还被上级授予‘虎贲’勋章。”

“‘虎贲’勋章？”李金生从没听说过这种勋章。

“‘虎贲’就是老虎闯进羊群的意思。国民政府只授给战功卓著的部队长官。”张连副忙对李金生解释。

“那咱们师现在在哪里？回舞阳县城了吗？”

李金生想起了“李狗屁”副师长，想起了通信班的胡班长，还想起了平安支队的丁队长和一同到第3团执行任务的老乡马万年。

“那我可说不清楚了。战斗已经结束了半个多月，舞阳也收复了，独立师已经向豫西南转移了。前些日子，听说他们在镇平县的高丘一带休整，后来又到了鄂西山区。究竟目前在哪里，我也说不清楚。”

张连副说完，看了看李金生的伤势，又对他说：

“你别管那么多了，你的任务是把伤治好。前一段时间，你总是半清醒半昏迷。医生讲你伤势很重，头和胸部都有弹片，虽然手术过了，但没有全取出来。”

李金生听后，又明显感到头部和胸口疼痛，忍不住发出了轻微的呻吟。

张连副看到后，立刻拄起双拐，从远处找来了医生和护士。与医生护士一齐来的，还有一个教会的牧师。他身穿一身黑色的牧师制服，年纪40余岁。

医生看到李金生完全清醒过来了，十分高兴，在认真查看了伤势后告诉李金生，他的伤一定能彻底治好。河南基督教会刚从国际联合救济总署请领到了一批贵重药品，专门用于这所野战医院伤病员的救治，非常利于李金生等重症伤病员的治疗。医生说完，又指着身旁的黑衣牧师对李金生说：

“这位就是河南基督教会的牧师吴惠民先生。医院能请领到这批药品多亏了他。”

张连副听后，马上拄着双拐走上前，握着吴牧师的手说：

“真是太谢谢您了！我代表医院的弟兄们给您鞠个躬！”说完，他扶着拐棍

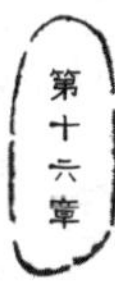

给吴牧师鞠了躬。

吴牧师赶忙扶起张连副，对他说：

“我这是应该做的。你们在前方打仗，舍生忘死地消灭日本鬼子，本来就应该优先享用这批药品。你们是抗日英雄啊！”

吴牧师说完，又来到李金生床头，抚摸着他头上和胸前的绷带，仔细看了看他，忽然问：

“你是不是在禹县慈幼院教会学校读过书啊？”

李金生听后十分诧异。

吴牧师看出了李金生的疑问，和蔼地对他说：

“我和你们学校的圣·约翰校长是好朋友，常在一起开会。我也到你们学校去过几次，听约翰校长说起过你。他说你在学校学习好，还是个劳动模范。有一次我到学校去，你们正在上课，他还特意在教室外把你指给我看，所以我对你印象特别深。”

吴牧师又以敬佩的口气对李金生说：

“听说你在淮阳战斗中表现得十分勇敢，十分坚强。我真为你高兴。你为咱河南人争了光，为禹县慈幼院争了光。教会学校能培养出你这样的好学生、好战士，我真感到自豪。”

李金生被吴牧师夸奖后，不知该说什么才好，最后干脆抬起缠着绷带的右手，用很大力气给吴牧师敬了个军礼。吴牧师看到后很感动，眼中闪动着泪花。

吴牧师又俯下身子对李金生说：

“你就安心在这里养伤，一定要配合医生、护士搞好治疗，争取早日康复。我还会来看你的，你有什么困难可以直接对我说。另外告诉你，郑州这里也有一所基督教会办的难童学校，也是针对黄泛区灾民招生。等你打完了仗，我作为这所学校的校长，欢迎到你到我们学校来上学。我们学校不仅有小学部，还有中学部。你记住，我的名字叫吴惠民。”

李金生使劲儿点了点头。他看到，吴惠民校长那清秀质朴的脸上，显示出知性儒雅的气质，流露着善良纯真的品格，让人感到十分亲切和温暖。在这种特殊的地方，突然见到来自教会学校的“自家人”，李金生有一种久别还家的感觉，禁不住想起了禹县难童学校的美好校园生活，想起了朝夕相处的老师、同学和令人尊敬的约翰校长。也不知道他们现在怎么样了。李金生真的很想念他们，真的想重新回到教会学校读书。

（二）

在野战医院的日子过得很快，转眼就到了1941年5月。豫中平原充满生机的夏季来临了。

在医生的精心治疗下，李金生的伤势大为好转。他在考虑什么时候返回部队，如何回部队。他想念平安支队的丁建如队长，想念一起入伍的同乡和战友们。

邻床的张连副是个急性子，刚甩掉手中的双拐就吵闹着要返回部队。医生、护士怎么劝都劝不住，最后只好给他带一些药品让他归队了。李金生也想在伤愈前就归队。吴惠民校长听说后，到医院劝他不要急着走，把伤病真正治愈后再回部队，并一再给他讲"留得青山在，不愁没柴烧"的人生道理。李金生经过反复考虑，还是听从了吴校长的劝告，继续留在野战医院彻底把自己的伤病治好。值得庆幸的是，李金生的身体比较强壮，自愈能力很强，经过医生的精心治疗，没有留下什么明显的后遗症。

让李金生意外的是，他伤愈后未能如愿地回到第29军，没有回到那支战功卓著的老部队，也再未能见到那个亲若兄长的丁队长和一同入伍的同乡战友。不知为何，李金生被分配到了第一战区一所后方弹药仓库里。这个弹药库位于黄泛区西岸的新郑县，是战区军械处直属单位，也是新黄河防线上河防部队枪械弹药补充的重要基地。

李金生实在是不愿意到这个仓库来。他是心甘情愿到第29军当兵的。29军救过他的命，是对他有恩的部队，是一支救国救民的抗日部队。另外他在第29军当了半年多兵后，深感丁队长率领的平安支队官兵之间亲如兄弟，在那里干心里温暖，也痛快。特别是自己作为29军的兵，走到哪里都光荣。当兵吃粮，是为了打鬼子，立功劳，现在分配到后方仓库来，每天的工作除了警戒放哨，就是整理库房，装卸弹药，打扫卫生，能有什么出息，能有什么出路？

李金生曾找到仓库主任徐立斌中校，向他提出调回第29军老部队去。徐主任当时像看怪物一样看着他，感到李金生提出的要求匪夷所思。他生气地对

李金生说：

“你小子不知道这后方仓库是最好、最安全的地方吗？在这里不用行军打仗，不用担惊受怕。我告诉你，你小子如果不是救了李副师长的命被他保荐，还到不了这样一个好地方来呢！”

李金生这时才明白，是“李狗屁”副师长出于好意向战区保荐了他。李金生还从徐主任那里得知，后方仓库归第一战区领导，而第29军独立师已经配属到第五战区了。这样一来，李金生知道自己真的回不到老部队了。他十分挂念第29军。前段时间，他听说29军独立师在鄂西山区参加了一次重要战役，打得十分悲壮。现在也不知调到了什么地方了。李金生在后方仓库清闲无聊的日子里真切地感受到，一个人当兵之后，部队就成了家，战友就成了生死相依的亲人。一旦脱离了老部队，就像是离开了家，离开了亲人，无论走到哪里，都会强烈地牵挂老部队，思念老部队的一草一木，惦念那些在自己人生道路上留下了深刻印记的老战友，想念那些和蔼可亲的老领导、老上级，铭记他们对自己生活上的无私帮助，训练中的言传身教，学习上的循循善诱，战场上的舍身相救……

受到仓库徐主任训斥之后，李金生的心彻底凉了。他明白，自己只能在这个仓库的勤务班里待下去了，只能认命了。在日复一日的单调生活中，李金生每天都感到很空虚，很无聊，很苦恼。他已经习惯了在部队那紧张忙碌的生活节奏，习惯了与平安支队那些朝气蓬勃的战友共同行军打仗、学习训练。他觉得，长此以往在这里混日子总不是个办法，一定要设法离开，可一时又不知该往哪里去才好，也没有什么办法离开这个仓库。

仓库勤务班长赵兴旺看出了李金生的心思。赵班长是个老兵，30余岁，中等个头，黑瘦脸庞，长着一双“八”字形的小眼睛，被大伙儿开玩笑称为“八点半”。赵班长为人处世十分老成，心地很善良，也很善待班里的兄弟。赵班长看出李金生不安心仓库工作，就对他多方照顾，常劝他要面对现实，在这个战乱年月里有个吃饭的地方已经很不错了，要懂得知足等等。李金生想了想，也实在无奈，只好暂时在仓库继续干下去，但很消极，每天机械地站岗放哨，整理库房，打扫卫生，一天天混着日子。

不久发生了一件事情，更坚定了李金生离开这个后方仓库的决心。

有一天，李金生照例在仓库里忙碌，整理物品，协助保管员分发枪弹。这天是个发放枪械弹药的日子，前来领取的部队比较多，仓库外排起了长队。李金

生正埋头干活,忽听到背后传来一个熟悉的声音:

“小子,我来领 200 支步枪、10 挺机枪,还有迫击炮,都在这个调拨单上。你先给老子发。”

李金生转身一看,这个人竟然是老家尉氏土匪晁十一的二掌柜“大粗脖”!

“大粗脖”身穿国民党军装,肩扛中校军衔,正趾高气扬地对保管员发命令。可能是今天领取枪弹的人比较多,排的队长,他想加塞儿。

仇人相见,分外眼红。李金生顿时一股热血直冲脑门。他想起“大粗脖”众匪徒在张江村自家屋顶枪杀避难乡亲的惨景,不由怒火中烧。他二话没说,掉头出了库房,找到和“大粗脖”一起来的士兵一问,才知道晁十一现在居然成了第一战区第 3 集团军独立第 11 支队上校支队长,他手下的土匪小头目也都成了国民党军官,“大粗脖”是独立第 11 支队中校副支队长。

李金生立即回到勤务班,从枪架上取出自己的步枪,装满子弹,悄悄来到还在库房内等待领取军械的“大粗脖”身后。

“大粗脖”此刻正坐在仓库工作间里喝水,对手持步枪来到他身后的李金生毫不知情,因为他根本没认出李金生来。“大粗脖”为匪多年,作恶甚多,尤其在尉氏、扶沟一带做了太多伤天害理的坏事,对众多被害人不可能一一记住,更认不出身穿国民党军装的李金生,还以为是来帮助发放军械的仓库保管员。李金生绕到“大粗脖”身后,找准位置,准备近距离对他的头部开枪。当李金生正要端枪射击时,“大粗脖”突然站了起来,对着跟前低头清点枪械的保管员大嚷起来:

“哎,小子!你他妈的动作快一点好不好?老子还着急给晁支队长复命呢!他这会儿可正在你们仓库徐主任办公室里等着呢!”

李金生听后一愣:难道匪首晁十一也来了?他脑子急速转动起来。冤有头,债有主,我要首先杀那个血债累累的土匪头子晁十一!李金生马上改变了枪杀“大粗脖”的主意。现在对“大粗脖”开枪会暴露自己,难免被捕,重要的是可能失去向晁十一报仇的机会。不行,要先把罪大恶极的晁十一干掉。

也该“大粗脖”命大,在黑洞洞的枪口指向了脑门的时候,又拣回了一条小命。“大粗脖”对身后发生的情况一无所知,还在对保管员指手画脚,吆五喝六。李金生没再理会他,抽身离开了库房。

李金生又从与“大粗脖”一起来的士兵那里了解到,晁十一好不容易从第 3 集团军要到了这批枪械弹药。这是他们被收编后首次换装。晁十一当成了一

件大事,亲自来仓库督领,生怕发给他们老旧枪弹。仓库徐主任看到上校支队长亲自来仓库,就很客气地把晁十一请到了办公室喝茶,等领取完枪弹再到现场查看。

李金生了解到情况后,立刻持枪赶往仓库徐主任办公室。徐主任办公室在仓库大门对面,是一栋老式房屋。李金生在窗外悄悄往里面看,发现晁十一和白妞正坐在屋内和徐主任喝茶说话。李金生看到晁十一后,恨不得马上把这个仇人杀掉。他看了一下屋外的环境:仓库大门和这座房子之间有树木遮掩,大门口的哨兵看不到这里,而半开的窗户很便于抵近射击。李金生在窗台上架起步枪,轻轻往枪膛里推上子弹,瞄准了晁十一。当李金生将手指扣在扳机上,屏住呼吸正要开枪时,突然,背后有人一把抱住了他……

(三)

李金生扭头一看,紧抱他的人是班长赵兴旺。

"谁在外面啊?"听到外面有响动,仓库徐主任在屋里高声问。

赵班长赶忙从窗口对赵主任说:"徐主任是我,从这里过,刚才差点摔一跤,没事儿。"

徐主任听后没再作声,继续和晁十一与白妞说话。

赵班长拉起李金生就走,李金生则万分地遗憾。此时已经惊动了晁十一,暗杀他已无可能。李金生在途中不时地回头向后张望,发现白妞站在徐主任办公室门外,一直在向他们两个人凝目张望。

到了一个僻静处,赵班长问他:"金生,你这是干啥? 不要命了?"

原来,李金生回勤务班取枪时,赵班长就发现他神色不对,悄悄从后面跟了上来,一直从库房跟到徐主任办公室外,当李金生要举枪射击时,从后面抱住了他。

"你疯了吗? 打死了那个上校,还能保住自己的小命吗?"赵班长气呼呼地说。

"赵班长,你知道吗? 他是俺张江村全村的仇人啊!"李金生把晁十一在洪水中惨杀村民的情况告诉了赵班长。

赵班长听后垂下了头，十分理解李金生。过一会儿，他对李金生说：

“古人讲，君子报仇十年不晚。报仇雪恨是对的，但咱可不能杀了仇人，连自己的性命也搭进去呀！”

看到李金生有所感悟，赵班长又进一步说：

“多行不义必自毙。晁十一这伙人干尽了坏事，早晚有一天会得到报应。会有人跟他算总账，血债必定血来偿！”

李金生对此次没能杀死晁十一十分遗憾，但他相信赵班长的话，晁十一早晚有一天会得到报应。这件事对李金生的刺激非常大，他没有想到晁十一这些土匪强盗会进入国民党军队，而且竟能当上上校军官！对晁十一这样声名狼藉的土匪，第3集团军和战区长官部难道一点不知情吗？难道不知道他杀人放火的过去？还居然把他的土匪武装收编，给土匪头子封官？李金生越想越郁闷憋气，越想越痛苦难忍。他觉得，目前国民党军队鱼龙混杂，坏人得道，太让他失望了。想到自己目前的情况，他觉得更不能在这个后方仓库里待下去了，一定要寻找机会离开。

一个周日的早上，李金生找到赵兴旺班长，对他说：

“班长，我俩一起到新郑县城去一趟吧。来仓库工作三个多月了，我还没去过县城，想买些生活用品。”

赵班长那天正好比较清闲，便爽快地答应了他：

“好哇！我也正好想去城里买点东西。”

两个人很快出了营门，往新郑县城走去。

后方仓库离新郑县城20多里路，两个人在路上边走边聊。在仓库相处的几个月里，李金生和赵班长相互间已有了较多了解，彼此印象不错，说起话来比较随便。两个人在谈话中都各自说了一些家中的情况。李金生了解到，赵班长家住禹县赵家村，老父亲已经不在了，家中只有母亲、媳妇和三个年幼的孩子，生活十分困难，家人一直期望被抓壮丁当兵的赵兴旺能早点回家。两个人又谈到目前的战局，都觉得很不乐观，不知什么时候仗才能打完，什么时候才能把小鬼子赶出中国，老百姓才能过上安稳的日子，心中都充满忧虑。

到了县城后，两个人在城里先是四处转了转，看了看热闹，买了一些日常用品，之后又在小饭馆吃了捞面条。两个人在路上说了一路话，越说越投机。

在返回仓库的路上，李金生试探地问赵兴旺：“班长，你觉得咱在仓库这里

工作怎么样?"

这是李金生反复考虑后才对他说出的话,也是试探赵班长态度的重要一步。

赵兴旺叹了口气,回答说:

"唉!每天整库房,搞卫生,站大岗,真没意思,也没前途。我家里老的老,小的小,困难太多,都在眼巴巴地指望着我,可我却整天在这座仓库里,帮不上家里的忙。"

赵班长说完后又反问起李金生:"金生你是个文化人,你觉得这里怎么样?"

赵兴旺知道李金生曾在禹县教会学校念过书,有文化,还常看报,了解的情况多。赵兴旺很敬重文化人,一直觉得李金生既可靠又见多识广,还在自己家乡禹县上过学,对他十分认同。

李金生看赵兴旺班长也不安心在仓库工作,心中一阵高兴。他不动声色又添上一把火:

"班长,我也觉得在这儿干实在是没意思。你想,咱们出来当兵是为了抗日打鬼子,如果像我的老部队29军那样杀敌立功,出人头地,光宗耀祖,死了也值。现在每天在仓库里累死累活,问也没人问,打仗不沾边,不仅没前途,还不能照顾家人。我奶奶已经70多岁了,还不知能活多久。我都一年多没见她老人家了。"

李金生说着眼睛有些红了。他想起了在家乡的奶奶李葛氏,勾起了对家人的思念和内心的苦楚。

赵班长停下来,对眼中饱含着泪水的李金生说:

"你真说到我的心坎里去了。前些天,我母亲捎话儿过来说,家里快没吃的了,就要'断顿儿'了,老人孩子和媳妇都盼望我赶快回去。这些天我都快急死了。"

赵班长说到这里,眼睛突然一亮,看了看左右,轻声对李金生说:

"金生,干脆咱俩不在这儿干了,一起逃走吧?"

李金生心中一阵高兴。这正是他所期待的,但他仍装作无知地回答赵兴旺:

"班长,我可是新来的,啥也不懂,不知道该怎么办。反正我一切听你的,你说咋办咱就咋办。"

李金生对赵班长这样说，是因为他的心里有个“小算盘”。一来他不知道赵兴旺的真实想法，不知他是否真的想走，担心他是给自己设下圈套；二来当逃兵被抓回是要被重罚的，甚至会被杀头，自己不能首先说出来。如果逃走后被抓回追究起责任来，他不是主谋，责任就轻多了，也比较主动。当然，如果赵班长根本没有要逃走的意思，李金生也不出去，因为后方仓库对士兵外出管控很严，出大门时哨兵都要仔细盘查，很难通过。仓库还规定，士兵外出时，必须两个人以上同行才给批假，要相互监督担保。

赵班长咬了咬牙，对李金生说：

“那咱俩就一齐走。这些天徐主任到郑州开会去了，仓库管得不太严。他不在家正是个逃跑的好机会。咱们要走就快点走。这样，你悄悄做好准备，这一两天我瞅准机会叫上你，咱趁黑儿走。”

李金生马上点点头：“班长，我听你的。”

（四）

第二天晚饭前，赵班长悄悄对李金生说：“做好准备，咱晚上 8 点出发。你只带上贵重点的东西。”

全班一起吃晚饭时，赵兴旺故意当着众人的面对李金生说：

“李金生，你一会儿跟我出去一下，有公差任务，可能回来晚一点儿。”

李金生立刻回答：“好的，班长，我听候调遣。”

晚上八点，天全黑透了，仓库里十分安静。除了门岗和巡逻的流动哨兵，其他人都回到了宿舍。赵兴旺和李金生身穿军装，并肩向营门口走去。这个后方仓库一共有两道门岗，后面一道门岗的哨兵都是本班的。哨兵没有阻挡，还向他俩敬了礼。到了外面的一道门岗，哨兵把守得比较严，尤其对外出的士兵盘问很细。由于赵兴旺是仓库勤务班长，又是出外执行公务，哨兵就简单问了一下情况，放他们出了大门。

李金生和赵班长出了营区后，立刻加快步伐向前赶，不一会儿就上了一条南北方向的公路。这条公路与南下的平汉铁路平行。沿着它一直往南走，可以

走到许昌，再往南是长葛县，向西面一拐，能直达禹县。出发前李金生反复筹划过到禹县的路线，整个路程也就有一百多公里。上了这条南下的公路，赵班长可以回到禹县的家乡，李金生也可以到达禹县慈幼院教会学校。

两个人一路上顾不得说话，脚下生风地大步疾行，一直走得汗流浃背，大口喘气也没停下。他们两个人都十分高兴，因为他们的愿望终于要实现了。两个人一直走了五六十里路，才在过度的疲劳中停下来歇脚。他们在路边小河里手捧清水喝了几口，解渴后又喘了喘气。大约停了五六分钟又上了路，快马加鞭地向禹县方向赶去。一直走到后半夜，终于走进了禹县地界，算是初步到达了目的地。在禹县城北，赵班长停下来，拉过李金生，指着路边黑暗中的一个小村庄说：

“兄弟，我到家了，那就是我们赵家村，我要从这里下公路了。你要记住，咱俩是逃兵，要好自为之，回家后千万不能声张，也不要对亲友说起咱逃跑的事儿。现在是后半夜了，不能惊动左邻右舍。我也不留你了，你继续往南走吧！前面就是禹县县城。咱们后会有期！”

赵班长说完，使劲儿拉过李金生，与他紧紧抱在一起。之后，赵兴旺推开李金生，消失在夜幕之中。

告别了赵班长，李金生感到一身轻松。他真的恢复自由了，真的逃出了那个一直禁锢他的牢笼了，真的脱离了国民党部队了！李金生想了一下，自己从禹县慈幼院教会学校入伍到第29军，负伤后又到野战医院养伤，加上在新郑县后方仓库干的这些日子，算起来自己在部队度过了一年多的时光。现在又回到了起点——禹县慈幼院教会学校。李金生决定，先在教会学校继续读书，完成学业，然后再考虑下一步的打算。经过这一年多在部队度过的腥风血雨，李金生已经练就了一副强健的体魄，不但善于走夜路，而且不惧任何风险。他早已不再惧怕那些虚无缥缈的“鬼”了，也许“鬼”再见到他这个在战火中滚出来的“丘八”，反而会怕他了，反而会吓得退避三舍呢！李金生想到这里，望着远处已隐约可见的禹县县城，迈开双腿，大步流星地向他熟悉的禹县慈幼院教会学校走去。

沿着熟悉的道路，李金生很快来到了教会学校附近。在经过校门前的那条小河时，李金生又看到了河堤上那棵大柳树，想起那次虚无缥缈的见“鬼”时的情景，觉得真是可笑。过了小桥后，李金生来到学校前，先是围着学校的围墙转了一圈，感到学校一切照旧，才来到大门前，考虑怎样进入校内。

正当他踌躇不定的时候，大门“吱扭”一声打开了。里面伸出一个头，盯着李金生看，并惶恐地问：

“老总，您有事吗？”

李金生这才想起自己还身穿国民党军装。在这深更半夜，一个“丘八”突然出现在学校门前，一定吓着里面的人。李金生赶忙回答说：

“我叫李金生，过去是咱教会学校的人。”

“哎呀，是金生你啊！我是李玉生，赶快进来吧！”

李金生仔细一看，开门的正是表哥李玉生。他一阵高兴，立即进入了院内。

李玉生当年之所以没能参加第29军，是因为部队到学校招兵时，家中正好有事，请假回尉氏了。今天晚上，正赶上他在校门口值班护校。听到院外有动静，他就透过门缝往外看，发现有个军人在门前转悠，身影有些熟悉，就主动开门来问，也没想到来人竟是表弟李金生。

在校内站定后，李金生简要给表哥介绍了自己的经历，并告诉他自己要回学校读书的想法。李玉生听后，看着李金生一身“扎眼”的军装，对他说：

“金生，你这一身军装要赶快换下来。我去找一身便服，你换下后咱俩一起去见约翰校长。”

李金生点头说：“好吧！我在门口等你。”

一会儿工夫，李金生就换上了表哥拿来的便服，两个人又一起敲开了约翰校长的房门。

约翰校长看到突然而至的李金生，吃了一惊。他一边穿衣服，一边紧张地问李金生的情况。当他听说李金生是当逃兵回到学校时，眉头一下皱紧了。约翰校长作为一个在中国待了几十年的美国牧师，深知中国军队处理逃兵的残忍手段，弄不好还会连累学校。约翰校长反复考虑后对李金生说：

“禹县教会学校你是不能待了，因为你是从这里出去当兵的，部队有可能追到这里来。这样吧，我写一封信给你带上，你到郑州二马路去找那里的教会学校吴惠民校长。我多次对他说过你，他对你印象很好。另外，吴校长是国民党黄埔军校出来的，在部队人脉广，可以从中斡旋你的事，会妥善处理的。”

约翰校长说到这里，让李玉生先到校门口等候，说要给李金生单独交代一些事情。待李玉生出去，约翰校长又对李金生说：

“有件事情给你透露一下，马万年和小迷糊也在吴校长那里。第29军独立师向湖北开拔前，他们都不愿随军南下，偷偷跑回了学校。我已把他们介绍给

了吴校长。这件事吴校长也正在设法解决,但你还是要注意保密。”

李金生听后一阵激动,没想到他又要和马万年和小迷糊在郑州教会学校团聚了。李金生决定按照约翰校长安排,到郑州去找吴校长,一来便于自己暂时隐匿,二来也能继续读书。另外,他对吴校长印象非常好。在郑州野战医院疗伤时,李金生曾多次到郑州教会学校去过。那所学校的规模比禹县学校还大,教学更加规范。最重要的是,李金生觉得,吴校长是个品格高尚的人,治学严谨,跟着他没错,而且还是一种福分。

想到这里,李金生表示愿意按约翰校长的安排到郑州去。约翰校长当即拿出笔和纸,给吴惠民校长写了一封信,并给了李金生一些路费,还让等在校门口的李玉生把李金生送到了北上郑州的长途汽车。

李金生一路顺利,第二天上午就到了郑州,在二马路找到那所学校。吴校长看了约翰校长的信,毫不犹豫地把李金生招进了学校,并安排他在学校初中部读书。

安排了李金生后,吴校长又通过多种关系为李金生说情。吴校长早年毕业于黄埔军校,在第一战区长官部有不少同学战友。他一再向有关部门解释,李金生在“豫南战役”中作战勇敢,为保护长官负过伤。他这次离队,主要是旧伤复发,想回野战医院继续治疗。目前他的伤势已不适应部队的行军打仗,建议让他到自己学校里读书。在吴校长的多方斡旋下,第一战区兵役部门同意了吴校长的意见,给李金生办理了伤残退伍手续,使李金生名正言顺地在郑州教会学校里安心读书。

在吴校长的精心照顾下,李金生在郑州教会学校又和马万年与小迷糊相聚在一起,开始了新的学习生活。

第十七章

李恒德如何在张江村头巧遇同去捡粪的河南省督军冯玉祥的？1942年河南遇到了怎样的罕见旱灾？大灾中农村饿殍遍野、人吃人的惨景是怎样的？

（一）

黄河在震怒之后疲倦了。花园口大堤的决口，使她下游的身躯伤痕累累，满目疮痍，被迫脱离了东去的故道，转而奔向东南，在东南流域内形成了一个宽大的黄泛区。每到黄河枯水季节，泛区内水涸河干，泥结土板，风狂沙漫，地旱田渴。1942 年，河南全省在度过了洪灾之后，又突遇特大干旱，新黄河内只剩下几汪绢绢细流。张江村的村民们守着身边的黄河，却在为地里的庄稼干旱缺水而苦恼。

李恒德在紧张的抗旱中终于盼来了儿子李金生的消息，一直悬着的心放了下来。前些天儿子托人捎信儿说，他已辗转到郑州二马路一所教会学校继续念书，身体也完全康复。李金生作为家中唯一的儿子，寄托了全家的希望。李恒德怎能不为儿子的安全悬心啊！

金生 6 岁的时候，曾遇到过一场生死大难。那天夜里，晁十一率众匪突然闯进张江村，将金生"绑票"拉走。李恒德当时像掉魂儿一样紧跟这股土匪，从尉氏一直跟到扶沟，在一个村庄外整整呆了半个月，想尽一切办法营救小金生。后来多亏了冯玉祥的部队打跑了晁十一，小金生才死里逃生。在全家人感恩之余，李恒德的父亲李发旺说，冯玉祥率西北军参加北伐后，就任河南省督军，豫东和豫中是冯大帅的后方，尉氏、扶沟都驻扎着他的部队。为巩固后方，西北军在尉氏、扶沟一带清剿匪霸，剿灭和驱逐了包括晁十一在内的大大小小的土匪。小金生就是在这种背景下幸运获救的。李恒德为此特别感激冯玉祥，感激西北军。李恒德还听父亲说，冯玉祥主豫后曾有"植树将军"的美称。他在河南广垦荒地，植树造林，并在新植的树上挂上纸条："老冯驻郑州，大树绿油油。你砍我的树，我砍你的头。"冯玉祥主豫期间，还抄了袁世凯的老家，将袁家巨额财产分给农民。尉氏大财主"刘半县"是个巨富，死后刘氏家族为争夺家产诉讼公堂。冯玉祥了解到刘氏遗孀有意赞助革命，就出面为刘青霞做主，将"刘半县"的大部分财产收归国有，用于河南赈济灾民和办学施教。所以，李恒德不管村里人怎么看冯玉祥，怎么评价西北军，只要冯玉祥的部队到村里征粮派物，总是踊跃捐献。

还有一件事情让李恒德终生难忘：他亲眼见过冯玉祥本人，而且和冯玉祥一起拾过大粪。

1928年6月的一个早晨，天刚蒙蒙亮，李恒德一个人到村头捡粪。他走到村口，老远看到一个大胖子和一个小伙儿也身背粪筐在寻粪。李恒德当时很疑惑，这两个人怎么会比自己起得还早呢？他走到两个人跟前，看到那个大胖子身穿一件粗布褂子，脚蹬圆口布鞋，腰间还扎了一条粗麻绳，跟庄户人家装束打扮一样。李恒德从没见过这两个人，就上前去问。谁知那小伙子向他介绍说：这位是河南督军冯玉祥。李恒德听后大吃一惊，紧张得不知如何是好。

冯玉祥看到李恒德的惊愕表情后哈哈大笑。他把李恒德拉到身边，和蔼可亲地问寒问暖，问他家里几口人，几亩地，几头牲畜，日子过得怎么样等，使李恒德紧张的情绪逐渐放松了下来。

冯玉祥还对李恒德说，他也是穷苦人出身，自幼家中贫寒，虽然12岁就参加了清末刘铭传的“铭军”，但也没少干农活，不管是耕田种菜还是饲养牲畜，样样都是行家里手，现在还喜欢吃粗粮，穿粗布，也常下地干农活儿。

李恒德当时非常激动，向冯玉祥述说了儿子李金生被西北军从土匪晁十一手中救出来的情况，并当场跪在地上对冯玉祥磕头谢恩。冯玉祥见后连忙扶起李恒德，说：“这就对了。解救穷苦人是西北军的本分。西北军是老百姓的部队，是为穷人打天下的。清剿匪霸是应该做的，更是这支部队的职责。”

李恒德没想到他此生会遇到这么好的大官、这么好的部队。自从1927年6月贺龙率领北伐军经过尉氏时纪律严明，秋毫无犯，受到百姓交口称赞之后，李恒德再没有见过真正为穷苦人济危解困的部队。想到冯大帅西北军对儿子的救命之恩，李恒德又坚持要下跪致谢。万万没有想到的是，冯玉祥竟然也当场对他跪了下来，让他激动得流下了热泪。最后他在千恩万谢中告别了冯玉祥，而冯玉祥还把一大早捡来的两筐大粪全送给了他。

从那以后，李恒德反复教育儿子小金生，要一辈子记住冯玉祥和西北军，记住对他有救命之恩的29军，如有机会，一定要舍命报答。

也真是命里该有，儿子金生后来真的参加了第29军，听说还在部队学会了耍大刀，甚至参加了攻打淮阳的战斗。至于后来儿子负伤的情况，他是在金生到了郑州后才听说的。金生是怕家人担心，才一直瞒着没说。李恒德到郑州看望他时，见他的伤势已基本康复，才真正放了心。

人活在世真的很不容易,尤其是生活在社会最底层的广大农民。他们成年累月用自己的汗水浇灌土地,不分昼夜地辛勤耕耘,尽心尽力地操劳苦干,但仍难保证一家人果腹的口粮。更令农民无奈的是,经常会有一场场不期而至的灾害袭来,会有一个个意料不到的横祸降临,使农民汗透血浸的土地颗粒无收,被迫逃荒要饭,流落他乡,甚至家破人亡。可怜的中国农民啊! 多少年来,在一个个巨大的灾害面前,他们只能逆来顺受,万般无奈地苦舔自己的伤口。

李恒德此时站在自家田头,对连日的大旱担忧不已。1938 年黄河大水漫过张江村后,村民们克服了莫大的困难,才重建了自己的家园。情况刚有好转,在 1942 年又遇到了一场新的大灾难——罕见的大干旱!

这场大旱灾,从 1941 年秋天就开始出现了,一直延续到现在。1942 年上半年还下过几场小雨,地虽没浇透,但庄稼总算有了二三成的收获。村民们都盼望着下半年能下几场透雨,使秋粮有个好收成,弥补夏粮歉收的亏空。但是,1942 年下半年情况不仅未能好转,反而更遭,连续三四个月没下一场透雨。田里没水浇灌,秋苗就不返青,不拔节,不出穗,不灌浆,不结果,村民也就没了赖以度日的口粮。自进入大旱以来,村民们每天都心急火燎,一大早就仰望天空,企盼老天爷早点下雨,赐给靠天吃饭的农民一口饭吃。尉氏村乡的一些老人到处张罗着“祈雨”活动,成千上万的人对天空顶礼膜拜,叩头作揖,乞降甘露。但是,无论老百姓怎样虔诚,怎样哀求,老天爷就是不开眼,至今一滴雨水也不降给人间。

李恒德看到,由于近半年来不下雨,新黄河大堤内的水流也快干涸了,到处是裸露的黄土沙丘,只有在很远的河床中,才有几条可怜的涓涓细流。在太阳的暴晒下,田里的土地已变得干硬龟裂。李金生伸手抓起一把土块,用手一捏就成了粉末,看不到一丝水分。

由于极度缺水,庄稼已经枯萎了一半以上,有的人家整块田里的庄稼全部干死。李恒德担心,再这样下去,地里的秋粮有可能绝收,张江村的人将无粮过冬,会面临饥饿和死亡的威胁。真到了那个时候,全村人唯一的出路,只有举家外出逃荒要饭了。那将是多么凄惨啊! 1938 年那场洪灾的惨景不堪回首。为逃避洪水,全村人无家可归,被迫远走他乡。有多少人骨肉分离,生死两别! 多少人冻死、饿死在异地他乡……

李恒德越想越担忧,越想越后怕,越想越心神不定。他在内心祈祷:老天爷啊! 你可怜可怜苦难的农民吧! 保佑乡亲们度过眼前这场大旱灾,千万不要让多灾多难的农民再次外出逃荒要饭了，千万不要让张江村再次遭遇家破人亡的灭顶之灾了！

（二）

李恒德的担忧还真的应验了。

1942年，整个河南都遇到了罕见的特大旱灾。全省入夏以后，连续4个多月没下一场透雨，地里的禾苗就像一群张着大嘴嗷嗷待哺的婴儿那样，在极度干旱中纷纷夭折、枯死。

秋粮基本"绝收"。很多农民的收获只有往年的十之一二，甚至收的粮食还没有种下的种子多。由于极度缺水，庄稼大多枯死，个别人家地里幸存的少量苞谷杆，也只有两三尺高，很难长出成熟的玉米。

尉氏县中学的周廷云老师，近日带学生到张江村帮助抗旱。李恒德听他说，目前河南全省已是"赤地千里"了。什么叫"赤地千里"？就是在大旱中地里的庄稼枯绝了，光秃秃的什么都没有，成了空空如也的"赤地"。尉氏全县1942年也基本没有什么收成，到处缺粮少食。许多村庄的农民都在挖野菜、啃树皮。有人被迫吃大雁粪和观音土度日，甚至出现了饿死人的惨状。饥饿在全县无法遏制地迅速蔓延。周老师对村民们讲，河南现在遇到这么大的灾，但仍然担负着沉重的税负，仍然要纳粮出兵。历朝历代朝廷都赈济灾区，都明文规定灾区不纳粮，不进贡，但河南目前粮税不仅一粒未减，反而不断加重，甚至还担负着数十万驻军的粮秣供应之重任，真是雪上加霜！周老师号召村民团结起来，反税负，反纳粮，反饥饿，求生存，到县城、到省城、到战区去申诉请愿，讨回公道，要吃饭，要糊口，要活命，要求国民政府赈灾放粮。

李恒德觉得周老师的话句句在理，句句说到了农民的心坎上。村民们私下议论，周老师是共产党派来的人，正在领导农民闹赈灾，搞自救，求生存。李恒德对周老师的话很信服，对这个人也很认可，但真的让他去"官府"请愿、去申诉，他不会去，因为他此时还心怀侥幸，因为自家的情况比别人稍好一些，能过得去。张江村依河近水，虽然雨少天旱，但毕竟还能到新黄河深处挑水浇地，虽

然每天劳累不堪，但地里的庄稼并没有被全部旱死，还会有二至三成的收获。另外，自家地窖里还储藏着一些红薯，能在夏粮歉收时抵荒度日，兴许能顶过这个灾荒之年。

李恒德心中的侥幸，很快被一场意想不到的巨大灾难所击碎。

一天晌午，李恒德和村民们正在村头议论抗旱的事情，忽然发现南边天空飘来一大片黑云。那片云很重，很厚，黑压压的连天接地。当时大伙儿还以为是有一场大雨要来，一阵惊喜。当村民们都在期盼的时候，黑云已经快速飘移到了大家的头顶。刹那间，整个村子在黑云笼罩下变得阴暗起来。随后，众人又听到一阵巨大的响声。这种响声不是打雷的声音，像是成千上万架纺车发出的“嗡嗡”轰鸣。当村民们都疑惑不解的时候，有人忽然反应过来，高声喊道：

“不好啦，是蝗虫大老爷来了——”

大伙儿全愣住了。难道这天空的黑云是成群的蚂蚱吗？难道真是庄稼人的天敌——蝗虫来了吗？

村民们抬头仔细一看，刚才还火辣辣的太阳竟然一下子变暗了，张江村四周刹那间好似乌云遮日一般黑暗。当大家惊愕不已时，遮天蔽日的蝗虫就劈头盖脸地压了下来，一群群地降落在地上。一转眼的工夫，地上的蝗虫群比暴雪片还要稠密，比蚁穴、蜂巢还拥挤。各家的屋顶上，墙头院落里，爬满了一层又一层密密麻麻的蝗虫，整个村子都被蝗虫覆盖。张江村竟然突然改变了模样——像是被毛茸茸的蝗虫修起来的一样，被遮盖个严严实实。全村到处是密麻密麻的蝗虫在爬，到处是遮天盖地的蝗虫在飞，蝗虫嗡嗡的巨大怪叫声让人心惊肉跳！

大家见此情景，都全身发瘆，愣在那里不知所措。

李恒德长这么大，还从来没有见到过这般奇景，更没有想到小小蚂蚱在大规模群聚后，竟然能给村庄带来这样让人触目惊心的惨剧。

李恒德和村民们回过神后，立刻一窝蜂儿地跑散，冒着雪片般扑面而来的蝗虫冲向自己的家。李恒德回家后看到，自家院子已覆盖了满满一层蝗虫，那嗡嗡的怪叫声令人心悸神乱。李恒德不顾一切地冲进屋内，看到全家人都被外面的蝗虫吓得瑟瑟发抖，三个小女儿躲在墙角惊恐万状，母亲李葛氏跪在佛像前烧香拜佛，叩头祷告，连媳妇李徐氏也吓得两眼发呆。李恒德将家里的门窗一一封严，安顿了家中老小，随后从屋内拿起一把铁锹冲出院子，扑打着漫天飞舞的蝗虫，冲向村外的自家苞谷地。那里有他们全家人的保命口粮啊！

李恒德此时只有一个念头，无论如何要保住自家的庄稼。他拼命往前跑，每迈出一步，都踩在成堆成团的蝗虫上面，脚下发出“扑哧扑哧”的响声。李恒德好不容易冲到自己家田头，往地里一看，脑袋“嗡”的一下蒙住了——

田地里哪儿还有庄稼啊？哪里还有苞谷啊？光秃秃的，连一片苞谷叶、一根苞谷杆都没有剩下，甚至连地边的草儿都被蝗虫吃掉了，三亩地空荡荡的！

李恒德再看看四周，邻家田地也都一样，所有庄稼几乎全被蝗虫吃光，所有土地全都变成“赤地”了。成群的蝗虫在田里肆虐，成团的蝗虫在庄稼中撕咬，成片成堆的蝗虫在天空飞来飞去。无论是平地还是坡地，到处趴着蝗虫，密集的地方蝗虫竟有半尺多厚！

张江村遭到了灭顶之灾，庄稼几乎全被吃光，连地边的野草、树上的叶子也大多被蝗虫吞噬。

小小的蝗虫大老爷，天大的祸害让人目瞪口呆！

李恒德呆呆地站在自家田边，脑袋中一片空白。看着眼前的惨景，他不知如何是好。在极度的哀痛中，他慢慢在田边蹲了下来，仔细看着这些夺了他全家口粮的“蝗虫老爷”的模样。

“蝗虫老爷”有两寸来长，与平时人们在草地中看到的蚱蜢差不多大，只是更加健壮，蹦得更高，跳得更远。李恒德发现一个奇怪现象，蝗虫啃咬动作非常一致，都朝着一个方向爬，没有一个拐弯儿的，像是有人指挥一样。蝗虫爬蹦的速度极快，发出的声响比牛马吃草的声音还大。它们一边爬，一边吃，一吃一长溜，几个来回很少有哪个叶片能够幸免。蝗群中还有些一寸来长的红色幼虫。这些幼虫还没长出翅膀，只会蹦，不会飞。让李恒德惊讶的是，幼虫在啃吃庄稼的同时，眼瞅着就脱掉了外壳，变成了两寸长的成虫，并长出翅膀，蹦跶几下就飞了起来，而且越飞越高，一口气能飞好几里地。

飞蝗在天空越聚越多，群幅越来越宽。它们降落在地上吃上几个来回，地里的红高粱，绿荞麦，黄玉米，一转眼就不见了踪影……

此时李恒德身上落满了蝗虫，他已顾不上拍打驱赶了。看着漫天掠过的飞蝗群，看着地里被啃得空荡荡的庄稼残迹，看着全家眼巴巴盼着的保命口粮被蝗虫吃得片叶不留，李恒德全身就像被抽了筋一样，两腿一软，一下子瘫倒在自家田头。

倒在地上的李恒德满脸泪水，心如刀绞，悲伤到了极点。他在想，这下可全完了，全家人今后的日子可怎么过啊？

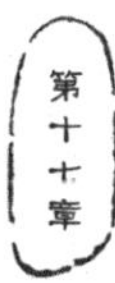

（三）

历史罕见的大旱荒在河南全省降临了！

这场延续了三年之久的特大干旱，在河南的灾荒史乃至中国近代灾荒史上都空前绝后，整整饿死了300万人！

与往常不同的是，这场大灾是水灾、旱灾、蝗灾三种灾害接踵而至，而罪魁祸首还是1938年的黄河大决口。黄河决口以后，巨大的水灾严重破坏了黄泛区的生态平衡，破坏了中原的土壤结构，颠覆和紊乱了水文、植被等自然环境，促成了黄河在枯水季节“旱灾”的肆虐。“旱灾”出现以后，又在很大程度上诱发了“蝗灾”。因此，“旱灾”与“蝗灾”的灾链诱发关系十分密切。“旱灾”的出现，为蝗虫生长提供了良好环境。在黄河的枯水季节，水断河干，河堤内土燥沙软，使大量的蝗幼虫滋生有了适宜的温床。前一年，少量的蝗虫在河堤上产卵，第二年春天，幼虫就满地跳出，四处蔓延扩散。1942年正值旱灾肆虐，农民都忙于抗旱，无暇顾及蝗幼虫，结果这些幼虫迅速长大，聚集成群，最终导致了“蝗灾”的大面积流行。等到农民去扑灭它时，蝗虫已成了燎原之势，无法控制。

1942年，是河南的灾荒之年，灾难之年，也是悲痛之年，心酸之年。在这一年中，全省干枯的旱灾，肆虐的蝗灾，向着刚从黄河洪灾中走出来的苦难农民无情地扑来，使中原大地还未舔愈旧的伤口，又被一场新的更大的灾魔所席卷，所伤害，所重创。

灾情在迅速扩大。庄稼被蝗虫啃吃以后，村民家中微薄的夏粮和窖藏的红薯也渐被吃光。村里人个个面黄肌瘦，面色乌灰，少气无力，开始寻找一切能够果腹的东西充饥。他们先是啃吃村外的树皮和草根，后来煮吃自家枕头内的陈霉糠皮，再后来干脆拣食大雁粪便和观音土果腹。由于树皮、草根和观音土难以消化，村民的肚子很快被胀得像鼓一样大，拉不下屎来，不少大人小孩被活活憋死。由于饿死的人不断增多，每天都有死尸从村民家中抬出，村外新坟迭出，哭声不断。后来由于饿死的人太多，一些尸体又埋得较浅，成群的野狗在饥饿中扒出死尸疯狂撕咬,令人恐惧心酸。在大灾中,张江村在哭泣,尉氏县在流泪,豫东大地在悲号,成千上万的农民在饥饿笼罩下万分凄凉,万分无奈,在死亡线上苦苦挣扎。

还有比张江村更惨的地方。李恒德听村里的江顺堂说,南边的后黄村还发生了人吃人的惨剧。李恒德开始不信,后来正好有几个后黄村的乡亲到家中要饭,李恒德一打听,还果真有此惨剧。

发生惨剧的这家主人叫金昌。李恒德以前在尉氏县城打短工时还见过这个人,与他相识。后黄村的村民在吃光了树皮草根后,开始食大雁粪,吃观音土,后来连这些东西也没有了。村里饿死的人越来越多,各家朝不保夕。一天中午,金昌媳妇从外面要饭回家,怎么也找不到家中快要饿死的小儿子金娃。金娃已经四五天没吃东西了,躺卧在床上处于弥留之际。金昌媳妇问起同样饿得快走不动的丈夫,丈夫则用野兽一般的凶光看着她,没有回答。当金昌媳妇焦急不已的时候,忽然闻到家中灶房内传来一股奇香。她跑过去揭开锅盖一看,金娃的两只胳膊和大腿正在铁锅里沸煮,儿子已被砍得鲜血淋漓,尸体就扔在炉灶旁边……

李恒德还听人说,张江村北边的东段村也发生了人吃人的惨剧。村民安富生与媳妇竟然把亲生女儿香菊给煮吃了。令人发指的是,他们的女儿在铁锅中被煮得稀烂,头颅肿胀得有小脸盆那么大。安富生与媳妇两个人吃了几口后,看到女儿龇牙咧嘴的头颅,当场双双吓死。

尉氏县府接到举报后,立即将县内发生的几个吃人的禽兽抓了起来,将这些民愤极大的人间败类当众枪毙。

听了这些毛骨悚然的传闻,李恒德惊呆了。这是谁制造的悲剧?这是谁带来的惨状?这是谁作的孽?原来善良忠厚、本分勤劳的农民,为什么会在此时变成了毫无人性的魔鬼?谁是罪魁祸首?是谁让中原大地出现了这样灭绝人伦的禽兽败类啊?

当张江村整个村子都面临绝境的时候,人们终于盼来了救星——尉氏县中学周廷云老师。周老师带着学生们来到了张江村,给村里带来了宝贵的粮食。粮食虽然不多,但还是解救了一些濒死的灾民,让乡亲们感到了莫大的温暖。周老师看到张江村被旱灾、蝗灾洗劫后的惨景,看到骨瘦如柴的村民那灰暗如土的面孔,看到家家戴孝、户户起坟的悲况,眼中流下了两行热泪。周老师站在村头,对围在身边的村民们说:

"乡亲们,咱河南今年遇到了特大旱灾、蝗灾,全省100多个县河干井枯,赤地千里,灾民达到了上千万人,到处都是饥民,到处都是乞丐,到处都是饿殍,野狗吃死人把眼睛都吃红了!但是,政府在这巨大的灾难中却麻木不仁,根本不管灾民的死活,现在还在向灾区征粮,还向灾民征款,还向难民纳税,真是天灾又加上人祸啊!都说咱河南有'水旱蝗汤'四大灾害,这个'汤'字,就是指驻扎在河南的第一战区副司令'汤恩伯'。汤恩伯的几十万部队现在还要咱河南灾民来负担,让咱们雪上加霜。面对灾区的遍地饿殍,他汤恩伯不但不救济,反而还用苛捐杂税盘剥灾民。这还让咱们活命吗?世界上还有公理吗?"

周老师的话,引起了村民们的强烈共鸣和极大愤慨。大家表示,愿意听周老师的话,跟着周老师干,去请愿,去申诉,要求政府赈灾,坚决抗争到底。

正如村民的猜测,周廷云的确是一个共产党,还是中共尉氏县党支部书记。周廷云是土生土长的尉氏县人,毕业于尉氏县师范学校,曾在延安抗日军政大学和陕北公学学习。国共联合抗日之后,周廷云受组织委派回到家乡,恢复了县党支部并担任书记。尉氏县党支部面对家乡这次罕见的灾情十分焦虑,决定动员一切力量发起农民运动,想尽一切办法帮助灾民自救。他们还决定,向国民党当局请愿,要求赈灾救灾,要求政府把灾民的生命放在第一位。周廷云这次到张江村来,就是动员灾民自救图存,动员大家到政府示威请愿,到国民党驻军门前乞赈。

听了周老师一席话,李恒德心中倍感慰藉。在这罕见的大灾面前,还是共产党和灾民们心贴心,还是周老师这样心地善良的好人与村民们共命运。灾区的难民现在多么渴望政府能来帮帮他们,救救他们,施舍一点保命的粮食,让灾民有口饭吃,有口汤喝,帮助他们跳出苦海啊!

(四)

河南省政府主席李培基也在为赈灾的事情焦急万分,像热锅上的蚂蚁一样急得团团直转。他此刻坐在位于鲁山县的省政府办公室内,愁得头昏眼花。

李培基于1942年1月出任河南省主席。上任后他发现,地处抗日前线的人口大省河南，灾情要比他预想的严重得多，当这个省主席，算是跳进了苦海。

河南省主席一职，本来一直由战区司令长官兼任。1938 年，在处决韩复榘的“开封会议”上，为统一战时军令政令，统筹战区内的抗战力量，蒋介石决定重新实行“军政合一”，全力抗击日寇。前两任河南省主席，曾由第一战区司令长官程潜和卫立煌兼任。进入 1942 年，河南发生了罕见的灾情，第一战区无力赈灾，无暇救民。为发挥地方政权的作用，加大赈灾力度，同时也能够更好地征集军粮，蒋介石又决定“军政分开”，把河南省主席一职从战区分离出来。李培基没想到，这个苦差使落到了自己头上。

李培基就职以后，于 1942 年 4 月把省政府迁到了鲁山县。这是因为，一来鲁山离前线较远，更加安全，二来能减少战区对省政府的干扰。目前河南局势十分严峻，北、东、南三面受敌，全省 111 个县有 42 个被日军侵占，国统区只剩下 69 个县。在这 69 个县中，还有 10 多个县属于地处南阳的第五战区管辖。

在河南这个四分五裂的地区内，各种势力交织，情况错综复杂，本来就极难治理，现在又突遇罕见灾情，省政府就更难以支撑。今年以来全省夏粮大幅歉收，秋粮几乎绝收，各地赤地千里，灾民如蚁，最为缺少的就是救命的粮食。自古以来，救灾济荒主要靠“移民”和“移粟”两种办法解决。第一种办法是向外移民，而移民需要交通，这一点河南根本不具备，因为省内铁路基本瘫痪，公路多被日军毁坏，大规模“移民”无从谈起。第二个办法是“移粟”，也就是调集粮食赈民。目前河南根本没有多余的储备粮食，国民政府反而要求在河南加大征集军粮力度，继续负担省内数十万驻军的粮秣供应，从灾民嘴中夺食。历朝历代，灾区都不纳粮，都知道“免税赋是救灾之首，赈济是救灾之尾”。如不把灾区沉重的税负免掉先赈济灾民，等于把自己身上的肉割下来让嘴巴吃。

蒋介石好像不明白这些道理。1942 年 8 月在西安召开的“前方军粮会议”上，他明知河南灾情严重，仍提出“军队不可一日无粮”，河南要“舍民保军”，并强调，即使在大灾面前，河南的军粮也不能减免。后经省政府一再陈情，国民政府最终答应拨给 2 亿元赈济款，但这点款项即使全部买成粮食，也只能购买 2000 万斤，300 万灾民每人 6 斤，连 10 天都支撑不到。况且在这 2 亿元赈济款中，还有 1 亿是贷款。李培基心中十分清楚，蒋介石之所以这样做，有一个不便言明的原因，那就是目前河南是中日军队反复争夺的地区，存在不确定因素，一旦被日军占去，就会成为沦陷区。蒋介石是抱着“不让粮食资敌”的心态，把河南的粮食搜光刮尽，当危机真的到来时，以牺牲河南民众的生命为代价，换取战

局的暂时稳定。

巧妇难为无米之炊。即使在河南的巨大灾害面前,蒋介石的命令还是要执行。李培基迫不得已只好到各县督促征集军粮。在豫中某县,当地县长欲哭无泪。这个县长说,辖区内的灾民实在交不出军粮了,很多人已经为交纳军粮卖掉了家中的所有财产,有的卖儿卖女,还有的把家里最后的种子粮上缴后全家上吊自杀。县长说到此处放声大哭,跪在地上一个劲儿地磕头,请求减免该县根本征不到的军粮。李培基听后都感到无限悲伤,感到自己是在从饥民口中夺粮,从难民身上割肉,在做着一件违天理、昧良心、败祖宗、绝后代的孽事。李培基甚至想,现在弄得百姓哭、苍天怨,早晚一天自己要遭天谴、受报应。

河南的巨灾引起了全国各界的高度关注。在重庆召开的第三届国民参政会议上,河南籍参议员郭仲隗为灾民涕泣陈情,跪地请愿,触动了众多的与会议员,震惊了中外。连美国记者白修德也在《时代周刊》发表了反映河南大饥荒的文章,让全世界知道了河南的罕见灾情,知道了中原灾区饿殍遍野、人自相食的悲惨情景。在强大的舆论面前,焦头烂额的蒋介石下令第一战区严防新闻记者捣乱,防止激发灾民闹事,同时也要求河南省政府尽力赈灾。此时的李培基,已是"无米的巧妇"。省政府早已财力枯竭,在救灾赈粮上实无能力。李培基绞尽脑汁也没有想出好的办法赈济灾区,最后决定,请求河南驻军缓征军粮,同时希望部队拿出一些库存的粮食救助灾民。李培基指望第一战区副司令长官汤恩伯能积德行善,拨付些囤积的军粮救急赈灾,救救河南每天都在大批死亡的灾民。

李培基在办公室里思考着如何到汤恩伯的叶县驻地去,怎么与他交涉暂借军粮的事情。汤恩伯在大灾面前仍然生活奢侈,下属庞大的部队军纪败坏,官兵扰民劫财,名声狼藉,对救灾赈民十分消极。

当李培基正在苦苦思索的时候,河南省政府马秘书长匆匆闯了进来。他气喘吁吁地对李培基说:

"李主席,大量灾民在省政府门前请愿闹事,要求政府立即放粮赈灾,施粥救民。灾民群情激奋,看来是一次有组织的破坏活动,极有可能是共产党领导发动的,带头的人是尉氏师范学校老师周廷云。"

"周廷云?这个人我知道,是一个铁杆共产党员,洛阳八路军办事处派遣来的。对这个人,我们要格外小心。你通知警察厅赶快布置警戒线,必要时向汤恩伯副司令长官求援,让他们派军队维持局面。另外,汤司令那边对借粮赈灾一事有答复吗?”

李培基当前最关心的是汤恩伯能否拨付军粮赈灾。他估计,这一次请愿,灾民不光会到省政府这里来,也会到叶县汤恩伯第一战区副司令长官部去。

“汤司令还是不同意借调军粮。听说这次灾民也到第3集团军总司令部请愿了,不知道会得到怎样的答复。我先去布置警戒,防止灾民闯进省府。”

马秘书长说完,把一份文件呈送到李培基桌前。

这是一份《灾情通报》。李培基从通报上看到,河南全省的灾情还在加重,外出逃荒的灾民急剧增加,逃荒的主要方向是西边的陕西省。

“马秘书长,你要继续向重庆国民政府发电,请求加大对陇海铁路西段运能的调配,力争让去陕西的灾民全部免费乘坐火车。目前河南赈灾粮食严重不足,我们只好加大对外移民速度,让灾民外出逃荒要饭了。”

“李主席,我马上按您的吩咐去办。真是您说的,现在‘移粟’做不到,只有‘移民’这一条路了。”马秘书长说完扭头向外走去。

“等等,你去叫上警察厅长、民政厅长和财政厅长,我们一起到门口去见见灾民。”

李培基从椅子上站起来,和马秘书长一起向外走去。

(五)

河南省受灾以来规模最大的一次请愿赈灾活动达到了高潮。这次由共产党组织发动起来的请愿活动,动员了数十万灾民参加,声势浩大,影响甚广,赢得全国各界的大力支持,并取得了阶段性胜利,争取到了政府对黄泛区灾民的部分救济。请愿活动虽然没有彻底解决所有赈灾问题,但还是使一些濒死的灾民死里逃生。在周廷云老师的率领下,张江村众多村民都参加了这次请愿活动。李恒德也加入了他们的行列。请愿活动虽然有了好的结果,但李恒德还是决定举家逃荒陕西。

面对河南的巨大灾情,国内外各界人士都伸出了援助之手。国际联合慈善救济组织先后给灾区运来了一批又一批粮食和药品,在灾情严重的乡镇开设了

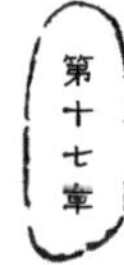

粥场施粥。最让灾民难忘的是，国民革命军第38军拨出了7万斤军粮赈灾，官兵每人每天节约一两粮食捐给灾区。第38军赵寿山军长还变卖家产，从陕西购回20万斤杂粮和100吨小麦麸皮运给灾区，并收养了数百名无家可归的孤儿。新35师孔从洲师长亲自给荥阳县灾民送去了所属部队节省下来的粮食，并帮助地方政府建立粥场。

尉氏县城也开设了几个粥场。李恒德在县城喝粥时看到，粥场内架起了6口大铁锅，每天用600斤小麦熬24锅粥。施粥的时候，灾民手持村里的介绍信到粥场领票，持票领粥，每天两顿，每人每餐可领稠麦糁粥一大勺。粥领回家后加上些野菜，可够全家食用。粥场的粮食，有国际慈善机构捐助的，有政府下拨的，还有一部分是驻军节省下来的。新35师节省的粮食，直接从师部军需仓库运到粥场。而让李恒德和众多灾民不了解的是，新35师这支部队，此时已被共产党控制，师长孔从洲就是一个共产党员，该师各团营已建立了秘密的共产党组织。

但是，灾区中像新35师这样的好部队毕竟是少数，救济的灾民数量也实在有限，此次请愿活动换来的小规模赈灾，只能救急，不能救本。随着时间的推移，国民政府调来的赈灾粮食越来越少，粥场熬的粥越来越稀，后来难以为继。由于人多粥少、汤清米稀，挣扎在死亡线上的灾民每天只能喝到仅有十几粒米的稀粥，难以充填他们极度缺乏营养的肚子。在这种情况下，饿死人的惨状又频频出现，乌云黑雾再次笼罩在灾民头上。

继续在张江村待下去已经没有生路了。村里的人不仅早吃完了粮食，吃光了树皮、草根和陈糠，甚至连大雁粪和观音土也都吃尽了。不少家庭在卖完家中所有值钱的东西后，开始卖儿卖女。张江村外的野地上，大群家狗已恢复狼性，瞪着血红的眼睛扒吃死人骨肉，一个个吃得膘肥肉厚。由于死人太多，后来连野狗都专门拣那些口嫩的年轻女性下嘴，有的尸体吃一半就抛在路边，有的则连人头上的肉也啃光吃净，只剩下一具白森森的骷髅。

1942年的严冬就要到来了，张江村面临着饥荒和严寒的双重威胁。李恒德感到，家乡这个穷窝再也待不下去了，唯一的活路就是举家背井离乡，逃荒要饭。如果继续待在家乡，全家人只能饿死、冻死和病死，而外出逃荒还有可能找出一条活路。在大灾之年，大家首先要保命啊！

全村几乎都在做逃荒的准备。陕西是抗战大后方，这些年没遭到大灾，只有先逃到那里去，找一口饭吃，才有可能保个活命。但是村里的人真的要走了，又格外地留恋家乡。穷家虽破，但毕竟是自己的家啊！毕竟是祖祖辈辈安身立命的地方啊！不是到了万不得已，谁愿意背井离乡，走逃荒要饭这条不知生死的险路啊！

李恒德准备在寒冬到来之前出发。张江村的村民们已反复商量过，就到陕西黄龙山去逃荒。黄龙山虽然离尉氏一千多里地，但村里有人去过那儿，那里是个农垦区，有不少尉氏老乡已在那里开荒种地，听说能养家糊口。出发前，李恒德还专门和村民一起，到县城开了逃荒的"身份证"——一个盖有公章的长布条。把它绑在身上，可以免费乘坐火车，因为眼下省政府鼓励灾民外出求生。

李恒德就要出发的时候，又遇到了一个新难题。母亲李葛氏说啥也不愿走，不愿到陕西逃荒，不愿离开家乡的故土，宁愿一个人饿死在张江村。李恒德怎么做工作也说不通，实在没有办法，只好把邻村的二姨刘葛氏找来，一同做母亲的工作。但是，母亲已经拿定了主意，任凭两个人说破了嘴，也不松口。李葛氏此时已饿得躺在床上难以翻身，但仍挺起枯瘦的身子，有气无力地对他们说：

"俺只剩下这把老骨头了，说啥也走不了那一千多里路。俺不能死在路上，不能拖累了全家。外出是个死。在家也是个死。俺一个孤老婆子还是死在自己的故乡吧！"

李恒德流着眼泪对母亲说："娘，要死咱全家人死在一起。爹已在上次的洪水中死去了，俺可再不能没有了娘啊！"

二姨刘葛氏也在旁边劝道："姐，咱俩一起从兰考县嫁过来，多不容易！几十年都过去了，这次也一定能挺过去。再说，你要是有个三长两短，俺将来咋向葛家人交代啊？说啥也不能在逃荒中丢下你呀！恒德已经准备好了独轮车，一路上会推着你走。你不走，全家人又咋能放下心呢？秀兰、仙兰和玉兰她们又咋能离得开奶奶呢？"

二姨自小和姐姐一起长大，先后从兰考徐公庄嫁到尉氏。姐妹情深，说着说着声音就哽咽了。

李葛氏背过头去，脸上已是热泪横流。她知道，这次逃荒比不了上一次。上次逃洪水，是回兰考娘家徐公庄，不到200里路。这一次是到陕西黄龙山，有一千多里路程，要走几个月时间，路途遥远，缺吃少穿，饥寒交迫。自己年迈无力，和全家人一道走，不是饿死就是冻死。最关键的是，自己患病的身体已经走不动路了，路上还要儿子媳妇照顾，成为全家的累赘，所以她抱定了留在家乡、死在故土的决心。

一连几天，无论李恒德和二姨怎么劝说，李葛氏都不听，反而一再劝他们赶快走。

李恒德进退两难。他不能撇下母亲，不能让母亲活活饿死、冻死。但是，眼看着张江村的乡亲们走了一拨又一拨，他心里十分焦急。

一天早上，李恒德正在自家院里修理独轮车，妻子李徐氏忽然大哭着从房内跑了出来：

“恒德，快到屋里来，咱娘她……”

李恒德快步跑到屋里一看，顿时惊呆了——

母亲李葛氏上吊了！不知道她是怎样拖着病弱的身子把粗大的麻绳绑到屋顶的大梁上的，也不知道她是怀着多么强烈的悲痛下了这么大的决心的。李恒德十分明白，母亲是为全家人着想，不想成为家人的累赘，是为了让全家人丢下包袱尽快上路才毅然献出了自己的生命。

李恒德太恨自己无能了，太后悔不该那样死命地劝说母亲跟他们外出逃荒了，不该让母亲承受那么沉重的压力，被迫采取了这样的下策。早知道这样，家里人还外出逃什么荒啊，宁可全家人死在一起啊！

在巨大的悲愤之中，李恒德埋葬了母亲李葛氏。此时，张江村的乡亲已经逃荒走了一大半。李恒德只好带着全家老小，和其他村民结伴，一步三回头地踏上了前往陕西黄龙山的路程，开始了漫长而又艰难的千里逃荒。

第十八章

蒋介石面对国内外舆论压力对河南救灾赈灾采取了什么措施？披露河南灾情的《大公报》记者章先锋受到了怎样的迫害？富有正义感的中国军人是如何营救章先锋的？

（一）

黄河下游大平原，有两个省因黄河而得名，这就是河南省和河北省。河南简称“豫”，在远古时期这里是一片原始森林，野象众多。先人们捕象驯象，于是有了“人牵象”的象形字。古代“予”与“人”字相通，捕象之地“豫”就是一个人牵了大象的标志。这就是河南简称“豫”的由来。夏代禹时，人类始祖伏羲创八卦，推星相，定九州。豫州在九州之中，河南就又有了“豫州”和“中原”之称。

位于河南中部的叶县，古属豫州之地，商周时是应国国都。孔子周游列国时，曾莅临叶县，向叶公沈诸梁问政，留下了“近者悦，远者来”的佳话和《叶公好龙》的著名寓言。叶县地处南通云贵、北达幽燕的交通要冲，历代为兵家必争之地，目前是第一战区副司令长官部所在地。

自从1938年6月黄河大决口之后，中国抗日北方战线主要稳定在河南豫中、豫西一带。第一战区司令长官部设在豫西洛阳，司令长官是蒋鼎文，所属部队由蒋鼎文和汤恩伯两大集团组成。“蒋鼎文集团”称作“河防军”，主要任务是防守黄河防线，依托黄河南岸的既有河防阵地抗击日军，辖区是陇海铁路以南的豫西和豫中广大地区；“汤恩伯集团”属中央直辖机动兵团，因配合作战需要归第一战区指挥。1942年1月，第一战区成立了以汤恩伯为首的“副司令长官部”，设在河南叶县，辖区是平汉铁路以西的豫中和豫南地区，指挥近30万部队，任务是对日军实施机动打击。蒋鼎文和汤恩伯都是蒋介石的亲信嫡系，相互不服气，勾心斗角，两个指挥部又相距甚远，很多工作上的联系主要靠联络官往返于洛阳和叶县之间。赵国保目前就担任“联络官”。

这天上午，赵国保在叶县副司令长官部向汤恩伯送了一份重要文件，受了一肚子气。回到住处以后，他把军帽使劲儿摔到床上，大口喘着粗气，心里非常郁闷。他此次挨熊实际上是代人受过。他感到这个“联络官”角色实在难当，两面不讨好，窝囊透了，好像是一只钻入风箱内的老鼠——两头受气。

1941年底，蒋鼎文接任第一战区司令长官，卫立煌调任西北行营主任。蒋鼎文是蒋介石的把兄弟，很不好侍候，脾气大，架子大，刚愎自用。

赵国保十分留恋与卫立煌将军相处的日子。卫长官任第一战区司令期间，作风正派，平易近人，威信极高。他不仅身经百战，军事才能出众，而且襟怀坦荡，深明大义，与部属和睦相处，与八路军友好合作，各方面关系非常融洽。赵国保听卫长官副官讲，卫立煌还曾不计风险到延安见过毛泽东，公开称赞"边区人民确有良好组织，可为全国效法"。八路军将领路过防区时，他热情接待，设宴款待过朱德、周恩来、彭德怀和林彪等人。军统特务为此盯上了卫立煌，多次向蒋介石打"小报告"，说他袒护共产党，怀有异心。蒋介石借"中条山战役"失利的机会，将卫立煌调任"西北行营"主任闲职，由蒋鼎文接任了第一战区司令。

卫立煌将军离任时，洛阳城近 10 万群众自发夹道焚香相送。洛阳民众从心里为这位抗日虎将鸣不平。这种焚香相送的情景，在洛阳仅清朝有一位道台离任时发生过。功过是非，人民自有公论。

蒋鼎文和汤恩伯上任后，不休止地明争暗斗。他们都是蒋介石的同乡爱将，互不服气，各成一统，使战区实际上分成两部分，各行其政。

战区司令长官蒋鼎文是蒋介石的"五虎上将"之一，颇受偏爱。据说早年蒋鼎文任师长时嗜赌，一夜间曾输光全师 3 个月的薪饷，极为恐惧。蒋介石给他 5 万大洋，帮他渡过了难关。蒋鼎文对蒋介石忠心耿耿，"西安事变"时曾冒险当信使携蒋介石亲笔信从西安飞回南京，后来又毫不犹豫地陪宋美龄再次返回西安。蒋介石对患难中挺身而出的蒋鼎文更加器重，两个蒋姓同乡以结拜兄弟相称。

汤恩伯也是蒋介石的浙江同乡，与蒋介石同在日本陆军士官学校毕业。他在担任第 13 军军长时，曾率部参加北平"南口抗战"，扼制了日军精锐部队铃木重康第 11 独立混成旅团的凌厉进攻，后来又在居庸关与日军坂垣师团血战，完成了蒋介石下达的坚守阵地 15 天的任务。华北日军为此将他列为"天字第一号大敌"。汤恩伯回浙江祭祖时，蒋介石以同乡身份为其祖碑题词"中山发祥"。

汤恩伯虽为战区副司令长官，但自恃"抗日名将"看不起蒋鼎文，尤其是被蒋介石任命为"鲁苏豫皖边区总司令"统管鲁南、苏北、皖北和豫东边区之后，虽与蒋鼎文有上下级关系，但各守一方，各有防区，各有节制的部队，相互牵制，矛盾迭出。他经常对蒋鼎文的指令爱听不听，爱理不理，甚至置若罔闻。他直

接指挥近 30 万部队,防线自郑州沿平汉线直至豫南,除与当面日军对峙以外,还肩负着对鲁苏豫皖边区反共、防共和清共的特殊使命。

第一战区这种特殊的领导指挥体制,让赵国保这些联络官受尽了夹板气。此时河南处于抗战前沿,陆地交通困难,洛阳与叶县之间的往来只能靠骑马或步行,途中还要防范日军飞机轰炸。每次执行任务,联络官都可能遇到险境,有时还会遭遇土匪骚扰,苦不堪言。最让赵国保这些联络官为难的是,蒋鼎文与汤恩伯各怀心事,相互斗气。对此,联络官们无所适从,无可奈何。

(二)

正当赵国保一人在房间里苦闷烦思的时候,房门被敲响了。他开门一看,原来是老同学周伟民来了。赵国保情绪一下子好了起来,两个人来了个热烈拥抱。

周伟民此时已调入第一战区副司令长官部工作。在洛阳时,他就曾多次向卫立煌长官要求到一线带兵杀敌,未能如愿,后来不知为何被汤恩伯幕僚长看中,调到了叶县副司令长官部。周伟民素质好,业务精,到叶县后居然当上了参谋处副处长,成为军校同学中升官最快的佼佼者。作为同学、同乡和战友,赵国保深知,周伟民的思想很"左",只是掩藏得深,不轻易表露。赵国保曾私下怀疑,周伟民或许是受共产党委派,设法调到了第一战区副司令长官部来工作。

"国保,来喝两杯,权当以酒解闷消愁。"

周伟民带来了一瓶宝丰大曲和一包盐炒花生米。他把花生米摊在桌子上,又在两个茶杯中倒满白酒,举起杯子对赵国保说:

"我知道你刚才又受了夹板气。不去管它,咱俩老乡喝酒。"

赵国保苦笑着摇了摇头,端起酒杯与周伟民干杯。

赵国保这次到叶县来,带了蒋鼎文的一封公函。公函中对汤恩伯多有责怪之意。汤恩伯大灾之年在河南大兴土木,不仅大建楼堂馆所,而且在叶县修建了"中正学院"和"政治学院"。建材全在当地征用。一些乡镇的祠堂、庙宇和古迹都被毁坏,甚至连民房也被强拆。老百姓叫苦不迭。河南籍参议员为此在国民参议会上揭发了汤恩伯的恶行，还专门引用当地民谣：“汤屠夫要盖房子，连龙王的宫殿也保不住。”蒋介石得知后严令汤恩伯收敛，并责成蒋鼎文监督。汤恩伯看了蒋鼎文的公函大发雷霆，还把送信的赵国保骂了个狗血喷头。

赵国保喝了几杯酒后面红耳热，一边吃花生米，一边说：

“伟民，你听说了吗？过去曾受老百姓尊敬的抗日将领汤恩伯，目前已沦为河南的四大害之一，成为百姓痛恨的‘水旱蝗汤’中的‘汤’害。水害、旱害和蝗害是天灾，难以避免，但‘汤’害可是人为的灾害，是‘人祸’啊！咱俩都是中国军人，更是河南人。我真为此痛心，感到无颜面对家乡父老。”

周伟民也喝得脸色通红，但很冷静。听了赵国保的话，他轻声说：

“你说得太对了！我在叶县对这事感受更深。这些年咱河南连年遭灾，农田龟裂，赤地千里，百姓们已经到了生不如死的地步。汤恩伯不去赈救百姓，反而大肆扩军，不到两年时间，竟然扩充了好几个集团军。除正规部队外，他还管辖独立旅、补充团等近10万人。这还嫌不够，最近汤恩伯又统辖了汛东汜北近80个挺进纵队，每个纵队都有上千人。这么大规模的部队，全在河南就地征粮，全靠灾民供给，横征暴敛，你说能不激起民愤吗？”

周伟民看了看赵国保愤怒的表情，接着说：

“汤恩伯现在又征用了数万灾民大修黄河防线。这条防线从郑州到周口再到安徽，长达数百公里。防线还没修好，已经死了大量劳工。另外汤恩伯部队军纪涣散，鱼目混珠，横行霸道，搅得老百姓鸡犬不宁。现在黄泛区内很多村庄只剩下一些残病老弱，家中仅有的一点保命口粮也被汤恩伯的部队抢走。百姓们有个民谣：‘宁让日本鬼子烧杀，不让汤恩伯部队驻扎。’”

赵国保想起汤恩伯曾在洛阳哭穷，说他的部队军粮供应不足，就问周伟民：

“汤恩伯的军粮真出现过供应上的问题吗？”

“那全是骗人的鬼话！”周伟民十分气愤地说：

“汤恩伯部队的军粮不仅够吃，而且根本吃不完，目前仓库囤积的粮食足够30万人吃上半年。国保你说说，他汤恩伯的良心是不是让狗吃了？存这么多粮食，不去救济濒死的灾民，反而四处倒卖粮食赚大钱，昧着良心中饱私囊。叶县长官部很多人都知道，汤恩伯指使亲信在界首、漯河、洛阳等地倒卖军粮，套购黄金，利用粮价上涨的机会，大做投机生意，敛财暴富。你不要说灾民恨他，连一些官兵对他也恨之入骨。这种失去民心的贪官，失去百姓的部队，还能打胜仗吗？还能抗日吗？水能载舟，亦能覆舟啊！”

周伟民越说越气愤，憋得满脸通红。他真的是憋坏了，好不容易遇到这个知己，一吐为快。

不知不觉中，两个人已喝干了整整一瓶白酒。他们敞开胸怀，彻夜长谈，都掏出了憋在肚子里很久的话。赵国保想了想，对周伟民说：

“伟民，咱俩不能光发牢骚，应该做点什么。”

周伟民听后，把头凑到赵国保跟前小声说：

“国保，不瞒你说，我今天到你这里来，除了叙旧，还有一件大事要和你商量。”

赵国保马上回答：“伟民你说吧！只要我能做到，一定尽全力。”

周伟民警惕地观察了一下周围，回过身给赵国保说了这件大事的来龙去脉。

（三）

周伟民说的这件事，的确是一件大事，是一个“通天”的大事，关系到一个富有正义感的著名记者的生命安全。

河南的灾情引起舆论界的强烈关注后，美国《时代周刊》记者白修德率先披露了灾区的惨状，于1943年3月撰写了他的第二篇新闻稿——《河南大灾：最为刻骨铭心的记忆》。这篇文章揭露的河南灾情使世界震惊，也让蒋介石威信扫地。文章发表时，正值宋美龄在美国争取战争贷款在国会演讲。她尴尬万分，顿时感到大丢脸面。蒋介石为此大发雷霆，但又奈何不得新闻自由的美国记者。恰好在此时，重庆《大公报》也陆续刊登了记者章先锋撰写的《豫灾实录》等系列文章，并加了编者按，对河南灾情做了更深层次的报道。

《大公报》是国内一家知名的民营报纸，以“不党，不卖，不私，不盲”为宗旨，以保证新闻真实性著称。该报记者章先锋是国际新闻社和青年记者协会成员，文笔犀利，敢言敢为。1942年底，本来《大公报》派他到第一战区采访河南的抗战情况，他在途中发现河南难民多如山积，到处是骨瘦如柴的乞丐，就改变了报道重点，将笔杆子对准了河南罕见的灾情。章先锋从洛阳一路南行，先后到了密县、登封、临汝等地，目睹了成千上万灾民饿殍遍野的惨景。在叶县，他亲眼看到无数饥民饿死在路边，大批难民全身浮肿，倒毙家中。更让章先锋气愤的是，当地官吏还硬逼着灾民变卖家产农具，甚至卖儿卖女以缴纳军粮。章先锋含泪撰写了《饥饿的河南》一文，发表在《大公报》上。

《大公报》社长王芸生看了章先锋写的报道后，义愤填膺，又专门加写了社论《看重庆，念中原》，强烈抨击国民政府对河南灾民征粮的残酷无情，揭露重庆上流社会的奢侈生活。这下可捅了"马蜂窝"。蒋介石下令严惩"破坏抗战的捣乱分子"，并责令《大公报》停刊，对惹祸的章先锋更是抓住不放，严令第一战区捕捉惩戒，从重处置。汤恩伯受命后，随即命令豫西警备司令部以"共党嫌疑"罪名将章先锋逮捕关押。

赵国保听了周伟民的介绍后，忙问：

"伟民，照你这么说，记者章先锋现在就关押在副司令长官部辖区？"

其实赵国保也一直关注着舆论对河南灾情的报道，也看到了美国记者白修德和记者章先锋的文章，曾深深地为两个记者大无畏的职业勇气所感动。他没有想到的是，章先锋居然在河南被捕，身陷囹圄。

周伟民对赵国保说："豫西警备司令部已经把章先锋关押起来了，但幸运的是，在他的住处仅搜出了几本进步书籍，并无其他'通共'证据。章先锋被押解到叶县后，汤恩伯连夜对他进行审讯。章先锋不承认自己的共产党身份，更不承认受到共产党指派。汤恩伯因为没有证据，不好对他怎么样，只好把他暂时关押在漯河警备司令部看守所内。"

周伟民喝了一口茶水，接着说：

"现在《大公报》正在向汤恩伯要人。汤恩伯感到章先锋是块烫手的山芋，弄不好会舆论缠身，不想过多介入此事。军法处调查后，感到对章先锋不好定罪。汤恩伯准备放人。没想到的是，章先锋态度强硬。汤恩伯震怒，又下令把原定的释放改成了软禁。"

周伟民说完后叹了口气："当前的问题是，汤恩伯心狠手辣，喜怒无常，说不定什么时候会找个理由对章先锋下毒手。"

赵国保想了想说："章先锋冒着风险为咱河南老百姓仗义执言。无论如何咱要想尽办法救他，更何况他还关押在第一战区辖区内。"

周伟民拧紧眉头思索了一会儿，说：

"现在有两个有利条件：第一，章先锋在1938年'台儿庄战役'时，曾随同

汤恩伯第31集团军进行过战地采访，与部队中的不少将领有过接触，和他们关系良好，这些将领对章先锋也抱有同情态度。第二，漯河豫西警备司令部长官李宪，曾在洛阳战区长官部工作过，与你联系较多。我们可以先做通李宪的工作，让他向汤恩伯提出，章先锋是个敏感人物，漯河离前线太近，不安全，建议将其转移到离前线较远的南阳去，交给那里的第78军看管。只要章先锋离开漯河，就脱离了险境，下一步就好办了。"

赵国保几乎不假思索答应了下来："这是个好办法。李宪司令和我私交很好，他调到漯河后多次邀我到他那里去玩。这个人富有正义感，我能做通他的工作。"

周伟民高兴地握住赵国保的手：

"这太好了！我们保护了章先锋，就是保护了公道和正义，保护了咱河南灾民的根本利益。章先锋是个敢于担当的人，相信他此次脱险后，还会为河南灾情呼吁，还会做更深层次的报道，能在河南赈灾中发挥无可替代的作用。"

周伟民和赵国保认识一致之后，又坐了下来，对营救章先锋的计划进行了深入的谋划。

（四）

几天后，漯河豫西警备司令李宪向汤恩伯报告了章先锋的关押情况，并汇报说，章先锋有认识错误和悔改的表现，并且身份特殊，影响面大，长期关押在与日军隔河相对的漯河前线不安全，不是长久之计，最近日伪特务活动频繁，担心他们将章先锋劫持到沦陷区内做反面宣传。李宪建议，将章先锋转移到南阳第78军羁押。那里也是汤恩伯的部队，离前线较远。

汤恩伯反复考虑后同意了李宪的建议，将章先锋秘密转移到了第78军看守所。

章先锋到了南阳第78军以后，情况大为好转，因为第78军参谋处科长郑斌是赵国保和周伟民洛阳军校的同学，关系密切，而且郑科长也是河南人，对仗义执言的章先锋深感同情。第78军军长赖如兴对章先锋也怀有好感，"台儿庄战役”时还接受过他的采访。经赵国保等人策划，郑斌向赖军长提出，将章先锋从看守所内搬迁到军部关押，由郑斌负责看管。这样一来，章先锋不仅安全得到了保障，而且环境也有了极大改善。除第78军军部少数将领知情以外，大部分人不知道章先锋是被拘押的要犯，还以为他是长驻军部的随军记者，他甚至可以自由出入营门。

1943年7月的一个上午，周伟民、赵国保和郑斌陪同章先锋游览卧龙岗。卧龙岗是诸葛亮故居，也是南阳的一个著名景点。瞻仰了刘备为请诸葛亮出山而三顾茅庐的草庐后，章先锋十分感慨地说：

“回想起这几个月的传奇经历，真像做了一场梦。我一方面感受到蒋介石政府的腐败可恨、可悲、可怜，另一方面也感受到这个世界上还是好人多。只要是为国家、为民族、为正义事业大声呐喊疾呼，就一定能得到好的报应，一定会有更多的朋友保护你，关心你，呵护你。这一次的传奇经历，真让我终生难忘。”

章先锋看着对自己有救命之恩的赵国保等三个人说：

“当年曹操说，宁可我负天下人，不可天下人负我。而我正好和曹操相反，将来一旦出去了，我决不会辜负你们对我的信任期待，一定竭尽全力继续为河南灾区大声疾呼，千方百计为灾民呐喊。这不仅是一个新闻记者的义务，更是一个有良心的中国人必须担负的神圣责任。”

周伟民上前拉住章先锋的手说：

“章记者，你为河南灾区的父老乡亲舍生忘死，我们做这点事微不足道。滴水之恩，当涌泉相报。论起你对河南灾民所做的贡献，任何一个有正义感的中国人都会这样做的。”

章先锋听了周伟民的话摇了摇头，说：

“我所做的事，只是尽了一个记者的职责，没有说假话，没有违背事实，却受到了当局的严厉追究。真不知道在当今的中国，公理何在，天理何在，良心何在？”

周伟民、赵国保和郑斌一时不知该怎样回答他。章先锋叹了一口气，心情沉重地对他们说：

“我真正担忧的是，今后我们的国家怎么办？本来已经外患当头，日寇铁蹄践踏了大半个中国，而现在内忧则更加严重，国民政府竟然视千百万灾民如草芥，不去赈灾救灾，不管百姓死活，混淆视听，掩盖灾情，导致河南灾区300万

人饿死了。这是多么大的悲剧？又让多少灾民、多少家庭悲痛欲绝，阴阳两隔？300万人可是尸骨成山啊！”

章先锋满怀着义愤，向他们介绍了自己采访中了解到的诸多内幕：

“在这次大灾荒中，紧临河南的山东、陕西等省都有粮食可调河南赈灾，但国民政府没有及时组织调拨，致使天灾又酿成了人祸。河南灾民处在水深火热之时，陪都重庆却每天歌舞升平，纸醉金迷，根本不把河南救灾当回事，赈灾款项迟迟拨不到位。一直到了第二年的春天，当救灾款真正拨付到了河南的时候，数百万灾民已在饥饿中死去。即使这些迟到的救济款，也被河南官员大量贪污，化公为私：河南省府秘书长马国琳和省银行行长李汉珍，贪污巨额救灾款后竟然长期逍遥法外，引起各界的极大愤慨；三青团河南支部主任王汝泮，伙同会计私吞200万救灾款回家购置土地，至今也没有追回；汝南县田赋管理处科长李东光因是省城要员的亲戚，公然将其保管的赈灾小麦变卖，牟取暴利，中饱私囊。地方政府对救济粮的发放也是一拖再拖，一欠再欠，与奸商一起倒粮获利，甚至连河南省府规定公务员每天节省的2两救灾粮，也没有及时发到灾民手中。你们说，在这样极不负责的腐败政府领导下，我们的国家将走向何方？难道真的要亡国吗？”

章先锋说着，愤懑的泪水止不住地刷刷流淌。

三个人都被这耸人听闻的“救灾内幕”所震惊。怪不得蒋介石要封住章先锋的嘴，怪不得怀疑他是“共党嫌疑”。这些内幕一旦披露出去，国民政府能不威信扫地，灾民能不激愤而起？三个人都低头沉思起来，一时间默默无语。最后周伟民抬起头，坚定地对他们说：

“物极必反，历史潮流决不会逆转。中国人民一定会觉悟起来，一定会找到新的发展道路。你们知道吗？现在延安解放区到处都是晴朗的天空。在共产党领导下，解放区的赈灾工作有条不紊，生产自救有声有色，灾民生活得到了充分的保障，军民互助，政通人和。我们国家的希望，民族的复兴，将来一定寄托在共产党人身上。”

章先锋听后也兴奋起来，插话说：

“我也听说了，延安城里聚集了大批精英，众多青年学生都奔赴延安，投身革命。‘抗大’、陕北公学，鲁迅艺术学院，已经培养出了大量抗战人才。连美国记者都发现，共产党高官和群众同甘共苦，救国救民，真心抗战。”

几个人情绪高涨起来，热烈地议论着，交谈着，声音越来越大。正当他们情不自禁的时候，郑斌忽然大声打断了他们的谈话：

“哎，我问个问题，你们说南阳和襄阳，究竟哪一个是诸葛亮的真故居呀？”

周伟民、赵国保和章先锋一愣，不知道郑斌是什么意思。待他们回头一看，原来身边走来一群游客，有人正好奇地朝他们打量。

几个人立刻把话题转到了诸葛亮故居上，都说南阳卧龙岗是诸葛亮的真故乡，襄阳古隆中是诸葛亮当年隐居的地方。他们一边说着，一边往公园深处走去。

章先锋在第78军被“看押”了数月之后，重庆《大公报》借助舆论压力，于1943年8月直接向蒋介石要人，要求恢复章先锋的人身自由。蒋介石侍从室向第一战区询问章先锋的情况。第78军赖军长向汤恩伯汇报说，经反复调查，没发现章先锋有任何政治背景，他本人也有悔改表现。赖军长向汤恩伯建议，章先锋的文章虽有措词不当之处，但反映的河南灾情基本属实。目前灾情报道的敏感期已过，章先锋继续关押在第78军容易引火烧身，还是释放为好。

汤恩伯本来就感到此事棘手，进退两难，听了赖军长的建议，立即同意释放章先锋。释放前，汤恩伯专门把章先锋接到叶县，与他一起回忆了当年“台儿庄战役”战地报道的往事，并希望章先锋留在河南继续担任战地记者。

章先锋这一次吸取了教训。他不与汤恩伯争论，只是婉拒了汤恩伯的“好意”。恢复自由以后，章先锋立刻在周伟民等人掩护下，如一匹脱缰的野马般快速离开了第一战区，辗转返回重庆，结束了这一段传奇经历。

回到重庆后，章先锋很快给周伟民、赵国保等人寄来了感谢信，并附一首诗，表达他的感激之情——

我在地之北，君在天之南，忍看半壁河山，遭受日寇摧残。

君在地之北，我在天之南，誓把万恶的鬼子驱逐出中国。

年无分老幼，地无分南北，为了抗战胜利，我们甘愿抛头颅洒热血！

蓦地，我由座上客，沦为阶下囚，是你伸出温暖的手，使我恢复自由。

用什么话来表达我内心的感激？同志的爱呀，真是万镒难求。

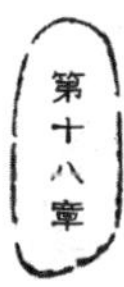

第十九章

日本大本营为什么要发动旨在打通大陆交通线的『一号作战计划』？中日两国为何会有长达7年『不宣而战』的奇怪局面？冈村宁次在『一号作战』中为何要发誓消灭汤恩伯这个『天字号』劲敌？日军是如何攻克许昌并打通平汉线的？李金生和郑州难童学校的师生在什么情况下开始了九死一生的『千里大逃难』？

（一）

叮当，叮当……清脆而悠长的钟声，在郑州二马路难童学校上空响起。同学们纷纷拿起书包，急匆匆地向教室跑去。

这所学校的上课时间总是非常准时，这与吴惠民校长长期养成的军人作风直接相关。军人出身的吴校长高度重视学生的作风养成，从点滴培养学生严谨自觉的时间观念、集体观念和雷厉风行的作风。

吴校长今天是带着李金生一起敲钟的。他十分喜爱、器重这个品学兼优的学生。吴校长求才若渴，其慧眼能赏识有志青年于牝牡骊黄之外。吴校长发现，这个阅历丰富的学生不仅学习优秀，而且为人纯朴。战火的洗礼和部队的磨炼，使他养成了一种严谨坚毅的军人习性。吴校长对李金生格外关注，悉心培养他，常让他帮助处理一些具体事务。李金生办事非常认真，滴水不漏，从不误事。这次吴校长又专门把李金生找来，因为有一件重要的事情要交代给他。

吴惠民校长 30 来岁，面容清癯，身材挺拔，既显英武之气，又含儒雅之风。他的人生充满了传奇色彩。他 1908 年出生于河北临漳马荒村一个基督教家庭，后以优异成绩从安阳第 11 中学毕业，考入北京国立农科大学。南方大革命爆发后，他又考入了黄埔军校第四期政治科，之后在叶挺独立团二营八连任政委，参加了北伐战争。在著名的“汀泗桥战役”中，他右臂负伤，坚持不下火线，一直打到武昌城头。叶挺独立团改编为第 24 师后，他改任第 77 团政治干事兼任政治指导员。1927 年 5 月，北伐军攻打到河南临颍县，他在战斗中又负重伤，经抢救才保住性命。同年 7 月，他加入共产党，回广州参加了叶剑英领导的军官教导团，任连指导员。1927 年 10 月，他又参加“广州起义”并再次负伤。后来他辗转到冯玉祥西北军，在豫东参加了中原大战，1929 年担任第 3 集团军炮兵第 6 旅政治部上校主任。

由于身体原因，吴惠民逐渐脱离了部队，在第 3 集团军孙桐萱总司令创办的“桐萱中学”任校长，此后他把更多的精力投入到了教育事业上。由于出身基督教家庭，自幼受到基督教的熏陶，担任桐萱中学校长后，他把大量精力投入到了河南的赈灾和慈善事业之中，担任了河南基督教国际救济会委员，基督教会郑州难童学校校长。

吴惠民特殊的人生经历，使他在河南军界、宗教界和教育界有着广泛人脉，也使郑州难童学校的创办工作十分顺利，办学质量不断提高，学校的教育独树一帜。

郑州难童学校的创办过程极具周折。1938 年黄河决口后，黄泛区内数百万灾民流离失所，大批灾民拥入郑州城内，露宿街头，乞食讨饭。面对这样的惨景，河南基督教会和天主教会倡议成立了郑州国际救济会，向加拿大红十字会、美英基督教援华会求助济民。1939 年得到捐款后，救济会在郑州城内开设了难民救济收容所，在二马路一个盐业银行仓库里创办了“国际救济会难童学校”。学校招收了 800 余名难童和流亡学生，对学生实行免费食宿，免费教育。吴惠民担任了校长。

难童学校成立后，吴惠民根据学生的年龄和文化程度编分班次，设立了小学部、中学部和职业部，按正规学校的课程安排教学，聚集师资力量，规范教学程序，教育质量几乎等同于正规学校。后来，学校的中学部又迁至西郊碧沙岗新址内办学，教学环境有了很大改善。他的老上司冯玉祥为此做了大量工作。

碧沙岗，是冯玉祥 1928 年辟建的一座烈士陵园，称为“阵亡将士烈士祠”。这里过去是一个古代墓葬群，占地 350 亩，外有红砖围墙，内植松柏杨柳，有建筑 80 余间，大门的横额上有冯玉祥亲笔书写的“碧沙岗”三个大字。碧沙岗烈士陵园是冯玉祥于 1922 年和 1928 年两次督豫时所建，里面埋葬着原西北军的 1000 余名阵亡将士。郑州难童学校成立后，由于学生逐渐增多，二马路校址难以容纳，教学质量深受影响。吴惠民经反复考虑，决定把学校的中学部搬迁到碧沙岗来。1942 年 6 月，吴惠民专程赴重庆上清寺康庄找到老上司冯玉祥，汇报了难童学校的困境，向他提出了将碧沙岗作新校址的请求。

冯玉祥深明大义，听了吴惠民的介绍后，当即答应了他的请求，并写了三封信。第一封信写给郑州市政府负责人，第二封写给他的老副官、碧沙岗陵园看墓人葛心田，第三封写给难童学校的校长。第一封信的内容是：“吴惠民先生创办的圣德中学，大部分师生系抗日流亡教师及流亡青年。收容这么多无家可归的抗日流亡青年进行教养，是一件好事。我大力支持，今愿将郑州西郊原国民革命军阵亡将士烈士祠所有房产园林，作为难童学校永久校址，供这所学校作为教育之用。请你们协助办理。”

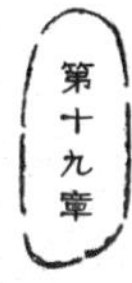

吴惠民持信回到郑州后，很快办妥了进驻碧沙岗的一切手续。难童学校进驻并使用了碧沙岗，办学条件大为改善。

但是，河南地处抗战前沿，风云多变。吴惠民在办理迁址手续时，听第 3 集团军的战友讲，最近会有一场较大的战役爆发，郑州可能失陷。昨天河南省教育部门和国际救济会也通知吴惠民，尽快做好难童学校向后方转移的准备。转移地点有两个，一个是登封县会善寺，另一个比较遥远，可能是陕西大后方。

吴校长今天亲自敲响了学校的上课钟，因为他知道，难童学校在郑州上不了几堂课了。他十分珍爱这所学校，珍惜这宝贵的和平生活与学习时光。他准备在今天课后召开会议，研究学校的转移计划。他以军人的敏感意识到，这次战役规模一定很大，有可能远超过 1941 年日军对郑州的进攻强度。那一次，虽然日军占领郑州近两个月，但后来中国军队迅猛反攻，迫使日军又退回到黄泛区以东。上级这次提出有可能转移到陕西大后方，说明这次战役会异常艰苦，旷日持久，整个河南都可能沦陷。难童学校将面临一场血与火、生与死的考验。

吴校长作为难童学校 1000 余名师生的当家人，深知转移逃难时必须筹措足够的路费。路费是师生们转移途中的“救命钱”，必须由一个值得信赖的人来保管。吴校长想到了李金生，想到了这个经历过战火且办事让人放心的年轻人。为确保万无一失，他还想到了同样有军人经历的马万年、小迷糊等人。

（二）

吴校长的预料没有错。此时，整个河南都将迎来一场抗战以来在河南境内爆发的最大规模的战役行动。

进入 1944 年，世界反法西斯战争形势发生了巨大变化，德意日法西斯走向衰败。在欧洲战场上，美军在诺曼底登陆，德军腹背受敌，苏联军队击溃和消灭了德军的主要战役集团，意大利战败投降，德意日法西斯“轴心国”阵营瓦解。在亚洲战场上，日军也连连败北。自 1941 年 12 月日军偷袭珍珠港后，世界反法西斯同盟成立，美英军队全面投入亚洲战场。军工生产能力超出日本 70 倍的美国，派出大量海空军参加太平洋战争，在“中途岛”、“所罗门海战”等地给予日本海军以毁灭性打击,使日军在太平洋地区转为守势。到了1943年,美军在新几内亚等地开始全面反攻,使日军逐步丧失了太平洋战场的制空权和制海权。尤其重要的是,日军的海上交通线被盟军封锁后,驻守在南洋和东南亚的50万部队失去了与本土的联系,供给日益艰难。美军的大批B-29战略轰炸机也展开了对日本东京等大城市的狂轰滥炸,使日本国民首次品尝了被飞机狂炸后房倒屋塌、血肉横飞的滋味。在中国战场上,日军虽然占领了大半个中国,但平汉、粤汉等铁路一直未能打通,掠取中国的大批战略物资无法运抵日本,日本国内的石油、矿藏和粮食等战略资源严重匮乏,支持战争庞大机器的能力受到重大影响。

中国政府在"珍珠港事件"后,于1941年12月9日正式对日本宣战。在盟国的大力援助下,中国军队的作战能力大幅度提升,全面抗战进入一个全新阶段。在此之前,中日两国虽然自1937年"七七事变"后打了7年的仗,但双方均未公开宣战。主要原因是:日本认为东亚是它的势力范围,中国是一个"东亚病夫",在中国进行军事行动不需要宣战,日本天皇的宣战对象,只能是与其争霸的世界强国。在这种思想指导下,日本单方面把"七七事变"定义为"中国事变"和"支那事变",以"事变"代替战争,效法19世纪的美国"门罗主义",建立所谓的"大东亚共荣圈"。中国也没有对日本正式宣战,是因为蒋介石认为"中国没有做好战争准备",凭借中国一国的力量难以战胜强大的日本。如果中国对日公开宣战,会给日本以武力迫使中国签订"和约"的机会,使其合法占有其武装侵略所得到的一切。中日两国这种奇怪的长达7年之久的"不宣而战"关系,一直从1937年7月持续到1941年12月"珍珠港事件"爆发。

当前世界反法西斯战争已经取得重大胜利,在意大利投降、德国即将战败的新格局下,昔日亚洲的"战争疯子"——日本,在国际上已无援手,在美军的凌厉攻势下难以支撑,国力趋近衰竭,国运日薄西山,已经到了穷途末路的境地。为挽救危局,扭转不利局势,日本大本营不甘失败,垂死挣扎。他们把战略进攻的重点放到了打通以中国大陆为主的"大亚洲交通线"上,希望通过这条交通线,沟通本土与南洋和东南亚日军的战略联系,输送急需的战略资源。这一条自南向北的漫长交通线,从东南亚到中国大陆,再从中国大陆到朝鲜半岛,最后到达日本本土,路程遥远,线长途艰。要打通这条交通线,必须首先打通贯穿中国华北、华中和华南之间的各段铁路运输线。日本大本营决定孤注一掷,调动重兵力,发起这场旨在打通"大亚洲交通线"的"豫湘桂战役"。

日军把这次战役定名为“一号作战”，主要目的有三个：一是摧毁中国大陆的美空军基地，破坏美空军以此为依托空袭日本本土；二是打通中国大陆交通线，开设一条纵贯中国南北、连接东南亚的陆上交通大动脉；三是歼灭和击溃中国相关战区内的有生力量，摧毁蒋介石政府的抗战意志。以上第一条是燃眉之急，第二条为重中之重。

1944 年 1 月 24 日，日本大本营正式奏请裕仁天皇批准了“一号作战”计划。为发动这次战役，日本下了血本，在国内动员 51 万新兵，动员规模超过了明治时期日俄战争的两倍以上。另外，日军从东北、华北和华中抽调了 19 个师团参战，并特意从内蒙古调动了侵华战争以来一直没有动用的第 3 坦克师团，总兵力近 20 万人。

日军“一号作战”分为两个阶段：第一阶段任务是，以打通河南境内平汉线为重点的“京汉作战”；第二阶段任务是，以摧毁湖南、广西境内中国空军基地为重点的“湘桂作战”。“京汉作战”的重点，是打通郑州至信阳的平汉铁路，驱逐和消灭境内的中国军队第一战区主力。

为完成第一阶段的“京汉作战”任务，日军将重兵集结于豫北新乡和豫东开封一带。参战主力是华北方面军第 12 军，第 1 军、11 军、13 军配合作战，共计 8 个师团、4 个旅团。日本大本营专门将冈村宁次大将调任华北方面军司令官，指挥这次作战行动。

冈村宁次是个“中国通”，一直是中国军队最难对付的“老对手”之一。八路军副总指挥彭德怀曾把他称为“历来最厉害”的日军指挥官。冈村宁次在与中国军队作战中屡屡获胜，在对付八路军山地游击战时也穷凶极恶。在华北，他曾发动了一系列“铁壁合围”、“三光政策”和“大扫荡”，使八路军陷入极大被动。冈村宁次对这次“一号作战”高度重视，也十分兴奋。他在日军将领中是个“实力论”者，历来反对大本营对中国政府搞“诱降”，主张动员日本全国力量歼灭中国军队主力，在军事上彻底打败中国国民政府。

冈村宁次对此次战役进行了精心筹划，把打击重点放在了歼灭中国军队的有生力量上，尤其注重消灭汤恩伯等中央军主力。

第一战区此时总兵力近 40 万人，分为“两大集团”：一个是蒋鼎文指挥的河防军，由 8 个集团军、1 个兵团、17 个军组成；二是以汤恩伯为首的机动部队，下辖 4 个集团军。汤恩伯是冈村宁次的主要对手，是其劲敌之一。在当年的“南口战役”中，汤恩伯率第 13 军曾顽强阻击了日军华北方面军的猖狂进攻。

在之后的“武汉会战”和“随枣会战”中，冈村宁次作为日军第11军指挥官，又两度与汤恩伯交手，均未占到便宜。特别是在1939年5月的“随枣会战”中，冈村宁次是怀着对汤恩伯的万分遗恨离开华中战场的。冈村宁次从多种渠道了解到，蒋介石对汤恩伯十分赏识。“南岳军事会议”时专门抽调汤恩伯和中共智囊叶剑英分别担任“南岳游击干部训练班”正、副教育长。后来，汤恩伯因参加“随枣会战”才辞去了教育长一职，改由李默庵接任。

真是人事有分离，山水有相逢，冈村宁次没想到这次在中原战场上再度与汤恩伯这位宿敌交锋。冈村宁次在筹划这次的作战行动时并没把蒋鼎文放在眼里，要下功夫对付的是汤恩伯这个宿敌。

中国军队也较早地发现了日军的企图。当日军大规模调动部队时，第一战区河防部队就发现黄河对岸日军有异常动向，八路军总部也专门向国民党方面通报了新的敌情。可惜的是，中国最高军事当局并没有及时判明日军的意图。国防部军令部长徐永昌一直认为，日军此次集结兵力是在“北边佯动”，目的是“声北击南”。美国驻重庆武官也分析，“日军在河南的攻势不过是春季演习，很快便可退回原防地”。美国顾问史迪威甚至认为，“日军没有具备在华大举进攻的能力”。在这种情况下，蒋介石也心怀侥幸，连军统上报的“日军正在紧急调动第3坦克师团赴河南新乡”的情报也没当回事。第一战区获取的情报更是五花八门，有的说日军要从陕西直取重庆，有的说日军要向洛阳进攻，还有的说日军要从郑州打通平汉线，进攻规模最多不超过8万人。无论是最高军事当局还是第一战区都没有意识到河南战场并不是配合华中战场的策应作战，而是日军整个“一号作战”计划中的第一阶段，从而严重低估了日军的战略进攻行动。另外，蒋介石在河南战局紧张、黄河防务危急的形势下，竟将大批精锐部队抽调到陕甘宁围困共产党，使陕甘宁边区的兵力达到50万人。这样一来，河南境内的机动兵力明显减少，抗击日军进攻的力量被大大削弱。

随着日军在黄河对岸的调动日益频繁，蒋介石才逐渐从迷梦中清醒过来。他开始意识到，日军可能有打通平汉线的企图，河南会有一场大战。蒋介石清醒后，急忙命令军令部拟定作战指导方案下达给第一战区。1944年3月14日和17日，蒋介石又两次致电第一战区，要求抓紧战役准备，抵御日军的进攻。蒋介石明令汤恩伯制定作战计划，固守许昌、遂平等要点，部署兵力于嵩山地区，与日军决战。汤恩伯在初步掌握日军的动向后，制定了“以防为主、攻防结合、放开大道守两边”的作战方案。所辖兵力分为南北两个兵团：“南兵团”以

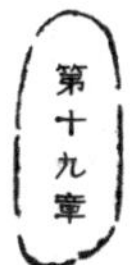

李仙洲为指挥官，统辖第 12 军、第 29 军等兵力；“北兵团”以王仲廉为首，统辖第 13 军、第 85 军等部队。汤恩伯在拟制作战计划时，没有在河防一线配置主力，而把第 31 集团军等精锐配置在平汉路两翼，隐伏在连绵起伏的崇山峻岭，准备诱敌深入，待日军攻占郑州并沿平汉路南下时，以突然的右侧机动防守反击，拦腰截击日军侧翼，歼灭其有生力量。

中日双方经过紧锣密鼓的调兵遣将和排兵布阵，一场抗战时期发生在河南境内的最大规模战役即将打响。日军此次动用的兵力为 8 个半师团约 16 万人，中国军队的参战兵力为 12 个集团军近 40 万人，后者在人数上占据明显优势。此时已进入 1944 年春天，抗战也进入了第 7 个年头，中国军队武器装备已有很大改善，作战能力明显提升。以汤恩伯的嫡系第 13 军为例，团以上指挥官均配备了有车载电台的指挥车，师属炮兵营装备有德制 75 毫米山炮和丹麦制 20 毫米高炮，团迫击炮连装备了 82 毫米迫击炮，步兵连配备了 12 挺水冷式马克沁重机枪和 4～5 挺捷克式轻机枪。中国空军的战力也得到空前发展，并在很大程度上占据空中优势，甚至能在美国空军帮助下远程轰炸东京和空袭沦陷区内日军的战略纵深目标。

中日双方都对将在河南境内展开的这场战役抱有必胜信心。

（三）

东方的天际渐渐发亮。天边的颜色在不时地变幻着，先是由灰暗变成微白，后又从微白变成浅红。后来，一轮鲜红的太阳从地平线上跳出，给天空抹上了一片灿烂的朝霞。大地也在霞光之中变得清晰起来。

清晨的空气格外清爽。李金生随着难童学校的队伍在田野中向西行进。李金生在队伍中看到了十分熟悉的田园风光，看到了绿树碧草，看到了怒放的野花和金黄色的麦浪，同时也闻到了扑鼻的麦香。那麦香一直沁透到他的肺腑之中。李金生深深地吸了一口气，不由自主地陶醉其中，有一种久违的亲切感和归属感。

难童学校在向登封县转移，在躲避日军“一号作战”计划的战火。1944 年

4月18日，难童学校从郑州出发。出发前郑州已是硝烟弥漫。日军飞机狂轰滥炸。大批房屋被炸毁。满街都是陷身火海、哭天号地的百姓。郑州东、北两面同时传来了隆隆的炮声。城市危在旦夕。师生们惊恐不安，焦虑万分。

多亏了学校有一个历经战火、足智多谋的吴校长。他早已筹划好了学校的逃难工作，制定了周密的西迁计划。出发前，吴校长站在学校的操场前，面色严峻地对大家说：

“同学们，日军已经打过了黄河，正在向郑州进攻。学校要被迫向登封转移。请大家相信，我们还会回来的。中国一定能打败日本强盗，我们一定能回到这个可爱的校园。”

吴校长停顿了一下，接着对同学们说：

“这次转移有两个目的地，第一是登封县会善寺，第二是陕西大后方。我们最后究竟转移到哪里，要看这场战争的胜负情况。1941年日军攻陷郑州时，我们学校曾转移到登封会善寺避过一次难，前后有两个多月。这次师生们还是先到那里去，听上级通知再决定下一步去向。从郑州到登封有300多里路，我们计划走五天。第一天住曹洼村，第二天住郭小寨，第三天住芦沟，第四天住密县，第五天就能到达登封会善寺。”

听到学校的转移计划，师生们热烈议论起来。大家都知道，这次逃难不比以往，路上困难一定很多，因此心中不免充满了忧虑。吴校长十分理解同学们的心情，又高声对大家说：

“同学们，这次行军路途远，困难多。全校有1000多人一齐走，年龄大的学生近20岁，小的只有六七岁，还有一半是女生。大家路上一定要扶老携幼，互相帮助，绝不能让一个同学掉队和伤亡。让我们同甘共苦，共度时艰，到了登封后重新开始新的学习生活。”

待吴校长讲完话，教导处王永新主任站到队前，对行军作了具体安排。他说：

“同学们，沿途的4个宿营地，我们都有人在打前站，给大家联系住处。在行进中，年幼的同学和女生走在中间，前后和两边都有老师和身体强壮的同学保护。大家在路上要相互提醒，千万不能掉队。刚才已得到消息，日军渡过了黄河，很快就要攻进郑州。我们现在马上出发。”

在吴校长和王主任的率领下，队伍急匆匆地离开了郑州，沿着郑州至密县的公路，向西边的密县方向开去。

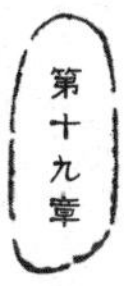

当天晚上，学校队伍到达了曹洼村，在村内宿营。半夜里，同学们听到了从郑州方向传来的密集枪声。听人说，日军渡过黄河后正在攻打新郑县城。新郑离曹洼村不远。吴校长担心日军会突然穿插过来，天没亮就率领队伍出发了。

李金生一直走在队伍中间。他之所以没走在队列前后和两边，主要因为他担负一项重要使命。他此刻正和表哥李玉生、马万年、小迷糊等人，用架子车拉着两个沉重的大箱子行军。箱子里装的是全校师生的路费，是满满两大箱"关金券"。这两箱子关金券，是全校师生路途中的"保命钱"，是吴校长好不容易才从河南基督教会筹措来的。李金生知道，保护好这两箱子钱比保护自己的性命还重要，它寄托了吴校长对自己的高度信任。河南基督教会还专门给派驻了一个外籍会计，她就是美国牧师周懿德。周牧师此刻也一刻不离地紧跟着这两个大箱子，紧跟着李金生他们几个人。

天亮了，公路上西行的人多了起来，密集了起来。难童学校与逃难的人群混在一起，人车交织，摩肩接踵，行进的速度很慢。李金生回头看了一下队伍，不禁有些好笑。在学校长长的队伍中，有的背着包袱，有的挑着行李，有的推着独轮车，还有一些小脚妇女也随着队伍行进——她们都是学校的家属。师生们如果不是都穿着统一的灰色校服，真与身边的逃难人群没什么两样。

看着公路上像蚂蚁一般涌动着的人群，李金生的心情沉重起来。多灾多难的家乡河南，刚刚度过了 1942 年和 1943 年的连年旱灾蝗灾，就像一个大病初愈的病人，脸上刚有一点红润，身上刚有一些气力，又袭来了一场新的病魔，使还未康复的身体重陷磨难。四周的田野刚刚露出一些绿色生机，刚刚盼来夏季麦收，但这一场战争又将把中原灾难深重的农民期盼已久的好日子打得粉碎。

就在难民们像潮水一般向西面慢慢涌动的时候，天空中忽然响起飞机的轰鸣声。李金生抬头一看，日军的三架飞机紧贴着地面向逃难的人群飞过来。当飞机掠过难民时，长长的机翼卷起了巨大的旋风。地面立即扬起漫天的灰尘，直眯得公路上的人睁不开眼睛。飞机随后又在上空盘旋了一圈，突然向下俯冲过来。机头闪起了一串串耀眼的火花，将密集的子弹射向难民。机身也在颤动后投下一枚枚黑色的炸弹。公路上随之响起了巨大的爆炸声，到处弥漫起了浓烟火海。人群在惊叫哭喊声中被炸得血肉横飞，尸体遍地。难民们像炸了窝一样四处逃散，冲向路旁的麦田、深沟和树林……

飞机在扫射轰炸之后，翘起长长的尾巴向东北方向飞走。李金生从路边的河沟里站起来，使劲儿抖抖身上的尘土，向公路上看去。硝烟散去后，公路上满地狼藉，到处是血淋淋的死尸、残肢断臂和受伤哀鸣的群众，架子车、独轮车等被炸得支离破碎，包袱、杂物散落一地。

吴校长好不容易才把学校的队伍重新收拢起来。一看还好，只有十几名同学负了点轻伤，心放了下来。这些都得益于吴校长事先组织学生们进行过防空训练。李金生对付空袭很有经验。发现日军飞机过来时，他迅速带领同学把箱子抬到了路边河沟中，使钱财丝毫未受损失。

吴校长和李金生分析，日军飞机之所以对逃难的人群反复轰炸，很可能因为难童学校的师生穿着统一的灰色制服，日军把他们当成了国民党正规部队。有了这次教训，吴校长立即把队伍拉下公路，顺小路向密县摸索前进。

在坎坷不平的小路上行走，行军的速度明显放慢。由于道不熟，队伍还走了一段弯路。吴校长后来雇请了一个向导带路，才找准了行军路线，顺利到达了第二个宿营地。

下面的路更难走。在向第三个宿营地行进时，乡间的小道坎坷不平，还要时常穿一些荆棘树丛。此外，学校的队伍中有老有小，又携带着沉重的行李，边走边停，队伍拉得很长，像个大爬虫那样一点点地向前蠕动。李金生此时和几个同学抬着箱子艰难行军。架子车在公路上已被日军飞机炸毁。吴校长看到李金生几个人抬着沉重的箱子实在吃力，又增加了几个同学帮着抬，总算使他们跟上了队伍。队伍又艰难行进了一天后，才到达了第三个宿营地芦沟村。

芦沟村在一个黄土高坡上。村民的住房散布在高坡四周，家家户户住的都是窑洞。村民们已大多逃散。在学校的队伍到达前，村民们远远看到同学们穿着灰色制服，以为是部队来了，都匆忙外出躲避。队伍进入芦沟村后，同学们分散在村民窑洞里住了下来。大家解下身上的干粮袋，引火做饭。出发前，学校为每个同学准备了一条干粮袋，里面装有七八斤玉米糁。

李金生平生第一次见到窑洞，十分好奇。他放置好了钱箱之后，立即对窑洞里里外外进行了仔细观察。他发现，芦沟村周围的黄土层很厚，很结实。村民的窑洞挖得很深，里面很干燥，冬暖夏凉。李金生没想到窑洞还有这么多的优点。吴校长安排李金生和几个同学住到了村内一个基督教堂里。年迈的中国牧师得知难童学校是河南基督教会的慈善学校后，对李金生几个人十分热情，先是安排他们住下，后又熬了一大锅热乎乎的玉米粥给他们喝。李金生

连喝了两大碗,立即感到浑身通畅,肚子里热乎乎的。几个同学在吃饭之后,由于极度疲惫,都纷纷躺下休息,很快进入了梦乡。吴校长考虑到李金生当过兵,有野战宿营经验,就安排他组织人员在村子四周警戒,并抽出 10 多个身强力壮的学生轮流站岗,保证全校师生的安全。

李金生和吴校长一起安排了各处的警戒哨位,编排了值班表。为使夜间站岗的同学都有睡眠时间,采用燃香头的办法计时,每人站一炷香时间。吴校长还专门派人到附近的乡公所守听电话,保持与上级的联系,听候指令,以便确定学校下一步的行动。

夜深了,高坡上的芦沟村静悄悄的,只有村头几棵高大的"钻天杨"在夜风中哗哗作响,远处偶尔有犬吠声传来,使山村的夜晚更显寂静与苍凉。李金生手提童子棍,在村子周围四处游动,到几个哨位前分别察看了警戒情况,确认没有异常之后,回到住处,在极度的疲劳中躺了下来,昏昏沉沉地闭上了眼睛。

也不知沉睡了多久,李金生隐约中听到芦沟村东北方向传来枪炮声,后来枪炮声又转向东南。李金生在似睡非睡中有些疑惑的时候,突然听到一阵"嘟嘟"的急促哨声,同时还有人在喊:

"同学们赶快起床,集合队伍马上转移!"

李金生赶忙起来,拎起童子棍就往屋外跑。朦胧中他看到,吴校长已经站在了村头的麦场上。

学校师生很快集合好队伍,吴校长在队前对大家说:

"同学们,刚才得到消息,郑州和新郑县已经失守了,日军正在向密县这里进犯,战斗十分激烈。学校原定的向登封会善寺转移的计划取消。根据上级要求,我们这次要远行了,要长途跋涉到陕西大后方去。"

听到吴校长的话,师生们立刻感觉到了形势的严峻。大家此时意识到,这次逃难真的要到陕西大后方了,要走一两千里的路程。

"同学们,大家马上回去清理自己的物品,除了必需随身携带的东西以外,全放在芦沟村福音堂内。前面的路很远,大家必须轻装前进,一切不便于长途行军的物品都要留下来。现在给大家一小时时间,轻装后我们马上出发。"

很快,师生们在芦沟村福音堂内分门别类地存放好了自己的物品。队伍重新集合后,吴校长带领同学们又走向了茫茫的原野之中。

又经过一整天的行军,1944 年 4 月 21 日,队伍终于来到了密县附近。由于沿途再没遇到日军飞机的骚扰,吴校长又把队伍拉上了郑州至密县的公路。

让李金生担忧的是，这条公路上又聚集了大批的逃难人群，人群中还夹杂一些从前线撤下来的溃兵。这些溃兵已不成建制，在人群中东跑西窜，还打骂难民，抢夺财物。李金生见此情景，担心钱箱子的安全，与几个同学商量后，找来两条破旧的棉絮裹盖在箱子上面。队伍途中休息时，李金生还专门把箱子放在路边低洼处掩盖起来，细心看护。此刻，郑州方向的枪炮声又密集起来，巨大的爆炸声不时响起，并逐渐向密县这边延伸。李金生意识到，可能是第一战区的防线正在向后收缩，中国军队作战出现了失利。

队伍立刻加快了步伐，好不容易来到密县附近一个叫“三岔口”的地方。在这里，全校师生遇到了一个意想不到的险境，差一点落进快速疾进中的日军的包围圈！

当队伍走到密县城外一座光秃秃的小山包前时，公路被拦腰截断了。前面是中国守军的一道防线，周围修筑了大量防御工事，四处都是严阵以待的官兵。在防线前，警戒的哨兵面色冷峻，持枪而立，拒绝任何人通过这道防线。此时天色渐昏，公路上拥满了逃难的人群，哭声、叫声响成一片。

从守军那里得知，这条公路是日军进攻的一条重要路线。日军目前正沿着这条公路从郑州向这里快速推进，而且很快就要到达这道防线。这条公路已被挖得七孔八洞，路两旁到处是被日军飞机炸毙的人畜死尸，腥气冲鼻。看到队伍无法前进，身后的日军又越来越近，吴校长焦急万分。他赶到队前与阵地上的哨兵交涉，请求放过难童学校这支特殊的队伍。但是，哨兵态度蛮横，声称上司有令，不准任何人通过，毫无商量余地。在吴校长的一再恳求下，哨兵看到学校师生身着统一的灰色校服，感到这支队伍有些特殊，才叫来了一个连长。谁知这个连长对吴校长一脸不屑，当即命令学校的队伍必须马上离开，否则要武力驱赶。

难童学校上千人顿时陷入了进退两难的危境！向前走，看来根本过不去；而向后退，则是迎面赶来的日本追兵。怎么办？此时身后的枪炮声越来越急促，越来越近，日军先头部队快要打到阵地跟前了。防线上的官兵陆续进入了掩体，黑洞洞的枪口直对公路前方。那个连长挥动着手枪，再次严令学校的队伍立刻离开。

师生们正好夹在双方军队中间，形势万分危急！就在此时，美国女牧师周懿德跑到防线前，激愤地高举起双手，对着掩体里的国民党守军“哇啦哇啦”地大声喊叫起来。守军突然看到有个蓝眼睛、高鼻子的洋女人跑到阵地前，都十

分惊愕,也听不懂她中英混杂的词句是在喊些什么,一时都不知该怎么办才好。最后,那个稍微懂一点英语的连长走上前,连比画带问才弄清这个“洋女人”的意思——这所学校有国际背景,是在重庆国民政府备了案的,宋庆龄女士高度重视,现在正奉命向陕西大后方转移,请马上放行,否则,她要通过外交途径向蒋介石控告。

这个连长有些“政治头脑”,在弄清情况后,马上对这位金发碧眼的“美国朋友”说,他立即向上司报告,一定妥善处理此事。说完,这个连长转身跑向山头指挥所。吴校长和师生们见此情景,万分焦急地等待消息,祈祷上帝开恩,拯救学校的师生,但一直等了好久还不见那个连长的身影。正当师生们都感到绝望、准备掉头迎着日军而去的时候,那个连长站在小山头上对着师生们高喊起来:

“都快过来吧!上级批准你们穿过这道防线了——”

全校师生喜出望外,万分激动,不顾一切地跑向防线,从阵地上面爬了过去,跌跌撞撞地攀向后面的小山头。师生们满身大汗刚刚穿过了这一条生死攸关的防线时,身后很快就响起了猛烈的爆炸声。就在他们刚穿越过的那条防线上,中国守军已经与攻击的日军部队开始了激烈的交火……

(四)

难童学校穿过的这一道防线,正是第一战区部署的“守势地带”的一条重要战线。此时,突破了黄河防线的日军第 37 师团快速挺进队,正急速地向密县穿插过来。守卫这道防线的中国军队,是汤恩伯第 89 军的一个团。他们的任务是正面阻击日军,配合中国军队右翼“攻势地带”的部队对这股日军进行合围。不幸的是,难童学校的这段逃难路线,正是日军这支快速挺进部队的进攻路线。这条从郑州至密县的公路,正是日军攻占密县的必经之路。

中国军队将这次战役称作“豫中战役”。目前的战役发展已大大超出预料,因为从日军的进攻规模看,这次战役远非第一战区所预料的是一场“有限作战”。

1944年4月18日凌晨,10余万日军突然从中牟和郑州邙山两处突破了黄河防线。东路日军第37师团和混成第7旅团从中牟强渡黄河,向担负河防任务的中国军队暂编第27师发起猛攻。第27师是“杂牌军”,装备低劣,战斗力弱,防线迅即失守。日军渡河后迅速分割穿插,分三路向西挺进,一路围攻郑州,一路西犯密县,一路沿平汉铁路南下新郑。北路日军第110、第62师团和第9旅团通过黄河铁桥,跨过黄河天险,向驻守的中国军队第110师发起进攻,很快突入邙山南麓,与东路日军对郑州形成包围之势。在北路、东路日军的夹击之下,第110师很快被击溃。4月20日,郑州只抵抗了一天即告失陷。冈村宁次在日军占领郑州后,立即将华北方面军前进指挥所迁入郑州城内。日军驻华派遣军总司令畑俊六也赶赴郑州指挥作战。

在日军的大规模进攻面前,第一战区精心构筑的黄河防线一夜之间就被日军突破。当时,从郑州到陕县的黄河防卫由蒋鼎文集团负责,部署了第39、第36、第14、第4、第28等五个集团军和马法五第40军;从郑州往南至安徽蚌埠、凤台一线的防卫由汤恩伯集团负责,部署了暂15军、泛东挺进军和第19集团军。整个防线最薄弱处是刘昌义的暂15军,他们担负了郑州以南近百公里的黄河防线。暂15军是杂牌军,主要兵力只有一个不足5000人的暂编第27师。在日军突击此段黄河防线时,暂27师面对数倍于己的敌人,根本无力组织有效抵抗。仅半天时间,防线就被日军突破,部队被迫向许昌方向溃退。

许昌,是日军此次打通平汉铁路志在必得的一个重镇,很快成为双方争夺的焦点。日军渡河后迅速集结重兵,从三面对许昌进行围攻。此时第一战区在许昌城内仅部署了一个新编第29师,兵力只有3000余人,形势非常危急。蒋介石得知日军重兵围攻许昌时,严令汤恩伯救援,死守该城。按照原定计划,许昌这个要地不在坚守之内,临时调兵支援,势必会将隐伏在嵩山和密县附近“攻势地带”的战区主力暴露给日军。而蒋介石的命令又必须执行,汤恩伯无奈急令第28集团军总司令李仙洲率第12、第29军南下驰援,攻击日军侧翼,予日军以较大杀伤,但未能从根本上扭转许昌的危局。由于日军对许昌志在必得,集中了大量主力部队予以围攻,中国军队在日军重兵面前渐不能支,很快溃败撤退。1944年5月1日凌晨,日军从南、北、西三个方向向许昌发起总攻。新编第29师与攻城日军浴血奋战,死不后退。师长吕公良践行了他“与许昌城共存亡”的诺言,全师将士大部英勇殉国。

日军占领许昌后,立即分兵南下,继续实施“打通平汉线”的作战计划。华

北方面军第27师团马不停蹄地沿着平汉线南下，一路击溃了沿途的中国守军，连陷平汉路南段的郾城、西平和遂平等重镇，与从河南信阳沿平汉铁路北上的日军华中第11旅团相互策应。两支日军于1944年5月9日最终会师，彻底打通了河南境内的平汉线，实现了大本营"一号作战计划"中打通平汉铁路线的第一阶段作战任务。

第二十章

李金生和难童学校师生是如何闯过密县『三岔口』封锁线的？为什么在穿越第二道防线时能夜宿登封中岳庙？师生们逃难到白沙镇和阎沟村是如何遭受兵匪纵火抢劫的？一路上险境迭出的师生们最后生死如何？

（一）

吴校长带领队伍穿越防线后，急速赶向密县县城。在行进途中，他们听到背后“三岔口”那道防线上响起了一阵激烈持久的枪炮声。同学们知道，中日双方部队已经在那里交上了火，“三岔口”阻击战已经打响。真悬哪！吴校长此时非常后怕。难童学校1000多名师生的生命，差一点就丢在了那条生死攸关的防线上。他为师生们成功穿过这道防线感到庆幸，也为周牧师紧急中挺身而出深感敬佩。吴校长长长地出了一口气。他有着丰富的军旅经验，从目前情况判断，日军这场战役绝不是为了仅仅占领几个城镇，极有可能有更大的战略企图，战火可能会燃及河南全境。难童学校的师生必须尽快实施第二套方案，选择好路线向陕西转移。

“三岔口”方向的枪炮声依然激烈。从震耳欲聋的爆炸声中判断，日军不仅携有重炮，而且有大批坦克参加了战斗。“三岔口”防线看来难以坚守，学校必须赶快向嵩山深处的登封县转移。想到这里，吴校长决定让师生们扔掉所有较重的行李，轻装前进，同时减少途中休息时间，争取在第二天黄昏前到达登封中岳庙。

队伍拉上了密县至登封的公路。路上的逃难人群还是不少，大多是从密县逃出来的。密县县城可能已经失守，大家都顺着这条通往登封的唯一公路拼命奔跑。让吴校长担忧的是，公路上又出现了从前线撤下来的许多溃兵。这些溃兵歪戴军帽，斜挎步枪，与逃难人群混杂在一起争路抢道。人车相挤，十分混杂。吴校长一再叮嘱李金生保持警惕，保护好钱箱子的安全。

经过一天多的艰难跋涉，队伍终于到达了登封县附近，远远看到了中岳庙高大的建筑群。让吴校长没想到的是，学校的队伍就要走到中岳庙跟前的时候，又碰上了一道新的防线。这道防线比“三岔口”封锁得还严，守卫的部队更多。难童学校的队伍又一次被拦阻在防线前面，无法前行。

吴校长跑到队前看到，公路已被守军挖断，一道道深沟横凹在公路前。沟深近10米，宽约30米，根本无法通过。深沟对面是守军的战壕、碉堡、掩体，工事上还架着机枪、步枪，一群头戴钢盔的士兵警惕地注视着难童学校的队伍。

正当吴校长在深沟前仔细观察的时候，冷不丁对面传来一声吼叫：

“哪一部分的？”

一个士兵手持上了刺刀的步枪，横眉冷眼地打量着吴校长。一个班长模样的人端着一支冲锋枪，也在警惕地观察他们。看来他们对难童学校这支队伍感到好奇，因为这支上千人的队伍穿着统一的灰色制服，但又没携带武器，似军非军，似民非民，另外队伍中还混杂着妇女儿童。他们一时难以判定这支队伍的属性。

吴校长马上对那个班长模样的人解释说，他们是奉命西迁的美国教会学校，路过这里，请班长提供方便。

不料，那个班长严厉拒绝，并声色俱厉地对吴校长说：

“队伍全部退回，一个人都不能留下。这里很快要打仗了，道路也已全面封锁，任何人不准通过。”

旁边的周懿德牧师看到吴校长交涉无效，走到大沟前面，高声对着这个班长用中英混杂的语言喊叫起来。她要求对这支有国际背景的学校予以放行，否则要承担外交责任。

那个班长皱着眉头听完了周牧师的喊叫后根本不买账，还命令身边的士兵对师生们亮出刺刀，压上子弹，威逼难童队伍立即后退，否则要采取严厉行动。

面对黑洞洞的枪口和闪亮的刺刀，大家纷纷后退，年幼的同学还躲在老师背后吓出了哭声，局势骤然紧张起来。

这时天色已经擦黑，头顶上乌云来回翻卷，越压越重。随着一阵雷声滚过，天空又落下了黄豆般大的零星雨点，一场暴雨即将来临。

难童学校此时前进不得，后退无处，倾盆大雨又将来临，吴校长和师生们万分着急。

正当众人都心急火燎的时候，学校队伍中突然冲出一个人，同时传来一声高喊：

“你是胡班长吗？我是李金生啊！”

那个手端冲锋枪的班长听到喊声一愣，立即仰起头高声问：

“是谁在说话，李金生？哪个李金生啊？”

“胡班长，我是第29军独立师平安支队的李金生啊！你不记得了？咱在淮阴一起打过仗啊！”

李金生本来在队伍的中间,见师生被阻后慢慢走到前面看动静。刚才这个班长与吴校长和周牧师交涉对话时,他听出声音很熟悉。李金生挤到队前,从朦胧的天色中仔细一看,这个人的声音和身影都十分像老班长胡建营,就高喊了起来。

对面的班长把冲锋枪拉到背后,对着李金生仔细看了一会儿,惊喜地高喊:“哎呀,真是李金生啊!”胡班长十分高兴,立即命令身边的士兵放下武器,放下深沟前高大的吊桥,让李金生和吴校长走了过来。

胡班长二话不说,上前一把紧紧地抱住李金生,半天没有松手。

两个人都流下了泪水。过了好一会儿,胡班长才腾出手,对着李金生当胸打了一拳:

“金生你可想死我了!大伙儿太惦念你了!怎么样,身体都康复了吧?”不等李金生回答,他又继续问:“哎,你怎么到了这里呀?”

“胡班长,我身体早好了,全都恢复了。”李金生边说边解开衣服,让胡班长看他的伤口,同时拉过吴校长,对胡班长说了自己负伤治疗的情况和随难童学校西迁的经过。

胡班长让李金生和吴校长稍等,回身跑到工事掩体中打了个电话,回来后对深沟边的士兵说:

“我已经请示刘团长同意,让学校师生们通过防线。赶快放下吊桥,让队伍过来。”

在安排师生们过了深沟后,胡班长又对李金生和吴校长说:

“天就要下雨了,你们今晚就住在中岳庙里,我已向上级报告过了。”说完,胡班长又紧紧拉着李金生的手说:

“金生,你可太让人惦念了!连李狗屁副师长也到处找你呢!他一再说你是他的救命恩人!”

“我也真的想你,想李副师长。他还好吧?”李金生不由得想起当年随李副师长打淮阳时那场激烈的战斗,想起了第29军挥刀杀敌的英烈场面。

“李副师长这会儿正带着部队在禹县驻防。他一提起打仗就兴奋,这次又要在前线拼杀。他要是知道你现在的情况,还不知有多高兴呢!”

李金生问胡班长:“班长,你怎么会在这里?不是在团部通信班吗?”

“我是到这里执行一项任务,事后到防线上找老乡办点事,谁知刚碰巧遇到了你们。你知道,咱身份特殊,弟兄们都给面子。”说到这里,胡班长忽然想起什么，忙问李金生：

“那个大个子马万年呢？你们也在一起吗？”

李金生听后立刻转身对着队伍高喊：“马万年快过来！咱29军胡班长在这里呢！”

马万年快步跑了过来，马上和胡班长抱在一起。三个人都十分激动，互相握着手，叙说着别后的经历。

难童学校上千人的队伍在愈来愈急的大雨中终于住进了中岳庙内。中岳庙是个规模很大的庙宇，依山傍水，殿堂巍峨，庙内古柏参天，环境幽雅，是河南省内最大的道教庙宇。

中岳庙位于五岳之腹的嵩山脚下，始建秦代，前身为太室祠。西汉时，汉武帝渴望自己能像轩辕黄帝那样成为神仙，多次礼祭太室山。一次祭山时，他隐约听到山中有呼喊“万岁”的声音，认为是神灵在护卫他，就下令增建太室神祠中岳庙，同时封太室山为“嵩山”，使其成为中国的“五岳”之一。武则天对中岳庙也情有独钟，在登嵩山祭祀时加封中岳神，把附近的嵩阳县改为登封县。唐开元年间，唐玄宗扩建中岳庙，使之达到鼎盛。宋太祖礼祭嵩山时，对庙内的岳神像金妆冠戴。乾隆时，按北京故宫的规格，对庙宇大规模整修，并设宜道会司掌管道教事务。目前中岳庙有11万平方米建筑，为中原祠宇之冠，也是五岳中规模最大的古建筑群。

当晚，胡班长拉着李金生和马万年住进了中岳庙内最大的正殿“峻极殿”中。李金生在大殿中看到，大殿正面有个神龛，龛内有3米多高的天王像，神橱上悬有康熙御书的“高山峻极”横匾。李金生从未见过这么高大的殿堂，深为中岳庙的恢宏气派所震撼。他自小虽听说登封有个少林寺，也听过“十八棍僧救唐王”的故事，但没想到登封城外还有这么大的一座庙宇。

夜深了，胡班长和李金生、马万年在大殿忽阴忽明的油灯下整整说了一夜的话。是夜，庙外大雨如注，雷声震耳。庙内三个人话语不止，畅谈不休，相互述说着分别后的殷切思念和百般牵挂。三个人在戎马生涯中共同历经了殊死战斗，结下的生死情谊是人生中任何情感都难以替代的。三个患难与共的战友一夜中有说不尽的话，道不完的情，唠不完的嗑儿，一直说到第二天黎明时分。

实际上，处在基层的胡班长并不了解此次战役的总体局势。此次战役中，已编入汤伯恩第31集团军序列的第29军，担负着一项重要的战役进攻任务。按照战区作战方案，第29军包括胡班长所在的第3团，一直隐伏在登封、密县

和禹县一线的"攻势地带",与其他部队一起,伺机对日军实施反击作战。1944年4月26日,汤恩伯率领4个军对密县、新郑一带的日军部队发起了大规模的反攻,先后收复了平汉铁路附近的马鸣寺、景店和唐庄等地,扼制了日军对豫中地区的进攻势头,迫使日军暂时采取了守势。此次进攻虽然最终未能完成对许昌新编第29师的救援,但在一定程度上减轻了日军对孙蔚如第4集团军在虎牢关、马驹岭一线阵地阻击日军的巨大压力。

(二)

第二天清晨,下了一夜的大雨终于停了下来。天色未亮,难童学校的队伍又踏上了新的征程。李金生和马万年婉拒了胡建营班长一再挽留他俩在部队继续并肩战斗的好意,在胡班长和士兵们的欢送中上了路,又抬起沉重的钱箱子继续行进在队伍中。吴校长确定的下一个行军目标,是豫西伊川县的白沙镇,离这里100多里路。总算老天保佑,师生们一路顺利,在扶老携幼中安全到达。

真是天有不测风云,难童学校这支多灾多难的西迁队伍,在白沙镇这个宿营地又遇到一次新的磨难。

白沙镇所在的伊川县属洛阳管辖,距洛阳以南的龙门石窟只有13公里。也就是说,难童学校已经进入了第一战区司令长官部所在地。在第一战区眼皮底下,在中国军队的重重护卫之中,这里应该是个安全地区。吴校长在到达白沙镇的当天晚上十分高兴。他觉得,经过数百里的长途跋涉后,学校已经到达了豫西山区,离前线十分遥远,算是走出了危险区,心里轻松了许多。

白沙镇,是从登封到洛阳的必经之地。形象地说,如果顺着陇海线向西走近路,就像走在一张弓弦上;如果顺着弓背向西南走远路,就必须经过白沙镇。后一条路虽绕得远一些,但是安全,因为此时日军正沿着陇海线向洛阳进攻,那里战事正紧。由于白沙镇是个小商埠,街面繁华,治安尚好,住宿也方便,所以目前这里人气很旺,往来的人很多。难童学校到达白沙镇后,吴校长把男生安排住到镇上的荣军招待所,女生则住在镇郊一个基督教福音堂内。考虑到护卫钱箱子和保护女生的安全，吴校长特意把李金生、马万年和小迷糊等人安排住在福音堂门口的一个套间内。吴校长和李金生住里间，马万年和小迷糊等人住外间，钱箱子放在吴校长床铺下。

入夜以后，吴校长带着李金生巡视了周边的环境，确认无异常就回到了房间。白沙镇人口稠密，有民团维持治安。回到房间后，吴校长同几个学生坐下来，一边喝水一边聊了起来。

吴校长特别夸奖了李金生，对他在中岳庙前帮助全校师生渡过难关深表称赞，并好奇地问了李金生和胡班长的交往过程。吴校长深有感触地说，当兵，是人生中一个十分难得的特殊经历。在经历了战争淬火后，一个人的意志力和抗压力会十分坚强，面对困难会有不屈不挠的斗志。吴校长还谈到自己在黄埔军校的往事，谈到了北伐战争、广州起义和中原大战的艰辛历程，鼓励李金生和同学们一定要珍惜当前的宝贵时光，学好文化，早日成材，将来为积贫积弱的国家做贡献。吴校长还兴致勃勃地谈起了伊川县和白沙镇的厚重历史文化。

李金生从吴校长的讲述中了解到，伊川县历史悠久，是中原文化的发祥地之一，也是我国白酒的最早发源地。白酒的发现还有一段有趣的故事：夏代造酒始祖杜康，有一天无意中将剩饭倒在后院的桑园树洞内。几天后，剩饭在树洞中发酵，散发出一股异香。杜康上前一看，发现那些发酵的剩饭中淌出一滴滴白色液体。他用碗接起一喝，觉得香醇甘甜，并有昏昏欲睡的快感。杜康随后依此炮制，造出了神奇的白酒。目前，杜康酿酒的这个“上皇古泉”还保留在伊川县葛寨乡黄兑村。秦代孔子九世孙孔鲋到伊川饮了杜康酒后大加赞赏，专门逗留伊川讲学，创伊川教育之首。宋代理学家程颐也曾为此在伊川鸣皋设院授徒。在这里，还发生了“程门立雪”的故事。鸣皋书院也因此成为中原的三大书院之一，伊川成为中国理学名区。

听着这些故事，听着伊川丰厚的历史文化，李金生、马万年几个同学都忘记了一路的疲劳，没有了睡意。他们热烈议论起来，商定今后如有机会一定到这几个地方好好看一看，亲口品尝一下正宗的杜康酒。正当大家谈兴正浓的时候，门外忽然传来“咚咚”的砸门声。

听到有人砸门，大家面面相觑。这深更半夜里是谁在砸门？是谁要闯进福音堂来？

吴校长起身开了屋门。门刚打开，忽地闯进一大群持刀携枪的土匪来。这些土匪横眉竖眼，满脸凶相。为首的一人有30余岁，身穿一件黑色大褂儿，下

穿黄色军裤,手拿一把匣子枪。他上前一把抓住吴校长的衣襟,高声喊:

“快把钱箱子交出来!”

机警的李金生听到院内也有异常动静,就赶快往窗外看。他发现,福音堂院内屋顶上也站满了土匪。这些土匪都把枪口对准院内,封锁了整个福音堂。

看到这种情景,善于应酬的马万年立刻上前讪笑着,对那个匪首说:

“这位大爷,我们是逃难学生,真没有什么钱箱子啊!”

他话音未落,背上就重重地挨了一枪托。几个土匪同时对他拳打脚踢。马万年栽倒在地。

“告诉你们,老子已跟踪你们一路,知道你们有两大箱子钱。赶快交出来!否则我们就开枪,通通要了你们的小命!”

这个土匪头子一边说,一边用匣子枪紧紧顶住吴校长的脑门。

进入房内的10多个土匪同时举起枪,屋顶的土匪也把枪栓拉得哗哗响。

吴校长和李金生等人已经明白,这群土匪一定是一路跟来的国民党溃兵,已在沿途盯准了那两个钱箱子。

土匪头子一边用手枪逼着吴校长的头颅,一边高声喊:

“现在我数10个数,如果见不到钱,马上开枪杀人,直到把这个院子里的学生通通杀光!”

土匪头子随后开始数数:“1、2、3、4、5……”

当数到“9”的时候,吴校长紧闭着双眼,十分痛苦地开口说:

“钱箱子就在里屋的床下,你们取走吧!”

土匪们立即放下枪,一窝蜂儿地跑进里屋。他们在床铺下找到了钱箱子,抬到外屋的灯光下,用刺刀撬开顶盖儿,看到箱内那成捆的“关金券”。

吴校长对土匪头子说:

“这些钱是国际救济署拨给学校的救济款,是全校师生逃难的救命钱。求求你们多少留下一点,让同学们在逃难路上有口饭吃。”

土匪头子听后大眼一瞪:

“妈那个×!要钱没命,要命没钱!你敢再多说一个字,老子立马开枪见红!”

李金生和几个同学想扑上前与土匪拼命,但被吴校长严厉的目光制止了。

土匪拿到钱后,把两个箱子抬到屋外。看到钱箱子已经到手,房顶上的土匪们纷纷跳下来,兴高采烈地围着箱子观看。之后,他们在骂骂咧咧中抬着箱子向院外走去，逃遁在茫茫的夜色中。

吴校长和师生们没有想到，在经历了近千里的漫长路程后，到了第一战区的门口，竟然在白沙镇遭遇到了这股蛮不讲理的悍匪。李金生告诉吴校长，刚才他从土匪口中听到，他们是汤恩伯第13军西撤的溃兵，为首的是一个副连长。

遭此洗劫后，吴校长心情沉重，一夜无眠。他忧心忡忡地想，逃难陕西大后方还有一千多里路程，如果没有路费，这一千多人的队伍一路上可怎么吃住，怎么继续那遥远的长途行军？

（三）

真是应了一句老话，天无绝人之路。当师生们万般无奈之际，事情有了转机。第二天一大早，吴校长带着周牧师赶到伊川县城，找到县政府希望得到救助。令吴校长意外的是，他在这里遇到前来视察的故交——地区专员王光临。王专员听了学校的遭遇后十分气愤，当即下令伊川县民团全力追捕这群土匪，并向吴校长和“美国朋友”周牧师表示歉意。王专员还专门给学校拨出部分经费，派民团赴白沙镇保护师生，并要求一直把师生们护送出伊川县境。

吴校长还从王专员那里了解到了战局近况。王专员告诉他，战局很不乐观，日军的进攻规模超过了以往任何一次。目前有一股日军穿插到了洛阳附近的临汝县，离伊川不足30公里。第14集团军副总司令刘勘正率领4个师在洛阳龙门一带构筑阵地，准备阻击从临汝穿插来的日军。现在刘勘兵团已做好迎战准备。战斗会很快打响，形势十分危急。

王专员还介绍说，日军正从东、南、北三面向洛阳推进，对洛阳形成了合围之势。他这次到伊川来，是奉命督促该县做好各项动员，协助部队作战。王专员劝吴校长，难童学校千万不能在伊川久留，赶快向西南的嵩县转移。到了嵩县后还要继续向栾川和卢氏方向走。通过豫西伏牛山和熊耳山，进入陕西的洛南县，才算真正到了安全地区。那里是陕西大后方，日本人没有打到陕西。

回到白沙镇，吴校长一刻没有停歇，立即组织人员用刚领取到的钱款在白

沙镇内购买干粮，筹措药品，之后就带领师生踏上了赶往嵩县的路程。

白沙镇的劫匪遭遇，使师生们更加体会到了逃难路上的艰辛和风险。在赶往嵩县的途中，大家不顾疲劳，风餐露宿，连续翻山越岭，涉水跨河。先后翻越了4座高山，涉过了一条又一条河流，经过七八天的艰难行军，终于来到了嵩县的宿营地——阎沟村。

到了阎沟村，难童学校总算脱离了洛阳那片战火欲燃的险地。过了嵩县再往前面走，就是河南最西端的栾川和卢氏县了。吴校长决定在阎沟村休整两天，一方面让同学们恢复体力，便于下一步行军，另一方面要整顿一下队伍，把那些实在走不动路的年幼同学留在当地安置。再往前走，就要进入深山，甚至还要经过有食人野兽出没的原始森林。

嵩县，位于伏牛山腹地，横跨黄河、长江和淮河三大流域。这里群山环抱，峻岭连绵，有伏牛山、外方山、熊耳山三大山系，最高的山脉达2000米以上。学校宿营的阎沟村，属嵩县大章乡，是一个小山村，有百十户人家。

李金生和几个同学住在村内一个小独院里。院子北面有三间上房，西面有两间杂屋。大家进入院内后，不知为何没有看到院子的主人。同学们心想，可能乡亲们又把学校的队伍当成了部队，都躲避走了。李金生也未多想，和马万年几个同学住进了北屋，小迷糊和另外两个同学住在西屋。同学们放下行李后，立即在月光下忙碌着拾柴烧锅，打水和面，做饭烙饼，饭后就纷纷躺在床铺上，在疲劳中进入了梦乡。

可能考虑到偏僻的阎沟村已脱离战火，没有溃兵骚扰，吴校长没有让疲惫的同学们组织警戒，也没有布置岗哨。师生们睡下后，整个阎沟村也在黑夜中沉沉入睡。

谁都没想到，就在这个偏远的小山村里，一场新的灾难又悄悄降临到师生们身上。

又是在半夜时分，李金生忽然被一阵噼啪噼啪的声响惊醒。他坐起来一看，屋内有一股呛鼻的烟熏味。再看窗外，西屋房顶已经燃起了大火，火苗足有两尺多高，并伴随着滚滚的浓烟。看到这种情景，李金生马上从床上跳下来，推醒睡在身边的马万年，同时高声对其他同学喊：

“失火了，失火了！大家快起来，往院外面跑！”

他的喊声惊醒了熟睡中的同学。大家在匆忙中拿起随身的包袱就向院外跑。当大家不顾一切地奔向院外的时候，意外出现了——

只见院门口并排站立着10多个手持大刀棍棒的蒙面大汉。每当跑出去一个学生，他们迎面就是一棒，打翻学生后立刻抢走携带的财物。地上很快躺倒了一大片同学。李金生和马万年看到这种情况，返身躲藏到院内一棵大树下，急切地在地上寻找棍棒，准备与歹徒搏斗。此时院内浓烟弥漫，慌乱中根本找不到任何武器。不大会儿工夫，歹徒已经打倒了八九个冲到院外的同学，抢夺的包袱堆成了一堆。歹徒看到再没有学生往外跑了，就高喊起来：

“院里的人听着，你们不经允许就住俺家的房子，还放火烧了院子，必须照价赔偿，否则俺们决不罢休。”

歹徒们在院门口一阵喧嚣后，看到院内没有动静，估计学生已基本跑了出来，就又喊道：

“你们不赔钱可不行，俺找你们校长算账去！”

喊叫之后，歹徒们席卷起地上的包袱，向附近院子跑去。

李金生和马万年看到这种情景，觉得这是一次有计划、有预谋的抢劫。歹徒们首先在院内放火，设好圈套，然后在院门口趁火打劫。这伙歹徒明火执仗，用刀枪棍棒对付手无寸铁的学生，真是可恶之极。李金生和马万年不知道这股土匪到底有多少人，力量有多大，一时也想不出办法与他们对抗，并且十分担心吴校长的安危，决定先去保护校长。

李金生和马万年都当过兵，打过仗，有实战经历。他们先在院门口救护受伤的同学，然后把身体好的同学组织起来，寻找了一些棍棒，准备去救护校长。

他们在村子内看到，整个阎沟村人声嘈杂，到处是火光和浓烟。邻院也有不少同学受伤卧地，财物被歹徒掠抢一空。李金生和马万年一边救人，一边把同学们武装起来，准备和歹徒搏斗。当他们手持棍棒就要冲向歹徒的时候，村外忽然响起了激烈的枪声。歹徒们纷纷中弹倒下。

李金生心中一喜，有人来打这股土匪了！他随后看到，歹徒们虽然在号叫中不停地开枪还击，但根本抵挡不住村外猛烈的火力，很快就扔下身上的笨重包袱向村外撤退。看到歹徒们跑远了，李金生和大家快步跑到村头，仔细一看，果然是有部队和民团来了，是他们向土匪发起了进攻。土匪难以招架，纷纷逃向村外的深山。

李金生和同学们立即加入了围歼土匪的战斗。夜色中，李金生发现有个瘦小的歹徒正在猛逃。他急步追上去，当头就是一棒。小歹徒“哎哟”一声，捂着头栽倒在地。李金生上前把他按住，解下裤带，把这个小土匪绑了起来，拖到村

头的麦场上。

吴校长带着众人出现在阎沟村内。李金生看到和校长一起来的有部队和民团，就把抓获的小土匪交给了他们。此时阎沟村内的大火已经扑灭。大家掂起这个小土匪一看，竟是个十五六岁的孩子，一脸书生气。一审问才知道，这个小土匪就是附近村子的人，还是一个在校学生。经小土匪交代，他是在匪首胁迫下被抓来当"文案"的，没有杀过人，也没在村中放火。小土匪还说，这次抢劫经过了精心策划，土匪认为学校师生是城里人，钱财多，油水大，不能放过这次难得的抢劫机会。他们在抢劫前先放火，从院内引出学生，再抢夺财物。土匪考虑，阎沟村地处偏远，又是半夜动手，县政府来不及派兵。

审问后，吴校长让李金生把这个小土匪绑上，先押起来，准备交给嵩县政府法办。

这时天色已亮。师生们围着吴校长述说夜里发生的事情，同时也对突然赶来解救他们的部队和民团感到意外。吴校长对大家说，昨天半夜，他的嵩县好友王亦鲁来阎沟村看他，正赶上土匪在村内放火。住在村头的吴校长立即和王先生跑到大章乡挂电话，请求县政府派民团镇压。嵩县县长得知学校中还有美国教会女牧师时，十分着急，担心在自己辖区内出了事要承担"外交责任"，被上级追究，就立即派县民团出发，同时又联系了正在嵩县执行任务的国民党正规军一个连。两股武装火速赶到阎沟村打跑了土匪。

同学们听了吴校长的介绍，都向吴校长身边的王亦鲁先生和刚刚走过来的国民党带队军官表示感谢，同时也对周牧师投去了感激的目光。周懿德女士作为一个60多岁的外国人，为了慈善和教育事业，毫无怨言地跟随难童学校千里逃难，还在险境中一次次挺身而出，真让大家从心里感恩敬佩。

李金生从那个关押小土匪的屋子出来后，也围到了吴校长身边。他正要向校长汇报自己此次在火灾匪患中遇到的险情时，忽然看到了校长身边的那个国民党军官。李金生猛吃了一惊，随即向这个军官扑了过来，同时激动地喊道：

"国保大哥，怎么是你呀？"

那个肩扛中校军衔的军官听到李金生的喊声，也猛地一愣。他仔细看了看李金生，也马上高喊起来：

"哎呀，这不是金生嘛！怎么会在这里见到你呀？"

赵国保和李金生紧紧抱在一起。

两个人眼中都噙满了泪花。真没想到，在这战火纷飞的岁月中，在这偏僻遥远的大山沟里，有着千丝万缕联系的两个张江村老乡，竟然相逢了！

周围的人看到两个人的突然举动都很疑惑。连吴校长也在想，难道李金生又遇到了他第29军的战友了？可这个军官是个中校啊？他怎么会和李金生这么亲密？

众人愣了好大一会儿。李金生从赵国保的怀抱中挣脱出来，一边流泪，一边向大家述说，他与赵国保是张江村的同乡，而且他们两家有着特殊情谊。

同学们听了李金生的讲述，都感到不可思议，纷纷称奇，更为两个人能在他乡异地重逢而庆幸和愉悦。吴校长上前拉着两个人的手，到吴校长住的房子内坐下来，热烈地交谈起来。

吴校长首先向赵国保询问了他所关心的战事。他从赵国保那里了解到，洛阳周边的战斗很不顺利。日军在难童学校离开伊川不久，就很快突破了龙门刘勘兵团的防线，从三个方向朝洛阳推进，眼下就要对洛阳发起总攻。在日军大兵压境的情势下，第一战区长官部计划向豫西山区转移。赵国保这次带队到嵩县来，任务是勘察地形，打前站。昨天晚上刚到县城不久，他就接到了嵩县县长的求援电话。赵国保考虑到学校有外国人，事关重大，就立即率队赶来解救。让他没想到的是，居然在这里遇到了李金生。赵国保和李金生已有6年没见面了，当年的小金生也变成个大小伙子。要不是刚才金生喊他，他真不敢与这个他自小看着长大的小同乡相认。

赵国保见到李金生后，禁不住想起了他的爷爷李发旺。赵国保得知，他十分尊敬的李发旺老秀才，已经在1938年那场洪水中丧生。那是一个多么好的老人啊！李发旺是张江村德高望重的“秀才爷爷”，也是一个极有学问的“黄河迷”。赵国保就是在李老先生的指点下投考了黄河水利学校，走上了一条崭新的人生道路。

当赵国保得知了李金生的坎坷经历，特别是他参加第29军并在攻打淮阳战斗中负伤的情况后，十分惊喜，鼓励李金生继续在难童学校读书，在吴校长的培养下完成学业，毕业后报效国家，服务乡梓。

赵国保还给吴校长提出了一些建议，建议学校不要在嵩县久留，应尽快向西边的栾川县转移。到了栾川也不要进县城，因为那里现在是汤恩伯副司令长官部的所在地，溃兵很多。学校最好从那里涉过洛河，直插陕西洛南。到了洛南，难童学校才算真正进入了远离战火的安全地域。

吴校长十分感谢赵国保的指点。这是给逃难中的师生们指出了一条脱离

险境的光明道路，也是一条生命之路啊！赵国保和吴校长、李金生又一起畅谈了很久，才恋恋不舍地离开了阎沟村。离开前，细心的赵国保又专门送给吴校长一架军用望远镜和一张豫陕边界地图，并从缴获的土匪武器中挑出 3 支步枪留给学校，用于行军中的自卫。

师生们在千恩万谢中送走了解救他们的部队官兵和民团，并把抓获的小土匪和其他俘虏交给部队带走。学校随后对火灾中受伤的同学进行救治，为被抢走财物的同学添置了生活物品。吴校长考虑到一些年幼同学和老弱病残者实在难以继续长途行军，就在阎沟村当地进行了安置。

第二天清晨，难童学校的 800 多名师生不顾长途跋涉的疲劳，相互搀扶着又踏上了嵩县西边的崇山峻岭，向熊耳山深处的栾川县前进。

第二十一章

冈村宁次在指挥"一号作战"行动中究竟使用了什么"秘密武器"？日军是如何包抄中国军队后路并攻陷了洛阳城？汤恩伯兵败如山倒后部队怎样遭到河南民众的追杀？日军即将打进潼关、攻入陕西时苍天怎样降福于中国军队？

（一）

回到嵩县以后，赵国保发现县城已十分混乱。在这个小小的山城里，拥满了从各处逃难来的大量难民。让赵国保担忧的是，不少溃兵在县城内四处乱窜，甚至哄抢店铺和百姓的财物。

赵国保还发现，河南大学大批师生也有组织地逃难到了这里。河南大学医学院和农学院的同学们散聚在城郊。这些手无寸铁又血气方刚的年轻人时常受到溃兵的殴打掠抢。一些从洛阳逃难来的省府官员大多携家带口，生活十分艰难。这些昔日作威作福的老爷们到了这个偏远的山城小县后，只能四处寻找避难场所，有的全家衣食无着，焦急万分……

看着嵩县城内凄凉的景况，赵国保心情十分沉重和烦躁。真是兵败如山倒，倾巢之下无完卵啊！这次战役的败局，真是惨得不可收拾。不管是河南省的党政军民还是工商学农，上上下下都弥漫出一种丧家辱国、树倒猢狲散的无奈，弥漫出一种既悲愤又苍凉的惨景。

赵国保今天已接到命令，第一战区长官部不再到嵩县来了，要直接转移到卢氏县。赵国保也将很快去那里打前站。战局发展大大超出预料，局势十分危急。

蒋鼎文这个战区司令长官以往目空一切，刚愎自用，但在这次败局面前，已经没了一个战区主帅应有的从容和镇定。在日军从三个方向逼近洛阳的时候，他不是集中精力指挥作战、稳住阵脚、扭转危局，而是惊慌失措，贪生怕死，竟将战区司令部一撤再撤，一跑再跑，先是从洛阳撤到宜阳，后又从宜阳撤到洛宁，原计划继续撤到嵩县，现在看日军就要攻进洛阳了，就干脆将指挥部直接撤到河南最西端的卢氏县。卢氏紧挨陕西，还想往哪里撤呢？看来，蒋介石最信赖的这位把兄弟准备在河南战局一旦恶化后，从卢氏直接撤到陕西大后方。

这些天，赵国保在重新审视“豫中战役”后，心中一阵阵悲哀。日军于1944年4月18日才打过黄河防线。短短一个多月时间，第一战区的部队就被打得晕头转向，一败涂地。战区的12个集团军、40万大军，竟被16万日军一举击溃，四处逃窜。尤其让人不可思议的是，在溃败撤退中，部队没有了起码的组织指挥，没有了建制序列，不仅兵员丢盔弃甲，拼命逃窜，而且还在逃难的百姓队伍中如虎似狼地大肆抢劫。身为中国军人的赵国保真感到汗颜羞耻，真感到难以面对勒紧腰带养育了数十万大军的河南父老乡亲。

对于这场战役的惨败，指挥上的失误负有重大责任，让人痛感惋惜。作为第一战区长官部的作战参谋，赵国保太了解战役的失败过程和其中原因了。

作为最高军事统帅的蒋介石，抗战以来就暴露出一个致命弱点，就是在每次战役的紧要关头，总是直接插手一线指挥，屡屡远在千里之外越级遥控战场，不给一线指挥员临机处置的权力。而在瞬息万变的战场上，战机往往稍纵即逝，直接影响战争胜负。此役中蒋介石又犯了老毛病。一线指挥官无所适从，万分为难，又不得不执行他的命令。

这次战役的一个重要转折点，是输在许昌城的防守上。

本来，第一战区拟订的作战计划是将许昌作为诱饵吸引日军，主力隐伏在嵩山、密县的崇山峻岭之中，划分“攻势地带”和“守势地带”以逸待劳。当日军围攻许昌时，隐伏在攻势地带和守势地带的部队伺机对敌人发起反攻，寻歼日军主力。本来这是一个积极的防御作战计划，中国军队能以此占据战役主动。蒋介石却下死命令固守平汉线重镇，处处设防，节节抵抗。这种死板的固守方案，只能使第一战区处处防守，处处挨打。许昌，是日军打通平汉路志在必得的一个城镇。他们调重兵围攻。蒋介石不顾预定方案，严令汤恩伯派大军救援。结果，不仅没达到解救许昌的目的，反而过早暴露了战区主力的隐伏位置，丧失了从侧翼向日军发起反攻的突然性。

老奸巨猾的冈村宁次，正是从汤恩伯的反攻中判明了战区主力部队的位置。在夺取许昌后，冈村宁次迅即调整了主攻方向，对隐伏在攻势地带和守势地带的汤恩伯精锐来了个反包围，使整个战局发生重大变化，彻底打乱了原有作战计划。极善于捕捉战机的冈村宁次，在判明中国军队主力的隐伏位置之后，迅即派出秘密武器——坦克第3师团对汤恩伯侧后实施大包围，以300余辆集群坦克和大量骑兵快速插向临汝方向，两天内就攻占了临汝县城，而后直接插向洛阳龙门，完成了对第一战区部队的合围，在背后打了一记重拳。随后，冈村宁次又命令第110、第62两个师团从两翼合击隐伏在登封、密县的汤恩伯主力，使守势地带和攻势地带的中国军队彻底陷入包围圈，导致全面溃败。

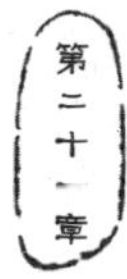

（二）

日军此次战役进攻打得很有节奏。第一波进攻首先从黄河东、北两岸发起，很快就占领了密县，随即发起第二波攻击，从新郑等方向重兵压向许昌，攻陷许昌并判明中国军队主力的隐伏位置后，几乎未停顿，迅即将原定从郾城迂回的第三波攻击改从许昌出发，攻占了颖桥、郏县和叶县等地，同时片刻不停发起了第四波攻击。在第四波攻击中，日军第3坦克师团等部队直奔临汝，兵临龙门。龙门刚一得手，第五波攻击马上开始。处在洛阳西北的山西垣曲日军迅速渡河策应，向东合围洛阳。日军在整个战役中的进攻有条不紊，环环相扣，使河南战场最终出现了"一边倒"的局面。值得庆幸的是，由于日军从临汝穿插的快速挺进部队速度太快，后续兵力未能及时跟上，才使第一战区部分部队乘隙跳出了日军包围圈。

此次战役真正打出中国军队威风的，是第一战区孙蔚如第4集团军。该集团军奉命据守登封、密县北侧山地及汜水之间的守势地带。他们依山据势，与进攻的日军进行了艰苦卓绝的战斗，死不后退。许多阵地几易其手，双方均伤亡惨重。激战中，第38、第96军牢牢"钉"在荥阳及密县以西的虎牢关至马驹岭高地，顽强阻击了日军的西进。虽然日军一再增调兵力，但防线始终未能突破。最后日军只好避开这道防线，从密县、登封绕道洛阳，被迫改变了直线进攻洛阳的进攻计划。

日军在这次战役中也下了血本，启用了侵华以来一直没有动用的第3坦克师团，并在中国战场首次采用了"闪电战术"，将300余辆坦克集中使用，对中国军队发起了铺天盖地的集群式冲锋。在陆军航空兵的协同下，日军坦克在一马平川的豫中平原上势如破竹，攻无不克。无论是汤恩伯集团还是蒋鼎文集团，均遭全面溃败，纷纷撤向豫西山区。

让第一战区防不胜防的是从"南路"抄后路进攻的日军。这路日军推进速度最快，连续攻占了登封、禹县、襄城、临汝等诸多县城，于1944年5月5日逼近龙门，并与"东路"、"北路"进攻来的日军共同完成了对第一战区长官部所在地——洛阳的重围,兵临洛阳城下。

洛阳,是第一战区在河南的最后一个堡垒重镇,也是日军西进陕西的大门。为保卫洛阳,蒋介石亲下手令:要求守城官兵死守阵地,誓与洛阳共存亡,“如有怕死后退、伤害我全军之荣誉者,必斩无赦”。

第一战区调集了3个师坚守洛阳:第94师负责洛阳城防,第64师守卫洛阳西工区,第65师据守城北邙岭。战区还命令,第4集团军和从龙门回撤的刘堪兵团,从宜阳等地侧击日军。

1944年5月24日拂晓,日军在对洛阳守军劝降屡遭拒绝后发起了全线总攻。日军先以数十架飞机、百余门重炮狂轰滥炸,毁灭我防御工事,随后以集群坦克和大批步兵发起一波又一波的猛攻。守城部队面对强大的日军毫不畏惧,顶着枪林弹雨殊死奋战,寸土必争。很多阵地失而复得,得而复失,血流成河,异常惨烈。黄昏,日军第3坦克师团和第63师团终于从西北、东北突入洛阳城内。守军在城破之后,又与攻入城内的日军展开逐街逐巷的争夺。满城都是敌我双方的肉搏战。一直战到中国军队几乎损失殆尽,残余部队才被迫突出城外。

1944年5月25日,洛阳陷落。

“豫中战役”历时近40天,中国军队死伤3.7万人,被俘1.5万人,连续丢失了包括郑州、许昌、洛阳在内的38座城镇,丢失了豫中、豫西和豫南的大片国土。除南阳等地仍由李宗仁第五战区控制以外,整个河南几乎全部陷入敌手。连冈村宁次都十分惊讶第一战区部队竟如此不堪一击。特别是汤恩伯,完全没有了当年的顽强与机智,所属部队一触即溃,一败涂地。日军几乎没打什么硬仗。冈村宁次很不理解汤恩伯这位老谋深算的宿敌为何败笔累累,全没了当年的智勇。他总算报了“随枣会战”的一箭之仇。

(三)

实际上冈村宁次很难猜到汤恩伯失败的真正原因,也无法弄清汤恩伯与以往相比为何会有如此巨大的差距。其实,蒋介石战略指导上的失误并不是根本

原因,最根本的原因是汤恩伯在河南已彻底失去了人心,失去了千百万老百姓。没有了百姓的殊死支援,没有了人民群众的巨大支持,没有了部队官兵为民族正义而战的高昂士气和舍生忘死前赴后继的精神,又怎能不打败仗?!

自封为"中原王"的汤恩伯,已被河南广大民众深恶痛绝。河南民众不仅将他的部队称为"四大灾害"之一,而且喊出了"宁愿日本鬼子烧杀,不愿汤恩伯部队驻扎"的呼声。汤恩伯在大灾中视灾民如草芥,视饿殍而不顾,反而将大批军粮换金条、买房产、中饱私囊,又怎能不激起民愤? 日军占领叶县之后,仅在汤恩伯的军需仓库中就发现了100万袋面粉。这些面粉足够20万军队吃一年之久。这种丧尽天良的贪官污吏,这种一心捞钱的军中败类,能得到人民群众的拥护支持吗? 河南民众能和他们同心同德吗,能舍生忘死地支援帮助他们吗?

河南民众不仅不支援帮助他们,反而对逃亡的官兵围剿追杀,对过路的溃兵放冷枪射击,挥刀举棍砍打,群起而攻之。本来在国土抗战,汤恩伯占尽天时、地利、人和,但由于他失尽民心,彻底失去了地利、人和两大天然优势,加上指挥决策上的失误,又怎能不打败仗,怎能不一败涂地、一溃千里呢?!

另外,蒋鼎文在败局面前惊慌失措和贪生怕死,也是大溃败的重要原因。作为战区最高指挥官,蒋鼎文在危机败局面前本应保持高度冷静,处变不惊,处危不乱,稳定军心,稳定大局,寻找良策化险为夷,但他却只顾逃命,自身先乱。当年诸葛亮在极度危险中,就出人意料地唱了一出巧妙的"空城计"。1938年"徐州会战"时,李宗仁在日军大敌压境下,也能巧妙地找到日军包围圈中的缝隙,组织60万大军成功地跳出了险地。实践证明,越是在危局败局面前,越能考验一个领导者的大智大勇,越能彰显指挥员的军事才能。从容不迫,举重若轻,因势利导,方显英雄本色。

此次战役失利后,数十万大军的撤退变成了大溃逃。蒋鼎文在日军远离洛阳时,就匆忙地将长官部一再后撤,根本顾不上精心筹划、指挥调度部队,顾不上进行有效的防御,挽回败局。汤恩伯的部队在后撤中更是仓惶失措,乱了建制,溃兵挤成一团,辎重抛撒满地,上下联络中断,根本谈不上对日军的防御抵抗。河南民众恨透了这些在百姓面前如虎似狼,在日军面前胆小如鼠的部队,不断对溃兵发起围攻,对散勇追剿捕杀。第31集团军总部直属队甚至被民众整建制缴械,连汤恩伯本人也险些成为村民的俘虏。汤恩伯在乘坐吉普车从叶县逃往洛阳时,在伊川被当地农民缴械,连车载电台也被抢走。汤恩伯最后和随从步行了4天才逃到洛阳。

失民心者失根本，无源之水必断流。民可载舟，亦可覆舟！

当然，蒋介石也压根儿没想到，1944年，日本在日薄西山之时，竟然在中国战场发起了一场大规模的“一号作战”，没想到这场战役不仅延及河南全省，而且之后很快又延伸到了南方诸省，甚至波及了整个中国战场。

战略上的判断失误，必然导致战役层面的指挥失策，进而又关联到战场上的失败。令人惋惜的是，整个“豫中战役”就是在一系列失察、失误、失策之中，失去了天时、地利、人和，失去了民心、军心和人心，最后导致中国军队以惨败告终！

（四）

卢氏县城人群熙攘，出现了少有的繁华。卢氏，地处河南西部边陲，与陕西洛南、丹凤、商南三县相接，横跨崤山、熊耳山、伏牛山三个山脉，地处陆路交通要塞，可通灵宝平地和洛阳河谷。赵国保此时的心情又悲又喜。小小的山城卢氏竟然成了河南全省的军事、政治和文化中心，这段时间竟然成为这个小县自明末“闯王”李自成雄踞之后最热闹、最繁华的时期。

“豫中战役”惨败后，不仅第一战区长官部从洛阳转移到了卢氏，而且河南省政府也搬迁过来，省内诸多高等院校齐聚小城。现在这里成了河南的战时省府，成了中国的抗战前线。近一个时期，卢氏周边已陆续展开基础建设，修建了通往豫中的战备公路，并在筹建机场。看到战区与河南党政首脑被日寇驱逐到偏居一隅的豫陕边界小县城，赵国保感到揪心的悲哀。

当然，他也遇到了一件高兴的事儿，那就是在卢氏偶遇军校老同学方民恩。方民恩也是他的尉氏同乡，当年从洛阳黄埔军校毕业留校做了教官，后随校迁至陕南。抗战爆发后，方民恩调入胡宗南第八战区司令长官部，和赵国保一样担任作战参谋。在“豫中战役”后期，为协调联络战区之间的工作，方民恩被派驻第一战区长官部。两个人分别数年之后好不容易凑到一起。为尽地主之谊，赵国保专门在卢氏城内一个小饭馆宴请方民恩。他专门点了卢氏特产红烧娃

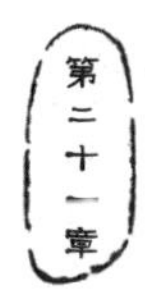

娃鱼招待老同学。

两个人近六年不见，相聚后彼此都很兴奋。话匣子打开后，两个人都敞开了胸怀，先唠乡情、同学情、战友情，之后便慢慢把话题转向了当前的战局。

方民恩面容清癯，性格开朗，在老同学面前说起话来直言快语。他对“豫中战役”打得如此糟糕，尤其是家乡父老遭受到巨大牺牲十分气愤，对蒋鼎文和汤恩伯的指挥失误和擅自溃逃感到不可理喻。“豫中战役”后，蒋介石在震怒中给予蒋鼎文和汤恩伯严厉处分，将他们二人撤职查办，重新委派陈仪出任第一战区司令长官。

赵国保从方民恩的叙述中，也了解到了“豫中战役”后期的一些战况。

日军夺取洛阳后，继续派出华北方面军第1军向河南渑池、灵宝和潼关发起新的攻势，实施了“豫陕战役”。这次战役由第1军单独发起，旨在攻占陕西关中地区，矛头直指西安。蒋介石闻讯后急调第八战区胡宗南紧急拦阻。美军顾问史迪威也着了急。他担心日军夺取西安后南下四川，威胁到西南大后方的安全，下令空军赴河南协同作战。胡宗南受命后，急忙调兵赴河南灵宝前线，力阻日军入陕。由于在豫陕交界地区第一、第八战区部队交织配置，蒋介石命令第34集团军总司令李延年统一指挥中国军队，明令第1、第16、第27、第57、第40、第47、第14共7个军参加此次战役。胡宗南第八战区部队在灵宝至潼关之间部署了两道防线，第一道防线是第8、第106、第109三个师及第40军等部队，指挥官为第40军军长马法五；第二道防线是第97、167和109师，指挥官为第1军军长张卓。

日军参战主力是第1军，下属1个师团、3个旅团及1个加强联队。1944年5月27日，冈村宁次飞赴豫西陕县督战，并专门抽调了坦克第3师团参加此次战役。为遵从大本营“一号作战”的总体部署，冈村宁次要求第1军必须在6月10日前完成攻击任务，之后全面转入防御。

此时，第一战区“豫中战役”失败后的西撤部队大多集中在豫西，与胡宗南的东援部队加在一起共有10万余人，与日军3万余人的兵力相比占有绝对优势。胡宗南对此战充满必胜信心，甚至十分自负地提出，要在击溃日军进攻陕西的部队之后，向河南发起大规模反攻，夺回被日军占领的失地。

“豫陕战役”打响后，中国守军出乎意料地首先向日军发起了进攻。胡宗南吸取了“豫中战役”的教训，认为单纯防御是被动挨打，应以攻为守，实行积极的防御。5月27日，胡宗南下令第八战区第8、第106师，从北线两翼向当面日军发起进攻。在中国空军飞机的掩护下，第八战区官兵奋勇拼杀，进攻十分顺利，第8师一举突破日军五原窑阵地，第106师直接威胁了日军岘山庙阵地，给日军第59旅团以重大杀伤。日军步兵第82大队几乎完全丧失了战斗力。

此次进攻一直延续到6月4日。此后，由于日军大部队赶到，第3坦克师团大批战车投入战斗，才使战局发生陡变。6月4日上午，日军从南北两路向中国军队发起反攻，进攻的重点是第八战区部队。日军在飞机重炮掩护下，以坦克为先导，发起了波浪式冲锋，一波波地向前冲击，毫不停歇。第八战区部队虽顽强抵抗，但由于连日作战消耗极大，又缺乏反坦克兵器，阵地连连失守，第一道防线于6月6日被日军突破，并迅速扩展到整个防线。最后中国守军全线后撤，在逐次抵抗中退到了弘农河西岸的第二道防线。

第八战区部队在退却前，在第一道防线和第二道防线之间埋设了大量地雷，在阵前公路上挖掘了反坦克壕沟。日军集群坦克的冲击遭遇到很极大障碍，被迫放缓了推进速度。在此期间，胡宗南又从西安调来了反坦克秘密武器——巴祖卡火箭筒。这种火箭筒作为新式武器首次用于中国战场，刚刚由美国顾问教会了西安军校学员使用。

日军坦克第3师团在突破灵宝附近虢略的防御阵地后，沿着公路向潼关方向继续推进，逐渐接近了大后方陕西省界。此时，西安军校的学员们埋伏在公路北侧。当坦克接近时，美国教官一声令下，11具火箭筒一个齐射就击毁了11辆坦克。日军受到意外打击顿时乱了阵脚。他们弄清中国军队有了新式反坦克武器后，立刻撇下被炸毁的20余辆战车掉头回窜。日军坦克第3师团，这个在河南战场上横冲直撞了两个月之久的杀手锏武器，此后再未整建制出现在豫陕战场。

虽然日军第3坦克师团整建制撤出了战场，但中国军队还是未能阻止住日军凌厉的进攻势头，第二道防线很快岌岌可危。在日军不停顿的波浪式进攻面前，第八战区有些指挥官惊慌失措，特别是第1军军长张卓擅自率队后撤，使第二道防线出现了一个缺口，导致整个战场溃乱。日军随即猛打猛追，连续攻克了豫西阌乡、灵宝、函谷关等重要防线，于1944年6月10日推进到了豫陕交界的潼关附近。如果日军再向前推进，将兵进陕西，打入中国大后方。

苍天终于降福于中国军队。在这个万分紧要的历史时刻，日本华北方面军第1军实施"豫陕战役"的进攻时限已到，攻击必须全面停止。

日军此刻停止进攻有战略上的考虑："豫陕战役"不能影响日本大本营"一

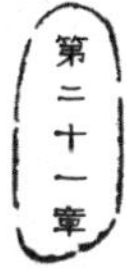

号作战”的总体计划实施。日军第二阶段的战略进攻重点是南方湘、桂诸省，目的是打通“大亚洲交通线”。第一阶段的“京汉作战”已经完成。冈村宁次严拒第1军进入陕西作战，还将第3坦克师团和协同作战的第12军配署兵力调离了豫陕战场。日军第1军只好奉命转入防御，6月11日中午下令各部队全线退守陕县，恢复了战役前的战场态势。

至此，整个“豫陕战役”结束。

看到日军全线停止进攻并主动后撤，中国军队重新向前推进，收复了失地。战役结束后，蒋介石严令惩处擅自后撤的第八战区部队指挥官。蒋介石对此次战役情况了解得一清二楚。“豫陕战役”期间，中美空军侦察机发现第八战区一些部队在关键时刻擅自后退，在空中对溃兵进行了拦击，并报告给蒋介石。蒋介石大发雷霆，要求严办擅自后撤、导致战线瓦解的指挥官。第1军军长张卓惊恐万状，泣求胡宗南庇护。胡宗南竭力袒护自己的爱将，却将溃逃的第97师师长傅维藩、第109师325团团长刘明、第167师499团团长贺一迟3人处决。被杀的这些人当了张卓的“替罪羊”。

（五）

赵国保听了方民恩的介绍，对“豫中战役”后期的“豫陕战役”有了全面了解，感慨颇多。他联想到河南战场的情况，想到“豫中战役”惨败后第一战区面临的窘况，看到偏居豫西卢氏的众多官员，不由得心灰意冷，对抗战的整体局势产生了悲观情绪。赵国保给老同学碗里夹了一块红烧娃娃鱼，边和他碰杯边对他说：

“山河破碎，树倒猢狲散。蜗居在这小小的县城，何时才是个头啊？”

“是啊！自从1938年黄河大决口，到1942年河南大饥荒，再到今年的‘豫中会战’，咱河南老百姓承受了多少苦难、多大痛苦啊！如不是亲身感受，又有谁能知道其中的悲惨和凄凉？作为军人，咱们真是无颜面对国人，无颜面对家乡父老，无颜面对子孙后代啊！”方民恩满眼泪花，满怀悲愤之情。

赵国保恨恨地说：

“老蒋不顾咱河南老百姓的死活,执意扒开黄河。这可是地地道道的‘人祸’啊!民恩你说,蒋介石有必要这么做吗?他为何要冒天下之大不韪,去干这件伤天害理的事情呢?”

方民恩沉默了一会儿,对赵国保说:

“千秋功过,自有历史评说。咱河南父老乡亲作出这么巨大的牺牲,淹亡近90万人,失去了宝贵土地和美好家园,对全国的抗战可是作出了重大牺牲,巨大贡献啊!”

方民恩停顿了一下,又接着说:

“国保,咱们都是军人,应当理性地思考和看待掘开黄河的军事意义。黄河决口和黄泛区的形成,给家乡人民造成了天大的损失。蒋介石必将成为民族的历史罪人。但是,我们也应当客观地看到,黄泛区的形成,在一定意义上也确实改变了中国抗日的格局,遏止了日军南下西进的进攻势头。”

赵国保听了这话吃了一惊。他放下酒杯,有些不高兴地问方民恩:

“你这话怎么讲?”

“国保,你先别着急。这几年,我也一直在为家乡发生的这场灭绝人寰的人为大灾难愤懑不已。但是,咱们都是战区指挥机构的幕僚,应当了解更多的情况,站立点也应更高,更应冷静深刻地分析和认识这个问题。”说到这里,方民恩忽然问赵国保:

“你读过蒋百里先生的《国防论》吧?”

赵国保点了点头。蒋百里是中国著名的军事理论家,曾任中央陆军大学校长,学术成就举世公认,被称为中国“现代兵学之父”,也是最早提出“对日持久战”理论的人之一。赵国保认真读过他的《国防论》。书中的主要观点是:中国目前还不是一个工业大国,而是一个农业大国。战争对工业大国来说,只要占领了这个国家的工业基地,它就只好举手投降。比如美国纽约,就相当于半个美国的经济实力,日本工业城市大阪也是这样。而对农业大国来说,即使占领了这个国家最重要的沿海地区,也不会出致命问题。农业国是一松散型的国家,没有更多要害可抓。所以,中国的抗战必须以国民为本,打持久战。蒋百里还谈到,应当感谢我们的祖先,中国有地大、人众两个优势,不打则已,打起来可以用“拖”的战略,一直“拖”到东西战场合流,一直“拖”到把敌人彻底打垮。

方民恩看赵国保在认真思考他的话,就接着说:

“日本此次侵略中国,有两条十分关键的‘战略纵深轴线’,一条是自北向

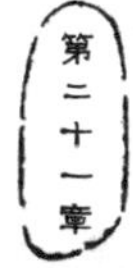

南的‘南北战略纵深轴线’，一条是自东向西的‘东西战略纵深轴线’。第一条南北轴线，是从华北沿津浦铁路和平汉铁路南下，渡过黄河占领徐州和郑州，再进攻武汉，切断中国撤向大西南的战略通道，自北向南完成对中国的战略切割。如果这样打下来，我们的西南大后方就会面临威胁，失去回旋余地和抗战纵深，也失去战略上的主动，难以与日本进行持久作战，也就是说，中国非败不可。而对中国有利的是，将日军引入‘东西战略纵深轴线’。这条轴线以长江流域作为战略纵深，横跨我国东部和西部两大地区。把日军引入这条轴线以后，可以充分利用我国自东向西逐步抬升的自然地理优势，节节抵抗，利用‘地利’赢得时间空间，从容地将东南沿海和沿江的战略资源转移到长江上游的西南地区，在大西南建立起全国抗战中枢和后方基地，使中国在抗战中赢得战略主动。”

说到这里，方民恩端起茶杯喝了口水，看着全神贯注听他叙说的赵国保，又接着说：

“蒋百里先生等理论家们提出的构想最后还是在抗战中得以实施。在日军大举进攻华北的时候，1937 年 8 月 13 日，中国军队首先在上海打响了‘淞沪会战’第一枪，将日本的视线转移到长江流域，引入了‘东西战略纵深轴线’，迫使日本在上海开辟了第二战场，并顺着长江打到南京，又从南京溯江而上。在此期间，北方的日军仍欲夺取郑州，沿平汉路南下武汉。在这关键时刻，中国军队只好扒开天险黄河，制造宽大的黄泛区，阻隔日军南下，致使日军战略进攻的‘南北纵深轴线’彻底中断。我们赢得了宝贵的时间空间。国民政府从容地迁移重庆，沿海沿江 2000 余家工厂转移到大西南，国民政府建立起了以四川为核心，以陕甘为左翼，以云贵为右翼的战略后方格局，得以领导全国坚持持久抗战。”

看赵国保一直沉默不语，方民恩就继续说：

“值得庆幸的是，日本的对外扩张战略形成有个渐进过程，尤其在对华用兵规模上一直迟疑不决。他们先是奉行‘有限战争’和‘不扩大’方针，后来才逐渐发展为全面侵略。中国争取了时间，能够将日军的进攻重点逐步吸引到长江流域的‘东西纵深轴线’，也就形成了目前持久战的局面。中共方面的毛泽东先生也很早看到了这点，在陕北写出了《论持久战》一书，深刻分析了中日两国在持久战中的历史成因和双方的优劣势，成为持久战的重要指导策略，为抗战胜利奠定了理论基础。”

赵国保点了点头。他早就读了毛泽东的《论持久战》，十分认同书中的观点。不过,今天听了方民恩一席话,还是有一种茅塞顿开的感觉。

看到赵国保认同了自己的观点和分析,方民恩会心地笑了笑,接着说:

“我说得不一定对,都是一些个人感悟和体会。客观地说,在战略指导和战术运用上,我们还真得好好向中共方面学习。抗战以来正面战场一系列‘会战’的失利,包括这次‘豫中战役’的失败,都与我们战略指导上的失误相关。而共产党领导的八路军和新四军则不同,他们始终坚持独立自主的山地游击战,在敌后打得得心应手,神出鬼没,根据地越打越大,武装力量越打越多。这正是人家在战略指导上的高明之处。”

赵国保也禁不住插话:“是啊!共产党之所以能取得当前的胜利,还有一个重要因素,那就是他们的政治工作值得称道。老百姓和共产党一条心,一股劲儿,能舍生忘死地帮助他们,支援他们。你说,军民团结,万众一心,还能不打胜仗吗?”

两个人一边吃一边说,不觉之中已到了天色朦胧。最后,两个人依依不舍地告别分手,回到各自驻地。

难童学校师生在卢氏县冷水镇怎样突遇特大水灾？李金生历尽艰辛到达陕西后得了什么绝症？小迷糊被什么『鬼』缠身后竟怪事连连？李金生为何要到黄龙山千里寻亲？

（一）

郑州难童学校的800余名师生，在豫陕交界的深山老林中翻山越岭，艰难跋涉。在翻越了高耸入云的伏牛山、熊耳山之后，又向着更高更远的崤山山脉进发。自1944年4月18日从郑州出发以来，师生们已连续行军一个多月，步行一千多里。

这次长途行军，是同学们有生以来最为艰苦，最为困难，也是最为难忘的一次远行。他们一路上吃尽了苦头，历尽了磨难，惊险不断，数次死里逃生。刚出发时，师生们就走进了中日交战的阵地前。在密县三岔口，背后的日军离他们还不足10公里，纷飞的枪弹就在身边跳动。在西行的公路上，他们又屡遭飞机轰炸，侥幸得以生存。改走小路后，又遇到溃兵的骚扰抢劫，兵患、匪患和火患接踵而至，真是历尽艰辛，九死一生。目前师生们在豫陕交界的深山老林中穿行，更是风寒交迫，饥渴交加，疲惫至极。

1944年5月10日，队伍终于到达了豫陕交界的卢氏县冷水镇。同学们终于要进入陕西大后方的时候，又遇到了一场新的灾难——水灾。

位于大山深处的卢氏冷水镇，名义上是个镇，实际只是一个较大的村庄，有二三百户人家，地处偏僻，山高水险，树高林密。同学们来到这里，有一种进入世外桃源的感觉。

冷水镇只有一条南北街，街两旁房屋较多。大山里好客的老乡十分欢迎这些远方来客，热情地腾出房子给同学们住，还卖给学校不少粮食。师生们搜集铺草，整理床位，烧火做饭。晚饭之后都纷纷上床睡觉，很快在此起彼落的鼾声中进入了梦乡。

师生们太累了。连续行军让大家异常疲劳。多数人饭后顾不上洗脸洗脚，顾不上说话交流，倒头便睡。半夜时分，天空响起了一阵阵闷雷。随着一道道耀眼的闪电，冷水镇哗啦啦下起了瓢泼大雨。大家都睡得很沉、很死，没有人去理会外面的雷雨声。李金生听到雷声后，躺在床上也没有动。他实在太疲劳了，只顾着迷迷糊糊地睡觉。到了后半夜，李金生忽然感到床下有一股凉气在上升，而且凉气愈来愈重，似乎还有水流的声响。他觉得奇怪，只好半闭着眼睛起身，点起灯向下张望。这一看可不得了，让他大抽了一口冷气——滂沱的暴雨已将雨水“呼呼”灌进了室内，迅速上升的积水已经快涨到床板上。

李金生见状呆住了。他回过神后急忙跳起来大声喊叫，使劲儿推醒了一个个还在睡梦之中的同学。同学们清醒后都慌作一团，纷纷跳下床铺打捞漂在水面上的物品，抢捞被水浸湿的衣服、包袱和干粮。李金生想到其它房内可能还有同学酣睡，就蹚着水流走到院外，高声呼喊其他同学赶快起床。

唤醒了酣睡中的同学后，李金生站在大雨中观察雨情。他看到，在电闪雷鸣的暴雨中，整个冷水镇都在摇曳，到处是湍急的水流，水深处还有漩涡。一些茅屋顶被狂风揭开，有的房子甚至出现了坍塌。李金生正考虑如何抢救的时候，远远看到吴校长和教导处王主任身穿蓑衣，打着电筒，冒着没膝盖深的水在逐屋查看，前后忙碌。李金生立即跑回屋内，喊出马万年和小迷糊赶到吴校长身边，加入了巡查救护的队伍。

一直到天亮，大雨才逐渐停歇下来。冷水镇街面上的雨水也慢慢排泄到了镇边的洛河之中。

大雨过后，师生们都忙着帮助老乡抢修漏雨的房屋，清理自己的物品，准备继续下一阶段的行程。赵国保已反复向吴校长建议，冷水镇还在河南境内，不远处的卢氏县可能有汤伯恩溃兵，安全没有保障，千万不能久留。吴校长决定尽快离开这里。但是，一个新的问题摆在了他们面前。冷水镇在这场暴雨之后，镇前数十米宽的洛河水势大涨，水流湍急，漩涡重重，深不可测，根本无法渡过。要到西边的陕西洛南县，必须跨过这条洛河。怎么办？难童学校的师生们又一次陷入了困境。

吴校长一个人在洛河前沉思了很久。他在反复考虑着渡河的办法。他请来了镇上的几位老人，仔细询问了汛期水情，了解了洛河的水下地貌，并咨询了汛期渡河的办法。在掌握情况之后，吴校长从镇里借来了两条长长的粗麻绳，并挑选了10多名水性好的同学，用麻绳捆绑着他们的腰部。他们两个人一组，手拉麻绳下到了河中，一段段地探试水深，慢慢向对岸挪去，最后终于走到了对岸。吴校长发现，这里水流虽急，但有几处地势较高，水位尚浅，深处只到人的腰部，能够徒涉。经过数次试验，吴校长决心冒险徒涉洛河。

渡河之前，吴校长把学校的师生们集合起来，挑选出60多名身材高大而且会游泳的同学，让他们面对面站成两排，双手紧拉绳子并排下到河中，一直延伸

到河对岸。这样,在两排绳子中间就形成了一座"水中桥"。"桥"架好以后,男女师生一前一后手拉手,下到了齐腰深的水中,在两旁身材高大的男同学中间,小心翼翼地向对岸走去。师生们前后照应,左右帮扶。绝大部分同学都顺利到达了对岸。

只剩最后一批人了。已渡过河的同学十分兴奋,在河对岸激动地欢呼跳跃起来。吴校长也松了一口气。就在这个时候发生了意外:有名小个子女教师,由于渡河时过度紧张,在走到河中间时没能站稳,一打滑从两排绳索缝隙中滑了出去,立刻被湍急的河流冲走。两岸的师生见此情景,都惊恐地大叫起来,眼睁睁地看着女教师在水中挣扎,不知所措。还是大个子马万年反应快。他一个猛子扎进激流中,冒着生命危险硬把女老师从河中拉了出来,拽着她的衣领,使劲儿划到了对岸。

师生们全部到达河对岸后,都有一种闯过难关后的轻松愉悦。大家纷纷在岸边碧绿的草地上坐下,晾晒着被河水浸湿的衣服,在温暖和煦的阳光下休息,放松身心。

吴校长这时来到同学们中间坐下。看到大家在草地上嬉戏,相互打闹,他让大家围坐在自己身边,对他们说:

"我给同学们提个问题,看谁回答得好,能得到众人的共鸣。这个问题是,什么叫做'幸福'?"

面对吴校长的提问,同学们面面相觑,一时不知该怎样回答才好。在一阵思考之后,有人陆续开始回答这个问题。有的同学说,"幸福",就是将来有一个称心如意的工作;有的同学说,"幸福"就是将来有一大笔财富;还有的女同学说,"幸福"就是拥有一份美好的爱情。

吴校长听后笑了笑,对同学们说:"这样,我给大家讲个故事,你们从中感受一下'幸福'的含义。"

北宋时期,开封城内有个卖胡饼的小伙子,开了一家胡饼店,店面不大,一个人经营。小伙子每天只要卖完了一定数量的胡饼,就封火打烊,取出他喜爱的笛子来吹。笛声婉转悠扬,不仅愉悦了自己,而且也让附近街坊欢娱无比。他的邻居是个财主,长期观察了这个诚实勤快的卖饼郎后,决心帮助他,让他改变目前的生活。一天财主对卖饼郎说:"你每天卖胡饼很辛苦,为何不早点改行?"卖饼郎反问他:"现在我每天都过得很快活,为何要改行呢?"财主说:"你虽快活,但挣钱不多,万一得了病卖不了饼可怎么办?"卖饼郎听后有些心动,问财主该怎么办。财主对他说:“我借笔钱给你放贷生息,不比卖饼强吗?”卖饼郎听了财主的劝说,关了店,做起钱生钱的生意。后来卖饼郎财富大大增加,但生意场上的尔虞我诈使他每天焦头烂额,烦躁难挨。他开始怀念卖胡饼的快乐时光。没有了清闲的笛声,他整天心里面空荡荡的,街坊也感到十分失落。卖胡饼的小伙子开始后悔了。他问自己:“我为什么放下快乐不享受,非要自寻烦恼呢?”不久后,卖饼郎向财主退还了钱财,又开起了胡饼小店,每天吹着笛子追寻自己的快乐。此后,胡饼小店笛声如旧,满街笛音环绕。卖饼郎找回了自己的欢乐,每天都过得非常幸福。

同学们听了吴校长讲的故事,都在想:校长为什么要讲这样一个故事呢?里面有什么深刻寓意?

李金生认真思考后对吴校长说:

“校长,您是说‘幸福’就是一种简单的快乐,是一种平凡中的愉悦,要随其自然,好好地感受生活中的‘幸福’,对吗?”

“说得对!我要表达的就是这个意思。”吴校长用赞赏的目光看着李金生,之后意犹未尽地对同学们说:

“同学们在经历了此次逃难之后,一定会终生铭记这次难忘的历程。老话说得好,未曾清贫难做人,不经打击永天真。成熟不过是历经风雨,沧桑无非是无泪有伤。在这次千里大逃难中,同学们吃了很多苦,受了很多难,经历了风险和生死考验。但是,这次逃难也是我们一生中的一笔大财富。有了这笔财富,同学们就知道了什么是艰苦,什么是风险,什么是生与死的考验。在今后的人生道路上再遇到它,就不会害怕,就知道怎样应对它。这就使坏事变成了好事,使磨难变成了财富,也会从中感受到一种经受磨难后的幸福。我们在密县‘三岔口’脱离险境时,是否感受到自己非常幸运?我们挺过了匪患、兵患、火患、水患死里逃生的时候,是否感受到了生命的珍贵、人生的幸福?大家要记住,‘幸福’不只是一种享受,经历磨难艰辛也是一种幸福,因为我们的意志得到了铸炼,我们战胜困难的勇气和毅力得到了培育。你们当了爸爸妈妈、爷爷奶奶的时候,可以自豪地对你们的后代讲,你们一生中最珍贵的东西,是具备了战胜困难的坚强决心和顽强斗志。你们要教育后代,在困难和绝境面前千万不能低头,要坚信坚强的决心和顽强的斗志能战胜一切,能迎来人生的光明,能争取到最大的幸福。”

听了吴校长的一席话,同学们印象极为深刻。大家对“幸福”的含义有了

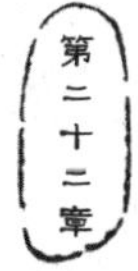

更深的感悟，更深的理解和认识。同学们都相信，经历了这场磨砺后，自己的骨骼中又增添了新的钙质，一定会更加成熟，更加坚强，更能承担起人生中的艰难险阻和暴风骤雨。

难童学校成功渡过洛河后，吴校长率领师生们又继续走向崇山峻岭，继续跋山涉水，走乡过村，也不知道翻过了多少座高山，跨过了多少条河流，经过了多少村庄和乡镇。大多数同学的衣服已经破烂不堪，鞋袜磨烂磨穿，有的同学鞋底儿掉了，赤着脚赶路。由于频繁地涉水过河，脚未擦干又继续赶路，不少同学的脚上都裂开了大血口子，血水不停地往外淌，疼得龇牙咧嘴，晚上都睡不着觉。大家牢记着吴校长的话，知道要争取未来的幸福，必须不怕艰苦，必须咬紧牙关面对困难，忍着疼痛继续前进。同学们心中都充满了希望，知道曙光就在前面，再向前走，就是陕西大后方了，就要到达此次行军的最终目的地了。师生们以坚韧不拔的毅力，战胜一切险阻的决心，硬是把一座座大山踩在了脚下，把一条条河流抛在了身后。1944 年 5 月 24 日，他们终于进入了陕西大后方，来到了洛南县城。

这支历尽千艰万难的逃亡队伍走到陕西洛南县后，就像穿过了阴霾黑暗，终于迎来了灿烂的黎明。长期以来，大家一直在偏远艰苦的深山里跋涉，一直在人迹罕至的森林中穿行，现在来到洛南，一下子看到开阔的平原和秀美的田野，顿觉眼前一亮，特别是看到县城内那繁华的街道和车水马龙的城区，都有一种脱离险境、重回人间的亲切感，有一种走出地狱、进入天堂、全身放松的畅快劲儿。走在队伍前面的马万年，再也抑制不住极度的兴奋，带头唱起了著名的抗日救亡歌曲《毕业歌》——

同学们大家起来
奔向那抗战的前方
听吧，抗战的号角已吹响
看吧，战斗的红旗在飘扬
……

到达洛南以后，学校安排走出大山的同学们在这里整整休息了一周。大家高高兴兴地在县城里洗了个热水澡，换洗了快结成硬块的脏衣服，采买了生活用品。有的同学还打了“牙祭”，甚至在县城戏院里看了陕西地方戏秦腔。虽然他们听不懂戏中的陕西方言，但仍感受到了喜庆的气氛，心情无比愉悦。同学们深深地感到，还是陕西好，还是大后方好，还是和平生活好！这样的美好生活，本来是人人都应该享有的权利，但万恶的日本鬼子破坏了亿万中国民众的幸福生活，蹂躏了自己的美好家园。这个刻骨仇恨一定会永远铭记。大家一定团结起来，抗战到底，救亡救国，为了中华民族的解放英勇奋斗，早日回到可爱的家乡，重建美丽幸福的家园。

（二）

夜深了，陇西大地笼罩在茫茫的黑幕之中，四周阴森森、静悄悄的，静得怕人。破庙内灰暗的油灯在一股股阴风中忽忽闪闪，几尊凶神恶煞般的佛像在油灯忽闪下龇牙咧嘴，凶相毕露，让人看了心惊肉跳。李金生此刻躺在破庙冰冷的地上，心里一阵阵抽紧，吓得瑟瑟发抖，赶快闭上眼睛，大气都不敢喘。

时值九月浅秋，时而闷热，时而清爽。人生的际遇也像这天气一样，一半明媚一半忧伤。当你的左手握着欢喜时，右手必定握着悲伤。连李金生自己都没有想到，在历尽苦难到了陕西大后方后，他竟然得了一场重病，还面临着死亡的威胁。

学校离开洛南县后又一路西行，先到了商县，又到了蓝田，最后到达了目的地——西安。吴校长与陕西教育慈善机构联络后，学校被安置到了宝鸡凤翔县。师生们刚安顿下来，又遇到了一个新的难题——没有经费。逃难时携带的两大箱子“关金券”已被国民党溃兵抢走了，而陕西教育部门经费本来就紧张，无力解决学校的困境。在这种情况下，吴校长和几个领导研究后决定，派吴校长到重庆国民政府申请经费，同时还决定，鉴于学校目前经费无着落，难以展开教学，学生暂时可以在当地投亲靠友。减轻学校的压力，待吴校长申请到经费后再复课开学。

吴校长走后，同学们纷纷就近投亲靠友，马万年有个叔叔在咸阳，他也离开了学校。李金生本打算到陇东黄龙山寻找逃荒在那里的父母，但出发前忽然患上了一种不知名的重病，浑身发烫，四肢无力，卧床不起。校医反复诊断，怀疑他患上了烈性传染病——回归热。回归热此时在凤翔县谈病色变，和“天花”一样几乎属于绝症，易传染，能导致人大面积死亡。凤翔防疫部门得知李金生

得了回归热，立即对他强行“隔离”，连夜把他一个人扔在了这座破庙里。

这座破庙位于凤翔郊外，名叫清照寺。李金生此时一人躺在破庙里昏昏沉沉，全身上下没有一点力气。没人看护，没人过问，想喝口水都没人帮忙。他感到十分凄凉、痛苦和无助。更让李金生担忧的是，这个破庙位于荒郊野外，没有人家，四周杂草丛生。他还听到庙外有野狼在号叫，野狼刚才还在用爪子撕扒庙门。夜深人静，正是野狼觅食之时。李金生怀疑，野狼可能是闻到了自己身上的气味，才在庙前徘徊。好在野狼怕火，庙里的油灯让野狼迟疑不决，没敢进入庙内。李金生担心油尽灯熄后庙内没了光亮，野狼会闯进庙里来。真到了那个时候，他可能要葬身于狼之腹中。

此时，吴校长不在身边，马万年等一批熟悉的乡友已离他而去。小迷糊也重病卧床，烧得昏天暗地，不知是否也得了回归热。学校临时负责工作的教导处王主任正在与凤翔医疗部门交涉，要求全力救护李金生。但是，王主任不敢派人护理得了烈性传染病的李金生，无奈之下只好暂时把李金生一人放在了这座破庙里。

异地思乡，病重思亲。李金生一个人躺在阴森黑暗的庙里，心中倍加思念亲人，思念家的温暖和父母的亲情。他知道，父母已在黄龙山落下了脚。父亲曾托人给他捎信儿，如果在学校呆不下去，就尽快到黄龙山来。送信儿的人还告诉李金生，他的奶奶已在去年那场大饥荒中惨死在家乡，全家人被迫逃荒到了黄龙山，张江村的很多乡亲也在那里。

李金生侥幸躲过了 1943 年那场大饥饿、大灾难。在国际慈善组织的资助下，难童学校的一千多名师生有了果腹的粮食，全都活了下来。那时，郑州城内饿殍遍地，街头巷尾有大量灾民死亡，十分凄惨。由于难童学校有饭吃，饿不死，众多灾民整天围在校门口乞食，希望学校能救救他们，收留他们家中饥饿濒死的孩童。吴校长实在不忍心，破例给灾民施舍了一些粮食，接收了几名儿童。第二天，校门口一下子拥来了成千上万的饥民。他们纷纷下跪叩头，乞求吴校长再发发慈悲。由于国际慈善机构只给了难童学校 800 人的口粮配额，学校已人满为患。吴校长实在万分为难，有心无力。更没料到的是，有天吴校长看到学校门口有几具将腐的死尸，就让人拉到郑州郊外掩埋，消息传开后，第二天校门口竟然堆积了上百具尸体，大批灾民跪地求葬。在大灾面前，可怜无助的灾民哪怕见到一点怜悯、一点希望、一丝阳光，就像是抓到救命稻草一样，紧紧抓住不放。灾民的承受力已经达到了极限，在中国这罕见的灾荒史上记下了万分凄惨的一笔。

李金生一个人躺在破庙里静静地回想着往事，回想着自己的人生。他深刻地认识到，人最为宝贵的是生命，最为珍贵的是亲情，亲人是最大的依靠，家庭是终生的港湾。他下定决心，只要自己这次大难不死，一定要到黄龙山寻找亲人，寻找父母。大灾大难中全家人无论如何都要生死在一起，亲情能战胜一切，一家人的大团圆才是人生最大的幸福！

“咣当”一声，庙门猛地被推开了。李金生抬头一看，一伙戴着白色大口罩的人抬着几副担架，又把七八个病人抬进庙内。李金生在他们的吵嚷中了解到，这又是一批得了回归热的病人，也要放在这里隔离。让他意外的是，同乡小迷糊也在其中，而且被放在了自己身边。

小迷糊病情很重，脸色通红，昏迷不醒。李金生与他同病相怜，同命相惜。让李金生稍感安慰的是，在这一批病人到来之后，庙内留下了几名看护人员，不久后，难童学校的王主任也赶了过来。王主任对李金生说，经与凤翔县交涉，他们答应派医护人员对这些病人日夜守护，还专门到省城西安购买了治疗回归热的药品，尽力对他们进行救治。王主任还给李金生端来开水，照顾他吃药，并让医生给他注射了“606”针剂。据医生介绍，这种针剂能有效杀灭回归热病源中的螺旋体病菌，是治疗回归热的良药。王主任又专门留下校医桑成威在庙中继续看护几名患病的同学。

经过救治，李金生的病情终于有了好转，熬过了他生死难分的10多个日日夜夜。经过连日的休养，李金生感到神志清醒了，身上也有了力气，好像从地狱门口又重回人间。病情好转以后，李金生立即帮助桑医生照顾其他患病同学，尤其是精心守护同乡小迷糊。李金生在郑州野战医院疗过伤，懂得一些护理常识，成了桑校医的好帮手。

校医桑成威曾是一名军医，是吴校长当年从孙桐萱第4集团军军医处“挖”到学校来的。桑校医这些年一直在难童学校医疗室工作。他医术精湛，医德高尚，深受师生敬重。在桑校医的精心治疗下，学校的几名患病同学都陆续脱离了危险，有的还恢复健康回到了学校。李金生由于惦念着小迷糊，没有离开小庙，一直跟着桑校医照看未痊愈的同学，整天不离开小迷糊。

小迷糊的病情让桑校医和李金生感到十分奇怪。按理说，在打针吃药以后，他的病该有所好转，而让人不解的是，病情却总是出现反复，时好时坏，时轻时重。小迷糊时而清醒，时而昏迷，一直难以痊愈。近些天，小迷糊出现了一些

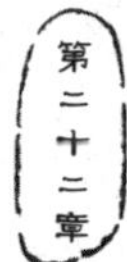

不可思议的怪举动。他有时候会在清醒后忽然坐起来，一个人疯疯癫癫地自言自语言，胡话连篇，甚至注射了镇静剂也不管用。昨天半夜，小迷糊又突然发起了癔症，狠狠痛骂自己，而且骂声越来越大，越骂越离谱，让人听后迷惑不解，甚至心惊肉跳。

这天后半夜，庙内的灯油快燃尽了，光线微弱，油灯在朦胧的破庙中忽忽闪闪，四周沉寂静谧。睡在李金生旁边的小迷糊忽地一下又猛坐了起来。只见他挺起胸膛，翻起白眼，发出了一种"嘿嘿"的女人腔调的诡谲怪笑。这种怪笑，在这夜深人静之时，让李金生听起来格外恐惧。之后，小迷糊眼中又散发出一种恶狠狠的凶光，竟然扯起嗓门大声叫骂起来：

"陈财宝，你这个丧家之犬，没有良心的王八蛋！你从千里之外跑到凤翔来。俺哪一点亏待了你？你凭啥恩将仇报，恶语伤人，还砸瞎佛祖的眼睛？你真不得好死，早晚死无葬身之地！"

李金生疑惑地看看四周，庙里根本没有任何人在说话，在这深更半夜里，更不可能会有一个女人突然闯进这座有烈性传染病人的破庙里来。让人想不通的是，小迷糊的大名——陈财宝，多少年都没人叫过了，这个时候怎么会有人指名道姓地骂他？另外，小迷糊是个大男人，怎么会突然发出阴森森的女人怪笑？

是"鬼"！

李金生的汗毛一下子竖了起来。他不由得吸了口冷气，心都吊到了嗓子眼——又遇到"鬼"了！

小迷糊一定是被这个"女鬼"缠上身了！李金生的心一阵狂跳，赶快用被子蒙上头，吓得全身打哆嗦。

小迷糊扯着嗓子骂了好一会儿，又号啕大哭起来，哭得十分伤心，几次都差点接不上气来，好像是受到了莫大冤屈。他哭够了，忽然又说起凤翔当地的土话来，而且陕西口音非常重。李金生很难听懂他说的是什么意思。

李金生蒙在被窝里，心中更加奇怪。小迷糊是尉氏同乡，祖祖辈辈都生长在河南，从未来过陕西，在凤翔也没有一个亲戚，怎么会突然说出一口地道的陕西土话来呢？李金生越想越害怕，躲在被子里一动不敢动。

天亮以后，李金生见到了从学校赶来的桑校医。他赶忙告诉了他昨晚的见闻。桑校医听后也觉得十分奇怪。他立即回到学校，找到与小迷糊要好的同学一问，才知道了其中的缘由——小迷糊可能真的是被"鬼魂"附体了。

原来，前段时间小迷糊和几个同学到这座破庙来玩，看到庙中一尊佛像异常丑陋，阴森可怕，圆瞪瞪的大眼中还放射出一道寒光。大家都有些害怕，同行的女同学吓得直往后缩。小迷糊当时走到这尊佛像前高声叫骂起来，还拣起一块石头砸向了佛像的眼珠。碰巧的是，突然从佛像底座下钻出一只高大的黄鼠狼来。那只黄鼠狼站在佛像边，用极度愤恨和哀怨的目光死死盯住小迷糊看。那目光摄人魂魄。看了好大一会儿，它才匆匆钻进墙角的暗洞里。小迷糊当时"哇"的一声吓昏在了地上。后来同学们都忘记了这件事。现在小迷糊忽然出现异常，使大家想起了这件事。也不知"黄大仙"当时那令人十分心悸的一瞥，是否与小迷糊的病情有关。

桑校医得知情况后心里有了底儿。他觉得，这件事与小迷糊的病一定有关联，或许这就是小迷糊的病一直老好不起来的原因。桑校医在庙内又仔细观察了小迷糊好一会儿，才转身出了庙门。

当天傍晚，桑校医从附近村庄请来了一个驱鬼的"神汉"。这个神汉面色冷峻，体瘦脸长，身穿玄色衣衫，肩背一把古色宝剑，下巴上还长了一绺山羊胡子，颇有一副闲云野鹤、仙风道骨的味道。那神汉在小迷糊床前点了三炷高香，在缥缥缈缈的青烟之中，嘴里念念有词。他围着小迷糊连转三圈之后，对着空中高喊起来——

"朗朗乾坤，苍茫大地，凡事有因皆有果，有报皆有应。现在两家都已经扯平了，你又何必纠缠不休！"

神汉话音刚落，只见阴暗的破庙里忽然刮起了一股冷风，直刮得小庙内尘土飞扬，眯得众人睁不开眼睛。李金生站在小迷糊床前，感到自己身上也有一种飘飘忽忽的感觉，四周好像一下子变得不真实起来。他此时突然想起在禹县慈幼院见到"鬼"的事情来，心中十分害怕，两条腿也软了下来。

神汉大吼一声："你再不罢了，休怪俺不客气！"

神汉说完，从背后抽出寒光闪闪的宝剑，在小迷糊床铺上下快速挥舞起来。李金生看到，那一股阴风呼呼地在神汉身边翻卷，玄色袍服也不时被阴风卷起，下巴那一咎山羊胡子也随风颤动。在破庙灰暗的油灯下，神汉在旋风中身手敏捷，剑光闪动。宝剑越舞越快，越舞越猛，剑光和旋风交织在一起，上下翻卷，左右搅动。双方在激烈拼杀。李金生此时看不清神汉快速搏杀中的身体，只能看到闪动的剑光刃影，只能听到嗖嗖的风卷和舞剑之声。突然，神汉大喊一声——着剑！

只见神汉手中的剑直指天空，死死地"定"在一个方向，一动不动。小庙里

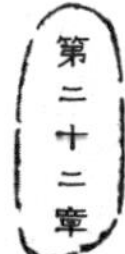

的人只听“叭”的一声，从半空中掉下一滩黑血，直落地上，同时还有一团黄鼠狼的绒毛飘飘扬扬地散落下来。几乎就在同一时刻，刚才那一股阴冷的旋风戛然而止，小庙四处尘埃落定。大家看看周围没了动静，小心翼翼地走上前去，细看地上的黑血，发现这滩黑血，似血非血，似墨似墨，而那一团纷纷扬扬飘散下来的黄色绒毛，则瞬间不见了踪影。

正当众人万分惊愕之时，小迷糊忽然从床铺上坐了起来。只见他揉了揉眼睛，好像是刚刚睡醒。他看了看四周的人，十分疑惑地问大家：

“俺这是在哪里？你们这是在干啥咧？刚才俺做了一个噩梦，真吓死人了！”

神汉见此情景，捋着山羊胡子笑了起来，放心地收起了宝剑。他好像已经非常疲倦，出了一身大汗。

神汉转身对桑校医说：“好了，这位小兄弟没事儿了。”

李金生真不敢相信自己的眼睛，不敢相信眼前发生的一切。他扭头看了看小迷糊。小迷糊竟然已经站起身来，一副大梦初醒、大病初愈的样子。

李金生觉得不可思议。在神汉走后，他问桑校医这究竟是怎么一回事。桑校医笑了笑告诉他，这实际上是神汉在故弄玄虚，障人眼目，有的可能是在变魔术。至于为何能治好小迷糊的病，那主要还是心理上的作用。不管桑校医说的是不是真话，李金生没再刨根问底。让他高兴的是，毕竟小迷糊的病慢慢好了。

至此，这场来势凶猛的“回归热”烈性传染病对难童学校的骤然侵袭，也终于结束。

（三）

李金生一个人踏上了到黄龙山的寻亲之路。

大病初愈后，李金生还是下决心到黄龙山寻找父母。在经历了这一场险些送命的回归热病后，李金生对人生有了彻悟，对亲情有了更加切身的体会。他在病中已想好，身在异地他乡，全家人在一起才是最重要的，也是最幸福的。他想，如果这次自己客死他乡，失去了李家传宗接代的唯一男孩，父母还不知会怎样的悲伤欲绝，怎样的痛不欲生。李金生决心再难也要到黄龙山去，去找自己的亲人，全家人要团圆在一起。他听说，在陇东的黄龙山里已经聚集了好几万河南老乡，自己的父母就在那里。

当年，大批河南灾民能够在黄龙山里休养生息，很大程度上归功于河南同乡张钫先生。张先生是河南人在陕西最大的官儿，在河南灾情最严重的时候，捐出一半家产用于赈灾。他多方奔走，还让数十万河南灾民在陕西安置下来，渡过了1942年那场罕见的历史大灾。

李金生出发时大病初愈，并未完全恢复，而且到黄龙山路途遥远，身上又没有多少钱，困难非常多，但还是毅然踏上了千里寻亲之路。

李金生告别了难童学校的老师同学后，一个人背着包袱匆匆上路了。刚走出几里地，听到身后有人在喊他，回头一看，是小迷糊气喘吁吁地追了过来。小迷糊跑到李金生跟前，从怀中掏出一个小布包，将几张皱巴巴的钱塞到李金生手中，对他说：

"金生哥，俺只有这一块多钱了，全都给你。你这次到黄龙山寻亲路途遥远，一定会遇到很多困难，你要多保重。现在吴校长到重庆后杳无音讯，你去黄龙山寻亲也是一个不得已的办法。"

李金生心中一热，不由得眼中闪起了泪花。这患难中的情谊真让他倍感温暖。虽然小迷糊给的钱不多，但这是他的全部积蓄。看着小迷糊那干瘦的身材和灰色的面容，李金生知道他病也未愈，实在不能接受他的馈赠，坚决要把钱退还给他。

小迷糊又执拗地把钱推给李金生，并强塞进了李金生的口袋里。他对李金生说：

"金生哥，你走吧，如果吴校长从重庆回来，难童学校有复课的那一天，俺一定想办法通知你回凤翔。咱们可今生今世都是生死兄弟啊！"

李金生的泪水止不住流了下来。他抱着小迷糊，很长时间说不出话来……

李金生这次去黄龙山，要从陇西走到陇东。从凤翔出发，沿途要经过岐山、咸阳、渭南、蒲城、白水等县，才能到达黄龙山所在的黄龙县，共有一千多里路程。这次寻亲，已经没有了吴校长和同学们的陪伴，路费少得可怜，也不知道父母在黄龙山的具体位置。但是，任何困难险阻都挡不住亲情的巨大牵引，挡不住李金生对全家人团圆的强烈渴望。

这些年来，多灾多难的河南人经历了太多的痛苦和牺牲，背井离乡、流浪逃

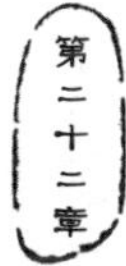

荒已习以为常。饱受灾难的河南人太能吃苦、太能忍耐了。他们就像蒲公英那样，随风飘荡，落地生根，有一块怜悯的土地就能生根发芽。

李金生与小迷糊分手后，来到了凤翔火车站。他早就想好了，从凤翔到渭南之间通火车，他要坐火车走这段路程。1944 年，河南与陕西之间往来的难民还很多。国民政府规定，难民可以免费乘坐火车。李金生是从河南逃难来的学生，可以免费乘车。到了凤翔火车站已近中午，李金生感到肚子饿得不行，但身上钱少，舍不得花，只好空着肚子在车站附近转悠，寻找吃的东西。他无意中发现，车站前的小市场上有一个卖甜瓜的小摊儿，甜瓜又大又圆，青中泛黄，黄中带红，十分诱人。李金生走到小摊儿前，拿起个甜瓜用手一托，感到分量很轻，是个面瓜，很顶饿。再一问卖瓜的老汉，甜瓜才五分钱一斤。李金生感到价钱不高，还能管饱，就狠了狠心，称了一个大面瓜。卖瓜的老汉大概看出李金生身穿校服，是个逃难学生，心生怜悯，一个一斤多的大甜瓜只收了他五分钱。李金生到车站旁边上的饭铺里寻了点开水，就着水把面瓜吃了下去。吃过瓜后，李金生感到身上有了力气，就随着难民爬上了一列开往渭南的敞篷货车，挤到一节露天车厢里坐了下来。

时值八月，正是骄阳似火的季节。李金生坐在滚烫的车厢板上，头顶没有任何东西遮挡，被火辣辣的太阳晒得汗流浃背，头晕目眩，连气都喘不过来。周围的车厢木板也被晒得炙热，手连碰都不敢碰。李金生稍微移动一下自己坐的地方，屁股都灼烫得难受。他只好强忍着，盼着这趟火车能开快一点，盼着到了前面一站能下车休息一下，避一避这酷热的骄阳。

火车一直开了三四个小时，四周才吹来一阵凉风，天空也慢慢阴暗下来，头顶的太阳被团团乌云覆盖。火车上的难民看到天凉了下来都很高兴，庆幸摆脱了骄阳的暴晒。但是没过多久，凉风越吹越大，越刮越急，后来竟然裹携着大雨劈头而下。在这突然而至的暴雨面前，敞篷车厢上毫无遮盖的难民可遭了殃。大伙都没有避雨用具，只好双手抱头，顶着大雨紧挨在一起，任凭瓢泼雨水浇淋全身。

李金生在这场大雨中遇到了很大麻烦。由于大病初愈，他的身体依然十分虚弱，加上刚才经过了骄阳暴晒，现在又经冷雨一浇，在忽热忽冷中感到身体出了麻烦，头昏脑涨，两眼发黑，嘴唇不住地发抖，浑身冷得直打哆嗦。在快速行进的火车上，李金生也实在没有其他办法，只好紧抱双臂，全身缩成一团，默默地忍受着风吹雨淋，强撑着病重的身体。也不知道撑了多久，突然，他眼睛一黑,失去了知觉……

“咣当”一声,火车猛一震动,慢慢地停了下来。李金生也从昏睡中清醒了。醒来以后,他感到浑身热得发烫,四肢没一点力气。他知道,可能是回归热病复发了,而且高烧又加重了病情。他慢慢睁开眼睛看了看四周,见同行的难民都下了火车,整个车厢只剩下他一个人。他支起身子四处一看,发现自己随身携带的小包袱没了。他的头“嗡”的一下全蒙了——那可是他的全部家当啊!

李金生艰难地撑起身子四处寻找,但怎么也找不到。估计有人乘他昏迷时把包袱偷走了。真是屋破又遭连日雨,病重又遇恶贼盗啊!李金生气得头脑发涨,但又无可奈何,这个时候没有什么人能来帮助他。情急之中,他拖着病重的身体,拼命爬到车厢边往外一看,发现这列火车已经开到了临潼站。他知道,这里离他要去的渭南不远了,必须咬着牙坚持到那里,无论如何要在火车到达渭南时爬下车。他不能死在车上,他还要到黄龙山去见自己的父母亲人,还要和全家人团聚,还要回到难童学校去见吴校长,去见众多的老师和同学。

李金生拼尽全力趴在车厢边上坚持着,瞪大眼睛看着沿途的车站。后来他实在是支撑不住了,感到自己的全部体力已经耗尽,手脚都没了知觉,头晕目眩,头重脚轻,身体一软,脱离了车厢边沿,一下子重重摔倒在车厢上,又一次失去了知觉。

也不知这一次又昏迷了多久。当他醒来的时候,天上又下起了大雨。豆大的雨点很劲儿摔打在他的脸上。大风也呼呼地刮了起来,吹得他满脸生疼。李金生恍恍惚惚地觉得,刚才好像做了一个梦,梦里坐在一个水流狂泻的小溪边,溪里跑出很多活蹦乱跳的大鲤鱼。他一下抓到了6条,并紧紧抱在怀里。李金生平躺在车厢板上,回味着这个怪梦,苦笑着睁开双眼,仰望着雨线密集的天空。他心想,这次可能真的不行了。如果回归热这会儿发作起来,此处无医无药,无人照管,只有死路一条了。在巨大的痛苦之中,李金生觉得自己死前应给父母留下点什么。应给敬爱的吴校长留下点什么,应给亲爱的同学朋友们留下点什么。但是,自己的包袱被偷走了,笔和纸都在里面,想写个字条都没有办法。李金生实在不甘心。他平躺在车厢里,闭着眼睛,伸出双手,在周围摸索起来。他希望摸到点什么东西,哪怕能在车厢木板上刻下几个字也好。摸着摸着,突然他感到左手碰到了一个软软的东西,好像是个小布包。他把布袋子慢慢拿到胸口上,轻轻抠了抠布包,觉得里面好像有几个硬东西。他将布包打开,

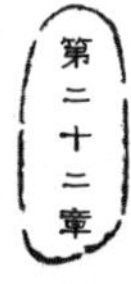

使劲儿睁开眼一看，立刻惊呆住了，那是6块光闪闪的“袁大头”——银元。这可是值大钱的东西啊！

李金生一阵狂喜，也不知哪儿来的劲儿，忽地一下坐了起来。看着这6块光闪闪的“袁大头”，联想起刚才的奇梦，李金生激动得连身上的病都忘掉了。这些钱，可足能买上一头大犍子牛啊！李金生坐直身子后，把手中的光洋一块块地仔细查看。他学着别人的样子，把光洋夹在手指中间，用嘴一吹，光洋立刻发出清脆的响声。是真的！李金生心花怒放，把这些光洋紧紧地贴在胸口——

“老天爷，您真是救苦救难的菩萨，真是公道啊！有了这6块光洋，我李金生真的有生路了。”

李金生此时想到了吴校长常对同学们说过的一句话——天无绝人之路！

李金生的精神一下子振作了起来，身上也明显有了力气。他竖起耳朵，仔细倾听火车的运行速度，又爬到车厢顶边向外观看，发现火车快要到达渭南站了。等火车逐渐慢下来后，李金生把银元揣进腰里，做好了下车的准备。火车一停，他立刻从车上跳了下来，揣着6块银元，脚步不停地走上了公路。他一边走一边向人打听路，朝着北面的陕西白水县城大步走去。

（四）

第三天黄昏时，李金生终于来到了白水县城。

一路上他走得十分顺利，顺着公路从渭南一直走到白水。途中，李金生大方地一连喝了三大碗浆面条，一毛钱一碗，喝后浑身舒坦。浆面条是豫西特产，里面还放了很多芝麻叶，喝起来又筋又软，又香又热，既能挡饿又能抵渴，喝后全身热乎乎的，十分舒畅。卖浆面条的老板也是逃荒来的河南人。李金生喝浆面条时，还花两分钱向老板买了个旧碗，随身携带。路上渴了，就在河沟里舀一碗水喝，累了，就坐在路边树下休息。到了白水县以后，李金生又专门在街上找了一个卖浆面条的饭摊，喝面条时一问，摊主又是个河南老乡，两个人十分亲热。李金生一边端着碗喝浆面条，一边向老板打听白水县的情况，还特意打听了去黄龙山的路线。

卖浆面条的老板叫秦志明，是从河南伊川逃荒过来的，逃难前是个小学老师，知识丰富，颇有教养。秦老师对白水县的历史了解很多。他看李金生是个逃难的学生，共同语言多，就给李金生详细介绍了白水县的历史。

李金生从秦老师的讲述中得知，白水县处于关中平原与陕北高原的过渡地带，因县内有一条白水河而得名。白水县有两千多年的历史。仓颉造字、雷公造瓷、蔡伦造纸都发生在这里。更为有趣的是，白水和伊川县一样，也是杜康酒的产地，因为杜康的家乡在白水县康家卫，所以白水人认定杜康酒产自这里，而河南伊川和汝阳县则认为他们那里是杜康最早造白酒的地方，是杜康酒的正宗产地，所以多少年来这三个县一直在为谁是杜康酒的正宗产地争执不休。秦老师还告诉李金生，历史上的秦晋“彭衙之战”、明末“王二起义”和李自成“七克白水之战”，都发生在这里。

李金生一边喝着浆面条，一边听秦老师滔滔不绝地讲述白水县的风土人情。后来，他向秦老师打听起黄龙山的情况。李金生担心的是，黄龙山方圆数百公里，树高林密，沟壑纵横，自己人生地不熟，又听不大懂当地方言，一个人到哪里才能找到父母家人呢？

热心的秦老师得知李金生的担忧后，把大腿一拍说：

“这还不好办吗？黄龙山很大不假，但咱河南人有个特点，喜欢扎堆，乡里乡亲的都‘抱团’住在一起，一个村、一个县的人都住一个地方。现在黄龙县内有很多河南人，你到那里后一打听，准能很快找到家人。黄龙县已经设立了陕西黄龙山垦区管理局，下设黄字区、龙字区、山字区、垦字区、区字区，在‘区’的下面，还有‘保’，保的下面，还有‘甲’，专门管理黄龙山内的垦区开发。在黄龙山的外地人中，咱河南人比例最大。”

看李金生还没有反应过来，他进一步说：

“你们尉氏逃荒的人肯定都住在一个‘区’里，你到了那里，遇见河南人就问，一准能找到你们村里的人，找到你的父母亲。”

李金生恍然大悟。可不是嘛，自己到黄龙县见到河南人，三问两问不就能问到了吗？真是踏破铁鞋无觅处，得来全不费工夫。

李金生一下激动起来。他心情一好，立即又对秦老师说：

“再来一碗浆面条，俺今天吃它个痛快！”

其实，李金生口袋里揣有6块大洋，多吃一碗浆面条根本不在话下，但在这兵荒马乱的年月里，不能“露富”，要提防被坏人打劫。

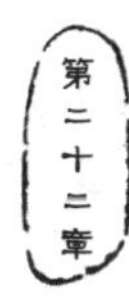

“好咧！”秦老师高兴地又给李金生端来一碗热腾腾的浆面条。

秦老师看李金生是个实诚人，忠厚可靠，又是河南老乡，晚上就让他住在自己家中。第二天一大早，李金生就上了路。他知道，自己快要到达目的地了。越往北走越靠近黄龙山，也就越靠近父母，他思亲的念头更加强烈。从1942年到现在，和父母已经分别两年多了，也不知他们身体怎么样，小妹妹长多高了。李金生特别喜欢这个最小的妹妹玉兰。玉兰今年才6岁，聪明伶俐，顽皮可爱，又非常黏他，对他特别亲。每次李金生回家，玉兰妹妹都抱着他不放，问东问西，问长问短，还把自己最喜欢的东西拿给他看，把最好的东西拿给他吃，亲得不得了。

李金生只顾着想心事，光顾着高兴，结果一不小心还是走错了路，而且在岐路上越走越远，一直走到了深山里，走到了黄龙山的深处。

李金生自幼在平原上长大，不知道山道难行，山路难辨。虽然难童学校千里大逃难时他曾在深山中跋涉过，但那是跟着队伍走，吴校长带到哪里，他们就跟到哪里，所以从没走错过路。这次全靠自己辨路，情况就不同了。李金生走错路后，因为地形不熟，在黄龙山里整整走了一天，也不知走到了什么地方，常常走着走着又回到了原地。他累得筋疲力尽，但又无可奈何。大山深处人烟稀少，连个问路的人都不好找。偶尔遇到一户人家，由于方言难辨，李金生问了半天也没能问清楚。好在出发时秦老师给他准备了充足的干粮，实在走不动了就坐在路边休息，歇歇脚继续走。但是，李金生慢慢担起心来，因为天色渐渐黑了下来，四周景物变得模糊不清，再这样下去，可能就要一个人在荒山野岭中过夜了。李金生听秦老师说过，黄龙山里野兽很多，野狼、野猪时常出没。当地还有一种特有的金钱豹，十分凶猛，常伤害过路人。李金生心里恐慌起来。在向最后一户人家问路时，他终于大致听懂了对方的意思。这家老乡告诉他，前面有个农垦区，但是哪个“区”说不准，里面住的好像有河南人。此时，李金生不知道父母现在究竟在哪个“区”里，也不知道自己走的路对不对。他真有一种走投无路的感觉。最后李金生终于静下心来，反复考虑自己所处的险境。他感到，在目前情况下不能走回头路了，既然走到这里，只能继续前行，继续往前闯，靠自己的运气，靠自己的勇敢，靠自己的随机应变来处置目前的险境了。

天色暗了下来。李金生瞪大双眼仔细辨认着前方的路，深一脚浅一脚地摸索前进。他已打定主意，一定要在前面找到一户人家再休息，不能一个人睡在野外，那样太危险。他在四处寻找光亮。只要有了光亮，就一定会有人家，也就有了希望。李金生在心里一遍遍地祈祷：老天爷啊！您再发发慈悲吧，让我这个可怜的儿子早一点见到父母吧！我现在真的是太孤独，太艰难了。

李金生正在默默地专心祈祷着，忽然听到远处好像有人在唱歌。他以为是幻觉，心想，哪有这么巧的事儿？这边刚祈祷完，那边就出现了奇迹？但听了一会儿，歌声越来越大，越来越清晰，确实是有人在唱歌！李金生竖起耳朵仔细听。他听出来了，远处唱歌的是个男人，而且是在唱豫剧！

李金生顺着唱歌的方向快步跑了过去。

跑近之后，李金生看到那个唱豫剧的是个壮年男人，而且一听就知道是地地道道的河南乡音——

花木兰羞答答施礼拜上，
尊一声贺元帅细看端详，
阵前的花木力就是末将，
我本名叫花木兰哪，
是个女郎
……

李金生到了跟前后看到，那个壮年男人正赶着一大群白山羊在赶路，还不停地挥鞭赶羊，手中拿了一把电筒照路。

“大哥，向您问个路好吗？”

李金生跑到这个人跟前后，一边大口喘着粗气，一边向羊倌问话。他太高兴了！在这个人烟稀少的大山里，只要遇到了人，特别是遇到了河南老乡，就一定能找到去黄龙县的路，找到今晚吃住的地方。

“你是谁？”羊倌听到李金生的问话后，将一束雪亮的手电光照射过来。强烈的光线刺得李金生眼都睁不开。

“俺是尉氏县张江村的李金生，来黄龙山找父母。”李金生已判定羊倌是个河南人，一定也是从老家逃荒到这里的，干脆直接向他说明了自己的身份。

羊倌听了李金生的话立刻向他扑了过来，同时高声喊：

“金生咋会是你呀？我是大营乡闫家村的闫守利啊！”

李金生简直不敢相信自己的耳朵，怎么会在这黄龙山深处突然遇到邻村的老乡闫守利呀？

两个人聚到一起后，相互拉着手，借着银色的月光打量着对方。

李金生问：“守利哥，你咋会在这儿呀？”

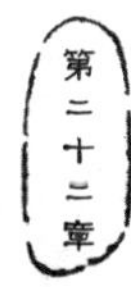

“哎呀,咱尉氏老乡大多都住在这黄龙山的‘龙字区’里,你叔、你娘也在这儿。俺眼下在龙字区福音堂里干活,这不正给教堂里送羊嘛！教堂彭牧师是个急性子,非让俺无论如何在今晚把羊赶回福音堂去,害得俺只好走夜路。哎,咋这么巧,正好遇见了你。金生,你从啥地方来的呀?”

李金生赶忙给他说了自己的情况,并一再对偶遇的闫守利道谢。

“那可真是赶得早不如赶得巧哇!”闫守利听了李金生的介绍后,也感到太巧合,太难得了。他兴奋地对李金生说:“金生,俺带你去见你叔、你娘。他们见了你后,还不知道该多高兴呢!”

两个人一起拢了拢羊群,赶着山羊向着黄龙山的“龙字区”走去。

(五)

大约走了一个小时,两个人来到了一个较大的镇子上。这个镇子,有一条四五百米长的东西街,街两旁的店铺里还亮着灯光。店里的人看到有人赶羊经过,还勾着头向外张望,熟悉的人还向闫守利打招呼。闫守利一边走一边对李金生说,这个镇叫邀仙镇,是黄龙山“龙字区”中最大的集镇。由于这里住的大多是从河南逃荒来的人,所以保持着家乡阴历“逢五”赶集的习俗。每到赶集时这里人山人海,方圆十几里地的人都到这里买东西,做生意,十分热闹。尉氏来的老乡们也都会在赶集时见上一面,说说话,叙叙乡情,亲热得不得了。

走到邀仙镇西头,李金生看到不远处有个尖顶的两层小楼。他知道,这就是龙字区基督教福音堂。

到了教堂门口,有一个高个子外国牧师站在那里等候。大概是羊群的“咩咩”叫声惊动了他。牧师看到李金生愣了一下,可能因为李金生面生,又穿着一身灰色学生服。闫守利赶忙上前介绍:

“彭牧师,他是从河南基督教会学校逃难来的学生,叫李金生,也是俺尉氏县人,到黄龙山寻亲来的。”

彭牧师一听,马上热情地拉着李金生的手,用不太熟练的中国话对李金生说:

"李同学辛苦了！欢迎你来！我叫彭尔纳，是这里的牧师，也是从河南来的。"

彭牧师说完，把他俩招呼进教堂，并让闫守利把羊群赶进后院的羊圈里。

彭牧师安排人给他们烧水做饭。饭后，彭牧师把李金生安置到教堂后院的一个屋内休息，并与李金生交谈起来。

彭牧师仔细打听了山外的情况，尤其关心当前河南战事的进展。李金生尽其所能作了介绍，并讲了难童学校千里逃难陕西的情况。让李金生意外的是，彭尔纳牧师不仅认识吴校长，而且与美国牧师周懿德女士也十分熟悉，他们在郑州时就多有往来。

李金生还从彭牧师那里了解到，彭牧师是1938年黄河发大水时，受河南基督教会委派，从郑州来到黄龙山的。在那次大水灾中，从河南逃到黄龙山的灾民有近万人。彭牧师来到黄龙山后，专门从国际联合救济会申请了一批救济款，帮助灾民在黄龙山开荒种地，安家立业，并在当地发展教育医疗事业，改善灾民的生存环境，使河南来的灾民在这里逐渐落下了脚。彭牧师刚来时，黄龙山一带还没有基督教会组织，当地居民中也少有教民，是他把灾民们组织起来，布道传经，授教解惑，才使基督教在陇东广泛传播。现在黄龙山已经成立了"基督教友联合会"，教务工作全面展开。彭牧师到黄龙山来了六七年，说起这里的情况如数家珍——

黄龙山位于陕西中北部，是渭北旱塬与陕北黄土高原的过渡地带，山川众多，沟壑纵横，主峰大岭海拔近1800米。黄龙山虽然地处黄土高原，但水资源十分丰富，黄龙河流域达数百平方公里，土地肥沃，非常适宜植物生长，山里到处长满了松柏、杨树和白桦树，森林覆盖率达到60%，鸟类、兽类达到100余种，草药植物达300多种，被称为陕西"叶肺"和黄河绿洲。

李金生从彭尔纳牧师的言谈中感受到，彭牧师对黄龙山已经有了深厚的感情，已经和黄龙山融为一体。李金生看着彭牧师在想，基督教会正是因为有了一批像彭牧师这样全身心投入宗教事业的人，才使基督教成为世界上传播广泛的一个教派。在郑州教会学校多年来的耳濡目染，也使李金生对基督教有了较深的了解。他知道，基督教分为公教、东正教和新教三大教派，传入中国的时间不算太长，但在农村中有众多教民。农民把它称为"耶稣教"。

彭牧师和李金生一直谈到深夜才离开。他走后，李金生躺在床上浮想联翩，久久难以入眠。

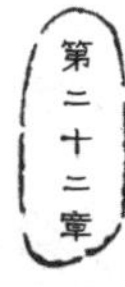

李金生曾反复考虑过这样一个问题:基督教为何能在中国的农村流传这么广泛？其中的一个重要原因,就是它十分注重慈善事业,注重救助灾民。在河南的大灾之年,基督教会为难民做了很多实事,雪中送炭,让难民们感受到了温暖。乡村中的农民虽然不一定能理解基督教的教义,但从它的行动中感受到了许多真诚,感受到了它的真心帮助。连自己这个小小的难民能够在大灾之年活下来,并系统地接受文化教育,也得益于河南基督教会创办的郑州难童学校。李金生从内心里对基督教会的慈善行为充满了感激之情。

第二天早饭后,李金生向彭牧师告别,感谢他的热情款待。彭牧师对他说,如果在黄龙山遇到什么困难,一定到福音堂来找他,并嘱咐李金生,回学校时千万到教会来一趟,他要给吴校长和周牧师捎一些东西。李金生在彭尔纳牧师的招手相送中,和闫守利踏上了归家的最后一段路程。

李金生从闫守利的介绍中得知,他的父母及家人现居住在黄龙山龙字区西边的高泉村附近,离邀仙镇不到 20 公里。在那里,有一座东西走向的黄土塬梁。灾民们在塬梁南边挖了不少窑洞,尉氏逃荒来的很多乡亲都住在那里。

李金生一路上心情舒畅,轻松愉悦。时值秋末,黄龙山正是秋高气爽、果实累累的季节。李金生在山路上看到,四周景色宜人,风清香飘,苹果、核桃挂满枝头,各种鸟儿鸣翠飞翔,让他有一种身居世外桃源的美好感觉。自从河南逃难到陕西,李金生已走了三秦大地的很多地方。他看到,在陕北高原的高塬大坡上,山顶多是裸露的黄土,颇显贫瘠荒凉。而在陇东的黄龙山,他没想到竟有这样一个生机盎然的森林王国,有这样一个土沃水丰的花果山区。李金生站在黄龙山的高梁地上极目远眺,顿觉视野开阔,气势磅礴。一道道山川大卯,一片片丛林绿树,一条条蜿蜒河流,使黄龙山的秀美雄壮更让人感觉妙不可言。李金生触景生情,心怀激荡,不禁高声朗诵起著名的唐诗《望岳》——

岱宗夫如何?
齐鲁青未了。
造化钟神秀,
阴阳割昏晓。
荡胸生层云,
决眦入归鸟。
会当凌绝顶,
一览众山小。

“金生，你都诗兴大发了，到底是个文化人哪！”闫守利拍着他的肩膀乐呵呵地说。

“哈哈，这首诗可不是我作的。它是一首唐诗，作者也是咱河南人。你知道它是谁吗？”李金生心中高兴，和念书不多的闫守利逗起乐来。

闫守利挠了挠头，有些嗔怪地对李金生说：

“你真是哪壶不开提哪壶！俺一个种地把式，咋会知道这些？”

“是杜甫啊！唐朝诗人李白和杜甫你总该知道吧？细论起来杜甫是巩县瑶湾村人，算是咱正宗的河南老乡啊！”李金生笑着告诉闫守利。

看到眼前无比秀丽的山川美景，李金生想到就要和朝思暮想的家人团聚了，心里十分激动。他不由得拉起闫守利的手，加快了行进的步伐，向龙字区最西边的高泉村走去。

他们一连翻过了两座黄土山梁，一直走到了一个东西走向的塬坡背面。李金生远远看到，在这个山坳里，顺坡修建了一排排错落有致的整齐窑洞，形成一个比较大的村庄，坐北朝南，依山傍水，有一二百户人家，是个冬暖夏凉的好地方。闫守利告诉他，这儿就是高泉村。

两个人走进村子，爬上一个大坡，来到了一块背靠山坡的平地上。平地北面有五六孔窑洞，窑洞前栽了一些枝叶繁茂的杨柳树，一条小溪从窑洞前绕过。闫守利对李金生指了指左边的那孔窑洞，对他说，这就是他的家。李金生二话没说，跑上前就要敲门，谁知还没敲门，门就打开了——一个手端簸箕的中年妇女从里面走了出来。李金生看到后眼睛一热，是母亲李徐氏！他一下愣在那里，眼泪刷刷直往下流。

李徐氏猛一抬头，看到门外站了两个人，一时有些疑惑。当她看清眼前这个人就是自己的儿子李金生时，手中的簸箕“叭哒”一声掉在了地上：

“金生，我的儿啊——”她喊叫着扑向李金生。

“娘，俺回来了。”李金生双腿一软，跪在了地上，与母亲抱在一起，泪流满面。

父亲李恒德听到屋外面的动静，也从窑洞里跑了出来。当他看到来人真的是儿子李金生后，也立即上前和他娘俩儿紧抱在一起。

在远离家乡的黄龙山深处，在灾荒连年、战火纷飞的岁月中，一家人突然团聚，是多么不容易，多么弥足珍贵，多么让人激动万分啊！

一家人都高兴得不知说什么才好。李恒德回过神来，立刻拉着李金生的

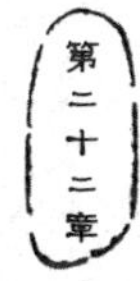

手,和闫守利一起进到窑洞里,坐到了炕头上。李徐氏端出红彤彤的大枣,黄澄澄的苹果和颗粒饱满的花生,热情地摆到闫守利和李金生面前,并一再向闫守利表示感谢。闫守利看到李金生一家人团聚后的激动情景,也深受感染,深感高兴。在李金生家吃了晌午饭后,闫守利在饭饱微醉的惬意中,哼着豫剧,一步三摇晃地踏上了归程。

送走闫守利后,李金生忽然想起一件事儿来:回家来怎么一直没有见到最小的妹妹玉兰啊?刚进屋时,他曾问过父母小妹在哪里,当时他们两个人说玉兰到别人家去玩儿未归,但是现在已过了吃饭时间,小妹总不能连吃饭也不回来呀?李金生再一次追问小妹的下落时,父母面面相觑,脸上顿时流下了泪水。他们红着眼睛告诉金生,小妹妹玉兰已经不在人世了。

原来,父亲带一家人逃荒到了黄龙山以后,在高泉村生活得很好。他们开挖窑洞,拓荒种地,引水植树,饲养家禽,把家安了下来,也解决了一家人的温饱。小妹玉兰对这里的生活适应得很快,整天蹦蹦跳跳,四处玩耍。小玉兰非常懂事,非常勤快,从不吵闹惹事,从不给家里添麻烦。农忙的时候,她整天随着父母在田里干活儿,跑前跑后。她常帮母亲打水做饭,忙里忙外,还饲养了两只白绒绒的小山羊,每天精心照料。

没有想到,去年夏天黄龙山流行起了"回归热"病,小妹玉兰不幸被感染,躺在床上一病不起。由于村里没有懂医的人,父母只好把她送到邀月镇诊所救治。当时龙字区内得了"回归热"的病人很多,镇中的两个乡村医生经验不足,也没有足够的药品,一时面对众多病人束手无策。小玉兰后来发起了高烧,全身上下烧得像火炭一样烫手,手脚软得像面条一样无力,一天到晚昏迷不醒,最后病入膏肓,镇里的乡医无力回天。小玉兰弥留之际,一天晚上忽然回光返照,清醒了过来,看着围在身边的亲人,眼睛似乎在到处寻找着什么。

父母问她在找什么,玉兰十分吃力地说:"我想哥哥!"

父母听后不知如何回答她,眼泪直往下流。

小玉兰看着父母,知道根本无法与哥哥见面,就流着眼泪说:

"爹娘,我真的舍不得离开你们,舍不得离不开咱们家。我好想念金生哥哥,好想再让哥哥抱一抱我,亲一亲我。我真想等哥哥回来再走,要给他看看我养的两个小山羊,要他亲口尝一尝山羊奶。那可是我一手养大的啊!"

父母听后,紧紧地抱着她,心如刀绞。最后小玉兰躺在亲人的怀抱中,慢慢地闭上了她那双晶莹可爱的大眼睛,病死在了远离家乡的黄龙山,病死在了荒塬僻野的窑洞里……

李金生泪如雨下。他蹲在地上，用手狠狠揪着自己的头发，泣不成声。他真的好后悔啊！自己是一个五尺男儿，在心爱的小妹病危弥留之际，却远离了她，没能尽哥哥的一点力量帮助她，挽救她，使这个对自己最亲密、最依赖的小妹，在对生的极度渴求与期盼中凄惨地死去。他真的枉为哥哥，枉为五尺男儿，愧对人生，愧对苍天，愧对让他无限怜爱的小妹玉兰！

李金生拉着父母的手，跌跌撞撞地来到埋葬在高泉村后坡上的小妹玉兰坟前，趴在坟头上撕心裂肺地痛哭，一直到哭干了眼泪，晕倒在小妹坟头边。李金生当时下定决心，此生一定要学医，要当一名医生，当一名良医，为穷人服务，为贫苦的农民服务，救死扶伤，悬壶济世，拼尽全力战胜人世间病魔，让九泉之下的小妹得到慰藉，弥补他当哥哥今生的巨大憾疚……

李金生回到自家窑洞的时候，已是繁星满天。高泉村里的尉氏乡亲们听说李金生回来了，都到他家里来看望。老邻居张守仁带着儿子大贵来了，表哥李玉生的父母来了，村里卖豆腐的江二楞来了，江顺堂哥一家来了，张江村的乡里乡亲们全都来了。在李金生家的炕头前，大伙儿围成一团，聚在一起。窑洞内散发着浓郁的乡情、亲情和温情，烘暖了每一个人的心。

大家谈论着大灾难中各家死里逃生的情况，追忆着这些年各自不平凡的遭遇经历。张大贵真是命大，当年他被晁十一众匪打中了臂膀落入水中以后，靠着娴熟的水性，凫水逃生。后来他又跑到国民党部队当了兵，东奔西走，四处打仗，直到去年才逃回黄龙山与家人团聚。大贵听了李金生的情况后，对他说：

“金生，世道这么乱，咱们干脆还是一起去当兵吧！俺已经和江二楞商量好了，去延安投奔八路军。那可是真正的抗日队伍，是为穷人打天下的。咱河南南乐县的郭宝珊也在那里，也是从黄龙山投奔去的，听说现在都当上八路军的团长了。咱们到他手下当兵，准没错。”

在一边的江二楞也兴奋地点点头，并以期待的眼光看着李金生。

李金生知道，现在张江村除了在第一战区当兵的赵国保以外，村子里当过兵的就只有他和张大贵了。张大贵是想动员他和江二楞一起投奔八路军。

李金生说：“大贵哥，俺刚回家，身上的病还未好利索，等一等咱们再商量中不中？”

张守仁使劲儿拍了一下儿子张大贵的肩膀：

“你胡说什么！金生好不容易才回来和父母团圆，你们现在哪儿也不

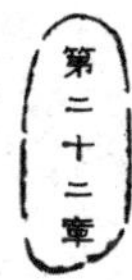

Tianhe

能去!”

张大贵摸着自己的头憨憨地笑了笑:“嘿嘿,那以后再说,以后再说。”

乡亲们看到这种情景都笑了起来。大伙儿在李金生家的窑洞里一直谈到半夜,直到鸡叫了三遍,才各自离开。

夜深了,李金生家的窑洞内终于恢复了平静。借着家里昏暗的油灯,李金生从怀中掏出在火车上拣到的6枚银元,交给了父母,并说了拾到银元的经过。父亲李恒德颤悠悠地接过银元,眼睛不由得又潮湿起来:

“珍贵的银元哪!你要是能早一点到来,玉兰的性命可就保住了!”

全家人又一次被悲伤笼罩。母亲李徐氏掩脸哽咽。二妹小仙扑进母亲怀中抽泣不已。

停了好一会儿,李恒德才捧着银元对李金生说:

“黄龙山虽好,但终究不是咱扎根的地方。等回到尉氏老家以后,这些银元就在张江村重建家园的时候用吧!”

李徐氏抬起泪脸,看着丈夫和儿子,点了点头,对两个人说:

“等咱们回河南老家时,一定要把小妹玉兰带上。”

“对,咱们一定要把她带回去。今生今世咱全家人要永远在一起!”李金生大声地对父母亲喊。

第二十三章

李金生怎样从黄龙山回到凤翔难童学校？冯玉祥在重庆给吴惠民校长提供了怎样的帮助？李金生在凤翔张家大院怎样发现了神秘的『黑匣子』？国民党青年军到难童学校招兵时李金生为什么没有从军？

（一）

九曲黄河在苍茫浑厚的黄土高原上蜿蜒盘旋，千流百转，到了中游后，形成了一个凸起的“套”状。这里，就是有名的黄河“河套地区”。陕西、山西和内蒙古不少地方都在“河套”之内。河套地区山秀河清，土肥水美，树翠草碧，物产丰富，既有北国之雄壮，又有南国之灵秀，成为北国的塞上江南，高原的鱼米之乡。黄龙山就在“河套”之内。

李金生已经在黄龙山度过了两个多月的时光。在这里，他每天都和父亲一起下地干活儿，拉犁播种，施肥浇灌，除草保墒，先后收获了玉米、高粱、大豆，采摘了苹果、核桃、大枣，忙碌了整整一个秋季。虽然李金生家里只有五亩多地，而且大大小小地分布在山坡上，但由于这里土沃水丰，气候适宜，加上人勤活儿细，收获的粮食能保证全家的温饱。两个多月来，经过母亲的精心照料，细致调养，李金生的身体已经日益强壮，回归热病也一直没有再犯，逐渐恢复了健康。李金生自己也感到饭量增加了，身上有劲儿了，干活力气足了，心情也愉快起来。

在这期间，李金生多次和父亲到邀仙镇赶集，并专程见了彭尔康牧师。彭牧师看到李金生身体已经康复，很为他高兴，还主动借给李金生许多书籍让他阅读，其中有不少他喜爱的世界文学名著。当彭牧师听李金生说不想再回凤翔难童学校，要和家人长期呆在黄龙山时，就一再劝他，要把眼光放远一些，多想想未来，千万不要耽误了自己的前程。彭牧师还反复告诫李金生，他现在正是学知识、长本领的关键时期，不能错过了好时光。彭牧师还告诉李金生，他非常了解吴惠民校长，跟着吴校长不会错，不仅能学到本领，而且能学会为人处世的道理，将来成为一个对国家有用的人。父亲李恒德也看出了儿子的心思，劝他不要太挂念家里，全家人在黄龙山已经站稳了脚，吃得饱，穿得暖，生活过得去。李金生在黄龙山的这些日子也看到，黄龙山风调雨顺，庄稼茂盛，每年收成都不错，也的确能够放心。

经过彭牧师与父亲多方劝说，李金生留在黄龙山的决心有所松动。他想起了吴校长曾说过的极富有哲理的话：人的一生有两条路要走，一条路是必须走的，一条路是自己想走的。只有把必须走的路走好，才能走好想走的路。你的一生到底能走多远，靠的不是双脚，而是志向；能登多高，靠的不是身躯，而是意志。你可以一辈子不登山，但你心中一定要有一座山。这座山，就是你毕生为之奋斗的伟大事业。想到这里，李金生非常想念敬爱的吴校长，想念难童学校的众多师生，想念学校那书声琅琅的教室和校园。

这天上午，李金生正和父亲一起在自家窑洞前整理农具，忽然听到远处传来闫守利的喊声：

"金生，你有信件来了，是宝鸡凤翔寄来的。"

闫守利一直在邀月镇福音堂当杂工，每天都要到镇上邮局去，遇有尉氏同乡的信，都会主动送上门。李金生赶忙上前从闫守利手中接过信件，拆开一看，是难童学校同乡小迷糊寄来的。小迷糊在信中说，吴校长已从重庆返回学校，申请到了经费，近些天学校就要复课。小迷糊还告诉李金生，吴校长特意交代他马上给李金生写信，要李金生尽快赶回学校去。

李金生看了信后十分感动。敬爱的吴校长还惦记着自己，老师同学们还惦记着自己，生死与共的难童学校没有忘记自己！李金生的心一下子飞到了学校，飞到了那些曾与他朝夕相处、胜似亲人的众多师生身边。

父母得知学校来信后也十分高兴。他们马上给李金生准备行装，催促他赶快返回学校。李金生也决定立即返校。临走前，他又专程到邀仙镇见了彭尔康牧师。彭牧师得知情况后，当即给吴校长和周牧师写了信，并尽其所能给难童学校带去一些经费。他还委托李金生给吴校长和周牧师捎去一兜儿黄龙山红彤彤的大苹果。

李金生在父母和彭牧师的送别中，怀着激动和企盼的心情，向着日夜思念的凤翔难童学校奔去。就在几天前，张大贵和江二楞已经到陕北延安投奔八路军去了。没想到，自己也这么快踏上了返校的路程。

李金生这次回校是原路折返。他要到渭南乘坐火车，再从那里直奔陇西凤翔。返程的路上，与来黄龙山时的艰难景况已大不相同。李金生现在已完全康复了，精力充沛，身体强壮，穿着母亲浆洗后的校服也干净整洁，全身上下有使不尽的劲儿。另外，黄龙山的丰沃与包容，也使他免去了对家人的后顾之忧。

由于心情好，身体壮，李金生一路疾行，走村过镇。他先是到了白水县，专程看望了卖浆面条的河南老乡秦老师，给秦老师带去了黄龙山特产，介绍了自

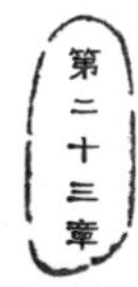

己寻亲养病的情况。秦老师听后很为他高兴，又特意招待他吃了一顿浆面条，并热情留他在家中住宿。第二天一早，李金生又踏上了通往蒲城的公路。李金生只用一天时间，就从白水赶到了蒲城。后又到了渭南，整个路程只用了不到五天时间。到了渭南后，李金生不再步行，坐上通往凤翔的火车，第二天就到达了凤翔车站。下车后，李金生在火车站看着周围那十分熟悉的环境，看着车站前他当初买大面瓜的小集市，恍若隔世，感叹良久。李金生在这里没有久停，又连夜向北边的王堡村难童学校赶去。

一进学校，李金生立即被校园内那热闹、欢欣和忙碌的气氛所感染。从各地赶回学校的同学们，都在兴致勃勃地做着开学前的各项准备。很多人都在整理教室，准备教具，打扫卫生，清理个人物品。师生们看到李金生回来了，都马上围过来，纷纷上前与李金生拉手拥抱，有一种大难后离别重逢的无限激动。小迷湖也跑上来紧紧抱住李金生，一个劲儿地喊："金生哥你可回来了，太好了，太好了！"

马万年和一大批投亲靠友的同学们也都回来了。他们看到李金生，纷纷跑上前来拍手相庆，共同欢呼，热烈祝贺难童学校开学复课。李金生在同学们的簇拥下，回到了自己的宿舍，放下行李后，掏出从黄龙山带来的苹果、大枣、核桃等特产，热情邀请大家品尝，并向他们讲述了在黄龙山的见闻。当大家正热烈地攀谈时，吴校长、周牧师和教导处王主任等人进入了屋内。

李金生看到吴校长，眼睛一热，一下子扑到了他的怀中，久久不愿松开。虽然和吴校长只分别了几个月，但李金生就像一个历尽磨难的孩子回到久别父亲身边那样激动。他有太多的话要对吴校长说，有太多的事要倾诉，有太多的思念要表达。

吴校长也紧紧地抱着李金生，眼圈红了起来。几个月来，他一直思念牵挂着李金生，特别是当他从重庆回来后，听说李金生曾病危险些丧命又远走黄龙山时，非常挂念和担忧。他当即嘱咐小迷糊写信，让李金生赶快回学校来。吴校长已做好准备，如有意外，他将亲赴黄龙山寻找李金生，一定要把他找回来。经过了这一年多的风风雨雨，特别是在历经了千里逃难后，患难之中的休戚与共，险途之中的生生死死，使吴校长和李金生之间已经有了父子一样的深厚感情。他太喜欢、太钟爱这个纯朴真诚、踏实勤奋的好后生、好学生了。两个人真是情如父子，亲如骨肉，有一种难以言表的特殊情愫。

李金生把彭尔康牧师的信和礼物交给了吴校长，并介绍了认识彭牧师的经过。吴校长关切询问了李金生家中的景况，又了解了彭牧师在黄龙山的详情，对他资助难童学校钱款深为感叹，也为彭牧师在黄龙山深处辛劳地服务灾民、献身宗教事业的举动表示敬佩。

李金生也从吴校长那里了解到了他在重庆筹款的艰辛历程。

吴校长到了重庆后，首先找到国民政府教育部门申请经费，但由于抗战时期经费异常紧张，有关部门根本拿不出钱来。无奈中，吴校长只好又去找冯玉祥先生。在冯先生的帮助下，吴校长找到了原西北军老战友、重庆赈灾救济委员会余新清委员长，争取到了部分救灾款。此后，吴校长又广泛求助于各慈善救济团体，一家家地反映难童学校的困境，讲述千里逃亡的艰难，取得了他们的同情。最后，曾在河南资助过难童学校的美国基督教援华会、加拿大红十字会等团体伸出了援手，拨出一些经费帮助学校解决当前的困难。

吴校长在争取到这些十分珍贵的经费后，正准备返回陕西，不想遇到一个大麻烦，不仅耽误了行程，还差一点送掉性命。

一天夜里，吴校长正在旅馆中睡觉，突然闯入一伙国民党特务。他们不由分说对吴校长拳打脚踢，并强行将他带走，投入监狱。在提审中，特务硬说他“是个共党分子，公开诬陷国军，破坏抗战”。吴校长开始摸不着头脑，没弄清自己为何被抓，后来问明原因后，又百口难辩。原来，吴校长在重庆争取经费时，无意中向一个记者透露了学校流亡途中被国民党溃兵抢劫校款的事情，谁知记者将这段经历写成报道登在《新华日报》上。《新华日报》是共产党办的报纸，政治影响很大。此事惊动了国民党当局，有关部门责令对他严惩。冯玉祥先生得知此事后十分气愤，当即怒斥了当局，并多方组织营救。在各界的共同努力下，特别是经过国际宗教慈善组织出面担保，吴校长才重获自由。在他走出监狱时，特务还一再警告他：回陕西后不准再“诬陷”国军，否则按共党嫌疑分子严惩。

李金生这才明白，吴校长这次筹款为何走了这么久的时间。通过此事，李金生对蒋介石政府更加失望和厌恶。蒋介石对日作战一败再败，对内则实行白色恐怖，高压政策，惨无人道，不得人心。这样的领袖，这样的政府，怎么能取信于民？怎么能凝聚人心？怎么能领导人民抵御外患，建设民主富强的新中国？

（二）

在历尽周折和千辛万苦之后，难童学校终于在凤翔王堡村复课了。

同学们都非常珍惜这来之不易的宝贵学习机会，每天如饥似渴、废寝忘食地投入到紧张的学习之中。李金生此时已经年满18岁。在连年的战乱中，他的学业老是中断，学学停停，停停学学，现在到了成年才开始学初中二年级的课程。但是，李金生基础扎实，勤奋用功，加上学习方法得当，成绩一直在全年级名列前茅。同学们对他十分羡慕和尊重。

这天上午，阳光明媚，风清气爽，是个难得的休息日。同学们都心情放松，精神愉悦，在校园内打扫环境卫生，整理教室寝室，洗晒被单褥子，调节紧张的学习生活。李金生在忙完自己的内务后，也和大家一起拿起扫帚铁锹，在学校所在的王堡村张家大院里清理卫生。

张家大院规模宏大，有五进院落，院中套院，大大小小有两三百个房间。学校800多名师生全住在这个大院里。李金生在河南从未见过这么大的宅院，对这个院落的宏大气派十分惊叹。张家大院的房子多为古式建筑。作为学校大讲堂的主殿气势恢宏，巍峨雄壮，而且飞檐翘脊，雕梁画栋，比开封龙亭上的万寿殿还要大。李金生看到，很多殿堂上都悬挂大匾，有的竟像乒乓球桌那么大。李金生曾仔细辨认过上面的字迹，都是些历史上的高官名士所撰，民国以来就有大总统曹锟、冯国璋和段祺瑞的题字，甚至还有冯玉祥的笔墨。

同学们在打扫卫生的间隙，都争相辨认主殿匾额上的字迹，纷纷议论，猜想张家大院一定有着厚重的历史文化，有一部沧桑的家史。看到同学们热烈议论，教导处王主任走过来，对大家讲起了张家大院的历史。

通过王主任的介绍，同学们了解到，张家大院的主人曾是凤翔生产西凤酒的大财主，富甲一方。闻名全国的西凤酒就发源于凤翔县境内。

王主任告诉大家，凤翔是周朝的发祥地，古称雍州，周文王时因"凤凰集于岐山飞鸣过雍"而得名。秦代雍州也是州郡府所在地，史称"西府"。后来雍州之所以改名为"凤翔"，还有一段传奇故事。

唐朝“安史之乱”时，皇帝李隆基逃往蜀地，长安诸郡告危。雍城城墙因年久失修而坍塌。雍城太守为御敌，动员全城百姓修筑新城。谁知新城一筑就塌，怎么也修不起来。在太守万分着急之际，有一天深夜忽降瑞雪，一只凤凰驾祥云落在雍城西北三眼泉边，畅饮了清冽甘爽的泉水后，绕城踏雪行走数里，一声长鸣振翅而去。太守得知大喜，赶忙组织百姓在凤凰飞走处重新筑城，结果雍城再不倒塌。“安史之乱”后，唐肃宗为纪念凤凰在此栖落，特将雍城改名“凤翔”。

凤翔“西凤酒”的来历更为有趣。相传秦穆公十五年，秦王御马在西府被盗，西府官吏欲严惩盗马食肉的百姓。秦穆公了解情况后制止了官吏，并给盗马百姓送去几坛产自本地的西凤酒，解了百姓食马肉之毒。后来秦国与晋国在山西万荣大战，秦军一度战败，秦穆公身受重伤。危难之时秦军中忽然杀出一支生力军，勇猛刚强，力挫晋军，使秦军转败为胜，还俘虏了晋惠公。这支生力军，就是盗食秦穆公马肉的数百名百姓，于是西凤酒名声大振。

好酒源自好水。出产西凤酒的那眼甘泉，就在凤翔城西 18 里处。这眼泉喷涌如注，口感甘美，所酿西凤酒甘润醇香，清爽典雅，与秦国俊马并称“秦之国宝”。北宋时苏东坡任凤翔府判官，曾上书朝廷力陈推广凤翔民间酿酒，得到朝廷恩准。于是，西凤酒产量大增，传遍了全国。苏东坡为此留下了惊世名作《喜雨亭记》。张家大院的祖辈，就是从苏东坡时期开始酿造西凤酒，经过一代代聚财而发家，成为凤翔、陕西乃至全国都有名的财主，与高官名士往来颇多。

“王主任，那现在张家大院的主人在哪里?”同学们都很关心主人目前的情况。

“后来一场旷日持久的官司，导致家业破落。张家大院的主人，现已远走他乡。这所大院也早已变卖易手，目前由凤翔县政府代为管理。”

同学们听后都默默无语，从心里感叹世道沧桑，人生无常。生活在这个繁纷复杂的大千世界里，生活的变迁难以预料，人生的变幻更难猜测。

李金生和同学们慢慢来到了主殿内清理卫生。这里是学校的大讲堂。大家每天都在这里上课，所以清理卫生特别仔细。在清扫了地面和墙壁上的灰尘之后，同学们发现，大殿顶部的大梁上还有很多蛛网，上面的灰尘也多年未打扫，很脏也很乱。大家仰着头，看着那高高的顶梁，想去清扫但谁也无法攀爬上去。这时有个同学看着大殿顶梁，对众人说：

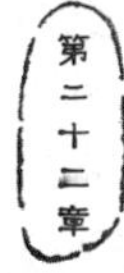

"谁要是能顺着殿内的大圆柱子爬到梁顶上扫掉蛛网和灰尘,我请他喝西凤酒。"

在场的同学听后,有人立刻上前抱着大圆柱往上爬,但由于柱子太粗,两个人都抱不拢,根本没法攀爬,刚爬一下就摔了下来。同学们相互观望,都觉得爬上不去。

小迷糊看到这种情况,问李金生:

"金生哥,你能爬上去吗?"小迷糊知道李金生在张江村是个爬树能手,又在部队当过侦察兵,身手矫健。

李金生没有作声。他围着大柱子转了一圈儿,又仔细观察了大殿的顶梁之后,找来一根麻绳,对围观的同学们说:

"我来试一试,不一定行。"

李金生说完,手持麻绳向大殿顶梁高高抛去,绳子一下套在了大梁上。李金生又把落下来的两股麻绳头,一根绑在自己脚上,另一根用双手紧紧拽住,使劲儿一蹬,他的双脚就离开了地面。

原来,李金生想到了物理学上的"滑轮原理"。当人们使用滑轮运载重物时,之所以能省力,是因为滑轮本身分配物品重量的原理发挥了作用。李金生把大殿顶上的圆木梁作为滑轮,套上绳子后,他的体重就分布在了两股绳子上。当一股绳子承载的重量超过了李金生体重一半时,他就自然能往上攀升。李金生用手拉一股绳,脚上套一股绳,一松一拉,一拉紧又一绷,十几下就爬到高高的大梁上。

同学们惊愕地看着李金生的一举一动。当李金生爬到木梁顶上站稳时,大家在下面哗哗地鼓起掌来。他们从心里佩服李金生的智慧,佩服他矫健的身手。

李金生站在大梁上,向下面的同学挥了挥手,然后从腰中抽出一把小扫帚,小心翼翼地开始清理大殿的顶梁,认真扫掉了梁上的蛛网灰尘。当他清扫到大梁下面的大匾时突然惊叫起来——

"哎呀!"

同学们立刻瞪大眼睛向上观望。他们不知道上面发生了什么事情。

（三）

李金生正细心地清扫大匾后面的灰尘时，忽然发现大匾背后紧绑着一个长方形的黑匣子。这个黑匣子有书包那般大，造型精美，小巧玲珑，里面一定装着珍贵的物品。李金生轻轻弯下腰，把黑匣子从大匾后面取出来，怀抱着沉甸甸的匣子慢慢顺着柱子下到了地面。

同学们纷纷围上前惊讶地看着这个神秘的黑匣子，猜想它一定是张家大院的主人在久远年代藏匿的珍宝。李金生把黑匣子放在大殿内的课桌上，掸掉上面的灰尘，屏着呼吸，轻轻地打开了匣子顶盖。当他看清里面的东西时，立刻惊呆了——是整整一匣子黄澄澄的金条！

同学们看到后，也都愣住了。大家万分惊讶，看着这满匣子的金条，都不知道该怎么办。

李金生想了想，对身边的同学们说：

“我们马上交给学校去。”

说完，李金生在同学们的簇拥下，怀抱着沉重的黑匣子，快步向吴校长办公室走去。

吴校长和王主任看到满满一匣子金条都十分震惊。吴校长弄清了事情的原委，紧张思考了一会儿，对王主任和李金生等同学说：

“我们立即将此事报告凤翔县政府，请他们来处理，同时还要向他们提出建议，这些金条，一部分上缴，一部分留在学校用作教育经费。我正在为经费的事发愁呢！重庆政府承诺给学校的第二批经费直到现在还没拨付到位。钱再不到，同学们可要饿肚子了。这些金条可真是雪中送炭，雨中送伞哪！”

王主任和随后赶来的周牧师也都赞同吴校长的意见。很快，凤翔县政府来了几名官员。双方经过激烈争论，最终达成妥协，按照吴校长的分配办法，给学校留下部分金条作教育费用，其余的由县政府处理。

这个由李金生通过“滑轮原理”而得到的“外财”，为难童学校的 800 多名师生解决了生活上的燃眉之急。

经费的难题解决后，同学们又一门心思投入到了紧张的学习之中。星移斗转，日月如梭，转眼进入了1945年，春节也快到来了。师生们此时已在凤翔度过了半年多时光。在陕西大后方，由于没有日寇的侵袭和溃兵的骚扰，生活上又有保障，这里成了师生们期盼的一块学习净土。李金生和同学们在这里静下心来，发奋读书，在战乱的年代里，享受到了一段和平安宁的美好生活。经过近一年的学习，李金生已经读到了初中三年级的课程，再有半年就要升入高中了。由于难童学校设有高中部，吴校长考虑到李金生学习成绩优秀，准备让他"跳级"，过些时候直接升入高中。

冬季降临了，陇西大地飘起了纷纷扬扬的雪花，城镇乡村都变成了白茫茫的雪原。张家大院在一夜间也披上银装，四处铺满了厚厚的白雪。清晨，在金色阳光的照耀下，张家大院显得异常洁净和悦目。

李金生起床后，立即和同学一起挥起扫帚、铁锹，在张家大院扫雪清路。年龄小的同学还堆起了雪人，打起了雪仗，相互嬉戏，十分开心。当同学们边扫雪边打闹，乐此不疲的时候，大院里忽然响起了一阵尖厉的哨声。教导处王主任在远处高喊：

"同学们都到学校大讲堂门前集合，有重要事情宣布。"

大伙儿回头一看，王主任正嘴含哨子，面色严峻地站在院中，不停地向同学们挥手，好像是出了什么事情。

大家赶快跑到大殿前排好队，集合整齐，抬起头往大殿台阶上看。同学们看到，从大殿里走出几个国民党军官。这些人戴着白手套，扎着黑腰带，腰上还别着手枪，都面色庄重地注视着全校师生。大家都感到十分惊讶。

这时，吴校长走到队前对众人说：

"同学们，这几位是西安战区长官部的兵役军官。他们奉命到学校征集新兵。下面请白上校给大家讲话，鼓掌欢迎！"

同学们纷纷鼓掌，同时相互交换着探询的目光。大家都感到很奇怪：这件事怎么事前没有一点消息呀？

那个戴着金丝边眼镜的"白上校"站到大殿台阶上，扯开嗓门对大家高声说：

"同学们，抗战已进入一个重要转折时期，国际形势对我们非常有利。在欧洲战场上，美苏军队已经取得决定性胜利，德国法西斯就要完蛋了。在亚洲战场上，日军也节节败退，已经是日薄西山。目前小日本在做垂死挣扎，正向我们的西南大后方发起新的进攻。蒋委员长号召知识青年参军参战，十万青年十万军！我们要组织青年军狠狠打击日寇，争取民族解放，彻底打败日本强盗。”

同学们听到这里，开始在队列中交头接耳。大家热烈地议论着这件事，商量着该怎么办。

白上校看到同学们有了积极反响，又提高嗓门对大家说：

“同学们，青年军将是对日作战的一支重要力量，配备全套美式装备，进行专门训练，享受特殊保障，优厚待遇。蒋经国先生也要参与这支部队的组建指挥。我们西安中央陆军军官学校第 7 分校，将有一大批学生参加青年军。请大家踊跃报名，为国家效力。”

白上校说着，又挥动起一本小册子，继续对同学们说：

“这是招生简章，请大家认真阅读。入伍自愿，参军光荣。参加青年军打日本鬼子，是为国而战。为民族而战，这是我们热血青年报效国家、疆场杀敌的最好机会。相信同学们在河南家乡备受日本鬼子的侵略欺凌，很多同学与日寇有着亡家之恨和血海深仇。大家要积极响应蒋委员长的号召，舍家为国，舍己为民，义无反顾地投身到抗日救亡的洪流之中，在青年军建功立业，成就辉煌！”

白上校话音刚落，队伍中响起热烈的掌声。同学们一边三三两两地热烈讨论，一边簇拥到“征兵登记”桌前，七嘴八舌地向征兵的军官咨询入伍事宜。还有一些同学被白上校那激情洋溢的动员所感染，纷纷到征兵登记处报了名。其他学生虽然在犹豫，但也明显对参加青年军表示出极大的兴趣和积极的态度。

李金生也被白上校的演讲所打动。他想起了日寇入侵河南家乡犯下的滔天罪行，想起了在战乱逃荒中惨死的爷爷、奶奶和亲爱的小妹，想起了张江村里被日寇杀害的父老乡亲，不由得激起了参军报仇的冲动。想到自己有过从军经历，又参加过战斗，此时不报名更待何时？想到这里，李金生抬起脚步就向征兵登记处走过去。

当李金生围到桌前，正要开口报上自己的姓名时，有人在背后拉了一下他的衣襟。李金生回头一看，是吴校长。吴校长装作漫不经心的样子，对登记处的军官点点头，说了几句慰问话，又向李金生悄悄使了个眼色，回身向校长室走去。

李金生想了想，停止了登记，从人群中挤出来，紧随着吴校长也进入校长室内。

Tianhe

吴校长在屋内面色严肃地对李金生说：

“你千万不要报名，不能走这条路。你要记住，人生的每一次重大抉择，都会胜过今后千百次的努力。你目前正处在人生十字路口上，千万要迈好自己的每一步。当前这一步非常关键。”

李金生瞪大眼睛，诧异地望着吴校长，充满疑惑。

吴校长示意李金生坐下来，与他对视了好一会儿才缓缓地说：

“现在已进入1945年，抗战也进入了最后阶段。希特勒败局已定，日本也长久不了。蒋介石在这个时候组建青年军，大肆扩充军队，绝不仅仅是为了抗日，而是在为打内战做准备。你想想，抗战进入相持阶段后。日军主力都被八路军、新四军拖在了敌后。蒋介石不但不主动出兵打日本，反而调动大军围攻陕北，甚至制造了震惊中外的‘皖南事变’，做了连日本人想做都做不到的事情。对那些叛变投敌的汉奸伪军，蒋介石竟说是‘曲线救国’。对这样的领袖和军队，你还能投身于他们吗？你还真能在这样的军队里为国家和民族做贡献、建功立业吗？”

一语惊醒梦中人。李金生这才恍然大悟，不由得为自己刚才的冒失行为而后怕。多亏了吴校长的阻拦和提醒，否则，自己可能真的要一失足而成千古恨了。

李金生当即决定不参加什么青年军了，就跟定吴校长，在难童学校好好学习文化，学习本领，将来以真才实学走正道，干正事，报效国家、造福乡梓。

李金生禁不住想起彭尔纳牧师对他说过的话，想起赵国保大哥一再对他强调——跟着吴校长没有错！的确，吴校长不仅使自己学到了丰富的文化知识，而且在重要关头教自己如何处世，如何做人，如何走好人生中的每一步路。李金生此时真正感受到自己此生中遇到了一个好导师，好恩师，好前辈。几年来的切身经历证明，吴校长以他丰富的阅历和高尚的品行，呕心沥血地培养他，扶助他，不失时机地指导他，帮助他，使他在一次次紧要关头避开了人生道路上的激流险滩，躲过了征途中的沟壑陷阱，实实在在地踏石留印，抓铁有痕，过了一山再登一峰，走上了一条充满阳光和希望的康庄大道！

第二十四章

毛泽东在抗战胜利后与蒋介石开始了怎样的新较量？蒋介石在『重庆谈判』和『争夺沦陷区』中如何陷入被动？在日本战败赔偿和中国驻军日本问题上，蒋介石如何错失良机促成千古遗恨？

（一）

黄河汛期又一次降临了！河水从青藏高原的巴颜喀拉山约古宗列曲出发，穿过龙羊峡、青龙峡、刘羊峡等诸多峡谷，一路上浩浩荡荡，势不可当，在惊涛骇浪和巨大泥沙的激荡中，向着中下游倾泻而去。她走过最后一道关隘洛阳小浪底之后，就像个巨人那样站起身来，抖落满身的泥沙，向着无比宽广的下游大平原呼啸而去。

柳园口今年的汛期似乎与往年不同，河水虽然依旧猛烈，但好像格外体贴两岸百姓，格外体谅灾难深重的儿女。自从黄河开汛以来，黄泛区再没有出现往年那样的洪灾险情，再没有大水巨浪破堤四泄。两岸百姓都对黄河今年罕见的体贴温柔感到兴奋不已。

这天清晨，潘振海和店内伙计照例在小店里埋头忙活着，忽然城内响起了一阵阵鞭炮声。潘振海开始没有在意，因为这天是个黄道吉日，开封城内操办喜事的人多，可能是在放炮庆贺。潘振海还特意看了一下墙上挂的黄历，掰着指头算了算，今天是 1945 年 8 月 15 日，是个好日子，喜日子，是个娶亲嫁女、新屋上梁、饭店开业的吉祥日子。但是，后来大街上放鞭炮的人越来越多，越来越热闹，甚至响起了高音喇叭的喧闹声。潘振海这才感到有些非同寻常，一定是发生了什么事情。他放下手中的活儿，和小店的客人们一起到街头观望。这一看可不得了，满大街都是欢乐的人群，到处是游行的队伍，到处是欢歌笑语。喜庆的人们在高喊：

“胜利了，我们胜利了——”。

潘振海上前仔细一看，立刻心花怒放，喜极而泣。这可真是个期盼已久的特大喜讯——日本投降了！

潘振海震惊了，震撼了，激动了，兴奋得不知如何是好。就在这时，身后响起女儿美玉的喊声：

“爹，你还站这里干吗？咱也去参加游行队伍啊！”

潘振海转身一看，女儿潘美玉拿着三角小彩旗，兴高采烈地跑到了他身边。

美玉此时已是个16岁的大姑娘了，长得亭亭玉立，明眸皓齿，皮肤白皙，是一个标致的美女。女儿不由分说，使劲儿拉着他的手加入到了大街上欢乐的游行队伍之中。

“这个，这个……”潘振海被女儿推着不由自主地往前走，但是心中还有些顾忌，因为当下日本人还占着开封城。

“爸爸，你不要担心了，你看街上早就没有日本兵了。他们像缩头乌龟一样撤回兵营里去了。”

潘振海环顾了一下左右。大街上的日伪军岗哨全都没有了，连平日穿警服的“黑狗子”也不见了。潘振海顿时感到一身轻松，马上回头对店里的伙计说：

“快去买些鞭炮来，咱也放放炮，迎接这个让咱中国人扬眉吐气的好日子！”

说完，潘振海接过女儿递过来的彩旗，高高兴兴地加入到了游行队伍中。

鞭炮声响彻了祖国大地。在陕西黄龙山龙字区邀月镇内，李恒德和众多尉氏老乡也簇拥到了镇上的游行队伍中。彭尔康牧师、闫守利和四处拥来的乡村农民们一起高举彩旗，大声欢呼庆贺。李恒德在人群中激动地对老伴李徐氏说：

“咱们出来三年多了，这下终于可以回自己的家乡了，回咱尉氏张江村去了。”

李徐氏一边擦着脸上的泪水，一边对丈夫说：

“赶快给金生捎个信儿，让他和咱一起走。全家人这回可真的要在张江村团圆了。”

李金生此刻正在凤翔王堡村和全校师生一起尽情地欢呼跳跃。当同学们听到日本投降的消息后，整个学校都沸腾了。大家连夜赶制出彩旗、横幅和标语，一齐到凤翔县城大街上载歌载舞，狂欢庆贺。男同学放起了鞭炮，女同学扭起大秧歌。师生们齐唱庆祝胜利歌曲，还有人扯起嗓子大声吼起了刚学会不久的秦腔。

吴惠民校长在游行喜庆之后，一个人在办公室坐了整整一夜，流了一夜泪水，想了很多很多。他回想起这场让亿万中国人付出了惨重代价的抗战历程，回想起抗日战场上牺牲的众多战友，回想起为阻止日军南下西进决口黄河后惨死的无数灾民，回想起难童学校被迫千里逃难的苦难经历。吴校长泪流满面，痛泣无声。回忆之中有无限痛苦，痛苦后又尽情欢欣，欢欣后又开始专心思考

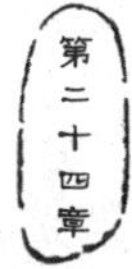

筹划起学校回迁河南的一系列问题。

鞭炮声、欢呼声在河南卢氏县城内彻夜不绝。坚守在这里的战区长官部上校参谋赵国保,内心更是难以平静。作为军人,他八年来一直奋战在抗日前线,一直在为战事日夜操劳,尽心尽责。他太懂得这场战争的胜利是多么来之不易了。自1937年"七七事变"以后,中国军队以劣势装备抗击凶悍的日本强盗,在艰苦卓绝的抗战中顽强抵抗,最后终于保住了自己的国家,保住了中华民族免遭灭亡。中国人民为此付出了巨大的牺牲!赵国保还想起了他被洪水冲走的至爱的父母,想起了被日军残害的慈祥岳母,想起了在战乱灾荒之年惨死的恩师李发旺,想到了张江村那众多宁死不屈、可歌可泣的父老乡亲。

巨大的欢呼庆祝声也响彻了山城重庆。作为抗战最高军事统帅的蒋介石,也是异乎寻常地兴奋愉悦。万恶的日本法西斯终于低头了。这个亚洲的"战争疯子"终于放下了屠刀,中国人民终于赢得了抗战胜利。这是中国近代史上多么难得的一次胜利,是中华民族多么企盼的一次历史性胜利啊!蒋介石在短暂的兴奋后,头脑很快冷静了下来。他考虑更多的是抗战胜利后的国内格局,考虑更多的是国共两党随即而来的新博弈。日本投降了,压在中国人民头上的这座大山搬掉了,异族入侵的民族矛盾解决了,但国共两党新的较量难以避免。蒋介石深知,两党分别代表着不同阶级、不同阶层、不同民众的利益,冲突不仅难以避免,反而会更加复杂剧烈,甚至会演变成你死我活的残酷斗争。

其实蒋介石与共产党的斗争从未停止过,他一直在不遗余力地剿灭共产党。抗战期间,蒋介石先是采取"溶共"政策,企图将共产党纳入国民党统治之下,但受到共产党人的坚决抵制。后来蒋介石又采取"限共"政策,在政治上、军事上千方百计限制排挤共产党。溶共、限共失败后,他掀起了一次次反共高潮,疯狂围攻八路军和新四军,先后制造了山东"博山惨案"、河北"深县惨案"、湖南"平江惨案"、河南"确山惨案",甚至在"皖南事变"中屠杀近万名新四军。令蒋介石意外的是,共产党在日军和国民党军双重打压下,不仅没被消灭,反而发展壮大,在敌后开辟了19个抗日根据地,人口达到1.2亿,正规部队由3万余人发展到128万人。蒋介石深知,如何剿灭在8年抗战中"坐大"了的共产党,才是他的当务之急。

蒋介石想到这里,决定牢牢控制日军投降的所有事宜,不给共产党人留下一点接收胜利果实的空间。1945年8月15日当天,蒋介石就向日本中国派遣军总司令冈村宁次发出电令,要求其无条件向国民党军队投降。8月22日,冈村宁次按蒋介石指令，派侵华日军副总参谋长今井武夫等8人飞抵湖南芷江洽降，明确了除东北三省由苏联军队受降之外，在华日军投降全部由国民党军队接受。1945年9月9日上午9时，冈村宁次在南京正式签署了投降书。

蒋介石不允许共产党人借助日本投降的机会进一步壮大。他责令国防部向延安发电，要求八路军和新四军立即停止对日作战并原地待命，同时加紧做好与共产党全面作战的准备。此时国民党军队已从抗战初期的200万人发展到了430万人，有大批现代化美械装备。即使共产党的部队发展到了百余万人，无论从数量还是武器装备上比，都与国民党军相差甚远。蒋介石此时踌躇满志，要和老对手毛泽东展开一场新的较量和殊死斗争。

（二）

在延安的毛泽东早预料到与蒋介石会有一场难以避免的全面较量。此时的共产党人已从十年内战逆境中彻底走了出来。共产党不仅在8年抗战中迅速壮大，兵强马壮，今非昔比，而且形成了一个政治上极为成熟的领导核心。在延安运筹帷幄的毛泽东，身边有一个政治智慧极为丰富、领率层面精英荟萃、决策水平超乎寻常的智囊集团。

领袖毛泽东政治洞察力极强，在战略指导和掌控全局方面都处于一流水平，并在共产党内具有崇高威望。即使在抗战紧张艰苦的岁月里，共产党还专门组织了“延安整风”，高度统一了思想行动。全党全军空前团结，部队战斗力也达到前所未有的水平。经过8年抗战，敌后根据地已经陆续连成一片，人民群众对共产党给予了热烈拥护和大力支持。

蒋介石这次算是遇到了他一生中最为强劲的对手。毛泽东在长期斗争中积累了丰富的政治经验，与蒋介石较量成竹在胸，高谋在先，较量屡胜。在头两个较量中，蒋介石就明显感到自己处于下风，无可奈何地败下阵来。

第一个较量是“重庆谈判”。这是蒋介石在战后走出的第一步“险棋”。抗战胜利后，蒋介石虽已定下消灭共产党的决心，但有一些难以回避的顾忌：一是经过八年抗战，全国人民普遍期待和平建国，坚决反对内战；二是美苏两国也公

开表态不赞成中国内战；三是国民党主力部队抗战中大多退到大后方西南、西北地区，开赴前线作战需要一段时间。蒋介石反复权衡利弊之后，在抓紧调兵遣将的同时，向共产党人发起“和平攻势”，企图在政治上压倒共产党人，同时也为国民党接受日军投降、抢占沦陷区争取时间。

1945 年 8 月 14 日、20 日和 23 日，蒋介石连续三次向延安发电，力邀毛泽东到重庆谈判，讨论建立联合政府，整编全国武装力量。蒋介石料定毛泽东不敢冒险来重庆，这样他就在政治上先胜一步，也为打内战争取时间。

然而蒋介石的算盘打错了。他低估了延安共产党的政治智慧，没想到毛泽东真的到了重庆。

实际上，延安接到蒋介石的电报后，远在苏联的斯大林也给毛泽东拍来电报，建议他赴重庆谈判。共产党中央为此专门召开会议，讨论了应对蒋介石的策略，最后决定派毛泽东、周恩来等人赴重庆谈判，力争通过和平途径建立一个新中国。当然共产党对谈判也不抱幻想，军事上同时做好了各项准备。1945 年 8 月 28 日，毛泽东飞赴重庆，与国民党进行了长达 43 天的“重庆谈判”。在谈判中，共产党提出了 11 个方面的谈判内容，包括国民党承认和平建国方针，避免内战，承认国内各党派的合法平等地位，承认解放区政权和部队，结束国民党独裁等等。

最后，双方谈判的核心集中在“军队”和“解放区”两大问题上。当时，共产党提出将八路军和新四军部队改编成 48 个师，而国民党只同意改编为 12 个师，甚至提出“交出全部军队”。后经反复协商，妥协为国民党军队保留 140 个师，八路军和新四军部队改编为 20 个师。关于“解放区问题”，双方则一直悬而未决，后来导致谈判停顿。直到 10 月上旬，双方谈判才重获进展。毛泽东提出，双方应从大局出发，求同存异，和平解决两党争端。蒋介石在舆论压力下不得不作出让步，同意了双方商定的主要内容。10 月 10 日，国共两党终于签署了“双十协定”，对和平建国的基本方针、党派合作、军队国家化、解放区政权等 12 个问题达成一定妥协。国民党被迫接受了共产党人的和平建国方针，承诺避免内战。“重庆谈判”期间，周恩来以丰富的政治智慧主控了谈判进程，对重大问题据理力争，有理有节，高招迭出，对谈判节奏的掌控松弛有度，进退自如，在中国战后的国体、政体上，提出了令各界拥护的政治主张和真知灼见，充分代表了民意，体现了共产党人的博大胸怀和高风亮节。而国民党则屡屡陷入被动，谈判中一再失言失信，洋相迭出，政治上丢分失态。

毛泽东在“重庆谈判”中，还充分利用山城重庆这个难得的政治舞台，纵横捭阖，挥洒自如，广交民主人士，宣传共产党的政治主张，汇集了人心，聚拢了力量，得到广大民众的衷心拥戴。谈判期间，毛泽东还公开发表了一首气势非凡、意境深邃、令人荡气回肠的词《沁园春·雪》。一时间，山城重庆万人传诵，交口称颂，对毛泽东的魅力无不敬仰和钦佩——

北国风光，
千里冰封，
万里雪飘。
望长城内外，
惟余莽莽；
大河上下，
顿失滔滔。
山舞银蛇，
原驰蜡象，
欲与天公试比高。
须晴日，
看红装素裹，
分外妖娆。

江山如此多娇，
引无数英雄竞折腰。
惜秦皇汉武，
略输文采；
唐宗宋祖，
稍逊风骚。
一代天骄，
成吉思汗，
只识弯弓射大雕。
俱往矣，
数风流人物，
还看今朝。

1945年10月11日，毛泽东顺利返回延安。

（三）

蒋介石与毛泽东的第二个较量是“争夺沦陷区”。本来在蒋介石划定的16个日军受降区中，已经把共产党军队全部排除在外。但是，共产党不那么容易对付，不是十年内战时被蒋介石玩弄于股掌之间的旧式军阀。蒋介石曾用军事打击和重金收买的办法，在十年内战中降服过大大小小的军阀，抗战期间又通过“南岳军事会议”，将全国军队整编为“国民革命军”，使他这个抗战前只统治了长江中下游流域的名义上的全国统帅，变成了名副其实的最高军事领袖。但是，在共产党面前，蒋介石的一切手段都不灵了。“延安整风”已使共产党人的意志高度统一，组织纪律异常严密。蒋介石在政治策反、金钱利诱方面已无缝可钻，只剩下军事行动一种手段。为严防共产党利用日军投降扩大解放区，蒋介石对此丝毫不予让步。

日本投降后，蒋介石一面命令国民党军“积极推进”，一面严令八路军、新四军“原地驻防待命”，并要求日伪军原地“维持治安”。但是，毛泽东根本不理他这一套。八路军、新四军和华南各抗日游击队，利用处在抗日前线的有利态势，全面接受沦陷区内的日伪军投降，并在大反攻中歼灭日伪军近40万人，解放250余座城镇，收复国土30多万平方公里，解放同胞1800余万，使各解放区连成一片，对夺取抗战胜利做出了不可磨灭的贡献。

蒋介石则借助美国的飞机、军舰疯狂抢夺大中城市。从1945年9月起，美军集中在华的飞机、军舰抢运国民党军队，把蒋介石的14个军、8个交警总队54万人运到各战略区，为蒋介石抢占沦陷区提供了巨大帮助。

而共产党在“争夺沦陷区”方面筹划得极为周密，有策略，有步骤，积极争取战略主动，不与国民党争夺大中城市，“让开大路，占领两厢”，重在占领广大农村乡镇，重在缴获日军装备，重在争夺事关全局的战略要地。在争夺“东北”这个战略要地上，与国民党针锋相对，寸步不让，快马加鞭地抢占这个在全国举足轻重的工业基地。

东北，不仅战略地位重要，而且工业高度发达。1945年，东北的工业规模已超过日本居亚洲第一。当时东北的工业产值占全国的85%，钢材和电力各占93%，水泥占66%，煤占49%，铁路和公路都占全国总长的50%以上。东三省有"东北谷仓"之称，水稻、小麦产量丰厚，大豆占世界的60%。毛泽东深知，一旦夺取东北建立稳固根据地，在今后与国民党决战中将占据极为有利的地位。

毛泽东明确指出："东北是极其重要的。如果我们把现有的一切根据地都丢了，只要我们有了东北，那么中国革命就有了巩固的基地。"当苏联红军进攻东北时，东北抗日联军就积极配合苏军作战，乘机进驻了东北8个地区和57座城市。1945年8月11日，八路军总部连下6道命令，要求吕正操、张学思、万毅和八路军驻冀热辽边区李运昌部队，从山海关至张家口以北，向察哈尔、热河、辽宁和吉林进发，配合苏军和外蒙军队作战并接受日伪军投降。李运昌随即兵分三路挺进热河及东北，很快进入山海关附近，准备控制锦州，并向沈阳、辽南和辽东发展。

李运昌的前锋是曾克林挺进支队。在这支快速向东北挺进的部队中，江二楞带着全排战士走在队伍前列。此时的江二楞已经担任了挺进支队侦察排长。当年江二楞和张大贵一起从黄龙山到陕北投奔八路军后，由于他在尉氏老家上过小学，到延安后很快考上了抗日军政大学。经过半年多的学习培训，他被分配到华北敌后参加对日作战，屡经战火，担任了基层指挥员。江二楞这次随队挺进东北，深知抢占东北的战略意义，心情十分激动，行进中考虑问题十分周密，时常向曾克林司令员提出一些好建议，深受曾司令员器重。

曾克林这支3000余人的挺进支队，在山海关附近与苏联红军不期而遇。由于双方互不了解，短兵相接交上了火。江二楞看清眼前是苏联红军时，急中生智，带头唱起了《国际歌》，还拉起支队唐凯政委的手臂向苏军高高举起，因为唐政委手臂上有红军时期刺烫的苏维埃"铁锤镰刀"标志。苏联红军听到《国际歌》，看到唐政委手臂上的苏维埃标志后，立刻停止了射击，高喊着"乌拉，乌拉"，从阵地中跑了出来，与曾克林支队官兵热烈拥抱。两支部队会合后，一起收复了山海关。此后曾克林支队长驱直入，很快抵达沈阳。这时全东北没有一支国民党部队。

曾克林支队乘坐火车抵达沈阳时，没想遇到了新的意外。城内的苏军对曾克林支队不了解，将其团团包围，还在车站内架起了重机枪，不允许他们下车。

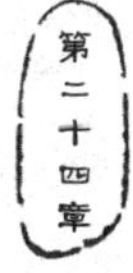

后经反复协商，苏军勉强同意挺进支队暂驻沈阳城外的苏家屯。傍晚时分，曾克林支队排着整齐的队伍进入沈阳城，准备穿过城区开向苏家屯。此时，走在队伍前列的江二楞带头唱起了《八路军军歌》，对沿途群众广泛展开宣传鼓动，扩大政治影响。当沈阳民众得知八路军进城时，如潮水一般拥向街头，热烈欢迎期盼已久的八路军。东北人民已有14年之久的亡国之恨。见到八路军之后，很多人都流下了激动的泪水。数十万群众奋力高呼："抗战胜利万岁！""八路军万岁！"口号震天，场面异常感人。

苏联红军看到沈阳城内这么多百姓自发赶来欢迎八路军，感到十分震惊。城防司令卡夫通见此情景立即改变了态度，诚恳地对曾克林司令员说：

"你们这支队伍不是一般的部队。不要走了，不要去苏家屯了，就住在沈阳城内吧！"

就这样，曾克林支队驻在了沈阳故宫附近。苏军第6集团军司令克拉夫琴科上将随后率各兵种军长接见并宴请了曾克林与唐凯，并对他们以"同志"相称。经协商，以曾克林支队为主成立"东北人民自治军沈阳卫戍区司令部"，成立以焦若愚任市长的"沈阳市人民政府"。曾克林率领的这支进入东北的第一支八路军部队，终于在东北取得了合法地位，随即解除了沈阳城内近万名日伪宪兵的武装。

东北抗日联军也在周保中、冯仲云等人率领下，积极协助配合苏军攻占长春、哈尔滨等大中城市，取得了苏联红军的高度信任。周保中在长春向苏军元帅华西列夫斯基提出：

"我们要扩军，请苏联老大哥支援武器。"

华西列夫斯基当即表态："你们要多少就给多少，剩下的再归我。虽然苏联与蒋介石政府制定了《中苏友好同盟条约》，但该《条约》中并没有规定苏军将战利品全部交给国民党。我可以只交给他们武器库。"

周保中在长春接收了大批日军的武器装备，包括重型火炮、坦克、装甲车和汽车，极大地扩充了自己的部队。1945年9月，东北抗日联军也改为"东北人民自卫军"，队伍迅速发展到7万余人。

国民党当局很快得知了东北的情况，向苏联施加压力，要求八路军撤出东北。苏联迫于压力，把东北各大城市移交给了国民党。面对骤变的形势，曾克林飞赴延安向中央作了汇报。此时毛泽东正在参加重庆谈判。在延安主持工作的刘少奇认为，这是抢占东北的千载难逢的好时机。在请示毛主席并召开会议研究之后，当即改变了中央原定的“南下”方针，重新制定了“向北发展，向南防御”的新战略，将原计划派往中南、华东的大批部队和干部改派东北，并从华北、山东、华中等解放区抽调10万部队和2万名干部急赴东北，成立了由彭真任书记的中央东北局，立即飞赴东北开展工作。中央还命令正赶往山东的林彪转赴东北，统一指挥东北的军事行动。

东北局的成立和向东北的大规模挺进，使共产党在争夺东北这个战略要地上迈出了关键一步。在之后的四年中，林彪率部在东三省南北征战，横扫东西，三下江南，四保临江，血战四平。到1949年东北野战军入关时，部队已经发展成百万大军。强大的东北野战军从东北一直打到海南岛，打遍了大半个中国，为打败蒋家王朝发挥了重大作用。

（四）

蒋介石不仅与毛泽东的较量连连败北，而且在处理战后涉及国家民族利益的其他重大问题上也顾此失彼，因小失大，误国误民，特别是在对日本的“战争赔偿”和“中国驻军日本”等问题上，一让再让，一退再退，拿原则做交易，使国人极度失望，极大损害了中华民族的核心利益。

首先，蒋介石在很大程度上导致了中国没能从日本获得“战争赔偿”。自晚清以来，积贫积弱的中国曾向一个个入侵的西方列强支付了巨额战争赔偿，仅一个《辛丑条约》，就向八国联军赔偿白银4万万两，相当于全国每人一两白银。日本更是首当其恶，从中获取了3千万两白银。而在此前的“甲午战争”中，日本还从中国攫取了2万万3千万两白银，抢占了台澎列岛等诸多中国领土。经过八年的抗战，中国终于成为战胜国，世界反法西斯亚洲主战场又在中国国土，中国人民理所当然应获得最多的战争赔偿。

据国民政府统计，抗战中仅中国军人就死伤320万人，财产损失高达133亿美元。连“同盟国赔偿委员会”也认定，中国至少应获得战争赔偿总额540亿美元中的30%。但不可思议的是，蒋介石在1945年8月15日日本投降的当天，就发表了对战败的日本实行“以德报怨”的声明，禁止国人对日本施以报

复,“不念旧恶”,“与人为善”,以宽容态度对待屠杀了无数中国人的日本军队。国民政府也以此确立了处理战后中日关系的“总原则”。蒋介石的声明发表后,举国上下无不感到极大失望和气愤,难以接受蒋介石的所谓“体谅”和“以德报怨”。日本人则非常感激蒋介石的“厚德”,后来专门在千叶县为蒋介石立了一块“以德报怨碑”。

按照《国际法》,“受害赔偿”是战败国必须承担的义务,所有受害国均有权向日本索取战争赔款。据“同盟国赔偿委员会”认定,可获得日本战争赔款的国家有:中国、美国、英国、苏联、荷兰、澳大利亚、印度、印度尼西亚、菲律宾、缅甸、越南、老挝和柬埔寨共 13 个国家。按照传统的赔偿办法,赔偿分为现金赔款和实物赔款两种形式。日本穷兵黩武,国库已空,无法赔偿现金,同时又是一个资源贫乏国,以矿产等资源赔偿也不可取。到了 1945 年底,美国拿出了一个《日本赔偿即时实施计划》,将日本战争赔偿降低为 30 亿美元,后又决定按 30% 执行。分配比例为:中国 15%,菲律宾 5%,荷属印度(印尼)5%,英属远东殖民地 5%。这样中国仅能从日本获得价值 8935 万日元的工业设备实物。在实际赔偿过程中,美国的赔偿政策又发生了变化。由于战后日本成了一片废墟,要维持国家运转,必须向国外购买大批粮食燃料,迫使作为占领军的美国不得不向日本拨出大量美援,从而成为美国财政一大负担。美国议员对此嘲笑:“日本才赔了美国几百万美元战争赔款,而美国反倒向日本倒贴几十亿美元赔偿。”美国在这种情况下改变了赔偿政策,转为扶持日本。

还有个原因导致美国改变了对日政策。二次大战后,苏美开始冷战,日本特殊的地理位置成为美国的反共“桥头堡”。美国从自身利益出发,力促日本重获国际社会承认。1951 年 9 月,美国联合 52 个国家在旧金山召开“对日和会”。会议旨在扶持日本,孤立打击新生的中华人民共和国,帮助美国在亚洲建立冷战新秩序。美国将代表大陆的新中国和台湾均排斥在《旧金山和约》之外。苏联、波兰等国拒绝在和约上签字。新中国政府总理周恩来就此发表声明,严正指出旧金山和会是一次片面的会议,《旧金山和约》是在中国不参加的情况下签订的国际和约,否认其合法性。蒋介石为争得与日本缔约的“正统地位”,居然承认了《旧金山和约》,并于 1952 年 4 月 28 日与日本政府签字放弃了战争赔偿。5 月 5 日,周恩来发表严正声明:“对于美国宣布生效的非法的对日和约,是绝对不能承认的;对于公开侮辱并敌视中国人民的吉田蒋介石和约,是坚决反对的。”周恩来还严厉指责了蒋介石“放弃赔偿要求”的允诺,说他是

"慷他人之慨",中国人民绝对不予承认。此后,由于蒋介石政府占据着中国在联合国的合法代表席位,美国又主导战争赔偿,中国一直未能从日本得到任何赔款。

一些东南亚国家则在旧金山和会上据理力争,最后都获得了赔偿。旧金山和会最后确定,日本有向这些国家赔偿的义务,具体数额单独交涉。和会之后,经与日本反复协商,很多国家包括印度尼西亚,菲律宾,越南,老挝,柬埔寨分别得到了日本的赔偿,连战争"中立国"瑞士、西班牙、瑞典和丹麦等也得到了赔偿。相关国家得到的具体数额为:印度尼西亚 8 亿美元,菲律宾 8 亿美元,韩国 3 亿美元,缅甸 2 亿美元,越南 3900 万美元,老挝 278 万美元,柬埔寨 417 万美元,泰国 150 亿日元,新加坡、马来西亚各 2500 马来亚西元,瑞士 11 亿日元,西班牙 20 亿日元,瑞典 5 亿日元,丹麦 7 亿日元。日本共向有关国家支付了 22.3 亿美元的战争赔款,于 1965 年全部支付完毕。各求偿国声明放弃的战争赔偿范围,不包括民间赔偿部分。日本无权剥夺民间受害人请求赔偿的诉讼请求权。

在"中国驻军日本"问题上,蒋介石的做法更是让国人气愤。他一再坐失良机,最后竟然不了了之。按照《国际法》规定,战胜国理所当然在日本驻军,特别是受尽日本侵略欺侮的中国,在日本驻军是雪国耻、扬国威、大快人心的好事。一百多年来,西方列强在中国土地上耀武扬威,横行霸道,连外国侨民也在中国趾高气扬。上海滩上"华人与狗不准入内"的牌子,让亿万中国人受尽了耻辱,流尽了泪水。现在抗战胜利了,中国好不容易有了在日驻军的权力,国人都翘首以盼。早在 1943 年"开罗会议"上,中、英、美三国首脑讨论对日本战后处置问题时,美国总统罗斯福建议,可由中国主导对日本的战后占领问题。抗战初期,美、英等国一直对日本侵略中国采取暧昧态度,没有意识到中国在世界反法西斯战争中的重要地位和作用,直到与日本交战后,才发现日本军国主义的凶残强暴。日军于 1941 年 12 月 8 日偷袭珍珠港后,10 日就在菲律宾登陆,并很快又对关岛发起进攻。两个月后,3 万日军轻而易举地在新加坡俘虏了 10 万英军,数万美军也在菲律宾上演了历史上最为耻辱的一幕。此时美、英领导人才猛然醒悟,意认识到仅凭着简陋武器装备与日本这个"战争疯子"死拼硬挡了 4 年半之久的中国人是多么的了不起!罗斯福为此在会议上提议"由中国主导对战后日本的占领"。然而,蒋介石却在会上匪夷所思地当场拒绝,并说:"中国无法承担这一责任。"

1945 年 5 月德国投降后,美国考虑到占领日本后的种族色彩问题,又提出把日本本土“四国岛”由中国军队占领,同时与美军共占大阪,并要求中国至少派驻两个师以上的驻军。1945 年 8 月,46 万美军进驻日本后,9 月份就出台了《美国对日本投降后的处置政策》,期望各盟国参与对日派遣占领军。同年 12 月美国照会中国政府,希望中国尽快派兵赴日。在这种形势下蒋介石提出,既然美国邀请中国派兵,就必须帮助解决相关问题,否则“派遣不克实行”。蒋介石向美国提出两个条件:一是中国无法承担空运及海外驻军经费,二是中国驻日占领军由美国推荐。美国政府随即点名孙立人新 1 军独立师为中国驻日占领军。此时该师已被蒋介石派往东北打内战,蒋介石遂决定改派驻越南北部的荣誉第 2 师赴日。1946 年 6 月,第 2 师正在上海奉命赴日本之时,又突然接到了蒋介石派到苏中打内战的命令。到达苏中以后,该师在汤恩伯率领下对苏鲁豫解放区发起进攻,后在江苏海安、如皋一带被华东野战军一举歼灭。此后,蒋介石以无力派兵为由,坚决拒绝了美国希望中国再向日本派驻军的要求。后来,美国看到蒋介石在内战中接连败北,也对蒋家王朝失去了信心,不再指望蒋介石在驻军日本问题上有所作为。到了 1946 年 11 月,蒋介石政府正式向美国提出终止派遣驻日占领军的计划。至此,中国在日本驻军雪耻之事终成遗憾,国人以此扬眉吐气之愿化作泡影。中国最后未能在日本驻军,很大程度上也给处理两国的战后关系埋下了祸根。

第二十五章

抗战后国共两党围绕封堵黄河花园口开展了怎样的激烈斗争？为什么堵黄河花园口要先『复堤』后『堵口』？蒋介石利用黄河回归故道制定了怎样的『黄河战略』？毛泽东如何从容应付，妙招迭出？

（一）

黄河母亲终于露出了她那慈祥而温柔的笑容。在举国欢庆抗战胜利的巨大喜悦之中，黄河也抑制不住她那欢快的情绪，用翻滚的河水奔腾跳跃，用激荡的浪花载歌载舞，同时她还张开双臂，用宽广博大的怀抱迎接远方的儿女回归，迎接那些历尽艰辛、万般思念故土的灾民回到家乡。

张江村的乡亲们从陕西黄龙山回来了，郑州难童学校的师生们从宝鸡凤翔回来了，被迫躲避战火、逃荒要饭、流落在全国各地的无数河南灾民回来了。

这些眷恋故土的黄河儿女一回到家乡，回到朝思暮想的故土，回到熟悉的村庄和自家屋前，都泪流满面，恍如隔世。回想起大灾中逝去的骨肉亲人，回想起逃难时逝去的血脉同胞，回想起饿死病死的兄弟姐妹，很多人长跪在地，无比悲怆，无限感慨，都有一种逃离死亡、浴火重生的深切感受，都有一种度过茫茫黑夜终于迎来黎明的欣喜之情。他们倍加珍惜当前梦寐以求的安宁生活，万分珍爱这来之不易的和平年代。大家企盼着从此不要再打仗了。经过八年的战乱浴火和颠沛流离，百姓们都盼望从此能好好地休养生息，恢复元气，安居乐业，希望这和平的日子、幸福的生活能长久一些，永享安康。当得知国共两党正在谈判、要和平建国时，大家都松了一口气，热切盼望政府能帮他们重建家园，堵住黄河决口，让黄泛区重现绿色。自 1938 年以来，黄河已经决口 7 年之久。只有堵住决口溃堤，才能恢复昔日的万亩良田，才能让乡村重见绿洲，才能恢复中原大地的蓝天、绿树、青草、金麦的迷人美景。

赵国保也回到了故乡开封。他是跟随战区司令长官部回来的，参加了驻豫日军的受降。抗战胜利后，战区改为“绥靖公署”。郑州绥靖公署主任是刘峙，副主任是张轸。赵国保调任开封第四绥靖区参谋处上校副处长。第四绥靖区由第 2 集团军总司令部改编，主任是刘如铭，辖区为豫东、鲁西南和冀南等 42 县市。

赵国保回到开封后，心情和返乡百姓一样，希望和平长久下去，国共两党和平共处，民主建国，希望政府能尽快堵住黄河决口，使黄泛区重现绿洲。现在绥靖区的任务已不再是筹划对日作战,而是进行"戡乱",筹划对共产党解放区的清剿进攻。这是赵国保最不愿意看到的局面。面对一触即发的内战,赵国保充满了忧虑和戚愁,因为他太清楚当前的国内危机了。

自国共两党签署"双十协议"以后,蒋介石并不准备真正实现和平,而是在日夜不停地加紧内战准备。目前,国民党军已扩充到近500万,作战能力今非昔比。抗战后期,美国人又给蒋介石配备了23个师的全套美械装备,训练了一批劲旅。赵国保知道,抗战胜利后的中国"一山不容两虎",国共两党在意识形态上的根本分歧,最终必然导致激烈的军事对抗。蒋介石决不会放下屠刀,决不会和平建国,决不会停止对共产党的军事进攻。战区改为绥靖区的目的,就是强化国民党的军事占领,便于组织部队向解放区发起新的进攻。仅在河南地区,蒋介石就调动了4个军、7个师对解放区实施围剿。第四绥靖区收编的伪军华北第1先遣军总司令庞炳勋部,首先抢占了豫东解放区民权、考城诸县。1945年9月上旬,郑州绥靖公署又调集第55、第68军的4个师向新黄河以东解放区大举进攻。解放军寸土必争,顽强抵抗,战斗异常激烈。直到1946年1月初,国共双方才签订了《停战协定》,暂停了军事冲突。目前虽然成立了"军调部",但双方摩擦依然不断。

赵国保对此忧心忡忡。他十分担心国共之间的军事冲突进一步扩大,形势进一步恶化,担心国家的命运。

作为一个土生土长的河南人,赵国保除了担忧国家和民族的命运之外,当前最为关心的还是如何收拾旧河山,搞好战后重建,特别是尽快封堵黄河,消除黄泛区的巨大灾难。赵国保从军前就立志治理黄河水患,立志让黄河造福于民。现在抗战胜利了,他更加关心日夜牵挂的黄河。让赵国保欣慰的是,目前政府已经将黄河封堵和回归故道列入了日程,还成立了"黄河堵口复堤工程局",加快进行黄河封堵与故道复堤工作。水利学校的许多同学都到"堵口局"参加了工作,他也常到"堵口局"了解情况,出谋划策,提供帮助。虽然绥靖区同僚说些闲话,但赵国保并不理会,仍然不断出入"堵口局"。

赵国保对黄河的封堵与复堤寄予了热切期望。他知道,"堵口"与"复堤"不是一件容易事,比预想的复杂得多。

黄河已经决口八年了。由于抗战期间疏于治理,花园口的决口宽度已达一千多米,而且水深浪急,封堵异常困难。此外,花园口的封堵还要顾及下游一千多公里的堤坝修复。在黄河断流之后,故道河床上已经建起了1700多个村庄,

开垦了大片农田，有40多万农民在上面耕作生息。如果在花园口堵口，就必须先“复堤”，修复故道下游破损的堤坝，搬迁河床上新建的大量村庄，否则，放水后会给下游带来灭顶之灾，淹没吞噬数十万人，出现一个新的“黄泛区”。此外还有一个特殊情况，抗战胜利后，黄河下游的豫东、鲁西分别由国民党和共产党占领，河南这边为“国统区”，山东那边为“解放区”，黄河的封堵需要国共两党共同组织实施。但是，目前全国正处在内战的边缘。蒋介石千方百计要利用黄河对解放区发动新的攻势，还专门制定了“黄河战略”，企图以水代兵，水淹解放区。这样一来，黄河决口的封堵就具有浓重的政治色彩，更加复杂艰难。

让赵国保和河南百姓没有想到的是，抗战胜利后，黄河决口的封堵与中国错综复杂的政治形势紧密地联系在了一起，与国民党与共产党之间一系列重大战役紧密地联系在了一起，也与国家和民族的前途命运紧密地联系在了一起。

（二）

1946年1月，蒋介石为加快实施精心策划的“黄河战略”，作出了黄河堵口要在两个月内完成的决定。3月1日，在未与下游解放区政府洽商的情况下，就在花园口破土动工，开始了黄河堵口放水工程。与此同时，国民党还调集数十万大军，准备对解放区发起新的进攻。

黄河下游故道的解放区，是共产党在八年抗战中历尽艰辛建立起来的。1938年黄河决口以后，八路军在化为平地的黄河故道上东征西战，纵横驰骋，建立了豫东、冀南、山东等根据地。抗战胜利时，各解放区连成一片，形成了雄踞华北、呼应华中和中原的战略态势。在这种情况下，如使黄河重归故道，无疑要将各解放区重新分割开来，使共产党在军事上陷于被动。但是，为了解除豫皖苏黄泛区内广大群众的灾难，共产党还是原则上同意了蒋介石“黄河回归故道”的计划。同时，共产党向国民党当局提出，“堵口”前要先做好下游的堤坝“复堤”工作，避免堵口后洪水淹亡下游群众。共产党广泛宣传了自己“先复堤，后堵口”的治黄主张。

1946年3月3日，在舆论压力下，国民党政府派黄河堵口复堤工程局长赵守钰等人,在河南新乡会晤了在那里巡视的“军调部”代表,与张治中、周恩来、马歇尔等商谈了“堵口和复堤”问题。会商决定,谈判解决花园口封堵问题。1946年4月7日,三方代表在开封举行会谈,达成了“开封协议”,决定堵口与复堤工作并进,花园口合拢日期须会勘下游河道和堤防情况而定。此后,又在山东菏泽达成了包括复堤堵口、河床内村庄救济、施工机构、交通和币制等问题在内的“菏泽协议”。“开封协议”、“菏泽协议”之后,解放区抓紧展开下游复堤的各项工作。

然而国民党当局出尔反尔,于1946年4月20日发布公告,擅自决定在黄河大汛前的6月底提前堵塞花园口。国民党还派部队破坏下游的“复堤”工程。针对情况变化,周恩来与国民党和美方代表反复谈判,据理力争,又签署了先复堤、后堵口的《协定备忘录》,将堵口日期推迟到9月中旬。国民党再一次背信弃义,6月下旬就提前在花园口打桩抛石,开始了堵口施工,后因汛期水势猛涨,冲毁了堵口桥桩,才未能完成堵口。

几乎在花园口堵口的同时,蒋介石匆匆发起了大规模的内战。此时国民党已基本完成了内战部署。美国人帮助国民党完成了20个军、50个师的美械装备改编,将700余架飞机、270艘军舰和1.5万辆汽车“赠予”蒋介石政府。1945年10月中旬至1946年5月中旬,美国空军第13、第14航空队,海军第7舰队,又先后将国民党14个军、8个交警总队共54万人,从偏居的西南运送到华北、东北内战前沿和各战略要地,完成了美国历史上最大的一次空运和海运。此时的蒋介石踌躇满志,公然撕毁《停战协定》,于6月26日对豫南中原军区李先念部队发起大规模进攻,企图一举歼灭中原解放军,打通向华北、东北和华东的陆路通道。至此,中国的内战全面爆发!

这是一场双方兵力悬殊的战役。郑州绥靖公署主任刘峙指挥国民党军10个整编师、30余万人,将李先念6万余人团团包围在信阳宣化店方圆不足百里的狭长地带,使中原解放军陷入了险境之中。中原野战军在艰苦卓绝的抗战中已积累了丰富的以劣胜优的作战经验,在国民党大兵压境下沉着应战,避实就虚,采取声东击西的巧妙战术,从国民党重围中跳了出来,自东、北、南三路同时向外突围。东路突围的皮定均第1旅是佯攻部队。他们攻势凌厉,声势浩大,猛打猛冲,以主力部队东进的态势转移了国民党的视线。中原军区主力从南、北两路突出包围圈,大踏步向西前进,转移到了豫鄂陕和鄂西北山区,广泛开展游击战、运动战,迅速站稳了脚跟,顺利完成了战略转移。向东突围的皮定均旅

3000余人一路左拼右杀,所向无敌,冲破了沿途国民党军的重兵封锁,跋涉2000里路,于7月中旬进入苏皖解放区。

黄河堵口与内战同时在1946年6月发生,不是时间上的巧合,而是蒋介石所精心策划的"黄河战略"的重要组成部分。蒋介石在抗战胜利初就制定了"黄河战略",要利用黄河天险对共产党发动全面围攻。当时解放区主要集中于黄河流域,于是这一带成了国民党战略进攻的重点和内战主战场。黄河流域的解放区分为三大块:一块是黄河中游西段的陕北解放区,一块是下游中段的晋冀鲁豫解放区,一块是下游东段的山东解放区。蒋介石针对以上情况,制定了一个利用黄河天险以水代兵、分割三大解放区,达到分而击之、各个击破目的的"黄河战略"。

黄河改道前,在流经陕北、山西、河北、河南、山东等省时,自然形成了一个"Z"字形的弯曲河道。决口之后,黄河水从花园口改道流向东南,原来"Z"字形的下脚就拉向了江苏一带,夺淮河入海,使华北、华东连成一片,非常有利于三大解放区的战略联系。蒋介石所策划的"黄河战略"的核心,就是封堵黄河花园口,使黄河回归故道,在黄河中下游重新形成一道天然屏障,再次将华北、华东两地分割,促使三大解放区形成"一分为三"的态势。如果黄河回归故道,位于中游的晋冀鲁豫解放区就会被回归后的黄河重新分割,中心就处在了黄河以东、以北的"Z"字形中部,原来向南和向北机动的道路被黄河阻隔;陕北解放区和山东解放区也分别处在了黄河"Z"字形两侧,其中陕北解放区处在黄河以西,山东解放区处在黄河以南。这样一来,滔滔黄河等于在三大解放区之间开掘了一道天堑,断绝了彼此之间的相互呼应和战略支援。

整个"黄河战略"的关键,是首先封堵花园口,使改道后的黄河重归故道。因此,蒋介石千方百计加快了花园口的封堵进度。

(三)

毛泽东早就看破了蒋介石"黄河战略"的实质,看穿了蒋介石封堵花园口的真实目的。毛泽东考虑更多的还是黄河下游人民群众的生命安全,是下游百姓的根本利益。为使黄河尽快回归故道，造福两岸民众，同时也有效应对蒋介石的“黄河战略”，毛泽东针锋相对地进行了政治、军事上的双重回击。

在政治策略上，针对国民党提出黄河回归故道是“解除黄泛区人民灾难”的惑人口号，解放区政府理直气壮地发表声明，提出“先复堤、后堵口”的治河主张，并指出，黄河改道8年后故道上有40万群众，只有先“复堤”先“移民”，才能避免出现第二个黄泛区，才能保证下游群众的生命安全。共产党的治黄主张合情合理，得到了全国各界的广泛理解支持，赢得了政治上的主动权，也在很大程度上推迟了蒋介石“黄河战略”的实施。

国共两党围绕黄河堵口与复堤开展了激烈较量。共产党及时将双方签订的一系列文件公之于众，请舆论监督，最后争取到了堵口与复堤同时进行。而国民党政府在陷于被动后，采取了一系列措施阻碍解放区复堤，先是拖付复堤工程款，后又派部队进犯解放区，还出动120多架次飞机炸死炸伤大量修堤民工和已竣工的“复堤”河段。国防部长白崇禧还亲赴花园口督检“堵口”进度，力促蒋介石的“黄河战略”如期进行。

1947年1月16日，国民党参谋总长陈诚与陆军总司令顾祝同又专程抵达花园口督导“堵口”，传达了蒋介石要求花园口堵口务于“桃汛前合龙”的要求。毛泽东得知后，立即派董必武、伍云甫等人赴上海与国民党及“联总”谈判，要求堵口与复堤协调进行，并再次达成决议，解放区内的复堤工程加快，花园口堵口定于3月中旬。

在此之后，国民党当局采取高压政策，日夜加快花园口的堵口进度。最后黄河堵口局采取“新旧合施”的办法进行堵口，用“新法”打桥桩，用古代“进占法”跟桩造坝，又在黄河旧道挖出两道引河，分流花园口的湍急水势，减轻“口门”的流量。他们同时还调集大批民工在花园口加大抛石量，终于使决口处的水门越来越小。解放区在此期间进一步加快了复堤工程的进度，在规定时间内完成了黄河下游的复堤工程。

花园口水门的“合龙”终于接近了尾声。合龙前，黄河堵复局又专门在豫北、豫东16县招雇了5万民工，各县长也亲赴督工，并发出悬赏：“本月15日前合龙，花园口东西两坝赏钱1.3亿，提前一日合龙，增赏5000万元。”黄河堵复局还在两岸大坝搭起戏台，唱戏酬神，鼓舞士气。在重赏之下，花园口的堵口进度进一步加快，决口处的水门越来越窄：1947年3月7日，水门宽度缩小到32米，9日降至10余米，13日降至数米之内，到了14日，花园口的水口门宽度终

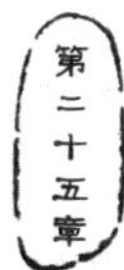

于缩小到不足 5 米。

1947 年 3 月 15 日凌晨,花园口的堵口工程进入最后时刻。当大坝上的河工们抛下最后几个经过钢丝捆绑的石笼后,随着一阵阵响亮的鞭炮声,在众人的欢呼声中,自 1938 年 6 月决口了八年多的黄河花园口,终于在国共两党两年多的共同努力下,完成了大坝合龙。在场的群众都激动万分,雀跃欢呼,许多人还当场流下了眼泪。已经改道八年之久的黄河,终于回归了故道,回归到了自己的故乡。她在欢笑中顺着下游新建的千里河堤,安然流入茫茫大海之中。

(四)

赵国保和千百万老百姓一样,得知黄河花园口合龙成功的消息后心花怒放,欣喜若狂。全国各界民众也都为这个巨大喜讯欢欣鼓舞。国共两党都发了贺电,各大媒体给予高度评价。黄河回归故道后,曾经满目疮痍的黄泛区开始康复,田野开始复耕,绿树开始植种,水渠开始修建,秋种开始播撒,村庄也开始出现了袅袅炊烟。广大农民如浴春风,如逢甘露,在喜悦中又与久违的肥沃土地紧紧拥抱,挺起身子重新走向碧绿苍翠,重新找回梦盼已久的美好家园。

在第四绥靖区参谋处办公室,赵国保一边听着窗外传来的喜庆鞭炮,一边注视着墙上的军用地图。他在黄河归故后的喜悦中也隐含着忧虑,忧虑中又交织着喜悦,真是喜忧交加,喜忧并重。赵国保当前最担忧的是,花园口合龙后蒋介石的"黄河战略"要全面实施,全国内战将进入一个危险阶段,中国将面临一场新的危机。

黄河回归故道后,下游河道重回山东入海,黄河流域的陕北、晋冀鲁豫、山东三大解放区被一分为三,客观上为蒋介石实施"黄河战略"创造了有利条件。而此时国内的局势已经发生了很大变化,蒋介石在内战中处处碰壁。从 1946 年 6 月至年底,国民党在付出 34 万兵力被歼的代价之后,仅占领了承德、张家口、淮阴等百余座解放区的大中城市,远未实现蒋介石"在三个月内全部消灭共产党"的计划。此时的解放军,已能与国民党军队展开大规模作战,英勇善战,胜仗连连,大大超出了蒋介石的预料。国民党 30 万大军对中原解放军的围攻虽然长达两年之久，但仅将中原军区部队挤出了豫南，其他方向的战略进攻远未达到预期目的。在这种形势下，蒋介石把重点放在了实施“黄河战略”上，把军事进攻与回归故道之后的黄河紧密地联在了一起，将进攻的矛头对准了陕北和山东。陕北，是共产党中央所在地。蒋介石预料毛泽东不会轻易放弃陕北，因此想在那里歼灭中共军队主力。山东，是共产党苦心经营的根据地。国民党军也将在那里与强大的华东野战军进行一场鏖战。在即将全面展开的“黄河战略”中，孰胜孰败，双方拭目以待。

正如赵国保所料，此时全国的形势异常复杂。花园口封堵后，蒋介石精心策划的“黄河战略”已顺利构建，在战略态势上对解放区形成了极大压力。

“黄河战略”是以回归故道的黄河为轴心，对三大解放区构建出新的战场布局。蒋介石在黄河中下游数千公里的防线上，只部署 24 个旅，以黄河天险“以水当兵”；在黄河两端则部署了南北两条战线，调集了 227 个旅，向陕北、山东解放区发动重点进攻。这种战役布局，具有腰细腹空的“哑铃式”特征。蒋介石利用黄河天险，在千里河防线上节省出大量兵力。他自认黄河天险能抵“40 万大军”。

黄河流域的军事部署完成之后，国民党军中有“西北王”之称的胡宗南，首先对陕北解放区发起了进攻。1947 年 2 月，蒋介石亲飞西安，部署胡宗南率 34 个旅、25 万人，从南、西、北三面对陕甘宁边区实施围攻，还抽调了空军力量的五分之三——100 余架飞机助战，企图一举消灭陕甘宁边区的解放军。胡宗南兵强马壮，装备精良。他狂妄地提出，要在三天之内攻占延安。陕甘宁边区此时仅有 4 个野战旅、3 个地方旅共 2 万余人，装备也无法与国民党军相比。毛泽东审时度势，作出了“主动放弃延安、诱敌深入，外线配合内线、歼灭敌人有生力量”的应战方案。他要求西北野战军在延安以北山区创造战机，歼灭胡宗南的有生力量。

1947 年 3 月 13 日，南线国民党军在整编第 1 军军长董钊和整编第 29 军军长刘戡的带领下，由宜川、洛川向延安发起进攻，飞机也对延安进行轮番轰炸。彭德怀指挥西北野战军在运动中组织防御，有效迟滞和消耗了胡宗南部队，成功掩护中央机关转移，并于 3 月 19 日主动撤出延安。胡宗南进入延安后实际上仅占领了一座空城。好大喜功的胡宗南大搞“庆功仪式”，假造“共军俘虏”让记者参观，甚至上报国民政府要将延安改为“宗南县”。彭德怀放弃延安后，将部队主力隐蔽在陕北山区，给胡宗南布下一个个包围圈。在此后的 40 天中，

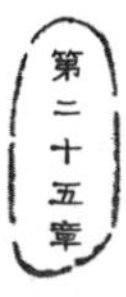

西北野战军采用“蘑菇战术”，使国民党军东跑西窜，疲于奔命，极度疲劳。彭德怀抓住战机，接连打了青化砭、蟠龙、羊马河三个漂亮的歼灭战，三战三捷，歼灭胡宗南 3 个旅 1.5 万人，活捉第 31 旅旅长李纪云，击毙第 167 旅旅长李昆岗。胡宗南在遭受一系列惨败后被迫南撤，蒋介石对陕北的重点进攻随告结束。

在山东战场上，汤恩伯指挥 60 个旅、45 万人先后对解放区发动了三次大规模进攻。在 1947 年 4 月上旬发动的第一次进攻中，双方在新(泰)蒙(阴)地区展开激战。华东野战军在陈毅、粟裕指挥下，欲擒故纵，南征北战，很快转守为攻，歼灭了国民党军 2 万余人。经过调整兵力，汤恩伯又于 5 月中旬发起第二次进攻。华东野战军抓住时机，组织进行了著名的“孟良崮战役”，以百万军中取上将首级的大无畏气概，猛虎掏心，全歼国民党“五大主力”之一整编第 74 师 3.2 万余人，击毙中将师长张灵甫。在连续两次进攻失败后，死不甘心的汤恩伯又于 1947 年 6 月 25 日发起第三次进攻。这次进攻调集了 32 个旅、24 万人，并吸取前两次教训，进攻部队猬集起来齐头并进，相互策应，寻机与解放军决战。陈毅和粟裕根据敌情变化，指挥部队分路迎敌，并与挺进鲁西南的中原野战军刘邓部队协同作战，在鲁西南、泰西和鲁南摆出了“品”字形阵列，将国民党整个华东防线撕开了一道数百里长的缺口。蒋介石在此情况下不得不从中原和山东战场调兵重组防线，7 月中旬从鲁中抽调了 7 个师到鲁西南阻击刘邓部队，鲁中正面仅剩下 4 个师。汤恩伯再也组织不起新的攻势，只好全面采取守势，第三次进攻遂即中止。7 月下旬，汤恩伯畏于被强大的华东野战军围歼，从鲁中全线后撤。至此，蒋介石重点进攻山东的计划也以失败而告终。

第二十六章

李金生随难童学校重返河南后得了什么不治之症？他采取什么『绝招』与死神抗争？潘美玉如何与李金生共度难关？

（一）

瑟瑟秋风在凄厉的鸣叫中卷起一阵阵黄沙。郑州郊外树摇天昏，风沙弥漫，四处茫茫一片。郑州，是一座名副其实的沙城。虽然城北的邙山挡住了湍急的黄河，但汛期洪水泛滥时，城的四周都会留下厚厚的黄沙，堆起一座座沙丘。每当秋风吹过，会扬起漫天的黄色沙雾，碧沙岗一带尤为浓烈。

李金生此刻正躺在碧沙岗公园内的一个凉亭里休息。他揉了揉眼中被秋风吹入的沙粒，好半天也没把沙粒揉出来。无奈中他抬起头，用酸涩的眼睛打量着周围的环境，心中一片茫然。

碧沙岗现在是圣德中学的校址，也是难童学校过去的高中部。李金生是1946年2月从陕西凤翔回到郑州的。在吴校长的带领下，师生们从宝鸡凤翔乘坐火车集体返回河南，重新在郑州原校址开了课。由于抗战胜利后国际救援组织停止了对难童学校的经费供应，学校只好向河南省政府备案后，于1946年3月将难童学校改名为郑州私立圣德中学，面向社会招生。

难童学校改为私立的圣德中学后，由于没有了经费来源，无力负担同学们的生活费用，学生全部改为自费生。这一下可苦了李金生这些无生活来源的同学。李金生的父母此时还未从黄龙山返回，张江村的乡亲也多逃荒未归。李金生无奈中只好一边上课一边打工，靠勤工俭学挣学费、生活费。吴校长很体谅李金生，多次拿出自己的工资周济他。李金生知道，吴校长也很难，不仅要养家糊口，家中也有三个孩子在圣德中学读书，也要交学费，一点也不宽裕。李金生屡次拒绝了吴校长的好意，坚持自己打工挣钱，自食其力。

开始打工比较容易，因为正赶上花园口封堵施工，黄河复堵局需要大批劳力。李金生常在节假日天不亮就起床，赶到10多里外的工地上干活。为多挣些学费，他每次都抢重活苦活干，常常肩扛100多斤重的沙包在河堤上爬上爬下，有时还搬起沉重的大石头从岸边扛到河滩里，并时常和众多河工一起，下到齐腰深的水中打木桩，抛石块，放沙袋，堵截决口。虽然干活很苦很累，但李金生咬紧牙关坚持着，一滴汗水摔八瓣地挣到了一些微薄的收入，总算交纳了学费，维持了自己的温饱。好心的吴校长看到李金生压力太大，过于劳累，就设法帮他在郑州城内找了个较轻松的工作，每天在河南基督教会慈善机构当杂工，帮助分拣、统计和管理国际救援组织援助的物品，有时还做一些简单的英文翻译。这才使李金生免去了打工的沉重负担，减轻了压力，有较多时间投入到学习中，学习成绩在这期间也没受到更大的影响。

李金生快满20岁了，在圣德中学已上到了高中一年级。李金生暗下决心，无论再难再苦再累，也要坚持完成学业，学到知识和本领。他坚信，未来立身立业和立家的基石，都要靠文化知识，都要靠真才实学，知识的力量能战胜一切。身边的吴校长就是个明证，也是他终身学习的榜样。

天有不测风云，人有旦夕祸福。让李金生没想到的是，这段时间他又遇到了人生中的一个新劫难。这次劫难，同前几次遇到的生死劫难一样，险些夺走他的性命。

难童学校改为圣德中学对外招生后，由于生源扩大，校舍紧张，学校不再给在校同学免费提供住处。李金生只好和几个同学挤住学校附近的一个孤儿院里。一天半夜，他莫名其妙地发起了高烧，浑身燥热，不停地咳嗽。早上起床后，他感到额头很烫，头晕目眩，四肢无力。他知道自己病了，病得很重。由于学习非常紧张，打工又要跑很远的路，如果身体出了毛病，不仅会影响学习，而且会失去工作。李金生想去看病，但没有钱，也不愿向同学开口借。此时马万年已考入北平的一所大学离开了郑州，小迷糊也随他一起到北平投亲去了。李金生体会到，生活中很多东西转瞬即逝，就像在火车站的告别，刚才还在相互拥抱，一转眼又各自天涯。李金生思来想去，决定到他当年负伤时住过的那所野战医院去碰碰运气。李金生认识那里的几个医生、护士，当年彼此间结下了深厚的友情。李金生想好后，一个人向医院走去。

到了医院，李金生找到给他治过病的吴医生。这所当年的野战医院现在已改成基督教会医院，具有一定慈善性质。吴医生对这个当年的“抗战老兵”十分同情，报告院领导后给予了他多方面的照顾，免费给他做了检查。当透视结果出来后，李金生吓了一跳。他竟然又一次得了绝症——肺结核。当前这种病是郑州城内闻之色变的不治之症。李金生懵住了。对他来说这不啻是个晴天霹雳！

吴医生一边看李金生的胸透片子，一边严肃地对他说：

“你得的是肺结核，很严重，必须马上隔离，休学治病。目前重要的是加强

营养,补充蛋白质,尤其要多喝牛奶,多吃乳制品,还要多晒太阳,适量运动。”

李金生呆呆地听着吴医生的话,脑子一片空白。自己的命怎么会这样苦啊!在陕西得了回归热差点断送性命,好不容易病愈回到家乡,现在又患上了新的绝症。他知道,这种正在流行的肺结核病极难治愈,极易传染,已经死了不少人,大家对它讳莫如深。这让李金生感到了沉重的压力。他发愁的是,眼下学习正紧张,课程一环扣一环,缺课几天就可能跟不上进度,直接影响学习。另外,他得病后无法再去打工,而不打工又怎能维持生活?连生活都维持不了,又谈何有钱治病?最让李金生苦恼的是,父母还在陕西黄龙山,原来说秋收后回家乡,但现在没有一点消息。这样一来,自己连个养病的地方都没有,又怎么隔离、怎么休学?又去哪里“加强营养”呢?李金生陷入了苦恼之中。

走出医院,李金生步履沉重。他恍恍惚惚地向位于郑州郊外的圣德中学走去。他在途中看到,郊区已被一片薄雾所笼罩,不远处的野地里有一座座新坟,坟地里还散布着一群野狗,野狗吐着血红的舌头在撕吞死尸。李金生能猜到,这些死尸可能就是刚入土不久的肺结核病人。李金生见此更感凄怆和悲凉。回到住处后,一个人躺在被窝里哭泣,一直哭到泪水浸湿枕头。

李金生悄悄向人打听后得知,肺结核病有三个周期,第一个周期是病情发作,第二个周期是病情加重,第三个周期是不治而亡。目前还没有一个人逃过这三个周期。李金生想,我得了这样的绝症,又不敢告诉周围的人,父母远在陕西黄龙山,看病没有钱,养病没有家,无依无靠,孤苦伶仃,看来只有死路一条了。李金生越想越难过,越想越悲哀。如果父母在身边,自己死后还至少有人来收尸,现在自己孤独地死去,要是尸体再被野狗扒吃了,父母想找都找不到自己。这是多么可怜苍凉啊!

李金生每天吃不下饭,睡不好觉,上课时昏昏沉沉,下课时迷迷糊糊,极度悲哀。他想,自己要在三个周期内死去,生命只有三年时间了。在这三年中,自己的身体分为三个阶段埋入黄土:第一年黄土埋到腿部,第二年埋到胸口,第三年就没过了头顶。李金生失去了活下去的信心。正当他走投无路的时候,有人给他捎信儿说,他的父母已从黄龙山回到张江村了,让他尽快回家去。

李金生是抱着与家人诀别的心情回到张江村的。父母听说他得了绝症肺结核后,觉得天都要塌下来了。父母亲实在想不通,儿子的命为什么这样苦,这样惨!为什么一次次灾祸总是落到自己家中?李恒德当即表示,就是倾家荡产,也要把李金生的病治好。他当即拿出家中的所有积蓄,准备带李金生到上海、北平大医院治病，并催促李金生赶快上路。李金生当即予以拒绝。他向父母详细介绍了肺结核的病理，告诉他们，现在全国都没有治愈这种病的办法，即使在大城市医院，治疗也是徒劳无效，白费钱财，目前只能听天由命，任凭老天爷发落。父母听后以泪洗面，悲伤痛泣。李徐氏在家中摆起供桌香案，每天乞求佛祖保佑，祈祷苍天发慈悲，让可怜的儿子能起死回生，恢复健康，让李家香火继续传承下去。

见过父母和家人后，李金生坚决返回了学校。他想，即使自己面对死亡，也要把学业坚持下去，能坚持一天是一天，能活多久就坚持多久。回到学校后，由于家里给他带了些生活费，李金生就不再外出打工了，全身心投入到了学习中。他每天忍痛咬牙坚持上课，同时在老师同学面前装出一副没病的样子，学习也跟上了进度，保持在90分以上。在这期间，圣德中学又有六七名同学患上了肺结核病，全都停学就医，有的还专程到上海、北平等大医院治疗。

师生们得知肺结核病传染到了学校，风声鹤唳，谈病色变。河南基督教会闻讯后，专门从国外援助的救济品中给学校送来成箱的奶粉、炼乳供师生饮用。李金生抓住这个机会，每天大量饮用牛奶、炼乳，有时候甚至当饭吃。

一直到了第二年，李金生还在坚持着。他每天抱病上课，晚上坚持温习。他不断想着自己的病情发展，想着想着就落下泪水。直到一天晚上，李金生忽然想通了，对肺结核病的态度有了根本转变。他想起了吴校长多次对同学们说起的励志名言：一个人的心情是一个人真正的主人，要么你去驾驭生命，要么是生命驾驭你，而你的心情将决定谁是坐骑，谁是骑师。只要有好的心情在，哪怕遇到再大的困难，再大的挫折，也会有重新开始的资本，所以输什么也不能输掉了心情，输掉了心情就等于输了全部。只要你的心是晴朗的，人生就没有雨天，太阳总会升起来。想到这里李金生感到，既然自己早晚都是一死，躲又躲不掉，治又治不好，这样天天痛哭又能怎样呢？干脆按吴校长的话去做，不哭了，不悲伤了，在死之前完成学业。我再有一年半就要毕业了，而肺结核病留给我的时间也正好是一年半。我要实现自己的人生愿望，读完书，高兴高兴地过好每一天，快快乐乐地迎接死亡。想到这里，他对肺结核病的态度彻底转变了，不再背包袱了，不再整天想自己死的事情了。思想一转变，他的情绪也好了，生活态度也积极起来了。

想通了之后，李金生一边发奋读书，一边开始琢磨自己治疗肺结核的办法。他无意中听人说，治疗肺结核有两个重要因素：一要有充足的阳光照射，因为紫

外线能促进人体机能的循环平衡；二要多呼吸新鲜空气，因为新鲜空气有利于抑制削弱体内病菌的生长。李金生想，不管这些土办法是否有效，反正简便易行，不用花钱，又无损失，干脆试试。从此，他每天坚持到碧沙岗公园躺在一个高坡上晒太阳，而且一晒就是三四个小时，常常是别的同学都离开了，他还躺在烈日下暴晒，直晒得大汗淋漓，全身湿透。碧沙岗公园内树茂林密，空气清新。李金生就坚持每天在里面呼吸新鲜空气并坚持跑步。以往很少打篮球的他，也常和同学们在球场上奔跑，你争我夺，快乐无比。碧沙岗公园对李金生来说是一块福地，给他带来了极大的愉悦。从此以后，李金生每天课余时间都到公园里晒太阳，呼吸新鲜空气，和同学们一起跑步打球，参加运动。同学们离开了，他一个人坚持到深夜才回宿舍。李金生从夏天一直坚持到秋天，从秋天一直坚持到初冬，直到严冬来临还在坚持着。很多同学对他的这种做法感到奇怪，有人甚至笑他冒傻气。李金生不去解释，一笑了之，继续我行我素。到了第二年春天，李金生还没有死，肺结核病也没有加重，更没有影响他的学习。在这种情况下，李金生更有了活下去的勇气，不再想别的，每天抢着喝牛奶、炼乳，坚持在公园晒太阳、呼吸新鲜空气，用这些也不知是否管用的土办法，持之以恒地坚持“自疗”。

到了高三年级下半学期，李金生的病已大有好转，不仅精神好了，能吃能睡，而且也能干一些重体力活了。李金生不再花家里的钱，又开始到郑州城内找活干，打短工，勤工俭学挣学费，自己养活自己。让李金生高兴的是，有一天他幸运地在郑州一家工厂找到了一份纺线的活儿。纺线是他的强项，当年在禹县慈幼院他就是“纺织状元”，纺线又快又好。在工厂面试的时候，李金生当场给老板表演。他熟练的纺织技能让老板和围观的工友吃惊不小。李金生在这家工厂里一直干了很长时间，纺线速度远远超过了工友，甚至超过了一些熟练的女工。由于纺线速度快，质量好，收入也不断增加。后来，他在一个月内纺出的毛线收入能保证近两个月的生活费。

肺结核的第三个周期终于熬过去了。到了第三个冬天，圣德中学患上肺结核病的其他同学都先后死去，只有李金生令人不可思议地活了下来，而且他的身体还日益强壮。

（二）

潘美玉得知金生哥哥患了肺结核病后十分焦急，非常担忧金生哥哥的病情。此时已在河南省高级护士学校读书的潘美玉知道，肺结核病目前基本是一种绝症，彻底治愈的情况极为罕见。

潘美玉快 18 岁了，已经出落成一个亭亭玉立、白净漂亮的大姑娘。她与金生哥哥两小无猜，青梅竹马，自幼感情很好。由于自己的老家也在张江村，每次父亲带她回老家时，她都与金生哥哥一起玩耍。金生哥哥总是谦让她，呵护她，照顾她。父亲潘振海和姐夫赵国保也十分喜欢金生哥哥，时常给她讲一些金生哥哥的事情。潘美玉知道，金生哥哥自幼聪慧，学习出类拔萃，长大后又经历了很多磨难，逃过荒，打过仗，还随难童学校千里逃难陕西，九死一生地到黄龙山寻找父母，真的让她很佩服，很敬重。目前让潘美玉痛惜的是，金生哥哥在历尽艰辛熬过来后，又患上了肺结核这个绝症。她真是难以承受，心疼不已。潘美玉早已对金生哥哥有了一种异样的情愫。那是一种尊重和敬佩，是一种眷恋和爱慕。前些天，患病的金生哥哥从尉氏老家返校路过开封时专程到家里来探望。潘美玉正在护士学校上课，没能见到金生哥哥，深感遗憾。潘美玉现在更加惦念患病的金生哥哥，担心他的病情，一直在琢磨着怎样帮他一把，帮助他度过目前这道难关。

“美玉，快点走，前面就是烈士陵园了。”护士学校的同学在前面喊她。潘美玉抬头一看，自己在不知不觉中已经掉了队，就赶快向前面的队伍追去。

今天是 1947 年 4 月 5 日清明节。河南省高级护士学校的师生在教导主任张婉丹带领下，一起到开封南郊的城市公园扫墓，祭奠河南辛亥革命烈士。潘美玉一路上想心事，一不留神掉在了队伍后面。

护士学校的教导主任张婉丹，是一个长相清秀、心地善良的姑娘，毕业于河南大学医学院，在学生中威信很高。她虽然只有 20 多岁，但知识渊博，睿智机敏，十分关爱呵护同学，既是学生们的师长，又是同学们的大姐。张婉丹出身于国民党官僚家庭。父亲张轸是国民党军高官，兼任河南省主席。张婉丹没有高

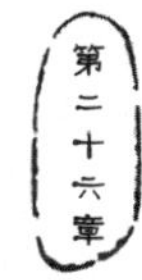

官子女的骄奢之气,反而坚毅刚强,爱憎分明,一身正气,即使对国民党的阴暗面,也敢于直言不讳地予以抨击,对共产党的政治主张敢于公开赞颂。张婉丹十分尊敬为中国革命和民族解放做出贡献的先烈,尤其对河南辛亥革命中牺牲的先驱张钟端敬重有加。今天她率领学生们到南郊公园来,就是为张钟端等先烈扫墓。

队伍到了辛亥革命烈士墓后,张婉丹首先带领同学们祭拜了先烈,然后在烈士墓前添土拔草,清扫墓地,擦拭墓碑。在绿树环绕的烈士墓前,张婉丹充满激情地对同学讲述了辛亥革命领导人张钟端的事迹,讲述了张钟端当年在开封那段艰苦卓绝的战斗往事。

晚清辛亥年间,武昌起义震惊了封建王朝。张钟端根据孙中山和同盟会的指示,1911 年 12 月从日本回到开封,密谋武装起义,被推选为河南省革命军总司令。张钟端精心筹划了起义计划,联络了城内新军、民军和宗教力量,准备在起义后宣布河南省独立。12 月 22 日午夜,正当起义就要发动之时,清军奸细柴得贵探得了消息。柴得贵是开封清军巡防营统领,是个死心塌地的清廷走狗。他假意赞助革命,暗中却为清军通风报信。举事前,柴得贵突然率重兵包围了河南大学内的起义军司令部。河南巡抚齐耀琳调集大批清军围攻革命军,逮捕了张钟端和众多起义军将士。

张钟端被捕后大义凛然,视死如归。齐耀琳审讯他时,问他在担任何种职务。张钟端回答:“河南军政府总司令兼参谋长。”又问他:“同党有多少人?”他答道:“除满奴汉奸外,皆是同党。”齐耀琳气急败坏,用酷刑折磨张钟端。张钟端直到遍体鳞伤也不屈服,最后慷慨陈词:

“人心思汉,胡运将终。同志谋据省垣,共图大举。成则促鞑虏之命,败则为共和之魂!”

1911 年 12 月 24 日,张钟端与王天杰、张照发、刘凤楼、李干公等 11 位辛亥革命烈士在开封英勇就义。就义前,张钟端铮铮铁骨,慷慨高歌。当日,开封上空风雪怒号,天地黯淡,妇孺痛泣。民众无不为张钟端的义举和悲壮而垂泪哀惋。

潘美玉望着墓旁高耸入云的纪念塔,深深地敬仰张钟端等辛亥革命烈士。辛亥革命最终推翻了清王朝,铲除了封建体制。这是无数仁人志士前赴后继、抛头颅洒热血换来的。今天,中华民族又面临两种前途命运的抗争。这次抗争,是代表人民根本利益的共产党和代表大资产阶级利益的国民党之间的抗争，是正义与非正义的抗争，是光明与黑暗的抗争。潘美玉目前在政治上十分清醒。她在教导主任张婉丹的影响下，积极参加学生运动，思想上进步，政治上也日趋成熟，还成为护士学校的学生会成员，经常参加共产党的外围活动。潘美玉思维敏捷，社交广泛，心直口快，工作活跃，深得张婉丹主任的喜爱和器重。

张婉丹虽出身于国民党高官家庭，但较早地接受了共产主义思想教育。她在河南大学上学时就积极参加学生运动，加入了共产党。她的真实身份，是中共开封地下党组织成员，现在一直在护士学校中培养和发展学生骨干。潘美玉就是她的重点工作对象之一。

潘美玉之所以在政治上进步快，并具备了很强的政治觉悟，与她的成长经历和家庭遭遇有直接关系。抗战时期，潘美玉一家在兵荒马乱中经历了诸多磨难，经历了血与火的洗礼，母亲和弟弟都惨死在日本兵血淋淋的刺刀之下。潘美玉目睹了国民党的消极抗战，知道八路军在敌后奋勇抗战，对蒋介石不顾民众死活擅扒黄河、水淹豫皖苏数百万群众的行径满怀激愤。现在全国好不容易迎来了抗战胜利，蒋介石却又公然挑起内战，使百姓重陷战火，失去了盼望已久的和平生活，更使她深痛恶绝。河南处于国民党统治区，政治腐败，官商勾结，物价飞涨，已经出现了难以扼制的通货膨胀，经济陷入危机。在抗战刚胜利的时候，开封老百姓中流传着“徒弟放炮，伙计看报，老板上吊”的段子，缘由是抗战结束后物价猛跌，那些囤积居奇的奸商一下到了濒临破产的地步，真有老板上吊自杀。时间才刚过两年，国统区内物价飞涨，老百姓叫苦不迭。国民党政府20世纪30年代后期实行的“一块银元兑换一元”的“法币”，现在已经贬值到了令人难以置信的地步。前不久，姐夫赵国保下属部队的一个连长结婚，竟一下花去60多万元法币。像姐夫这样的国民党上校军官随去的5000元礼金，也仅够买几碟白糖或十几碗酸辣汤。蒋介石政府在经济、政治和军事诸多领域都进入了死胡同，丧尽人心，已经显露出行将灭亡的迹象。

（三）

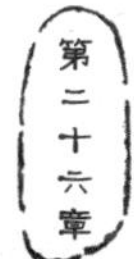

潘美玉心里惦记着金生哥哥的病情，天黑前就匆匆赶回马号胡同的家中。

她要和父亲商量帮助金生哥哥的办法,要尽快给他寄点钱去。

自从姐夫赵国保抗战胜利后回到开封,姐姐潘美兰就随他住进了开封西郊的军营内。去年他们又添了一个小儿子,取名赵旺生。这样一来,照顾父亲和妹妹的担子就落在了潘美玉身上。潘美玉现在每天都从城里包公湖附近的护士学校赶回家中住宿,安排父亲和妹妹的起居。潘美玉回到家后,先用铁通条捅开煤炉子,接满一大锅水放到火炉上烧着,之后,又从墙角的两个面袋中分别舀出白面和玉米面混在一起,拿出擀面杖,在案板上慢慢擀起面条来。她一边擀着面条,一边想着心事。

潘美玉对金生哥哥除了同情和怜惜,还有一份不可言状的好感。随着年龄的增长,潘美玉对世事的感悟越来越深,对金生哥哥也越来越佩服。她佩服金生哥哥那种认定了目标后锲而不舍、坚定不移地去追求去奋斗的精神,佩服他面对困难那种坚定的毅力和顽强的斗志。金生哥哥独自一人勇闯天下,在战火中临危不惧,在危难时从容应对。他的意志力忍耐力,他的顽强精神,使他在险境中能够坦然面对困难,战胜困难,独当一面。他是一个真正的男子汉,一个顶天立地的硬汉子。潘美玉不知不觉对金生哥哥产生了一种深深的依恋,一种强烈的牵挂,一种彻骨铭心的爱怜。在目前金生哥哥身患绝症的时候,美玉对他没有及时把病情告诉自己而感到难过。她想起张婉丹主任说过的话:我不问,你不说,这就是距离;我问了,你不说,这就是隔阂;我问了,你说了,这就是信任;我不问,你说了,这就是依赖。现在她十分希望金生哥哥能想起她,依赖她。她下定决心,无论如何要想方设法帮助金生哥哥。

"吱扭"一声响,屋门推开了。父亲的声音随着门的响声传了过来:"美玉,我们回来了。"

潘美玉一看,是父亲潘振海和小妹美清回家了。美清像小鸟一样唧唧喳喳地欢笑着飞到她身边,拉着她的衣襟问:"姐,做什么好吃的呀?"

潘美玉笑着回答:"捞面条,还有芝麻酱伴荆芥叶。"

潘美玉说完,放下手中的擀面杖,洗了一下手,拿起一把小扫帚,一边上下拍打着父亲长衫上的灰尘,一边嗔怪道:"你们怎么才回来?天都快黑了。"

父亲嘿嘿笑着,接过她手中的小扫帚,继续扫着腿和鞋子上的灰尘,对美玉说:

"我去接小妹放学,又一起到南郊的菜市场跑了一趟。市场上羊肉价钱涨得太快了!再这么下去,咱的店都快开不下去了。"

"是啊爹,我听说城南关几家羊肉汤馆因为物价太高无法经营,已经倒闭了。"潘美玉说完,转身回到厨房,将擀好的面条放入热水翻滚的铁锅中,一边用筷子搅着锅里的面条,一边对父亲说:"爹,我想和您商量一件事。"

潘振海抬起头,看着女儿:"什么事儿?"

"金生哥现在太难了。咱能不能给他寄点钱去?"潘美玉说得有些吞吞吐吐。她知道自家店里也很困难,不太好意思向父亲开口。

潘振海脱下长衫坐在桌前,叹了一口气说:"金生这孩子,挺让人喜欢的。可惜呀!得了这样的重病。你说他怎么会这样倒霉呢!"

潘美玉将三碗面条端到桌上,将大碗放到父亲面前,把两个小碗放在对面,她和父亲、妹妹三个人一起在桌子边坐了下来。

小妹美清扑棱着长睫毛的大眼睛看了看姐姐,扭头对父亲说:"爹,你就帮一帮金生哥哥吧!"

父亲看着小妹笑了笑,没有说话。

潘美玉对父亲说:"虽然金生哥哥得的是绝症,但也不是完全没有治好的可能。他目前最重要的是吃药治疗和加强营养。爹,咱与金生哥哥两家是世交了,比起他家来,咱家条件好一些,能帮的话,就帮他度过这个难关吧!"

父亲看了潘美玉一会儿,露出意味深长的笑容,对女儿说:"其实那天他来店里我就给他钱,但他坚决不要。他父亲给钱,他也坚决不要。金生这个孩子性格倔强,好胜要强。每次遇到困难,他总是自己撑着,靠自己的力量去克服,即使面临目前这样的重症也不改变。"

潘美玉想了一下对父亲说:"那咱给他买些药和营养品寄过去,尽一点心意,算是给他一些帮助。"

父亲点点头:"好吧,你去买吧!不管需要多少钱咱来出,尽最大力量帮助他,你看好不好?"

潘美玉跑过去贴住父亲的脸说:"爹,这样太好了,太让我高兴了!"

小妹美清也放下手中的碗,兴奋地拍起了手。

潘振海拍了拍美玉的头说:"我听国保说,他最近要到郑州去。你把东西买好后交给他,给金生捎过去。"

潘美玉听后站起来对父亲说:"那我明天就去买,一定要让金生哥哥早点用上药和营养品,盼望他能早点恢复健康。"

父亲哈哈笑了起来。他放下筷子,指着美玉对小妹美清说:

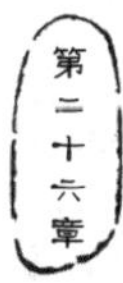

“我看你姐对金生可不是一般的关心哪！将来再见到金生，我一定告诉他，你姐现在都快急成一个小猴子了！”

“爹，你在说什么呀？”潘美玉撒娇地向父亲努起了嘴。她在父亲和小妹的欢笑中，端着吃过的饭碗赶快到厨房里洗涮去了。

第二十七章

毛泽东是如何打破蒋介石精心策划的『黄河战略』，又如何走出刘邓大军『千里跃进大别山』的妙棋？赵国保怎样配合中共地下党做通了开封绥靖区国民党将领刘氏兄弟的统战工作？

（一）

黄河终于回归了故道，回到了久别的故乡。河水在熟悉的故道里欢快地流淌着，奔腾着，慷慨地给沿岸送来了清澈丰厚的水源，松软细腻的黄沙，丰腴肥美的鱼虾河鲜。在黄河的滋润下，豫东平原绿树叠翠，青草遍野，稻菽飘香。沿黄儿女无比欢乐祥和，到处是六畜兴旺的幸福美景。

然而，这幸福的时光并没有持续多久。黄河儿女企盼的美好生活，很快被国民党发动的内战，被蒋介石策划的“黄河战略”的滚滚硝烟所打破。

黄河回归故道确实给蒋介石的“黄河战略”帮上了忙。新的黄河天险将华北与华中重新分割。黄河中下游的陕北、晋冀鲁豫和山东解放区一分为三，失去了彼此间的战略呼应，客观上有利于国民党对解放区发动新的进攻。国民党对陕北、山东两个解放区的重点进攻失败后，蒋介石的“黄河战略”也暴露出一个致命弱点，那就是在黄河下游千余公里的正面防线只留下了24个旅的兵力，中原和江南纵深也只有少量机动部队，后方十分空虚。这种腰细腹空的“哑铃式”布局，无疑给已在陕北和山东战场上取得胜利的解放军留了一个战略进攻的可乘之机。

毛泽东看准黄河防线的这个致命弱点，迅速发动了对国民党的战略进攻。1947年6月下旬，位于黄河东西两翼的山东、陕北解放军对当面之敌发起猛攻，使两处国民党军队难以招架，疲于奔命，被紧紧地拖在了当地。看到时机成熟，毛泽东果断命令刘邓大军率领4个纵队12余万人，1947年6月30日于鲁西、豫东一举突破黄河防线，向南直插国统区侧背。蒋介石苦心经营的千里黄河防线一夜之间就被刘邓大军打破。蒋介石始料不及，惊恐万分。连美国驻华大使司徒雷登都惊呼：中国发生了“六卅事件”。国民党在战略上全面陷入被动局面。蒋介石在极度惊慌之中于1947年7月7日宣布“全国实行‘戡乱’总动员令”。

为修补黄河防线漏洞，蒋介石从豫皖苏抽调了整编第32师、66师、58师及整编第63师第153旅，分东西两路向刘邓部队钳击，企图迫其背水作战。毛泽东将计就计，命令刘邓部队集中优势兵力连克郓城、定陶等县城，又攻占六营集，重围羊山集，使围攻刘邓大军的国民党部队顾此失彼，无可奈何。1947 年 7 月 19 日，蒋介石飞临开封直接指挥作战，并抽调 8 个师、20 个旅驰援鲁西南。此时，刘邓大军的突破黄河之举彻底打乱了蒋介石以“黄河战略”为轴心的战略部署，减轻了山东、陕北两个解放区的战场压力，特别是大量调动了进攻山东解放区的国民党军队，使晋冀鲁豫和华东野战军形成“东西呼应”之势。华东野战军趁机围歼分散之敌，彻底瓦解了国民党军对山东的重点进攻。这样一来，国民党“黄河战略”所形成的解放区“一分为三”的态势被迅即改观，形成了解放区东、中、西三线相互呼应之势，使蒋介石的“黄河战略”陷入危机之中。

毛泽东牢牢掌控了黄河流域各战场的主动权，开始考虑怎样向黄河以南的国民党占领区甚至长江流域发起新的更大的攻势。

（二）

赵国保对蒋介石“黄河战略”的整个发展看得十分透彻。他知道，国民党正在走向失败。抗战后的蒋介石政府政治上日薄西山，军事上连连败北，经济上接近崩溃。国统区内人心涣散，国民党离走向灭亡已经为时不远。在这种难以逆转的大趋势下，人心思变。赵国保开始为自己的政治前途着想，开始考虑自己下一步的政治走向。

赵国保知道，国民党阵营是呆不下去了，跟着国民党只能走进死胡同，没有任何前途希望。赵国保今天要去见一个十分重要的人，就是他期盼已久的老同学、老战友周伟民。

两个人自从叶县分别之后已有多年不见，赵国保非常想念周伟民。1944 年“河南战役”后，周伟民的共产党员身份暴露，很快撤离了叶县，远赴晋冀鲁豫解放区。昨天周伟民来电话，约他今天在开封禹王台公园会面。周伟民这时候突然冒出来，让赵国保十分意外，也很高兴。赵国保有很多话要对周伟民说，有很多事想与周伟民商量。想到这里，赵国保不由得加快了步伐，向位于城东南的禹王台公园走去。

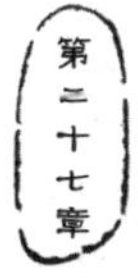

Tianhe

刚进公园，赵国保就听到有人在远处喊他：

“国保，我在这里。”

赵国保抬头一看，周伟民正站在大门东边的“古吹台”牌坊处向他招手。

赵国保小跑着赶了过去，和迎上前的周伟民紧抱在一起。两个人眼睛都红了起来。这对生死与共的患难战友，相见后都有满腹的话要向对方倾诉。

情绪平定之后，两个人并肩走向古吹台的石阶，向高台上的禹王庙走去。

禹王台，是开封城内的一处名胜古迹。汉代时这里就建造了梁园，是孝文帝少子刘武封为梁孝王后所建。这里风景幽雅，亭廊楼阁，古木参天。开封有名的美景“梁园雪霁”就在这里。梁园内筑有一座高台。相传春秋时期晋国音乐家师旷曾在此吹奏美妙的乐曲。后人景仰师旷，就把这座高台称作“古吹台”。后来因开封屡遭水患，百姓思念大禹治水的功绩，又在高台上修建了一座禹王庙，把古吹台改称“禹王台”。禹王台现在是一所开放式公园。百姓们都把这座依旧幽雅的梁园遗址当作一处休闲胜地。

赵国保和周伟民走到高台上一座凉亭内坐下，从旁边的茶馆中叫了一壶清茶和少许干果，边喝茶边叙谈起来。

周伟民现在的身份是晋冀鲁豫解放区敌工部长，主要任务是做国民党军中高级将领的统战工作。他这次到开封来，目的是联络第四绥靖区主任刘如铭和其弟弟刘如真，做他们的转化策反工作。第四绥靖区下辖的整编第68师驻防的豫东和鲁西南，战略地位十分重要，对刘邓大军下一步的重大行动有直接影响。

对第四绥靖区二刘兄弟及部队的转化策反，开封地下党已经做了大量工作，有了很好的基础。刘如铭的弟弟刘如真，现任整编第68师师长。他早年留学苏联，接受过革命教育，有一定思想基础，对共产党的统战政策比较了解。第68师副师长王志远，与新四军彭雪枫师长是同学，经反复做工作，已经与地下党建立了联系。第68师参谋长邹桂五，思想也倾向革命，曾暗中帮助地下党做过许多有益工作。

周伟民此时来找赵国保，主要考虑到他在第四绥靖区司令部参谋处任职，熟悉内部情况，掌握诸多机密，对做通刘如铭兄弟的转化工作会有帮助。周伟民对赵国保这个老同学十分了解，知道他有强烈的正义感且深明大义。但是，两个人毕竟很久不见，赵国保又长期在国民党军高级指挥机关任职，因此周伟民决定还是先对他的思想脉搏作些探询。

"国保,你对现在的时局怎么看?"周伟民呷了一口茶水,向赵国保发问。

"那还用说吗?现在国统区内一团糟,国民党已经到了穷途末路了。还记得当年咱俩在洛阳那天晚上的谈话吗?正如你所料,国民党的灭亡真的只是时间问题了。"

在这个古吹台幽静的亭子内,由于只有他们两个人,赵国保对这个让他信赖的老同学索性敞开了心扉。

"本来好不容易盼来了抗战胜利,赢得了和平,谁知蒋介石又悍然挑起内战,真是罪责难逃。现在他的'黄河战略'四处碰壁,军事上一再失败,尤其是最近的'鲁西南战役'一败涂地,不堪收拾。国民党军队怎么会是你们解放军的对手啊!"赵国保说到这里,看到周伟民笑了起来,又接着对他说:

"古人说'得民者昌,失民者亡'。目前蒋介石政府真是处处失民意、违民愿、丧民心啊!日本投降时,国民党成千上万的接收大员大肆洗劫财产,大搞金子、房子、车子、票子、女子'五子登科',大搞只要拿出金条就有道理的'有条有理',害得百姓们怨声载道,骂声连天。没收敌伪的 5 万亿法币财产,有近一半被贪官中饱私囊。所谓的接收变成了'劫收',给收复区的经济生产和人民生活带来无尽灾难。国民政府的财政不仅没有好转,反而赤字越来越大,1945 年的赤字达到了近 1 万亿元。"

赵国保气呼呼地说着,意犹未尽,又接着对周伟民说:"最近开封城内有着'十大赖'的流传,不知你听说了没有?"

周伟民好奇地问:"什么是'十大赖'?"

赵国保掰着指头,以嘲讽的口吻一条一条地对周伟民说了起来:

这第一赖是"军官总",也就是对国民党军官总队的简称。蒋介石把抗战后部队编余的军官一律送到军官总队收容,在全国成立了 20 多个总队。这些编余军官到处吃喝嫖赌,无恶不作,谁也管不了。第二赖是"青年从",就是"青年军"的简称。蒋介石把编遣的青年军军官编成众多"工作队"。这些人也整天游游荡荡,兴风作浪,骚扰百姓。第三赖是"荣誉军",就是各地伤兵医院的荣誉军人。这些伤兵不在医院好好养病,而是四处闹事,无人敢管。第四赖是"特务工"。这些特务心狠手辣,极尽监视暗杀之事,民愤极大。第五赖是"新闻记",第六赖是"国大代",第七赖是"省县参",第八赖是"推检律",第九赖是"党团干",第十赖是"青洪帮"。后面几赖我不细说了,反正都是欺压百姓,为非作歹之辈。

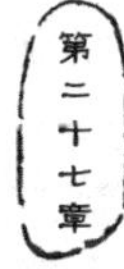

说到这里,赵国保反问:“伟民,你说社会到了这种官匪难分、恶霸横行、民怨沸腾、上下思变的地步,离国民党倒台灭亡还远吗?”

周伟民没有回答他的问题,只是等老同学的情绪平静一些后,才轻声地问他:

“国保,你是个聪明人,对全国的形势看得很清楚,对战局也一定比较了解,那么,你对自己下一步是怎样打算的呢?”

赵国保低头思索了一阵后,郑重地说:

“我早就看透了,也想明白了,在国民党阵营中我是没有出路的,也走进了死胡同。伟民,我知道你的身份,也能大致猜出你此行的目的。你说吧,需要我做什么?”

周伟民站起来握住赵国保的手说:

“国保,你有这个态度我很高兴。我是信得过你的。我们共产党的统战政策中有一句话,叫‘革命不分早晚’。让我们为国家的解放和民族的复兴一齐努力,共同奋斗吧!”

赵国保激动地对周伟民连连点头。他十分坚信自己此刻的政治选择,坚信自己从此将走上一条崭新的充满光明的人生道路。

(三)

皎洁的月亮在夜空中格外明亮,繁星也在稀薄的云层里眨动着眼睛。它们都悄悄注视着开封城内一所深宅大院。这座戒备森严的大院周围,站立着荷枪实弹的国民党士兵。每当有人从此路过,他们都上前严厉盘查。这里是第四绥靖区主任刘如铭的宅邸。刘如铭此刻正在书房里来回踱步。

今天晚上,他家来了几名不速之客。一个是西北军老同僚宋瑜秀,一个是绥靖区参谋处副处长赵国保。还有一个人让他十分头疼,这个人就是晋冀鲁豫解放区敌工部长周伟民。刘如铭对宋瑜秀比较熟悉,宋曾在第2集团军任过参谋长,现退役在开封赋闲。赵国保过去在第一战区长官部工作,也让刘十分信赖和器重。刘如铭没有想到的是,今晚他们来为共产党当说客,做自己的“统战”工作。想想当前的局势，想想自己的处境，为留下一条后路，他最后同意见见周伟民，就把这个共产党的敌工部长请到了自己家中。

刚才，周伟民与他进行了十分坦率和开诚布公的谈话，谈得很多，也很深。周伟民和他一起分析了当前的形势，分析了战局的发展，分析了“黄河战略”的走向和结局，使他的内心受到了很大的触动。自从1946年内战以来，国军一再溃败，作战连连失利。1947年6月30日刘邓大军强渡黄河后，随即发起了“鲁西南战役”，短短一个月内，歼灭国军4个整编师、9个半旅6万余人。刘如铭其间率领第55军和整编第68师赴山东郓城、鄄城一带与共军作战。在共军的强大攻势下，第55军主力和整编第68师第119旅被歼，自己在匆忙中带残部撤回开封。刘如铭已充分领教了解放军的强大和善战。眼下刘邓部队大有跨过黄河挺进大别山之势。一旦刘邓大军从第四绥靖区所辖的黄河防线上过了黄河，跃进中原，整个战局将对国民党更加不利，蒋介石的“黄河战略”会毁于一旦。

明眼人一看便知，目前的局势对国民党极为不利。蒋介石虽在苦苦支撑，但委实难以持久。共产党赢得战争、夺取全国胜利是大势所趋，为时不远。前不久，蒋介石专门给刘如铭兄弟发来密电，严令他们采用1938年黄河决口、水淹日军的办法，再次扒开豫东、鲁西南一带的黄河大堤，水淹解放区，形成新的黄泛区，阻止刘邓大军南下。这件事太大了，事关黄河下游数十万人的生命，搞不好会成为历史的罪人，不可轻易为之。面对当前的政治局面和军事环境，自己该怎么办？要不要与共产党合作，给自己留下一条后路？刘如铭在苦苦地思考，还没有最后拿定主意。

“刘主任，您考虑得怎么样了？”

刘如铭回头一看，是周伟民从客厅走进了他的书房。刘如铭知道，周伟民这次来的意图非常明确，一方面是策反自己，另一方面要求自己对刘邓大军强渡黄河、南下大别山提供方便。

看到刘如铭没有正面回答，周伟民说：

“刘主任，我们知道你目前面临艰难的选择。近段时间，我们之间已有了很多沟通。宋瑜秀老先生以及专程从外地赶来的你的老战友李兴中、张克侠等人，都和你谈了很多，讲得很透，分析了当前的形势，对你们兄弟两人的政治选择提出了很好的建议。刚才，我又专门给你带来了刘伯承司令员的亲笔信，进一步向你阐明了我党的统战政策。希望你能认清大局，看准形势，审慎度势，对

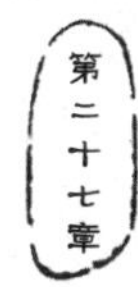

你们手下的十多万官兵负责，作出理智的选择。鉴于你目前的情况，建议你两步走：第一步是放弃对共产党的敌视态度，在一定范围内对解放军的作战行动提供方便；第二步是在条件成熟时，率领所属部队举行起义。刘主任是个明白人，对我党的政策是了解的。我们会严守诺言，对你们的政策会一以贯之。对那些在特殊时期为人民做出重大贡献的人，共产党是不会忘记的，会铭记他们的历史功绩。”

刘如铭一面点头，一面请周伟民坐下。刘如铭深知，真的要与共产党合作事关重大，需再三斟酌。从他内心讲，现在投降还不到时候，还要再看看形势的发展，看看下一步战局的变化。但是，与共产党谈判的路子不能堵死，要留一条后路。他知道，周伟民提出的向共军提供“方便”，是指在刘邓大军强渡黄河、挺进大别山时，要他让路放行，要求他决不能挖开黄河大堤、水淹解放区。蒋介石已多次打来电报，催促他们兄弟二人尽快扒开黄河，以水代兵。对 1938 年黄河决口后造成的惨境，他还历历在目。百姓们说起此事义愤填膺。那样做是要冒天下之大不韪的，是愧对祖宗子孙的。自己在内战中怎能干这丧尽天良、遭万人痛骂的坏事呢？

但是，蒋介石心狠手辣。不执行他的命令，他绝对不会放过他们兄弟二人。扒开黄河万万使不得，但不扒黄河可能性命难保。到底该怎么办？刘如铭进退两难，纠结万分。

周伟民看出了刘如铭犹豫不决的心境，走上前说：

“我们非常了解你当前的难处。奉劝你们兄弟二人要深明大义，为中华民族着想，为黄河两岸千百万民众着想，千万不要被蒋介石所利用，犯下祸国殃民的千古之罪。刘邓首长专门给你提出三个条件：第一，如果你们兄弟二人不扒掘黄河大堤，所属部队起义后仍保留两个军的番号，并给予起义部队的待遇。如果你们不听劝阻，公然执行蒋介石扒开黄河的命令，给下游广大群众带来灭顶之灾，共产党一定严惩不贷。不管到什么时候，你即使逃到天涯海角，也难逃人民的公审。第二，第四绥靖区的河防部队不得阻击强渡黄河的解放军。刘邓大军南下时，你们不得阻拦，不得追击，更不能借此屠杀解放区的广大民众。第三，如果你们能按此次商定的条件起义投诚，我们会保证你们兄弟二人包括所属军官和家属子女的生命财产安全，不没收你们在开封城内的所有财产。”

刘如铭听了周伟民措词严厉的一席话，内心受到极大震撼。看来，共产党对他当前的处境和思想脉络掌握得一清二楚，自己躲是躲不过去的，必须拿出诚意对待。刘如铭决定找出一个稳妥折中的办法，既能应付蒋介石，又能在共产党这里留条后路，使自己度过当前的困局。

刘如铭兄弟二人反复商量后，最终决定，接受中共代表提出的部分条件，但暂不举行起义投诚，保存实力，静观形势变化，对蒋介石严令他们再次扒开黄河的电令，则采取“拖”的办法。刘如铭还与周伟民商定，周伟民化名周继武，以第四绥靖区副官的身份留在整编第68师，负责与解放区的联系和情报方面的沟通。

1947年8月7日，刘邓大军开始了震惊中外的千里跃进大别山，揭开了战略进攻的序幕。其间，刘如铭指示第四绥靖区河防部队，采取拖延的办法应付蒋介石，有意错过刘邓大军强渡黄河的战机，没有扒掘黄河大堤，使黄河下游解放区数百万民众免遭了洪水灾难。刘邓大军渡河后，以迅猛的动作跨越了陇海线，所向披靡，横扫东西，迅速向大别山区挺进。第四绥靖区整编第68师等部队，在刘邓大军长驱直入时，对路过防区的解放军“虚晃一枪”，稍有接触便边打边撤，为晋冀鲁豫野战军插入国统区纵深让开了大道。刘如铭兄弟及整编第68师虽没举行战场起义，但经过周伟民和地下党的统战工作，还是为跃进大别山的刘邓大军让开了当面大道，确保了黄河大堤安然无恙，在解放战争由战略防御转入战略进攻的关键时刻，为中国人民的解放事业贡献了一份力量。

（四）

刘邓大军千里跃进大别山，是毛泽东打破蒋介石“黄河战略”的又一着妙棋。

刘邓部队进入鲁西南，触痛了蒋介石的软肋。由于黄河流域内还有陇海铁路作为屏障，毛泽东决定利用蒋介石将机动兵力大多抽调陕北和山东发动重点进攻、国统区后方空虚的致命弱点，命令刘邓大军继续插入敌后，直进中原。1947年7月23日，毛泽东电令刘邓，甩开当面之敌，下决心不要后方，直出敌后长江流域的大别山区，并对刘邓大军千里挺进大别山的战略行动作出了三种估计：一是付出了代价，到长江以后，站不住脚；二是付出了代价站不稳，在内围

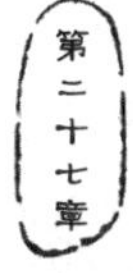

打转转；三是付出了代价，站稳了脚跟。为确保此次战略进攻行动成功，毛泽东电令陈赓、谢富治集团和陈毅、粟裕所率的华东野战军西兵团，分别渡过黄河挺进豫西、鲁西南及豫皖苏地区，在蒋介石“哑铃式”的黄河防线两端打出两记重拳，使其首尾难顾。

8月6日，在做通了刘氏兄弟统战工作的情况下，刘邓部队果断甩开国民党部队的纠缠，全力南下，开始了千里挺进大别山的壮举。经过一路鏖战和在黄泛区异常艰苦的长途跋涉，8月27日终于进入了大别山区。其间，刘邓大军虽然付出了减员3000人、精简大批重武器的代价，但最终在大别山站稳了脚跟，取得了毛泽东预计的最好结果，实现了将战争引向国民党统治区的战略反攻目的。

大别山，是长江中游北岸的战略要地，东慑南京，西逼武汉，南扼长江，北瞰中原。刘邓大军占据了大别山区，犹如在蒋介石裸露的胸膛上刺了一把利剑。国民党当局陷入战略被动，手忙脚乱，疲于应付。刘邓大军到达大别山后，立即实施战略展开，直接出击鄂东皖西，连克江北数城。国民党判断刘邓大军会继续渡江南下，惊慌失措。九江城内一日数惊，武汉也宣布戒严。蒋介石急忙调兵遣将，组织重兵对刘邓大军实施围攻。就在刘邓大军挺进大别山的同时，陈谢和陈粟两大集团也从黄河中下游双翼齐出，东西呼应，陆续南渡黄河，展开于豫西、鲁西南地区，使蒋介石顾此失彼，焦头烂额。1947年9月，陈粟集团由鲁南再次跨越陇海线，完成了在豫皖苏地区的展开，使黄河流域的整个战局发生巨大变化。千里黄河防线全被打破，黄河天险不再是蒋介石分割三大解放区、阻挡解放军的天然屏障。至此，蒋介石精心策划和部署的“黄河战略”土崩瓦解。

毛泽东与蒋介石之间，共产党与国民党之间，解放军与国民党军之间，围绕黄河流域展开的历史性较量，最终以蒋介石和国民党军队的惨败而告终。解放军跨过黄河天险，饮马万里长江，拉开了战略反攻的历史序幕。

第二十八章

李金生怎样报考河南大学并成为全省高考『状元』？他的不治之症是如何在『自疗』中痊愈的？李金生和潘美玉怎样参加共产党领导的学生运动？两个人在运动中发挥了什么作用？

（一）

当解放战争进行得如火如荼的时候，李金生从郑州来到了河南省城开封。他已修完了高中阶段的全部课程，准备报考国立河南大学。

河南大学始建于1912年，是一座闻名海内外的综合性高等院校，位于开封西北角，北依开宝寺铁塔，东邻古老城墙。后周时期，这里就被辟为国子监，是当时国内唯一的高等学府。到了北宋，这里仍为国子监，成为高士荟萃之处。清代时，这里在国子监的原址上又建起了河南贡院，是河南全省秀才乡试的场所，斋舍考棚达数千间。晚清最后一届全国科举考试也在这里举行。

李金生在吴校长和赵国保的鼓励下，下决心报考这所全省著名的院校。填写志愿时，李金生专门报考了河南大学医学院。这是反复考虑后作出的选择。他始终没有忘记，自己的爷爷、奶奶、妹妹和张江村众多乡亲们的死亡都和病难相关。小妹玉兰惨死在黄龙山的时候，李金生就在她坟前痛下决心，此生一定要当一名良医，用自己的精湛医术造福于民，造福乡梓，为贫苦百姓救死扶伤，为家乡村民送医送药，为医疗事业奉献终生。

对自己这次能否如愿以偿地考上河南大学，李金生还是心中没底，忐忑不安。他毕竟是在多年的颠沛流离中完成的学业，毕竟多次中断学业，毕竟难童学校不是一所正规中学。李金生报名后心里更虚，因为他在报名处看到，此次报考的人很多，仅开封考区就有数千人。看着报名处那一个个衣冠楚楚、气宇轩昂的富家子弟，看着那一大片底气十足、来自重点名校的众多考生，李金生心中甚至没有了自信。河南大学医学院这次一共才录取50名考生，百里挑一，千中择优，自己能考得上吗？

一直到了临考前几天，李金生的心才平静了下来。他想好了，自己尽最大努力去考，实在考不上就去复读，明年继续考，一直到考上为止。李金生放下思想包袱后，全身心投入到了考前复习之中。他又潜心研读了一遍高中的全部课程，做了大量数理习题，把各种公式背得滚瓜烂熟，对语文作文也进行了深入准备。到了考场，李金生牢记吴校长的嘱咐，答题时不慌不忙，不紧不慢，从容应对，十分冷静。他先是快速浏览一遍考卷，然后沉下气来，对考题进行深入思考，细心认真地逐一解答。每次做完试题后，他又反反复复地检查每一项答案，直到心中确实有了底，才将整洁的考卷交给监考老师。

几天考试下来，李金生自我感觉良好。由于他与考场上的考生互不相识，也就没有与他人核对答案，对自己考试的情况心中无数。考试结束后，接下来就是焦急的等待。他每天都在等待考试结果，等待"发榜"的日子，等待命运的审判。他想，自己虽然都答出了全部试题，但不知究竟正确与否，另外考场上高手云集，群英荟萃，天外有天，自己能成为那百分之一、千分之一的幸运儿吗？他做好了最坏的打算，落榜后就回圣德中学去，在吴校长的指导下继续复读，明年再作第二次冲刺。

在等待结果的一天半夜，李金生又做了一个奇怪的梦。他梦见自己坐在张江村外的贾鲁河边，有一条红尾大鲤鱼在水中慢慢游动。他当时屏住呼吸，扑到水中，一下子抓住了那条大鱼，当时激动得竟掉下了眼泪。

半个月之后，终于到了发榜的日子。李金生怀着一颗忐忑不安的心来到了河南大学门前，观看录取结果。他挤过"张榜"处密集的人群，来到榜前，慢慢地抬起头，从录取榜的最下端开始往上看，寻找自己的名字。他知道，即使这次侥幸被录取，也一定排在最后几名。他战战兢兢地从最后一行往上看，一直快看到最顶端，仍然没有自己的名字。他觉得已经没有希望了，心里凉了一大半。他正准备转身离开，突然在录取榜的第一排看到了自己的名字——他居然考了全省第一名！

这怎么可能？在看到自己名字的一瞬间，李金生一下子懵住了。他不敢相信自己的眼睛，不敢相信这是真的。他又使劲儿揉了揉眼睛，稳住神，再一次往录取榜上看——真真切切，自己的名字和考号全都对上了，他李金生真的被录取了，而且名列全省考生第一名！他一下子惊叫了起来。

听到李金生的惊叫，周围的考生很快知道他就是全省考试的"状元"，一起围了上来，高声欢呼，把他抬过头顶，一次次地抛向空中。在众人的贺喜声中，河南大学负责招生的两位老师走上前来，握着李金生的手，代表河南大学对他表示热烈祝贺，欢迎他到河南大学来读书。李金生一下子成了考生中的明星人物，成为全市、全省的名人。李金生在极度的狂喜中头脑一片空白，很长时间不知该怎样表达自己的激动和兴奋之情……

当知道儿子考中了全省"状元"后，父亲李恒德、母亲李徐氏淌下了幸福的

泪水。吴惠民校长和难童学校的师生们得知消息后，也专程从郑州赶来祝贺。赵国保夫妇听说后，马上来见李金生，并带来了贺礼。潘振海和潘美玉得知李金生成为高考状元，更加高兴，执意在开封有名的“又一新”饭店摆了一桌庆贺酒席，与大家共祝尉氏家乡又出了一名“状元郎”，同乡中又出了一名“俊秀才”，小小的张江村又飞出了一只“金凤凰”。

在庆贺的酒宴上，潘美玉不顾父亲的劝阻，破例喝了满满一大杯白酒。她真是太高兴、太激动了。自己没有看错金生哥哥。这个历尽艰难终于迎来人生光明前途的年轻人，也更赢得了她的尊重和爱慕，更让她抱定了与金生哥哥共度人生的决心。她想起自己在日记中写的几句话：当你看懂一个人时，一定是你在意过；当你看明一个人时，一定是你感动过；当你看准一个人时，一定是你珍惜过；当你看好一个人时，一定是你经历过；当你看定一个人时，一定是你付出过！而金生哥哥何尝不是自己看懂、看好和看定的人呢？此时，潘美玉的内心深处，已经把与自己青梅竹马的金生哥哥当做了托付终身的情郎。

（二）

对潘美玉的一往情深，李金生还一直蒙在鼓里，浑然不知。自从考入河南大学医学院后，李金生首先要面对的是学费问题。他坚决拒绝了家人和朋友的馈赠。他知道，家里的积蓄已经全部用在了重建家园上。潘振海大叔给的钱，吴惠民校长给的钱，众多亲朋好友捐助的钱，都是他们的血汗钱，是辛辛苦苦地挣来的，来之不易，自己取之不恭。当前物价飞涨，各家生活都很困难，都是一个铜板掰成两半花，都要养家糊口过日子，自己绝不能轻易索取。李金生决定，还是依靠自己的力量，靠勤工俭学、自力更生解决学费问题。他一方面向河南大学申请“学生贷金”应对急需，另一方面四处打工挣钱养活自己。

好在大学课程设置比较灵活，不像中学那样必须每天呆在教室里听课读书，学生有一定的自主性，能适度调整和支配时间。李金生尽可能抽出时间外出打工，在开封城内找活儿干，继续吃苦耐劳，自食其力。他的同班同学王自立，家中生活也很困难。两个人很要好，常结伴外出找活儿干。他们有时一起在饭店里跑堂，有时到建筑工地上搬砖送瓦，运气好的时候还能给城里的一些富家子女补习功课，靠半工半读度过了一段艰难的日子。有一次，他们在一个工地上拆除旧房，当拆到地基时，主人说剩下的废砖不要了。他俩很快在城内找到一户正在垒屋的居民，把从工地上扒出的旧砖全卖给这户人家，挣了一笔钱，顶了他们半个多月的生活费。李金生和王立生坚持风里来里雨去，四处打工，常累得头晕眼花，有时连路都走不动，但他们始终咬牙坚持，不怕苦累，仗着年轻力壮，干活时不惜力，本分老实不偷懒，硬是挺了过来。一年下来，他俩总算是挣了个温饱，加上"学生贷金"后交足了学费，虽然辛苦，但也有一种成就感，自得其乐。李金生和王立生在学习中也相互帮助，相互鼓励，学习成绩也没有落下，反而在班级和年级都居于前列，辛苦但快乐地过着大学里的每一天。

李金生十分珍惜来之不易的大学生活，在学习上非常刻苦，非常努力。他知道，不是每一次努力都会有收获，但每一次收获都一定会有努力。他的勤奋好学，他的吃苦耐劳，很快赢得了全班同学的尊重。在他的学习成绩连续在全年级排名第一之后，同学们投票把他推选为学生会主席。李金生在成绩和荣誉面前，坚持锐气藏于胸，和气浮于面，才气见于事，义气现于人，始终在同学中享有很高威信。有的时候甚至连他自己都在想，自己可能在学习上富有天分，因为每次老师讲的内容他一听就懂，一点就通，一教就会，而其他同学老是听不懂，学不会，经常让他辅导功课，补习作业。同学们都十分尊重和佩服李金生。

但是，有一天却出现了意外。这次李金生不仅一再回避老师的提问，而且在上课时老是往后面躲，甚至找理由跑到外面不参加这堂课。同学们都感到奇怪，后来一起紧紧盯着他，非要他完成这堂课不行。

其实，李金生一再躲避这堂课是有原因的。近一段时间，他老是感到自己的胸部疼，担心自己的肺结核病又犯了，害怕学校发现让他停课休学，甚至开除他。而这一堂课是"医疗器械实习"，要学习"X 光透视机"，学生之间要相互进行胸部透视。如果自己的肺结核病在胸透中被发现，后果不堪设想。所以，当老师让同学们用"透视机"相互胸透时，李金生又跑到外面躲避。同学们看不到李金生，就四处找他，硬把他推到了"透视机"前。看到实在躲不过去了，李金生只好脱去上衣，站在机器前让同学们"胸透"。大家不知道李金生的秘密，反而对他检查得格外仔细。操作 X 光机的同学对他的胸部上上下下地仔细检

查,总看不够。李金生见此更加紧张,心脏咚咚直跳。最后,检查的同学用责怪的口气对他说:

“金生,你咋不脱掉衣服啊?胸透要先脱掉衣服才可以啊!大家快来看,李金生衣服的‘扣子’还在X光机上呢,多清楚啊!”

旁边的同学围到机器屏幕前一看,也马上说:“可不是,你胸部有一块大大的‘黑点’。那不是‘扣子’吗?”

李金生站在X光机前面高举双手,左右转身,让同学们细看他光光的上身。他也疑惑地对大家说:

“我也不知道是咋回事啊!你们看,现在我上身可脱得精光,没穿一件衣服啊!”

同学们看看李金生,又看看X光机,看着屏幕上那一块大大的“黑点”,都感到奇怪。既然李金生上身没穿一点衣服,那么屏幕上为何会有这么大一块“黑点”呢?

授课老师听到情况后也走到X光机前,仔细看了看屏幕,又看了看李金生光光的上身,问他:

“你是不是过去得过肺结核病啊?”

李金生只好无奈地点了点头。看来自己的病是瞒不住了,学校到底怎么处理,只好听天由命了。

授课老师又反复观察了X光机器屏幕上的影像,查看了李金生的胸部后,认真对李金生说:

“李金生同学,你不用担心,也别害怕,现在你肺部的结核已经成了‘硬块’,从病理上说,彻底痊愈了,也就是说,你的身体已经完全康复了。”

李金生听后十分惊愕,忙问老师:“你是说,我的肺结核病全好了?”

老师郑重地点了点头。

李金生一阵狂喜。一直到这个时候他才知道,纠缠了他三年多的“绝症”——肺结核,竟然在没有任何一家大医院治疗,没有花任何费用的情况下,彻底痊愈了!此刻,长期压在李金生心头的一块大石头终于落地了,他的脸上不由得挂上了喜悦的泪花。

在老师和同学们探询的目光中,李金生讲述了自己患病的前前后后。大家听后,都对他“自疗”的传奇过程感到不可思议。老师沉思了一会儿,对李金生说:

“你这种情况十分罕见。从医学上解释，有三个因素对治愈你的肺结核病起了关键作用：一是长时间的日光照射，使紫外线有了充分的摄入；二是你大量饮用了牛奶、乳制品，有大量的蛋白质补充；三是你持之以恒地坚持运动，使你的身体更加强壮，增加了抵抗力、免疫力。当然，还有一个重要因素，那就是心理调节和心理暗示。你始终保持乐观态度，积极应对病魔。这也是你战胜肺结核顽症的重要武器。”

同学们得知了李金生病愈的过程，都纷纷上前对他表示祝贺，同时也对他勇敢面对病魔、顽强战胜疾病的无畏精神表示敬佩。大家这时候才发现，生活在自己身边的李金生同学，每天都背负着沉重的包袱在发奋学习，每天都在巨大压力中顽强奋斗，学习成绩还排在全年级前列。同学们都表示，在以后的生活中，一定要多给李金生一些照顾帮助，为他分担忧愁，分担压力，共同完成学业，一起向着美好的人生目标奋斗。

（三）

潘美玉十分了解金生哥哥的倔强性格，也十分担心金生哥哥的身体。她反复考虑之后，就常给金生哥哥买些有营养的补品送到学校。潘美玉深知，真正的爱情，不是浪漫鲜花和烛光晚餐，也不是甜言蜜语和山盟海誓，而是发自内心的点点滴滴的关心与体贴。她知道，金生哥哥爱吃开封特有的“大刀羊肉”，喜欢吃用吊炉烧饼夹薄片羊肉的“肉夹馍”，就常常“吃里爬外”地从潘记羊肉汤馆“偷”一些卤好的羊肉，用刚从吊炉里烤来热得烫手的烧饼夹好，快步送到金生哥哥的宿舍去，还坐在床头看着他吃完。

李金生多次劝说美玉不要再送了。但是，她根本不听，照送不误。李金生想躲都躲不掉，因为潘美玉所在的高级护校学生会与河南大学医学院学生会工作上多有往来，两个人又都是学生会成员，免不了工作上频繁接触。潘美玉每次除了给金生哥哥送吃的，还常向他请教学生会工作中的问题。两个人一起参加河南省学联组织的政治学习，参加各种理论讲座。由于河南大学学生会是河南省学联中心，是全省院校学生会的“旗舰”，所以各所大专院校

的学生会成员常聚在那里开会。河南大学校园内有个山河书店，里面有很多“三联书店”出版的书籍，其中有大量哲学著作、翻译小说和进步书刊。李金生和潘美玉就把那里当成了学校的第二图书馆，先后在那里阅读了《大众哲学》、《政治经济学》、《白毛女》、《李有才板话》、《铁流》等进步刊物，甚至还阅读了揭露蒋家王朝阴暗面的《四大家族》等敏感书籍。最近一个时期，他们接触更加频繁，因为开封乃至全省的大中院校学生会正在筹划组织一场声势浩大的游行请愿活动。

河南学联组织游行请愿的起因，是国民政府与美国刚刚签署了《中美商约》。这个商约是个卖国条约，出卖了中国主权，激起全国民众的义愤。在蒋介石授意下，国民政府外交部长王世杰于 1946 年 11 月与美国驻华大使司徒雷登正式签署了《中美商约》。条约签署后，蒋介石为争取美援打内战，又连续和美国政府签订了出卖中国领空的《中美航空协定》，承认美国海军占领青岛的《青岛海军基地秘密协定》，出卖中国铁路主权的《滇越铁路管理与川滇铁路修筑协定》，放任美国在中国倾销军火和掠夺物资的《国际关税与贸易一般协定》，美国控制中国海军的《中美海军协定》等一系列不平等条约。这些不平等条约，使美国把中国投资市场变成了美国的一统天下，极大地出卖了中国的领空、领海和铁路主权，使美国在华特权甚至超过当年袁世凯与日本人秘密签署的出卖山东、满蒙主权的卖国条款中规定的日本的特权，引起了举国民众的强烈愤慨。社会各界指责政府与美国签订的这些条约是新的“二十一条”，沦丧国家主权，损伤国民经济，出卖中华民族的根本利益。

1947 年 2 月，开封城内 40 余所院校的数万名学生走上街头，高呼“废除《中美商约》”、“美国佬从中国滚出去”、“反对内战”等口号，群情激奋，吼声震天，浩浩荡荡地汇成了一股势不可当的巨大洪流。李金生和潘美玉走在游行队伍前列，肩并肩，手挽手，大步前进。游行队伍一路上对两旁的围观群众鼓动演说，广泛宣传，在民众中产生了巨大的影响。

国民党当局对这次大游行极为恐慌。他们如临大敌，派出大批宪兵和警察团团包围游行队伍。军警挥舞警棍刺刀对游行学生进行威胁。然而，学生们大义凛然，根本没有把军警放在眼里。他们勇敢地冲破军警的阻拦，一路高呼口号，散发传单，张贴标语，喊声歌声响成一片，得到了沿途群众的大力支持。游行队伍走到哪里，就把宣传鼓动工作做到哪里。开封城内到处是“废除《中美商约》”、“美国佬从中国滚出去”、“反对出卖民族利益”、“反对内战”的大幅标语口号。游行队伍甚至还在国民党中央银行开封分行的大门上张贴了“人民血库”四个大字，在中央社驻河南通讯社招牌上写下了“造谣社”的大标语。游行途中，学生们还在过路汽车的车身上张贴标语，不让贴就不放行。遇到国民党军官乘坐的汽车，同学们还用墨汁拦腰画一条“武装带”，连美国佬的吉普车也不例外。大家不顾军警的威胁，不怕刺刀警棍的逼迫，不怕流血被捕，奋不顾身地为民族利益、为国家命运勇敢呐喊。李金生和潘美玉也手挽手地走在游行队伍前面，相互搀扶，相互鼓励，勇敢斗争，两颗心贴得更近了，彼此的感情更加深厚。

1947 年 5 月，在河南省学联的组织下，开封各大院校的学生又掀起了第二次大规模游行示威。这次游行示威的主题是“反饥饿、反内战、反迫害”。在这次游行中，学生们不仅打起了“三反”的巨大横幅，而且在开封全城到处张贴指向更加明确的标语：“我们要生存”、“朱门酒肉臭，学生饿得瘦”、“权贵豪门一席饭，穷苦学生半年粮”、“打倒官僚资本”、“打倒蒋、宋、孔、陈四大家族”等等。学生们还在街头大力开展宣传鼓动，高唱“这个年头，怎么得了，一百元的钞票无人要”，“我们要饿死了”等自己编写的、让老百姓一听就懂的歌曲。游行队伍最后聚集在河南省政府门前集体请愿。河南省政府主席刘茂恩知道这样的游行是全国性的，连国民党中央都没办法，就不敢采取强制措施，不敢派军警镇压，也不敢出面接见学生，龟缩在省府大院内不与学生们见面。为进一步扩大声势，学联还在河南大学召开记者会，宣布派代表团赴京参加全国“五区学联会议”。当游行队伍簇拥着代表团来到开封火车站时，送行的学生聚集在一起，高喊“打倒好战分子”，“打倒四大家族”的口号，矛头直指蒋介石国民党当局，使全省的学生运动达到了高潮。

学生运动风起云涌，波澜壮阔，席卷了全国 60 多个大中城市。1947 年 5 月 20 日，南京也爆发了大规模的学生游行，遭到国民党宪兵警察的血腥镇压，有 100 多名学生受伤，数十人被捕，造成著名的“五二〇血案”。“血案”引起全国震怒。社会各界发表声明，谴责国民党当局，支持学生的正义斗争。冯玉祥、马寅初和柳亚子等分别上街演说，发表“告全国同胞书”，声讨国民党政府镇压学生的暴行。中国民主同盟、民主促进会等组织也都致函和慰问学生，全国各大城市都出现了“学生罢课，工人罢工，商人罢市”的抗议热潮。在强大的舆论压力下，国民党政府不得不释放了被捕学生，使学生运动取得了阶段性胜利。国统区内开展的这次大规模“反饥饿、反内战、反迫害”运动，沉重打击了国民

党政府的统治，给一心想攫取中国权益的美帝国主义以沉重打击。1947 年 5 月 30 日，毛泽东在延安发表了《蒋介石政府已处在全民包围中》的文章，公开指出："中国境内已有了两条战线。蒋介石国民党军队和人民解放军的战争，这是第一条战线。现在又出现了第二条战线，这就是伟大的正义的学生运动和蒋介石政府之间的尖锐斗争。"

第二十九章

栗裕为什么向中央提出『大军不过江』的战略性建议？赵国保如何协助粟裕指挥『豫东战役』？某部突击营营长艾顺怎样率部攻打开封、血战龙亭？毛泽东如何高度评价粟裕？林彪为何称粟裕打了个『神仙仗』？

（一）

中原，是黄河母亲异常垂青的一片土地，也是一片具有悠久历史、厚重文化、深邃内涵的热土。中原处于华夏九州中心，既是全国东西南北的交会枢纽，也是中国历史文化的交融之地。中原，是历代皇朝建都最多的地方。从第一个奴隶制王朝夏朝开始，先后有20多个朝代、200多位帝王在这里建都，是中原逐鹿、兵家必争之地，自古就有“得中原者得天下”之说。历史上的黄帝蚩尤涿鹿之战、武王伐纣、周公营洛、春秋诸侯争霸、战国群雄逐鹿、楚汉争霸、光武帝刘秀兴汉、曹魏中原称雄、隋末瓦岗暴动、赵匡胤陈桥兵变、岳飞抗金鏖兵、李自成中原血战等，都发生在中原一带。

河南省地处中原的“中原”，华夏中心的“中心”。每逢事关国运的大战，都要在这里演绎历史性的大博弈，都要发生惊心动魄的鏖战。进入20世纪40年代以后，河南更成为共产党和国民党逐鹿中原的必争之地，更成为毛泽东和蒋介石战略决战的核心区域，更成为人民解放军和国民党军队进行决战的重要战场。

1948年6月之后，共产党与国民党在中原的核心地域河南又展开了一场新的大规模鏖战，展开了一场复杂激烈的战役战斗，其中最为著名的是“豫东战役”。在这次战役中，国共双方都投入了数十万军队，进行了殊死较量，而争夺与决战的焦点，就是黄河下游的卧牛城——开封。这场战役性决战不仅持续时间长，动用部队多，事关战略全局，而且双方交战的激烈程度甚至比历史上的“破釜沉舟”更为惊心动魄。

在这场较量中，共产党的重要“操棋手”是华东野战军代司令员粟裕。粟裕是一位身经百战、历尽险境的指挥员。他用兵不拘一格，神出鬼没，忽奇忽正，大开大合，往往出奇制胜，让国民党吃尽了苦头。早在井冈山时期，粟裕就是毛泽东十分欣赏的一名战将，在中央苏区历次反围剿战斗中都立下了殊勋。红军长征以后，粟裕留在浙西南敌后坚持斗争，一度与中央失去联系。中央当时以为他已牺牲，还将他列为烈士予以悼念。直到1938年初闽浙边临时省委派人到南昌新四军军部汇报工作，无意中提到在敌后坚持斗争的粟裕，中央才知道粟裕还活着，迅速报告给了毛泽东。毛泽东闻讯后异常高兴，连连说："哦，好，粟裕还在，粟裕还在。"中央随即任命粟裕为新四军先遣支队司令，派他赴苏南实施战略侦察。粟裕不仅顺利完成了任务，还在镇江附近巧袭日军，取得了"韦岗战斗"的胜利。国民政府军事委员会都向新四军发贺电："所属粟部，袭击韦岗，斩获颇多，殊堪嘉尚。"粟裕担任华东野战军领导后，创造性地运用毛泽东军事思想，连续取得了包括苏中"七战七捷"、"鲁南战役"在内的一系列重大胜利。华东解放区老百姓过年时甚至贴出了"毛主席领导样样好，粟司令打仗仗仗胜"的对联。

粟裕在这次险象环生的"豫东战役"中，胸怀全局，胆大心细，又下出了一手好棋，一手妙棋，一手胜棋，同时也下出了一手连毛泽东都出了一身冷汗的"险棋"。一直跟随粟裕指挥作战的华东野战军指挥部作战参谋赵国保，耳闻目睹了这盘棋的全过程，对粟代司令员敬佩至极。

赵国保此时已参加了人民解放军，并调入华东野战军"粟裕兵团"指挥所担任作战参谋。1947 年 8 月，刘邓大军强渡黄河、挺进大别山以后，在国民党开封第四绥靖区司令部任参谋处副处长的赵国保，被刘如铭、刘如真兄弟"礼送出境"。刘氏兄弟在刘邓大军南下时，没有掘开黄河大堤水淹解放区，虚张声势地为解放军让开了大道，但他们最后还是追随了蒋介石。赵国保来到解放区后，在周伟民的介绍下参加了人民解放军，并加入了共产党。鉴于赵国保长期在国民党指挥机构担任作战参谋，精通业务，历经实战，就将他分配到野战军指挥机关工作，继续担任作战参谋。此次"豫东战役"，刘邓大军与华东野战军联合作战，考虑到赵国保在第四绥靖区任过职，熟知敌社情和豫东军事地理，就专门把他抽调到华东野战军"粟兵团"指挥所工作。

粟裕对敦厚诚实、业务精湛的赵国保十分器重，一直把他带身边，常向他咨询一些豫东豫中的敌社情，有时还认真听取他对作战计划的意见、建议。赵国保此刻正站在粟裕代司令员身边，一边标绘作战地图，一边随时准备回答粟代司令员提出的问题。

1948 年以后，全国各大战场的局势发生了根本变化。蒋介石在战略上失去主动，国民党自内战以来发动的全面进攻、重点进攻和战略防御均遭失败。为改变被动局面，蒋介石采取了"坚守东北、力争华北、集中力量加强中原防御"的作战部署，由"全面防御"改为"分区防御"。国民党在中原战场的部署重

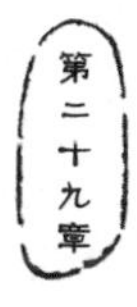

点是，继续挤压挺进大别山区的刘邓大军，防止华东野战军南渡长江或西进，确保南京和武汉等大城市的安全。国民党在中原地区共部署了24个整编师、79个旅，在兵力上仍然占据优势。

在夺取了战略上的主动权之后，毛泽东开始考虑全面转入对国民党的战略进攻。目前，刘邓、陈谢、陈粟三个大军已经在黄河流域摆出了一个“品”字形阵式，迫使国民党军陷入了被动。但是，自己也面临着一些新的困难：大别山峰峦叠嶂，群山连绵，不便于大兵团作战；刘邓部队挺进大别山后远离解放区，无后方依托，处境艰苦，供应补充十分困难；陈谢部队开辟豫陕鄂边区、陈粟外线兵团挺进豫皖苏之后，与国民党军形成了“拉锯”状态，展开新的战略进攻面临诸多问题。毛泽东根据新的战略格局，经过深入思考，决心打破中原战场敌我僵持的局面，将解放军的战略进攻推向新的领域，争取更大胜利。1948年1月，中央对华东野战军部署作出重大调整，将12个纵队划分为4个野战兵团，在4个地域内进行更大范围的机动作战。其中，华东野战军第1兵团由第1、第4、第6三个纵队组成，粟裕任兵团司令员兼政委，任务是伺机南渡长江，挺进闽浙赣诸省，创建新的解放区，实现刘邓大军挺进大别山后的第二次战略性跃进，吸引中原地区的国民党重兵回防江南，支持刘邓大军在大别山站稳脚跟，打乱蒋介石的战略防御计划。

1948年3月，粟裕兵团奉命渡过黄河，到达了河南濮阳地区，一面休整补充，一面准备渡江南下作战。粟裕此时密切关注着中原战局的发展，慎重权衡着中央决定的分兵渡江作战与集中兵力在中原打歼灭战的利弊关系。

近一时期，粟裕一直在思考着一个重大问题。粟裕是个极善于独立思考的战役指挥员，也是个对战略问题有着独到见解的领导人。他敢作敢为，对革命事业极端负责，认准的事情敢于坚持到底。

粟裕出身于一个侗族贫民家庭，40余岁，身材瘦削，面色清癯，目光犀利，意志刚毅。他身经百战，指挥过一次次艰苦卓绝、风险迭出的大战恶战，具有冷静缜密的战略思维和大局意识。作为一线指挥员，他对中原战场有着更加清晰的了解，对中原地区的敌我态势、兵力配置和武器装备有着更加深入的认识和透彻的分析，对战局发展也有着更加切合实际的思考见解。他认为，华东野战军在中原战场已经具备了打一场较大规模歼灭战的基本条件，能够有效歼灭该地区的国民党军队，实现对大别山刘邓部队最为有力的战略支援，也能加快战略进攻的总体步伐。经过一个多月的深思熟虑，粟裕于4月18日向中央发电，建议粟兵团3个纵队暂不南渡长江，继续留在中原地区实施大范围的机动作战，同时决心集中华东野战军6个纵队、中原野战军4个纵队、两广纵队和地方武装，打一场较大规模的歼灭战，彻底改变中原战场的战略格局。

毛泽东和党中央接到粟裕的电报后高度重视，审慎研究后决定，接受粟裕兵团暂不过江、实施中原作战的建议，同时还决定，华东野战军陈毅司令员调中原局工作，粟裕代理司令员兼政委，统一指挥华东野战军外线各纵队，在徐汴线南北地区寻歼邱清泉第5军等国民党部队，力争歼敌6至12个旅。

1948年5月5日，中央军委下达了中原战场的作战任务，要求华东野战军1、第3、第4、第6、第8纵及中原野战军第11纵共6个纵队，集结在陇海铁路开封至徐州段及南北地区，寻歼国民党王牌军整编第5军。同时还命令，华野第2兵团向津浦路方向机动，寻机歼灭并钳制国民党整编第12师和第72师。命令还要求，华东野战军第4兵团在苏北地区发起新的进攻，全面策应中原战场作战。

粟裕对毛主席和党中央的从善如流和对自己的高度信任深为感动。他第三次力拒了中央让他担任华东野战军司令员的决定，表现出了一个共产党员的高风亮节和博大胸怀。受领任务后，粟裕全面分析中原战场的整体态势，深入筹划战役部署，对天时、地利、人和及敌情我情、民情、社情等诸多因素熟稔于胸，积极创造捕捉歼敌战机。此时，国民党在中原战场共有25个整编师、57个旅，其中13个整编师、30个旅担任点线守备，12个整编师、27个旅和4个快速纵队编成4个兵团，执行机动作战任务。蒋介石的部署是，控制陇海路东段、津浦路和平汉路南段的交通线，以郑州、信阳、蚌埠、开封、商丘和徐州等城市为据点，集中机动兵力寻机与解放军主力兵团决战，同时重点监视并堵击集结于濮阳地区的粟裕兵团渡河南下。

面对中原战场敌强我弱的严峻形势，赵国保和华东野战军众多指挥员一样，都暗自为粟裕代司令员捏了一把汗。目前中原解放军只有20万人，而国民党军有25万人。敌军在武器装备上也占有明显优势，还控制着中原大城市和交通线，便于相互策应支援。此次打击的重点是邱清泉整编第5军，而该军是蒋介石配置在关内的两支精锐之一。第5军建于抗战初期，是中国第一支美械装备部队。在1939年的昆仑关战役中，该军曾重创号称"钢军"的日军坂垣第5师团第12旅团，后又远征缅甸，给日军以重大杀伤。蒋介石对第5军极其重视。该军齐装满员，下辖2个整编师、4个旅，还指挥1个快速纵队及1个骑兵

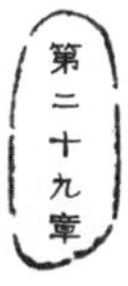

旅,战斗力异常强大。在华东战场和中原战场上,第5军曾多次与解放军交手,从未受过重大打击。

然而,粟裕却有着超出常人的胆略和气魄。他在指挥作战时往往出人意料,出其不意,特别是能够在劣势和危局面前另辟蹊径,出奇制胜。

(二)

"豫东战役"开战之初,粟裕首先指挥华野各部队在黄河南北两岸的宽大区域频繁机动,迷惑了国民党军,促使蒋介石调动11个整编师聚集于鲁西南。粟裕随即命令华野陈士榘、唐亮兵团主力第3、第8纵队,于1948年5月23日由许昌向淮阳方向机动,调动了邱清泉兵团及整编75师南下河南太康。5月30日,粟裕率第1、第4和6纵队及两广、特种兵纵队突然南渡黄河,前出菏泽、巨野一线,同时抽调渡江先遣纵队随主力南渡黄河,摆出一副渡江南进的姿态。

蒋介石发现粟裕率华野外线主力南渡黄河后十分震惊,急忙调动邱清泉兵团北返堵击,又令第4绥靖区刘如铭等部队收缩固守菏泽、曹县和金乡地区。蒋介石还从苏北增调了整编第83、第72、第25师和整编第63师1个旅,快速开进到鲁西南,在该地集结了数十万大军,欲与华野主力决战。国民党各部队到位以后,蒋介石一下子变得踌躇满志起来。他要在鲁西南与华东野战军进行一场大规模决战,以优势兵力聚歼粟裕指挥的华东野战军和中原野战军主力。

国民党在鲁西南麇集重兵,使战场局势变得十分危急,使粟裕面临着巨大压力。鉴于邱清泉第5军先于华野部队到达山东成武和曹县地区,粟裕决定部队开进到定陶和金乡外围集结,调动国民党军后再在运动中歼敌。粟裕在骤变的战场局势面前头脑非常冷静。他随机应变,改变了原计划在鲁西南组织华野主力歼灭国民党军的作战方案,乘蒋介石把重兵集中在鲁西南的态势,先打河南省城开封,后歼来援之敌,把围歼战改为运动战,在运动中大量歼灭国民党军。

开封,是中原战略要地,河南省省会。攻克开封,在全国影响很大。蒋介石势必派重兵增援,整编第5军极有可能出动。这就为运动中歼灭该军创造了有利条件。同时，国民党驻开封仅有1个师和一些保安部队，兵力较少，战斗力弱。华野部队攻占开封比较有把握。另外还有一个重要因素，此时华野“陈唐兵团”第3、第8纵队，正好机动到开封附近的通许、陈留一带，距离开封仅有一日行程，便于就势转进，收到奇袭之效。粟裕定下决心后，立即将新的作战方案上报中央。毛泽东审阅了这个作战方案，迅即予以批准，并回电粟裕：“情况紧张时可独立处置，不必请示。”

粟裕按照新的作战方案迅速展开行动。1948年6月16日，第3、第8纵队6万余人在隐蔽中向开封急进，17日抵达开封城下，当日黄昏就从东、西、南三面向开封发起进攻。

在华野第8纵队的攻城部队中，担负开封南关正面攻击任务的是突击营营长艾顺。艾顺终于回到了家乡。当年他参加了刺杀日本特务头子吉川贞佐的行动之后，辗转到山东解放区，参加了人民解放军。艾顺跟随部队南征北战，东拼西打，总是冲锋在前，英勇作战，杀敌立功，锻炼成长为部队指挥员。此次回家乡参加攻打开封的战斗，艾顺十分激动，代表全营官兵一再向上级请求把最重要的任务交给他们。经上级批准，艾顺所在营担负了开封南关主攻方向的突击任务。

开封，是一座历史古城，也是中原逐鹿的核心地区，自明代以来战火不息。城墙屡经修建已有两丈多高，高大坚固，全部用砖石和三合土筑成。开封城有大南门、小南门、宋门、曹门、西门和北门6座城门，有南关、宋关、曹关和西关4个关口。国民党从日军手中接收开封之后，花了很大精力进行战场建设，依托高大城墙，构建了以城垣为主阵地，以龙亭及河南省政府为核心的坚固防御体系。阵地中的碉堡多用钢筋水泥筑成，堡垒之间相互衔接，火力配系梯次配置，防御体系极为完善。国民党军在城外也构筑了大量工事，挖掘了纵横东西、贯穿南北的外壕、堑壕和交通壕，重兵把守，层层阻隔，使整个开封成了一个大堡垒、大阵地。河南省主席兼城防司令刘茂恩夸口：“开封是座铜墙铁壁，谁也打不开。”

进攻开封前，陈唐兵团已通过地下党掌握了开封的城防情况。他们决心首先从开封南关、西关两个方向突破，之后从东北等方向进攻其他关口，四面围攻开封，以双倍于国民党军的兵力一举夺取开封。

南关是国民党军的防御重点。从这里攻入城区，可顺着南北方向的中山路直达市中心，直插敌人心脏。为加强南关的防守，刘茂恩专门将整编第68师

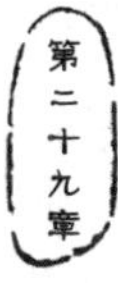

119 旅第 355 团及保安第 1、第 2 旅主力配置在南关一带。

1948 年 6 月 17 日,“开封战役”正式打响。华野第 8、第 3 纵队在猛烈的炮火准备后,向南关、西关发起进攻。第 8 纵队突击营在营长艾顺率领下一马当先,全营官兵勇猛冲击,如暴风骤雨般扑向外围阵地。经过连续战斗,部队很快突破了外围阵地,占领了南郊飞机场、南关火车站,全歼了顽守在核心据点——南关邮电大楼一带的保安第 2 旅第 2 团主力。战至 18 日午夜,第 8 纵队突击到了南关大南门和小南门跟前。

大南门和小南门是国民党军坚守的重点,兵力猬集,火力强大。攻城部队屡次攻击受挫。疯狂的敌军甚至组织起敢死队向城外发起了反冲锋,双方交战异常激烈。艾顺率部浴血奋战,坚决顶住敌人的反冲锋,并派爆破手冒着枪林弹雨破除路障,炸毁了城门,于凌晨突入城内。6 月 20 日,第 8 纵队开始向城内各区发展,一直推进到河南省政府附近。

河南省主席兼城防司令刘茂恩,此时正龟缩在省政府大院内顽抗。在解放军刚开始攻城时,他就向国民党徐州“剿总”和南京频发电告急:“解放军决非佯攻开封,他们对开封城宋关、曹关、南关和西关同时发起猛攻,意在速战速决,请火速增援。”参谋总长顾祝同接到电报后,急忙报告蒋介石。蒋介石深感意外,但确信开封城防坚固,即使没有援军也能坚守 10 天以上。蒋介石还直接给刘茂恩和整编第 66 师李仲辛师长打电话,安慰他们:“援军日内即可到达。依城固守,吸住共军攻城部队,当记首功。”

然而让他们没有想到的是,华东野战军仅两天就突破了开封城防,攻击到市中心的河南省政府附近。面对解放军的强大攻势,刘茂恩和李仲辛感到根本阻挡不住共军的猛烈进攻势头,只有退至核心据点待援。李仲辛随即下令所属部队撤至龙亭主阵地固守,刘茂恩也将保安部队收缩至省政府一带固守防线。为阻挡解放军在街战巷战中快速推进,他们下令在城内放起大火,焚烧民房,构成一道道火障,迟滞攻城部队速度,实施焦土防御。一时间,开封城内大火熊熊,浓烟翻卷,百姓哭声连天。

蒋介石在得知开封城破后万分焦急。他深知,如果河南省城开封丢失,不仅他的决战作战计划可能落空,而且在政治上会陷入极大被动。为给城内守军打气鼓劲,蒋介石于 6 月 20 日乘专机飞临开封上空,在空中与刘茂恩和李仲辛通话,鼓励他们报效党国,死守开封,不惜代价守住阵地。蒋介石还调集大批飞机,对攻城的解放军实施狂轰滥炸。

战斗至6月20日下午，开封已大部落入解放军手中。次日清晨，陈唐兵团指挥部迁至城内，在理事厅街天主教堂建立了前线指挥所。粟裕亲临指挥所，直接指挥作战，极大地鼓舞了部队士气。20日黄昏，第8纵队终于攻克了刘茂恩盘踞的省政府，全歼保安部队主力。刘茂恩在混乱中化装潜逃。李仲辛率残部退至城西北龙亭主据点负隅顽抗。至此，龙亭成为开封城内国民党守军的最后一个堡垒。

龙亭是一座高大的古代建筑，也是开封全城的最高点。它用大量的青石条砖砌成，建在一个数十米高的台基上。相传，这个"台基"是宋太祖赵匡胤登基的金銮宝殿，气势雄伟，楼高殿大，周围还有红色围墙拱卫。龙亭三面环水，左右两边有潘杨二湖，中间只有一条窄道与城区相通，地势险峻，易守难攻。李仲辛在修建龙亭核心阵地时花费了很大工夫，沿防御纵深构筑了12座大碉堡，前后有5层火力网，埋设了大量地雷，并有6处炮兵阵地。李仲辛眼看突围无望，准备凭借龙亭这个坚固阵地进行最后顽抗。

此时开封已大部解放，攻城部队将龙亭团团包围。6月21日，第3、8两个纵队同时从多个方向对龙亭发起进攻，猛扑龙亭主阵地。李仲辛率残余守军穷途末路，拼死顽抗，反击火力十分凶猛。他们居高临下，对攻击部队实施密集的火力拦截。李仲辛甚至在龙亭上拉响警报，指挥大批光着膀子的国民党官兵向解放军发起反冲锋。他还通过电台呼叫来成群的飞机，对攻击部队实施猛烈轰炸。一时间，龙亭主阵地前弹片飞溅，硝烟障日。进攻部队血肉横飞，伤亡严重，进攻一再受挫。

在连续进攻失利之后，粟裕来到了阵地前。他仔细观察询问了战场情况，命令部队停止进攻，转为对龙亭围而不打，引而不发。随后，粟裕命令部队组织力量先在城内扑救大火，抢救伤员，救护受难百姓，同时将陈唐两个兵团的大炮全部集中起来，在龙亭东、西、南三面摆开。600门火炮一齐瞄准龙亭主阵地，准备众炮齐轰。

粟裕此时对龙亭围而不打，有他的战略考虑。此时，集结在鲁西南的整编第5军尚未驰援开封。他要利用开封的残敌作"诱饵"调动第5军。一天之后，第5军在蒋介石严令下终于出洞，从鲁西南赶往开封。粟裕看到他"钓鱼"的目的已达到，随即下令对龙亭发起总攻。6月22日，陈士榘司令员一声令下，600门大炮齐声怒吼。刹那间，周围山摇地动，响声震天。龙亭阵地在熊熊炮火中变成一片烈焰，12个大碉堡全部化为灰烬，防御工事被彻底摧毁。国民

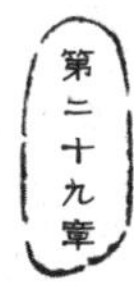

党兵鬼哭狼嚎，死伤成堆，饱尝了重炮猛轰的惨烈之痛。在持续不断的重炮轰击之后，第3、第8纵队像潮水一般冲向龙亭，越过潘杨二湖，攻近龙亭高台之下。此时国民党守军已被炮火炸得焦头烂额，早无还击能力，难以抵挡进攻部队的迅猛浪潮，狼狈逃往龙亭大殿。许多官兵慌乱中钻进了龙亭高台下面的阴暗地道，有的躲在围墙暗角处吓得瑟瑟发抖，最后都跪在地上高举双手，向解放军缴械投降。

艾顺率领全营官兵从围墙缺口跳入龙亭，沿着数百级长长的台阶冲上高台大殿，控制了龙亭制高点。艾顺第一个冲入设在大殿内的整编第66师师部，在众敌万分惊恐之中捣毁了指挥所，活捉师参谋长游成校。与此同时，攻击部队在龙亭各处清除残敌，清剿顽匪，彻底歼灭了盘踞在龙亭核心阵地的国民党残军。整编第66师师长李仲辛在仓皇中窜过龙亭后面的华北体育场，逃到北门城墙，正要跳下城墙向外逃跑时，被追赶上来的解放军战士举枪击毙。

1948年6月22日，国民党残军盘踞在开封的最后一个据点——龙亭，被华东野战军攻克。整个“开封战役”画上了一个圆满句号。

“开封战役”鏖战之时，开封外围也打响了一系列阻援战斗。在开封东面，华野第1、第4、第6纵队，中野第11纵队和两广纵队，对邱清泉兵团实施了运动中的防御作战，给整编第5军予以重大杀伤，攻克了兰封县城；在开封西面，中野第9纵队和豫皖苏军区部队攻占了中牟县城，阻击了从郑州赶来的孙元良兵团，使其无法增援开封；在开封南面，华野第10纵队和中野第1、第3纵队，将从上蔡北援的胡琏兵团死死拦阻，使其无法北进。华野山东兵团包围了兖州，苏北兵团攻克了海州以西的阿湖，有力地策应了“开封战役”的实施，确保了战役胜利。

开封之战，是华东野战军继“洛阳战役”后，在中原地区成功实施的又一次城市攻坚战，一举歼灭了国民党整编第66师、第13旅及河南保安第1、第2旅和3个保安团共3万余人，连同开封外围的阻援战，共歼敌4万余人。最具政治意义的是，此战攻克了河南省城开封，全国舆论为之哗然，蒋介石丢尽了脸面。

粟裕在“开封战役”中展现出了超人的胆识，大智大勇，大开大合，敌变我变，尽占主动，特别是断然甩开鲁西南战场，出其不意地夺取开封。蒋介石深陷被动，疲于奔命，失城损兵，气急败坏。

解放军占领开封之后，蒋介石在舆论压力下急调鲁西南的重兵驰援开封，欲围歼华野第3、第8纵队。蒋介石这一举动正中了粟裕把开封城作为“诱饵”的圈套,为下一阶段歼灭敌军,取得“豫东战役”全胜埋下重重伏笔。

(三)

开封被攻克之后,陈士渠、唐亮两个兵团胜利会师。一时间,开封城内红旗飘飘,欢歌笑语。这是解放军转入战略反攻后夺取的第一座中原省会大城市。蒋介石像个输红眼的赌徒一样,要进行疯狂的报复。他命令整编第5军、第83师继续向开封急进,同时命令区寿年兵团整编第72、第75师及新编第21旅,由河南民权经睢县和杞县迂回包围开封,企图与解放军进行新的决战。蒋介石宣称:“战争能否胜利,全靠中原这次决战。”

夺取开封之后,粟裕看到他设下的诱饵调来了国民党重兵驰援,随即决定,将城市攻坚作战转为运动中歼敌。粟裕十分熟悉援军将领的作战风格,决心放弃开封,继续布“疑阵”迷惑敌人,保持战场主动权。粟裕命令各纵队迈开大步,在豫东地区大范围机动,创造新的战机,重点围歼国民党军中战斗力较弱的区寿年兵团。

1948年6月26日,第3、第8纵队主动撤出开封,向通许方向转移。邱清泉兵团占领开封后,随派主力尾随第3、第8纵队南下。此时曾与其并进的区寿年兵团,因惧怕被歼在睢杞地区踌躇不前,与邱清泉兵团拉开了40公里的间隙。粟裕抓住这一难得的战机,指挥华野第1、第4、第6纵队和中野第11纵队组成“突击集团”,于6月27日晚对区寿年兵团实施战役合围。担负攻击任务的“突击集团”部队不顾连日疲劳,对区寿年兵团发起猛攻,经两昼夜激战,全歼区寿年兵团新编第21旅、整编第75师第6旅,活捉了兵团司令区寿年。激战中,华野第3、第8、第10纵队,两广纵队和中野第9纵队组成的“阻援集团”,顽强阻击了前来救援的邱清泉兵团,坚决隔绝了两兵团的战役联系。

蒋介石得知区寿年兵团被歼后大惊失色。他急令整编第25师师长黄百韬组成一个新兵团,率整编第25师、第3快速纵队和交警第2总队,由山东滕县西援豫东。面对新出现的国民党重兵包围,粟裕沉着应对,将参战部队迅速东

移,寻歼运动中的黄百韬兵团。7 月 2 日晚,华野第 1、第 4、第 6 纵队和两广纵队全线出击,向黄百韬兵团发起战役合围,激战至 6 日凌晨,歼灭了敌军 3 个团,迫使其缩踞在帝邱店一带不敢妄动。此时,"豫东战役"的预定目的已经实现,部队经连续作战十分疲劳,粟裕随即指挥各部队主动撤出战斗。"豫东战役"至此结束,共歼敌 9 万余人。

"豫东战役"彻底结束了国民党军在黄河南线的进攻态势,大量歼灭了敌人,动摇了蒋介石据守要地的信心,对全面展开中原与华东地区的新战局具有重大意义。

陈毅深叹"豫东战役"的惊险程度,连赞:"粟裕浑身是胆!"毛泽东也从"豫东战役"中深刻认识了粟裕非凡的军事才干。1948 年 8 月,在"豫东战役"结束一个月后,毛泽东在西柏坡接见华野特种兵纵队司令员陈锐霆时,感慨地说:"'豫东战役'胜利以后,解放战争就好比爬山,现在我们已经过了山坳子,最吃力的爬坡阶段已经过去了,很快我们就要'下坡'了。消灭黄百韬和邱清泉,我都记在粟裕名下了。"

素有"战神"之称的林彪,对粟裕指挥的"豫东战役"也表现出少有的钦佩之情。一向在作战指挥上极少夸赞他人的林彪,称赞粟裕在此次战役中出奇制胜,打了一个"神仙仗"。林彪还专门让东北野战军参谋长刘亚楼找来"豫东战役"的资料进行深入研究。

第三十章

解放军为什么要在河南乡村开展大规模的剿匪？晁十一悍匪是怎样在尉氏水台村覆灭的？尉氏县委和政府为何匆忙搬进县城？全县是怎样开展清匪反霸与土地改革运动的？

（一）

黄河回归故道已经两年多了，素有“小黄河”之称的贾鲁河也在调养恢复之中。在两岸民众的企盼之下，贾鲁河不断疗育着累累伤痕，慢慢走向康复。大家惊喜地看到，贾鲁河的植被正在渐渐返青，河水变得清澈碧透，水草在河底婀娜多姿地摇曳，鱼儿在漫游中不时跃出水面，每当渔船划过，河面会荡起层层碧波，微风吹过时，两岸的杨柳会扬起细长的枝条，像姑娘的长发那样随风拂动。

李恒德站在贾鲁河边，迎着河面上吹来的阵阵凉风，感到全身格外畅快。他摘下头戴的草帽，掏出毛巾，擦了擦全身的汗水，深深吸了一口新鲜湿润的空气。农历九月，虽然在节气上已经出了“三伏”，但天气还是十分炎热。早上起床后，他就从张江村往县城赶，只走了一会儿路就感到浑身冒汗。此时，他站在贾鲁河边的美景前只休息了一会儿，就感到全身的疲惫一扫而光。他抬头看了看日头，觉得已经到了八点左右的光景，就从河堤上走了下来，拉起路边的架子车，向尉氏县城走去。

李恒德这次到县城去，是给几家饭店送煤土。“双夏”后地里的活儿不多了，他要利用这段农闲给县里的饭店送煤土，挣几个钱补贴家用。现在家里只剩下自己一个壮劳力了，他不能再像过去那样跑到开封拉煤土了，那样太远，家里没个男人照应他不放心。儿子金生在外上学，根本指望不上。另外，给县里几家饭店送煤土也比较容易，因为自从 1938 年黄河决口后，黄泛区内淤积的黄泥土很多，也很黏，和煤后很好烧，县里饭店都喜欢用。现在李恒德每年这个时候都要去县城送煤土，慢慢地在几家饭店也有了信誉，生意不错，成了他就近挣钱的一门营生。

从张江村到县城有 15 里路，李恒德拉着架子车不大工夫就到了城郊的兴国寺门前。他看着兴国寺那座高耸入云的砖塔，不禁想起父亲李发旺给他讲过的这座寺塔和尉氏县城的来历。春秋战国时期，尉氏一带属郑国管辖。这里是郑国掌管司法的一个尉姓大官的封地，同时也是著名军事家尉缭的故乡，故而得名“尉氏”。秦朝时这里开始设县，称作尉氏县，一直延续到现在。李恒德眼前的这座兴国寺塔建于宋代，是尉氏城内的最高建筑，高8层30米，内有造型精美的佛龛，可沿着台阶一直上到塔顶。关于这座塔的来历也有一段传说。北宋时期，开封城内准备修建“繁塔”，计划建11层。在塔建至3层的时候，北方金兵突然入侵，开封大乱，督建繁塔的官员就带着工匠南逃到尉氏。在尉氏避难期间，这个官员让工匠就地建塔，把原计划建在繁塔上面的8层改建在了尉氏。金兵撤退以后，官员带着工匠重返开封，由于繁塔上面的8层已建在尉氏，无法搬移，只好在繁塔底座上又建了7层小塔，使开封繁塔成了“下大上窄”的模样，而尉氏城内却修起了一座巍峨的兴国寺塔。1938年日军占领尉氏后，曾用大炮轰击兴国寺塔，将上层塔角炸毁。后来黄河决口，洪水又把兴国寺塔大面积淹蚀。目前的寺塔已被淤积多层，塔门坍塌，塔高降低，但是依然巍峨，成为尉氏城内的一座著名建筑。李恒德虽念书不多，但毕竟是“秀才”之后，在耳濡目染中还是记住了不少他所关注的历史知识。

“恒德，你来送煤土啊？”

李恒德转身一看，是村里的邻居张守仁。看到他满头大汗急匆匆的样子，李恒德反问他：

“守仁，这一大早你咋也到县城里来了？”

李张两家经过多年的患难与共，历史积怨已经化解。从黄龙山回到家乡后，两家近邻相互帮衬，关系十分密切。

张守仁好像有些行动诡秘。他左右看了看人，趴李恒德耳朵上低声说：

“大贵昨晚回来了。”

李恒德听后很意外，忙问：“他不是到陕北当八路军吗？咋突然回来了？”

李恒德记得很清楚，当年张大贵和本村卖豆腐的江二楞，与儿子金生前后脚离开黄龙山，金生回到凤翔难童学校，而张大贵和江二楞到延安投奔了八路军。

“嘿嘿，大贵在部队上当连长啦，是个大官儿！”张守仁说着，脸上不禁有了得意的表情。

李恒德从张守仁介绍中得知，张大贵自投奔延安参加八路军后，被派到敌后作战，先后在山西、河北等地打了许多仗，还负过伤。前不久，张大贵随解放军南下河南，参加了攻打开封的战斗。目前国民党虽然又重占开封，但解放军在豫东留下了许多部队。尉氏是国共双方的“拉锯”地区，国民党溃兵很多，匪

患严重。张大贵这次随解放军大部队来,一方面是参加第二次解放开封的战斗,另一方面要清剿尉氏、扶沟一带的国民党残匪,尤其要剿灭顽匪晁十一。

提到晁十一,李恒德不由得胸中燃起怒火。1938 年黄河发大水时张江村乡亲遭受他们枪杀的一幕幕惨景又呈现眼前,激起了李恒德对晁十一的无比仇恨。

李恒德对晁十一恨得咬牙切齿。抗战胜利后,曾是日本走狗的晁十一摇身一变,居然成了国民党河南省保安第 9 旅少将旅长。晁十一善于见风使舵,在抗战中先是被第 3 集团军孙桐萱总司令招降,委任为国民党独立第 11 支队上校支队长,后又提升为游击第 7 纵队少将司令。1944 年日本人发动"河南战役"时,晁十一索性投降了日本人,当了日伪"尉洧长鄢扶"五县联防办事处主任,帮助日军为非作歹,在尉氏、扶沟一带拉夫抢粮,掳掠财物,干尽了坏事。尤其让乡亲们愤恨的是,晁十一还凶残地杀害了当年领导尉氏灾民抗粮请愿的周廷云老师等一大批共产党人。

想到这里,李恒德忙问张守仁:"那大贵现在在哪里?他们队伍上来了多少人?"

李恒德听说张大贵回来是要剿灭晁十一悍匪,心中非常高兴。

张守仁听后没有马上回答,"嘿嘿"笑着说:

"这个事儿咱可不能说,部队上有纪律。大贵他是昨天半夜回来的。三年多不见了,他回来看看爹娘。这孩子现在长得又高又壮,穿着一身威武的军装,腰里还挎着匣子炮,可威风了!"

说到这里,张守仁又环顾了一下四周,小声对李恒德说:

"大贵在家里只待一会儿就走了,回部队上了。听他说,部队还要去执行重要任务。这不,一大早大贵他娘就让俺赶快到县城里来探探风声,看有没有咱队伍过来。"

此时的尉氏县正处在一个特殊时期。北面的开封虽仍由国民党占领,但周边却分布着大量的共产党武装,也有一些解放军部队。尉氏城内的国民党官员看到风声不对,早已经跑光了,而共产党的县政府也没进城。尉氏县城目前处于真空状态,国共双方的军队不时进出。有一些惯匪在深夜里进城抢劫,其中晁十一的土匪武装抢劫的次数最多。每次进城后,他们都对老百姓派粮派款,拉夫抢物,侮辱妇女。乡亲们都恨透了他们。

李恒德想,如果解放军大部队真的来追剿晁十一这股土匪,他一定要亲自参加，挥刀上阵，最好能亲手宰了那个沾满张江村乡亲们鲜血的大仇人——晁十一。

（二）

河南省的形势发展，早已纳入了共产党高层领导的视线。1948 年 8 月，陈毅在写给毛泽东的报告中专门指出："我党足迹遍全中国，土匪恶霸之猖獗恐无逾河南者。"华东野战军按照上级指示，在对国民党军全面进攻的同时，也实施了对河南境内残匪的清剿，专门调集部队对流窜于河南城乡的土匪予以严厉打击。张大贵所在的华野第 8 纵队第 71 团，就担负了尉氏境内的清剿匪患任务。

处于国共双方"拉锯"地带的尉氏县，既非新区又非老区。常年的灾荒战乱，使尉氏满目疮痍。多灾多难的百姓们不知该如何应对目前的复杂局面。尉氏是个交通要道，处于郑州、开封和许昌之间的三角地带。在这里，解放军和国民党部队过往频繁，县城经常是双方交替占领，不断"拉锯"。1947 年 4 月和 8 月，解放军两度攻克尉氏县城，后因作战需要又两次转移，城内没有部队留驻。国民党军和保安团在此后的一年多时间里，也不敢长驻县城，主要盘踞在城北芦馆村一带。芦馆村是豫东解放区的边缘地带，地形险要，冈高林密。国民党匪徒长期盘踞在那里。中共尉氏县委考虑到县城内国民党残兵较多，匪患不断，也没有进驻县城，主要在城南的张市乡、朱渠乡、永兴乡和十八里乡一带活动。

晁十一此时就驻在城北芦馆村。他目前是国民党尉氏县县长，同时还担任河南省保安第 9 旅旅长，兼任开封、尉氏、中牟三个县"剿共"副总指挥。晁十一知道他与共产党有着不共戴天之仇，决心与解放军对抗到底。他依托芦馆村沙丘高大、沟深林密的地理优势，笼络一大批土匪还乡团，组成了尉氏县保安自卫总队，到处抓壮丁，抢粮畜，杀害农会干部，破坏土改工作。最近，他又从河南保安司令部领取了一批枪械弹药，扩大了民团武装，感到羽翼丰满了，急于对尉氏县内的共产党发动进攻，加大破坏力度，显示自己的实力，好向上级邀功请

赏。他首先把骚扰破坏的目标放在了土改工作最红火的蔡庄乡水台村。

进攻水台村，是他的姘头白妞出的主意。这个土匪女军师，对此次进攻水台村考虑得十分周密。她认为，水台村是尉氏北端的一个村子，地形复杂，易打易撤，坚固易守，便于长期驻守。另外，村内还有一个内应——王俊德。王俊德是水台村的大地主，家中有不少武装家丁，能够在进攻水台村时接应配合。

1948年4月5日，晁十一和白妞在派人打探了县城和水台村的情况后，半夜率领300余名土匪向水台村开来。土匪已了解到县城内没有解放军，水台村只有一些民兵小分队。他们自恃人多、武器好，一路上耀武扬威，并不在意此次行动的突然性。土匪走到水台村边时被民兵岗哨发现。哨兵立即鸣枪报警。蔡庄乡区小队长张成武率民兵赶到村头，一面组织力量阻击晁十一，一面让村民快速向外转移，同时派人向上级紧急求援。

在与民兵交火中，晁十一自恃实力强壮，根本不把这些“土八路”放在眼里。他命令土匪集中火力压制民兵，从多面向水台村发起围攻。村内的大地主王俊德也按事先约定，组织武装家丁对村头民兵进行袭击，里应外合，使区小队民兵腹背受敌。在坚持数小时战斗之后，民兵被迫向村外撤退。晁十一众匪经过一阵穷追猛打，天亮前就攻进了水台村，占领了整个村庄。

进村以后，晁十一立即派土匪二当家“大粗脖”带领三个中队的土匪向南追击民兵，自己则带着姘头白妞大摇大摆地来到了大地主王俊德家中，在王俊德的殷勤招待下，摆开酒席，大吃大喝起来。

晁十一边吃喝边把王俊德叫到身边，和他商量如何破坏水台村的土改工作。晁十一从王俊德手中接过土改积极分子花名册，一页页地翻看，随后叫来土匪小头目，让他按名单搜捕。与此同时，晁十一还让土匪在村头麦场上架起干柴，放上两口铡刀，准备火烧刀铡农会干部和土改积极分子。土匪按照晁十一的指令，很快开始在村内搜捕农会干部和土改积极分子，逐家逐户抢夺百姓财物。不久，村内尚未撤走的乡亲们就在土匪的疯狂打杀中乱成一片，不少农会干部和土改积极分子惨死在土匪刀枪之下。

看到一切进展顺利，晁十一非常高兴。他当场搂抱着胸脯丰满的白妞，在酒席宴上吆五呼六，忘乎所以地尽情畅饮。白妞也很兴奋，连喝了好几杯白酒后，扭动着曲线毕露的细腰和大屁股唱起小曲来。

正在土匪们尽情狂欢的时候，王俊德家的大门“咣当”一声打开了。只见二当家“大粗脖”满头是血闯了进来，大口喘着粗气跑向晁十一桌前大声说：

“晁司令不好啦！俺遇到解放军大部队了。”

晁十一猛吃一惊。他把手中酒杯往地上使劲儿一摔，瞪着疯牛似的红眼，一把抓住“大粗脖”的胸襟厉声问：

“胡说！怎么会有解放军？你他妈看走眼了吧？”

“大粗脖”结结巴巴地对晁十一说：

“俺和兄弟们一路追击民兵到了南边康沟河，哪知中了埋伏。大批穿黄色军装的解放军将俺们团团包围，枪林弹雨劈头盖脸地打来。我们根本招架不住，兄弟们死的死、伤的伤，三个中队逃回来不到一半……”

众匪听到解放军到来吓得目瞪口呆，都纷纷把目光投向晁十一。

“大粗脖”说得没有错，真是解放军的部队来了。蔡庄区委在接到水台村民兵的报警后，迅速将情况上报了县委和驻尉剿匪部队。华野第8纵队第71团和豫皖苏军区第28团立即出动，埋伏在水台村南康沟河一带，将“大粗脖”率领的三个中队土匪基本歼灭。

晁十一毕竟是一个在刀光弹雨中滚爬了几十年的惯匪，面对突然出现的大批解放军，很快稳住了神。经过短时间思考，他决定依托水台村坚固的寨墙和险要的地势，抗击从四面包围而来的解放军部队，力争化险为夷。他马上布置众土匪在水台村内修筑工事，准备组织抵抗。土匪们用太平车、粗木和沙袋把村子寨门堵死，在村外埋上地雷，在寨墙上架起机枪，摆上手榴弹，准备利用坚固的寨墙和村外深沟负隅抗击，天黑后再向外突围。

第71团和第28团共派了两个营的兵力围剿晁十一土匪。他们与尉氏县大队的民兵一起，很快将水台村包围得水泄不通，使晁十一匪徒成了瓮中之鳖。周围村庄的众多农民闻讯后，也手持铡刀、梭镖、锄头、镰刀蜂拥而来，参加攻打晁十一的战斗。李恒德、张守仁等张江村的乡亲们更是冲在前列。第71团2营6连连长张大贵率领全连主攻水台村南大门。多年来，张大贵一直盼望着能有报仇雪恨这一天，看到晁十一现在就在自己眼前，怒火冲天，恨不得把这个血债累累的恶匪撕个粉碎。

围歼土匪的战斗在午后打响。包围水台村的解放军和民兵以优势兵力从几个方向同时对村子发起进攻。晁十一众匪虽是一伙乌合之众，但其中不乏亡命之徒。这些土匪长期流窜于豫东，地形熟，枪法准，历经险境不怕死。他们利用水台村坚固的寨墙和深水壕沟拼死抵抗，战斗异常激烈。守卫在村南门的土匪二当家“大粗脖”，头上缠着沾满血迹的绷带还赤膊上阵，“嗷嗷”怪叫着手抱

机枪与冲在前面的张大贵对射,机枪被打落后竟跳下寨墙,硬从壕沟中抢回机枪疯狂扫射解放军。土匪一个中队长甚至率众匪冲出寨门,与解放军和民兵展开近距离激战。还有一些悍匪从寨墙下的水洞钻出,爬到壕沟边架起机枪、冲锋枪进行抵近射击。

看到亡命的土匪拼死抵抗,张大贵不由得怒火中烧。他集中起全连的机枪,对重点目标的土匪进行强大的火力压制,组织突击队员怀抱炸药包,迎着弹雨冲向南门。前面的战士牺牲了,后面的突击队员接过炸药包继续前进,浴血奋战,前赴后继,战斗异常激烈。

第71团首长在激战中来到了阵前。他们看到土匪火力凶猛,立即调来6门重型迫击炮,以猛烈的炮火压制了晁十一土匪的火力,打得村寨墙火光冲天,碎石飞舞。众匪被炸得哇哇乱叫,损伤惨重。战斗一直打到天色傍晚。火光映红了水台村上空。解放军和民兵吼声震天,弹如雨下,越战越勇。最后,张大贵终于率领全连攻入村南门,并逐渐逼近了晁十一的指挥所。此时从西门进攻的第28团也攻入水台村内,对晁十一土匪展开围攻,边打边追,不放过一个匪徒。晁十一看到大势已去,急忙带着残匪向村北突围。解放军和民兵猛打猛追,众匪纷纷中弹毙命,东倒西歪地尸陈满村。最后,晁十一被解放军和民兵,乱枪击毙,横尸村头。残余土匪看到水台村满村都是解放军和民兵顿时吓破了胆,纷纷缴械投降。白妞等少数土匪躲藏在村民家中化装隐匿,后来也被解放军和民兵在清剿搜捕中当了俘虏。

水台村的剿匪战斗结束了!李恒德、张守仁等众多乡亲狠狠地踩踏晁十一满是血污的尸体,万分解气地高喊:

“晁十一,你这个罪该万死的强盗,终于有了今天!”

(三)

在解放军和民兵剿灭晁十一众匪后,躲在尉氏各地的土匪闻风丧胆,四处逃窜。很多土匪迫于解放军的强大威慑,纷纷向人民政府缴械投降。广大群众欢乐开怀,情绪高涨。尉氏县委随后组织民兵在全县开展了大规模的清匪反霸运动,军事攻势和政治压力双管齐下,不久在全县各地剿灭土匪3000余人,俘虏900余人,缴获枪5000余支,枪毙了一批民愤极大、恶贯满盈的匪首恶霸,极大地振奋了民心,稳定了秩序,巩固了新生政权。在清匪反霸中,李恒德和张江村的乡亲一起,抓获了横行乡里、为非作歹的匪首靳家宾,送交政府法办。尉氏县大营区区委副书记兼副区长焦裕禄,在清剿土匪黄老三时,利用土匪内部矛盾,给躲藏在贾鲁河深处的土匪"二当家"梁长运写信,动员他弃暗投明,将功赎罪。梁长运在焦裕禄的教育动员下,率领众匪倒戈投降,并捕捉了匪首黄老三。在枪毙了黄老三后,大营区老百姓拍手称快,兴高采烈地说:"毙了黄老三,大营晴了天。"

尉氏县大营区委副书记兼副区长焦裕禄,就是后来在河南兰考县担任县委书记、带领农民治风沙、种泡桐,被毛主席誉为"县委书记好榜样"而闻名全国的焦裕禄。他在尉氏县大营区工作时深得民心,深受百姓拥戴,在剿匪反霸中机智勇敢,建立了重要功勋。

清匪反霸运动使尉氏全县老百姓人心大快,扬眉吐气,社会治安有了根本好转。农民群众在形势安定后,都心情舒畅地把精力投入到耕种土地上,投入到农业生产中。也真是应了"喜事连连"一说,有一天,李恒德和张江村的乡亲们又听到一个好消息——共产党要给农民分土地啦!李恒德刚听说此事时有些似信非信,因为土地对农民来说太珍贵了,金子一般的土地能白白送给农民吗?李恒德前段时间在参加水台村剿匪时曾隐约听说该村正在实行土改试点,但没太当回事儿。土地是农民的命根子,是一辈辈人艰辛奋斗甚至付出生命代价才换来的。当年自己与张守仁家,就是因为几分土地才结下了世仇。所以,李恒德觉得政府白给农民土地不太可能。让李恒德和众乡亲意外的是,尉氏县委在清匪反霸运动结束后,很快下发了文件,要在全县进行土地改革,各村都要分田分地。听了村干部传达文件后,张江村的乡亲们每天都情绪高涨,热烈议论着本村的土地改革,积极学习上级土改政策,有人还专门跑到蔡庄区了解土改试点情况。时过不久,县里、区里和乡里派出三级工作组来到张江村传达文件,宣讲政策,挨家挨户丈量土地,组织具体的分田分地工作。

不仅尉氏县,整个豫东解放区也全面开展了土地改革运动。随着解放战争的顺利发展,人民解放军的战略反攻逐步深入,解放区迅速扩大,农民群众要求土地改革的呼声日益强烈。为使亿万农民彻底翻身,消灭封建剥削制度,1947年7月,刘少奇同志在西柏坡主持召开了"全国土地会议",颁布了《中国土地

法大纲》。这个对全国农民具有历史意义的《大纲》，主要有五方面的内容：一是废除地主的土地所有权，废除一切封建剥削债务；二是一切土地由农会按乡村人口平均分配，归个人所有；三是地主财产分给贫苦农民；四是保护工商业者财产及合法营业不受侵犯；五是土改的执行机关是各乡村农民大会。

为贯彻落实全国土地会议精神，尉氏县委于1948年下半年在全县开展了土地改革工作，派出大批人员深入各村搞土改，分田地，把尉氏全县的土改运动推向一个新高潮。李恒德在土改中分到了30亩土地，分到一头健壮的犍牛和一些农具，过上了梦寐以求的“三十亩地一头牛，老婆孩子热炕头”的幸福生活。看着自家田头那一大片金黄色的土地，看着田野间拉犁耕地的犍牛，李恒德整天像在做梦一样。他和乡亲们都真切地感受到，在共产党的领导下，从此农民可以真正过上丰衣足食的美满生活了，可以挺起腰杆做一个有尊严的人了。他们从内心里无比感激共产党，感谢毛主席，珍惜这人人平等的新社会。张江村的乡亲们在分田分地之后，个个精神焕发，人人喜笑颜开，每天都有使不完的干劲儿，都起早贪黑地耕种地里的庄稼，还热情地参加农会组织的各项活动，服从共产党的领导，响应政府的号召，积极参军支前，思想行动空前统一。

全国轰轰烈烈的土地改革运动猛烈冲击了几千年来的封建剥削制度，使翻身农民从根本上获得了解放，极大地调动了农民的革命积极性。为保卫胜利果实，解放区农民踊跃参军，为共产党夺取全国胜利提供了充足的人力物力。仅晋冀鲁豫解放区就有148万农民参军，东北解放区达到了160万人。在辽沈、平津和淮海“三大战役”中，解放区的群众有500多万人支援前线，援助粮食10亿斤，为战役胜利做出了重大贡献。解放区的土改也有力推动了政权建设。土改后的农民与工人结成巩固联盟，从根本上动摇了国民党的统治基础。毛泽东深刻指出：有了土地改革这个胜利，才有了打倒蒋介石的胜利。谁赢得了农民，谁就会赢得中国。谁解决土地问题，谁就会赢得农民。

毛泽东对农民与土地的关系理解得太深刻太透彻了。在解放西北的一次战斗中，河南郏县曾是胡宗南深入解放区的一根“钉子”，必须拔下来。当时西北野战军给养异常困难，军粮一时接济不上，直接影响了部队作战。毛泽东亲自找到郏县县长筹备军粮。他对县长说：“我准备打三天仗，将郏县拿下来，但是你要给我想办法筹来三天的粮食。”县长听后，马上将毛主席的指示传达给农民群众。企盼分得土地的郏县农民听说此事后，立刻把家中的口粮全都拿了出来，供攻城部队吃了一天。第二天部队又要断粮了，农民又把自家田里所有青苗割掉送给解放军。到了第三天，郏县农民又自发把家里的羊和驴全部杀掉供应部队，一直坚持到军粮补给跟上。渴望分得土地的农民，从心眼里拥护共产党。他们把自己的所有粮食和牲畜给了部队，宁愿自己吃树皮草根度日。后来，郏县终于被解放军攻克，毛主席对此深为感动。至今《郏县县志》还记载着这样一段话："此役之后，郏县全县三年不见羊和驴。"

尉氏的土改运动进行得如火如荼，翻身农民的积极性空前高涨。此时县委和政府还没有进驻城内办公。不少农民对此心存顾虑，担心国民党还乡团反攻倒算，夺回他们的胜利果实。

1948 年 10 月 6 日，三辆军用吉普车悄然驶进尉氏县城。此时，城内驻着豫皖苏军区第 28 团少量官兵。副团长邢乐峋和城北区书记韩效杰看到车上下来几位解放军首长后，立即迎了上去。他们看到，首长中有位身材高大，戴着一副黑色眼镜的人。这个人面带笑容，和蔼可亲。他边与邢副团长和韩书记握手，边自我介绍："我姓刘，叫刘伯承。"

邢副团长和韩书记听后愣住了。这位就是叱咤风云、威震敌胆的刘伯承司令员啊！他们马上敬礼握手欢迎。

刘伯承转身介绍同车来的几位首长，其中有李先念、张震等人。刘司令员问他们：

"尉氏县委、县政府在哪里？这里怎么没有设立支前兵站哪？"

邢乐峋和韩效杰赶快向首长报告，尉氏是个新区，尚有不少国民党残匪，县委和县政府还没有搬进城内办公，也没有设立支前兵站。

刘伯承听后严肃地说："县委和县政府为什么不敢进驻城里？我们共产党人就是要敢于进驻城市，不要怕担风险。现在全国快解放了，你们要改掉游击习气。县委政府要马上搬到城里来，不然，分给农民的土地他们还敢要吗？"

受到首长的批评，邢乐峋和韩效杰十分紧张。刘伯承看后缓了口气，接着对他们说：

"县委和县政府进城后，要一方面继续清匪反霸搞好土改，一方面尽快学习城市管理，还要尽快把支前兵站建立起来。部队又要打大仗了，县里一定要把支前工作搞好。"

邢乐峋和韩效杰立刻表示坚决按首长指示办，马上通报县委和县政府搬进城里办公。

原来，刘伯承等人是去皖西指挥淮海战役路过尉氏。他们从许昌方向过

来，经尉氏到安徽方向去。

送走刘伯承司令员一行后，韩效杰马上给尉氏县委张申书记打电话，汇报了刘伯承司令员的指示。县委和县政府在三天内就搬进了城里办公，并挂出了县委、县政府的大牌子。尉氏县的政权建设从此走上正规化轨道，大张旗鼓地开展各项工作，彻底结束了国民党在尉氏的30多年统治。县委和县政府进城后，立即组织支前工作，在城内和各村镇分别建立了兵站，并动员青壮年踊跃参军参战。全县先后有2000余名翻身农民入伍，向淮海战役派出数百个支前分队，为过往部队提供了40余万斤粮食，100万余斤柴草，有力支援了淮海战役。不久后传来喜讯：由刘伯承、邓小平、陈毅、粟裕等首长指挥的中原野战军和华东野战军，在淮海战役中一举歼灭国民党军队50余万人。

第三十一章

李金生和潘美玉如何带领南下师生在南京『大闹总统府』？潘美玉怎样在武汉参加了人民解放军？潘振海千里南下寻女是否把潘美玉追回了家乡？

（一）

一抹血红的晚霞挂在浙江奉化雪窦山西边的天际。晚霞放射出的一道道刺眼光芒，辉映在溪口镇内一座深宅大院的窗棂上，既绚丽又惨淡。神情疲惫的蒋介石从屋内椅子上站起来，慢慢走到窗前，看着远处天空那灿烂的夕阳，不禁想起一句古诗："夕阳无限好，只是近黄昏。"

蒋介石此刻心灰意冷。他感觉到，国民党政府已经像这夕阳一样日薄西山了。当前的政局令他极为沮丧，内战进程大出他的预料。自从1946年发起内战以来，仅三年时间，本具有压倒优势的国民党军一败涂地，一退再退。命运之神似乎不再垂青于他。从对共产党解放区全面进攻的失败，到对陕北、山东解放区重点进攻的溃退，从"黄河战略"的失算，到"三大战役"150多万军队的覆灭，蒋介石几乎输光了老本。目前共产党已经占据了大半个中国，解放军几路大军迅速南下，势不可当，已经饮马长江，对南京虎视眈眈。面对无可挽回的败局，蒋介石心中无比凄凉和悲伤。夕阳西下，穷途末路。他不知道下一步国民党的命运会怎么样，不知道自己最后将走向哪里。

让他最苦恼的是，在解放军大兵压境下，国统区内又掀起一浪高过一浪的"反饥饿、反内战、反迫害"运动浪潮，连南京总统府门前也聚集了数万名愤怒的抗议学生。蒋介石此时虽已"引退"，辞去总统职务身居奉化溪口，但仍担任国民党总裁，"以党代政"地遥控时局，操纵巨细事务。"代总统"李宗仁有职无权，一切还是蒋介石说了算。蒋介石目前最为揪心的是，南京城内的学生运动搞得他心烦意乱，寝食不安。他有一种雪上添霜、漏屋遭雨的滋味。

此时在南京总统府前静坐请愿的学生队伍已经坚持了三天整。队伍中不时闪过李金生和潘美玉的身影。他们是随着南下师生一起来到南京的，到总统府前静坐请愿。

1948年10月开封第二次解放前夕，国民党当局看到解放军很快将占领开封，就匆忙组织各高校"南迁"。他们利用开封民众和院校师生没见过共产党，对解放军不甚了解的机会，大肆歪曲共产党说共产党杀人放火，共产共妻，要对有产者没收全部财产，并戴高帽游街。一时间，开封城内谣言四起，人心惶惶，老百姓真假难辨。连潘振海老人也把李金生找来，担忧地问："共产党来了，我的小店会被没收吗？我们这些小业主真的要戴高帽儿游街吗？"

在河南大学的"艺术沙龙"辩论会上，有些教授也忧心忡忡地谈到："我们赞成'共产'，也赞成共产党的民主、民生和民族复兴主张，但决不赞成毫无羞耻的'共妻'。"

最终导致河南大批院校南迁的原因，一方面是众多师生受到了国民党的蒙骗宣传，更重要的是多数同学未拿到毕业文凭，要依赖学校完成学业。在当局的催促下，学生们被迫随校南迁。南下师生先到徐州，后到苏州，最后才来到首都南京。到了南京后，师生们在学习、生活等诸多方面遇到了极大困难。此时的国民党当局只顾打内战，根本顾不上这些南下学生。同学们在南京城内举目无亲，生活无着落，多数人只能流落街头，夜里挤在火车站睡觉，白天在大街上架灶做饭。衣食无着不说，更让师生们难以接受的是，在南京无法继续读书，无处教学上课。后来，聚集在南京城内的南下学生达到10多万人。大家对极不负责的国民政府满腔怨恨，群情激昂，反饥饿、反内战的呼声更加强烈。在这种情况下，河南大学组织南下学生成立了"争生存联合会"。学生们走上街头游行示威，到南京总统府和行政院门前静坐请愿，要求给饭吃，给学上，反对政治迫害，全面停止内战。

共产党地下组织此时已渗透到了学生队伍当中，工作十分活跃。李金生和潘美玉作为学生会领袖，已经加入了共产党，李金生还在以河南大学改建的"中原大学"加入了人民解放军。

"中原大学"是第二野战军以河南大学的师资力量为基础建立起来的一所综合大学，是在河南大学南下后成立的。1948年10月开封第二次解放后，第二野战军将原在豫南的中原大学迁入河南大学校址内。李金生根据党组织安排没有随校南下，直接转入中原大学，参加了解放军。河南大学师生到南京后，掀起学生运动高潮。党组织为了加强对南京学生运动的领导，又派遣李金生返回南下的河南大学，参与组织领导学生运动。

李金生、潘美玉和南下学生在总统府门前静坐示威时，强烈要求国民政府进行对话谈判。国民党当局对这些和平静坐的学生十分无奈，打又打不得，劝又劝不走，更难以解决他们的生活学习困难，就只好一拖再拖，敷衍应付，想把学生拖垮后让他们自己撤走。但是，同学们非常坚强，忍饥挨冻丝毫不让步。

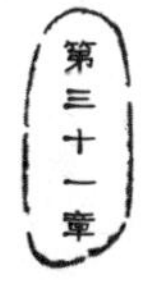

最后，当局只好改变策略，让学生派出代表对话谈判。

李金生和潘美玉作为五名“谈判代表”的成员，勇敢地走进了总统府大门，与国民党官员进行了激烈的谈判。面对国民政府“教育次长”的无理纠缠，他们毫无惧色，大义凛然，义正词严。身材干瘦的教育次长戴着一副金丝边眼镜，给学生代表讲了一大堆困难，要求学生理解“政府的难处”，赶快撤离，等待政府“统筹安置”。李金生和潘美玉强烈抗议国民党当局只顾打内战，把10多万南下师生扔在南京街头不管不顾的无理行径，理直气壮地要求给同学们提供住处，拨付费用，安排教学场所，答应各项要求。老奸巨猾的教育次长言不由衷，对学生的正当要求躲躲闪闪，千方百计敷衍了事。他最后甚至威胁学生，不要受共产党的蛊惑宣传，闹出事来要逮捕法办等等。这下更加激怒了总统府前的大批学生。抗议浪潮震天动地，一浪高过一浪，局面趋于失控。静坐时间太久、激愤饥饿的学生与总统府门前的军警发生了激烈冲突，最后学生强行闯破阻拦，冲入总统府，并闯进餐厅内砸烂了大铁锅，甚至跑到办公室里一通乱砸，十分解气。总统府的官员们惊慌失措，到处乱窜，无所适从，整个总统府混乱不堪。学生们表现出了大无畏的斗争勇气，彰显了学生运动的巨大威力。

南下学生在总统府门前的英勇事迹很快传遍了南京城。1949年4月1日，南京的学生运动又达到新高潮。在地下党的领导下，南京中央大学、金陵大学等9所院校数万名学生，举行更大规模的“反饥饿、反内战、反迫害”游行，揭露蒋介石“假和谈，真内战”的阴谋，呼吁国民党接受共产党和平谈判的八项主张。学生们打着巨幅标语直奔总统府，与南下学生汇集一起，挥旗呐喊，高声怒吼，更加壮大了游行示威的声势，引发了全市规模的抗议行动。李金生和潘美玉始终走在游行队伍前列。

面对学生们规模越来越大的抗议怒潮，蒋介石恼羞成怒。他严令南京卫戍司令对“政治化倾向严重”的游行示威进行镇压。4月1日下午，国民党出动数千名军警，突然包围了在总统府前示威静坐的学生，对学生大打出手。如狼似虎的国民党兵手持枪刺和带铁钉的木棍疯狂毒打学生，凶残抓捕学生，抢夺游行的旗帜标语，暴力驱散请愿队伍。很多学生被打昏在地，有的同学被打得遍体鳞伤，血流满地。总统府前到处是躺卧在地痛苦呻吟的学生。国民党军警对学生疯狂群殴之后，又残暴地将数百名学生捆绑在一起，押上卡车抓走。李金生和潘美玉在与军警的搏斗中都受了伤，最后在同学和群众的掩护下逃出了国民党的魔爪。

"四一血案"发生后,李金生、潘美玉和同学们连夜写出了《告全国同胞书》、《告全国同学书》和《"四一血案"经过》等文章,向全国人民揭露南京总统府门前发生的"四一血案"真相。

国民党当局的卑劣行径,引起了全国的震动。南京、北平、天津和台湾等大中城市院校师生强烈抗议国民党当局的残暴行径,声援南京学生的正义行动。知识分子、民主人士纷纷走向街头,声讨蒋介石政府假民主、假和平、不顾学生死活、一心打内战的真面目。"血案"发生后的第二天,新华社发表了《南京惨案与和平谈判》的社论,指出:"南京反动政府在和平谈判开始的第一天就对要求真和平的学生进行屠杀,说明了国民党反动政府的所谓'和平'是怎么一回事。"1949 年 4 月 4 日,毛泽东发表了《南京政府向何处去》的著名文章,代表全国人民严厉地谴责了蒋介石国民党政府制造"四一血案"的丑恶罪行。

(二)

南京城内声势浩大的学生运动,最终取得了阶段性胜利。在强大的舆论压力下,国民党当局被迫释放了被捕学生,对滞留在南京的部分南下学生进行了分流安置。潘美玉所在的河南省高级护士学校从南京西迁武汉。李金生遵照地下党的指示不再随校行动,直接返回开封。李金生和潘美玉在南京城挥泪告别,相约来日在开封重逢。两个人共同经过残酷斗争的洗礼,彼此感情更加深厚。他们深悟:爱在,心就在;心在,梦就在;梦在,路就在;路在,人生就会走出更加美好的未来。两个人告别之后,分别踏上了北上河南的火车和西行武汉的轮船。

潘美玉与护士学校的 500 余名南下师生被"分流"到了位于汉口的协和医院。她们一边继续上课,一边在这所医院临床实习。进入 1949 年 5 月后,武汉的局势也变得十分紧张。战略反攻的南下解放军已经对武汉实施了战略合围,令武汉城内的国民党军一片惊慌。张婉丹主任抓住这个机会及时在学生中开展宣传鼓动,频繁召集潘美玉等地下党员和学生骨干开会部署任务,要求大家随时准备迎接解放军进入武汉,做好学校和医院的保护工作。张婉丹还在护士

学校内暗中组建了战场救护小分队,准备在解放军攻打武汉时参加战场救护。潘美玉和同学们闻讯后十分高兴,因为她们知道,武汉解放后学校就可以回迁河南了,她们也要和日夜思念的家人团聚了。

全国解放战争的进程发展很快。1949 年 4 月 23 日,就在李金生和潘美玉离开南京的半月之后,人民解放军百万雄师渡过长江,一举攻克了南京城,把红旗插上了总统府。全国人民对此欢欣鼓舞,国统区内的民众盼望解放。此刻坐镇武汉的华中"剿总"司令白崇禧还掌握着 70 万大军。他眼看长江防线就要瓦解,深知国民党大势已去,武汉早晚会被攻破,开始考虑自己的退路。为保存实力,白崇禧决定尽快退守广西老巢。5 月 8 日,武汉三镇实行军事管制。粤汉铁路全线军运,夜以继日地运送白崇禧的部队向南撤退。武汉城内的国民党部队毫无斗志,惊恐万状,风声鹤唳,随时准备逃窜广西。5 月 11 日,驻守汉口的国民党军全部撤至长江以南的武昌。

南下作战的第四野战军先遣兵团获悉白崇禧加紧南撤之后,立即加快了对武汉的进攻节奏。5 月 9 日,先头部队攻克了黄陂,发展到汉口北郊。在武汉东面,四野第 40、第 43 军两个师分别突破了长江防线,第 153 师挺进至武汉郊区的葛店附近,逼近了武昌。在武汉西北,江汉军区独立第 1 旅清除了国民党军的外围据点,推进到蔡甸。5 月 15 日,国民党第 19 兵团司令张轸率所属第 127 军 1 个师、第 128 军 3 个师共 2.5 万余人在金口镇起义,配合解放军攻打武汉,切断了白崇禧从湖南撤向广西的退路,使武汉城内的国民党军陷入了三面包围的困境。白崇禧在慌乱中只带少数将领从南湖机场乘飞机仓皇逃窜。

5 月 16 日清晨,潘美玉和同学们走上汉口街头时惊喜地发现,全城满大街都是"庆祝武汉解放"、"欢迎解放军进城"的大幅标语,报童也在叫卖《新湖北日报》"武汉解放"的号外。潘美玉和师生们欣喜若狂,立即参加了迎接解放军进城的准备工作。不久后,四野第 40 军 118 师进入了汉口,153 师进入了武昌,江汉军区独立 1 旅进入了汉阳。

1949 年 5 月 16 日,具有"九省通衢"之称的武汉三镇宣告解放!

潘美玉和师生们加入了欢迎解放军的队伍。她们和武汉群众一起,张灯结彩,披红挂绿,扭着秧歌欢迎第四野战军和江汉军区等部队进城。部队走到哪里,哪里都是锣鼓喧天,鞭炮齐鸣。龟蛇两山,大江南北,到处一派喜气洋洋。全城到处是欢迎的人群,到处是解放军和老百姓共庆解放的欢乐场景。

潘美玉挥动着大红彩绸,在秧歌队中扭了一路秧歌。她的心情无比舒畅。

当秧歌队走到汉口三民路附近时，潘美玉看到张婉丹主任站在马路边一个劲儿地朝她招手，就赶快从队伍中跑了出来。张婉丹把潘美玉拉到一边，急切而严肃地对她说：

“美玉，你赶快集合战场救护小分队回医院，现在有一个紧急任务。”张婉丹交代后，就匆匆向协和医院走去。

潘美玉很快从极度的狂欢中回过神来。她赶忙召集还在欢庆队伍中的护校同学，一起向汉口协和医院跑去。

（三）

潘美玉和战场救护小分队一起，在汉口火车站参加了抢运、救治解放军伤员的紧急任务。小分队来到汉口车站后，已经有大批伤员从远方运来。小分队立刻登上火车，对后送伤员进行分类救治。将伤势严重需要手术的，立即转运到武汉各大医院；将外伤裸露的，当即在医生指导下现场包扎救治；对其他不同类型的伤员，也迅速转移到相应的医院治疗。这些伤员，都是第四野战军和江汉军区等部队攻打武汉时负伤的官兵，大部分伤势较重。还有一些伤员昏迷不醒，满身缠着绷带，需要潘美玉和小分队用担架抬下火车。

战场救护小分队的成员们都是年轻学生，政治可靠，业务熟练，踏实能干，在抢治伤员中发挥了骨干作用，受到部队领导的高度赞誉。部队领导很器重这支小分队，每当有重要救治任务，都要求她们到现场。小分队也不辜负部队领导的信任，在抢运救护中组织紧密，快速有序，及时协助医生完成了一批批伤员的紧急处置，并迅速把伤员转运到武汉城内的各大医院。

在连续忙碌了五天之后，后送伤员明显减少，小分队的抢运救治工作接近了尾声。张婉丹主任把后续工作交给潘美玉，返回了学校。潘美玉作为小分队的临时负责人，继续在汉口车站做善后工作，处理遗留问题。部队领导对这支救护小分队十分满意，多次动员小分队成员入伍参军，随部队南下。潘美玉经过慎重考虑，决心参军并随军南下。在与张婉丹主任商量后，她正式向第118师领导提出了入伍申请。目前护校的教学已接近尾声，同学们面临着毕业分

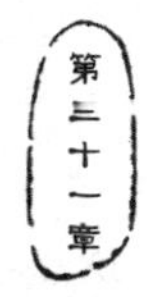

配。她和好友韩秀兰商定，在后续抢运救治工作完成后，直接参加解放军，随四野部队南下作战。

此时，汉口火车站的月台上聚集着不少欢迎的人群。这些由武汉支前机构组织的欢迎群众，主要任务是迎送过往部队，为官兵送水送饭，帮助部队解决过往中的困难。潘美玉在站台上来回巡视，不时地帮助过往部队搞好相应的医疗救护。在连续忙碌几天后，潘美玉感到了身心的疲惫，全身直冒热汗，热得有些喘不过气来，汗水湿透了衣服。

武汉是一个有名的“火炉”，五月的天气已经十分炎热。武汉三镇临江靠湖，炎炎烈日将大江大湖晒得异常炽热。蓄在水中的蒸气上升后，聚集在空中的热气难以散发，使武汉城内酷热与潮湿交织在一起。湿热让人们挥汗如雨，喘不过气来，心情也异常压抑。初到武汉的外地人，对这个城市的闷热潮湿极不适应，烦躁难忍。潘美玉此刻也是酷热难当。她解开“白大褂”衣扣，用衣襟煽风送凉，大口地喘着热气，同时也观察着站台上的动静。

“呜呜——”随着一声长长的汽鸣，又有一列火车在浓浓的蒸气中开进了车站。火车停稳后，从闷罐车厢下来了很多解放军官兵。这些人虽满脸倦容，但仍与站台上的欢迎群众拥成一团，互致问候，到处洋溢着一派军民团结的欢快气氛。潘美玉受到这种气氛的感染，也迎上前去与刚到达的部队官兵热情握手，与欢迎的人群一起，给他们送上一碗碗开水和一个个热腾腾的包子。正当潘美玉忙得不亦乐乎时，突然有人在背后喊她：

“美玉，是你吗？”

潘美玉转身一看，立即惊喜地叫起来：

“姐夫，怎么会是你呀？”潘美玉放下手中的东西，马上向赵国保跑了过去。

真的是姐夫赵国保！潘美玉此时意外地看到姐夫，高兴得不知如何是好。她冲上前使劲儿拍打姐夫的肩膀，激动得眼睛都红了起来。她感到像在做梦一样。怎么会在这里遇到她十分尊敬的姐夫呢？潘美玉打量着赵国保那一身威武的军装，看着他那依然清秀的面目，半天说不出话来。

潘美玉知道姐夫早就参加了解放军，一直随着二野刘邓大军转战华东，但没想到会突然出现在汉口火车站。

“美玉，你怎么也在汉口啊？”

还是姐夫赵国保先问她。在这个战火纷飞的岁月里，很多家庭都是分离多处，各自奔走，相互间不知音讯。赵国保也十分奇怪，小妹美玉所在的护士学校在老家开封,怎么会突然出现在汉口火车站?

潘美玉赶忙向姐夫介绍了自己随校南下的经历。她告诉姐夫,自己最近就要和几个同学一起参加解放军,准备随四野南下。

“这可太好了!没想到我们美玉也要成为一名解放军战士了。我可是大力支持。”

赵国保看到妻妹一切都好,心中也十分高兴。他接着又问美玉:

“给家里报过平安吗?爹知道你现在的情况吗?”

“放心吧姐夫!我已经写过信,让同学乔殿珍带回去了。我们最近就要毕业分配,大部分同学要回河南去,乔殿珍的家就在开封。”

潘美玉回答了姐夫的询问后,又反问他:“哎,姐夫,你们二野不是在华东地区吗?听说前段时间还在南京,怎么这次也随四野大军南下啊?”

赵国保看了看身边热闹的人群,把潘美玉拉到一边对她说:

“你马上就要成为解放军的一员了,有些事情可以告诉你,但你一定要保密。”

看到美玉点了点头,赵国保就接着对她说:

“我们二野部队这次是奉命南下攻打四川的,马上就要全面展开‘大西南战役’了。”

潘美玉通过姐夫赵国保的介绍,了解到了一些全国战局的总体情况。

解放军百万雄师渡过长江后,蒋介石的残余部队除了撤往台湾以外,还有不少退到四川、贵州和云南等地。在败局面前,蒋介石心存侥幸,企图在大西南建立战略根据地,重蹈八年抗战偏居重庆、待机反攻胜利的覆辙。毛泽东识破了他的阴谋,命令西北第一野战军和华北野战军第18兵团,在贺龙和李井泉的率领下,对白崇禧、胡宗南依秦岭主脉构筑的“大西南北部防线”围而不攻,引而不发,令刘邓第二野战军第3、第4、第5兵团等部队,隐蔽在向华南浩浩荡荡进军的四野部队之中暗度陈仓,实施对西南的大迂回、大包围,出其不意,南北夹攻,聚歼退往西南地区的国民党残余部队,粉碎蒋介石割据大西南的美梦。目前一野、二野和华北野战军各部队正迅速插向大西南,执行大迂回、大包围任务。不久之后,红旗就要插到重庆、成都、昆明和贵阳等大城市,全国解放的日子为时不远了。

听了姐夫的介绍,潘美玉有一种跃跃欲试的感觉。她要尽快参加解放军,参加解放全国的最后几次大战役,千万不能错过了这个历史性机会,也要为全

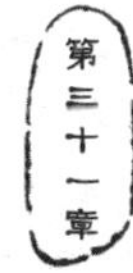

国解放出一把力。潘美玉知道，姐夫赵国保目前在二野指挥机关工作，了解的情况多，对局势看得准。当然，她也知道保密工作的极端重要性，知道部队的组织纪律。想到自己马上要成为解放军的一员了，还要随着大军南下，潘美玉不由得拉着姐夫的手说：

"姐夫，等打完了国民党反动派，全国胜利了，我们是不是就可以回到家乡，全家团圆了？"

"那当然啦！不过，我们现在是解放军战士，要时刻听从组织安排。大家不都在说要'一切听从党安排'吗？"

赵国保想到潘美玉还是一个即将入伍的新兵，就接着对她说：

"当然，如有时间，你还是要常给家里写信报平安。有了机会，一定要回家去看看老人。说实在的，我也十分想念你姐，想念儿子旺生，也担心咱爹的身体。"

潘美玉点了点头。她想到自己参军后将走上一条全新的人生道路，面对一个新的环境，新的考验和磨难，心中既有期待，也有一份隐约的担忧。

这时，火车汽笛响了，有人在远处召唤赵保国赶快登车。潘美玉依依不舍地送姐夫赵国保上了南下的火车。她一边招手向姐夫告别，一边祈祷姐夫将来能平平安安地回到家乡，和姐姐、外甥全家团圆。

潘美玉刚才一直没有和姐夫提到姐姐潘美兰，是因为自从姐夫赵国保投奔解放军以后，姐姐潘美兰带着外甥小旺生转移到了解放区。也不知为什么，姐姐走后一直没有音讯，至今生死不明，全家人为此无比担忧。目前，父亲潘振海和小妹美清一起生活，面临的生活困难可想而知。潘美玉随护士学校南下，离开家乡已有一年多了，也不知道父亲和小妹现在怎么样了？

（四）

让潘美玉挂念和担忧的父亲潘振海和小妹潘美清，正在离家不远的一个吕祖庙里算卦。

前些日子，女儿潘美玉的同学乔殿珍从武汉回来，给潘振海捎来一封信。

潘振海从信中得知，女儿随着护士学校辗转到了武汉，现在已经毕业并参加了解放军，马上要随四野部队南下。潘振海对此十分担忧。大女儿潘美兰带着孩子到了解放区后一直没有消息，二女儿又要去参军打仗，也将生死未卜。他身边只剩下一个尚未成年的小女儿，这可怎么办？大女儿潘美兰生死不明，如果二女儿再有个好歹，自己怎么向长眠在地下的老伴儿交代？家里以后还怎么过日子？潘振海思来想去，决心到部队去寻找二女儿潘美玉，一定要把她找回来。他相信，共产党和解放军是讲情义、讲道理的，会充分考虑他的实际困难。

潘振海决定去寻找女儿潘美玉后，又面临一个现实问题：他不知道潘美玉现在究竟在什么地方。部队四处转战，谁能说得清她现在在哪里？听乔殿珍讲，女儿参加的部队是四野第40军118师，当时这个部队在武汉，但很快要南下作战。他是到武汉去找，还是追着解放军南下？潘振海一时拿不定主意。聪明的小女儿美清看到父亲在发愁，就提醒他：

"爹，都说咱马号胡同口的吕祖庙老和尚算卦挺灵的，干脆去算一卦吧！"

潘振海一想也对，目前实在没有别的办法，不管吕祖庙的和尚算卦灵不灵，干脆去试一试吧！

爷儿俩一起来到了离家不远的马号胡同吕祖庙，见到了法号"如真"的老和尚。如真和尚年近70，慈眉善目，胸前一绺白胡子彰显出他的饱经风霜和深厚的修行积淀。如真和尚认识潘振海，对他们爷儿俩非常热情。得知潘振海为询求女儿的行踪而来，就让潘振海报上了潘美玉的"生辰八字"。

如真和尚一边看着草黄色马粪纸上记下的"生辰八字"，一边拿出卦书，低下头对照着潘美玉的"八字"掰起指头认真测算起来。

潘振海听人讲过，如真和尚是用《易经》的方式算卦的。如真和尚修行很深，禅悟很高。他常言：禅无字，爱无言，家无碍，友无伪，是人生的最高境界。如真和尚不仅讲起佛经头头是道，而且算起卦来也十拿九稳。许多人看起来不大可能的事情，他都能算出个子丑寅卯来。不少事例证明，如真和尚算得非常准，常让人大大出乎意料。

如真和尚测算了10多分钟才停了下来。他从桌上拿起三枚铜钱递给潘振海，让他用手来摇，摇的时候要想着自己"求询"的事情，然后抛向空中，让铜钱自然落到地上。潘振海按照他的要求，摇动后一共向空中抛了6次。如真和尚每次都从地上拣起一个个铜钱，认真查看着铜钱的两面朝向，细致地记下来。之后，他口中念念有词地又掐算了起来，一会儿凝眉沉思，一会儿翻书查看，一

会儿又在黄色纸张上写写画画，一会儿还掰着指头反复思考。忽然，如真和尚抬起头来，看着潘振海有些紧张地说：

“哎呀，你女儿就要离开那里，要去你就快走！”

潘振海一愣，赶快告诉如真和尚，两个月前女儿潘美玉还在武汉，但不知她现在究竟在哪里。

如真和尚微微闭上眼睛，又仔细想了一会儿，对潘振海说：

“你就到她最后在的地方去找，一定能问到她的踪迹。她现在应该在原来那个地方的南面不远处，但很快就要离开那里南下。这一次她会走得很远。你要是下决心去找，就马上走，时间还来得及。”

潘振海坐在桌前沉思了一会儿，又问如真和尚：“我去了能找到吗？”

“能，而且一定能找回来！”如真和尚非常肯定地回答。

潘振海听后从口袋里掏出一块钱放到桌上，对如真和尚说：

“我连夜就坐火车走，一定要把女儿找回来。”说完，潘振海拉起小女儿离开了吕祖庙。

潘振海临走前，忽然想起了女儿的同班同学韩秀兰。韩秀兰和潘美玉从小一起长大，两个人十分要好，过去韩秀兰常到家中来玩。潘振海听捎信回来的乔殿珍讲，韩秀兰此次和潘美玉一起参加了四野部队，现在很可能待在一起。潘振海知道韩秀兰的父亲去世早，母亲韩刘氏一个人守寡含辛茹苦地把女儿养大，非常不容易。韩刘氏这些天也一直在打听女儿韩秀兰的情况，并告诉潘振海，如果他去武汉寻找女儿一定把她带上，她也要去把女儿韩秀兰找回来。

潘振海在开封城内韩秀兰家中很快找到了韩刘氏。两个人一商量，决定当夜就坐火车南下武汉。他们带了一些简单的用品，马上赶到南关火车站，登上了南下的列车，第二天上午就到了汉口火车站。下车后，他们拿着潘美玉的来信，对照信封上“汉口协和医院”的地址在大街上边走边问，当天晚上就找到汉口协和医院。医院领导得知他们来寻亲，马上把河南省高级护士学校留在协和医院的几名学生找过来。向她们一打听，潘振海和韩刘氏很快问到了女儿的情况：两个人已随南下部队到了武汉南边的咸宁市，现住在咸宁一所卫生学校里，好像不久又要继续南下。潘振海和韩刘氏听说后非常焦急，顾不上休息，又马不停蹄地赶回火车站，坐上了当天开往咸宁的火车。第二天中午，两个人终于找到了咸宁城内的那所卫生学校，找到了自己女儿所在的部队。

潘美玉和韩秀兰入伍后，分配在了四野第40军118师野战医院。由于师里的伤员大多转运到了武汉城内医院，师医院暂时没有更多的医疗任务，她们两个人被师政治部抽调去做群众工作，每天随着师宣传队排演文艺节目，在咸宁城区和附近乡村演出，宣传党的政策，扩大政治影响，动员驻地群众。近几天，她们医院已接到继续南下的命令，部分人已随先头部队去了湖南。潘美玉和韩秀兰因师宣传队的工作尚未结束，暂时没有随军南下，但行李物品已由先行车辆运走。这天她们随宣传队到城郊做最后一次演出，所以都没在师医院。待她们回来后，就要随医院继续南下。

师医院领导热情接待了前来寻亲的潘振海和韩刘氏。细心的潘振海在驻地发现，部队官兵正在整理行装，好像很快就要开拔。潘振海刚坐下来不久，就向医院领导说明了此次来意。

医院彭院长和刘政委听了潘振海、韩刘氏要将女儿“找回去”的来意后，一时有些为难：一是潘美玉和韩秀兰分配到医院后表现很好，业务娴熟，工作勤勉，很快发挥了骨干作用，舍不得放她们走；二是目前她们两个人都是解放军的一员了，而且是排级干部待遇，怎么能随便被两个老人“找回去”呢？彭院长和刘政委耐心做两个老人的思想工作，给他们讲部队的纪律，讲政策规定，讲全国的形势，并告诉他们，部队马上要继续南下，潘美玉和韩秀兰两位同志的行李已经随车运走。

潘振海和韩刘氏听到这种情况更是焦急万分，当时都急出了一身大汗。他们马上向彭院长和刘政委诉说了家中的困境。韩刘氏一把鼻涕一把泪地说到自己孤身一人守寡20多年，好不容易才把女儿养大，女儿一旦有个“三长两短”，自己将无依无靠面临绝境时，泪流满面，伤心至极，“扑通”一声跪在地上，一个劲儿地给彭院长和刘政委磕头，场面十分凝重。医院领导被他们深深地打动了。最后彭院长和刘政委商量，请示上级，看能否采取特殊办法处理，尽可能照顾他们两家的困难。

傍晚，潘美玉和韩秀兰回到了师医院。当她们看到两位老人忽然到来都非常意外和惊喜，分别抱着潘振海和韩刘氏亲昵无比，叙说着别后之情。她们听说了两个老人的来意后，都又拉下了脸，抱怨他们不该在这个时候到部队来，更不该给部队提出这样的不合理要求。潘美玉和韩秀兰表示，她们已经是解放军战士了，有组织有纪律，无论如何不会跟两位老人回家。老人和孩子双方态度都很坚决，事情一下陷入了僵局。

第二天一早，彭院长和刘政委把两位老人、潘美玉和韩秀兰都叫了过去，告

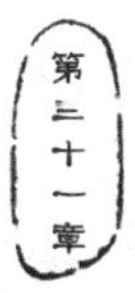

诉他们,经请示上级并慎重研究,考虑到两个人家里的特殊情况,决定让潘美玉和韩秀兰随父母返回家乡。

潘美玉和韩秀兰听后马上跳了起来。她们十分坚决地对彭院长和刘政委表示,决不跟老人回去,已经参加了共产党,又是解放军战士,绝不能为了个人、为了家庭的幸福而逃离当前解放战争的伟大事业。

看着情绪激动的潘美玉和韩秀兰,刘政委面色严肃地站起来对她们说:

“党的纪律是下级服从上级,个人服从组织。组织上的决定必须无条件执行。组织上也是经过反复考虑和慎重研究才做出决定的。你们既是军人,又是党员,要坚决服从党组织的命令。”

彭院长也站起来,将一个大信封交给潘美玉,对她们说:

“这是第118师政治部写给河南军区政治部的介绍信。你们是调到河南军区工作。组织上是考虑了方方面面的因素后才做出这个决定的。你们要服从组织安排,正确领会组织意图,理解党组织在此问题上的良苦用心。”

潘美玉和韩秀兰听后都愣住了,站在那里都不知道如何是好。

韩刘氏这时又马上跪在地上不住地磕头,泣不成声地向两位领导道谢。潘振海也站起来深深地向彭院长和刘政委鞠了一躬,对他们说:

“感谢部队首长的关怀照顾!我们虽说是普通百姓,但深感共产党、解放军的英明伟大。今生今世我们两家人都不会忘记部队和你们的大恩大德!”

彭院长和刘政委赶忙扶起韩刘氏,并对两个老人回敬了军礼。彭院长满怀深情地对他们说:

“你们的女儿能义无反顾地参加人民解放军,投身到全国解放的伟大事业中,已经表现出了很高的思想境界和政治觉悟。我们也了解到,潘振海老人的女婿也在二野部队工作,而且老人在抗战中为民族解放事业做出过很大贡献。对你们这样的家庭,党组织确实应该给予生活上的关心照顾。”

彭院长说到这里,又转过身对潘美玉和韩秀兰说:

“你们赶快去准备一下,明天就随老人回河南去。到了开封后,马上与河南军区接上组织关系。要记住,你们二人无论在哪里工作,都是在干革命,都是在为中国人民的解放事业做贡献。到了新的岗位后,你们还是要像在这里一样,各方面都要争先锋,当模范,做表率,坚决完成好党组织交给的各项任务。我和政委等着你们立功受奖的好消息!”

潘美玉和韩秀兰听后都热泪盈眶。两个人抬起右手,庄严地向彭院长和刘政委敬了一个军礼。她们向领导表示，决不辜负党组织的关怀信任，非常感谢组织上的特殊照顾。回到家乡以后，一定努力在新的岗位上干好工作，以优秀的成绩向院长和政委汇报。

第二天，潘美玉和韩秀兰随两位老人踏上了归程。

第三十二章

毛泽东建国后外出视察为何首选黄河？他在兰考县徐公庄如何巧遇李恒德夫妇？毛泽东在什么情况下发出『要把黄河的事情办好』的号召？全国人大什么时候通过了中国历史上第一部开发治理黄河的法规性文件？

（一）

十月金秋，黄河儿女迎来了一年中最为喜庆的收获季节。在豫东辽阔的原野上，到处是如画的风景，到处是累累的秋实。紫红色的高粱在田间高昂起了头，金黄色的玉米在沃土中咧开了嘴巴，满园的瓜果压弯了枝条，遍地的野花散发出醉人的清香。黄河两岸婀娜多姿的垂杨绿柳，也富有诗意地随风飘动着细软的发梢。

1952 年的秋天，秋高气爽，黄河两岸五谷丰登。解放后的开封，到处一派喜气洋洋，到处是歌舞升平的喜庆场景。万里黄河也好像受到了它的感染，在这个美好的季节里心情舒畅，温柔多姿。黄河荡起的浪花在柳园口不时地欢快翻动，昂首跳跃，挺身张望，似乎在欣赏着两岸的美景，也好像在殷切地期待着什么。

一列火车在黄河的期待中开进了兰考火车站。这列有七节车厢的西行专列，悄悄在小站内停了下来。兰考，是紧靠黄河南岸的一座小城，属开封管辖。它的北面就是黄河下游最为险峻的河段——铜瓦厢村险工段。清朝咸丰年间，黄河曾在这里大决口。决口后的黄河由此改道，从原来流经江苏徐州进入黄海，改为夺大清河经山东利津进入渤海，也因此造成了黄河下游河段成为震惊世界的"地上悬河"。

1952 年 10 月 30 日清晨，从兰考车站专列上走下来一行人。他们踏着晨露，向黄河边上的徐公庄走去。此时晨雾正在消散，村民家中的炊烟袅袅升起，寂静的乡野偶尔传来几声鸡鸣犬吠。一行人来到徐公庄，就是李恒德妻子李徐氏的娘家所在地。

此时李恒德正与李徐氏、娘家哥哥三人在村头打谷场上忙活着。豫东解放了，黄河两岸农民翻身了，生活也逐年好了起来。李徐氏在全家人的生活安定后，一直惦念着兰考徐公庄的娘家，一再想起 1938 年黄河水灾中娘家人对婆婆李葛氏和女儿秀兰的救命之恩。婆婆李葛氏是李徐氏的远房姑姑，两个人都嫁到了李发旺家，这在当地称为"侄女随姑"。李徐氏年前就与李恒德商定，今年秋天无论如何要到徐公庄娘家走亲戚,看望娘家哥哥一家。他们今年早早忙完了地里的活儿,赶在秋收结束前来到徐公庄省亲。在娘家这些天,他们每天一大早就起来干活儿,帮助娘家哥哥秋收。

从专列上下来的一行人走到了他们跟前。有个身材魁梧的"大干部"上前和他们攀谈起来:"老乡,今年收成怎么样啊?"

"还行吧!"李恒德看到这个"大干部"对着他问就随口回答。他一边回答着,还一边把身上的黑色粗布夹袄裹得紧一些,因为清晨的天气还是有些凉。

"俺这黄河滩上盐碱地多,庄稼长得不好,收成不中。"娘家哥哥也插话对那个南方口音的"大干部"说。

"一亩能打多少斤粮食啊?"那个"大干部"又问。

"只打100多斤,还有的地方收成更低。俺兰考这地方都是盐碱地,'春天一片霜,夏天明光光,豆子不结荚,地瓜不爬秧'。"

娘家哥哥在这片黄河滩上种了几十年庄稼,虽然每年忙前忙后,汗水流尽,但一亩地至多也只能打100多斤粮食,干着急没办法。

娘家哥哥说完,忽然注意到"大干部"不像是一般人,因为他身后有挎枪的警卫员。娘家哥哥感到奇怪,怎么一大早会有这么多大干部到村里来?从来人说话和走路架势看,官都还不小。

那个"大干部"又问:"每年打的粮食够吃吗?"

"还行吧。现在解放了,不用给地主家交租子,打下的粮食归自己。只要人勤快,细耕作,口粮还是不成问题的。"娘家哥哥说到这里心里有些紧张。他在琢磨着这些大干部的来意。

"我们一定要改造好黄河滩上的盐碱地和低洼地,这样每亩地的产量一定能有大的提高。"那个"大干部"既像是对娘家哥哥又像是对身边的几个人说。

娘家哥哥对这个"大干部"说的要"改造盐碱地"的话听得十分仔细,因为这是全村甚至全县人盼望的大事。这件事做起来可不那么简单,不是他们这些普通农民所能做得到的,所以,娘家哥哥有些不大相信地对那个"大干部"说:"这咋能行?"

"一定能行!"那"大干部"十分肯定地对他说。看着娘家哥哥不太相信,他又耐心讲起了通过黄河水翻淤压碱、造林固沙,通过治沙、治盐和治碱改善土壤的具体办法。"大干部"一边讲,还一边抓起把沙土作示范,生怕娘家哥哥和李恒德几个人听不懂。

娘家哥哥和李恒德听得都很认真。他们感到这个南方口音的“大干部”说得确实有道理,就不住地点头。他们在想,这个“大干部”怎么也懂庄稼活啊?怎么会说得这么内行?看来他过去是个农民,至少是农民干部出身。

那个“大干部”最后又说:

“我们一定要把全国农民组织起来,努力让农村的生产形式和生产规模再大一些,再全一些,这样才能彻底解决好农田改造和科学种植方面的问题。”

李恒德和娘家哥哥听到这个人一下子讲到了“全国农民”,十分惊讶,都在心里打起鼓来。到底还是李恒德走南闯北,“世面”见得多一些。他抬起头,仔细打量着这个身材魁梧、和蔼可亲的“大干部”。突然,他想起来了,这个人咋和家里挂的“毛主席像”一模一样啊?李恒德一下子惊喜起来,高声喊:

“哎呀,您是毛主席——真的是毛主席啊!”

李恒德放下手中的农具,上前紧紧握着毛主席的手,万分激动地说:

“毛主席,您来了啦!俺们可真的没有想到哇!”

娘家哥哥和李徐氏也一下惊呆了。他们回过神后,也立刻上前紧紧握住毛主席的手,久久不愿松开。

毛主席面带微笑地与他们握着手说:

“我来看看乡亲们,也看看北边那个姓‘黄’的朋友啊!”

“姓‘黄’的朋友是谁呀?”李恒德三个人都疑惑不解。难道毛主席在徐公庄还有亲戚朋友?

毛主席哈哈大笑:“姓‘黄’的,就是黄河啊!我来看看这里的黄河。她可是咱们中华民族的摇篮啊!”

“对,对,毛主席您说得太对了,太好了!”李恒德和娘家哥哥激动得连连点头。

这时,在毛主席身边一直没说话的李徐氏忽然想起什么。她凑到毛主席身边问:

“毛主席,您来了,那斯大林来了没有哇?”

随行的人听后都愣住了,但很快回过神来一齐哈哈大笑。连毛主席也被李徐氏逗乐了。在解放后的新中国,毛泽东和斯大林的名字家喻户晓,老百姓家中都挂有毛主席和斯大林的并排画像,总把毛泽东和斯大林的名字联在一起。住在偏僻农村文化不高的李徐氏以为毛主席来了斯大林也一定会跟着来。

毛主席笑着握住李徐氏的手风趣地说：

“斯大林他比我忙，路也远，这次他没有来，下次我一定和他一起来看您。”

陪同毛主席来的公安部长罗瑞卿和中办主任汪东兴都笑弯了腰。爱开玩笑的罗瑞卿部长诙谐地夸起了李徐氏：

“大嫂，斯大林他最近家里有点事儿，这次没能和毛主席一起来。不过，您的思想觉悟还真高，真有点国际主义精神啊。”

众人又都笑了起来。李徐氏感到自己受到大干部的表扬，心中有些得意。她瞅了瞅身边的丈夫李恒德，不无自豪地“嘿嘿”笑了起来。

李恒德哭笑不得地用手指了指李徐氏，不知说什么才好。她连斯大林是个外国人都不知道，还以为真的受到了大干部的夸奖呢！斯大林他一个苏联人怎么会到这小小的徐公庄来呢？

毛主席和同行的人们笑得更开心了。

（二）

毛主席是利用中央批准他休假的机会来视察黄河的。1952 年 10 月 25 日至 11 月 1 日，他在杨尚昆、罗瑞卿、滕代远和汪东兴等人的陪同下，先后到山东、江苏、河南等地视察黄河。

古语云：治黄河者治天下。如何使万里黄河化害为利，一直是毛主席牵肠挂肚的一件大事。毛主席在陕北黄土高原征战了 10 多年，两次东渡黄河，对黄河有一种难以割舍的特殊情感，解放战争那刻骨铭心的经历使他对黄河终生难忘。毛主席不止一次地说过：我们要敬畏黄河，要好好体验黄河，使黄河造福人民。

这次视察黄河，是毛主席进入北京后第一次外出视察。他首选了黄河，首选了黄河中下游。这里是他与老对手蒋介石围绕“黄河战略”进行生死较量的地方，也是当年刘邓大军千里跃进大别山、拉开战略反攻序幕的地方。毛主席要亲身感受黄河，体验黄河，要把治理黄河作为新中国的一件大事运筹谋划，使她造福两岸民众。

1952年10月26日,毛主席首先到达济南,视察了山东黄河水害最为严重的泺口险工处。10月28日,毛主席到达徐州,登上了云龙山,在那里远远眺望黄河故道。10月29日晚,毛主席一行人来到了河南兰考。30日上午,在河南省委书记张玺、省长吴芝圃,河南军区司令员陈再道、黄河水利委员会主任王化云等人陪同下,毛主席登上了兰考黄河大堤。这段大堤,就是黄河下游百里河段中最为险峻的铜瓦厢村工段。

毛主席站在黄河大堤上,望着奔流不息的滚滚黄河水,长时间沉浸在那惊涛拍岸、激流澎湃的浩大场景之中。面对眼前的黄河,毛主席许久没有说话。他心潮激荡,感慨无限,陷入了沉思。毛主席心中装的是沉甸甸的黄河啊!

过了好一会儿,毛主席才转过身,十分感慨地对陪同人员说:

"你们可以藐视一切,但不能藐视黄河。藐视黄河,就是藐视我们这个民族。黄河不仅是中华民族的母亲河,更是我们民族的伟大象征。"

站在毛主席身后的黄委会主任王化云重重地点了点头。他非常赞同毛主席对黄河的评价,更加崇敬毛主席。他走上前对毛主席说:

"黄河是世界上最桀骜不驯的一条大河。千百年来,她一方面造就了我们伟大的中华民族,同时她的水患也给两岸人民带来无尽灾难。我们站的这个地方,就是黄河下游最险处的铜瓦厢村堤段。清朝咸丰五年,黄河就在这里大决口,改道山东利津入海。历史上对治黄最为热心的乾隆皇帝曾四次来此视察,但最后还是没能把黄河水患彻底治愈。"

毛主席十分认真地听着王化云的讲述,用目光鼓励他继续说下去。

王化云主任接着说:

"黄河中下游历史上水灾最为严重。兰考西边的开封城,自金代以来就决口50余次。明朝崇祯年间,开封被洪水淹得最苦,全城民众遭受了灭顶之灾,37万人淹死34万,仅有3万人幸免。清朝道光23年,黄河又一次大决口,滩水漫过堤顶,给河南、山东两省23州民众带来巨大灾难。时值林则徐因"虎门销烟"谴戍新疆路过此地。治河督办王鼎上疏道光皇帝,乞准林则徐以"戴罪"之身襄办堵口。57岁的林则徐随之在堵口工程一线全力督导,与民夫士卒一起抛护碎石,挖泥担土,历时八个月最终完成了堵口大工。但是,那次洪灾还是给开封造成了巨大浩劫。当时开封民众编了一段民谣:'道光二十三,洪水涨上天,冲走太阳渡,捎走万金滩'。"

"封建王朝统治的悲剧,绝不能在新生的人民共和国重演!"毛主席听了王化云的讲述后，语气十分坚定地说。

陪同的众人听后都神色凝重，从毛主席的话语中意识到了自己肩头的重大责任。

毛主席缓了口气，像是自言自语又像对着周围的人说：

“李白说黄河之水天上来。我真想骑着毛驴到天上去，从黄河源头一直走到黄河入海口处，看看这黄河究竟是怎么一回事。”

王化云听后又说：“毛主席，我搞了一辈子黄河，到时陪您一同去吧！”

毛主席笑了笑回答：“好啊！”之后，问他：

“你是‘黄委会’的主任叫王化云对吧？你的名字是哪三个字啊？”

王化云向毛主席说出了自己“王—化—云”的名字。

毛主席幽默地指着王化云对众人说：

“化云的名字很好啊，化云化雨，化云为雨，半年化云，半年化雨。雨水多了，化云就开晴，每逢干旱，就化云下雨。我看咱中国有了你，老百姓吃饭可不发愁啦！”

毛主席的风趣把大家都逗笑了，现场气氛也轻松起来。

毛主席说完，和众人一起走到黄河岸边的河滩上。他看着滩地淤积的大量泥沙又问王化云：

“这黄土是从西北黄土高原上冲下来的吗？一年能冲下来多少？”

王化云马上回答：“都是从上游的黄土高原上冲下来的，平均每年冲到黄河下游的泥土达到16亿吨，严重破坏了西北高原的生态平衡。在这16亿吨泥土中，有4亿吨粗沙沉淀在了下游河道里，造成世界罕见的‘悬河’，致使黄河常年决口泛滥。另外还有12亿吨细沙随着河水冲向大海，淤积在黄河入海处，在山东利津形成了黄河三角洲，并在一年年地不断扩大。”

毛主席听后又问：“那有什么好的治理办法吗？”

“从长远看，如果根治黄河，光修堤是不行的，必须在上游的黄土高原植树造林，缓坡修梯田，多修水库。这样既能控制泥沙，发展生产，又能使黄河下游不再淤积泥土，不再堤坝坍塌、大面积决口，能够达到根治的目的。”

王化云作为水利专家，长期研究黄河治理，说起黄河水患防治，思路非常清晰。

毛主席说：“好，我们就这样办。”说完后，毛主席又四处观察着黄河的堤坝，又问：

“这里的河底比外面的地面高出多少米?”

王化云回答:“5 米左右。”

毛主席立即对随行的河南省党政军领导交代,一定要把黄河下游各险段的堤坝修好修牢,万万不能出事。如有必要,可以随时把部队调上去,千方百计保住黄河大堤不决口,确保两岸群众的生命财产安全。

随行的河南省党政军领导表示,坚决按照毛主席的指示办,一定确保黄河大堤的绝对安全。

(三)

离开兰考,毛主席又风尘仆仆地来到了开封柳园口。在柳园口高高的大堤上,毛主席看着眼前水天一色、奔腾不息的黄河,又看看身边的大堤,看看大堤下面那星罗棋布的村庄农田。他惊异地发现,堤下那高高的树梢仅达到大堤的平面。看到这种奇景,毛主席关切地问王化云:

“这里的黄河水面比开封城高出多少?”

王化云回答:“水面比开封地面高七八米,到了黄河汛期还会更高。”

“为什么这里的河床会高出这么多呢?”毛主席有些疑惑地问。

“多年的黄沙、泥土淤积,使这一带的河床连年增高。为防止黄河决口,一代代人只好不断加高这里的堤坝,这样,黄河的水面不断升高,柳园口的河堤也不停加高,日积月累,大堤越修越高,河床的淤沙越积越厚,也就真的把这一段黄河托到天上去了。”王化云尽可能通俗地向毛主席解释其中的道理。

遥望着远处隐约可见的开封,毛主席对一直注视着他的王化云问:

“这里的河面与开封城内最高的铁塔,是处在同一个水平线上吗?”

王化云面色沉重地点了点头:

“这里的黄河水面与开封城内的落差最多时有 10 米以上,黄河如果在此决口,那整个开封将被埋在滚滚黄水之中。”

毛主席感慨地说:“啊,这是‘悬河’了。当年李白诗中的‘黄河远上白云间’,就是描绘的黄河这种举世罕见的‘悬河’奇观啊!”

毛主席走到大堤边上，看着眼前奔腾咆哮的黄河水，更加感受到了黄河的伟大和雄壮。他对着东流而去的黄河极目远眺，面色凝重，许久不再言语。秋风轻轻掠过他浓重的鬓发，吹起了他眉间的一层层忧思。

陪同的河南省长吴芝圃上前向毛主席介绍说：

“这里是全省黄河防汛最重要的地段。近年来，黄委会一直在组织人力物力重点加固这里的堤坝。全国解放后，这里还没发生过重大险情。我们一定按照主席的指示，确保黄河大堤万无一失，决不让历史悲剧重演。”

毛主席点了点头，语重心长地说：

“人民的利益高于一切。我们共产党人一切工作的从发点和落脚点都是为人民服务，一定时刻把人民的安危放在心头。”

说完后，毛主席迈开大步，顺着柳园口大堤向东走去。他看到大堤两边青草长势很旺，就顺手拔了一株，看了之后问王化云：“这是什么草？”

王化云告诉毛主席：“是葛巴草。这种草非常有利于稳堤固坝，已经在柳园口堤坝上进行了大面积种植。”王化云还随口对毛主席念了一段群众编的“顺口溜”：“堤坡种上葛巴草，不怕雨冲浪来扫。”

农民出身的毛主席听后大笑起来，接着又加了一句话：“喂牛也是好东西嘛！”

众人笑着随毛主席走下了黄河大堤，来到大堤下面的河滩上。毛主席看了看黄河水势，又俯身抓起一把泥沙，仔细看了之后，问王化云：

“这些泥沙也是从上游冲下来的吗？”

王化云回答：“是的。据黄河上游陕县水文站测量，现在每年从西北高原携带到下游的泥沙还在不断增加。这是黄河决口泛滥并不断改道的根源。”

毛主席看着手中的泥沙说：“看来治理黄河水患还是要从泥沙治起，这才是从根本上解决问题的办法。”

王化云立刻说：“主席说得对，我们就是应当从根源上解决问题。只有彻底治好了黄河的泥沙，才能真正解决好黄河下游的悬河问题。”

从河滩回到黄河大堤上后，毛主席顺着大堤继续往东走。柳园口大堤东段的堤坝段面很宽，好似一条乡村公路。毛主席看到，路旁堆放着一堆堆抢险治河用的土石方，还有很多人在抬土打夯，检修堤坝。毛主席走到正在忙碌的民工跟前，看到有人正手持长棍子向堤坝深处探刺，就不解地问：“这是在干什么？”

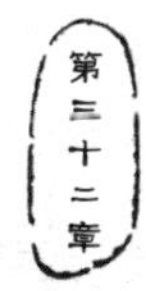

王化云马上叫来附近一个工程技术管理人员，对他说：

“你给毛主席汇报一下这是在干什么。”

被王主任叫来的这名工程技术管理人员猛然看到毛主席时激动得满脸通红。他根本没有想到，毛主席会亲自到柳园口大堤上来，还要听自己介绍工作。

这名工程技术管理人员，就是从部队转业到黄委会工作的赵国保。全国解放后，赵国保多次向所在部队领导要求回家乡参加黄河治理。去年底，他终于如愿以偿回到了家乡。转业后，赵国保被组织分配到黄河水利委员会工作，成为黄委会一名工程技术部门的领导。由于柳园口是全省的防汛重点，赵国保带领防汛队伍每天吃住在大堤上，抓紧对堤坝加固补缺，做好各项防汛准备。为及时探明堤坝中的老鼠洞，赵国保和技术人员发明了一种新的查探方法，有效解决了查找堤坝隐患的难题，能够预防大汛到来时出现险情。

毛主席到柳园口视察黄河，各级都严密封锁了消息，因此赵国保事先对毛主席的到来一点也不知情。他万万没有想到会在大堤上亲眼见到毛主席。赵国保虽然走南闯北见过世面，但在毛主席面前还是异常紧张，按捺不住自己狂跳的心。在王化云主任的一再催促下，他才稳住了神，一边握着钢钎在地上做“打洞”的动作，一边向毛主席汇报说：

“报告毛主席，我们是在用钢钎探找堤坝上的‘老鼠洞’。”

毛主席看出赵国保心情紧张，就安抚地拍了拍他的臂膀，对他说：

“你们辛苦了！不用紧张。你告诉我，为什么用钢钎在这里探找‘老鼠洞’？”

“报告毛主席，这些老鼠洞是黄河汛期决堤的重大隐患。如果老鼠洞多了，汛期一到，黄河的洪水就会灌进老鼠洞里，大坝的堤面会软化下榻，最后导致大面积塌陷，出现‘管涌’甚至大堤决口。”

毛主席看到这项工作不是一件小事，询问得更加详细：“那你们是怎么个探找法呢？”

赵国保用钢钎给毛主席做起了示范。他一边用钢钎向地上刺，一边介绍说：

“我们紧握钢钎使劲儿向地下刺探，刺一下，拉一下。如果下面有老鼠洞，就会有‘空空’的感觉。就这样来回地刺探，来回地查找，就可以刺探到隐匿的鼠洞。”

“如果你们发现了老鼠洞，又该怎么办呢？”毛主席仍然兴趣不减。

“遇到老鼠洞，我们就将钢钎反复刺入，把老鼠洞搞大，然后再把和好的水泥浆灌进去，把空鼠洞填满。这样，来不及逃走的老鼠就被浇固在鼠洞里。等水泥一干，就彻底加固了堤坝。”

“好，我也来试一试。”毛主席说着，从赵国保手中接过钢钎，把袖口一卷，试了起来。

探查老鼠洞这个活儿不费力，不到五分钟，毛主席就在堤坝上打出一个洞，有1米多深。

毛主席提拉几下后对赵国保说：

“可以，这个办法简便易行，能顶大用。”

他当场表扬了赵国保做的这项工作对加固黄河堤坝有益有效，还有一定窍门。

赵国保看到毛主席表扬他，兴奋得脸色泛红。他向毛主席汇报说：

“这是我们黄委会搞的一项发明。王化云主任正在组织向全省范围推广。不少地区的河防单位还专门到我们这里来取经呢！”

王化云这时走上前，向毛主席汇报了赵国保组织力量发明这项技术的研究过程，并向毛主席介绍了赵国保刚从二野部队转业回来，坚决要求到黄委会来工作，立志献身治理黄河水患的情况。

毛主席听后握着赵国保的手说：“赵国保同志你做得对。我们共产党领导全国人民不仅要打碎一个灾难深重的旧中国，还要建设一个繁荣富强的新中国。现在新中国治理黄河水患是一件头等大事，要动员千千万万的人，我毛泽东也算一个。”

随行人员热烈鼓掌。王化云和赵国保等黄委会的同志们更加激动。伟大领袖毛主席这么关心黄河水患的治理，是黄委会的福气，是黄河儿女的福气，也是全中国人民的福气。

考察了黄河柳园口后，毛主席又陆续考察了许多黄河水利建设工程项目。在此期间，毛主席还专程来到“引黄灌溉”的人民胜利渠考察。在胜利渠首闸处，毛主席详细询问了水渠工程建设情况和灌溉效果，亲手摇开了胜利渠闸门。他看到黄河水驯服地在渠闸下滚滚流过，灌入附近的大片农田时，脸上露出了欣慰的笑容。毛主席在胜利渠旁满怀深情地对大家说：

“修建这样的‘胜利渠’，是黄河化害为利的好办法。我们以后要在更大范围内推广。如果条件允许，要在沿黄每个县都修建一个这样的胜利水渠。”

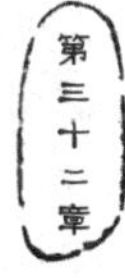

毛主席还十分形象地对众人比喻:“渠灌是阵地战,井灌是游击战,我们要把这两种战法都用好。”他还一再强调:“变害为利,是治理黄河水患最好的办法。”

毛主席在开封考察期间,还专程参观了开封城内最高的寺塔——铁塔。毛主席围着铁塔转了一圈,仰起头,看着与黄河柳园口河床平齐的塔尖,在感受着铁塔巍峨高耸的同时,也赞叹黄河的雄壮浩大。毛主席仔细观察着这座建于北宋时期的古塔,看着它那铁褐色的塔身,深深地为它的沧桑和凝重所折服。毛主席仰望铁塔顶部时,忽然发现塔身有几处明显的残洞非常难看,破坏了铁塔的形象,就问旁边的人:“这是怎么回事?”

随行的河南军区司令员陈再道回答说:“这是当年日本人攻打开封时用大炮轰击的。”

毛主席听后握起拳头,面色沉重而坚毅地说:“我们中国人民是永远打不倒的!”他随后又嘱咐河南省领导同志:“这样好的古代建筑,要把它修复好、保护好。它可是我们祖先留下来的宝贵遗产啊!”

河南省领导向毛主席表示,一定尽快把它修复好。

离开铁塔后,毛主席又来到不远处的龙亭参观。进入龙亭的大门,毛主席看到前面高大的孙中山铜像上也有几处明显的弹孔。他知道这也是战争留下的创伤,就风趣地对陪同的人说:“看来民主人士也是打不倒的。”

过了孙中山铜像,毛主席健步登上有72个台阶的巍峨龙亭。龙亭,是开封城内的高大建筑,站在上面能俯瞰全城。毛主席上了高台后没有停下脚步,在高台四周来回察看。他走到大殿东侧,发现石阙门有一副楹联,仔细一看,上面有康有为的字迹,就对着楹联轻轻诵吟起来:

“中天台观高寒但见白云悠悠黄河滚滚,东京梦华销尽徒叹城郭犹是人事已非”。

毛主席诵吟后深有感触地说:“康先生当年到了开封也是忧国忧民,对黄河水患忧虑重重啊!”

毛主席转身嘱咐随行的秘书把这副楹联抄下来,带回北京去,要细细地品味。他还对众人说:

“我要日夜与忧国忧民、忧虑黄河水患的康有为先生做个伴。”

毛主席环绕着高台上的龙亭大殿转了一周,回到大殿的正面,站在坐北朝南的楼台凭栏处,伫立良久。此时已是天色朦胧,开封城内万家灯火。站在龙亭的高大楼台上俯瞰全城，繁华美景、无限风光尽收眼底。毛主席远眺着眼前这座曾经辉煌了167年的北宋京都，追古抚今，思绪万千。

"一朝步入汴梁，一日梦回千年"。毛主席此时想到了这座七朝古都的历史沧桑，想到了他魂牵梦绕的万里黄河，想到了黄河母亲对中华民族的哺育恩泽，也想到了黄河水患给两岸人民带来的无尽灾难。毛主席此刻也更坚定了领导全国人民改天换地的决心，坚定了建设一个繁荣、富饶和强大新中国的坚强信念，坚定了战胜黄河灾害的雄心壮志。

（四）

夜深了，毛主席在他下榻的开封南郊"红洋楼"内久久不能入睡。这座巴洛克式砖木结构的红洋楼，就是1947年7月周恩来与国民党代表谈判黄河回归故道的场所。毛主席想起了当年与蒋介石在黄河"堵口"与"复堤"问题上的激烈斗争，想起了围绕"黄河战略"进行的一系列紧张博弈，想起了黄河给中华民族带来的喜怒悲哀，禁不住浮想联翩，心潮澎湃。在这次考察黄河中，他的足迹已踏遍了山东、江苏、河南三省黄河沿岸的广大地区，勘察了黄河堤坝的诸多要害地段，还反复听取了黄委会专家关于"治黄"的意见建议。毛主席非常赞同王化云提出的"先治沙后治河"的综合治理方案，十分欣赏"化云化雨"的黄委会主任王化云。

毕业于北平大学的王化云，是共产党的第一任"河官"，参加革命后曾任冀鲁豫解放区黄河水利委员会主任。在毛主席下榻的这座红洋楼里，他曾与周恩来一起就黄河的堵口和复堤与国民党代表进行了针锋相对的斗争，为黄河回归故道、打破蒋介石的"黄河战略"阴谋做出了重要贡献。全国解放后，王化云作为治黄专家，又潜心钻研黄河化害为利的办法，读遍了治河史志，踏遍了各处险段。这次他和水利专家们一起向毛主席提出了很多黄河治本之策和兴利之路，深受毛主席的认同与赞赏。

毛主席经过一路的考察和深思，已经对黄河水患的治理初步理出了思路，形成了全新的治河思想。毛主席感到，目前黄河存在的根本问题是泥沙

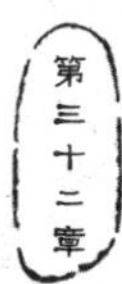

太多,水沙关系不平衡,治理的关键是除害兴利,蓄水拦沙,将黄河由一条害河变成一条造福人民的利河。在黄河治理的方针策略上,他非常赞同采取防灾与兴利并重的办法,在黄河上游、中游和下游实行统筹规划,对本流和支流总体兼顾,尽可能在干流和支流上修筑水库,拦蓄洪水泥沙,最大限度地减少黄河的灾害。另外,还要努力搞好上游的黄土高原的水土保持,把洪水和泥沙拦蓄在上游水库与沟壑之中,从根本上治理黄河水害,达到综合开发黄河、除害兴利的目的。

毛主席还想到,要真正把黄河的事情办好,必须举全国之力。要把治理黄河这件大事列入国家最高决策层面的日程,要组织专家队伍对黄河全面勘察,在科学论证的基础上制订出一部全国性的黄河综合治理总规划。在深思熟虑之后,毛主席决定回北京后正式向中央提出全面治理黄河水患的建议,把治理黄河作为新中国建设的当务之急,在全国范围内掀起治理开发黄河的新高潮。

第二天离开开封前,毛主席又与前来送行的黄委会主任王化云及专家对治黄工作进行了深入研究,对黄委会的同志们寄予殷切期望,并嘱托他们:“一定要把黄河的事情办好!”

王化云和黄委会的同志在这次毛主席视察黄河期间,深深地感受到了伟大领袖对治理黄河的高度重视,更加意识到了自己肩头的责任,激发了彻底治愈黄河水患的强烈使命感、责任感和紧迫感。

1953年,也就在毛主席视察黄河后的第二年,黄河水利委员会主任王化云专赴北京,向分管水利工作的政务院副总理邓子恢正式呈报了《关于黄河基本情况与根治意见》和《关于黄河情况与目前防洪措施》两个重要报告,并迅速呈送中南海。

1954年初,国家组织了以苏联专家柯洛廖夫为组长、由130名中苏水利专家组成的黄河查勘团,用长达半年的时间,对万里黄河从头至尾进行了全面勘察,对治理黄河水患进行了科学缜密的规划。当年秋天,王化云在这次考察勘察的基础上,代表黄河水利规划建设委员会,正式向全国人大提出了具有里程碑意义的《黄河综合利用规划技术经济报告》。

不久之后,在中南海怀仁堂召开了第一届全国人大第二次会议。邓子恢副总理在会上正式提交了《关于根治黄河水害和开发黄河水利的综合规划报告》。经过代表们的深入讨论,最后这个《报告》与新中国“第一个五年计划”一起，在与会代表雷鸣般的掌声中获得一致通过。至此，我国第一部全面治理黄河水患的综合规划终于诞生了！

在毛主席亲自考察和高度关注之下，万里黄河千年水患的治理工作，成为全国人民共同的历史责任，成为新中国建设发展的奋斗目标。也就从这个时候起，一个全国性的黄河治理开发的新高潮，在黄河两岸、在全国各地蓬勃兴起。

第三十三章

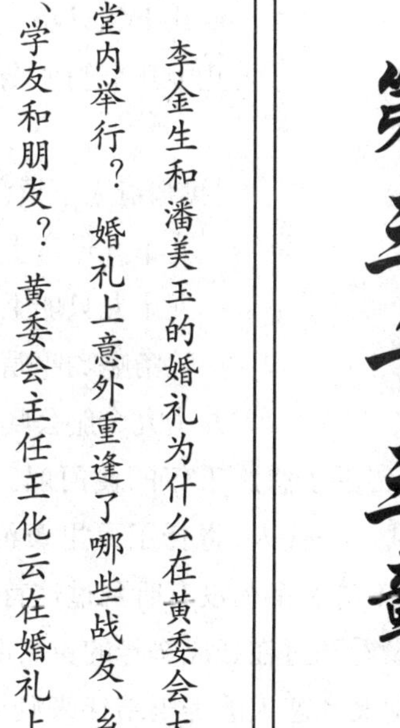

李金生和潘美玉的婚礼为什么在黄委会大食堂内举行？婚礼上意外重逢了哪些战友、乡友、学友和朋友？黄委会主任王化云在婚礼上给众人带来什么特大喜讯？

（一）

你可知天下黄河几十几道弯？
几十几道弯上几十几只船？
几十几只船上几十几根杆？
几十几个艄公哟嗬来把舵来扳？

我知道天下黄河九十九道弯，
九十九道弯上九十九只船，
九十九只船上九十九根杆，
哼哼嗨哟哼啃嗨哟哟嗬哎，
九十九个艄公哟嗬来把舵来扳。

这一首传唱了悠悠千年的黄河船工号子，从黄河上游一直传唱到黄河下游，传了一代又一代人，寄托了万里黄河两岸千百万人民无限的遐想与哀思。李金生已记不清有多久没有听到过这首令人荡气回肠、灵魂颤动的黄河船工号子了，多久没看到过在狂风怒号的黄河激流中，奋力拼搏、壮怀激烈的黄河船工了。今天，他又和恋人潘美玉结伴来到开封柳园口黄河大堤上，来看让他梦牵魂萦并与自己命运紧密相连的浩渺黄河，来看养育了一代代中国人的母亲河，来看气势磅礴“远上白云间”的天河。

“黄河之水天上来，奔流到海不复回……”

李金生诵吟这首流传千古的唐诗，深深地感到，时间和岁月也真像这条奔流不息的黄河一样，一转眼15年过去了。李金生回想起1938年自己和爷爷第一次来到黄河柳园口的情景。那时自己才13岁。爷爷给他讲了许多故事，至今历历在目，恍若隔世。15年的艰难岁月，15年的风风雨雨，15年不平凡的坎坷历程，就像这黄河的滔滔激流一样，转瞬之间就流淌到了远方，流淌到了人生的记忆深处。伟大的黄河，真的是中国的一部史书，是华夏儿女多灾多难历史的缩影。她承载了中华民族的悲欢离合，承载了两岸子孙不堪回首的辛酸往事。但在痛苦和悲壮之中，黄河也推动着历史滚滚向前，推动着中华民族不可逆转地蓬勃向上，发展进步，破浪勇进！

李金生在柳园口长久地眺望黄河，回想往事，回顾自己的人生，不禁思绪无限，心潮澎湃，感慨万千。

“金生哥，你在想什么呢？”依偎在他身旁的恋人潘美玉，看到李金生凝视着黄河久久不言语，就轻声问他。

李金生扭过头对美玉亲切地笑了笑，拂拭、梳理着她秀美的发辫，对她说：

“我在想吴惠民老校长说过的一句话：生活一半是继续，一半是回忆。每当看到黄河，我就忍不住回想往事，回想和思考自己的人生。波澜壮阔的伟大黄河，真是一部承载着中华民族沧桑历史的厚重史书啊！”

潘美玉眨动了一下长睫毛下那双美丽的大眼睛，深深地点了点头。她十分理解金生哥哥此刻激动的心情。

他们两个人都经历过艰辛岁月，心心相印，非常懂得“幸福”两个字的深刻含义，懂得和平的珍贵，懂得人生中最长久的拥有就是珍惜，懂得当前的美好生活来之不易。

李金生和潘美玉现在已经团聚在一起了，也工作在一起了。他们分别是河南军区附属医院的医生和护士。

当李金生根据组织安排从南京返回开封后，解放大军很快攻克了南京，河南大学也在不久后回迁河南，与二野中原大学合并。1949 年 9 月，李金生从河南大学医学院毕业，被分配到河南军区后勤部卫生处工作，后来又被调到河南军区附属医院做了一名内科临床医生。李金生以满腔热情全身心地投入到工作之中，潜心钻研业务，热忱体贴地为伤病员服务，很快以精湛的业务、出众的能力成为医院的骨干，被提拔为内科主任。

更让李金生感到欣慰的是，他在这所医院里遇到了从南方四野部队调回河南军区的潘美玉，同时收获了一份美好的爱情。

潘美玉跟随父亲潘振海回到开封后，持四野部队介绍信到河南军区政治部报到。组织上考虑到成立不久的军区附属医院急需大批护理人员，就把她分配到了附属医院。潘美玉到医院后发现，她的众多同学都到了这所医院里，相互之间非常熟悉，配合默契。她在附属医院里如鱼得水，驾轻就熟，工作开展得十分顺利。在学生会的经历和“大闹南京总统府”的斗争锻炼，使她具备了较强的组织能力，不久她就被任命为医院护理部主任。最让她惊喜的是，她在这里

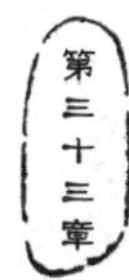

遇到了朝思暮想的金生哥哥！两个人从此朝夕相处，相互体贴，思想上更加融合，感情日渐密不可分。目前两个人的关系已发展到谈婚论嫁的阶段。

潘美玉知道金生哥哥对黄河有着特殊的感情，像爷爷李发旺那样热爱黄河，迷恋黄河。每到节假日，只要有时间，他们就会一起到柳园口大堤来看黄河。每一次来，李金生总是坐在大堤上边看边想，总是看不够，想不完，久久不愿离开。

春天的黄河岸边阳光和煦，微风拂面，树绿花红，景色迷人。潘美玉偎依在金生哥哥身边，感到无比幸福。她看到李金生还在沉思之中，就拉了拉他的袖子，问他：

"金生哥哥，人们都在说去年毛主席来到柳园口视察时说过三句话，你知道是什么吗？"

李金生回过头："当然知道，这三句话对我们黄河儿女可是金玉良言！"

"那你给我说说看。"潘美玉像是在问，也像是在考李金生。

"毛主席在 1952 年 10 月 30 日一登上柳园口大堤，第一句话是：'这就是悬河啊！'他老人家那个时候已经知道，万里黄河只有开封这一段河堤最为险峻，历史上说的'黄河涨上了天'，就指柳园口这一处河堤。"李金生对毛主席说过的话记得非常清楚。

"那第二句呢？"潘美玉接着问。

"毛主席在柳园口看了黄河以后，接着又问黄委会王化云主任：'黄河涨上了天怎么办？'"李金生看到潘美玉疑惑的眼光，就给她解释说："这是毛主席在给我们沿黄人民赋予治理黄河水患的任务啊！"

潘美玉点了点头："是啊，全国刚解放，百废待兴，真没想到毛主席把治理黄河的事情摆在了这么重要的位置。他真是心中装着千百万黄河儿女啊！"

"是啊！毛主席说的第三句话，表明了他一定'要把黄河的事情办好'的决心。他当时坚定地说：'人们都说不到黄河心不死，我是到了黄河也不死心哪！'"

李金生又一次激动起来，接着说：

"'圣人出，黄河治。'我们中国人民在历史上与黄河水患进行了顽强的抗争，但是都没有真正将黄河水患化害为利。在新中国，在毛主席和共产党的领导下，我们一定能彻底战胜黄河水患，一定能够实现中华民族这个期盼已久的历史宿愿，使我们的国家国泰民安，繁荣富强，走向伟大的复兴，最终屹立于世界民族之林!”

激动的李金生拉着潘美玉站了起来,紧紧握着潘美玉的手说:

“我们终于迎来了新中国。这是一件多么幸运,多么幸福的事情啊!爷爷李发旺毕生追求的治理黄河水患的心愿,就要在我们这一代人身上实现了。让我们祝福黄河,祝福开封,祝福我们伟大的民族,祝福伟大的新中国!”

(二)

李金生和潘美玉要结婚办喜事了!

这个喜讯很快传遍了亲朋好友,传遍了河南军区附属医院,传遍了河南大学和河南高级护士学校,也传到了李金生曾经患难相依的郑州圣德中学,传到了两个人的家乡尉氏县张江村,甚至还传到了远在陕西的黄龙山。亲友们闻讯后喜笑颜开,都衷心祝福这一对青梅竹马、历尽艰辛的恋人修成正果,有情人终成眷属。

临近办喜事的日子,亲朋好友都忙活了起来,不少人还专程从外地远道赶来。大家一来祝贺这一对新人在新中国美满幸福的生活中又迎来了新的喜事,二来也借此机会见一见朝思暮想的老朋友、老同学、老战友,相互倾诉在艰难岁月中结下的珍贵情谊,彼此畅谈分别后的思念和牵挂。全国胜利后,大家身处不同的工作岗位,有的还远离家乡。李金生和潘美玉办喜事,给大家提供了一次久别重逢的好机会,提供了一次省亲会友的好场合。在共产党的领导下,劳动人民终于迎来了安居乐业的新生活,分享着伟大祖国日新月异的建设成就,都在各自岗位上辛勤忙碌,难得有这次彼此重逢的好时机、好场合。

李恒德和李徐氏这些日子高兴得整天彻夜难眠。在经历了几十年的艰苦磨难以后,儿子李金生终于长大成材了。他不仅成为一名解放军军官,而且还娶上了潘美玉这样如花似玉的贤惠媳妇,真像是做梦一样。李恒德和李徐氏知道,这都托毛主席和共产党的福,都因为他们赶上了新中国这个好时代,赶上了共产党领导的好社会。这些天,李恒德每天晚上翻来覆去睡不着觉。他想到了父亲李发旺和母亲李葛氏,想到了 1938 年发大水时全家逃荒要饭的心酸往事,

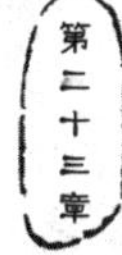

想到了黄龙山病逝的女儿小玉兰,泪水一次次打湿了枕头。李恒德想,自己是一个豫东平原上穷乡僻壤的贫苦农民,只有在新中国才真正挺起了腰杆,才真正成为一个受人尊重的人,成为新中国的主人。家乡解放后,自己家里不仅分到了金子一般珍贵的土地,过上了丰衣足食的生活,而且在政治上也当家做主,参政议政,连张江村选举村长也充分听取村民的意见,民主选举时自己还投下了庄严神圣的一票。前些日子,县里领导来张江村说,豫东农村很快就要推广"互助组"、"合作社"了,贫下中农要互帮互助,发展集体农业,搞农业大生产,将来农村要用拖拉机犁地,用联合收割机割麦,用脱粒机打谷,农民家家户户都要"楼上楼下,电灯电话"。这好日子还真的在后头呢!

近几天,张江村到李恒德家贺喜的人一拨又一拨,连乡长都来了。李恒德与老伴忙得不可开交。他们已经合计好,最近就赶到开封城里去,和自己的亲家潘振海一起,好好为金生和美玉办一场婚事,办得皆大欢喜,共庆新中国的美好生活。

潘振海最近几天也是高兴得合不拢嘴。近几天,到他家里、店里贺喜的人络绎不绝。自从把女儿潘美玉从湖北咸宁"追"回来以后,潘振海一再受到女儿潘美玉的嗔怪和埋怨。女儿怪他"思想落后",给部队领导添了麻烦,使她失去了随四野大军南下"为全中国解放事业奋斗"的好机会。潘振海总是以憨笑回应女儿,不作过多的争辩,因为他只注重事情的结果。在那次追寻女儿的过程中,潘振海深切地感到,人民解放军还真是讲感情、讲道理的好部队,是一个温暖的革命大家庭。女儿潘美玉目前在河南军区医院里干得很红火,还当上了护理部主任,真是连做梦都没有想到。最让潘振海高兴的是,女儿潘美玉最后还是和她心爱的金生哥哥修成了正果,与自己从小看着长大并非常喜欢的李金生成为恋人,并且马上就要成亲举办婚礼。这段美好的姻缘,可真是天作之合,地成之美。他可以以此告慰九泉之下的老伴潘桂芝,可以真正了却此生最大的一桩心事了。潘振海从内心由衷地感激共产党,感激新中国。如果没有共产党和新中国,哪会有他潘振海今天的幸福生活啊!最近,他又在街道居委会召开的大会上获悉,开封很快就要进行社会主义工商业改造了,商店和饭店要进行公私合营,走社会主义道路。潘振海已打定主意,坚决听共产党的话,服从党的安排,一定按照上级政策办,完成好自己店的改造任务,让毛主席放心。

赵国保和潘美兰这些日子也是整天喜气洋洋。赵国保从部队转业回开封后,与爱人潘美兰和儿子赵旺生幸福团聚。当年他在周伟民的动员下参加解放军,妻子潘美兰和儿子赵旺生被组织转送到了晋冀鲁豫解放区。他们娘儿俩到了解放区后,出了一些意外,一度与家里中断了联系。当时潘美兰和儿子被组织上安排到了河北邯郸乡下的一个村庄避难。儿子赵旺生调皮好动,玩耍时四处乱跑,一次赶集时不幸走失。潘美兰在万分焦急中,不顾一切地到处寻找儿子,最终也没有找到儿子的下落。一直到几个月之后,解放区政府才在山西平遥找到了被人贩子拐走的赵旺生。也就在这段时间里,四处奔走的潘美兰与家中断了联系,让年迈的父亲潘振海着急上火,让戎马倥偬中的赵国保倍加牵挂。好在找到儿子赵旺生后,解放区政府及时将潘美兰母子"完璧归赵"。

赵国保对李金生寄托着一份特殊的情感,不仅因为李金生的爷爷李发旺是他自幼敬重的恩师,最重要的是,赵国保也十分喜爱和欣赏这个有主见、有胆魄、有担当和历经磨难、意志坚强的小弟弟。在战火纷飞的年代,赵国保曾与李金生数次相逢。他看得出,李金生在逆境中毫不气馁,顽强拼搏,在战火中磨砺了意志,历尽了艰辛,独自一人战胜了莫大的困难,最后不仅完成了学业,还在著名的河南大学摘桂夺冠,成为全省的"状元"。把自己的妻妹潘美玉交给李金生,赵国保一百个放心,从心中叫好。

连日来,赵国保和妻子潘美兰成了筹办婚事的主角。赵国保既是"婆家人"的代表,又有娘家人的身份,所以坚决婉拒了部队医院提出两个人在所在单位举办婚礼的建议。经与双方老人商量,最后把婚礼现场确定在赵国保所在的黄河水利委员会大食堂操办,因为李金生的特殊家庭与"黄河"的缘分太深了!

为筹办好这场婚礼,赵国保还专门从开封城内有名的"第一楼"饭店预定了开封小笼包子。他要让来宾们在喜庆中品尝这道美味佳肴。亲友们还商定,要按照"新旧结合"的方式举办这场婚礼。婚礼上,既要新郎新娘介绍恋爱经过并当场宣读结婚证书,还要一对新人披红挂彩"夫妻对拜"、"揭盖头"、"入洞房"。

婚礼时间定在1955年8月1日,因为这一天是建军节。李金生和潘美玉都是人民解放军,应当在自己的节日里举办这场婚礼。现在全国解放了,劳苦大众当家做主,军队和人民是一家人,解放军和老百姓一家亲。在李金生和潘美玉人生的大喜日子里,大家就是要热闹地庆贺,尽情地欢乐,亲朋好友们都要皆大欢喜。

（三）

“八一建军节”终于来临了，盼望已久的李金生和潘美玉的喜庆婚礼举办了。

黄河水利委员会职工食堂里到处张灯结彩，喜灯高挂。一盘盘喜糖、“黄金叶”香烟和水果摆满桌子，一道道菜肴色香俱全。婚礼现场还播放了欢快的音乐，场面气氛十分喜庆热闹，大批亲朋好友蜂拥而至。

新郎李金生和新娘潘美玉的装束很特殊，也十分喜庆。中等身材的李金生，身穿一件半新的八团花长袍马褂，头戴一顶黑色礼帽，帽上还插一根长长的羽毛。潘美玉则穿一身五彩霞披，头戴凤冠，脚踩粉色高底布靴。来宾们好奇地一问才知道，他们的“披挂”原来是亲友费了好大劲儿才从开封豫剧团里借来的戏装行头。这样有趣、有味的装扮，更增添了婚礼上的喜庆氛围。

在众多的来宾中，有不少远方来客。最让李金生高兴的是，吴惠民校长带着郑州圣德中学的众多师生来到了婚礼现场。李金生见到这些曾经一同逃难陕西的患难同学时，非常激动，与他们紧紧拥抱，都流下了热泪。李金生忘不了他与师生们在逃难路上的九死一生经历，忘不了患难中结下的纯真友谊。李金生尤其感激吴惠民校长，感恩这位在他人生道路上一再扶持他、培育他的父亲般的恩师，感谢这位帮助他度过一次次难关、涉过一道道险滩的校长。李金生在与吴校长的交谈中得知，吴校长解放后已进入郑州市统战系统工作，还担任了河南省基督教协会常务委员。他现在工作顺心，身体健康，生活美满。

当李金生正与吴校长等人热烈交谈的时候，背后有人猛地夯了他几捶。李金生回头一看，竟然是老同学马万年和“小迷糊”。李金生惊喜万分，简直不敢相信自己的眼睛。他没有想到，在自己的婚礼上居然能见到这两个与他曾经同经战火、患难与共的好战友、好弟兄。李金生激动地和他们紧紧握手。

三位战友和老乡都非常高兴。李金生与他们久未联系，只知道马万年当年投考了北平大学，小迷糊也到北平投了亲，不知道他们两个人现在怎么样，干什么工作，怎么会突然到了自己的婚礼现场。

小迷糊看李金生有些疑惑，就冲着他得意地眨了眨眼睛，不无自豪地说：

“我俩现在都在国家水利部工作。当年马万年考入北平大学后，我也到北平投靠亲戚，考上了北平一所水利学校。毕业后我们先后进入了华北人民政府。新中国成立后，我俩又一起调入了国家水利部。最近，我们来参加水利部组织的黄河水利考察组，刚到开封就听黄委会的同事说你老兄今天要办喜事，这不马上就赶来贺喜嘛！”

马万年无不幽默地对李金生说：“金生，弟妹长得可真漂亮！你小子真有福气啊！今晚你要入洞房了，一定要陪我们一醉方休啊！”

李金生当胸给了他一拳：“你个‘马大个’，至今本性不改。今晚保证让你喝个够！”

三个人一起哈哈大笑。

“金生啊，我们可是一同来贺喜啦！”又一声高喊从门口传了过来。李金生回头一看，是两个身穿崭新军装的人。仔细一看：哎呀，这不是同村的张大贵和“潘记羊肉汤馆”的伙计艾顺吗？李金生惊讶地迎了过去。

“新郎官，大喜啊！碰巧让我们俩赶上了，真是幸运！”张大贵先上前握着李金生的手，大大咧咧地说。

李金生使劲儿拉着张大贵和艾顺的手，看到他们胸前的徽章上缀着“中国人民志愿军”符号，就问：

“我真不知道你们参加志愿军了。到朝鲜作战了吗？”

“人家现在都是‘战斗英雄’了。艾顺这次是作为志愿军英模代表团的代表回国作报告的，可风光了！”张大贵在一旁向李金生和周围的众人大声介绍。

一旁的潘振海听到了“艾顺”的名字，也惊喜地跑了过来。他上下打量着身穿志愿军服装的艾顺，老眼里盈满了泪花。

艾顺也马上对大家介绍说：

“大贵在部队当上营长了。他也出国作战，在朝鲜还参加了第五次战役，立了特等功。他也是志愿军英模报告团的成员。”

众人一听，立即把婚礼上的鲜花捧到了他俩面前，很多人还要求他们讲讲在朝鲜战场上的战斗故事。

正当大家和两个战斗英雄热烈攀谈的时候，李金生感觉到有人在背后轻轻地拉他的衣襟，同时有个熟悉的声音传了过来：

“李金生，是你吗？”

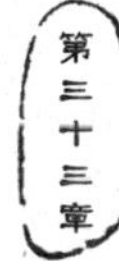

李金生有些疑惑地回头一看，拉自己衣襟的这个人个头不高，脸色黝黑，衣着朴素，猛一看有点面生。此时，婚礼现场来的人很多，李金生有些晕头转向，一下没有想起这个人是谁。

“我是原第29军独立师通信班的胡建营啊！”

李金生猛地记了起来——

“天哪，胡班长，是您啊！当年您可是救过我们难童学校师生们的命啊！”

李金生惊叫着高声喊了起来。吴惠民校长和难童学校的师生听说胡班长也来了，马上围了过来。他们纷纷拉着胡班长的手，说不完的感激话。当年难童学校的师生在逃难到登封那道封锁线时，要不是胡班长放大家过了防线在中岳庙夜宿，学校的近千名师生还真的生死难测。

难童学校的师生围着胡班长，关切地问他的近况。原来也是“黄河”的缘分，才使胡班长与师生们再次相聚。胡班长现在在河南周口地区黄河水利办公室工作。毛主席发出“要把黄河的事情办好”的号召后，周口地区正在为黄泛区的恢复建设制订工作规划。胡班长这次是到省“黄委会”来上报周口“治黄”规划的，这些天他就在这个职工食堂就餐，没想到今天碰巧赶上了李金生的大喜日子。

胡班长还告诉李金生，第29军平安支队的丁建如队长也参加了志愿军，目前还在朝鲜作战。丁队长是解放战争时期随部队起义后加入解放军的，后来参加了志愿军。

胡班长又问李金生：

“金生，还记得你当年救过的那个‘李狗屁’副师长吗？”

李金生立刻点头，并急切地对胡班长说：“当然记得，他现在在哪里？”

“他也随所在部队向解放军投诚了，后因身体原因退役，目前在西安一个国营工厂工作。他是老西北军的，家在陕西。前不久我到西安出差还见过他，他还向我打听你的消息呢！”胡班长知道李金生和李“狗屁”副师长之间的深厚情谊，特意把这个消息告诉了他。

“那我一定找机会去看看李副师长。这么多年了，还真是想念他。”

李金生今天实在是太高兴了！婚礼现场来这么多的患难好友，这么多的亲密同乡，这么多的同学和老师，大家久别后相聚在一起，又得到了很多老朋友老战友的信息，真太难得、太珍贵了，太让李金生感到意外和惊喜啦！

“金生，你过来，张婉丹校长来了！”潘美玉在食堂门口向李金生喊。李金生抬起头一看，是河南省高级护士学校的张婉丹校长带着一群女学生来参加婚礼。

李金生赶忙迎上去，握着张婉丹校长的手诙谐地说：

“热烈欢迎我们美玉革命道路上的指路人光临我们的婚礼！还带来了这么多漂亮的女同学，真让我俩的婚礼现场锦上添花、蓬荜生辉啊！”

李金生与张婉丹校长比较熟悉。因为他所在的军区附属医院与高级护士学校业务上联系比较多，所以李金生和她开起了玩笑。张婉丹在全国解放后回到了开封，担任了高级护士学校校长。这些年，她在业务上给予潘美玉诸多帮助，也一直关心着李金生和潘美玉的婚事。

护士学校的众多女生们围了过来，吵吵嚷嚷着要李金生和潘美玉介绍恋爱经过。她们像一群唧唧喳喳的喜鹊，使婚礼现场的气氛热闹无比。

“来了这么多人，这么热闹喜庆，我可是来晚了啊！”

大家回身一看，是河南省委统战部长周伟民来了。他是李金生和潘美玉这场婚礼的主婚人证婚人。在场的人看到他来，都热烈鼓掌欢迎。

周伟民解放后从部队转业到了地方工作，目前在黄河水利学校的同学中“官”最大。在晋冀鲁豫军区时，周伟民就担任了敌工部长，转业地方后继续做统战工作。周伟民与“黄河”也有着割舍不断的情结，平时是黄委会的常客，自称是“编外”的黄委会成员。当周伟民得知赵国保的连襟、自己也熟悉的李金生要结婚并在黄委会食堂举办婚礼时，坚持要当主婚人，要给这一对与黄河有着不解情缘的新人证婚。

婚礼正式开始了。在周伟民部长的主持下，婚礼喜庆、热闹，开心的节目一个接一个，高潮迭起。

（四）

正当大家兴高采烈地在婚礼上请新郎新娘给众人分喜糖、上喜烟、敬喜酒的时候，五六位贺喜的来宾又急匆匆地进来了。赵国保看到来人后，马上跑过去迎接。他带着新到的客人直接走向主桌，一边走还一边对婚礼现场的众人

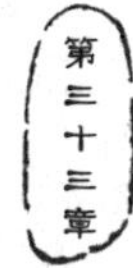

高喊：

“同志们，我们黄河水利委员会的王化云主任也赶来参加两位新人的婚礼了！”

婚礼现场的各位来宾听到后，一齐站起来欢迎他们的到来。

周伟民、李恒德、潘振海等人也从主桌上站起来与刚刚到来的王化云主任握手。周伟民半开玩笑地对王化云说：

“王主任，今天的婚礼可是在您黄委会的‘地盘’上举办，你这个‘土地爷’怎么姗姗来迟啊？”

跟随王化云同来的工作人员赶忙解释：

“王主任刚从北京回来，一下火车就直接赶到了婚礼现场。”

李恒德听后马上问王化云：

“王主任，您到北京见到毛主席了吗？是去汇报治理黄河的事情吗？”

李恒德自从在兰考徐公庄见到了毛主席后，在开封甚至在全省都成了知名人物，与黄委会王化云主任也比较熟悉。

“这你可说对了。我这次到北京真的见到了伟大领袖毛主席。最让我高兴的是，这次办成了一件大事，我们黄河水利委员会向全国人大提交的《关于治理开发黄河的综合规划报告》，已经正式批准通过了！”

围在王化云主任旁边的人，特别是黄河水利委员会的同志们听到这个消息后都热烈欢呼起来。

王化云见此情景，干脆站到凳子上给婚礼现场的人们大声宣布这条重大喜讯：

“同志们，告诉大家一个特大的好消息！1955 年 7 月 5 日，在北京中南海怀仁堂召开的第一届全国人民代表大会第二次全体会议上，全国人大的 1000 多名代表，正式审议通过了我们提交的《关于治理开发黄河的综合规划报告》。这个报告，是我国历史上第一部全面、系统和完整的黄河综合开发治理建设规划，也是中国所有大江大河治理中，第一部经全国人大审议通过的法规文件。”

在场的众人听到这个喜讯，都使劲儿鼓掌，激动地欢呼跳跃。李恒德、潘振海、周伟民、赵国保、李金生等人得知这个重大消息，脸上都挂满了喜悦的泪花。

王化云主任看着众人狂欢喜庆的热烈场面，接着又高声对大家说：

“同志们，自古以来黄河就是一个远上白云间的‘天河’。是伟大领袖毛主席和社会主义新中国，给我们架起了一座通向天河的‘金桥’。这种‘通天’的伟大事业,只有在社会主义新中国才能办得到,只有在共产党领导下才能办得到,只有在伟大的毛泽东时代才能办得到!"

众人听了王化云主任讲话,欣喜若狂,高声祝贺,尽情欢呼。黄河的治理与开发,这个中华儿女多少年来的心愿和追求,多少年来的企盼和梦想,这个寄托了一代代中国人的"中国梦"和"民族梦",终于在新中国"第一个五年计划"刚刚开始的时候实现了,终于在共产党领导的社会主义新中国"圆梦"了!华夏儿女全面开发黄河的大好时代终于到来了,彻底治愈黄河水患的辉煌时期终于到来了。九曲十八弯的万里黄河,终于将成为一条造福于中华民族的幸福"天河"!

婚礼会场的气氛达到了高潮。李金生和潘美玉两个人的喜事与全民族全国人民"圆梦"的喜事紧紧地联在了一起,融在了一起,喜在了一起。众人唱啊、跳啊,喜笑啊,欢呼啊、庆贺啊,拥抱啊!歌声、喜庆声把这个"圆梦"的特大喜讯传遍了整个开封,传遍了河南全省,传遍了祖国大地,传遍了五湖四海!神州激动了,举国欢腾了,黄河沸腾了,滔滔河水卷起喜悦的浪花,阵阵河风奏响了动人的乐章,棵棵杨柳跳起了欢快的舞蹈。真是山笑水笑人欢笑,欢天喜地庆喜讯。无数黄河儿女奔走相告,笑逐颜开,"天河"两岸民众普天同庆,狂欢不已。

黄河,这个历尽沧桑的"天河",终于让亿万中华儿女承载着千年的梦想,昂首阔步地迈向幸福的人间天堂!